@人间绝帅篓_dm：

一颗豆子，汇聚着全站对少年的期许。他用清澈的目光看世界，以赤诚来表达。观察人，观察生活，挑战群体，挑战自己。他的视频欢乐而富有力量。影响着越来越多的人。

剑之所向，心驰神行。

少年，未来请去更高的地方。

就我机灵

Freedom On My Mind

小霄 ● 著

长江出版社

少年，未来请去更高的地方。

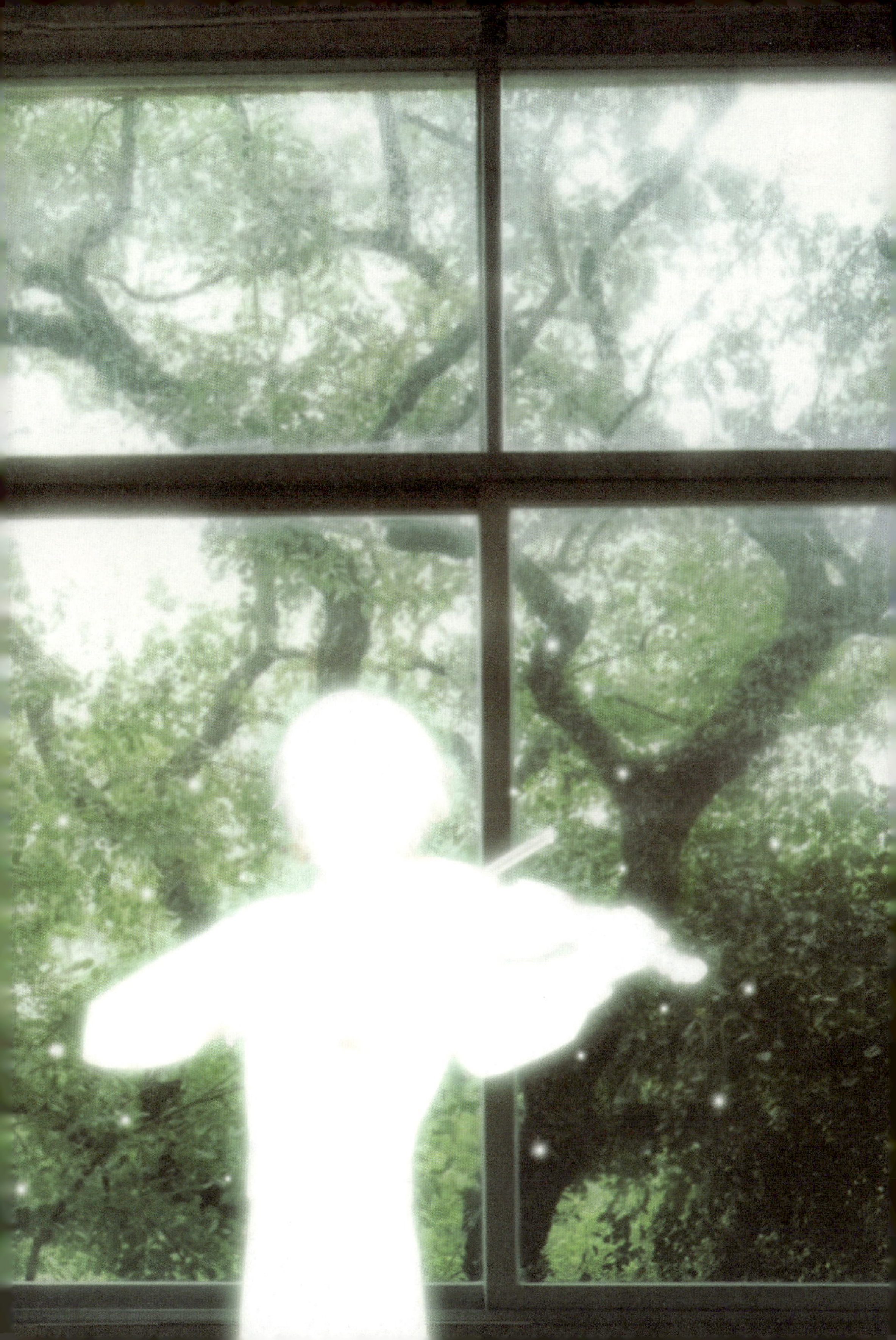

《在生日这天和同学一起恋DANCE | 四男二女 | 校园宅舞》

可颂酱o.O

竟然和可颂酱是一个班的！

豆子每次回头都被眼神警告！

豆子：逐渐怀疑人生。

澜崽满脸写着拒绝，笑死我了！

豆子的笑容在逐渐消失……

28.6万

澜嵜：烦死了。

豆子和谢澜？

梦幻联动！

澜嵜，如果你被绑架了你就眨眨眼。

Contents

- 火了 — 001
- 百舸争流 — 022
- SilentWaves — 047
- 人间贪凉豆 — 078
- 开戒 — 109
- 面试 — 132
- 闭关修炼的日子 — 154

童话设定——王子澜

190	青青子衿
223	父子局
247	变故
266	首都 VLOG
286	一起去更高的地方
301	番外
393	后记

童话设定——骑士寞

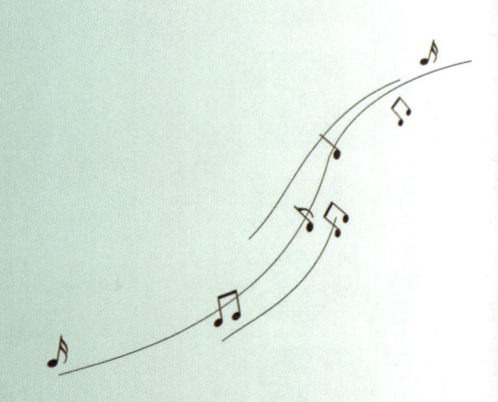

Freedom on my mind

就我机灵

Freedom
on
My Mind

第一章
火 了

"他们在校园的玻璃连廊里齐舞,又从户外楼梯上缓缓下去,在长长的梧桐林荫道上留下了脚印。"

露营地星星点点的灯火渐次熄灭,风声在背后呼啸着,透过薄薄的上衣,扑在有些发热的皮肤上。谢澜在营地的水龙头前捧水泼脸,水掠过皮肤激起一阵清凉,但很快又被更嚣张的燥热反扑。

窦晟站在他身后的不远处,看他洗漱完,回到了帐篷里。

折腾了一天,男生们全都睡下了。帐篷里一片漆黑,靠门处空了两个睡袋。

谢澜掀开其中一个躺了下去,没一会儿窦晟也从外面走了进来。

黑暗中,窦晟在堆放行李的地方捣鼓了一会儿,然后走到他身边,丢下一件背心,手里还拿着一件——那是赵文瑛买给他们的、一模一样的那件。

"穿这个睡吧,好歹舒服点。"窦晟一边说,一边把自己的T恤脱了,换上自己的那件。

谢澜"嗯"了一声,也脱掉衣服换上背心,钻进睡袋。

营地商店临时买的睡袋质量很一般,两侧都有拉链,拉上后睡袋的两边会翘起来,把人夹在中间。谢澜在睡袋里翻了几个身,默默地把右边的拉链拉开了。

"晚安。"他小声说。

窦晟低声"嗯"了一声,嘟囔道:"我已经快睡着了……"

万籁俱寂,只剩下帐篷外面呼呼刮过的风声。

这片露营地挨着一个村子,既没有高楼遮蔽,也不背靠山林,所以风声越来越喧嚣。谢澜闭上眼,就觉得有冷风顺着睡袋的侧缝往里钻,刚刚用体温蓄起的一点暖意很快就散了。

身边是窦晟均匀的呼吸声,想必是睡着了。他忍了一会儿,觉得越来越冷,于是默默伸手摸到丢在两人之间的衣服,扯进睡袋。挣扎着套好衣服,他翻过身去,闭上眼睛准备睡觉。

几秒钟后,他就睁开了眼睛。

拿错衣服了，这件是窦晟的。窦晟用的是薄荷味的沐浴露，那个味道很持久，留在T恤上，即使走了一天也还散发出淡淡的香味。

他在睡袋里犹豫了一会儿，又伸出手去摸自己那件。

手刚抓住柔软的布料，上面突然传来一股反方向的力道。

谢澜一愣。

窦晟的呼吸仍然很均匀，和刚才以为他睡着了时没有任何分别。估计也是觉得睡袋里太冷了，才伸手拿衣服。

谢澜叹了口气，小声提醒道："我刚才拿错了，那件是我的。"

黑暗里，忽然响起很轻的脚步声，并向他们这边靠近。谢澜一看，只见一个人影不知何时已经走到两个人中间。

猝不及防地，谢澜的手就被那个身影狠狠地踩中。

谢澜很想叫出声，但碍于同学们都睡了，强忍下来。

那个人影是车子明，他先是"唉哟"一声，身子往左打了个趔趄，紧接着又"唉哟"一声，往右趔趄了一下。

车子明低声嘟囔道："我踩到什么了？"

谢澜和窦晟十分无语，不约而同地在心里想：踩到了我的手。

车子明觉得奇怪，在兜里摸了半天才掏出手机，用手机屏幕的光往俩人睡袋之间晃了一下。地上什么都没有，只有团成一团的白色T恤。他松了口气，摸索到门帘，一掀，出去了。

谢澜在睡袋里摸着被狠踩过一脚的手，心想：车子明看着不胖啊，实打实地踩上一脚却也疼得不行。

他正要说什么，突然听到旁边的窦晟也在呼呼地朝着手吹气，看样子，也是被踩得不轻。

谢澜忍不住笑了一下，没再说话，闭上眼睛，准备睡觉。

几分钟后，车子明上完厕所回来了，打着哈欠走到两人中间，蹲下身子嘟囔着："睡袋也不拉好，冻死你们得了。"

他在谢澜的睡袋边缘处摸了一会儿，摸到拉链，"滋啦"一声，把敞开的侧口拉好，然后转过身去，又在窦晟睡袋上摸了摸，又是"滋啦"一声。

"这样才行！"车子明拉好了两个睡袋的拉链，打着哈欠，带着酒醉后的不清醒，跟跟跄跄地回去睡觉了。

帐篷里又重新安静下来。谢澜无语地被箍在睡袋里，过了一会儿，听到窦晟低低的笑声。

谢澜冷漠开口道："别笑了，好吵。"

"对不起。"窦晟嘴上道着歉，却笑得更欢了。他艰难地翻了个身，把笑声也一起闷在睡袋里。

第二天刚起床，谢澜觉得浑身酸痛。大巴车要把他们从露营地接到三峡水电站景区，车程约一个小时左右，众人在车上分吃了早餐，有一句没一句地聊着。

车子明跪在自己的座位上，回头数落着谢澜："一看你就是个少爷，昨晚睡袋都没拉上，很容易感冒，知道吗？"

谢澜幽幽地看着他，说："不知道。"

车子明心满意足地拍拍他的肩："还好我去上厕所的时候看见了，给你拉上了，不用谢。哦，豆子的我也拉上了，你们俩啊，都一样。"

窦晟在旁边垂头揉着鼻梁，遮住了半张脸，看似在醒盹，实际上是努力地憋笑。

刘一璇突然喊道："宅舞视频昨天下午就过审了！我都给忘了，《恋DANCE》这种过气宅舞竟然能上首页！"

于扉立刻起身朝她走去，说："给我看看。"

大家纷纷凑上前，一起观看。

谢澜浑身都疼，实在懒得动弹，窦晟也漫不经心地笑着坐在原位。

"一起看看吗？"窦晟很没诚意地低声发问。

谢澜顿了一下，说："我自己看吧，凑到一起怪挤的。"

说完他戴上耳机刷新首页，果然在左上角看到了那个视频——《在生日这天和同学一起恋DANCE | 四男二女 | 校园宅舞》。

温暖欢乐的旋律响起，开屏是每个人单人舞的镜头混剪，刘一璇开头，谢澜和窦晟刚好在结尾，音乐卡到手在脸侧游动的动作，一左一右。

前奏过后，人声唱起，画面接到六个人在空中连廊的齐舞，谢澜在队形前排最左，窦晟在他身后。不同成员组合的画面不断穿插，弹幕非常友好，几乎夸奖到了每一个人。

梦幻联动啊！

豆子和谢澜？

竟然和可颂酱是一个班的！

恋DANCE，我的青春回来了！

澜崽满脸写着拒绝，笑死我了！

豆子真的太会扭了。

澜崽的腿好长啊！

两个小姐姐也好可爱！

拍摄那天刘一璇说了一个词——千人千面，视频里确实体现出来了。

没有刻意的表情管理，每个人都保留了自己的特点。刘一璇笑容甜美，每个动作都做到标准；董水晶温柔中透着些拘谨；戴佑的肢体动作不太熟练，但温文尔雅的气质掩盖了尴尬；于扉日常垮脸，神色却很认真，学过散打的人跳几个宅舞动作不在话下，有种刚柔并济的美感；窦晟全程精神饱满，和面无表情的"工具人"谢澜形成鲜明的反差。

他们在校园的玻璃连廊里齐舞，又从户外楼梯上缓缓下去，在长长的梧桐林荫道上留下了脚印。

后面的部分，谢澜和窦晟那几秒被弹幕刷爆。

澜崽，如果你被绑架了你就眨眨眼。
豆子每次回头都被眼神警告！
豆子：逐渐怀疑人生。
澜崽：烦死了。
豆子：笑容逐渐消失……
澜崽：我在哪？我在干什么？这个嬉皮笑脸的人是谁？！

谢澜看着弹幕笑他冷漠，有点心虚。那天跳舞时他确实摆了张被欠钱的脸，窦晟的长手长脚在空中舞成面条，似乎一直跃跃欲试地想逗他一下，又被他的冷脸劝退。

谢澜瞟了眼窦晟，窦晟刚好也放到这段，暂停后靠过来低声道："太合适了。"

"什么合适？"

"咱们很合拍啊，看起来关系就很好。"窦晟小声嘟囔，"看初片时还没有这么觉得，成片就有点，粉丝们又有得乐呵了。"

谢澜靠着冰凉的车窗，吐槽道："你别王婆卖瓜了。"

窦晟笑而不语。

谢澜不再理他，等窦晟缩回座位，才又忍不住重新拿起手机。他把手机往自己这边挪了挪，在缓存页面找到之前《千层套路》的手书，点击刷新，竟然真的刷出了第二个视频。

《猫猫循环 | dmem 之不要盯》
简介：0502凌晨鸡血更新，补最新班级宅舞片段。

谢澜心想：果然不出所料。

这个账号已经偷偷关注他们的账号很久了，就为了第一时间剪搞笑视频，他每次却看得津津有味。他瞥了一眼窦晟，看对方的注意力并不在自己这边，便将头靠回到车窗上，放心地点击播放。

视频简单粗暴地将他们在宅舞视频里的片段循环播放，通过剪辑让动作和新的音乐卡点合拍，原声音轨，字幕上打的是重新填写的翻版歌词。

se—no！（日语，一、二的意思）
不要再盯着我看
都说过不要再看
每次整蛊我前都喊着澜澜、澜澜
面无表情躲开至少有一万遍
每次坏心眼都被我发现
又要整蛊吗？又要搞怪吗？
可恶，奇怪，再这么幼稚我要反击了！

"你看什么呢？"窦晟忽然凑过来，问道。

谢澜猝不及防，吓得把手机抛了起来，又手忙脚乱接住，冷着脸锁屏。

耳机里的音乐还在循环播放，他在欢快的背景音乐中冷着脸说："不要影响我学习。"

窦晟一愣，纳闷地问："出来玩儿还学习？上网课吗？"

谢澜"嗯"了一声，侧过身用手机背对着窦晟，重新点亮屏幕，对着满屏弹幕淡定地说："苏东坡诗词赏析。"

窦晟脸皱了一会儿，觉得自己有必要看看，说："给我也赏析一下呗？"

谢澜护宝贝似的把手机往回缩了缩，没好气地说："别烦我，语文要不及格了。"

窦晟沉默片刻，打击道："难道你及格过吗？"

谢澜白了他一眼，没有回答，用认真学习的严肃表情盯着屏幕。待窦晟一脸莫名其妙地转回头去，他才淡定地举起手机。

一键三连。

按照最开始的策划，要拍摄谢澜在三峡水电站演奏。窦晟提前在网上申请了无人机使用批准，把无人机拿出来飞。进入景区时时间还早，可以趁着人少的时候录制。

无人机跟在谢澜后面，他多少有点不自在，下意识地把小提琴抱得很紧。

在明亮的清晨，航拍视角拉开空旷壮观的远景，又回到大坝一端，给阳光下拉琴的白衣少年一个大大的特写……

从宜昌回来后，谢澜明显感觉到自己越来越火。宅舞视频仿佛成了某种预热，赶上节假日挂在首页，三个主创都猛涨了一波粉。

紧随其后，赶在假期结束的倒数第二天，他和窦晟把这趟出行的视频剪了出来，抢在"令人心动的音乐"活动截止前完成投稿。

《OP 重编——在赤焰之巅 | 长江三峡演奏 | 谢澜 Focus》。

窦晟的剪辑能力和镜头语言炉火纯青，有了航拍角度的加持，简单的户外演奏被激情创作成一支人文地理艺术短视频。

镜头在峡谷里自由翱翔，溪流淙淙，山林在风中沙沙作响。音乐渐进，长江峡谷的风光与少年独立山间演奏的身影随着乐曲节奏融为一体。

三峡水坝与白马峡谷的段落丝滑转换，合并成一段纪录片里的泄洪景象，惊涛拍岸，巨大的水浪在万籁俱寂中冲刷，轰隆隆的水声中，小提琴的一抹鸣咽平滑地带出，画面一角的少年安静演奏，琴声的音轨覆盖在所有声音上层，在峡谷和山林中碰撞出回音，又被风带到更远处。

尾声由一行人离谷的背影淡出，前面的人说说笑笑，在镜头里逐渐成为远处的小黑点。谢澜则独在近景，背着他的小提琴，走到峡谷出口回眸，风吹着少年的黑发在空中轻舞，那双黑眸里盛着一点光，还有淡淡的笑意，随着音乐的最后一个音符戛然而止。

……

这首《在赤焰之巅》是谢澜用心打磨过的，旋律变奏、乐章结构，处处都是巧思。之前被质疑过技巧，他索性在节奏穿插和弓法使用上增加了难度。这首曲子不负所望，视频出来没多久就爆了，翻奏挑战"血洗"音乐区，风头比当年在油管上的《H.Blood》还要强劲，视频在各种平台上被疯转了一阵后，还有某官方媒体助力，播放量上涨的速度已经远远超过了两个人的粉丝量级，用窦晟的话说，这个叫"出圈"。

出圈给谢澜带来的最明显的感觉是：涨粉速度几乎很难再去和其他人比较衡量，一天之内，粉丝数大几十万地往上蹿，各种商务挤爆私信，四班的"猫头鹰们"[①]比他和窦晟还要兴奋，在班群里轰轰烈烈地讨论了几千条。

开学前一天，学生照例返校上晚自习。谢澜刚刚在座位上收拾好东西，刘一璇就跑了过来，笑道："恭喜镇站之宝！"

谢澜错愕地问："什么东西？"

刘一璇拿着手机晃了晃，解释道："你们被收录入站必刷榜了，看私信，据说会有运营通知。"

视频的播放量下午才破千万，这会儿运营通知已经安静地躺在私信里，谢澜循着首页热门点进"入站必刷榜单"，那是个金色页面，他和窦晟的视频被放在"新晋宝藏"一栏，差不多在中间的位置。

视频封面是他站在山尖拉弓垂眸的特写，平台在封面上方为他打上了一行金色的成就注释——"自然风光与人文音乐相融合的代表作，恰少年热血，引领全站翻奏热潮。"

窦晟从外面进来，手上拎着两杯奶茶，把一杯放在谢澜桌上。

"厉害了，二猫。"他啧了声，"多少'百大'都拿不到入站必刷的荣耀，保持这个势

[①] 对四班学生的爱称。

头，今年音乐区'年度百大'，你必占一个名额。"

谢澜挑了下眉："郁闷吗？"

窦晟笑笑："当然不！这视频可是我剪出来的，你得给我奖励。"

班级里人来人往，各科课代表都在收作业，车子明和王苟和往常一样在旁边说着双口相声。

窦晟手搭在桌面上，一圈一圈地转着笔，笑着看谢澜。

谢澜低声询问："你想要什么奖励？"

"你百万粉了，谢澜小朋友。"窦晟把笔伸过来，用笔帽那端轻轻戳着他的手腕，"知道 B 站 UP 百万粉的惯例是什么吗？"

"嗯？"谢澜被他转笔转得分了心，回过神来再看窦晟，忽然有种不好的预感。

果然，窦晟瞟了眼后门，把手机推过来，朝他眨了下眼。

手机上赫然是淘宝订单页面。还是那家定做高中生制服的店，窦晟刚刚订了一身，深黑灰色的制服裤子、浅灰色衬衫和乳白色领带。

谢澜一脸震惊地问："什么意思？"

"我快两百万粉了啊。"窦晟懒洋洋地趴着，低声道，"涨粉太快真是心烦啊，才刚整活没多久，又被催命，好在这次有人陪。"

谢澜满脸写着拒绝，道："你说的那个人最好不是我。"

"是你啊，除了你还有谁。"窦晟压在他肩膀上嘟囔，"让你先挑还不行吗？剧情我都想好了，豆子小可爱和谢澜校草的课余时间。我们的目标是，炸了 B 站。"

谢澜："……"

可以打人吗？题目就叫《豆子小可爱被谢澜校草暴打的悲惨时间》。

毁灭吧，一起。

假期结束后，夏天的气息扑面而来。连续几天升温，梧桐树都显出花骨朵来，淡淡的紫色装点着整座校园。

筹备许久的篮球赛终于拉开帷幕，学校要求一周内比完，每天晚饭时间的小操场和体育馆都挤满了人，体育老师奔走在各个场地之间，忙得不可开交。

写着赛程赛况的板子立在梧桐树下，纸页被风轻轻拂动。每到课间，树下都围满了人，晚上下雨，还有学生从宿舍里翻出来把牌子放到食堂的屋檐下。

谢澜只要走在学校里任何一条路上，听到的周围人的聊天话题几乎都围绕着篮球赛或某个表现亮眼的球员。他负责拍摄四班的篮球赛纪实，这期间每天都挎着沉重的单反相机，三脚架支就在教室过道上，胡秀杰也只能睁一只眼闭一只眼。

拍摄球赛是个轻松愉快的工作，如果没有那么多叽叽喳喳喊名字加油的同学就更好了，尤其是喊窦晟的，一浪高过一浪，吵得他耳朵疼。

镜头里，窦晟穿着一身纯白的球服，在操场上懒洋洋地跑跳。上一场对上十二班时他不小心摔了一跤，脑门差点磕到篮球架子，这一场他戴了黑色的护额，蓬松的头发在阳光下显得生机勃勃，一阵风吹过，发丝向后扬去。

窦晟起跳上篮，篮球在空中划过一道弧线，落入篮网，搅起一阵橙色的旋涡。

"窦晟！窦晟！"

"MVP！"

"窦晟看我！我是十二班陈季娴！"

谢澜旋转镜头的手腕一顿，原本拍摄于扉后撤防守的镜头忽然转到了十二班，聚焦在一个女生身上。他盯着镜头里那个有点熟悉的面孔——这个女孩在一个月前也找过他，说着同样的话，一字不差。

谢澜被震惊得说不出话来：还能这样？果真是女孩的心思男孩你别猜啊！

中场休息时，校园广播开始放音乐，是近期"血洗"各大平台的改编版《在赤焰之巅》。这首曲子也已经在晚间广播中连续播放好几天了，窦晟每天上场前都会哼几句，如果在比赛中途听到，也会边跑边跟着吹两声口哨。

队员们下了场，腾出了一大片空地。刘一璇带着四班女生排开队形，她们穿着淡紫色的简版汉服，站在梧桐树下，喊四班球员过来合照。

谢澜随手提起三脚架换到场地另一边去找角度，从口袋里摸出一根钢笔，在显示屏上比了几条线，又将镜头稍微推近了些。

车子明在旁边啧啧称道："钢笔不错。"

谢澜专注地看着镜头，漫不经心地说："一个商务。"

"商务？"车子明一愣，"敢情这钢笔是找你打广告的啊？"

"嗯。"

M牌钢笔，主要卖点是入门级手作笔尖，外观也不错，定价两百多。

最近的商务合作非常多，但谢澜想收收心好好学习，还有很多自己的视频企划都在筹备，故而暂时不想接大的商务合作。偏偏这家只要求一条六十秒左右的短视频动态，价格也合适，他就接了。

主要是想攒一点钱。

现在是五月中旬，窦晟的生日在八月初，要开始准备了。

车子明好奇地凑到他跟前，问："你们接广告一般是怎么弄啊？"

谢澜答道："我和窦晟这几天都在试用钢笔。今天刚签了合同，接下来会出视频脚本……"

阳光很晃，镜头看久了有些目眩，谢澜调好角度后站直身子，吹着风放空了一会儿。

这几天的球赛素材已经攒得够多了，他在心里已经有了大致的视频构思。

体育老师吹哨，高声说："距离下半场比赛还有两分钟！球员们抓紧准备！"

站在小食堂门口乘凉的学生闻言陆续回到场边，窦晟他们几个简单地聊了两句战术，又纷纷到场边擦汗喝水。

窦晟回头扫视一圈，看到谢澜正穿过操场与人群向自己走来。

车子明随手递过一瓶水："喏。"

"不要。"窦晟打了个哈欠，"谢澜给我带水了。"

"什么毛病？"车子明瞪眼，"我俩的水是一起买的，都一样，有啥区别？"

窦晟凑近镜头漫不经心地往前看了看回放，笑道："区别就是谢澜都给我带了，没必要喝别人的啊。"

车子明冷着脸，骂道："老子还是不是你最好的哥们了？"

窦晟笑着回道："差不多，但我心中最重要的可不是你。"

谢澜正好听到这句话，白了他一眼，把矿泉水拍进他的怀里。

小操场的人挤挤挨挨，外班女生讨论窦晟的声音一直在耳边不停地打转，你一句我一句。窦晟充耳不闻，大刺刺地站在谢澜旁边，仰头灌了半瓶水，又把水瓶塞回给谢澜。

车子明皱着眉毛琢磨，道："哥们还不是最重要的，那什么才……"他突然拍了下脑门，"哦，我想起来了，很久以前你是说过，月亮第一，兄弟第二……不过问题来了，你那月亮到底是指谁啊？"

谢澜闻言一怔，看向窦晟问："月亮？"

窦晟胡乱打岔道："他胡说呢。"

"谁说胡话啊？明明是你以前发疯。"车子明无语，一把搂住谢澜的脖子，"你来得晚，哥给你解释解释他那月亮，叨叨了好多年，那是一个超乎所有人的存在。哥几个都听他说过，不过不知道对方到底是干什么的，是男是女是人是妖都不知道。所以咱们不用太在意，一个不存在的家伙，就算重要程度无穷，一求极限，他也是零，懂吗？"

谢澜被这番话说得云山雾绕："不太懂。"

窦晟拍了一下谢澜的手："别听他胡说了，把我拍得帅一点啊。"

谢澜"嗯"了一声。

虽然被窦晟打了岔，但车子明还是执着地嘟囔，谢澜这才反应过来——车子明说的是窦晟曾提过几次的初中时遇到的"光"，但他知道得不如自己多。

谢澜知道那个"光"曾经陪伴窦晟走出了黑暗。

谢澜之前问过窦晟他追的"知己"和"光"到底是不是同一个人，那时窦晟含糊地点了头。后来两个人说破了，谢澜就是他说的"知己"，但自己肯定不是窦晟初中时就认识的那个人，那个神秘的"光"肯定另有其人。

车子明是个很重义气的男生，不仅在意朋友，还在意自己在朋友心里排第几。但那个神秘的"光"从没出现过，他也就不当回事儿了。

他不当回事，随口这么一提，谢澜听了却有点在意。

谢澜看了窦晟一眼，窦晟仍然只是笑眯眯地喝着水。

车子明瞥了一眼旁边，说："鲱鱼的状态还是有点萎靡啊，从三峡回来，人家把汉服还给他后，整个人就废了。"

谢澜闻言也看过去，于扉已经喝完水回到场地内，一脸颓废。

窦晟"啧"了一声，问："被拒绝了？"

"说是高考后再考虑，现在要好好学习。"车子明叹气道，"鲱鱼大少爷恨不得马上高考完……"

裁判吹响哨声，下半场比赛即将开始，窦晟跑回场地，热身备战。

相机存储卡要满了，谢澜翻了翻前面的素材，索性歇一会儿。

他看着场上一脸生无可恋的于扉，忍不住问道："刘一璇已经把衣服还给他了？"

车子明点头："是啊。"

这么说来，于扉那里岂不是有两件汉服了？谢澜忽然觉得心塞，不由自主地想到挂在窦晟柜子里的制服。

绝对不能让窦晟把这个收回来，绝不！

"你帮他把汉服卖掉吧，别再睹物思人了……"谢澜提议道。

车子明惊讶地扭过头，问："我？为啥是我？让豆子做啊，他的微博有那么多粉丝，随便发一条就肯定有好多粉丝要买回去收藏。"

谢澜忙说："窦晟最近心情不是很好，懒得发微博。再说了，你才是于扉最好的朋友啊。"

"哈哈哈，瞧你这话说的……"车子明被直接被戳中，连忙答应，"行啊，那我悄悄帮他挂到二手网站上去。嗐……其实鲱鱼跟你们也挺好的，别多心啊。我就是性格开朗了点，总是主动缠着他，他才愿意跟我多说话，要是你们也能像我这样……"

谢澜啄木鸟式地点头道："明白！明白！"

篮球赛打了一周终于落幕，四班最后总分排第二，窦晟获得了MVP，两张奖状都贴在教室后面的板报上。

周五回家的路上，谢澜收到钢笔品牌方的回复。点开消息一看，不自觉地皱起眉来。

窦晟凑过来问："怎么了？"

"脚本没通过。"谢澜在群里问是什么原因，待对方回复后，皱眉道，"PR说方向完全错了。"

匪夷所思，他为四个颜色的钢笔分别设计了使用场景，无论是镜头美学还是功用展示都挑不出什么毛病。即使对方有不满意，也不至于全盘否定啊。

过了一会儿，手机振了一下，那个叫Kris的PR追了一条消息。

其实我们主要的诉求是拍摄你用我们的钢笔写字，你可以想想看写什么内容，以及如何展示我们的笔尖。

谢澜很是震惊。

病入膏肓：这个广告确定是要我来拍摄吗？是我还是人间绝帅窦？ @RJJSD
对方秒回：是你。
谢澜心里一凉，道："我感觉这个广告要丢了。"
"再问问看。"窦晟鼓励道，"说不定人家有别的安排。"
谢澜叹了口气，硬着头皮继续问。

病入膏肓：你们看过我的字吗？我写字不太好看……

一个在国外生活数年，回国刚刚几个月的人，汉字写得好看才奇怪呢。

Kris：嗯，看过你的学习直播。你的字也不能说不太好看，而是……非常有趣。
Kris：我们要的就是这种效果，洗脑恶搞，字越难看越好。
Kris：哦，对了，最好在广告里同时演出笨拙感，比如写了又划，怎么滑稽怎么来。

窦晟在旁边忍住不笑，忍得浑身发抖。
谢澜面无表情地放下手机，对窦晟说："他好像在骂我。"
不管怎么说，合同已经签了，品牌方作为甲方，他怎么说，视频就得怎么改。
谢澜回家把两台相机架到桌子上，准备先试录一段写字的特写镜头，再看怎么设计脚本。
赵文瑛不在家，窦晟一回来就去卫生间冲了个澡，洗完后也不吹干头发就下了楼，坐在谢澜旁边点外卖。
两台相机，一台录制手和纸笔的特写，一台录他写字的侧面。只是试录，谢澜打算随手写一张今天老秦给他的古诗词填空的卷子。他给钢笔换上一个新的墨囊，点开录制模式，小红点亮起、闪烁之后，他低下头开始写卷子。
六十秒的短视频，如果一刻不停地写，大概能写五到七题，但那样会有点赶，观众的注意力也全在答题上，对笔的关注就不够了。
谢澜把控着落笔的速度，时不时再看看监控里的成像。
他的字有一个特点，就是大。横竖撇捺都大而生硬，像小学生写字。练了这么久的字，水平也无非是从一年级升到了二年级，还是丑。
握着这么好看的钢笔却写下这么丑的字，从镜头里一看确实觉得有些羞耻。
谢澜越写越不自在，只要余光瞟到特写镜头就浑身难受，心里也开始烦躁。

他无意识地动了动身子，窦晟在旁边"咦"了一声，抬头问："怎么了？"

"没事。"谢澜努力镇定，"就是觉得字写得不好看。"

"我看看。"窦晟闻言探过身来，看了一会笑道，"挺好的啊，你在意自己的字才会觉得不好看，在我看来挺可爱的。怎么说呢，一下子拉近了这支笔和观众的距离，不是那种冷冰冰的广告了，这次的PR还挺有想法的。"

"嗯。"谢澜叹了声气，低头继续写下一句填空。

"上有六龙回日之高标。"

下一句应该是"下有冲波逆折之回川"，出自《蜀道难》。

窦晟坐回座位继续点外卖，谢澜写完这一句，看时间还有十余秒，继续下一题。

上句空缺，下句"危乎高哉！"

还是《蜀道难》。上一句应该是"噫吁嚱"，谢澜蒙了，勉强写完"噫吁"两个字，又在"噫"字上描了描，在第三个字的位置上写了个口字旁，笔尖尴尬地停住。

"嚱"字不会写。

其实他今天在课上写过两遍，但笔画太多，没记全，这会儿又都忘了。

明明只是试录，但对着镜头多少也有点紧张。谢澜茫然地抬头看了看周围，想翻翻语文课书，但没拿过来。

窦晟点完外卖，放下手机，漫不经心地往纸上瞟了一眼："录完了？我看看……"他语气停顿，"'嚱'字不会写？"

谢澜叹了一口气，打算关掉相机。窦晟忽然靠了过来，用手捏住了谢澜的笔。

谢澜自幼就没有被人手把手教过，局促地问："你干什么？"

"教你啊。"窦晟理所当然地说，"告诉你个诀窍……"

窦晟手腕轻轻用力，笔尖浸入纸页，一笔一画地写着。

"这个'嚱'字，是语气词，叹息的意思。左边是口，右边是同音字'戏'的右半边。中间可以这样记，'老虎'的'虎'上半部分，把里面的'几'换成'豆子'的'豆'，大猫豆子，就是这个字的中间部分……"

谢澜一边听一边在心里记下。

写完后，窦晟松开手，随手摘下相机往前翻，看了一会儿才说："这段素材好像不行，前面有好长一段我都入境了。"

谢澜没吭声，满脑子都是口、大猫、豆子……听窦晟说了半天，仿佛失去了中文的能力。

很难起身，说："我去拿……Coke，你要吗？"

Coke的中文是什么来着……完蛋，想不起来了。

难得见到谢澜大脑短路的样子，窦晟笑了一下，问："知道可乐放在冰箱的第几排吗？我带你去拿？"

凳子和地板摩擦发出刺耳的声响，谢澜木然地转身往厨房走去，把某人的笑声丢在身后……

厨房墙上挂着的玻璃框映出谢澜的侧脸,他一转头,对上玻璃映像中失神的那双眸。

他心想:窦晟真是烦人。

谢澜拉开冰箱门,却开成了冷冻室,"嘭"的一声把门关上,拉开旁边的冷藏门。

琳琅满目的饮料堆在一起,他从中拿起两罐红黑配色的易拉罐,用右手手臂夹在身上,冷气一下子从皮肤上蔓延开,没一会儿就冻得有些疼。他在原地发了会儿呆,直到放在口袋里的手机连续振动,才堪堪回过神来。

是爱吃饭的 MR.X,从三峡回来后死皮赖脸地要到了他的微信。

MR.X:我跟你说,我上次发给你的那个国漫编曲资格选拔链接,你现在就去报名。

MR.X:《在赤焰之巅》太牛了,我朋友说,人家工作室点名要你参与 OST 制作。

MR.X:但这个事尴尬就尴尬在,海报上写主编曲和两个合作创作都从报名者中选拔,所以你得补一个报名。

MR.X:知道这是什么重量级的机会吗?谢澜同学,放下高冷,赶紧报名!实在不行你把我这些话发给豆子,让他手把手地给你分析分析,他肯定能明白。

MR.X:在不在啊?人家等着呢,我说这些你听懂了吗?

谢澜茫然地把屏幕从上看到下,看了五分钟。大脑死机,看不进去。

他皱着眉,又拉回到对话的最上面,重新看了一遍。

等等——给豆子,让他手把手地给你分析分析……

怎么什么都要人手把手地教?他谢澜还有没有点尊严了?!

大脑崩溃,谢澜仓皇地打下一行字,把手机往台上一扔。

病入膏肓:明天再说,我今天看不懂中文。

MR.X:什么意思?

又过了好几天,谢澜才想起随手丢开的动漫编曲邀约,在截止日期那天报了名。

他和 MR.X 说了抱歉,简单解释了一下自己偶尔会看不进去中文。但对方明显不信,只发来一个冷笑表情。

MR.X:你最好是。

MR.X:我就知道,跟豆子混的哪有老实人?

MR.X:对了,《弦上少年》已经有公开资料了,我发你。

《弦上少年》是由业内高口碑公司灵犀动画制作，题材和美术都很棒，据 MR.X 的朋友透露，《弦上少年》的灵犀内部评级为 S，是押宝的作品。

如果能加入这部动漫的 OST 编曲队伍，别的不说，B 站音乐区的头部是坐定了。

MR.X：演奏还是其次，他们看重的是你编曲的灵气，加油啊小老弟。

谢澜看着微信的对话界面对窦晟说："其实我没学过编曲，只是学小提琴时学了一些必要的……呃，music theory？"

窦晟点头道："中文叫乐理，道理的理。"

"MR.X 说我肯定能通过，但不确定会拿什么位置。有一个主编曲、两个联合创作，只有主编曲能和民乐大师合作。"

"别有压力。"窦晟笑着安慰道，"能拿什么位置就拿什么位置，咱就是玩玩，还能赚点钱，多好。"

说得也是。谢澜放下心来，把几首比较满意的改编和原创 demo 打包发了过去，戴上耳机继续写数学题。

最近学习很辛苦，省训梁老师的几何讲完了，换老马讲数论，题目的抽象程度一下子拔高了不少，他觉得有些难度。除了集训课，老马还给四班参训的几个人加题，谢澜现在每天晚自习都用来做数学，其他学科的作业只能靠课间那点时间匆忙写完，还要留出早晚的时间自补语文。

窦晟比他要轻松许多，作业都是小意思，还能有闲余时间剪辑篮球赛的视频。

谢澜背古文偶尔背得脑子发木，便抬头放空歇歇，回头看窦晟，发现他的企划本又洋洋洒洒地写了好几页。

他想看，窦晟还捂着不给他看，估计是没安什么好心。

终于熬到周五，放学路上下起毛毛细雨。谢澜头顶着窦晟的校服外套，在细密的雨幕中放空大脑。

窦晟跟在旁边，右手揣兜，问："困不困？"

"还行。"

明天要集训一天，所以老马今天没留作业。

窦晟坏笑起来，说："那晚上一起直播吧，我的快递到了。"

"什么快递？"谢澜茫然地问。

趁着车子明他们在聊数学，窦晟凑到他耳边，低声道："你的制服到了。"

谢澜立刻扭头瞪大眼睛盯着窦晟背上鼓鼓囊囊的书包，困意全无。

从宿舍出门的时候，他就看到窦晟往书包里塞了什么东西，还以为某人良心发现，要带作业回家，没想到竟然是那套"可爱"装备。

谢澜僵硬地说："我还没做好心理建设。"

"不用那么麻烦，早晚的事儿。"窦晟不以为然地说，"再说了，你一个校草有什么可怕的，哦，是不是怕被我这个'小可爱'欺负得丧失语言功能啊？"

谢澜冷笑道："我是怕把你欺负哭。"

窦晟换上了贱贱的笑容，道："哎呀，我竟然还有点期待呢……"

制服比图片中好看很多，浅灰色的衬衫下摆随性地散在胯骨附近，乳白色领带与黑发相映。谢澜将这套日式制服穿出几分英伦气质，他凝视着镜子，还算满意。

他深吸一口气，探身问道："你好了吗？"

屋里响起一声口哨，然后是窦晟坏笑着答道："等你很久了。"

他穿着那身扎眼的制服，倚在窗边。一头清爽的短发，一眼看过去还是个大帅哥的模样，往下看去，看到衣服才觉得莫名的喜感。

衣摆自然下垂，窦晟往日揣在裤兜里的手撑在阳台上，另一只手刷着手机。

"校草，你好帅啊，我可以对你吹口哨吗？"窦晟笑问。

谢澜冷脸道："你还是不要出声了，像是个变态。"

窦晟真就不再说话了。谢澜觉得奇怪，回头一看，发现他正在憋笑，憋得肩膀一抖一抖的，眼底盛着明朗的快乐。

窦晟五官线条偏硬朗，平时不笑的样子让人很有距离感，但只要一笑，又像朵花一样，那种快乐好像有某种神奇的感染力。谢澜忍不住跟着笑了一下，转而又冷着脸说："走不走？"

"走！"窦晟热情地揽着他的肩膀，"万众瞩目呢。"

B站是个挺神奇的地方，窦晟发预告时只说了句"百万粉丝福利"，粉丝们就全明白了。

直播打开，谢澜穿着DK制服（男高中生制服）背抵白墙而立，身体僵硬。反观窦晟，站在旁边随意地把手一搭，漫不经心地笑着。

好……好久不见啊，制服豆。

还是那个熟悉的味道。

能不能认真点啊，也不搞个假发戴戴……

说真的，豆子戴上假发一定以假乱真。

澜崽好帅！

谢澜怎么这么保守？

我一个冲刺就抱走谢澜校草。

澜崽和豆子都是今晚限定。

"都截完屏了吗？截完了我要把名字改一下啊。"窦晟笑呵呵地把直播间标题改成了"豆子小可爱与谢澜校草的晚间 Play"。

谢澜呼吸不畅，道："能不要用这些奇怪的词语吗？"

窦晟背对着他笑道："哪个字不是事实？"

谢澜一时语塞，竟然无法反驳。

豆子，你们校草好帅，送给我吧？

窦晟懒洋洋地说："说什么呢！怎么什么都想要，做梦吧，梦里什么都有。"

护起来了！
护起来了！
护起来了！
……

谢澜看着弹幕中的评论很无奈。他心里还是有点紧张的，并不是这身制服的问题，而是和窦晟站在一起时，余光总能看到某人的衣摆。让他既想再看看窦晟的笑话，又想起直播前辣眼睛的画面，怎么都觉得别扭。

窦晟可没有这番思想斗争，大大方方地走到镜头前，对粉丝说："我没什么才艺，今天派出英华中学的校草——谢澜为大家奉上小提琴演奏。你们还有什么要求吗，我们尽量满足。"

二人探戈走起！
联谊舞吗？
干架也不错！
我投干架一票！
要不演个猫猫造反！

谢澜没听说过这个梗，问："那是什么？"

窦晟扫了眼弹幕，一本正经地胡说八道："是一种打架的姿势。"

信他才怪。谢澜白了他一眼后，冷着脸戳开手机自己百度。

窦晟继续和弹幕互动："你们悠着点，别口无遮拦，再把管理员给我招来。"

来吧来吧！想看豆子被压制！

垂死病中惊坐起！
病树前头万木春！
诸君！我好激动啊！

谢澜下意识瞟了眼眉飞色舞的窦晟，认命地说：“那就来吧，我就当被迫营业了，仅此这一次啊。”

说着，他起身离开墙，让窦晟过来。

然而窦晟走近后，竟然一抬手，反将他逼回墙上。谢澜很震惊。不是应该他造反吗？

我去！我就知道豆子这个家伙不可能乖乖就范！
不愧是你！
不愧是你+1！

谢澜皱着眉，不明所以地问道：“你干什么？”

"应大家的要求啊……"

"不觉得角色反了吗？"

"哦，我忘了跟你说了，"窦晟一脸坏笑道，"今天的剧本是我主导，我演造反，你演被血脉压制。"

谢澜眯起眼睛，二话不说，一把揪着窦晟衣领就把人往墙上按。窦晟单手撑墙，任由谢澜怎么拉自己都纹丝不动，还挑衅地笑道："都说了，你被血脉压制，力气上不可能逆袭的……"

弹幕更加疯狂，都笑得不行。

谢澜更气了，抬腿就要踢他。

窦晟连忙抵住，回头对镜头道："赶紧，撑不了多久，快要抓不住他了。"

谢澜咬牙切齿地强调道："你搞反了。"

"没反。"窦晟低笑，"营业而已，放松心态，配合一下，要不然我求求你？"

虽然嘴上说着软话，但抵着谢澜的手丝毫不敢放松。

谢澜屡次挣扎无效，面前的电脑弹幕已经炸成烟花，远远地，他看着直播人气数像坐了火箭，最高位数字一会儿就往上蹦一个，没三分钟的工夫，高位数字进一，然后又继续稳稳地向上蹦。

弹幕刷得连成了片，他和窦晟的模样反而被挡住了。

B站最有诚意的百万福利！
还愣着干什么？截屏啊！

截什么屏啊?快录屏啊!
豆子加油,他要跑了!

窦晟像是后脑勺长了眼睛能看到弹幕似的,在谢澜要加力挣脱时,他直接把脚蹬在墙上,屈膝将谢澜禁锢在中间。

谢澜一愣,赶紧低头看了一眼窦晟的制服。

他骂道:"你倒是很熟练。"

"孩子聪明,学什么都快。"窦晟笑眯眯的,又提声道,"最后五秒了啊,我要换衣服去了……我怕我妈回来看到这个样子会打死我。"

这个时候提你妈,是不是玩不起?
赶紧截屏啊各位!
手书大佬呢?今晚必须安排上!
奇怪的手机壁纸增加了……

"五、四——"

窦晟一边喊着数字一边冲谢澜眨眼,谢澜脸上的表情也越来越冷。

"三、二、一——"

话音刚落,他松开谢澜,保持着高抬屈腿踢墙的高难度姿势,以惊人的柔韧性扭过腰,冲着镜头比了个剪刀手,坏笑道:"Cheez①——"

谢澜必须承认自己低估了窦晟的脸皮厚度。他这么一番操作让弹幕都炸了,他只能在五颜六色的文字中努力辨认。

心动!
果然不是每个 UP 都能像豆子这样放得开啊!
此刻心情就是激动!非常激动!
你们真的不怕……

后面的文字还没读完,直播界面忽然一黑。

两个人都愣住了,空气中静默了几秒后,窦晟放下腿,向屏幕走去,难以置信地说:"不会吧?"

---

① 〈俚〉奶酪,这里为拍照惯用语。

谢澜也有点纳闷，问："断网了？"
直播界面显示"主播目前已下线"，但右侧的弹幕框却疯狂刷着问号。
又过了一会儿，所有人都反应过来。

管理封直播间了！
笑死了，好冤枉啊！
小孩子摆拍而已啊！超管大人！
而且摆拍的动作也没有越线啊！
你不能因为我们澜崽容易脸红就乱上纲上线！
还我直播间！
还我绝美壁纸！

窦晟"啧"了一声，感慨道："还真封了啊，我收到运营私信了。"
谢澜此刻已经不知该说什么了，上前看了一眼所谓的封禁私信，不解地问："无牌警告是什么意思？"
"无牌的意思就是实质上没有违规，其实我心里有数，不会越界的。可能是在线的人数太多了，超管象征性地封半小时。"
他一边说一边噼里啪啦地打字发动态。

@人间绝帅窦_dm：如大家所见，娱乐适度，今晚的高中生制服演奏没有了，诸君可以对着二猫的截图重播《在赤焰之巅》。哦，刚才那个出 ending pose（结束场景）动态壁纸的，麻烦微博私信发我一张，还有谢澜，他也新开了微博，ID 同 B 站，感恩。

谢澜震惊地问："你为什么还要存动态壁纸啊？"
窦晟想当然地说："我的笔记本壁纸正好该换了，这么有意义的一张图刚刚好。"
谢澜不置可否，说："随你吧，我去睡觉了。"

谢澜的微博现在已经有了三十多万粉丝，每天的私信量都多到爆炸，他往下翻了很久，才翻到了所谓的"动态壁纸"。
确实还挺好看的。
谢澜冷着脸回复：不用发我了，没兴趣，谢谢。
然后，默默保存。
他又登陆了许久不登的推特。大概是在外网消失得太久，每一次登陆，私信未读列表的数量越来越少，这几天甚至都没别人跟他说话。

之所以说"没别人",是因为 QZFXR 还在,仍然是每天都给他发着没什么营养的几句话。

其实他和这人聊得也不多,偶尔两三句,压根算不上是熟络。这人却像是时间洪流里的某个锚点,不需要投入太多精力去维持,只是一直陪着自己,仿佛无论人生经历了什么都不会消失。

谢澜戳开对话框,最新一条消息是半小时前发来的。

QZFXR:有一件事犹豫挺久了。
QZFXR:国内 B 站有一个新人 UP,叫谢澜,是你吗?

谢澜愣了一下,心想:果然,真粉是能认出来的。

其实他并没有主动隐瞒,却也不会主动去提,所以被发现了也无所谓。

SilentWaves:嗯。
QZFXR 秒回:你有新生活了,替你开心。他发完这条之后顿了一会儿,又问道,所以 YouTube 的账号就永远作废了吗?

谢澜看着"永远"两个字,恍然失神。

这个账号曾经也是他倾注心血去经营的。从建号开始,SilentWaves 只有一个使命,就是给病中的妈妈带去一丝快乐和寄托,从某种意义上说,也是谢澜自己的希望寄托,他希望妈妈能够战胜病魔。

但她最终还是离开了人世。

这一走,让那两年的沉重时光再也禁不起回忆……

过了许久,他才拿起手机,忍下心中的苦涩回复信息。

SilentWaves:这个问题你好像已经问过很多遍了。
QZFXR:嗯。就是看到你本人的状态好了很多,想再确定一下。

谢澜顿了顿,打出一行字,突然觉得这对于粉丝而言有些残酷,又一字一字地删除。

他的中文已经进步很多,但远远不够。他不知道该如何委婉地对一个真心喜欢他过往的人说,那段人生于自己而言十分沉重,并不想再去回忆……

许久,谢澜还是没有回复,干脆退出软件,长叹口气。

"谢澜?"窦晟忽然在房间外叫他。

谢澜下床开门,探出头问:"怎么了?"

"没怎么，"窦晟手里拿着一包可可奶，塞到他的手上，"看一眼。"

谢澜一愣，莫名地问："看一眼？看什么？"

窦晟在他脸上打量了两眼，转身嘟囔道："没事，就看看，我睡了啊。"

谢澜觉得莫名其妙。

"喝完奶记得漱口。"窦晟像妈妈一样嘱咐着，突然又说，"心情不好可以随时找我。"说完，就进了自己的卧室，关上了门。

心情不好？谢澜愣了一会儿才隔着门对窦晟说："我没事啊。直播的事，其实我没怎么在意，弹幕也都挺友好的。"

窦晟在屋里"嗯"了几声，说："反正有事你就喊我。"

谢澜还是不明所以，直到躺回床上，还是没想通为什么窦晟会觉得自己心情不好。

忽然，手机又振动三声。

本以为是窦晟发来的晚安，结果戳开微信的一瞬，吓得他瞬间瞪大了双眼。

是胡秀杰把他和窦晟拉到了一个群里。

第一条消息是今晚直播的某个截屏。

物理之美：挺会玩啊？

物理之美：明天有数学竞赛训练吧，午休时在教室里等我。

Freedom on My Mind

第二章

百舸争流

"飞机刚落地时,我没有想过会遇到TA们。

"这群人如此鲜活,像午后苏打水里上升的气泡,也像回国那天,我在伦敦从未见过的晴朗——by 谢澜"

"以上是豆子替我写的,我语文还没那么好——by 真实的谢澜"

胡秀杰只用了两句话就成功地让谢澜做了一宿噩梦。

网上的段子看多了,他梦见胡秀杰手持一把四十米长的大砍刀追杀他,允许他抢跑三十九米,每每毙命就被拽回起跑线重新来过,循环往复,砍了一宿。

第二天在办公室里罚站时,看着面前的冷脸"女阎罗",谢澜总是禁不住怀疑她身后背了一把四十米长的大砍刀。

"你看什么呢?"胡秀杰横眉竖目,"总往我背后瞅什么?"

谢澜忙收回视线,说:"老师,我很愧疚。"

胡秀杰瞪着他:"我还没训到你呢!"

谢澜张了张嘴,讪讪地说:"哦……"

五月的午后已经很热了,办公室没开空调,闷得人直冒汗。

窗外无风,倒是有一股热气往屋子里钻。倚在窗边的窦晟安静地听着胡老师的训话,目光却落在窗外的梧桐花瓣上,有些出神。

"你给我认真点!"胡秀杰的声音陡然提高了八度,"不管你是有百万粉丝还是千万粉丝,言行要有度!我要不是心血来潮跑去看你直播,都不知道你们这么不像话!"

窦晟闻言转回视线,一秒切换成乖宝宝的模样,熟练地低下头,认错道:"老师批评得对,不会有下次了。"他又补充道,"但您别蹲我直播了,真的,容易激发师生矛盾。"

胡秀杰狠狠地剜了他一眼,视线又转向谢澜。

谢澜一僵,自动开启复读模式:"老师批评得对,我也不会有下次了。"

"你们两个……"胡秀杰的视线在他们脸上来回扫，欲言又止。

窦晟接口道："我们怎么了？"样子十分无辜。

胡秀杰打量了半天，摆了摆手："别总是认错认得快，结果呢？谢澜我就不批评了，一直在进步，最近的复习状态也很好。那你呢？你到底能不能给我拿出个态度？"

窦晟笑了一下，拎起脚边的书包道："我就知道您得这么说，所以我把我的态度带来了。"

胡秀杰面露惊讶："带来了？"说着，用不敢相信的眼神看向书包。

谢澜也顺着看了过去。里面装的应该是书本之类的，窦晟有可能已经做好了要在这写五万字检讨的准备。

但事实再一次证明：他对窦晟的了解还不够深刻。

在胡秀杰的诧异目光中，窦晟悠闲地拉开书包拉链，从里面掏出了昨晚的衣服。

阳光洒进来照在制服上，白与奶咖的配色显得十分温柔。制服被窦晟连夜熨过，没有一丝褶皱。他双手捧上制服，真诚地说："老师，我决定把这套制服送给您。"

胡秀杰瞪着眼睛，甚至以为自己听错了："你说什么？"

"送给您！"窦晟微微鞠躬，"这是我粉丝成就的见证，也是您苦心培养我的结晶，请您一定要收下！"

在胡秀杰一脸震惊的神情中，窦晟拉着谢澜离开了。

刚刚走出办公室，谢澜忍不住回头看了好几次，确认胡秀杰没被气傻。

窦晟却站在门外，把左手揣进兜里，抬起右手冲胡秀杰挥了挥，还乖巧微笑道："老师，如果能看到您穿上，我就死而无憾了。"

屋里没有声音。

直到彻底离开了办公室，窦晟才大笑出声。

谢澜面无表情地斜眼看他，见他笑得直弯腰。

"老胡这辈子都没栽过这么大的跟头。"窦晟抹了抹眼角笑出的泪花，"你能想象吗？如果老胡真的穿了，校长都会来合影留念的。"

胡秀杰的身材保养得很好，穿一套高中生制服毫无问题。但那画面……确实恐怖。

谢澜在这么热的天里禁不住打了个激灵，皱着眉说："你烦不烦啊？"

窦晟理直气壮地反问道："我要是不给老师送份礼物，咱们能这么快脱身吗？"

谢澜冷哼一声，不再搭理这个"幼稚鬼"。

趁着午休还有时间，他们打算出去买份午饭。

大太阳下，窦晟懒洋洋地说："这就叫救世主，懂不懂？只要和豆子在一起，就能转危为安……有个汉字，左边是豆子的豆，右边是安，这个字简直就是为我设计的。"

谢澜闻言想了一下，摇头道："不认识。"

"你当然不认识了。"窦晟在他肩上轻轻划了几笔,"就念豆。"

谢澜又问:"什么意思?"

"就当是个集合名词吧。"窦晟拖长音调"嗯"了声,"人间美好喜事的集合,包括久旱逢甘霖、他乡遇故知、洞房花烛夜、金榜题名时。"

谢澜"哦"了一声,点头感叹道:"中文果然还是凝练,挺好的。"

窦晟没忍住,趴在他肩上笑出了声。谢澜不知他到底在笑什么,刚想问,就听他小声说:"你还真信啊……"

五月底,英中高二年级的第三次月考结束。

谢澜全力以赴,但窦晟还是照常悠闲,甚至还在考前晚上把四班篮球赛视频都全部剪辑完发布了。

等到周五考完,谢澜在放学路上才想起还有这新视频,便掏出手机观看。

《猫头鹰的奥义是永远精神 | 英华高二四班夏季篮球赛实录》

片头是黑屏白字,没有背景音乐,但如果把耳机音量调大,可以听见细细的风吹树叶声,那是英中的梧桐。

"飞机刚落地时,我没有想过会遇到 TA 们。

"这群人如此鲜活,像午后苏打水里上升的气泡,也像回国那天,我在伦敦从未见过的晴朗——by 谢澜"

"以上是豆子替我写的,我语文还没那么好——by 真实的谢澜"

字幕消散,小提琴音由弱渐强,逐渐转为激燃的快板。

镜头流畅穿插,是无数个四班球员闪转挪腾、飞跃挥洒的瞬间。篮球模拟着心跳"怦怦"地击打着地面,镜头里的地面拉近又推远,节奏错落,雪白的球鞋摩擦着水泥地,声声不断的呼喝中,一片浅蓝色的裙摆一闪而过。

分镜平均分配给了每一位球员——于扉顶着一张厌世脸飞身单手暴扣,纤瘦的胳膊上肌肉暴起,那个灌篮动作带着篮球架在风中如树叶般剧烈摇摆;窦晟在烈日下奔跑,汗水挂在发梢,在阳光下发光,他在三分线外轻盈起跳,手腕送球入网,在空中留下橙色的弧线;王苟跌倒后咬牙站起来;陈舸行云流水般背转身连过四人,直抵内线得分……

十几个小时的素材,最终只有八分钟成片,但每一帧都是精华。

谢澜对 B 站后台疯狂上涨的数据暗暗惊讶。当年他在 YouTube 上百万粉时遇到过瓶颈,或许是因为在 B 站拓宽了视频类型,粉丝反而有越涨越凶的趋势。

"英华四班"在 B 站的推荐搜索里停留了两天,胡秀杰嘴上不说,但周末物理竞赛课上跟隔壁班的老师显摆了好久,还特意把视频放在投影上让大家在课间观看,权当放松。

班级群里疯狂弹消息，朋友圈往下一刷，十几条都是同一个链接。

车厘子：带到我的几个镜头我好帅。
董水晶：费心了，还有陈舸的特写。
冯妙：女生们真养眼啊。
Vincent：那当然，咱班女生都是小美女！
董水晶：哟！
王苟：我发给我奶奶了，我上电视了！
刘一璇：你们就是最棒的！（表情：猫头鹰歪头）
车厘子：精神！

各种猫头鹰表情包轰炸过N轮，谢澜也发了一个可可爱爱的猫头鹰挥翅膀的图片。

董水晶：猫头鹰名号打到B站，感恩两位大佬！
董水晶：@病入膏肓 @豆子医生
刘一璇：你俩这个昵称还挺配套……
车厘子：配套？
鲱鱼：一个有病，另一个是医生，药到病除！
车厘子：拜把子吧。

谢澜把手机收起来，对窦晟说："要不你把名字改一下？"

"嗯？"窦晟抬头，"为什么？"

谢澜瞅他两眼，扭过头，别扭地说："车子明好像挺在意朋友排序的，虽然有点幼稚，但……"

谢澜看到班级群里众人起哄的对话，突然想起车子明在篮球赛上的话，顿时觉得有些心虚。

窦晟笑了一下，问："那我改什么？治病良方？"他用手托腮想了想，"药到病除？"

"什么玩意？"谢澜白了他一眼。

"那……良药苦口？"

谢澜拉着脸不说话了。

窦晟打量了他一会儿，笑道："我不改，要改你改。"

"我改也行。"谢澜拿起手机，"那我改什么？"

"知己啊。"窦晟无比自然地说，"直接写豆子的知己，怎么样？"

谢澜忍无可忍，一把推开他，"滚。"

第三次月考，谢澜觉得考得不错。

这次语文有点难，古诗文阅读非常晦涩，基本废了；还有一篇现代文过于朦胧，通篇不知所云。但谢澜觉得这次作文写得不错，破天荒地写满八百字，拆分成四个小段落，估计光作文就至少能拿个三十七八分了，语文总分拿到七十分还是有希望的。

周日晚自习没有出成绩，礼拜一早上，学年大榜直接在走廊上贴了出来。

谢澜跑过去看分，窦晟重回榜首，总分七百三十一分。

上次谢澜排名二百一十五名，这次他直接往两百名之内看，大致扫了一圈，果然看到了。

名次在右边，他从右往左捋——学年进步四十名，排名第一百七十五，理综三科二百六十七分，对比上次高了十分，英语一百三十五分，持平，数学一百五十分，持平，语文五十九分……

嗯？怎么可能是五十九分？谢澜愣住了。

窦晟看了一眼，也很诧异，低声问："你不是说语文这次能上七十分吗？"

"是啊……"谢澜皱起眉，"作文又跑题了？连三十分都没拿到？"

可怎么想都觉得不应该啊。

车子明在旁边看着成绩单感叹道："陈舸进步得好快啊！"

谢澜闻言继续往后看过去，上一次陈舸的排名在年级三百五十名开外，这次是二百四十名，和自己已经很接近了。

"这才不到一个月啊，他还打了一周篮球赛呢。"戴佑"啧"了一声，活动着手腕笑道，"四班双杰果然厉害啊。"

早自习铃响，几个人一边讨论分数一边往回走。回到座位时，窦晟才低声说："别不高兴，等卷子发下来我帮你找找问题。"

"没不高兴。"谢澜叹气，"就是觉得奇怪，不应该是这个分数，难道古诗文填空全写错字了？"

这也说不通啊，语文试卷刚好考到他很熟的几篇文章。他对自己的要求明确，课外阅读随缘，但凡是能靠死记硬背拿到的分就一定要拿满。

各科课代表下来收作业，车子明还要多收一份竞赛训练卷，收到董水晶那里时，惊讶地问："怎么了？"

董水晶起身，低声说了句什么，把卷子抽出来给他。她的眼眶有点红，车子明愣了一会儿才往后走，没多问。

窦晟低声道："估计陈舸快走了。"

"啊？他要走？"谢澜露出茫然的表情，顿了一会儿才想起陈舸说过要离开H市，便问，"他去哪？"

窦晟摇头:"没问,他可能也不想说。家里的条件都那样了,就想找个小地方猫起来,清清静静地把高考考完。"

谢澜没听懂,蹙眉问:"猫起来是什么意思?"

"就是躲起来,像梧桐一样,一动不动地往角落里一待,不引起别人注意。"

谢澜眼睛一亮:"这个表达很好啊,很凝练,和上次你教我的那个字一样。"

"嗯?"窦晟边翻作业边随口问道:"我上次教你什么字?"

"就是那个代表四大喜事的dou字。"谢澜随手抓过笔在演算纸上写下一个"豆安"。

窦晟"哦"了一声,笑道:"上次我逗你玩呢。"

说完,他转身交了作业,再一回头,却见谢澜一脸凝滞。

窦晟问:"怎么了?"

谢澜一言不发地盯着窦晟。

语言已经不能形容出他此刻的震撼、迷茫,还有一份喷薄欲出的愤怒。但他又有点害怕即将发生的事情,想要逃走……

窦晟还没有弄明白到底发生了什么,上课铃声就响了,学生们都坐回自己的座位。他犹豫了一下,决定等下课再说。

"课代表帮我关下门。"老秦抱着厚厚一沓语文卷走进教室,"嘭"的一声,把卷子往讲台桌上一放,直接拿起最上边一份,叫道:"谢澜。"

"猫头鹰们"灵敏地意识到什么,一只接一只地转过头,向谢澜投来同情和期待的小眼神。

谢澜则表情空洞,逃避道:"谢澜好像不在。"

"是吗?"老秦教了多少年的书啊,对于学生各种匪夷所思的招数早就见怪不怪,翻到作文纸继续说,"这次作文话题四个字——人间喜乐。谢澜同学的作文结构进步很大,久旱逢甘、金榜题名、洞房花烛、他乡遇故,四个角度虽然老套,但也安全,按理说这篇作文怎么也能拿到三十八分,甚至四十分往上,但最后只拿了二十五分。"

谢澜空洞地看着空气里的灰尘,努力压制着怒火。

窦晟在旁边反应过来,问:"你……不会写了那个字吧?"

谢澜对着空气轻轻一笑,低声说:"你说我会不会想弄死你?"

讲台上的老秦继续纳闷地说:"但你这篇作文从头到尾都贯穿了一个高三语文组都不认识的字,左边一个豆,右边一个安,这个字念什么?"

班里一下子就炸了,七嘴八舌地讨论起来。

"左边一个豆,右边一个安?"车子明皱眉纳闷,"有这个字吗?"

在老秦的注视下,谢澜喉结动了动,僵硬地说:"念豆。"

"豆?"老秦顿了顿,"什么意思呢?"

窦晟已经忍不住快要笑出来了,但谢澜此时气到恨不得能打死自己,必须忍住!只能一手扶额不让他看见自己的表情，另一只手掐自己的大腿。

他飞快地写了一行字推过来：随便你处罚我，我认罪伏法。

谢澜垂眸瞟到那行字，冷笑出声："据说是人间喜事的集合。"
"哦——"老秦恍然大悟，"难怪你的作文题目就叫'人间豆安'。"
在全班带着迷惑的哄堂大笑中，谢澜在桌子底下死死地碾着窦晟的脚。
"你知道今天是什么日子吗？"他低声问。
窦晟"嗯"了声，立刻接口道："我的死期。"
谢澜冷笑："宿舍桌子挺凉快的，天热了，今晚你就睡在桌子上吧。"
"好的，没问题，还能直直腰。"窦晟立刻应下，态度良好，"还有什么安排？"
谢澜继续微笑："新华字典看不懂。"
"明白。"窦晟点头，"我手抄一本给你。"

终于熬到语文课结束，教室里一如既往欢声笑语，有人拿没吃完的早饭出来吃，更多同学站在教室前面新贴的成绩单前继续看榜。

后门也闹哄哄的，谢澜正冷眼看着窦晟抄字典，听着王苟和车子明站在后门练对口相声。突然，那两个人安静下来。随后教室里的同学们也都逐渐安静下来。

跟胡秀杰出现不太一样，众人没有面露恐惧。

谢澜随着其他同学一同回头往后门看去。只见陈舸站在数理A班的后门外，书包鼓起，胳膊上搭着两件校服外套。

篮球赛结束后就没见过他了，他剃了个寸头，满头都是短短的毛茬，显得利索精神，眉目分明。见众人都安静而好奇地看向自己，他反而轻松地笑了笑，说："好久不见啊，各位。"

呆滞了两秒，大家才陆陆续续打起招呼。

陈舸道："我今天就走了，办了个转学，来拍个东西。"

戴佑下意识地问："拍什么？"

车子明招呼道："你直接进来吧，别在外头傻站着。"

其他同学也纷纷说："就是，都是自家人。"

"转哪儿去啊，船哥？"

"就是，告诉我们，好去找你玩啊。"

"高考还回来吗？"

陈舸笑笑："高考不回来了，可能要高考后才能再见了。"

他带着东西从走廊大步走到前门，穿过讲台，用一台屏幕满是裂痕的手机仔仔细细地拍下黑板旁边的成绩单。

从高一第一次摸底考开始，一张一张地拍，一直拍到这学期分班考，还有成绩单上方的四个字：百舸争流。

"啊，那我们想你怎么办？"

"对啊，你就不想我们？"

陈舸把手机揣回裤兜里，笑着说："我想你们就看看豆子和谢澜的视频，你们想我……就想吧。"

教室里顿时响起一通狂笑，陈舸也淡淡地笑着。他拍好照就要离开，路过董水晶的桌子时，随手把一只搂着"Pride"圆牌的猫头鹰玩偶放在她桌上，低声道："帮我保管一下，谢谢。"

董水晶没吭声，把东西收进了书包。

"走了啊。明年高考，四班加油。"陈舸站在班级门口停了一下，回头冲大家挥手，"各位，我们顶峰再见吧。"

陈舸走了。

"猫头鹰们"上课全神贯注，下课跑跳打闹，一切看似如常，但又消沉得那么明显。

无声的离愁。

这一天，谢澜也走了几次神，说不出在想什么，甚至不知到底跟陈舸有没有关系。但最淡定的还是窦晟，所有和陈舸有关的话题他都不参与。

下午大课间，窦晟从外面回来，把奶茶放在谢澜桌上，低声说："我有点胃疼。"

谢澜一愣："胃疼？"

印象里窦晟只有一次脚崴了喊过疼。那次他夸张得要死，这回却不怎么出声，放下一句话就坐回座位上趴着，头埋在一侧的肘弯里，另一手搭在胃附近，动也不动。

谢澜忙去给他接杯热水，回来的路上碰见戴佑。

戴佑说："豆子初中得过浅表性胃炎，偶尔会犯，请假回去歇着吧。"

谢澜连忙点头，把水杯交给戴佑，自己转头往外走。

去办公室的路上，他才笨拙地把戴佑说的几个字拼对，在网上搜出病症描述，看了半天大致明白了，应该是 chronic shallow gastritis，谢景明也有这毛病。

知道是什么就好办了。赵文瑛今天刚好在家，谢澜给她和小马分别发了信息，又去找胡秀杰拿假条。

请假的过程挺顺利，只可惜谢澜自己没请下来假，毕竟胃疼的不是他。

送窦晟到校门外的路上，窦晟有些无奈地说："真不至于，我睡一会儿就好了。"

"你嘴唇都疼白了。"谢澜叹气，"我也请了三天住宿的假，放学就回家。"

窦晟"嗯"了一声："那你一个人好好上课啊，听不懂中文的就去问车子明他们。"

"知道。"

说是这样说，但把人送走，之后几堂课谢澜几乎都没听进去。他很担心窦晟，想问问怎么样了，又怕打扰窦晟睡觉……一直纠结到快放学，窦晟主动发微信说已经不怎么疼了，他才稍微放松点。

　　谢澜到家时已经晚上九点半，窦晟就躺在一进门能看到的沙发上刷手机，身上盖着张薄毯，赵文瑛坐在旁边看电脑。

　　"回来了啊？"窦晟一仰头瞥见谢澜，把毯子丢开下地，"我已经好了。"

　　赵文瑛撇嘴道："好了你也把拖鞋穿上，胃病怕凉。"

　　窦晟"哦"了一声，又趿上拖鞋，晃晃手机："《弦上少年》OST 三个入围制作人的名单出来了，B 站占了两个，你和阿泽，还有一个叫嘉达先生，我刚才查了查，是个厉害角色。"

　　这些谢澜回来的路上就知道了。

　　嘉达先生是很有名气的编曲人、音乐制作人，三十三岁，毕业于中央音乐学院，编曲与钢琴双精。他刚上大学时因为随手发在校内网上的原创编曲走红，国内热门影视动漫的编曲都少不了他的身影，虽然本人没入驻 B 站，但养活了一系列搬运号。

　　《弦上少年》官方很会营销，已经明摆着要把主编曲的位置定给嘉达，却把三人前期交上去的原创编曲 demo 挂上网页，邀请网友分享和二创，说是要综合考虑音乐传播度和大众影响再来确定。

　　三个人的 demo 都已公开。阿泽的编曲挑不出错，但也没太多惊喜。嘉达则截然不同，旋律刚响起就把谢澜惊艳到了，高下立判。他没学过专业编曲，在自己听来，他的随性创作跟专业人士出品的成熟度差了不是一星半点。

　　虽然说还有一个半月的决策期，但谢澜已经知道结局了，能败给这么有水平的竞争对手，倒也没多在意。

　　窦晟却说："我听了听，觉得还是你的好。"

　　谢澜一愣："嗯？不能护短啊！"

　　"才不是，客观地说，他编曲是很厉害，一小段就很燃，但是商业味道有点浓。"窦晟拿起一旁的 iPad，"我刚才把他能找到的作品全听了一遍，其实他还没红时跟你有点像，情感渲染力强，现在可能是太成熟了，反而走不到心里去。"

　　谢澜"啧"了一声："你不好好睡觉休息，听他的歌干什么？"

　　窦晟笑道："看看我们有几分胜算。"

　　赵文瑛闻言在一旁说："我也是。跟着听了半天，我也觉得澜澜的比较好。"

　　"是不是？"窦晟难得跟老妈统一战线，"英雄所见略同。"

　　谢澜哭笑不得："你赶紧休息吧，吃药了吗？"

　　窦晟点头："吃了，胃已经不疼了，你放心吧。"

"嗯。"谢澜拎起书包,"那我先上楼洗澡去了,你要是能睡着就早点睡觉吧。"

"嗯。"窦晟点头说,"我也是这么打算的。"

两个人一前一后上楼,站在卧室门口,窦晟用安慰的语气低声道:"真没事了,别担心啊。"

谢澜叹气:"怎么会突然胃疼?"

窦晟也犯嘀咕:"可能是中午冰可乐喝得急了,也可能就是胃自己没事找事。我胃病好久不犯,按时间算也差不多该犯一次了。"

"你也太……"楼梯底下传来脚步声,谢澜咽下到嘴边的话,推开房门回到自己的房间。

他快速洗了个澡,出来时赵文瑛还在隔壁。从声音上判断,赵文瑛应该是站在窦晟房间的门口盘问儿子的饮食起居。平时她很粗心,这会儿却和所有抱怨孩子不爱护身体的妈妈一样,把窦晟最近几天吃过什么全问了一遍,批评他喝冰饮料和熬夜。

窦晟嗯嗯啊啊地应着,声音很低,有时谢澜会听不见他说话。

过了一会儿,那边的说话声停了,赵文瑛敲开他的房门,端着水果和饼干进来:"澜澜,吃点夜宵吧,晚上得吃点东西才有力气学习。"

谢澜连忙说"谢谢",说完又有些尴尬。

桌子上空空如也,他回来半天了,一直惦记着窦晟,压根没开书包,更别说好好学习了。

他问:"窦晟吃吗?"

"他胃疼,应该空一空。"赵文瑛摇头,"不知道他晚上会不会饿,我煮了点粥,放在锅里保温,也煮了你的那份,要是饿了就自己下来盛。"

谢澜乖巧地说:"好,您放心吧。"

"我明天还要出差,在窦晟书包里放了两种药,你帮我提醒他明天饭后吃,间隔半小时,要连着吃两天,每天三顿。"赵文瑛叹了口气,在他肩上拍了拍,"平时你帮阿姨看着点窦晟,他身体底子不错,就是有这么个毛病,眼看着要到夏天了,凉的东西不能吃太猛,更不能和热的东西一起吃。"

谢澜连连点头:"我会注意的。"

赵文瑛又拍了拍他,笑道:"你也一样,你俩都注意点。"说完,便贴心地给他关上房门,离开了。

谢澜写了一会作业,等过十二点,刚想去看看窦晟情况,就听见赵文英进了隔壁,没多久,隔壁传来窦晟毫无生气的声音:"我真没事了啊……"

"没什么事?"赵文瑛语气不悦,"你有事也就会挺着,真有了溃疡要做胃镜,你就受罪去吧!"

这时,谢澜的手机振了一下。

豆子医生：睡吧……我妈母爱爆发了。

谢澜叹气，躺到床上，在黑暗中看着屏幕上的字。

病入膏肓：你真的没事了？
豆子医生：嗯，我现在可能是耳朵有事，听唠叨听多了，耳朵里有回音。

谢澜低低笑了几声。

病入膏肓：阿姨很好。
豆子医生：你还好吧？我怕你会想肖姨。

谢澜看到肖这个字时愣了一会儿。
肖浪静走的这两年，每每看到别人的妈妈关心孩子的画面，他心里多少会有点不舒服，但唯独这次没有。
赵文瑛忽然提高声音："你能不能听我讲话？不要玩手机了！"
谢澜手一哆嗦，匆匆把手机扣过去，不敢再发了。
好在赵文瑛没有翻看孩子手机的习惯，又道："等我一会儿啊，我再给你灌个热水袋，今晚不许开空调了。"

许久，微信再次震了一下。窦晟分享了一首小提琴曲过来，说：晚安，二猫。
谢澜回复：晚安。

他戴上耳机，闭上眼，耳机里是小提琴优雅舒缓的声音，辗转反侧好几次，才终于睡着。
但谢澜没睡踏实，夜里外面下起雨，低沉的雷声滚过，他一下子醒了。
"01:45"。手机白光在黑夜中突兀地亮着，微信上有个小红点，是窦晟在互道晚安后一个小时左右发的。

豆子医生：睡不着。

谢澜愕然，下意识地看了一眼他和窦晟之间的那堵墙。
窗外雨声喧嚣，屋内却如是静谧。
隔壁没动静，估计窦晟发完这条就睡了。谢澜犹豫片刻，还是回了一条。

病入膏肓：醒了，外面在下雨，我去倒杯水。

病入膏肓：睡着了吧？

他放下手机，用力揉了揉脸颊，随手拎起水杯，推门出去。

软底拖鞋踩着地面没有一点声音，梧桐贴着谢澜的脚边跟他一起走。这只猫一向高冷，但偶尔也会黏人。每当谢澜在家时，它一定要跟在他身边，走到哪陪到哪，用它那软乎乎的毛蹭着谢澜的脚踝，脾性竟和窦晟有点像。

一人一猫一起下楼，谢澜没开灯，就用手机照着亮。

刚下了几个台阶，外面又打了一个响雷，他忽然觉得身后某处的雷声微妙地比其他方向传来得更清晰一些，回头看去，果然见窦晟打开房门出来了。

窦晟穿着格子睡裤，上身是熟悉的黑背心，头发有些乱。他拿着手机，站在楼梯顶端，冲谢澜笑了笑。

梧桐罕见地轻轻叫了一声，说不出是"咪"还是"嘤"，像是在对人类撒娇。

外面又是一个闷雷，谢澜跑上楼，站在窦晟身旁，低声道："胃不疼了吗？"

"早就不疼了。"窦晟叹气，眸中掩过一丝惆怅，"早知道就不回家了，难得生病，还被我妈管得死死的。"

难得生病？谢澜无奈地说："胡秀杰说你高一时也犯过，所以才给你批了三天晚自习的假。"

窦晟"嗯"了一声，解释道："初中的老毛病了，轻易不犯，每次犯病就难受个三五天。"

提到初中，谢澜控制不住地想到窦晟父亲的事情。

窦晟像是知道他在想什么，主动说："人果然不能因为心情不好就亏待身体，心情会好，身体却不会恢复，亏大了。"

谢澜"嗯"了一声，沉默片刻，又忽然皱起眉头。

已经很久都没听窦晟提起从前的事了。

从三峡回来，互称过一次知己后，他和窦晟之间就有点微妙。

两个人的关系明明很好，也理所应当越来越好，但不知是不是错觉，他总觉得窦晟好像很谨慎，像在小心维护着一层薄薄的窗户纸，不敢去戳破似的。直到这次旧事重提，他才忽然想起一件事。

看了窦晟一会儿，谢澜状似随意地问："你那时候心情是怎么好起来的？"

他问的其实是那个照亮少时窦晟的"光"，那个在车子明他们口中神神秘秘的代号为"月亮"的人。

窦晟一愣，没想到谢澜会问起这个："啊？"

谢澜没吭声，只是盯着窦晟。

过了一会儿，窦晟才又降着声调"啊"了一声："有个……也是个拉小提琴的，天天听他的曲子，陪了我挺久，渐渐就好了。"

也是拉小提琴的？谢澜忽然想起之前窦晟胡乱附和的那句"和偶像是同一个人"，心里生出一丝难言的介意。

每次提到这个问题，窦晟都在打马虎眼。他曾一度以为拉小提琴的"月光"只是在影射自己，但那天听车子明偶然提到才惊觉时间对不上——那人是窦晟初中时认识的，连车子明他们都知道了好几年，"小提琴拉得很好的朋友"也是刚回国时窦晟无意中提到的，那时自己还没开B站号，窦晟根本不知道他拉琴什么样，更不用提看过他的"作品"。

窦晟说要和自己做知己是这几个月的事，和过往无关。

他蹙眉看着窦晟。

窦晟又说："就是我那个拉小提琴很厉害的朋友，不过我认识他，他不认识我，就……"

"叫什么啊？"谢澜直接问。

窦晟愣了一下，说："不知道你听说过没，叫帕格尼尼。"

谢澜"啊"了一声，不敢相信自己的耳朵："Niccolo Paganini？"

"嗯。"窦晟点头，"好像是吧，是外国人，你认识吗？"

帕格尼尼，早期浪漫乐派音乐家，历史上最著名的小提琴家之一。

谢澜本能地觉得窦晟是在逗自己，但提起这段少时月光，窦晟的神情忽然很虔诚，戳了两下手机，在某音乐APP上戳开一个叫"帕格尼尼名作：24首随想曲"的歌单给他看。

"喏，就是这个人，我听他拉琴才从低谷里走出来的。"

谢澜有些结舌："这……这些应该是别人翻奏，因为……"

窦晟一脸单纯："因为什么？"

谢澜攥紧了拳头，因为他已经死了！

如果没记错，死于1840年。

谢澜无法形容自己此刻对音乐白痴产生的怜悯，在心里叹了口气，他喉结动了动，小声说："算了，不提他了，我下去倒热水，给你捎一杯。"

回去睡觉时已经是凌晨两点多了。

谢澜听着窦晟回房间的声音，心里的感觉复杂极了。

迷惑、震撼，还有点心疼窦晟。也不知道他有没有百度过帕格尼尼的名字，到底知不知道那轮皎洁明月已经陨落百年有余。

就在这时，隔壁的窦晟还给他分享了一支帕格尼尼代表作——《钟》。

谢澜插着耳机，困意逐渐上头，他忍着困劲儿最后给窦晟发了个"猫猫干杯"的表情包，退出时指尖一颤，不小心戳开B站，页面停在私信列表。

最上边的陌生人私信，小窗好像有个"原创"关键词。

谢澜视线模糊，随手点开。

@黑衣主公：你在《弦上少年》要求原创的主创展示页上上传的原创编曲有多少是原创？

嗯？什么东西？好绕。

谢澜把手机捞近，想要把语句读懂。但手机还没到眼前，视线又一阵模糊，思绪挣扎半秒，手腕一扬，直接把手机扔到枕边。

随便吧，好困。

第二天早上，谢澜睡眼惺忪地洗漱完，窦晟已经不在房间了。

楼下传来窦晟和小马的说话声，谢澜下去问道："你的胃好点了吗？"

窦晟"嗯"了一声："好多了。"

小马向他们热情地打着招呼："赵总五点多就去赶飞机了，我来送早餐，你俩快点吃完去上学。"说完转身去倒果汁。

谢澜坐下拿了一片面包，抹上果酱。

窦晟忽然说："B站……好像有点节奏。"

谢澜没反应过来："什么节奏？"

"编曲。"窦晟犹豫了下，"你交给《弦上少年》的个人作品好像跟油管上SilentWaves的某个原创有点像。"

"嗯？"谢澜愣了片刻，随即戳开手机。他最近一条宣布开通微博的动态下，评论前排果然出现了一些奇怪的声音。

抄袭的事不解释下？

澜崽出来解释下吧！

这事好像有点大……某组今天早上六个帖子了。

那个谱的抄袭证据好扎实啊。

澜崽快看看这些帖子：#网页链接#

哭了，有误会尽早解释啊，妈妈怕你脏了羽毛。

……

谢澜皱着眉点开了那个网页链接，题目叫《扒一扒B站音乐区某空降大佬，我愿称之为油管S神的克隆人》。

这是什么意思？谢澜看不懂，问："呃……这个动词什么意思？为什么要扒我？"

窦晟连忙解释道："这个扒不是动作上扒拉你的意思，是扒皮。"

谢澜更加不明所以："啊？"

窦晟无奈地抓了下头发，说："嗐，我也不知道该怎么跟你解释了。扒皮也是个专门的词，可以理解为揭开一些不为人知的秘密。"

"哦。"谢澜大概理解了，松了口气。

帖子正文是大段的文字论述和乐谱对比，夹杂着大量谢澜看不懂的"黑话"，一眼扫过去得有四五千字。谢澜遵循着考试做阅读理解的思路，尝试阅读了五分钟，还是没看懂，于是果断放弃。

他直接点开第一张乐谱对比图，然后往右扫着一张张看谱。看了几张他就明白了。

这个帖子是展示他"抄袭"自己另一个号编曲的若干个证据。

这个作者很专业，竟然能扒他的琴谱，是下了时间成本的。最前面几张都是翻奏动漫OP的改编谱，他和油管账号本来就是二创和三创的差别，没什么可说的，发出来估计只是为了凑数。谢澜直接翻过，一路往后翻，翻到最后，指尖停顿。

最后这几张是挂在《弦上少年》音乐展示页的那首，他个人原创 demo。对比图是他在油管上演奏过的一首原创曲，没名，就有个编号《048》。

谢澜点到那张图片上方的文字。

某人所有作品曲风都和 SilentWaves（以下简称 S 神）有着诡异的相似，高潮铺垫的逻辑、情感推进的节奏、几个"闻名 B 站"的弓法、切入与淡出的方式……但这些都是虚无缥缈的东西，最有力的证据就是下面这段。

进入主旋律前铺垫的两个小节，跟 S 神《048》里进入高潮前的两小节相似度至少80%，如果你们对比上面几首，会发现这几个和弦是 S 神最常用来做垫音的，也同样被某人多次使用。学过音乐的一看就知道，这个编排很独特，不是什么大众采音。

最后，我想说，不确定这样能否构成专业层面上的抄袭，但谢澜吃相真的 ex（恶心），是欺负绝大多数人与外网信息隔绝吗？这种人也配所谓"天降头部 UP"？看不懂。

谢澜极为震惊，又切换回那人做的几个图。

还真是。每次只要涉及快板转慢板旋律，他就会用这几个和弦顺承下来，用顺手了，自己都没意识到。

他又皱眉看着那段话，疑惑地问："ex 是什么意思？"

窦晟顿了一下："反正是骂你的，没必要搞太清楚。"

谢澜叹了口气，想想也是，又切回 B 站，在最上方要他解释的热评下回了一条："没有抄袭，你们可以去查一下音乐抄袭的标准，别被带跑了。"

行业判定抄袭的标准是八小节，有时候旋律相似度过高的四小节也会被判。但他这两小节不完全相同，且不是旋律，只是拿来垫个音的，专业人士都明白。

"这样就行了吧？"谢澜咬了口面包，口齿含混地说。

他还是很困，琢磨着车上再补一觉，根本就没把这个当回事。

窦晟仔细看了一会儿那条动态下的评论，看着谢澜瞌睡的模样，犹豫片刻才说："希望如此。"

然而，事态发展不如人意。

这两天化学生物都在讲知识点，再加上准备语文周测，课业强度有点大，谢澜一直没顾得上上网看看粉丝们的反应。在周四放学回家时，他意外地收到了《弦上少年》官方人员的联系。

"那段 demo 我们这边找人分析对比过了，不构成抄袭，但舆论强势，会影响到你，建议处理下吧，我们也会发一个公告在网页上。"

谢澜愣了一会儿才反应过来说的是什么事。他点开微博，这才发现最近几条微博下已经炸了。

抄袭 S 神之后就躲起来不回应？

你以为你那句解释有用？

不构成抄袭就可以否认自己过度"借鉴"了吗？

我很喜欢你的风格，但没想到你是拿了别人的风格，再见了。

每天点开动态和澜崽说早安，真的很烦，澜崽在准备解释了，不能给他点时间吗？

你住他家吗？你怎么知道他在准备解释，而不是准备逃跑？

二猫给个说法吧，真的做错就道歉，豆粉看了心里也不是滋味。

谢澜皱紧眉头刷了半天，又去窦晟那边看了看——窦晟最近两天的动态下也是各种评论在问，虽然声音没有他这边多，但也有些碍眼。

他觉得有些无奈，又有些无力。

硬说是抄袭显然不构成，所谓的风格相似——谢澜非常确信，回国后展示过的所有打着"原创"标签的曲目，都已经去风格化了。YouTube 上的创造时期是他的人生低谷，他想要一个全新的开始，过往的风格他压根不愿意再拿出来。

这种无聊的泼脏水，稍微懂点行的人都会嗤之以鼻，甚至不知道还能怎么解释，难道要让他和大家分析一下什么样才算风格模仿吗？

窦晟看到后叹了口气说："语文要周测了，怕你心烦就没跟你说。我已经跟动漫方沟通过，他们稍后会把专业鉴定结果贴在网页上。这次很明显是被人找水军带节奏，没别的办法，只能等围观群众自己想明白消停下来，我也会拜托几个朋友去发一些专业帖，你自己说没用，换第三方会更容易被相信。"

谢澜"嗯"了一声。

私信全都是骂他的，确实有点影响心情，他懒得再看下去。

"能知道是谁在带节奏吗？"

窦晟摇头说："从利益角度，有可能是阿泽，或者是你在商务资源上挤到阿泽、阿泽降价往下挤，压到了其他 UP 主。我正让人帮我查，等结果吧。"

谢澜无奈地说："也只能这样了。"

窦晟安慰道："你别想太多，公告贴出来，总会慢慢逆转局势，先把明天的语文周测考完再说。"

"嗯。"

万幸，语文周测谢澜考得还可以，结束后直接去老秦办公室对答案，现场批作文，老秦粗估能有七十五分左右。

谢澜心情稍好了一些，放学回家后，他发现网上果然有了一些帮忙解释的声音，这事似乎逐渐要结束了，只可惜这两天闹成这样，主编曲的位置几乎不可能了，他只能安慰自己本来也没抱太大希望。

周五晚上，风波快要过去，谢澜放松心情，和窦晟一起给梧桐拍了组高清写真，凑齐九宫格发了微博。

礼拜六一天的省训，中午课上到一半，车子明忽然回头道："澜崽，你这事好像还没结束啊……"

"什么？"谢澜一愣。

车子明将手机举到他面前，屏幕上是阿泽的微博，他低声说："你再看看吧。"

一夜之间，逐渐平息的节奏又起来了。这一次对方换了个抓手，从打击音乐抄袭，到打击这种深谙行业规则、擦边"模仿"的作风。这次的帖子简短精练，文字很有力量，带节奏是把好手。

谢澜读完一遍都觉得挺有道理。

道理是很有道理。但问题是这个帖子给他扣了很多莫须有的帽子。

窦晟眉头紧蹙，啧啧咂舌道："这人摆明了是要跟你死磕到底啊，就算不落到实锤，也能动摇你很大一批观众。路人不会深究真相，他们只看节奏。什么刺激信什么，没办法。"

谢澜"嗯"了一声，想起刚才车子明给他看到微博，问："阿泽也带头评论我了吗？"

窦晟顿了顿："也……不算……"

谢澜已经点开了阿泽的微博首页。

@瓦尔令阿泽君：到处跟着起哄带节奏也就算了，还来我这絮絮叨叨，有病是不是？一个个跑来问我怎么看，告诉你们，我就仨字：不构成！S 神在国内大众视野里没什么存在感，这会儿你们倒是一个个成 S 老粉了，告诉你们，自己翻翻我生涯出过多少致敬 S

神的视频，少来跟我冒充专家。专业鉴定结果摆在那，有什么可犟的？谢澜牛就完了，承认一个人牛有这么难吗？确认不了人家抄袭，就说人家风格模仿，我拜托我的观众老爷们，路人我就不说了，这些基本的常识我科普过多少次了？如果弓法也能算模仿，潮涨潮落的编曲结构也能算模仿，燃和悲都能算模仿，那全世界就只有三两个祖师爷，你们谁都别粉，也不用再关注我了！还有，我现在非常暴躁，评论区最好少跟我吵，不然你们就是模仿我！

谢澜很是吃惊，问："我的中文理解是不是又出错了……这人怎么换了一副面孔？"

窦晟显然也受到不小的惊吓，翻来覆去看了好几遍，不确定地说："也许……精修过川剧变脸？"

谢澜没听说过，问："那又是什么神秘的东方魔法？"

迷惑一直伴随了谢澜整整一天，甚至超过了铺天盖地的指责给他带来的震惊。

最迷惑的是，阿泽好像被人上了魔法发条，还真在评论区里和网友大战八百回合，从中午战斗到晚上，谢澜都下课回家了，他还在激情输出。优雅小提琴"瓦尔令"王子的人设崩塌，人送外号"键盘手阿泽"。

不仅仅是与路人抬杠，从微博ID点进去，被他直接回击的还有几个资深粉丝，ID后缀有"AZ（阿泽）"的那种。

这一下不仅仅是谢澜和窦晟，阿泽的几百万粉丝也蒙了。

泽啊，你要是被人绑架了你就眨眨眼。
我的天，谢澜是不是盗他号了？
有可能……你们看谢澜沉默这么多天，可能是去学计算机技术了……
我现在不想讨论谢澜到底是什么情况，只想带阿泽去看看脑子，我是真的有点担心……
同担心……阿泽要不开个直播？我想看看你，确保你平安。
小声说，上次打擂咱家挺丢脸的，阿泽是不是得了那个什么阿尔兹海默症候群？
楼上，你想说的是不是斯德哥尔摩症候群？
阿尔兹海默是老年痴呆，斯德哥尔摩是爱上施暴者或罪犯……麻烦再梳理一下思路。

谢澜一路往下刷着，一路迷惑，越刷越迷惑。

今晚是窦晟跟粉丝早就约好的盖房子解压局，是窦晟做UP主的惯例，每月找一天开个沙盘软件盖房子，随便和弹幕聊天放松。

窦晟回家后先热了一碗冰箱里的粥，吃了片胃药。

谢澜还是有点担心，说："要不去医院看看吧？"

窦晟摆摆手，解释道："这会儿不疼，前两天没吃药，怕复发，巩固一下。"

谢澜点头："那你播吧，我回屋把竞赛卷写了，你难受一定要喊我。"

窦晟"嗯"了一声。

谢澜拿着包走上楼梯，窦晟又追过来从身后叫道："谢澜。"

谢澜回头问："怎么了？"

"没。"窦晟停顿了下，"就是……想确定下，你确定不回应了吗？"

谢澜想了想，说："风格抄袭这个真的没法解释，就算让我用英语说，我都不知道该说点什么，太无中生有了。事已至此，等大家冷静下来再说吧。"

窦晟道："但你的人气会受影响，远的不说，这次《弦上少年》主编曲位置彻底不用想了。"

谢澜无奈地叹了口气："随便吧。"

他确实很想要这个机会，但即便没有这次出事，他大概率也比不过嘉达。比不过就继续努力，他对编曲确实很有兴趣，课余花点精力补充些专业基础也不错。

谢澜走上楼，窦晟没再跟着，走到二层楼梯口，谢澜又回头"嘶"了一声："你说阿泽到底是敌是友？我之前真的觉得这事是他在害我，但他今天替我说话又很真诚。"

窦晟沉默了一下，如实说："如果是他背后搞事，保持沉默就好了，犯不着还出来演，和自己的粉丝对骂成那样……我甚至担心他这次掉粉比你还多。"

谢澜认同地"嗯"了一声。

窦晟又问："你上次和他打交道是什么时候？"

"就上次直播啊。"

谢澜对阿泽最后的印象就是那次直播打擂，他演奏完所有曲目，阿泽只留下一句"受教了"就走了，然后删掉之前阴阳怪气的动态，此后再也没来找过事。

后来，谢澜几波视频热度大爆，刚好都碰到阿泽的更新，把对方碾压得体无完肤，但阿泽一声都没出。

包括商务也是，MR.X 偷偷来说过，阿泽的商务报价往下调了一点，同区头部 UP 主间的咖位顺序在品牌方那边很重要。

其实那场打擂谢澜暴露得也挺多，他隐隐有种猜测，或许是阿泽从那次直播里看出了什么。当然，也不排除是使坏后的骚操作。他在 YouTube 上和很多大博主交过手，人心复杂，尤其做到行业领域中的顶尖人物，都是多面体。

"别想这么多了，我托朋友帮我查着呢。"窦晟安抚道，"这次被黑得太明显，早晚都能查到。"

"窦晟。"

"嗯？"

谢澜犹豫了一下，还是问出了口："你就没怀疑过吗？"

"怀疑什么？"窦晟稍愣，"怀疑你？"

谢澜点头。

"没有，永远不会。"窦晟目光坦然，欲言又止，最终轻声道，"我觉得阿泽可能知道了些什么。"

谢澜没听明白，露出迷惑的神色。

知道什么？

窦晟没有解释，而是径自上楼回屋。他一边开电脑一边说："无所谓了，我比任何人都更清楚你是什么人，无论过去还是现在。"

回到房间后，谢澜还是有点迷茫。脑海里反反复复回响窦晟的那句话。

——我比任何人都清楚你是什么人，无论过去还是现在。

谢澜脑海里瞬间闪过很多个荒谬的想法，听着隔壁音响里传出的音乐声，过了许久，他点开了窦晟的微博。

窦晟在网上是个极其话痨的人，天气、心情、手边的零食、新买的镜头、最近听到的好听的歌、梧桐的日常……大事小事都会发在微博上和大家叨叨。

谢澜犹豫片刻，在他主页搜索框里敲下"帕格尼尼"。

系统提示：找不到符合条件的微博。

找不到。如此欣赏的小提琴家，甚至将其称为"月光"，竟然从没提过吗？

谢澜的心颤了一下，手指停顿在输入框上，又重新输入——"SilentWaves"。

也找不到符合条件的微博。

都没有。

这一瞬间，心里突然涌出一种失望的情绪，谢澜这才意识到自己究竟在期待什么。他对着那颗豆子头像放空了一会儿，回过神时又忽然想起，隔壁好像一直只有敲击鼠标键盘的声响，窦晟没怎么说话，连音乐都停止了。

他戴上耳机，点开窦晟直播间。

大屏上是沙盘画面，窦晟的头像在右下角的小框里，头上戴着耳机，盯着屏幕。

跟平时的直播不同，镜头里的他眉心微微蹙着，神情有些冷漠。

今天的弹幕画风也和平时不太一样。虽然大多数还是在插科打诨，但其间总是混着一些刺目的字眼。

不解释下谢澜的事吗？

谢澜在吗？谢澜在吗？谢澜在吗？

豆子听过 SilentWaves 吗？

那个编曲确实好像，被指抄袭的两段尤其像。

是两小节不是两段……你们真是够了，都澄清了。
不构成抄袭，但模仿总有吧？
豆子，谢澜模仿你知情吗？
前面的都举报了，这是豆子的主页。
爱看看，不爱看滚，带什么节奏？
但豆子和谢澜现在就是绑定在一起的啊，还不让人问了？

不太对劲，一开始质疑的弹幕数量不算多，但双方吵起来后，弹幕数激增，没人再看游戏了，粉丝们都在弹幕上掐架。

窦晟的眉头越皱越紧，犹豫了一下开始解说盖房子的思路，但依旧没人理。

谢澜越看越坐不住。他不是自媒体新人，很清楚这种同行竞争无法避免，虽然心烦，但心态还算平和。相比于要承认外网上的身份，和过去绑定，他宁愿让大家讨论一阵。

但前提是，所有名誉和口碑的损害止步于自己。

他不能看着窦晟因为他而受到干扰。

谢澜正要起身去说明白，耳机里忽然传来"哐"的一声。窦晟把鼠标往桌上一拍，神色冷峻，被他操纵的像素小人随着这个摔鼠标的动作在空中扔出手上抱的全部木材，天女散花一样散在地上。

搞那么大声干什么？
主播在拿鼠标发泄？砸给我们听？
你们有病吧，是为了节目效果啊。
我服了，你们是第一次看豆子直播？
今晚黑粉怎么那么多，好烦躁！
我不是黑粉，我是粉丝，我也觉得他在发火！

窦晟扫了眼弹幕，把软件关了。他毫无表情地沉默了许久，才冷着声音回道："我是在发火。"

耳机里陷入空洞的安静，静到能听见细微的电流声。

窦晟看着弹幕，那双黑眸中透出令人感到陌生的距离感，又掩着一丝失望。谢澜从来没见他用这样眼神注视过弹幕，像是隔着屏幕犀利地审视着那些粉丝。

许久，窦晟抬了下手，似乎是朝着胃去的，但到半空中又放了下去，只是耐着性子低声说："今天是我的直播，每到月底的快乐解压局，只有我和你们。咱们的保留节目，无论谢澜来我家与否，都没变过。"

"别的不说，最基本的发言规范得遵守吧，开局就说了今天只有我直播，只盖房子不提别的，还问，还掐架，找骂？"

耳机里，窦晟低浅而磁性的声音有着一种不容置喙的气场。

他似是有些焦躁，动了动，又一次伸手想往胃部捂去，但又中途改了方向，只喝了一口水。

过了许久，窦晟才又开口继续说："我不想和弹幕吵架，老 UP 主了，什么时候该开麦，什么时候该装死，我很清楚。但你们看，今儿这人气值，没比往常高多少，这说明什么？涌进来的黑粉或所谓路人，没有多少人，刚才骂我的也有老粉，都带着牌子呢，我不瞎。事发突然，你们有质疑、有气，我能理解。但还是那句话，抄袭不是事实，风格模仿更是虚无缥缈的东西，之所以有风格模仿的错觉，是因为帖子里绝大多数举例都是动漫 OP 翻奏，谢澜本来就是在 Silent Waves 的基础上再改，当然有相似之处。"

这一番话引得弹幕上又吵了起来，这次吵的是风格模仿的定义。

"如果触犯到了某些人的道德洁癖，那就取关我吧，我没什么好说的。是新粉的话就一路好走，如果是老粉，缘分还不够，我很抱歉。"

窦晟又挪开视线去，顿了顿，点开文件夹，似乎想再把沙盘软件打开。

他神色沉静如常，但那双黑眸有些失神，对着屏幕某处放空了好一会儿，才蓄起些精神输入账号。

窦晟最在意的就是粉丝。

谢澜记得很清楚，从刚刚认识开始，窦晟就提过自家粉丝很多次。他说这群人爱口嗨、爱搞事、还没脸没皮、油盐不进、个顶个的智商欠费。但他也说过，他的粉丝是全网最无所谓的那批人，和他一样，很包容、很随性，可以自己生产节奏，但从不跟风。

窦晟输了半天账号，却总是打错，敲敲删删半天，索性又一次关了软件，点开一个棋盘格图标。

"胃有点疼，不盖房子了，下一局围棋就下播。"

不如现在下播吧！
下播吃点药吧，赶紧去休息，别跟弹幕一般见识。
无脑喷的真不是粉丝。
是不是粉丝不是根据关注多久来判断的。
能别洗了吗？一个抄袭一个包庇，还不够实锤？
我觉得你上头了，冷静一下想想，你跟谢澜才认识多久？
不喷不黑，只是爱护你，希望你珍惜羽毛，别把心掏给没认识几天的人。

窦晟忽然皱起了眉，随便在棋盘上点着，黑子连成五颗，下意识将鼠标移向右上角的叉叉，过一会没见获胜提示才又一下子反应过来。

"忘了是围棋，当五子棋下了。"窦晟直接拔了音响线，顿了顿，又关了自己屏幕上的弹幕，"下播了。"

这回，他真的把手搭在了胃上。

鼠标放在关闭直播的按键上，他又停顿了，眸光波动，眉心蹙起数次，又都有些无力地松开。许久，才低声道："谢谢大家关心，我刚才的情绪也不好，话重了些。想要留下的粉丝就留下，想走我也不拦着。再说一遍，我的立场不会变，我认识谢澜远比你们想象中要早得多，我比任何人都知道他是什么人。"

话音刚落，直播界面猛地一黑。

主播正在思考人生，先去看看其他人吧！

谢澜这会儿是真的觉得心里很难受，但难受之余，刚刚那句话又缭绕在脑海中——我认识谢澜远比你们想象中早得多。

到底是什么意思？

谢澜蓦然起身。他不想再等，也不想再猜了。

谢澜下楼用小锅热了一杯可可奶，带着去窦晟房间。房门虚掩着，他敲了敲门便推门进去。见窦晟已经恢复了平静，电脑屏幕上刚好显示动态发送成功的提醒。

"发了什么？"谢澜走上去看。

@人间绝帅窦：我尊重谢澜，也恳请大家尊重事实，不要被节奏和情绪裹挟。快三年了，是去是留，彼此珍重。

谢澜把这条动态看完，底下已经有一百多条评论了。

最上面一条写道：尊重豆子。

下面也几乎是相同的回复，偶尔夹着几条黑粉的质疑，但又很快被冲没。

窦晟轻叹一声，无奈地吐槽道："弹幕被带节奏了，动态评论就好很多，我的粉丝里也有低智儿童，得花点时间让他们把脑子找回来。"

谢澜却说："删了吧。"

窦晟惊讶地看着他："删了？"

"嗯。"谢澜说着拉了一把椅子坐在他身边，低头用手机飞快发了一条动态。

@谢澜_em：明天会发个视频澄清，我准备一下。

"你要发视频？"窦晟愣了下，转而蹙眉说，"我感觉有点草率了，留这种视频总是观感不好。"

谢澜认真地盯着他看了一会儿，说："不用这个号发。"

房间里微妙地安静了。

谢澜注视着窦晟，看着窦晟的眼眸中闪过讶异，之后是长久的宁静，眸光微动，又带着某些他或许不曾知情的情绪。

他恍惚间忽然想起很久前，他第一次在直播里被哄着拉了 H.Blood 那天，窦晟站在门口看他，也是这样的眼神。

过了许久，窦晟淡淡地"嗯"了一声，郑重地说："我尊重你的所有决定。"

谢澜长出了口气。

"但……"窦晟又说，"我不希望你因为我而妥协。我们之间，理应互相分担和承受一些。"

谢澜闻言笑了，道："那我也是这句话。分担和承受，也是我的义不容辞。"

窦晟愣愣地看了他片刻，也笑了。

"你看过我的视频吧？"谢澜声音很轻，语气却很笃定，"我是说，从前的视频。"

窦晟没吭声，片刻后他放在腿上的手指动了动，重新摸到鼠标，点开推特页面。右上角的头像是一片小小的梧桐叶，ID：QZFXR。

谢澜看到那个账号和头像，愣在当场。

他以为猜中了真相，却不想真相还能比他的期待更温柔。

窦晟看到他的表情，笑着问："你回国后我还找你聊了好多次，你就没怀疑过吗？"

谢澜还没有回过神来："没……"

"我给你发了好多暗示啊，养了两只猫，一只给另一只抓虫什么的……"窦晟说着，随手在键盘上敲下自己姓名几个字母，"一看你就是没背过七步诗，煮豆持作羹，漉菽以为汁。萁在釜下燃，豆在釜中泣。如果你输入这几个字母，就能猜到是我了。"

"QZFXR"五个字母输入后，电脑自动关联：萁在釜下燃。

窦晟突然有点感慨，道："名字有点中二，所以用了前一句。但取这破名时我真的很难过啊，我爸刚死那段日子，我就是被放在油锅里煎熬到呜呜哭的好惨一豆。"

他说得轻描淡写，还带着淡淡的自嘲的玩笑。但谢澜早已能看穿眼前这个人。

剥开那些漫不经心的、懒洋洋的、无所谓的、浪荡人间的壳子，藏在他心里的，是那颗软乎乎的豆子。

谢澜忽然想起两三年前，第一次留意到 QZFXR 私信的那天。那天对方的原话已经忘了，大致是说："我在我家旁边梧桐树上精挑细选，选了一片和你视频里形状很相似的叶子，拿去照着做成挂坠，挂在书包上，准备带着去上学。"

当时他觉得这个粉丝很可爱，所以发了一个苹果手机自带的"树叶"表情，还用中文不太熟练地拼写：每天都开心。

谢澜大脑一片空白。

"可是……"他茫然道，"你微博从来没说起过SilentWaves这个人啊？"

窦晟闻言笑笑："这个，我很早就跟你解释过的吧。"他戳开网页上方的收藏夹，点开SilentWaves油管首页，郑重地说，"你是我的私藏。所以不可以和人分享。"

Freedom on My Mind

第三章

SilentWaves

"就像那支视频的名字，在风中消散。
那是谢澜带给他的，一个小小的转折点。
是一线生机。
于遇到的千千万万人之中，有些人，确实是礼物。"

初心是谢澜，光和月皆是谢澜，想要的知己也是谢澜。
原来他从未混淆敷衍，只缘身在此山中，从来都只是一个人而已。
窦晟轻叹道："一直没有机会说，谢谢那两年，有你陪着我。"
谢澜仍然在出神，内心越喧嚣，神色反而越蒙。
SilentWaves 是他人生中至暗的标签。母亲肖浪静去世后，它更是时刻提醒着谢澜，那段悲惨可笑的困兽挣扎。殊不知，掩埋了他信念的东西，却扶着窦晟走出低谷。
命运竟然能如此捉弄人。
谢澜轻声问："你是什么时候认出我的？"
"你第一次在我直播里演奏。"窦晟闻言勾起唇角，"虽然你比当年长开不少，但旋律一出来我就知道是你。外网仿你的人很多，但你是独一无二的。"

网上腥风血雨，但旋涡风眼中心的两个人却很平静。
谢澜洗过澡后，钻进被子里准备睡觉。梧桐趴在枕边打着小呼噜，困意上涌，他想要在入睡前伸手摸摸梧桐的头，却和困顿的意识艰难斗争。
在快要放弃的一瞬，他忽然想起了什么，猛地睁开眼，摸出枕头下的手机。
私信列表很长，最近几天的几乎都是来骂他的，但他这一周都没看过私信，列表完全是按照接收时间由近到远排列。
谢澜耐着性子往下刷，刷到手腕都酸了，才终于停下。

回到周一的晚上。

黑衣主公：你在《弦上少年》要求原创的主创展示页上上传的原创编曲有多少是原创？

这句话谢澜当时没看懂，现在耐下心仔细断句，终于弄明白了。

这是第一条质问他 demo 原创性的私信，时间先于某组的扒皮帖，也先于他能想起来的所有声讨和质疑。

黑衣主公的头像是纯黑色的方框，没有图案。谢澜点进这个账号，五级，纯观众，算是资深用户，收藏夹里各区视频都有，但没有关注任何 UP 主。

谢澜退回私信列表，无意中碰了碰屏幕顶端，页面自动弹回最上方。

"瓦尔令阿泽"的名字刚好闯入视线。

巧了，这条私信恰好被他看到。谢澜犹豫片刻，还是点开了对话框。

阿泽：偶像（表情：小电视哭泣）。
阿泽：事已至此，我来跪了。
阿泽：是你吧偶像，你就是 S 神本尊吧？我今天和粉丝对喷了小半天，又去查了好久这次事件的始作俑者，求偶像心疼，我之前是猪！

谢澜越看越觉得不自在，恨不得冲到阿泽面前让他好好说话。

他皱眉查了一下"始作俑者"这个词是什么意思，忽然产生了回复的冲动。但他的回复很高冷，颇有点"豆"味。

谢澜：我是 S？疯了吧？
阿泽：偶像回我了！
阿泽：您不承认没关系，就当是我疯了，上次直播回去我就疯了，脑袋哐哐砸大墙砸了一宿！
阿泽：我不是人，我丧心病狂，我挤兑"新"UP 主，我嫉妒强者，我虚荣心爆棚！但是！我是真的喜欢您！不管您愿不愿意，我已经自封为您在 B 站的小狗腿子，可惜我们不在同一座城市，不然我打车过去把我的心都掏出来给您看！

谢澜：谢谢，你正常点行吗？

阿泽今天是有点惨。估计他也知道再骂粉丝，粉丝就要跑光了，干脆把转型键盘手的输出欲全都发泄到谢澜这里。

谢澜丢开手机抱着猫发了会儿呆，再拿起手机时，阿泽已经洋洋洒洒地写了十几屏的小作文。前半部分是歌颂 S 的马屁，后半部分是忏悔自己的废话。

只有最后两句轻描淡写的话，让谢澜一下子坐了起来。

"同区混的，不好直接爆人家马甲，况且我也只有六七成的把握。音乐区正在冲百万粉丝的 UP 主，你翻一下，讲话逻辑不太清楚的。"

"判断依据是粉丝运营公司，前一阵我咨询了一家没用过的工作室，想外包 D 平台宣发。某组那篇帖子行文跟他家公关稿模板非常像，当时商务随口提过同区某 UP 也用他们，就是上面我说的条件，很好筛。"

讲话逻辑不太清楚？谢澜猛地就想起那个一个问题绕三绕的"黑衣主公"。

周一晚上他没回复，可能无意中躲开了某个陷阱。如果回复，肯定是类似"百分百原创"之类的话，这时候免不了会被嘲得更厉害。

他匆匆给阿泽发了一句"谢谢"，点开音乐频道。

B 站不能分区看 UP 主列表，但可以在某区看历史热门视频。谢澜翻了一会儿就基本有了结果。

音乐区百万粉丝以上的 UP 主有十人。再往下是个九十二万粉丝的，九十万级别就这一个人，下面直接断档到八十万了。

那个九十二万粉丝的主播叫"一只小黑柴"。

看到这个名字谢澜愣了下。如果没记错，打擂那天，一只小黑柴也很有存在感，他开通的特效很华丽，发过好多条弹幕。谢澜也看过他的视频，小提琴及钢琴演奏，基本功扎实，但没什么编曲能力，性格内向，有时镜头前还会脸红，说话吞吞吐吐，粉丝都叫他"狗勾"。

谢澜还没来得及跟窦晟说，第二天一大早，窦晟就来敲他的门了。

"我好像查到了。"他直截了当地说。

手机屏幕上是一段十几分钟的通话记录。

"我昨晚睡前问了所有关系还不错的 UP 主，今天早上有一个数码区的回我了。买黑公关稿的大概是音乐区的一只小黑柴，跟我朋友用同一家网络水军工作室，他说那篇稿一看就是那个工作室的手笔。"

谢澜一愣："不是粉丝运营公司吗？"

窦晟声调上扬"嗯"了一声："什么粉丝运营公司？"

谢澜把阿泽的私信的事情讲给窦晟听。两个人把获得的信息放在一起比对后，基本全合上了。

窦晟"啧"了一声："这些做粉丝运营的一般都有水军业务，这家工作室是从一家大公司独立出去的，正在疯狂扩张商务。小黑柴应该是他们目前最大的客户，所以拉人都用小黑柴的数据来吹，就差直接报他身份证号了。"

谢澜拿过手机看着一只小黑柴的主页，心情有点复杂，问："能确定吗？"

"我有另外几个朋友，跟小黑柴应该也能说上话，我让他们再帮我想办法证实一下，等等消息。"

谢澜吃了一惊，问："你到底有多少个UP主朋友？"

"嗯？"窦晟从手机屏幕后抬起头，"百十来个吧，关系好的只有三十多。"

谢澜："只有……三十多个？"

窦晟边发消息边解释道："小破站创作质量再好，也只是个流量平台。有人的地方就有斗争和利益纠葛，哪儿都没法避免。这个阿泽的话你也就听听，别太把他当朋友了。"

谢澜想想，觉得也对，就把小黑柴的ID号发给阿泽，阿泽没正面回复是或不是。但他忽然和谢澜说起商务广告的事，说自己知道谢澜是S神后，主动把商务报价压了几个百分点。

谢澜没明白对方是什么意思，只好问窦晟："这是什么意思？"

窦晟凑过来瞟了眼屏幕，"哦"了一声，解释道："音乐区的商务资源窄，占一个坑少一个，来了新的头部，其他人象征性压价是常规操作。阿泽降了，跟阿泽水平差不太多的几个UP主也得降。很多品牌方就盯着百万这个门槛，百万和九十万，商单价格差得可不是一点半点。现在上面降价，原本只能选他的商单多半直接流了……你翻翻他最近的商稿，是不是比从前少了很多？"

谢澜大概听懂了，翻了翻，还真是。小黑柴每周三更，以前差不多每个月有两三条广告，这个月一条都没有。

接下来，窦晟在房间里断断续续打了一天的电话。

今天舆论发酵得更厉害了，经过周五晚上谢澜的短暂挣扎，对方像是要彻底置他于死地，水军数量空前绝后。

《弦上少年》的网页上，嘉达的作品链接后亮着三簇小火苗，阿泽也有一簇，而谢澜却只有一个链接，动漫方的意向不言而喻。前两天来问过的商务这几天也都凭空消失，都不催他了。

谢澜早就知道这行冷暖，也没什么感觉，专心录制澄清视频。

答应这条澄清视频在晚上八点前发送，但他剪好片子，被窦晟压下了。

窦晟才刚打完最后一个电话，桌上还放着只吃了几口的外卖。

"往后延个半小时，晚上八点小黑柴有日常直播，有人和他连麦。"

谢澜皱着眉问："连麦是什么意思？"

"就是直播里两个主播开语音，这次是MR.X要连麦，他俩认识。"窦晟拿着手机冷笑一声，"X这个龟孙，当了'百大'就到处社交，恨不得给全站的UP主拜年。"

"那他们……"

"他也算美食区响当当的大UP主，说要跟小黑柴连麦营业，小黑柴求之不得呢。"

谢澜莫名有种预感，窦晟好像又要做些什么。

"他答应你什么了？"

"没什么，他挺喜欢你的。"窦晟看了谢澜一眼，笑着说，"放心吧。"

谢澜欲言又止，看着窦晟噼里啪啦地和 X 打字交流，神情更加迷惑……

晚上八点，小黑柴准时上播。

屏幕上是一个有些呆呆气质的戴眼镜的大男生，二十岁出头，白皮肤和服帖的黑发让他看起来很显小，正冲着镜头温和羞涩地笑。

"大家晚上好，欢迎再次来到一只小黑柴的直播间里看我的直播，今天还是我日常练琴。"

窦晟冷笑道："他说话的方式比你更像是海归。"

小黑柴说话就是这个风格，粉丝早就习惯了。弹幕一片"狗勾"刷过。

黑柴笑着说："为了给我平凡的节目消除一些平凡，今天我要和美食区 UP 主 MR.X 连麦，大家稍等。"

说着，他点开 QQ，输入一串 QQ 号，点击发送邀请。

谢澜正担心 MR.X 会怎么跟他开场，忽然听到窦晟音响里传来一阵咳嗽声。窦晟淡定点开好友通知，通过了"一只小黑柴"发来的申请。

谢澜震惊地看着他这通操作，觉得匪夷所思。

小黑柴的语音邀请在屏幕上亮起，窦晟淡然接通，声音比平时高亢了一些："哈喽。"

"哈喽哈喽，X。"黑柴说，"很久没聊了，你现在干什么呢？"

窦晟一笑，道："很久？咱俩第一次聊天吧。"

音响里非常突兀地安静了下来。谢澜用见鬼的眼神看着窦晟，不知道他到底要干什么。

窦晟冲他笑了一下，下一秒恢复面无表情，打了个哈欠："我在跟你连麦啊，还能在干什么呢？"

弹幕飘过了一片问号。

主播们这是在故意做节目效果吗？

原来 X 的声音是这样的吗？很少听他真人出声。

为什么感觉 X 的声音……有点耳熟。

小黑柴愣了一会儿才缓过来，顺着弹幕笑骂道："你是狗吧，还装不认识，那我这边就先开始了？"

窦晟"嗯"了两声："开始吧，快点。"

？？？

为什么我嗅到了一丝尴尬的气息……

满屏幕的"尴尬"二字飘过，小黑柴有些坐不住了，他低头飞快发了几条消息。

窦晟随手开了静音，对谢澜说："放心吧，我跟 X 通过气了，如果他问，X 就说是节目效果。"

谢澜终于获得说话自由，震惊地问："X 不是认识他吗，不怕得罪他？"

"他算什么。"窦晟哼笑，"我可是 X 的祖师爷。"

谢澜都不知道该说什么好了，只好闭嘴。

窦晟重新开了麦。小黑柴跟 X 确认后状态好了一些，拉出谱架，架好琴，又笑道："今天的人气比之前高很多。"

"那可不吗？"窦晟说，"看看这些弹幕，我给你读读。"

说着，他清了清嗓子，真的一本正经地开始读起弹幕来。

"和我本命 UP 主吵了一下午，气得胃疼，来这避避难——这明显是阿泽粉。"

"怀疑人生一周了，不知道以后该看谁——这大概率是谢澜或……或豆子的粉。"

"有小提琴加吃播 ASMR 吗？想听嚼薯片——这不是我的粉吗？"

……

这不是节目效果吧？明显是来抬杠的吧！

狗勾你跟 X 真的熟吗？

不对，X 老粉一开始就觉得不对。

其实我想说，这个声音有点像……呃……

像我昨天刚刚吵完架的我前本命 UP 主。

离豆几天寻求平静，我是不是想他想出幻觉了？

不是豆吧，他懒得很，不会出来抬杠的。

豆子是不是胃疼致幻，跑出来为非作歹了？

会不会和这几天的事有关？

盲点！

弹幕激增，许久，耳机里清清楚楚地传来窦晟的一声冷笑，然后吐出两个字："是我。"

小黑柴的脸色瞬间变得惨白，本能地从椅子上站起来，但过了一会儿又坐下，神情有些错愕和茫然。

"是不是搞错了吗？你是豆子？"

"嗯，是我。"

"这……你好你好，兄弟，第一次聊天，我……"

"我不太好。"窦晟冷淡地打断他，"我和我室友过得好不好，你心里没数吗？"

音响里再次传来一片死寂。

弹幕一片叹号刷过，然后，肉眼可见地，直播间人数开始猛蹿。

来了！
什么情况，听说此地有豆，豆呢？
麦上！
这是谢澜的兴师问罪直播？
不是谢澜，是豆子！
前排看 UP 主打架？

"不是打架，就是来问候一下。"窦晟自然而然地回应着弹幕，仿佛他才是这个直播间的主人。

"第一次友好会晤用了这种方式，惊喜吧？其实也没什么，就想问问，你是真的喜欢 SilentWaves，拼着胡说八道也要替他不平，还是说单纯想要搞谢澜，无中生有捏造了这条把柄出来？"

窦晟语气很平静，甚至有点轻柔，熟悉他的粉丝都知道，轻柔的背后往往没憋好话。

"我有点困惑，身边也有几个知道外网 S 的朋友，对音乐略懂皮毛，都说谢澜所有原创跟 S 的风格基本上没有相似之处，你有九十多万粉丝，竟然会觉得他们的风格相似吗？"

小黑柴没吭声，屏幕上他的鼠标往语音通话的挂断键挪去，又顿住。

窦晟淡定地笑："别挂啊，仔细想想，你现在挂，是不是晚了？"

豆子今天好刚！
人生中第一次觉得豆子刚竟然是在决定不粉他之后。
心情就是有点复杂。
同复杂，开始摇摆。

窦晟的声音瞬间冷下来："别摇摆，不粉了就是不粉了，我脸皮薄，心灵脆弱，招架不住自家粉丝动不动就听节奏跑来质问。"

这么硬气，至于吗？
听出来了，谢澜这事背后有小黑柴，但你们好像也不那么无辜？
这次事情搞得这么大，肯定有水军下场，只是没想到是狗勾。

你嘴巴放干净点吧，这毕竟是狗勾的直播间。
加一，黑柴粉心态平和，就想等个答案。
就算狗勾真的出手，肯定是有利益冲突，那使点手段曝光抄袭怪也无妨。

谢澜看着弹幕皱眉。
他刚想开口，窦晟拉了一下他的手，瞟了一眼时间，20:20。

各位，人气值已经是平时直播的五倍了……
这个直播间里现在到底有几方粉丝？
豆子你说句软和话吧，虽然在脱粉边缘，我也不想在外面说你。
谢澜在旁边吗？我只想问，说好的晚八点发澄清呢？
该做的澄清不做，跑到这里来撕？
我真的爱过，只想要一个真相或者一句对不起。

弹幕风向逐渐变了，不知是从哪一条开始，节奏又变回了谢澜抄袭模仿的事。
小黑柴好像终于捋清了思路，开口冷声道："这件事跟我没有关系，帖子是我看到很多人讨论才去翻了翻，我也没讨论过。麻烦调查清楚吧，我关你麦了。"
"跟你没关系？"窦晟笑了，低低的清晰的笑声在直播间里响起，"跟你没关系，被我搅和一通，你一点都不生气？还跟我解释？"

豆子，心理学大师啊。
如果不是对你人品产生了怀疑，我甚至觉得有点帅。
豆子没有人品问题，求你别觉得他帅，你不配！
谢澜抄袭，豆子包庇，只要有这一层，我就不觉得小黑柴错。
就算人家搞你们能怎么样？苍蝇不叮无缝的蛋。

弹幕风向几乎一边倒，无论吵过多少轮，最终还是会回到抄袭与否的争论上。
终于，小黑柴看着那些弹幕，恢复了沉着："带节奏的事真的与我无关，但你们来我直播间搅和，我也想问，谢澜的解释呢？"
"解释刚发了。"窦晟说，"我就在这陪着大家看解释。哦，高贵冷艳道德挑剔的观众老爷们可以再喊喊人，省得我们回头再解释第二遍。小黑狗，麻烦给大家播放一下澄清视频。"
小黑柴沉默许久，视频小窗里，谢澜隐约看见他嘴角都在哆嗦，被窦晟气的。
他冷着脸点开谢澜首页，刷新了两下，嘲讽道："发在哪了？"

我也没刷出来……
怎么还在硬犟，豆子你到底是怎么了？
前面的平静下，豆子不至于撒这种拙劣的谎。
能发什么样的解释呢，辩一下音乐风格？
说实话我们都承认构不成抄袭，但就是微妙的相似和模仿也让人难受。
确实，说我们道德挑剔，我们就是挑剔啊！
我喜欢谢澜，就是喜欢他不经雕琢又吊打一切的感觉。
前面的不要说自己喜欢谢澜了，做个只听作品的安静路人吧，谢谢你了。

"这就是我们的区别了。"窦晟淡声随口道，"我喜欢谢澜，就喜欢他的一切，没那么多条条框框。"

小黑柴已然十分暴躁，鼠标键盘乒乒乓乓。

"到底在哪？"他问道，"你除了来我直播间羞辱我，到底有没有带着解释的诚意？谢澜本人呢？"

谢澜瞟着电脑右下角的时间，"20:29"切换成"20:30"的一瞬。

他沉静开口道："我在这儿。"

！！！
谢澜别躲了，给个说法。
谢澜果然在！
和各种黑粉对刚一礼拜，听到澜崽的声音突然有点想哭……
让他说完，能不能先别骂了？有点独立思考能力好吗？
他没有躲藏过谢谢，他一开始就回复过没抄袭。
你们想让他怎么样？中文都说不利索的人，让他跟你们对着骂吗？

"别吵了，没意义。"谢澜声音很平静，瞟了一眼小黑柴屏幕右下角的图标，"你这个校园学术网，可以上外网吧？我发你一个链接，你应该能点开。"

窦晟已经将链接发送到了和小黑柴的聊天框里。

小黑柴冷笑了一下，点开了那个链接。

只这一个动作，谢澜就看出他不是自己在外网的所谓的粉丝。明晃晃的一串数字ID就出现在域名里，是他的账号。

学术网络访问外网的速度有些卡顿，几秒钟后，才转出YouTube界面。

SilentWaves主页。

满屏幕都是"2 years ago"的视频，唯有列表里第一条，突兀地出现一个"1 min

ago"，视频标题是一个句点。

弹幕直接炸了。

整段的感叹号刷过去，直播间甚至有点卡顿，小黑柴看着那个视频封面上的剪影，手忽然有些抖。

谢澜把话筒扶近了一点，声音依旧平静无波："麻烦点开，第一个视频，我的澄清视频。"

点开，快点开！

浑身起鸡皮疙瘩。

不是我想的那样吧？

但我想不到其他的可能……

点开啊！

从人气值上看，这会儿直播间里至少有两百万人。整个音乐区此刻能上线的观众可能都在这个直播间里了，或许也有不少其他区来看热闹的。

小黑柴手指颤抖了许久，还是轻轻地点击播放。

投影仪是临时借的，白墙上水波明灭，少年的剪影站立其间。

相熟的观众会发现，画面边界随风被吹拂着的窗纱是豆子房间的窗纱。

S 的轮廓投在墙上，沉静优雅一如往年，却又更恣意笔挺，如六月梧桐，于静谧中悄然繁茂。

镜头近景处有一方小桌，是在二人视频里出镜过无数次的那张小桌。

一只白皙修长，骨节分明的手从镜头近处伸过来，高清镜头几乎拍清了皮肤上蜿蜒细腻的纹理，食指侧画面着一颗小小的豆子。

这只手将一片梧桐叶轻轻放在小桌上，构建好专属于 SilentWaves 的仪式感。

梧桐叶落下的一瞬，剪影少年将琴弓搭在琴上，长弓一抹，琴音倾泻而出。

他身影潇洒自如，演奏的正是谢澜颇受争议的那段 demo。慢板抒情，每一弓都带着身体自由地摆动，明明是带着伤感的呜咽，少年的身形却如风般轻盈自由，伴随着一旁吹拂的窗纱，仿佛下一秒那道影子就会从屏幕里走出来，破茧而出，生出谢澜的眉眼。

一段经典的垫音过后，慢板骤然走向了热血激燃的快板，一别两年，那人抛弓连弓，并不比当年巅峰期有半点逊色，反而多出几分成熟的从容。

直播间弹幕沉寂了许久。

久到一整支曲子拉完，屏幕上仍是大片的空白，只零星有刚刚进来的纯路人夸了几句好听。

视频很短，进度条走到最后，S 一如当年定点停弓，让剪影在镜头前再停留数秒，风吹着近景的梧桐叶轻颤，在对焦调整的细微的咔声中，叶脉愈发清晰，而那道影子逐渐模糊消散。

黑屏。

窦晟的声音在视频中响起："录完了？"

谢澜道："嗯。"

白色的斜体中文字幕浮现："好久不见——"

直播间里从寂静到虚无，那几百万的人气值仿佛都是假的。直到小黑柴一下子关掉Youtube页面，弹幕才仿佛活了过来。

史无前例的爆炸，各种各样的中文和英文夹杂着堆砌起来，让人一眼望去头皮发麻。

谢澜静静地看着弹幕，仿佛有山呼海啸向他倾斜而来，又离他呼啸远去。但那些，都是他不在意的东西，他在意的是，余光里有一个身影在他身边安然伫立。

是海啸之中的寂静陪伴。

很神奇，他无数次看过自己作为SilentWaves的视频。但这是第一次，有人在身边。

于是，琴音、剪影、梧桐、水波，连同这个账号一起，都仿佛不再有记忆中的那份孤独。

他没关麦，麦中有很轻微的布料摩挲声。

许久，直播间里响起窦晟凑近谢澜低低说话的声音："辛苦了，二猫，你一直是最好的。"

弹幕让整个直播都变得十分卡顿，小黑柴在画框里的动作有些延缓，不知是网络导致，还是他本人的卡壳。他面如土色，压根不知道该如何收拾这样的场面，坐在椅子上，一直张不开嘴。

过了许久，各种各样的弹幕终于归于统一。

骂过的人可能已经闭嘴了，也可能淹没在背景那片白色的弹幕里道着歉。

那些一直替谢澜说话的人终于扬眉吐气。

S神！

S神！

S神！

谢澜天下第一！

谢澜天下第一！

谢澜！天下第一！

"希望小黑柴在本周内对这次的事件做出解释，不然我们会追讨。"谢澜说。

窦晟提醒道："追究。"

"哦，追究。"

谢澜抬手放在挂断语音的按键上，稍作停顿，少年的语气依旧轻轻的，没有太多波澜。

"没有什么S神，SilentWaves只是我的一段过往而已。"

谢澜下麦后，直播间忽然出现了屠屏的长弹幕。

前排科普！ SilentWaves：油管知名不露脸小提琴演奏者，于××年×月×日失联，已于今日寻回，换号中国大陆Bilibili@谢澜_em，别名二猫（大猫专用），昵称澜崽，真人大帅哥，请@一只小黑柴停止碰瓷！！！

像是约好的，一群人刷同一条，无限重叠，直至屏幕彻底崩溃。
其中有几个ID谢澜还算眼熟，都是他和窦晟直播间里挂牌子的粉丝。
"发条动态建议别刷了吧？"谢澜于心不忍，说。
窦晟摇了摇头，不赞成他的话："人都是有情绪的。你得知道，对方花钱买了水军，再加上跟风看热闹的，那些真心喜欢你的人这几天一直被人按着头骂，得让他们发泄一会儿。"
窦晟说着，把音响声音调大。
一只小黑柴显然有些慌了，坐在椅子上呆滞了许久，弯下腰似是想捡琴，中途却又缩回去，两眼对着弹幕发直。
许久，他才开口强作镇定说："弹幕别刷了，要刷去别人的地方刷，这是我的直播间。"
没人理他。科普弹幕依旧在屠屏，这些人也不开口骂，只是永无尽头地刷屏，仿佛誓要将他一锤一锤地钉在网络这虚拟的耻辱柱上。
反而那些被压在下面依稀可见的弹幕尽是骂声。
大概和之前跟风骂谢澜的是同一拨人。

到现在还装无事发生？
我以后……再也不发言了。
纯路人，总共发过两次弹幕讨说法，没给谢澜定性，但我还是觉得很羞愧。
我将用一生来治愈今天的尴尬。

小黑柴看着那些弹幕，表情越来越挂不住，几秒钟后，音响里发出"哐当"一声。
直播间的屏幕黑了。
"捶键盘跑路了？可以。"窦晟点了下头，"这人心态崩了。"
谢澜不禁白了他一眼："毕竟没人玩得过你。"杀进对方直播间直接开战，闻所未闻。
窦晟嘿嘿一笑，道："那确实。"
这次连麦堪称峰回路转，虽然后边还有得忙，但暂时还是能松口气。

谢澜起身道:"我先去洗澡。"

窦晟"嗯"了一声:"我再热个粥喝,晚上可能得和粉丝唠唠。哦,对了,反正明天没课,今晚你就踏实睡吧。"

窦晟不提,谢澜都差点忘了。全市初中质检,占了英中考场,高一高二明天放假,和周末连休。

他走到门口,窦晟又忽然叫住他。

"怎么了?"

窦晟从身后走过来,注视着他,过了许久才低声说:"我没想到你最后的决定是这个,其实,你没必要做到这步。"

谢澜叹了口气。

在S推特账号的存稿箱里,躺着另一条声明。大致意思是,他收到中国B站谢澜的恳请,去听了那支demo,本人认为没有模仿和抄袭。这个方法是窦晟帮他想的,既不用暴露身份,又能挽回局势。就连那条声明,窦晟都逐字逐句润色了很久,确保万无一失。

但谢澜还是录了那条视频。

两条声明,一条躺在推特,一条躺在油管。他最终选择了后者。

他和窦晟不一样。从前做视频是为了妈妈,现在加入B站纯粹是为了自己,他喜欢和窦晟一起录制视频,顺便还能赚钱。所以他始终不太在意粉丝。但窦晟在意,因为窦晟建号的初心和他不同,窦晟是要把快乐带给更多人。这份初心很高贵,是谢澜自认无法拥有的。

他不想让这份初心被湮没。

谢澜说:"当然有必要证明身份。只有澄清比造谣更劲爆,被人们记住的才会是真相。"

窦晟一愣,他根本没想到谢澜能说出这么有哲理的一段中文。

许久,他啧啧称奇道:"可以啊,二猫。别说,你这句中文说得倒是挺利索。"

谢澜冷哼一声,转身道:"在这一行,我是你前辈。"

窦晟在他身后低笑:"那——以后,还要劳烦前辈多多指教了。"

这个澡洗得时间长了点,水温略高,谢澜洗完出来后坐在床上放空思绪。

外头下着大雨,明明他进去前还是晴朗无风的夜晚,这会儿哗啦啦的雨声已经充斥了世界。窗外的江上升起浓厚的水雾,将江对岸的霓虹灯光折射得有些迷幻。

这周过得兵荒马乱的,考试、谣言、和窦晟交心、澄清,还一不小心就把S的身份抖了出来。很多事情都措手不及,就像这场大雨,他和窦晟则像是两只一同浪迹天涯的猫,在雨中一起湿漉漉地跑过。

但——它们是竖着尾巴跑过去的,哪怕雨水沾身,也带着一身坦荡和傲气。

过了许久,谢澜才拿起手机。

微博和B站上仍旧亮着可怕的小红点,他已经无力去清除那些消息了,索性放任不管。

意外的是，微信上也有一个可怕的小红点。
"四班炯炯有神"群炸了。
谢澜被艾特了几百条。

车厘子：出来解释下呗？S神？
戴佑：好家伙，我直呼好家伙！
董水晶：我已经不知道说什么了……
刘一璇：原来你是这样的谢澜。
王苟：澜儿，你到底还有多少惊喜是朕不知道的？
鲱鱼：这世界太离谱了，算了我还是睡觉吧。
车厘子：呼叫谢澜，呼叫谢澜！
Vincent：你最好快点出来，不然开学我们把你的毛给薅秃了！
……

一刷刷不到尽头，谢澜只敷衍地回了一个"猫头鹰发呆"的表情。

一个表情包发出去，下边人立刻开始跟队形，猫头鹰问号歪头，整整刷屏五分钟。
手机滚烫，谢澜不得不把它扔在床上。他去吹干头发后，又瞟一眼手机，却见车厘子说了句话。

车厘子：好家伙，你上热搜了！
刘一璇：嗯？？我火速去看！
董水晶：啊啊啊！激动！我们身边的人原来也可以上热搜吗？
戴佑：估计不少人同时发微博感慨，就成了关键词。
于扉：一觉醒来这世界更离谱了，算了我继续睡吧……

热搜？谢澜愣了两秒，才反应过来他们说的是微博热搜，和推特上的Trend（动态）差不多。根据他回国这几个月的观察，微博热搜一般只有明星、广告和社会新闻。他愣着点开微博，在"热搜More"里往下找，一直找到尾巴才看到。
"SilentWaves掉马"。
点进去，有尖叫，有震惊，还有人在问S是谁。
第一条热门是直播间最后高光时刻的录屏。发布人是豆子QQ群里的一个粉丝，他原本买了粉丝头条，是给首页两千多人看的，没想到稀里糊涂就被顶上热搜头条了，评论区成了讨论基地。

纯2G路人，想问这是什么名场面？

这是B站的直播页面吧？

不懂，舔屏，大帅哥！

科普：天才小提琴少年被黑抄袭，潇洒掀牌，我抄我自己。整理帖戳我主页。

本S粉刚刚从油管出来，我以为我喜欢的youtuber诈尸了呢！原来是入驻B站了啊，还有露脸？我火速去下载！

谢邀，SilentWaves流浪老粉不请自来。

快两年了啊！呜呜呜……

有几千条评论，有连B站是什么都不知道的，有今晚直播间扬眉吐气的，也有被打脸无语来吐槽的，甚至还炸出一些看过谢澜外网视频的人。

谢澜大致扫了一遍，继续往下刷。

热门话题第二条来自一个ID名为吃饭睡觉打豆豆的。

这是一直以来给他和窦晟做产出的粉丝，从最早的《千层套路》开始，谢澜对她很有印象。

@吃饭睡觉打豆豆：峰回路转，真相是真。这些天我和一些真心喜欢豆子、谢澜的粉丝们过得很煎熬，从起初的无语，到眼看舆论风起的慌张，再到主办方澄清后稍安心，但又一波黑出现，我们被压着骂，反驳的声音扩散不出去，无奈焦虑。现在一切都过去了，事实证明我们喜欢的是值得喜欢的人。欢迎大家来小破站看豆子的快乐日常，听澜崽拉小提琴，希望每一个人都有独立思考的能力！

这条微博获得了高评高赞。

谢澜切换大号给她点了个赞，随手又点进打豆豆女士的主页，往下拽了拽。

主页第一条还是刚才那封感人至深的倡议书。但第二条画风骤转，来自四十分钟前，算算时间刚好是谢澜掉马后。

@吃饭睡觉打豆豆：我社死了好吗？现在希望澜崽不要看到我的私信了（卑微）。

谢澜愣住了，又往前刷。

前面大概四五条都是她这两三天发的，无一例外都在祈祷自己早日看到私信，还艾特过自己几次，但淹没在各种信息流里，压根没被看到。

谢澜止不住地有些心寒。或许这位前两天也发私信来骂过他，又觉得不太可能。他知道粉丝越多，跟风的也就越多，会倾注感情的人永远只有一小撮人。但在他心里，打豆豆女士应该是被划入那"一小撮"的。

谢澜主动点开和她的私信对话框，想看看她发了什么。

吃饭睡觉打豆豆：澜崽看我新视频！看后心情会变好！

谢澜满脑子问号地点开她首页。

几天不见，打豆豆女士又产出了一串他还没来得及看的同人向视频。

谢澜望着那一串新视频，一时间有点发蒙，不知道从哪条开始看起。

许久，他才挑出打豆豆私信当天发送的视频——《TO 谢澜 | 二猫》。

背景音乐用了谢澜某次演奏的曲子，插图就是视频截屏。有第一次直播露脸发烧烧得发蒙的样子，那天拉 H.Blood 时还穿着软乎乎的睡衣。后来开始频频出现在窦晟的各种日常里，有时只露出衣角，有时则是侧脸，大多数时候被窦晟恶搞得一脸无奈。再到初夏来临时，他站在草地上带领同学们一起演奏，去三峡在巍峨山谷间演奏，直播回击了来碰瓷的公子夜神，又和知名编曲人并肩出现在国漫首页……

倒数第二张图用了谢澜最初在动态下对质疑者的回复：没有抄袭。

之后屏幕上铺满了 QQ 群聊天截屏，都是一些他不知道的私群，群里每人发一句"相信谢澜"，一张一张铺出来，数不清有多少张。

谢澜忽然听到门口有声音，于是按下暂停。

窦晟喷了声："我也刚看到这条，正想来给你看看呢。感动吗？"

"还行。"谢澜顿了顿，还是承认道，"挺感动的，考试没顾上，这次澄清有些晚了，有点对不起他们。"

窦晟闻言笑起来："这样啊。"

不知为何，谢澜总觉得那个笑不对劲。他缓缓收起表情，问："有什么事情是我不知道的吗？"

"也没有。"窦晟伸了个懒腰，"我下去热粥了啊，留一份给你放在冰箱里，你喝的时候用微波炉转一下。"

说着他转身吹着口哨走了，吹的还是谢澜的曲子，正是视频的背景音乐。

谢澜半信半疑地收回视线，继续看视频。

视频总时长八分钟，前面的内容只有三分钟，后面基本全都是 QQ 群截屏。截屏里明明是一样的内容，但谢澜还是一直看到最后。

他吐了口气，退出全屏，大号送出一键三连。

正要退出，却无意中扫到评论区。

我就问你尴尬吗？

我笑到打鸣。

本来又燃又委屈，想哭，被拉来看这个，直接笑吐。

我要是你我立刻删视频。

我有预感谢澜会看到，毕竟你大号上热搜了。

什么意思？谢澜刚刚蹙眉，小窗黑屏上却突然蹦出一行触目惊心的大字：去他的SilentWaves！！！

这句话在屏幕上开始闪光、变色、扭曲，在屏幕上疯狂弹跳。

紧接着，一个加了变声器的女声猝不及防响起："去他的SilentWa——ves！淡漠恶魔粉永！不！为！奴！"

谢澜被吓得一个激灵，手机在空中翻腾两周半，"啪嚓"一声砸在了地上。

屏幕朝下！

谢澜大脑一片空白，弯腰把手机捡起来。

门口忽然又传来某人憋不住的笑声，窦晟半路折返，悠闲地说："惊不惊喜？意不意外？"

"嗯……"谢澜面无表情看了一眼手机，淡定地问，"你还有备用手机吗？"

窦晟边乐边转发那个视频，一抬眼："什么？你手里的不就是我的……"

笑容僵硬在脸上。

屏幕碎成万花筒。

那句五彩斑斓的"去他的SilentWaves"在碎屏的折射下，显得比夜店的蹦迪灯还要璀璨。

晚上十一点。

谢澜已经躺在被子里了。他被折腾得有点困，新手机要明天才到，现在只能勉强用窦晟的平板电脑维持着。

一墙之隔，窦晟在自己房间里开了直播。

窦晟也刚洗完澡，换了身睡衣，刚好又和谢澜今天新换的一样。

他在右下角的小框里用毛巾擦了擦还未干透的头发，打开一听可乐灌了两口，然后娴熟地打开SilentWaves的主页。

弹幕上都在打招呼，老粉们一起感慨这场风波，还有人在讨论热搜。

我度过了人生中大落大起最爽的一天！

风平浪静，回味无穷。

今晚直播间人有点少……

不少了，比五一前还多呢，是他俩前一阵出圈太快，太多路人了，数据有点虚高。
跟风来又跟风走的路人，但愿永远别回来。
我也觉得不亏，谢澜这一波逆转太绝了。
不比那啥燃？
热搜还在，有预感他俩会再爆一次！
不是也有老粉爬了吗？
就那几个，声音大而已。

弹幕聊得很嗨，但窦晟都没理。他在 S 的主页认认真真地挑选，最终挑了一个谢澜很早期的视频，点开，音响里响起小提琴婉转悠扬的声音。

这也是一首翻奏，曲风治愈舒缓，谢澜改了其中几段和弦。他早期的水平还稚嫩，现在听来不太流畅，甚至有点听不下去。但窦晟听得很开心，坐在黑暗中，电脑屏幕在黑眸里映着一簇光点，他还跟着哼了几声。

谢澜望着屏幕右下角的小框，全世界，只剩那人的眼眸璀璨。
许久，窦晟"啧"了一声，说："好听吧？"

好听！
好听！
说实话不如谢澜现在，但好听是真的。
我很难想象……拉这首曲子时他多大？
也就初中吧。
天才，你不得不承认，人与人的差距比人与狗都大。
笑死了，哪条狗？黑色的那条吗？
笑死了，那还是人与狗的差距大一点。
所以豆子，你早就知道他是 S？
马甲捂得太严实了吧，流泪。
熊孩子不早点说，妈妈这周都快要吓死了。

窦晟漫不经心地说："先不说谢澜了，说点别的吧。"
他边说边随手点开一条小黑柴的首页。

这么直接吗？哈哈哈！
直播鞭尸？
豆子今天太帅，女友粉腿软。

你又看他干什么啊？看到他的主页我就想吐。

窦晟打了个哈欠，欠扁地说："看看他死没死透……"说着，他戳开小黑柴的投稿页，手指按在鼠标上缓缓往下拉页面，来回看了半天，冷笑一声，"果然少了两个视频。"

什么意思？
我没关注他，少了哪两个？
他之前还骂过你们吗？

谢澜也在屏幕里仔细看着小黑柴的主页，试图看出少了哪两个视频。但他很快就放弃了，他压根没关注过，无从对比。

"准确地说，是少了最近两条有广告合作的视频。"窦晟说，"一个是某音乐APP，还有一个B牌耳机。我就知道，一上热搜，这事就不是小破站里闹闹这么简单了，品牌方一定会迅速要求他撤下合作视频。"

大快人心！
不懂就问，是毁约吗？

窦晟"嗯"了一声，解释道："就是撤销合作。合同里一般会写这种情况，会要求他赔钱的。"

这就是招惹爸爸们的下场！
我只心疼澜崽，澜崽还好吗？

窦晟"嗯"了一声："好着呢，在他的房间里睡觉呢，也可能在偷偷窥屏。"
一说到偷偷窥屏，他不自主地笑了一下，刚好一支视频放完，他又切了下一支。

澜崽在窥屏吗？晚上好啊！
隔空摸摸澜崽的一头软毛。
二猫永远的神！
谢澜就是S什么的，我做梦都不敢想，燃得不可思议！
天上月和家里崽，美妙。
澜崽！你掉马的高光时刻已经上热榜了！搜索栏"我抄我自己"挂着。
希望澜崽心情能好一点……

我从头到尾都没有骂过澜崽！
澜崽对不起，我真的帮你说了一周的话，但是说不过人家。
前面的不要太自责了吧，人家雇了职业水军啊，你怎么可能赢过机器人……
不要太相信互联网，要相信你喜欢的人。

窦晟没吭声，只是噼里啪啦地打着字，神情专注。
片刻后，公告栏刷新。

提醒——
1. 永远向喜欢我们作品的人开放，作品很好看，看就完了；
2. 但请跟风路人、造谣和质疑过谢澜的人自动点出，永不欢迎；
3. 如果真有所谓"伤心老粉"，后台私信，我退所有舰长费用，从此不见；
4. @一条小黑柴，请退出B站，抄袭言论构成公开诬陷，影响范围大，三天不退站，我会告你！
5. 心狠手辣，不喜取关。

好刚！
豆子今天是上了超A发条吗？
二猫果然是大猫的软肋，啧啧啧……
你到底是什么时候认识谢澜的！

窦晟把公告又复制粘贴发送到动态、微博，又当着直播间所有粉丝的面，给平台运营发了私信。

@人间绝帅窦：出来管事，懂？

你好嚣张！
不算嚣张吧，某人的确违反平台的文明和谐规范了。
就爱你的嚣张。
我是真的纯路人，不粉不黑，也没发言，观望到现在，彻底入坑。
前面的+1。
我也想为路人这个词说一句，不是所有路人都跟风的，我也没黑过。
嗯，大家都理智点。

窦晟没吭声，关掉运营私信，鼠标在人气值上转了转。

这会儿观看数已经很高了，基本和上次开直播持平。

他这才淡淡地开口说："今天晚上来我直播间的，希望大家记住这些话。记不住的点叉，真的别粉我了，我要不起你们。"

豆子你好凶！

我有点委屈，我明明一直向着你……

好的，我们会认真听的。

嚣张，成，说吧。

"第一，重复我的公告，这几天骂过谢澜的，自己取关，我没有办法顺着网线找到每一个人，希望你们自觉点。"

谢澜看着直播，忍不住开始担心他说得太直白了，正犹豫要不要去劝一句，就见窦晟发起了复读机模式。

他冷峻漠然地面对镜头，仿佛机器人一样地重复着："快滚，快滚，快滚，快滚……"

谢澜有些哭笑不得，下意识瞟了眼人气值。

别说，还真少了人。

每秒钟走一波，一开始是几千几千地少，差不多七八秒后减速放缓，然后逐渐稳定下来。

谢澜大为震撼，好家伙，这就是精神攻击洗粉大法。

"都走了啊。"窦晟终于露出今晚第一个心满意足的笑容，又说，"剩下的姑且就默认是自家人了。今天在黑柴直播间你们也发泄过情绪了，之后的事我们自己解决，你们不要去网暴别人。"

嗯！

我们不是他。

他已经在我心里永远埋葬了！

豆子做的也基本填平我们的委屈了，退站真的一无所有。

但他还要公开道歉才行。

对，要公开道歉！

窦晟扫了眼弹幕，继续说："我做视频的初心很简单，就是想把快乐带给大家。粉丝只是个称呼，你们看视频开心就看，不开心就走，别给自己贴太多标签。"窦晟笑了笑，"我说完了。"

豆子，永远的神！

圣经，铭记。

知道的，其实老粉都懂……

你也别放在心上，其实我知道你是会在意的。

那些说是老粉的，还真不见得是，而且一共没几个人，一直在吠罢了。

"我不在意，我现在很快乐。"窦晟说着"啧"了一声，又退回到油管页面，鼠标在谢澜的图标上转了几圈，"你们知道我现在最大的快乐是什么吗？"

谢澜正陷入感动，就听某人猝不及防地大言不惭道："我终于能在家里光明正大地磕谢澜在油管上的视频了！"

什么情况啊？乖乖，我笑死了。

等等！你知道他是谁，他不知道你知道他是谁？

前面的，深夜不要说绕口令！

这是什么情况？

诸君！我又开始兴奋了！

今天的心脏起搏器还没上够吗？

窦晟长叹一声，感慨地靠在椅背上。他看着屏幕上谢澜的主页，谢澜在屏幕上看着小窗里的他。一个一脸满足，一个更加迷惑。

窦晟眼睛忽然一亮，吊人胃口说："对了，睡不着，想不想听听我初中时疯狂追星谢澜的故事？"

黑暗中，谢澜缓缓坐起来，把猫抱了过来，又把平板放在猫身上。

梧桐烦躁地隔着被子挠了几下。

谢澜火速切换小号，重刷直播间，一个礼物刷出去。

快说！

要是说这个，他可就不困了。

漆黑的屋子，显示屏将一片莹白的光打在空荡荡的电脑椅上。几十万人对着屏幕里的空椅子，目光逐渐涣散。

过了好一会儿，房门被推开，窦晟趿着拖鞋回来，拎着可可奶和一盒巧克力。

"最近胃炎犯了，我妈让我养胃，而且直播也不能喝酒。"他嘟囔着抠开盒子，"那就吃盒酒心巧克力吧。"

？？？

胃：你在演我？

酒心巧克力：你看不起谁呢？

豆妈骂骂咧咧地退出直播间……

慎重，这玩意儿很可能非常猛！

看直播的谢澜也有些无语，想劝一下，但看着直播间乌泱泱的人气，又忍住了。

窦晟几口喝光一盒可可奶，往嘴里连着扔几颗巧克力，敷衍地嚼了几下，吞下时竟发出了吸溜的声音。

"啧，味道有点重。"

他把盒子翻过去看了眼配料表，微妙停滞。

多少的？

这个牌子我买过，都是威士忌芯……

胃：我炸了，你随意。

胃：是不是玩不起！

许久，窦晟喉结动了动，淡定地把盒子放下。配料表压在镜头看不见的那面。

"开玩笑而已哈，这是普通巧克力，如果有超管请手下留情。"

弹幕疯狂刷过一片——巧克力：说谁普通呢？

窦晟没管弹幕，又连着吃了几块，甜苦辣，弥漫了全部味蕾。

他倒在椅子里轻轻吁了口气。有点上头。打开油管，鼠标直接下拉到最底部，点开 SilentWaves 第一个视频。

窦晟用一向低低的声音说："这个是谢澜在油管的第一支视频，那时候他还不火，他应该算是在第五个视频拉 H.Blood 才大火的，这支只能算是个不错的开始，我当年误入时还只有几百的播放量。懂吧，我是初代粉。"

他一边说着，一边把音响声音调大。

那是一首非常纯粹的抒情慢板，改编自某知名致郁番的 ED[①]，旋律改得更柔和悠扬，在悲伤与治愈的边界游走，虽然技巧欠佳，但情感把握得十分微妙。

墙壁投影是山间夜晚，漫山的树向一个方向轻扬着枝叶，一道青涩稚嫩的身影投射在山尖上，音响里，小提琴声中融着一丝若有若无的风声，那人迎风演奏。

---

① 片尾曲，英语：Ending Theme / Song，英文缩写：ED。

"谢澜"出场,弹幕一下子变了画风。

好美啊,澜崽!
天生的艺术家。
好好哭……
我永远吹爆谢澜。
恶补了S视频才知道,有些人连影子都带着氛围感。

窦晟不吭声,就把视频那样放着。视频是暗色调,屏幕投出的光也暗下来。他坐在一片幽暗中和观众一起注视着屏幕上少年谢澜的剪影,眸光明亮柔和,似乎带着很多情绪,但转瞬又被淡漠遮掩去,再吃一颗巧克力。

这个视频名叫《Dissipate in The Wind》——在风中消散。
老爸死后的很长一段时间,他仿佛变成了行尸走肉。后来他开始在外面打野球。球场上没有王法,后果自负。
他不缺钱,上场不为赢,也不出手,只是兀自拿球穿梭在别人的脏动作里,被肘击,被重重撞在地上,看着大片擦破流血的伤口,会获得一时半刻自己还活着的真实感。
那一天,他打了一场最暴力的球。对家不知在哪里网罗一群手下没数的,个个是二十啷当岁、人高马大的中锋体型。他都不记得自己是怎么回的家,只记得那种浑身要疼裂了的感觉。
那天赵文瑛突然中断出差要回家,他有些慌张地关在房间里紧急处理伤口,大概是太烦躁了,突发奇想想找一首舒缓的歌听听,就在油管上随手一搜,刚好搜到SilentWaves的第一支投稿。
Dissipate in the wind,在风中消散。
视频开始,他漫不经心地瞥了眼屏幕,然后,视线就再也没有挪开,拿着碘酒和绷带呆立原地,一直听到结束。
那种感觉很神奇,体内好像忽然久违地分泌了一点点多巴胺,只有一点点,只能产生一丝微弱的快乐,但那丝快乐让贫瘠已久的神经缓了一口气,就连浑身的痛感都在那丝兴奋刺激下变得温吞。
就像那支视频的名字,在风中消散。
那是谢澜带给他的,一个小小的转折点。
是一线生机。
于遇到的千千万万人之中,有些人,确实是礼物。

视频播完了。

豆子眼神有故事。
好温柔哎，深情豆。
有个词，叫目光如豆。
目光如豆：形容突然变温柔的眼神。
问题是他还啥都没说呢？
饿饿，饭饭，说说？

屏幕里，窦晟忽然回过神来，低头含了块巧克力。再抬头时，他又恢复了平日里那股漫不经心的慵懒。

鼠标在视频结尾特写的近景梧桐叶上画了几个圈。

"看到没？"他咕哝道，"看这片梧桐叶，它的形状像不像一颗豆子？像不像我？"

我缓缓打出一个"？"
说实话吗？
说实话，它只像一片普通的叶子。
我把手机旋转了三百六十度，它没有任何一秒像你……

谢澜也默默把平板旋转了一圈。

窦晟撇了撇嘴："你们懂什么。当时我一看这片叶子，就感觉对方在向我挥手。Dissipate in the wind，知道什么意思吗？"

弹幕停顿了。

窦晟哼笑一声，手指在桌上敲着："消散在风中！他把他的问候寄托在风里，让风穿越太平洋，带到我身边。"

？？？
好想顺着网线爬过去打醒你。
诺贝尔幻想奖！
谢澜永远不知道他的观众在想什么……
可怜的谢澜！
可怜的谢澜！

"不信？"窦晟被激发出斗志，道，"你们等着。"

说完，他起身去床头柜旁，抱出一个大盒子，打开，在镜头前晃了一晃。

震惊！
一盒子梧桐叶？
震撼！
疯了，那番鬼话忽然变得有点可信？
他不会是真的觉得谢澜在对他隔空喊话吧？

"这些叶子都是那两年攒的，他每出一个视频，我就去外面挑一片好看的叶子，加工一下永久保存，做成标本和书签什么的。"窦晟把盒子往旁边一扔，"今年谢澜刚来我家，有一阵总做噩梦，我还送给他驱梦呢。"

呜呜，豆子的报恩。
这波啊，这波叫谢澜种豆得豆。
当年你还有采取行动吗？

窦晟又摸了几块巧克力。他此刻有些微醺，嚼开微苦的巧克力壳，让辛辣的液芯爆出，醉意弥漫过口腔笼上额头，清醒和麻木交错。

他又点开一个推特私信截屏："我去打招呼了，没什么好说的，就是直接表达感受。"
最初谢澜没有回复过他，他就把谢澜当成树洞，单机倾诉了很久。

QZFXR：小提琴原来这么好听，你的曲子就像是专门为我演奏！

弹幕却并不能代入他当时的情感。

笑死！
谢澜：对不起，这个真不是。
豆子我很爱你，但你好像有病……
笑死了，谢澜小透明时期都懒得搭理他。

"才不是呢！"窦晟看着弹幕，争强好胜道，"谢澜回我了，往下看。"
又切换回油管。
谢澜的第二支视频，视频标题——《You know》。
窦晟得意地"哼"了一声，眸光愈亮："听到没，他说，原来你知道啊。"

？？？

神级理解！

吾辈楷模！

窦晟发出一声心满意足的叹息。

一墙之隔，谢澜对着平板逐渐失去了表情。他机械地发了条弹幕。

怎么确定视频名称是对你说的话？

屏幕上，窦晟直了直腰，把这条弹幕读了一遍，然后说："我当然知道啊，给你们看他的简介。"他把光标挪到上方信息栏，字正腔圆地朗读，"这个号是为了记录下想对你说的——看看，多直白。"

谢澜没想到窦晟还能这么理解，那个"你"，是指肖浪静。

刚刚播放的第一支视频，是创作于妈妈被病痛折磨得难入睡的时候，他想对她说，疼痛会消散在风中。

"唉。"谢澜叹气，关掉直播，对着猫说，"睡吧梧桐，某些人开始骗傻子了。"

这一边的弹幕还在疯狂刷屏。

魔幻，我竟然还想听下文！

笑死了，知道他在胡扯，但我还想听。

同！后面还有吗？

赶紧继续编！

"我也知道不是真的对我说，但就是那种很微妙的感觉，知道吧？"窦晟又点开视频列表，"给你们看看后边。"

"《It's Happening》，什么意思？我们的缘分正在开始。"

"《I Have Faith in You》，看，从第四个视频，他就对这份情谊有深深的信仰了。"

"《H Blood ｜ A Rebirth》，拥有了知己的我们如获新生，啧，我已经是知己了。"

"《Chocolate in Mind》，嗯……你是生活给我的那颗最喜欢的巧克力。"

随着他一本正经地胡说八道，弹幕已经笑翻了。

笑死，还最喜欢的。

豆式翻译：指先翻译，再扩写，想扩哪里扩哪里……

《举一反三》

《融会贯通》

瞧给孩子聪明的。

四六级翻译没你我不考……

窦晟眼睛里像蒙着一层透亮的水膜，看着屏幕有些恍惚。他跟随自己优异的英语本能，叽里咕噜连着翻译了一串，停在当前页面最后一个视频上。

"《Mine》……"他顿了顿，把这个词咀嚼了几遍，许久才喃喃道，"你是我的私藏。"

绝了！
扩写真的牛，只需要给我一个词，我能给你整个故事。
此刻心情复杂且激动。
是私藏怎么还拿出来跟我们说？
我懂了，他不想让谢澜公开身份。
公开了就不是私藏了。
对，所以立刻出来直播整活，瞎扯淡，转移注意力！

嗯？被发现了？
窦晟盯着那条说出真相的刺眼弹幕。
众目睽睽之下，他缓缓挪动鼠标，把弹幕列表往上拉拽，找到那个ID。
禁言。
直播效果拉满，弹幕一片爆笑。

我笑得我妈来掐我。
他上头了。
吃巧克力吃上头了？
巧克力：again，说谁普通呢？

一片弹幕中，突然一阵炫酷的礼物特效闪过。
系统：@瓦尔令阿泽君送出领航者飞船×10
瓦尔令阿泽：这种心情我懂！
在满屏幕的土豪特效中，窦晟突然眉头紧锁。
"你懂什么。"他动动手指，为刚刚升上排行榜的阿泽开启了尊贵的"禁言"体验，嘟囔道，"你个假粉，阴阳怪气过你祖宗，也配跟我比。"

笑傻了。
阿泽，实惨！

花钱找骂！

我现在是真觉得谢澜就该是豆子的礼物。

或许还有人记得那句"你一直是最好的"吗？

豆子一直很偏心谢澜。

"就是偏心啊，从 SilentWaves 时期开始，谢澜就是独一无二的。"

弹幕热烈讨论着，但屏幕上的人好像醉了。窦晟垂眸半闭眼，低声把"独一无二"呢喃了很多遍，扒拉开有些挡眼睛的头发，打了个哈欠。

"太困了，今天书先说到这儿，且听下回分解吧，我给这个系列取个名字。"

他说着随手修改起直播间标题来：一直希冀着谢澜的豆子

好像有点长。

窦晟又删改了几个字，打算鼓捣个独一无二的"缩写"。

一只西蓝豆

额……好像有错别字。

窦晟思忖片刻，又打了个哈欠，最后说："就这样吧。睡了。"

话音刚落，直播间蓦然一黑，干净利落。

第二天，谢澜睡过了头，睁眼是已经十一点多了。他习惯性地缩在被窝里刷 B 站。原本脑子有些蒙，但几秒钟后，他猛地坐了起来。

今日热榜第一，吃饭睡觉打豆豆女士出品——《一只西蓝豆》。

封面是七彩的宇宙中一颗硕大的西蓝花，五团花球，每一团花球上嵌着一颗豆，豆上又分别映出窦晟的脸。下边是无限重影的红色大字：一只西蓝豆。

画风十分奔放。

播放量：两百万。

两百万？谢澜像吃了一吨薄荷，从脚底板凉到天灵盖，呼呼冒冷风的那种。他指尖颤抖，深呼吸几次，点开。

背景音乐一开头，谢澜就开始战栗。

《Unity》——鬼畜区经典背景音乐。

于巨大的恐惧中，短促的前奏结束。昨晚直播界面疯狂在屏幕上堆叠，水平翻转，垂直翻转，锯齿缩放，从各个角度铺上来，窦晟瘫在椅子里垂眸念经，配音截自他过往的视频，有些是完整的词句，有些则是一个字一个字拼的，鬼畜效果拉满。

我，是，一只，西！蓝！豆！

我的任务是，保护公主！

所有骂过谢澜的，你们都是坏人！

什么抄袭——啊！

什么模仿——啊！

我的二猫就是最、牛、的！

外网爱斯神是，我的私藏！

（真声）什么意思？我们的缘分正在开始。

我、已、经、是、知、己！

他深、深、信、仰、这份情谊！

我——是他生！活！里！的！巧克力！

（真声）就是那种很微妙的感觉，知道吧？

我希、希、希、希、希望遇见谢澜，

一、一、一、一、一直希望。

油管——关注！

B站——关注！

表妹！表妹（声嘶力竭）关注！

二猫！二猫关注！

（真声）闭嘴你个假粉！

（真声）你也配和我比？

我一直、一直、一直关注你！

我一直、一直、一直——关注！

谢、谢、谢、谢、谢、谢澜！

爱、爱、爱、爱、爱、爱斯神！

（真声）欸？谢澜是不是睡了？我小点声。

半秒后，一声音量爆破的怒吼陡然在耳机里响起：你一直是最好的！

视听盛宴。

谢澜听得脑子里嗡嗡直响。手指尖麻酥酥地颤抖，脚趾在床单上抠出了一道深深的痕迹。有生之年，他听见了自己的一声怒吼："窦晟！我跟你拼了！"

房门被推开，某个吃酒心巧克力吃到宿醉的家伙倚在门口，颓废地扶额垂头，刘海遮住眼睛，遮住抽搐忍笑的嘴角。许久，他才用有些低哑的嗓音沉沉一叹："抱歉，昨晚好像有点过了。"

谢澜心想：那是有点吗？

睁眼就打架，从房间里走出来时谢澜的眼中仍凶意凛凛，窦晟跟在他身后一路闷笑，衬衫领口全是褶子。

谢澜走到楼梯口又回头骂道："你最好祈祷视频从热榜上尽早下来！"

窦晟摆出一副诚恳的样子，说："前辈，你应该比我懂啊，一上午两百万，这谁还能拦得住？"

谢澜咬了咬牙，一股暴躁直冲脑门。每听一句鬼畜的"一只西蓝豆"，他就暴躁一次，但听过还想听，强忍着不听的话，脑内还会自动播放。

要报废了。

到了下午，一只西蓝豆的表情包开始在班群里狂炸。B站也出现了另外一系列——一只西蓝豆的鬼畜、手书、踩点混剪，他和窦晟的粉丝数在前一阵小幅度减少后，又开始了新一轮的野蛮增长。

谢澜无语地看着这一切发生，强行挣扎着问："我能回伦敦躲一阵吗？"

惹事者本人坐在他身边美滋滋地给每一个二创视频一键三连，振振有词道："前辈，是你说的要用更劲爆的东西来冲刷谣言啊，我只是一如既往遵从你的意志。"

谢澜竟然无法反驳。

或许是热度过高了，让平台也有些忌惮。在返校晚自习的路上，谢澜刷出了一只小黑柴的处罚公告：账号封禁十年。

窦晟"啧"了一声，说："这就是永久封禁的意思。小黑柴私下也来跟我说了，他认了，退站，希望我不要起诉。现在阵仗大，运营私信我希望不要再公开讨论这件事。我就同意了。"

开车的小马闻言回头："什么事啊，你俩遇到什么麻烦了吗？"

谢澜缄口不言，窦晟笑着说："没什么，最近涨粉快，被提醒谨言慎行。"

"哦。"小马笑笑，"可以啊。"

谢澜看着车窗外夜色初上的城市，手机忽然振了一下。

豆子医生：猫猫干杯.gif。

谢澜淡然。

病入膏肓：猫猫干杯.gif。

Freedom
on
My Mind

第四章
人间贪凉豆

"他常常和窦晟单独来买东西，自从入夏之后，每晚都要嚼着冰棍才能安心学习。

有时候，他们会心照不宣地在这个角落里安静地站一会儿，戴着一副耳机听首小提琴曲再回去。闷热的夏夜，逃开所有的喧闹，在这份静谧中放松一下。"

SilentWaves 的身份曝光，一回学校，全班"猫头鹰"以一种不怀好意的笑容盯着谢澜，把谢澜盯得手足无措。他原本和窦晟说笑着走进教室，半分钟后，彻底没了表情。

低头找作业的工夫，车子明忽然向后一靠："澜啊，看我。"

谢澜不明真相地抬头，面前的屏幕咔嚓一闪，捕捉到车子明和他的合照。

车子明笑嘻嘻地说："我要发给我奶奶，她也看了你的热搜。"

窦晟在一旁笑道："老太太还挺与时俱进，不犯迷糊了？"

"偶尔也犯，还那样。"车子明摆摆手，起身朝谢澜要数学作业，"你的呢，西蓝豆？"

谢澜正写名字的笔尖一顿，笔珠掉了，一大滴笔油在卷子上洇开。窦晟乐得咳嗽了两声，说："马上。"

这股快乐玩梗的热潮持续了差不多一周的时间。好不容易熬到周末，粉丝都在喊新视频，谢澜却在简介挂上了十二个字。

"期末临近，商务暂停，随缘更新。"

据说粉丝们思念成灾。窦晟周末直播写了会儿作业，其间至少保证了七八次"谢澜没有负气退站"，才勉强把郁闷的粉丝应付过去。

六月带来了一片骄阳，第一周周考成绩出来了。谢澜考得还行，语文上了八十，小幅度地又往上迈了一步。

某天午后，其他人都去食堂了，他和窦晟留在位子上没动。

谢澜正在看一道文言文阅读，忽然听窦晟道："欸，《弦上少年》那个，我觉得你还是有戏。"

"啊？"谢澜抬头，茫然地看了他一会儿，忽然震惊道："怎么说？"

窦晟笑着解释道："之前嘉达没提过这事，昨晚发了一条微博宣传，今天我看到你的头像被挪到阿泽前面了，链接后也出现了小火苗，我猜动漫方也在摇摆吧。作品好才是硬道理，网上你的二创应该是最多的。"

上次舆论战，主办方升级了选人制度，说是最后还要再加一轮面试，也不知究竟是在偏向谁。

窦晟叹了口气，说："不过嘉达的确是业内翘楚，不好比。"

面试也未必占优势，外行和内行较量，怎么想都很没底。但这个机会很好。

谢澜低头继续写了两笔，心里有点失落，轻声道："算了，顺其自然吧。"

窦晟叹气："可惜这一百万啊。"

谢澜笔尖一顿："多少？"

"一百万啊。"窦晟挑了下眉，"一百万是这次主编曲的佣金，合作愉快的话还有可能接后续的插曲制作，就不只是一百万了，你不会不知道吧？"

谢澜脸上大写的难以置信。

一百万，等同于他接三四个商稿，按每四个视频插一个推广来看，要勤勤恳恳耕耘大半年。

窦晟噗地笑出声来："某人的脸上突然出现了'我想要'三个大字。"

"当然想，至少大学毕业前的学费和生活费都不用愁了。"谢澜愣了愣，"为什么这么多？"

"本来就是音乐题材的动漫，官方要拿OP宣发炒作的，前期声势浩大选人也是为了炒热度。"窦晟指尖在屏幕上滑了滑，"面试估计会安排在暑假，到时候看情况再说吧。"

也只能这样了。

"那帮我盯着点啊。"谢澜心里仍有点浇不灭的小火苗。

窦晟笑着转笔，笔尖一下一下打在纸面上，揶揄道："不要有压力，上大学后就算穷也可以和我分吃一块面包。"

谢澜瞬间变得面无表情："不，这是小提琴人不屈的精神。"

窦晟闻言笑着低声道："厉害死了，前辈。"

窗外的风吹过，谢澜看着对面那双含笑的眼眸，轻轻抿了下唇。

高考放了两天假，考试结束后，高三的学生正式离校。学生会沉寂了许久，终于来了波社团活动。

谢澜原本没放在心上，直到忽然收到一条微信。

融欣欣：大神，明天晚饭时间小操场摆摊，你来坐一个小时？

谢澜对着那条微信迷惑了一会儿，礼貌问道：你是？

融欣欣：你敬爱的辩论社社长啊，才两个月没组织活动，你就把我忘了吗？

谢澜心想：学姐，一学期才几个月啊？他对着那条微信恍惚了好一会儿，才从记忆里挖出俩月前融欣欣的话："先招齐人，六月拉比赛，完成本学期社团活动 KPI。"

谢澜犹豫片刻，打字询问道：需要我做什么？
融欣欣：坐在那，当个活招牌。
活招牌，认真的吗？谢澜的语文水平有多搞笑，在英中已经口口相传，辩论社把他拉出去当招牌，到底能招来什么人？
正无语间，融欣欣又发来一条：只要你招够十六人，能组建四支辩论队，我就禅让于你。

禅让？什么意思？
窦晟从外头回来，把冒着丝丝冷气的奶茶放在谢澜面前，看到他正在发愣，问："看什么呢？"
谢澜起身让他进去，问："'缠让'是什么意思？"
"'缠让'？"窦晟被问蒙了，琢磨片刻，"禅让吧？读音同'扇子'的'扇'。意思是旧皇帝还没死，就把皇位让给新皇帝。"
谢澜一下子捏紧了手机。
"完了，她真要传位于我。"谢澜皱眉解释说，"辩论社要招新了，活动都没办，上来就要我做社长，我怎么想怎么觉得这事不对。"
窦晟闻言一笑，道："没什么不对。英中搞社团就是搞不起来，每个社长都是被上一任连蒙带骗拐来的，上了贼船就下不去了，直到忽悠来下一个人。知道为什么传你不传其他社员吗？"
谢澜沉默片刻，幽幽道："因为其他社员已经知道真实情况了。"
窦晟笑得发抖，黑眸中盛着午后明晃晃的阳光，调侃道："聪明啊，二猫。"
谢澜被窗边阳光晒得脸颊有些红热，有些烦躁地埋怨着："你怎么早不告诉我？"
"当初不是你自己摩拳擦掌要提高中文水平吗？"窦晟笑道，"和这些人精打交道，还不算提高？"

谢澜心想：招够十六人，我就退社。不，要招十七人，还得招个社长才行。

第二天，距离晚饭还有十分钟，谢澜跟老马请假提前出来了。

英中小操场上摆了十来张桌子，一个社团一张，据说学生会是按照社团规模来排位子的。谢澜一路往后走，一直走到角落的最后一张桌子，才终于看到了可怜兮兮的"英华辩论社"桌签，还有坐在桌后的融欣欣本人。

谢澜顿觉泄气，幽幽地说："我们真的这么差吗？"

融欣欣从卷子里抬起头，干巴巴地回："辩论是一种精神，一种热爱，不需要衡量别的。欸，你帮我看看这道数学题怎么解？"

谢澜帮她解完了一道数学题，坐在桌子后头，觉得未来一片惨淡，忍不住长叹一声。

悠扬的下课铃响起，没用上半分钟，教学楼那边就有浩浩荡荡的队伍蜂拥而来，男生女生百米冲刺——径直跑过小操场上的摊位，沿着那条浪漫的梧桐林荫路，直冲向食堂。

谢澜又叹了一声。

"Relax，大神。"融欣欣继续埋头看着数学卷子，"得等他们吃完饭。"

余光里，一只熟悉的好看的手闯入，将一个麦当劳的打包袋放在桌上。

"我来探班了。"窦晟笑眯眯地说，"顺便送饭。"

融欣欣这才抬头，从旁边拉了张凳子，熟络地用脚一踹："坐。"

谢澜对窦晟低声说："估计不会有什么人。"

窦晟笑笑："那不正好吗？你们几个老社员糊弄到这学期结束，上高三让学生会自动把你们解散，也挺好。"

下午五点的阳光仍然很足，窦晟今天穿了一身白，白T恤白裤子，皮肤也白，站在阳光下闪闪发光。那头蓬勃的黑发和黑眸被衬得愈发分明，让人看了就轻易挪不开视线。

谢澜无意识地对着他出了会儿神，又看向前方的社团长龙。

电影社、街舞社、围棋社……甚至还有数独社，每一个都排在他们前面。

无端地，又让人心中生出一小簇名为胜负欲的火苗。

融欣欣忽然抬头道："我可不觉得会招不满，你们看着吧。"她说着看了眼表，把数学卷子叠巴叠巴往包里一塞，"谢澜往外坐坐！"

谢澜还没反应过来，食堂门口就开始有人三五一簇地出来了。

融欣欣从书包里掏出一个袖珍蓝牙音箱，往外迎了两步。

"好消息！好消息！英华辩论社招新了！"

慷慨激昂的"宣传口号"从音箱里传出，吓得谢澜打了个激灵，不禁用看精神病人的眼神看着她的背影。

"英华辩论社招新了！"融欣欣挥舞着那枚小小的音箱，奔放的声音从里面传出，"谢澜学长所在的辩论社招新了！欢迎了解！欢迎加入！无论你现在的文学素养与口才是什么水平，来英华辩论社，和谢澜学长一起成长！"

谢澜用震惊到无以复加的眼神转头看向窦晟。

窦晟却惊呼："嚯——"

谢澜又顺着他看的方向看去，只见刚刚从食堂里出来的同学闻声而来，径直冲过电影社、街舞社……朝着寥落破败的英华辩论小破社卷土而来。

融欣欣喜悦地把音响搁在桌上，开启无限循环模式，然后一拍桌子，对谢澜说："别愣着了，给大家发表啊！"

第一个人已经到了桌子前，是个女生。她露出期望的眼神对谢澜说："学长，麻烦给张入社申请表。"

谢澜下意识地递了张表过去，扫一眼她身后，男男女女都有，这么一会儿已经排了二十多人。

融欣欣正在兴奋地组织秩序。

女生弯腰把表填了，往桌上一拍："我等您给我好消息！"

下一个人已经过来："谢澜学长，我也想要一张申请表。"

窦晟掏了一把圆珠笔，让四个人同时填表，小桌旁一下子就挤满了。

谢澜陷入巨大的震撼中，成了一个没有感情的发表机器。

来人、发表、里面请。

他看着挤在桌旁写信息的同学，又看了一眼乌泱泱的长队，忍不住低声询问身边男生道："你们是不是收了钱？"

"啊？"男生愣了下，"不是说这个辩论社的社长是你吗？我冲你来的啊。"

谢澜瞪大了眼睛，愣在原地。

男生笑笑："学长好，我是高一三班王天然，爱好是音乐和航模，我在B站关注你好久了，是你的挂牌粉丝。"

话音刚落，他身边女生也说："我还是谢澜的舰长呢。"

谢澜茫然收回视线，目光开始涣散。

摆摊不到十分钟，打印好的一百张申请表就发完了。融欣欣心情好，自掏腰包给后面排队的人买了雪糕当作遣散费，把一摞申请表放在谢澜面前。

"未来社长，人选要靠你自己挑了，毕竟是以后你要带的人。有不明白的随时找我，咱们争取明天就把短信发出去，周三第一次活动，我和其他老社员也去。"

谢澜顿觉头皮发麻："你确定这些人是真心爱辩论的吗？"

融欣欣目露惊讶，理所当然地说："当然不是，你在说什么胡话？这些都是真心爱你的。"

谢澜被噎得一愣，心想：学姐真是直接。

"没办法，高中课业压力大，非要参加社团，大家都选那些能带他们玩的，什么野营社、桌游社,我早就看明白了。那是他们没有眼力,我们辩论社才是王道,既能辩论解压,又能锻炼思辨与口才,玩和高考两不误。"融欣欣叹了口气,转而又提起精神道,"所以我觉得,与其每年连人都凑不齐,不如想些别的办法先把人骗进来,能不能打出精彩的比赛不重要,重要的是,让更多人了解和认识辩论,我觉得这就很有意义了。"

谢澜闻言微愣。有道理啊。用粉丝们的话说,这一波,思想觉悟高了,格局大了。

站在旁边窦晟忽然乐出了声,被融欣欣瞪了一眼后,慢悠悠地说:"你可真会忽悠啊,是个人才。"

融欣欣捋了捋头发,羞涩道:"那是。"

一百份申请表,谢澜看得艰难,回到宿舍后就埋头苦读一个小时,却一个都没挑出来。

"个人优势"都不说了,反正人人起码都比他强,主要是"入社理由"这一点——

"希望能在辩论造诣上早日向谢澜社长看齐!"窦晟用清冷的声音念道,"确定吗?"

"我要和SilentWaves一起驰骋于辩论比赛,大杀四方,所向披靡。"窦晟乐道,"这位小老弟显然对你还不够了解。"

"我加入辩论社不是为了谢澜,而是真心爱这个辩论社,括弧,我可以每天放学为谢澜学长提供语文辅导,和学长教学相长。"窦晟脸忽然一冷,把申请表三两下撕成碎片,嘟囔道,"做春秋大梦,谢澜身在A班,用得着你来辅导?"

谢澜在一旁幽幽地看着他,无话可说。

窦晟看他没有头绪,索性大包大揽了挑选成员的活儿。

"为谢澜学长之语文崛起而入社!哎,我看这个可以,很清醒,嗯……过往经历也不错,初中打过辩论。"

"不了解辩论,想要趁高三之前尝试,顺便近距离瞻仰学长。这个也可以,很坦荡啊。"

"打过比赛,希望在本社精神领袖的带领下,为英中辩论社添砖加瓦。这个也不错,知道你只能做精神领袖。"

谢澜看着他飞快筛人,仰头长叹。

窦晟忽而语气严肃地说:"其实……你如果实在不想,可以直接拒绝融欣欣。她是能忽悠,但不会强迫你。"

"我知道。"谢澜说。

但……今天融欣欣说的那一通,不管是不是忽悠,他都放在心里了。

谢澜垂眸道:"其实辩论社占用不了太多精力,我可以不参赛,只负责选题和审稿。"

"说的就是啊。"窦晟笑道,"我也觉得不赖,你现在语文成绩进步有点慢,老秦说死读硬背和应试技巧也就能帮你提到八九十分,再往上,才是十几年文化鸿沟带来的差距,很难速成。就算自己不打比赛,看人说也是个方法。"

"这都无所谓了。"谢澜翻了翻报名表,真诚地说,"我真的觉得辩论是中文博大精深的体现,我有那种传承的使命感。"他顿了顿,又抬眸问,"你有吗?"

窦晟神情严肃,凝视着他,认真地说:"我没有。"

谢澜心里有点沮丧。

走廊外头人声喧哗,王苟和戴佑的说话声由远及近,讨论着老马新留的竞赛题,转眼就走到门外了。

谢澜正恹恹地整理那些表格,窦晟忽然来到他身边,把一张表放在他桌上:"我觉得这个可以要。"说完,他就直起身,对着开门进来的两人问,"水房人多吗?"

"还行。"戴佑说,"反正不怎么排队了,赶紧去吧。"

窦晟拿起洗漱用品,对谢澜说:"那我去洗漱了。"

谢澜坐在座位上没动,他垂眸定了会儿神,才拿起那张窦晟说"可以要"的申请表,准备发短信。

嗯?申请表上用回形针别着一片柔嫩的梧桐花瓣。

申请人:窦晟。

高二数理A班。

个人优势:对谢澜社长了解充分,爱护有加。

入社理由:希望陪谢澜社长一起把小破社发扬光大,为冲过高考语文及格线小目标而努力。

谢澜不知道窦晟是怎么筛的人。

周三赶到培训楼,融欣欣和几个老社员正在听新人讲课,边听边做笔记。

说话的是个高马尾女生:"……所以,针尖麦芒不利于取胜,自由辩论时一定要避免,陷入对峙是辩不出个所以然的,观众也觉得累,这种时候该怎么做?"

融欣欣抬头:"曲线救国?"

"对!"高马尾一拍手,"正视问题,但要侧面还击。可以幽默点,或化作抽象概念,用打比方的方式劝说。"

融欣欣等人恍然大悟般点头认同。

另一新人补充道:"或者打乱对方的逻辑,把他们绕进去。总之不能像你和学长刚才那样,可着一个观点正确与否吵几十句。"

谢澜脚步顿在门口,回头幽幽地问:"这就是你筛进来的人?"

窦晟笑:"初中时都拿过校级辩论赛的奖,刚才说话的女生是市冠军队三辩,男生是和她同队的四辩。"

谢澜心想:这么厉害的人选当新人?那要我这社长有何用!

融欣欣深吸一口气,殷切地扫视那些稚嫩的脸庞,欣慰地说:"你们都这么厉害,我就放心地把社长的位子交给谢澜了。"

高马尾一下子来了精神："放心吧学姐，我们辩题自己选，练习自己做，比赛自己安排，一切都不让谢澜学长操心，不让他感受到一点点压力。"

谢澜就是踩着这句话进了门，忍不住开口："那我的任务主要是……"

培训室里的人没想到被抓包，都安静下来。过了一会儿，众人不约而同地高声说："精神领袖！"

融欣欣补充说明："不给你带来压力，才能让你冠名到毕业，福泽下一届招新。"

谢澜在心里给学姐"点赞"，果然坦诚！

高马尾想了想说："也可以给我们补充灵感。论点组织要源于生活观察，不然都是假大空。学长从英国回来，看待事情的角度跟我们肯定有差异，你可以多来听我们训练。"

"这个好。"窦晟笑起来，顺手搭到谢澜的肩，说，"本学期辩论赛定在期末考结束后的两天，你们每周三来练习，我和谢澜过来听。"

众人纷纷点头。

窦晟活动了脖颈，想了想说："我们这两个精神社长也不能太没用对吧？这样，我给你们第一周的练习选题吧。"

融欣欣颇为惊讶，瞪着眼睛问："你什么时候也成精神社长了？"

"副的，谢澜封的。"窦晟笑得眉眼弯弯，"他求我来啊，不来都不行。"

面对众人震惊的面孔，谢澜别过头，骂道："闭嘴，烦不烦？"

他一边说着，一边把窦晟的手扒拉下去，沉着脸，皱着眉。

窦晟懒洋洋地叹了一声，对众人说："小心点吧，你们谢澜社长凶得很。"

众人根本就不怕，那就是纸老虎，都笑呵呵地回复道："好的！"

谢澜觉得，自己这个社长压根就没有威信！

窦晟给大家布置的第一周话题是"贫穷到底是财富还是苦难"。

解散后，谢澜才收起冷漠脸，叹气道："这个话题，我们能给他们补充什么？"

窦晟云淡风轻地说："到那时候，我对穷的洞察会非常丰富。"

"醒醒，你这个不知穷是什么滋味的大少爷。"谢澜无语，"你能有什么洞察？"

窦晟笑笑，拖长语调说："我说的是——到，时，候。"

"嗯？"谢澜一脸迷惑。

窦晟笑道："你专心准备竞赛和期末考试，在我的视频里偶尔露露脸就行。"

谢澜更加一头雾水。

《弦上少年》的主创选拔还在继续，晚上在宿舍写完竞赛作业，谢澜随手刷动态，最上面一条是阿泽几分钟前发布的。

@瓦尔令阿泽：还有人没转发吗？心痛啊！如此瑰宝，速速与你最重要的人分享，到底要我说几遍？

评论区骂声一片。

你没有独立的人格吗？
阿泽被夺舍太久了，已经不能要了！
早已抛弃你，每天看那俩神仙打架，刺激！

谢澜无语，切大号评论道：大可不必。
两分钟后一刷新，阿泽回复：偶像回我了！

谢澜更加无语，太过热情的人会让感到心累。
他只能快速刷过，点开选拔网页，往下粗粗一扫，发现主办方竟然又追加了条款。

作品公示和专业面试结束后，获得主创资格并在合作中表现优秀者，有机会进入芝麻影业 OST 编曲团队，获得特邀席位。

窦晟拿着水盆从身后路过，就着他的屏幕，说：“我找人问了，追加条款的含金量很高。”
谢澜"嗯"了一声，又往下拽拽页面，看着嘉达的头像。
"你也为自己多宣传宣传吧。"窦晟又说，"虽然这是个盲盒，但嘉达最近每天一催，扩大影响的效果应该还是有的。"
宣传倒是可以，但不知道如何开口啊。
谢澜试着在动态栏编辑了几个字——"可以转给身边的朋友吗？链接……"
有点怪，删掉。
"请帮忙转发，谢谢。链接……"
也不太对。
他纠结了一会儿，把动态栏清空了。
不知为何，总有开口讨饭的卑微感。琢磨片刻后，他拽来平板电脑，快速做了几页PPT，把演示录屏，随手加一段自己从前录的小提琴，导出，发动态。

@谢澜_em：为大家整理了一些数学竞赛信息，学习劳累之余，可以听听曲子。

点击播放，每页上方挂着一只严肃猫头，猫头旁附上了作品链接。

下方则是高中数学竞赛考纲，抽屉原理、容斥法则、数学归纳法……一页一条，每条考点下方随手拍了一道老马的例题。

评论很快便涌了上来。

你好像更了视频，又好像没有……

OK，假装我也学竞赛。

好久不见啊，澜崽！

《等价交换》

交易大师。

抽屉原理：把无数还多个物体放入n个抽屉，则至少有一个抽屉里有无数个物体。以此类推：把无数还多个谢澜分给n个热心观众，则至少有一个观众能获得无数个谢澜。

谢澜正酝酿着和一两个粉丝互动，忽然听到走廊外水房的方向"咣当"一声。

戴佑推开门，吵吵闹闹的声音传进来，窦晟的说话声夹在里面，但很清楚。

"至于吗？这么点小事，各回各屋。"

谢澜连忙起身出去，就看见窦晟和王苟正从水房回来。王苟一手提着双湿漉漉的鞋，另一手捧着眼镜，镜腿疑似松动。

戴佑忙问："和人打起来了？"

"没有。"窦晟进屋活动了一下手腕，"他在那刷鞋，一抬手鞋刷子打到眼镜，镜架开了，掉了螺丝又在那找，后面等位的人等得不耐烦了，就吵了几句。"

戴佑又问："和谁啊？"

"全科A的许天洋。"窦晟拉开凳子坐下，边找零食边随口说，"快期末了，都躁，天洋说话有点冲。"

许天洋是从原四班分出去的，戴佑松了口气，在王苟肩上拍了拍，安慰道："别往心里去。"

王苟叹了口气，坦诚地说："没往心里去，我占着位确实不对。"

他一边说着一边小心翼翼把眼镜放在了桌上，团了几张不用的作文纸，擦干鞋上的水，然后掏出一管胶来，开始往鞋底上涂。

那双鞋鞋底开了，中间夹着的灰已经清洗干净，能直接上胶。

整个粘鞋的过程不超过二十秒，粘好后，王苟又起身从书架后掏出一个小花布包，打开是另一副眼镜，镜片和镜架全碎，他用一把小刀小心翼翼地撬那副镜架上的螺丝，试图把小螺丝弄下来给手头的这副眼镜用。

戴佑直接看呆了，说："去学校外头眼镜店修吧，安个小零件一般不收钱。"

"我知道。"王苟凑近专心致志地转着那枚细小的螺丝，说话声轻轻的，"大概率不收钱，但也可能要收五元，那可是五元啊。"

戴佑突然问："你这螺丝是同型号的吗？"

王苟正进展到关键环节，屏息了一会儿，才说："稍微小了一点点，我等会儿用胶黏上。"

其他三个人都在心里对他竖了大拇指，真是平平无奇的省钱小天才。

过了一会儿，窦晟忽然想起了什么，问："你一个月生活费多少？"

谢澜一愣，觉得窦晟这么直接问有点不太好。

王苟却毫不在意地随口说："刨掉吃饭，少说五六十，多的话上百，买书另算。我饭卡有学校补贴的三百，省着点吃，月底还能和同学套现余额，基本能覆盖其他费用，不用自己填钱了。"

话音一落，其他三个人都震惊了。

戴佑给他比了个端正的大拇哥，称赞道："人在二十一世纪，艰苦朴素的品格却不逊于一九八八。"

谢澜下意识地问："一九八八是什么梗？"

戴佑解释道："那个年代普通人工资一个月也就一两百块钱。"

"哦。"谢澜点了点头。

窦晟的眼睛却亮了，兴致勃勃地问："那你觉得，我按照你这个活法，一个月得多少钱？"

谢澜疑惑地问："你要搞什么？"

王苟认真地想了想："短期来说，不考虑做视频的支出，咱俩的基础开销其实差不多。不过，你的伙食有点太好了，没必要。"他站到窦晟敞开的柜门旁扫了两眼，"你看，三餐之外，一天一盒泡芙，做题要嚼牛肉丝，可可奶当水喝，这得多少钱？就这，天天下午还要跑出去买奶茶……"

谢澜忍不住替他辩解："奶茶是我的。"

"哦。"王苟随手按着谢澜的椅背，"那就是天天下午还要请客。"

窦晟咂舌道："这些都可以不要，你觉得一个月一百五十元的生活费，我能活吗？"

戴佑一口咖啡喷出来，沥沥拉拉地洒了一地。

"疯了吧你？"他用纸巾擦着下巴，"狗子都要三百，你还想一百五，又抽哪门子疯？"

窦晟自顾自思忖着，摆了摆手说："没事，我就随口一问。"

戴佑一副"懒得理你"的表情去继续学习，谢澜则去收拾明天要带的卷子，王苟却没走。

谢澜竖起耳朵，偷听窦晟和王苟的窃窃私语。

王苟低声道："哥们儿，其实我觉得是可以的，进城后我花钱有点粗，如果真要节约，一百五也差不多。"

谢澜面无表情地看着他们俩。

窦晟虚心请教："有什么诀窍吗？"

"主要是两点。一是抵制消费溢价，比如吃饭吧，那个小品你看过没？群英荟萃，菜名好听，但说破天就是一盘萝卜，换个概念价格翻了十倍。二是日常资源的获取，当然不是去偷去抢啊，比如食堂的免费粥和茶包，学年组打印错的废弃试卷……你要善于观察。"

窦晟露出了听课时从未有过的豁然开朗的神情，道："明白了。"

"听我一席话，胜打十年工。"王苟笑着拍了拍他。

等人走了，谢澜冷着脸问："你到底要干什么？"

众人皆知，窦晟想要省钱是绝无可能的，大少爷早就习惯了大手大脚，谢澜和他认识以来只觉得他浪费，买东西吃两口不好吃就丢，衣服试穿不合适也懒得退，能打车就不走路，看什么好玩买什么，家里的储藏间满满的都是他买的乱七八糟的小玩意儿，说要录视频，但压根录不完……

窦晟压低声音，坦白地说："搞事情。"

谢澜心想：怎么会有人把这三个字说得这么义正词严，就像在说"好好学习天天向上"，低调中又透出些许骄傲。

接下来几天，谢澜做老马给他附加的数学题做到崩溃时，只要一回头，就能看见窦晟在企划本上埋头苦写。

谢澜被勾得实在好奇，到周五放学时才状似不经意地问："是新视频的脚本吗？"

"嗯。"窦晟把本子往书包里一塞，"咱俩一起出演，你没有脚本，正常反应就行。"

谢澜问："拍几天？"

"到期末考前，将近一个月。"

谢澜用看鬼的眼神看着他："那视频主题呢？"

"升华主题是：贫穷会在多大程度上降低幸福感。"

谢澜呵呵一笑，了然地问："那还有不升华的主题吗？"

"有啊。"窦晟笑笑，凑在他耳边低声道，"又名：依靠知己伸出援手，落魄少爷能快乐吗？"

谢澜瞬间变得面无表情，冷声道："忘了我吧，去找一个新的知己吧。"

周六的省训上，老马发了H省今年高中数学竞赛的安排。

月底是H省数学竞赛的预赛，紧接着是各校期末考试，考完两周后继续省训，外市学生过来加入，四市共一百二十名尖子生，由全省数学竞赛教练带队，培训三周。正式的联赛在9月上旬举办，分一试和二试。

"各位能否拿到保送或加分资格，联赛基本能见分晓。一等奖参加保送资格考试。一等奖表现最好的还可以入选省队，参加冬令营角逐国赛，这个可遇不可求，不要有太大压力。"老马飞快交代完安排，继续讲题。

最近两次省训的气氛有些压抑，难度越来越离谱，解题思路抽象得令人发指，有时候老马耐心讲过一遍，底下的学习精英们至少有一半还两眼发空干瞪着他。

谢澜也开始有些吃力了，他隐约觉得老马虽然嘴上让大家不强求，但实质是在努力把所有人往最高的目标上托。以前省训听到晚上六七点之后才开始觉得疲乏，今天刚到午饭时间，大脑已经要转不动了。

"下周开启不听课模式，我要用一周来治愈今天受到的脑损伤。"窦晟理直气壮地宣布，趴在桌上戳开了他最近喜欢玩的一番赏抽周边的页面。

谢澜往旁边一瞟，刚好瞟到他刷脸支付的一瞬。

叮咚。六连发，四百零八元。

窦晟退出支付页面，扫了眼剩下的手办池，继续刷脸。

叮咚。六连发，四百零八元。

谢澜麻木了，说什么要体验物质贫穷，纯属扯淡！

熬到晚上放学，老马又发了两套新的卷子。在同学们的一片哀号声中，谢澜默默拿着卷子往外走。

"谢澜。"老马在身后叫住他，叮嘱道，"卷子里递归和特征方程的几道题你要重点做，这两块是你的薄弱点。"

"什么薄荷？"谢澜迷茫，"老师，您大点声，我脑子累。"

"薄弱，弱小的弱。"老马被气笑了，掏了块巧克力给他，低声道，"本省数竞直接拿保送的名额在逐年减少，要做好只有一个名额的心理准备，D市有个学生很强，你得挺住。"

"哦。"谢澜点点头，"好。"

窦晟忍不住在旁边咂舌道："老师偏心啊！怎么不给我开这个小灶啊？鄙视第二名吗？"

老马皱眉骂道："你少在这儿演，花了多少心思在竞赛上你自己心里没数吗？人家谢澜基本功比你扎实，还愿意比你多做题。"

窦晟闻言懒洋洋地撇了撇嘴："那是，我全科这么高，真走保送了，英中岂不是少了个理科状元，我就是为了学校考虑也不能太认真学。"

谢澜立刻瞪了他一眼。

窦晟收敛，笑道："我在开玩笑的。"

谢澜冷着脸走出实验楼，紧跟着又给了某人一拐，真是幼稚！

窦晟顺手把谢澜的书包也拿了过来，一边一个挂在肩膀上。

"别有压力啊。"他笑道，"预赛见高下，还说什么D市精英，高一省质检时我们交过手……"

谢澜立刻问："结果呢？"

"我略胜两分。"窦晟淡淡地笑着。

回家后吃了夜宵，谢澜继续刷题。

最近几天，老秦、胡秀杰、老马都找他明里暗里地谈过话。他现在总分提升遇到了瓶颈，物理化学能否拿满主要看有没有遇到审题困难的题目，语文量变到顶，质变遥遥无期，虽然距离高考还有一年，但谁也赌不起。

年级老师对他的统一意见是：数学竞赛一定要出线。他自己也这么想。这是他离妈妈、离那张紫色通知书最短的途径。

要赢，还要赢得漂亮。

手机架在一旁开着直播，最近他不发视频，粉丝们饿得嗷嗷叫，于是改走自习室路线。

二猫静音自习室，不聊天，只露手和桌面，桌角摆着一个小小的计时器，背景音乐放着森林雨声，每四十分钟会插一首小提琴曲当作课间休息，拿点小零食进来吃。

谢澜几乎不看弹幕，只安安静静地做着那些数学题。观众里大几十万都是学生，和他一起安静备考。

终于熬到周日下午，谢澜打了招呼关掉直播，打算休息会儿。他刚要出门问窦晟晚上吃什么，忽然听到隔壁虚掩的门缝里传来音乐声。

"小白菜呀地里黄呀三两岁上没了娘呀。"

音乐声暂停，窦晟嘟囔道："赵文瑛女士会掐死我。"

切歌。

"鞋儿破！帽儿破！身上的袈裟破！"

"这个可以。"窦晟啧一声，"就这个了。"

谢澜震撼，推门道："听什么呢？"

电脑屏幕上亮着剪辑软件的音轨界面，窦晟刚刚把那首"可以"的歌曲拽进去，然后保存关机。

谢澜被他的打扮吸引了。

一条休闲裤，如果没记错，是早些年买的。裤长不太够，到脚踝上方，面料是肉眼可见的差，坐一会儿就一身褶子。

那时窦晟买衣服的原则是"潦倒颓废"，但这条裤子只占了潦倒，没有占颓废，据说九块九包邮，所以当时就被嫌弃地丢开了。上衣倒像是品质不错的牌子，但从其裁剪变形的程度上看，窦晟至少穿着这件衣服去雨林里滚过半年。可偏偏，窦晟穿着这身破烂衣服，仍然很好看。陈旧松垮的衣服更显出少年分明的轮廓，从头发到皮肤，那种干净得隔绝尘埃的感觉刻进了骨子里。

谢澜蒙了好一会儿："什么意思？"

"贫穷挑战，今日开始，一个月的生活费一百五十元，坚持到期末考试。"窦晟淡淡一笑，"不要太快心疼我哦……"

谢澜已经麻木了："我能立刻打死你吗？"

窦晟自信地笑："我仔细想了想，如果穿戴正常，只在生活费上节约，并不算真正体验物质贫穷。"

谢澜沉默片刻："我只想问，那我每天下午还有奶茶喝吗？"

"这个还有。"窦晟笑起来，"我从生活费里预留了喂养二猫的奶茶钱。"

什么？一个月一百五十元，还想买奶茶？

"不用了。"谢澜艰难地挤出几个字，"我不想考前中毒。"

"动态已发，落子无悔。"窦晟把GoPro（运动相机）绑在胳膊上，弯腰捡起地上的烂书包，往身上一挂，"先走一步了，学校见。"

"啊？"谢澜下意识看表，"还有两小时小马叔才来接，你上哪儿去？"

窦晟面露无辜："小马是谁？我认识吗？"

谢澜："你再说一遍？"

窦晟笑笑："别闹了，我要省两块钱公交车票，走着去上学。"

走着去？

谢澜对着他的背影陷入史无前例的震撼。

"跨江啊？"他忍不住问。

窦晟在楼梯口潇洒挥手："有桥。"

窦晟说走就走，没过一会儿，就给谢澜发起了一段实时位置共享。

谢澜站在窗边，看着开阔的江面，跨江立交大桥上车辆川流不息，桥面两侧有窄窄的人行通道，从高处看几乎看不到。他沉默片刻，低头看着地图——代表某人的小绿点此刻就在桥上。

实时对讲线路里响起一阵电流声，窦晟感叹道："风景不错。"

谢澜打击他说："以你的速度估算，你会迟到。"

手机里一下子响起呼呼的风声："是吗？那我慢跑前进。"

小绿点在地图上稍微提速了些许。

从家到学校，开车要绕路，步行反而都是直线。尽管如此，也有九公里，努努力，迟到不至于，就是不知道晚上会饿成什么样？发现没钱吃夜宵会不会哭？

谢澜耸了耸肩回到桌前，点开手机上的编曲软件。

灵感迸发得很突然，源于苍茫地图上这个努力的小绿点，撑不起一首歌，但写一小段简单的旋律不在话下。

二十分钟后，谢澜发了条微博。

@谢澜_em：备考期间，每天随手写段旋律放松，今天的叫《流浪大猫》。求帮忙转发，感谢。

微博发出后很快涌上评论。

流浪大猫？哈哈哈！

他被你放逐了吗？

豆子说要体验极穷的生活，他去拾荒了吗？

好听啊！虽然只有十几秒，简单的旋律也很好听！

怂你终于开窍了，这种很适合搬走安利！

谢澜随手赞了几条评论。

这确实是他能想到的最好的宣传方式，既不算卑微乞讨，也不占用备考精力。剩下的，只能交给运气。

谢澜动身上学前，看小绿点已经在学校附近，就把实时挂断了。

等他来到教室，看到身边的位子还空着。已经临近预赛，"猫头鹰们"到处去交流问题，他给车子明和王苟讲了两道题，直到预备铃响，窦晟仍不见人。

胡秀杰出现在教室门口，大家各回各位。她的视线扫过谢澜身边的空座，皱着眉问："窦……"

"老师！"窦晟微喘的声音从后门响起，"抱歉，晚了点。"

胡秀杰也不追究，催促道："赶紧进去。"

窦晟大步流星地穿过讲台，回到座位。谢澜起身让位时，发现他的书包好像比出发时鼓了一些。

谢澜小声问："干什么去了？"

窦晟更小声地回道："附近菜场，和阿姨抢菜。"

"什么？"谢澜不敢置信地瞪圆了眼睛。

窦晟落座，飞快扯开书包拉链，停顿两秒又拉好："这些，只花了三元钱。"

谢澜匆匆一瞥，竟然是一大包不知名的绿叶菜、一个番茄、一截白萝卜和两个鸡蛋。

窦晟低头飞快写了个字条推过来。

我在抠门贴吧学的妙招，傍晚菜场有剩菜贱卖，你都不知道有多便宜，临期无菌蛋四毛钱一个，简直是我豆子的天堂。

谢澜刚把那几行字读完，就听到某人腹腔"咕噜"一声。

——行军九公里加一场阻击战后，饿是理所当然的。

谢澜皮笑肉不笑地说："期待你的生存纪录片。"

捱过班主任的晚自习，放学铃响。胡秀杰拍了拍手，大声说："来，说件事啊，要收本月直到期末考前的竞赛资料打印费。按照上个月的量预收，多退少补。只有咱们班有这笔费用，每人十九元，现金转账都行，明天收。"

谢澜正在低头装书包，听到这番话，手放在拉链上忽然一顿。他抬头瞟向窦晟，问："怎么办？"

窦晟耸了耸肩，毫不在意："明天再说，抠吧里说了，我们要活在当下。"

谢澜：我就多余替你操心！

回宿舍的路上，戴佑和王苟如往常一样聊作业，窦晟落后几米，肩上挂着书包，懒洋洋地打着哈欠。

六月像一支渐近的交响乐，就连晚风都热起来了，他没像往常那样习惯性勾肩搭背，只和谢澜并肩走着。

夏天的闷热感随着地上摇摆的影子愈发加重，前面戴佑和王苟说话的声音一下子变得真切，一下子又飘远。

谢澜走在窦晟身边，看着地上的影子，许久才抬起头来，在温热扑面的风里轻轻舔了下有些干的嘴唇。

经过宿舍楼口，窦晟忽然说："我们去买点东西啊。"

戴佑应了声，谢澜跟着窦晟径直走过宿舍楼，拐到食堂那条路上去，食堂和旁边的楼之间有一条窄而深的缝，没有监控，没有灯，晚上站在缝里，仿佛那是世界上最安静和隐蔽的角落。

他常常和窦晟单独来买东西，自从入夏之后，每晚都要嚼着冰棍才能安心学习。

有时候，他们会心照不宣地在这个角落里安静地站一会儿，戴着一副耳机听首小提琴曲再回去。闷热的夏夜，逃开所有的喧闹，在这份静谧中放松一下。

英中男宿的公共淋浴间是这两年刚修的，每一层只有六个位置。谢澜回宿舍坐在床上做题时，王苟从外面回来，嘟囔道："豆子是有多贪凉啊，冲凉水澡就算了，还冲那么久，不知道洗澡不得超过三分钟的规则吗？"

话音刚落，宿舍门被推开。

窦晟毛巾搭在脖子上，头发浸着凉丝丝的水汽，进来把东西丢在桌上。

戴佑发现了什么，问道："你穿的这是什么啊？"

窦晟已经换了一身带来的衣服，T恤肩窝附近还破了两个很小的洞，像是被笔尖戳坏的，看起来更落魄了。他满不在乎地用毛巾擦着头发："挑战节约度日，录视频的。"

戴佑"哦"了一声。

王苟却猛地抬起头，诧异地问："真是一百五啊？"

"嗯。一个月。"窦晟淡淡地说，"哦不，准确说是到期末考前，还有二十五天。"

两个人都像看鬼一样看着他，只有谢澜很淡定，把卷子一收，掀开被子躺下。

等窦晟关掉大灯爬上床，他才低低嘟囔着提醒了一句："我不想喝冲粉的奶茶。实在不行就不喝。"

窦晟"嗯"了一声："知道了。"

第二天早餐还算正常。

食堂有卖八毛钱的饼，尺寸接近大号比萨的六分之一，分量很足。谢澜平时买一块角饼加蛋加豆浆，窦晟斥巨资一元六角买了两张饼，搭上两角钱的萝卜干，免费粥打上两碗，呼噜呼噜吃得比平时还多。

"一元八角了哦，你日均六元钱。"戴佑看了眼放在餐桌上录制窦晟吃饭的 GoPro，顿了一下还是提醒道，"豆子，你有胃病，可不能瞎折腾啊。"

窦晟吃得很香，嘴里含含糊糊地说："放心，有数。"

王苟眼神怜爱如老父亲一般，关心地问："那你中午咋办？"

"午饭已经有了，放心吧。"

谢澜下意识地看了一眼某人放在身边的书包，沉默不语。

上午课间他刷了一会儿微博，看到发小段 demo 宣传的方法不错，上一次热搜风波确实给他带来了非常多的路人粉丝，宣传空间不小。

赶着中午大课间，谢澜又写了一小段，发到了微博上。名字是瞎起的，今天叫《角饼八角》。

中午往食堂走时，他点开微博看评论。

好接地气的名字啊！
托腮，这不会是大猫的穷人食谱吧？
今日份转发达成！
二猫不要让大猫太饿啊，他胃病！

谢澜放下手机，用只有身边窦晟一个人能听见的音量低声说："今天可以由二猫请大猫吃午饭吗？"

"今天不用。"窦晟笑着拎着书包，拍了拍说，"有着落！"

什么？要在食堂当众演兔子吗？啃完青菜啃萝卜的那种。

谢澜怏怏地叹了口气，感慨道："我好像忽然明白你为什么要拖着最后一波来食堂了。"

窦晟摇头，肯定地说："不，你不明白。"

快到十二点，食堂已经没太多人了，自选窗口关了一大半，剩下两个也几乎卖空，戴佑和王苟径直去吃牛肉面。

牛肉面，七元钱一大碗，非常实惠，但美中不足，超过了窦晟一天的预算。

谢澜排牛肉面时，窦晟就在他边上的自选窗口。

阿姨刚翻炒完最后一个补上来的菜——辣椒炒肉，抡起菜勺出锅。谢澜默默瞟了一眼窦晟，又瞟了一眼辣椒炒肉的价格。

两元九角。

窦晟随手拿了个餐盘，递过去。

阿姨接过来，问："就这一个菜了，你要吃几份？"

窦晟笑着说："一份都不吃，我要一块钱的米饭。"

"干吃米饭啊，小伙子？"阿姨一愣，用小铝盆盛饭，一块钱的分量是一盆半，在餐盘上扣出一座小山。

就当阿姨把盛好饭的餐盘放在台面上时，窦晟淡定地拉开书包拉链，问："阿姨，就着热锅，能帮我扒拉扒拉这包菜吗？"

谢澜瞪大眼睛，转头看向他。阿姨也瞪大眼睛，怀疑自己是不是听错了。在两个人的疑惑、迷茫、不敢相信的眼神中，窦晟从包里掏出菜——竟然还是洗过的。

"最近太穷，吃不起食堂了。"窦晟叹口气，乖巧地问，"阿姨，可以吗？"

戴佑和王苟都在掐大腿，憋笑憋到脸色通红。

谢澜整个人都定格了，一方面是心疼阿姨受此惊吓，一方面是佩服窦晟的厚脸皮。

过了许久，阿姨才艰难地回道："倒也不怎样……不费事，可能是……是我没见过世面……"她迟疑着接过那包菜，掏出来甩了甩水，不确定地问，"我就直接扔锅里给你炒了？"

窦晟猛地点头道："嗯，不用刷锅……对，也不用刮掉黏着的那点肉末和辣椒，对，都一起……"

窦晟近距离指挥，反复咋舌道："好香啊，能在英中食堂做饭的阿姨果然手艺不一般。哦对了，您儿子在英中附中上初中吧？有不会的题可以来问我！我留个微信，我是高二理科年级第一。"

阿姨闻言眼睛一亮，高兴地说："年级第一啊？"

"嗯。"窦晟在纸上飞快写下微信号。

阿姨长叹一声，立刻招呼道："你晚上再来啊，阿姨还给你炒。你来晚点，还有卖不完的菜呢。"

"谢谢您了，晚上我吃面。"窦晟嘿嘿一笑，"明天中午行吗？我还有半根萝卜，切好块给您带过来。"

阿姨点头应道："那还是这个时间，明天的补菜刚好是萝卜牛腩，就着锅，还不怕窜味儿。"

GoPro绑在窦晟胳膊上，小小地、不起眼地记录着人间所有的荒诞。

谢澜上一次感到如此震撼还是……想了想，确定没有上一次。

王苟又是感叹又是敬佩地说："豆子简直是推开了我新世界的大门。不愧是大佬，你这简直是开创了一条新的节约思路啊。我要向你学习！"

谢澜闻言幽幽回头瞟了他一眼，欲言又止。

窦晟接过刚出锅的炒青菜，浓厚的豉油香与淡淡的肉香混杂在一起，他心满意足地感慨道："刚好有点饿了。"

谢澜又恢复了面无表情，不对，应该说是被震惊到面无表情了。

"等会儿陪我去拿个快递，我买的面饼到了。"窦晟边吃边说，"不到二十五元包邮，三十包面饼，一包只要八角三分，晚饭时间回宿舍煮一锅番茄鸡蛋面……对了，狗子把小电锅借我用一下。"

"得嘞。"王苟飞快地掏出手机计算器，"早餐一元八角，中午米饭一元，买菜三元，面饼八角三分，合计六元六角三分，花超了六角三分。但你还有半根萝卜做明天午饭，很不错。"

窦晟不住地点头，说："早上也比平时吃得多，主要是昨晚有点饿，明天少吃一块饼，多喝两碗粥，还能省八角。"

"你已经喝两碗粥了！"谢澜忍不住说，"你要喝四碗粥吗？"

"啊，免费粥每天都喝不完，多浪费啊。"窦晟感叹道，"我真是祖国的好少年。"

趁那两个人低头的时候，谢澜夹起碗里的两片牛肉，飞快地戳进窦晟的菜里。

窦晟嘿嘿一笑，低声道："您发出的空投已被查收，感谢您的爱心！"

窦晟这一顿，菜色单薄，但下饭，米饭吃得比平时还多，回去的路上甚至还打了个饱嗝。

"失策了，明天米饭也少打一点，不能把自己撑坏了。"他边打嗝边说。

谢澜心想：多余心疼他！

周一下午体育课，刚好是一天里最热的时候。

今天最高温达到三十二摄氏度，烈日当头，体育老师带着大家做了一套拉伸动作，十分钟做完，谢澜觉得自己从头顶往外冒热气，明明没什么运动量，却有点气喘。老师喊"解散"时，他完全是遵循本能地扭头往小食堂走。

所有人都围着冰箱，谢澜排了好久才排到冰箱边上。

他习惯性地拿了窦晟常买的葡萄冰，结账时随口问身边的窦晟："你拿的什么？"

"没拿啊。"

谢澜恍神了一会儿才想起来，一扭头，就见窦晟轻轻舔了下唇。

是真的很热，窦晟比他体热，平时胳膊贴上来都觉得一片火热。

谢澜径直回去冰箱那边："我请客。"

"不用。"窦晟一把拦住他，"才第一天。"

谢澜坚持道："同学请客吃个冰很正常吧？"

"但这样就没意思了，要产出视频的，基本的节目效果得保证。"窦晟喉结动了动，"我在外面等你。"

谢澜只好匆匆把账结了，出去却没找到人。他绕着小食堂楼找了一圈，终于在通往体育馆的那条路上看到了窦晟。

孩子怕不是被热傻了吧？所有人都往楼北面阴凉的地方去，就他自己还往阳光足的方向走，偌大的校园，笑闹的人群，只有一个身影走在那片空旷的水泥地上。

太热了。谢澜咬了一口葡萄冰，快步跑上去。

"你走反了，哥。"谢澜吮着舌尖化开的葡萄味的冰凉，嗓音也带出丝丝清凉的质感，"这边晒，都没人了，你没发现吗？"

"发现了。"窦晟说。

但他没回头，仍然一意孤行往晒的地方走，好不容易走到墙边上，站在周围唯一的一棵树下。聊胜于无，堪堪遮了些阳光。

谢澜不明所以，也只能站在他身边，继续吃冰。

"咬一口吧？"他把冰棍递过去。窦晟没动，谢澜停顿了一秒，"快点，这儿又没有你的观众。"

窦晟淡淡地说："你吃吧，你热得脸都红了。"

谢澜缩回手，连着咬了几口冰，一阵冷感直冲后脑勺，冰得他头痛了一瞬，冰沙顺着喉咙滑下去，通体冰凉。

"真不吃？"他拿着剩下的半根冰棍在窦晟眼前晃了晃。

窦晟盯着那半根冰棍，盯了许久，喉结游动，极大声地咽了口口水。

下课后回到教室后，谢澜接了一杯水，坐在椅子上散热。他随手戳开微信，忽然发现窦晟又改名了——人间贪凉豆。

教室里人声喧闹，谢澜扭头看向窗外，热得整个人都有点烦躁。过了许久，他才回过头来，好像没怎么过脑子，就匆匆把昵称改了——午后葡萄冰。

就在这时，车子明扒拉于扉，高声说："豆子说要去买奶茶，你喝什么？赶紧发进班群！"

"给咱们带？"于扉皱眉抬起头，"他受什么刺激了？"

"可能快期末了，看大家学得太焦虑了吧，这是来自年级第一的关怀。"车子明嘟囔着打字。

谢澜一愣，退出个人信息的页面，才发现班群里已经有九条消息了。

人间贪凉豆：要去买校外那家不送外卖的奶茶，要"上车"的抓紧，时间紧，一分钟收单。

下边全是赞美和点单。

于扉和车子明的发上去，刚好凑满十杯。

人间贪凉豆：行了，封了，再多拎不动。
刘一璇：已经很难拿了。
车子明：给你跑腿费，香吻一枚。
人间贪凉豆：滚。
又过了十余秒，窦晟又发了句：他家集卡盖章的，十杯兑一，我直接兑了啊。

点奶茶的同学们自然不会在意赠送的一杯，都理所当然地回了个"OK"。谢澜对着手机上的字愣了好一会儿，突然反应过来窦晟是要做什么。

大课间只有二十五分钟，窦晟估计是跑着去走着回，进教室时距离上课还有三分钟。

他两手拎了十一杯奶茶，一进来，教室里顿时响起一阵欢呼。

没来得及点单的同学唉声叹气，窦晟把奶茶袋子逐个从手腕上撸下来，放在讲台上，喊道："自己认领啊，我打算把这件好事做到期末考试前，每天十杯封车，机会人人平等。"

一群人笑闹着上去认领奶茶，他随手拎起最边上的一杯，大步回到座位上，往谢澜面前一放："喏——"窦晟声音低低的，透着一丝不属于夏日的清凉，"奶茶已等待主人多时了。"

王苟没听见他说什么，只在旁边赞叹道："我只能说高，实在是高！"

谢澜啜了一口奶茶。很清爽的奶味和茶味，甜而不腻，凉丝丝的。

挤进座位里头的某人轻轻喘着气，打开窗，刚好有一丝难得的穿堂风。他扯着T恤领口扇了扇，慵懒地对着窗外打了个哈欠。

"喝不喝？"谢澜把奶茶递过去。

"喝。"窦晟就着他的手，迅速低头喝了两口。几口冰奶茶入喉，窦晟抬起头，靠在墙上长叹一声："我活了。"

GoPro放在桌角，还亮着灯。

谢澜瞟了眼镜头，无奈地说："你这是拿命做视频啊……"

上课前，谢澜把奶茶喝完了，空杯丢到外面的垃圾桶里。他正要回去，就见胡秀杰出现在教室门口。

班里骤然安静下来。

"窦晟！"胡秀杰手上拿着一张小纸条，"这就是你的资料费？"

班里鸦雀无声，纷纷扭头看向最后一排。

门口喝水的车子明胆子大，偷偷凑上去瞅了眼小字条，瞬间瞪大眼睛，念道："妈耶！都会，不用资料……"

众目睽睽之下，窦晟坐正身子，干巴巴地"啊"了一声："没必要浪费钱吧。"

班里众人都倒吸了一口冷气。只有知道真相的戴佑和王苟同情地看着他。

"你出来。"胡秀杰直截了当。

还没上课,谢澜正好就站在走廊没进去。胡秀杰没留意到他,只顾着皱眉训窦晟:"又在搞什么幺蛾子?上午没顾上说你,穿的是什么玩意儿?乱七八糟的,肩膀上还有窟窿,我跟你说,别天天搞事,把资料费交了!"

窦晟长叹口气,说:"交不起啊老师。"

"十九元钱而已,别闹了。"胡秀杰手上的教案卷起来敲了敲他的肩膀,"你能不能别浪费时间?我还要赶着去全科A上课。"

窦晟思忖片刻,不确定地问:"老师啊,学校有什么助学的绿色通道吗?类似于给王苟的那种条件?"

胡秀一愣,问:"你没事吧?"

"那……那份资料我真的不要了。"窦晟又叹了口气,"老师,我真的都会,不会的看谢澜的也行,在演算纸上写。"

"行是行,但老师想知道到底是为什么?"胡秀杰胡乱猜测着,"是对学校资料的价格有疑问吗?一毛钱单面两张,咱们A班都是卡着资料数量收费的,只会少不会多,你去外面印都是两倍起……"

窦晟不吭声,只偏过头看向窗外。那双眼眸中掩过些许的低落,又很快恢复平日的淡然。

看到这么一气呵成的表演,谢澜心想:国内最好的戏剧学院是什么?必须替窦晟去报名,否则中国即将损失一名举世闻名的"影帝"!

僵持了一会儿,胡秀杰终于察觉出一丝不对劲。她上下打量着窦晟的衣服,犹豫片刻,问:"是家里……遇到什么事了吗?"

窦晟先是一愣:"嗯?"他眼眉轻挑,仿佛突然获得了某种启发。

"唉……"窦晟有些惆怅地把手揣进裤兜,望着窗外轻轻叹了口气,"我妈快两周没回家了。我怀疑家里的生意是不是破产了,她可能去外面躲债了吧……"

晚上放学,谢澜刷到了嘉达先生发的微博。

标题是《空谷应衬悲鸣,用旋律打造悬念》,用两三百字阐释了一条有趣实用的编曲思路,末尾推荐了几支名曲选段。最后,上链接。

窦晟感慨道:"神仙打架,实属不易。"

一来二去,谢澜被彻底激起了胜负欲,认真地把对方送上门的教学帖看完,说:"还有时间,再来。"

就在这时,他的手机忽然振动起来。窦晟正在一旁专心致志地烹饪明早要吃的原味清水芙蓉蛋,谢澜扫了一眼来电显示,微微一顿。片刻后,他按下接听键。

赵文瑛的声音在电话另一头响起,带着明显的不悦情绪:"澜澜,豆子怎么不接我电话?让他接电话!"

谢澜捂着话筒小声说:"赵姨,他调静音了,您稍等啊。"

谢澜默默戳开免提,把手机往窦晟手边推了推,小声说:"找你的。"

小锅里开水沸腾,窦晟正在"嗒嗒"地在锅边磕鸡蛋。

"谁啊?"他随口一问。

"要死啊你!"一声怒吼陡然响起。

窦晟被吓得一个激灵,猛地从桌边弹开,差点把锅打翻了。他无语地把电话拿过来,屏幕上沾了水,只好继续免提着。

"妈。"窦晟无语,"这么一惊一乍的干什么啊?"

"老娘都被你诅咒破产了!"赵文瑛怒吼道,"我容易吗?出差两周不回家,你怎么不报警跟警察说推测我死外头了?"

整个宿舍的人都在憋笑,窦晟叹气道:"我就知道老胡得和你求证。"

"求证个屁!你们胡老师转念一想就明白了,跟我这告状来了!"赵文瑛道,"贫穷挑战是吧?没问题!我告诉你啊,打从今天起,你的零花钱没了,从今往后,自己赚多少花多少,少来找我要!"

"为什么啊?"窦晟连忙求饶,"我基本不接广告,创作激励只勉强够烧设备啊。"

"因为你家破产了!"赵文瑛怒吼道,然后又换上温柔的口吻说,"帮我带澜澜好。"

然后也不等他们回复,瞬间挂断了电话,决绝而果断。

嘟、嘟、嘟——

窦晟被赵文瑛行云流水的动作惊得愣在当场。

谢澜扭头无辜地看着他。

窦晟缓了半天才说:"她让我跟你问好。"

"听见了。"谢澜点头,"那你今后的日子打算怎么办?"

窦晟蹙眉丢开手机,深思熟虑片刻后,苦着脸说:"只能求你包养了……"

"包养?"谢澜听不懂,只能戳开手机百度,"我查查是什么意思。"

窦晟嘿嘿一笑:"就是吃你的喝你的,赖上你了!"

谢澜手指一顿。

戴佑和王苟同时捶桌爆笑,王苟笑得眼泪都要笑出来了,喊道:"豆子你是流氓吧?看谢澜好欺负,你可别得寸进尺啊!"

谢澜瞟了眼窦晟,窦晟却只笑,继续煮蛋。

数竞预赛在网络 demo 公示截止后一天,比完预赛直接是高二期末考,所有事情都压在了一起。谢澜连着两个周末没回家,每天刷题十二个小时,剩下时间就用来写短旋律发微博,七零八碎的灵感拼起来,名字乱起——《造谣妈打豆》《"饿"魔豆》《爆裂豆荚》《豆豆裁缝铺》《命薄西山》《一口小酥肉的故事》《豆蔻年华》《豆类一败涂地》……

这些名字都是他每天观察某豆贫穷日常的随性记录，本来只是图好玩，但粉丝们的关注点开始逐渐跑偏。

每天激情追更！
脑内扩写，望文生义！
"饿魔豆"是不是要把男寝吃空了？
突然吓人！
豆荚爆……爆裂？
笑死了，应该是豆子今天打球被人把衣服袖子撕下来了，发动态说了……

谢澜每次都后悔，但第二天还是忍不住继续用这种起名的方式对粉丝吐槽。

窦晟粗茶淡饭吃了十天后心态有点崩了，开始各种耍赖求他赏口吃的，为了一口甜食，各种撒娇谄媚信手拈来——什么"知己救救我""月亮再照我一次""主人！快奶孩子一口吧，孩子要不行了"……那天打球衣服袖子扯裂了后他自己缝，缝出技巧来了，强行帮别人，帮了就收钱，五角钱一个扣，缝三赠一。

这也就算了，更离谱的是，谢澜衣柜里的衬衫领子一个接一个全都崩开了线，合理怀疑是某人故意的，想赚缝扣子的钱想到走火入魔。

每天半夜，谢澜听着头顶上吞口水的动静，后背都发凉，真怕某人做噩梦爬下来啃自己……

六月末的夏天热到混沌，无声的较量已经走到了尾声。《弦上少年》官网上没有明确的数据证明谁更胜一筹，这反而让两边的支持者更感到紧迫。最初两边还起过争执，那边说谢澜编曲一腔子热情毫无章法，这边说嘉达光说不练满身商业味，但随着争锋到了最后关头，所有人都不骂了。

也不知从哪天起，双方粉丝开始以战友相称。

二猫贴贴：对面的朋友今天安利的情况如何了？
嘉个达达：愈发艰难，我们班同学和所有亲戚都欣赏过了。
恶魔em：握手，我也弹尽粮绝，首页列表都被我骚扰麻了。
喔喔嘉家：加油啊，对面的战友，我们也会加油的！看看到底谁能赢（振奋一秒）！

最后一周，猝不及防地，本地日报发了一篇报道，又被几家文艺媒体转发。

"不论得失，璞玉青藤皆可赏"。媒体称赞这次神仙打架是真实力、真人气的较量，传达了一系列谢澜看不懂的社会新风尚。

嘉达秒转:"入行多年,盼长青。"

谢澜皱眉把十分拗口的标题又读了几遍:"嘉达这意思是他当青藤,那我就是这个什么玉?"

"璞玉。"窦晟解释说,"没有雕琢过的美玉。"

"额……"谢澜把"璞"字在演草纸上写了几遍,皱眉道:"怎么越想越觉得是在说我不够专业?"

窦晟摇了摇头,反驳道:"明明是在说嘉达浑身商业味儿。"

其实谢澜内心也认可,觉得嘉达对得起"神仙"这两个字,嘉达每天发的编曲科普帖已经成了他的日常功课,不仅偷学,还会抽时间查一些延伸材料。

缠斗到这一步,说哪一方对胜利没有渴望都是不可能的。用最近新学的成语来形容,那就是鹿死谁手,拭目以待。

数竞预赛的前一天,谢澜和窦晟去辩论社旁听本学期最后一次日常练习。

这批新招来的社员都是大佬,自我组织性很强,那个叫林贝的高马尾女生带领大家训练。谢澜赶到时,黑板上已经密密麻麻地写满正反方的论点,大家都站在自己立场上帮对方想办法封口子,讨论得如火如荼。

每一次谢澜都怀疑自己是来上课的,坐下没多久就不禁要掏出纸笔开始做笔记。

一番讨论结束,黑板上已经画满了逻辑箭头,林贝回头问道:"两位社长还有什么要补充的吗?"

谢澜摇头,真诚地说:"我和在座的各位学到了很多,却不能给大家带来什么,学期末的活动就要到了,其实心里多少有点惭愧。"

辩论社的学期末活动就是一场辩论赛,时间由学生会敲定,初赛在明天,四队社员分两组进行,胜利的两队再在五天后打一场决赛。

谢澜顿了一下,继续说:"明天是数学竞赛预赛,我和窦晟都无法到场陪伴各位,初赛加油,我们决赛见吧!"

"决赛的时候学长会来吧?"林贝期待地看向谢澜,"决赛那天学生会要评本学期优秀社团,还有一个最具凝聚力社团负责人,我一个同学是学生会主席室友,说你很有希望!"

谢澜连忙摆手:"优秀社团是你们该得的,但负责人的奖就别找我了,我什么都没做。"

"这个奖是学生会评。你能让大家凑在一起踏踏实实地练习和打比赛,把凉了这么久的辩论社重新搞起来,就是最大的成就。"一个男生笑道,"反正我就是为了你来的。"

"我也是。"

"我也是。"

"电影社找我,我没去,看电影哪有看谢澜学长认真听我讲话快乐?"

"对啊,下棋哪有教谢澜学长抬杠快乐?"

"看名著哪有看大猫、二猫快乐？"

一群人爆笑，谢澜只能笑着摇头，起身道："那我做点精神领袖该做的吧。本学期最后一次日常训练，请大家吃冰激凌，想要什么发进群里。"

窦晟立刻跟着站起来："你和大家聊天吧，我去买。"

谢澜点头："那我先把钱转给你。"

窦晟为了让自己沉浸式体验贫穷，已经提前解绑了银行卡，是真的身无分文。

他低头给窦晟转账的工夫，社团成员们已经纷纷掏出手机在群里点单。

窦晟私戳了谢澜一条。

人间贪凉豆：谢澜小朋友要吃什么？
午后葡萄冰：见昵称。
人间贪凉豆：遵命。

窦晟走后，谢澜继续和大家讨论着明天的比赛。初赛题目是他早就定下来的——《机器人与机器人相爱，需要征求人类的同意吗？》

大家都准备了一周，开始七嘴八舌地聊起来，谢澜偶尔也插两句。正说着，放在桌上的手机忽然振动起来，是个陌生的本地座机。

谢澜每天都会接几个垃圾电话，瞥了一眼直接挂了。他又跟社员们交代了几句接下来的安排，手机又执着地响了起来。

再挂，再响。

林贝瞥了一眼，想了想说："这个号好像是小超市的。"

小超市？谢澜心里突然有种不好的预感。他连忙接起电话。

老板粗犷豪迈的声音差点把他耳膜吼穿了："你是窦晟的家长吗？来拿钱赎人啊！啊，在我这买了九十八块钱的东西，兜里一分没有！"

手机的隔音不算太好，教室里一下子炸了。

"什么情况啊？哈哈哈！"

"学长买东西没有钱，被人扣了？"

"这不上个B站热榜合理吗？"

"管谢澜叫窦晟家长，我笑吐了。"

"你懂什么？这是真！家长！"

"快开免提！"

开什么免提？谢澜瞪了众人一眼，偏过头。

电话另一头换了人，窦晟低低的声音贴着耳畔响起："主人，救救我。"

谢澜赶紧起身往外走了两步，压低声问："不是给你钱了吗？"

"我手机欠费了，这里没有校园 WiFi。"窦晟叹气，"最后一天了，上天这么玩我。"

"到底是谁玩谁啊？"谢澜也学着窦晟叹了口气。

窦晟不慌不忙，仍旧是懒懒散散的调子："快来赎我，求你。这儿好黑好冷，老板好凶，我好怕啊。"

某些人在外面说这些角色扮演的话，竟然都不觉得臊得慌。不得不佩服他的厚脸皮。

谢澜径直往外走，把一众看热闹不嫌事大的同学关在教室里，走出走廊后才骂道："不赎了，让老板把你撕票吧。"

"哎哟，连撕票这个词你都会用了？"窦晟有些夸张地深吸一口气，"撕票也要你自己来，不然我不肯赴死。"

紧接着，小超市的老板就在那边暴躁地喊道："你到底能不能把人找来了？"

窦晟一秒变冷淡："急什么，我这不是在求了吗？你还想要钱吗？"

"我不想，那你把冰棍放下快走！"

晚饭时间，满操场都是人。谢澜一路小跑着跑到小食堂门口，迎面就看见车子明拿着冰棍从里面出来。

"哈喽。"车子明打了个招呼，"窦晟呢？"

"嗯？"谢澜一愣，下意识地看了一眼小超市，"你从里面出来，没看见他吗？"

"没啊。"车子明冲他挥了挥冰棍，"先走了啊。"

谢澜一头雾水地走进去，窦晟就在柜台边站着，冰柜里有一塑料兜子装好的冰激凌。

"终于来了。"窦晟如释重负，"吓死我了，这里的人态度很不友好。"

老板在一旁冷冰冰地看着他演戏。

谢澜连忙把钱付了，纳闷地问："车子明刚才来过吧？"

"是啊。"窦晟笑眯眯地拎起东西往外走，理直气壮地说，"幸亏我躲得及时，差点就被他给赎回去了。"

谢澜定定地看着他，想看看他到底能说出什么话来。

"那怎么能行呢？"窦晟果然没让他失望，"这么好的机会，我肯定得给你留着。"

"闭嘴吧。"谢澜面无表情，"下次有这种好机会，也求你想着点别人。"

晚上十二点，《弦上少年》OST 主编曲第一阶段线上公示停止。

链接下架的一瞬，虽然结果还没出，但谢澜刷新页面，却发现自己的头像一瞬间跳到了第一名，然后公示页面关闭了，再也打不开。

他这才顿觉脑袋里又麻又胀，长松一口气，点进 B 站个人主页，随便一刷新，最近一条动态下的评论肉眼可见涨了上千条。

呜呜呜，恭喜二猫！

不知道结果，但我有预感，我们赢了！

输赢不重要，还有面试呢！

没错，主办方其实也就是诓大家免费宣传吧。

都是套路。

对面的战友也真的尽力了……

不容易！二猫才来小破站几天啊……

嘉达年纪不大，但现在业内人气真的是如日中天，谢澜了不起！

谢澜不想去琢磨最终头像位置变动意味着什么，总归是暂时了却一桩心事，留待考试后再说。

窦晟伸手过来在他枕头上敲了敲，轻声道："二猫永远是最棒的。"

《弦上少年》官方第一时间发了公告，感谢几位创作者的用心和所有观众的支持，紧接着，嘉达也跳出来发声了。

嘉达先生：最近一段日子找回了少年热血，说个有趣的事，SilentWaves是我在外网关注过的大神，掉马那天傻眼的不是只有你们，所以这段日子我也较着劲地努力。总之，能在国内平台交手倍感过瘾，期待最终的比试@谢澜_em。

谢澜也给他点了个赞，长松一口气倒在床上。

宿舍没开灯，有些黑黢黢的。前段时间每晚过十二点，某个饿魔就该咽着口水哼唧了，但今晚没什么动静。

明天就是预赛，但谢澜这会儿躺在床上想的是——明天窦晟就要结束这次贫穷体验了。

头顶有亮光，窦晟还没睡。谢澜发了一条消息过去，几乎同时，对方的消息也弹了过来——两人发了一模一样的猫猫探头的表情包。

头顶传来某人的低笑。

谢澜叹了一声，把手机塞进枕头底下。他刚闭上眼，就感到头顶动了动，窦晟低低的声音在寂静的宿舍里响起。

"报告，我明天就有钱了，报答主人，请你吃肉。"

窦晟的声音不小，但此时宿舍里另外两人熟睡的呼噜声此起彼伏，声音越来越大，谢澜也不怕他们听见，低声道："明天就算结束了吗？"

"嗯。"窦晟小声回他："半夜饿得心慌的日子就要结束了。感谢这段时间的救济，谢谢……月亮。"

谢澜下意识地看了眼隔壁床的两个人，"嘘"了一声，只拍了拍头顶的枕头算作回答。

体验贫穷的这一个月，窦晟瘦了三四斤，个子不知何时又往上蹿了一厘米。不和谢澜笑闹时，他比从前更安静，如同进入省电模式，那双黑眸也被衬得宁静了些。

但那双眼眸中的光从未熄灭，举手投足，澎湃着少年特有的张力。

窦晟低声说："我会常常想起这一个月的。"

"我也是。"谢澜小声回应。

其实每天看着窦晟花言巧语地耍赖，也挺有乐趣。每当那家伙偷偷摸摸喊他"主人救救我""谢谢月亮"的时候，他都有些高兴，因为那个称呼仿佛是提醒着一段过往，也在提醒着谢澜，他人生最黑暗的那两年，竟然成为别人人生的一束光。

让那两年，不再尽是徒劳。

夏夜的闷热加重，脸上仿佛都蒙了一层汗。谢澜翻过身，面壁好一会儿才又摸出手机。

午后葡萄冰：以后别在宿舍太明眸张胆了。

人间贪凉豆：明目张胆……

午后葡萄冰：哦，我说错词语了……反正别让人知道我就是那个中二兮兮的代号月亮的人，尤其别让车子明知道，他会爆炸的。

人间贪凉豆：我知道，车子明小心眼。

午后葡萄冰：别那么说，车子明只是一直觉得自己是所有人最好的朋友，他也很重视友情。

人间贪凉豆：放心，我听见他俩打呼噜才说的，他俩都不知道，车子明更不能知道。

午后葡萄冰：嗯。

人间贪凉豆：都连着这么多天了，没事的。睡吧。

谢澜发了个晚安的表情包，转身睡了。

……

过了许久。这边两道呼吸声变得均匀，寝室另一头的小呼噜声才终于停了。

王苟掏出手机颤抖着给戴佑发了条消息。

狗子旺旺：兄弟，你是真睡还是装睡？

没有人回，房间里很安静，王苟正绝望地要把消息撤回，手机屏幕忽然一闪。

拿铁：比你醒得早，比你装得卖力，谢谢。

狗子旺旺：我去！你能不能给我解释一下，月亮是什么神奇的外号？我听着窦晟私下里叫过谢澜好几次了，怎么总感觉被他俩排在外面了？

拿铁：你没感觉错……说简单点，谢澜已经悄无声息地一步登天了。

狗子旺旺：啊？

拿铁：看过宫斗剧吗？

狗子旺旺：什么宫斗剧？

拿铁：一个不恰当的比喻，新入宫的谢贵妃已经脚踩车妃，拳打戴嫔，腰缠狗常在。原来，他和豆皇是少小相识！明白了吗？

狗子旺旺：不太明白。

拿铁：没关系，我明白了。

狗子旺旺：哦……

拿铁：豆子，我六年的兄弟。太让我心寒了。

拿铁：沧桑。

Freedom on My Mind

第五章
开 戒

"在失去所有又重新拿回之后,我更深刻地认识到了,人应该为既有的东西感恩。那些你习以为常的,也会是其他人的心心念念。"

走廊墙上的电子日历显示温度34摄氏度。
镜头视野停在腰部,风吹着白衬衫轻轻鼓动,偶尔贴靠在少年瘦削的腰线上。
直播间的人数正在飙升——

啊!我赶上热乎的了吗?
刚开播,别急。
这是豆子?
白衬衫好久不见。
快让我看看是哪位大帅哥回归了……

窦晟屈起手指,抠开易拉罐拉环,把手机举回面前。他捏着可乐罐靠近,轻轻跟镜头磕了一下。水雾粘在镜头上,画面模糊,又被他抬手抹去了。
"干杯。"窦晟淡淡地说。
镜头里,他仰头咕咚咕咚将一罐可乐一饮而尽,又对着窗外刺眼的阳光出了一会儿神。

出关后的第一罐可乐!
快乐超级加倍!
豆子的侧颜我永远心动。
主播怎么有点冷淡?
看……看破红尘?

冰可乐顺着喉咙滑过食管，甜的冰的一股脑涌上来。

窦晟从窗外挪回视线，惊艳地打量着手里的易拉罐，半天后感慨道："真是好喝啊。"

哈哈哈！
孩子穷傻了……
你的视频什么时候出啊？
蹲视频！

"剪好了，就差一个收尾，晚上就上传。"窦晟手往兜里一揣，"刚竞赛完，谢澜他们考场的动作有点慢，等他出来我就下播。"

弹幕越来越多，窦晟的视线却越过手机，一直定格在不远处的教室门上，只偶尔扫一眼屏幕。

回答问题也是懒洋洋的——

"发生了什么，可以参考谢澜最近发微博的曲名。"

"豆荚爆裂就是袖子掉了。嗯，裤子没爆，很失望吧？"

"没有夜半吃人啊，真以为人能进化成'饿魔'啊？"

"就是跟谢澜求饭，厚着脸皮说了些恭维的话，还到处打工。"

"打工你们也问啊，是没书读还是没班上？"

"抱歉，因为还没吃饭，脾气有点暴躁。"

神色清冷的大帅哥忽然叹了口气，蹲了下去，抱怨道："谢澜怎么还不出来啊？我都饿死了！"

他急了！他急了！他急了！
某人两颗眼珠子一左一右都映着猫影。
大猫在等二猫一起干饭呢！
你没饿死也真是奇迹……

教室里终于传来桌椅拖动声，窦晟松了口气，回忆道："有两天是真饿疯了，食堂的粥越喝越饿，后来还是给谢澜打了个工，换了个炸鸡腿。"

他说着漫不经心地瞟了眼弹幕，果然不出意料在刷队形。

窦晟"哼"了一声："打什么工就无可奉告了，这二十多天，数不清收获了多少来自偶像的关爱，总之我的快乐你们根本想象不到。"他说着起身道，"谢澜要出来了，有缘再会。"

什么？你就直播了五分钟！

别跑啊！把话说完啊！

自从有了偶像，主播就不要粉丝了。

自从有了偶像，主播就不要粉丝了。

自从有了……

直播间黑了。

二考场终于放人了，学生立刻往外涌。谢澜却坐在桌前愣神，过了许久才扣上笔帽。坐他身后的车子明把笔一扔，感慨道："这份卷子难得我都想死。最后一道数论是什么鬼？倒数第三道的二阶递归又是什么鬼！"

王苟从教室前面过来，也是一脸的疲惫。

车子明一手按在谢澜肩上："澜啊，你怎么样？"

"还行，没觉得太难。"谢澜把他扒拉开，纳闷道，"尤其是平面几何，也太简单了，可能是用来平衡那两道难题的？"

车子明表情瞬间僵住。

王苟也受到极大的惊吓："你做个人吧！"

车子明附和道："不要搞我们心态啊！"

谢澜叹气，竟然觉得有些孤独。

他刚走出去，窦晟就小跑过来，笑着问："怎么样？"

隔壁考场也放了，戴佑、于扉出来汇合。谢澜跟着人流往外走，低声说："还可以。但平面几何最后一问，为什么证四边形 PDEG 等边啊？题出得有点怪。"

他没夸张，这个问题真的不算是竞赛难度，甚至不能算是一道正常高中水平的数学题。

一行人正吵闹着商量去哪家吃，谢澜只跟窦晟说了，窦晟听完后沉默了。

过了好一会儿，他才猛地摇了摇头："不清楚，交都交了，随缘吧。"

"嗯。"谢澜叹气，"你考得怎么样？"

"最后一道数论悬，第二问没做出来，第一问不确定。前面也没顾上检查，随便吧。"

辩论赛初赛也刚好结束，谢澜低头给社员回了几条消息。他们走出实验楼，车子明不耐烦地说："能进联赛就行，想点开心的！我爸朋友给了几张车展票，你们要去吗？"

"什么车展啊，我能去吗？"王苟好奇凑上来，"想看豪车。"

车子明压低了声音，卖关子地说："不光有豪车，还有很多车模姐姐。"

王苟眼睛一亮："更想看了！"

于扉没空，剩下几个都要去。窦晟摇头拒绝道："没空，我要陪谢澜准备《弦上少年》面试。"

"这还需要人陪？"车子明不死心，"好多纪念款跑车呢，你不爱车吗？"

"不爱。"窦晟打了个哈欠,"此刻我只想着请谢澜吃火锅。"

车子明一愣,纳闷地说:"为什么光请他?"

窦晟说得理直气壮:"因为他罩了我一个月啊,以后他就是我主人,我为他做牛做马。"

"是句实话。"王苟认真脸。

戴佑也点头:"确实。"

车子明一个白眼翻上天:"你就天天说怪话吧,谢澜早晚得嫌弃你!"

火锅店在英中的东门外,要穿过一条长长的天桥,是家重庆火锅。

谢澜不吃辣,点的是番茄和牛油双拼,汤锅沸腾,空调就开在头顶,但还是热。大桌四周摆着四条长凳,大家都保持距离,避免靠得太近更觉燥热。

窦晟准备补录视频ending,给他两台尊贵的相机架了黄金拍摄位,一台在桌上,一台在旁边凳子上,用来给他的侧脸拍仰视特写。

"坐得近点。"他拍拍身边的位子招呼道,"你也得入镜,起码得半边身子吧。"

谢澜还在研究戴佑给他推荐的调料搭配,闻言便挨得近了点。

车子明拿了个宣传单扇子呼呼地扇,扇了一会儿皱眉道:"你俩不热啊?"

窦晟理所当然地说:"得录视频啊。"

"录视频就不能把机器挪远点吗?不懂得变通。"车子明随手把相机往后挪了挪,"这样谢澜就能往边上坐啊,老天爷,我看着你俩我都热。"

谢澜没动,窦晟抬眸,盯着车子明。

车子明花容失色:"你这是什么眼神?"

"其实吃火锅就应该吃得汗流浃背。"王苟突然说,"我们老家吃火锅的时候,大家都团坐在一起,汗就顺着脑门往下淌,这样才……排毒。"

车子明吃惊不已,道:"还有这种操作?"

王苟"嗯"了一声:"想试试吗?"说着,他往靠近车子明的方向拘谨地挪了小半个屁股。

"嘶——你是认真的吗……"车子明面露犹豫,等开吃之后,压根也就顾不上坐得近不近了。

窦晟淡定地把相机又挪了回来,面不改色心不跳地说:"我也觉得吃火锅吃得汗流浃背才爽快。"

饭桌上全程都很吵,不仅是他们几个,班群里也热热闹闹。竞赛班的学生对即将到来的期末考试毫无参与感,比完预赛就是天堂。

谢澜吃着番茄锅里煮出来的虾滑,随便翻着班群里的消息。

老马私戳了他:考得怎么样?平面几何那道题题干有点绕,我一看到就担心你。

谢澜拿着筷子,用一根手指戳屏幕回答:是有点绕,但我读懂了。他想了想,又补充一句:读懂后发现非常简单。

老马很快回了个大拇指：真棒！

谢澜又顺着回复了这些天没顾得上的广告PR、平台运营、《弦上少年》的工作人员……

"先吃饭。"窦晟低声念叨，换了双没沾过辣椒的筷子给他夹菜。

谢澜"嗯"了一声："你也吃。"

"我还用督促？都快成饿狼了。"窦晟笑笑，一筷子卷起一坨肉，嚼两秒就咽了。

他连着卷了三四筷子肥牛，肉片裹满火锅汤汁和调料，稀里呼噜地吸进嘴里，吞下后再猛灌一口冰啤酒。

"太好吃了。"窦晟波澜不惊的脸上浮现一丝感动，"豆豆天堂。"

镜头指示灯一闪一闪，捕捉着少年的狼吞虎咽，他两腮鼓鼓地飞快咀嚼，喉结上下游动，拿着筷子的手和嘴巴一起努力，生动极了。

窦晟今天开戒，一个人就吃了四盘肉，还不算别的东西，啤酒喝了三罐，撑到对着镜头愣神。

中途他给谢澜夹了好多次肉，车子明抗议他厚此薄彼，但戴佑和王苟今天也像是考完试发疯似的，只要车子明一张嘴，他们就疯狂给他投喂，塞到后来窦晟还没撑，车子明就先受不了了。

"兄弟们，嗝。"车子明捂着肚子逃跑，"我以前，嗝，怎么没发现自己，嗝，原来是团宠啊。"

戴佑和王苟不约而同地说："没错！你就是！"

车子明两眼泪汪汪，不知道是感动哭了还是撑哭了。

一顿火锅吃得人仰马翻，散场时谢澜感觉所有人都不太对劲。但他也顾不上琢磨，他晕乎乎的，强撑着回家后直接倒头就睡。

这一觉睁眼时，房子里一片漆黑，外头也是黑的，时间显示晚上十一点半。

谢澜觉得嘴巴里渴得要裂开了，拿起杯子往外走，随手戳开消息。

微信有一条消息来自窦晟，两小时前，说撑不住要睡了，提前晚安。

谢澜看着那行字就觉得他视频该是上传完了，戳开B站一刷，果然，首页左上角。

视频足有四十分钟，小电影长度。封面是窦晟的头肩特写，轴对称拼接，左边身穿着那件陈旧有洞的T恤，头发丝略显衰败地向下耷着，嘴角很平，眼神平静中透着一丝漠然。右半边则是熟悉的白衬衫，眼神清冷，但眸中有光，嘴角亦微微上挑。

——《沦入贫困的二十五天里都经历了什么？我进行了一场每天六元的城市生存挑战》。

"本视频中所有苛刻的生存条件均为节目效果而设置，请勿模仿。"

密闭逼仄的小空间里，窦晟坐在地板上。

"哈喽，大家好，今天是一期特别策划，策划的主题是——贫困。"

"灵感来源于一位省钱大王,他每个月的生活费只需要三百块,观众朋友们,三百块啊,这怎么可能做到？于是,我把生存目标定在了——"

屏幕一黑,三个大字:一百五。

弹幕瞬间碾压过一片整齐的队形:拔苗助长。

谢澜勾了勾嘴角,轻手轻脚地推开窦晟的房门。屋里一片漆黑,窦晟卷在被子里睡得很沉。他开了电脑,戴上窦晟的耳机继续观赏。

19682人正在观看,好家伙!

窦晟懒洋洋的画外音响起:"啊,当时我立这个 flag 时其实经过了一些粗略的计算。学生的钱,衣、食、行、学,就这四块,我觉得我还是可以的。事实证明,在最开始的一两周里,我确实完美地履行了我的计划。"

画面里,窦晟穿着旧 T 恤和明显不合身的裤子走在桥上,风卷着头发往四面八方飞舞,屏幕上显示着上课倒计时和动态距离,他边走边计划着接下来一周的伙食。

"学校附近有两家菜市场,经过一周的实战,我掌握了一些小小的规律。东边适合晚上十点后去,临期吐司一元一大包,还能顺走两杯过期不变质的酸奶。西边适合八点多去,边角肉一元五角一大包,运气好的话还能开出鸡翅尖,难点主要是抢不着。"

镜头一晃,画风突变。

菜市场里人声鼎沸,处理打折区挤满了大妈大爷,窦晟与其共舞,把相机高举在头顶保护着。

"小伙子你跟我们抢什么？"镜头底下传来一个气喘吁吁的女声。

视野剧烈地摇晃,窦晟道:"我穷啊,我饿!"

"你穷你饿也不能吃这些啊,吃了不长个儿的!"大妈说着无意一回头,停顿,视线缓缓上移。

GoPro 调皮地左右晃了晃打了个招呼。

但她的注意力显然没在相机上,而是看向相机后的窦晟。直到另一个大妈从她边上挤过,她才陡然回过神,一猛子又扎进人堆,吼道:"你要几包？"

窦晟立马机灵起来:"一包就行!"

"我给你挑包好的,你去,抢那边的小油菜,还有五分钟了!"

话音未落,镜头已经急转弯,向另一边颠簸地快速移动过去。

这就结盟了？

笑死。

这点钱能买什么肉啊？

割肉不要的肥膘,多少能带点瘦的,还有临期卖不掉的碎鸡块,其实分量不少。

好家伙,小油菜,我记得豆子不爱吃深绿色的蔬菜……

那你看他现在还挑吗？

一番战斗后，窦晟气喘吁吁的，把镜头切换前置，脖子不知被谁挠了一把，留着两道红印。大妈很快就过来跟他汇合，两人分割战利品，一元九角买到一小包边角肉和一包发蔫的油菜。

窦晟说："肉你垫了一块五，菜我垫了四毛，我给你一块一。"

"嗐，不用给了小伙子，我就抢着玩儿。"大妈对着镜头温婉一笑，整理鬓角顺便露出手腕上的金手镯，"你加个大妈的微信，这周边打折免费的消息我都有。"

原来是女富婆，失敬！
看对眼了……
人间天使。
在世菩萨。

视频里插入窦晟的画外音："当时我还感到很幸运，因为这位吴大妈确实又carry着我省了很多钱。"

画面切换成某微信群，群名：羊肠巷致富小组。

"认识她后，我才知道一元钱一包的什锦剩菜过于奢侈，正确的解题思路是加入小区的团菜群，每天早上起来看看今日什么菜降价了，通过简单粗暴的经济学原理得知，萝卜降价，代表当日市场上萝卜供大于求，萝卜也会占据当日什锦剩菜包里绝大比重，那么，为什么不直接单买剩萝卜呢？"

盲生，你发现了华点！
我愿称之为天才。
经济学的发明就是为了你买菜……

屏幕上猝不及防出现了一张浩浩荡荡的电子表格，行坐标是商品名，有细致的分类标签，列坐标是日期，密密麻麻的数字记录着每天的动态菜价和涨跌幅。

第二张表则是令人眼花缭乱的数学建模，旁边插着函数按钮，点一下，会生成当日菜价预测。

谢澜被这张表震撼住了，愣了好一会儿才想起来，有几天窦晟确实天天往信息教室跑。

科……科技修仙？
笑死，这是什么鬼东西？

学神虽迟但到……

他开始了！他开始了！

截屏看了下，第一个是时间序列，第二个应该是试图用XG-Boost预测不具备时间波动的几类菜价，可惜数据量小，效果差。专业人士建议，做这种小模型不需要boosting。

啥是XG-Boost？

这是一个高中生应该会的东西吗？

"咳咳，先声明啊，这个表是我用学校电脑做的，虽然我的笔记本就在柜子里躺着，但为了还原贫困的真实性，我还是付出了一来一回大概三十大卡的热量消耗。是的，对于贫困的人而言，热量，或者说体力，也是钱。"

弹幕压根没听他说什么，全在膜拜学神，屏幕上轰轰烈烈地滚过一面考试祈愿墙。

"直到现在，茄子、豆角、土鸡蛋这三个还是预测不明白，但其他菜价已经很准，至少是涨是跌这一块很准了。"窦晟清清嗓子，"出于对吴大妈抛砖引玉的感恩，我把这玩意儿与她共享。但这个时候，我还没有意识到事情的严重性。"

屏幕突然黑了下去。

吴大妈混在菜场嘈杂背景音里的洪亮声音突然响起："豆豆，大妈观察你好几天了，脑瓜可以，能持家，人也俊，看你不怎么学习，要不考虑来给大妈看店？大妈家在服贸市场有半条街，我三闺女快从外地回老家了，还是自家产业香啊。"那个声音忽然凑近，耳语道，"你好好表现，我家能接受倒插门。"

窦晟露出惊恐的神情："嗯？什么？"

哈！哈！哈！

我今天要笑死在这个视频里……

豆豆，豆豆！

倒插门豆。

大妈的童养婿。

你，好，好，表，现！

人类的悲喜并不相通。谢澜在一片欢乐的海洋中不明所以，点开网页搜索"倒插门"的意思。

许久，他关上了搜索网页。

视频里"哔——"一声过去，窦晟恢复淡定的口吻，"总之，那是我最后一次去菜市场。"

卖身场啊！

还是算了吧,你配不上。

不守男德。

在一片欢笑中,素材快速穿插着这些天的挑战实录,有食堂大妈借着锅底油热火朝天的翻炒,奶茶店员习惯性加赠的那杯"长安",赵文瑛电话里的怒吼,牙膏撕开后暴露出的锡皮。镜头里的他趴在学年公共打印室里手抄资料,体育课一动不动坐在林荫下出神,还在放学时搭着谢澜肩头嘟囔道:"我好饿啊。"

谢澜入镜半边脸,语声清冷:"要放弃吗?"

"不要。"

"那你半夜饿了别哼唧。"

"你听我哼唧,就不怜悯吗?"

"怜悯……你个头啊。"

校园里的晚风吹拂着梧桐,长镜头拉过那些起舞的花叶,谢澜的侧脸一闪而过,画面定格在远处高高的行政楼顶,夜景安宁。

澜息骂人都这么温柔啊……

世界上最软乎乎的二猫。

脑补出二猫一边骂骂咧咧一边奶孩子了!哈哈哈。

窦晟的画外音再次响起。

"截至此刻,也就是前两周,我还是挺乐呵的。苦心算计也挺有成就感的,肚子也能填饱。但新鲜感过去,我突然开始感到有一丝不对劲——我开始低落,没有征兆,也不知如何化解。"

镜头里的窦晟趴在桌上学习,神色平静到近乎冷漠,片刻后他放下笔,扭头望向窗外。

午后阳光浓烈,背景音是热闹喧哗的教室,他周身却仿佛罩了一层静音罩子,透着一丝孤独落寞。

直到镜头外忽然响起谢澜的声音:"饿傻了?帮我看篇作文。"

窦晟回过头,那双空洞的眸忽然仿佛重返人间,又活了过来。

"没错,这一切的失落来自体内多巴胺的缺失。没有充足的能量,取消了一切娱乐,大脑内的多巴胺迅速告罄。而在这种浑噩中,我发现,只有跟谢澜说话才能让我短暂分泌多巴胺。"

弹幕:哦。

好家伙!

原来你在这儿等着我呢。

可以，这很豆子。

借机和偶像套近乎是吧？

窦晟说："谢澜不愧是和我一个屋檐下的猫，不仅跟我说话，还接受我打工换食物。比如雇我给他缝扣子。"

画面里，谢澜面无表情地拎着一件衬衫过来丢进他怀里："两个扣一元钱，晚饭我的蛋挞给你。"

体育课上，谢澜从食堂厕所出来，一边把刚换上的 T 恤下摆拉好，一边又将另一件衬衫丢过来："一个扣，明天早上给你买个肉包子。"

"三个扣，吃巧克力吗？"

"两个领扣一个袖扣，中午加个炒鸡蛋吧。"

弹幕里众人都很困惑。

我不懂，哪来的这么多扣子掉？

谢澜是故意施舍你吧？

体育课上扣掉了？临时换衣服？

窦晟："最后一周，我开始运动，不再计较体力消耗。这并不是因为适应了，而是彻底崩溃的前兆。人在不开心时，糖分、运动，都是快速产生多巴胺的方式，除此之外还有跟朋友混一块儿。说来也巧，在我做 UP 主前也有一段时间不开心，现在回头看，那时我强制自己分泌多巴胺的方式也无非两个，打球、听 SilentWaves 的小提琴，和现在竟然没有任何区别。"

"哦，区别还是有的，SilentWaves 本尊现在就在我边上。"

我竟然有点想哭……

离谱你知道吗！一会觉得这家伙满嘴跑火车，一会又觉得他纯粹得发光。

前面的 +1。

你没变，变的是谢澜。

确实，成熟的偶像该学会自己跑到粉丝身边。

窦晟："我开启了给谢澜打工的日子。我拥有了烈日下的一口葡萄冰，晚饭时喂到嘴边的炸鸡腿，人生中第一次小口吃蛋挞，把排骨唆得连筋膜都不剩……有一天，坐在台阶上晒太阳发呆，本来没觉得饿，谢澜以为我要死了，匆匆往我嘴里塞了一大口巧克力。之后那阵子我喝水都觉得甜，还以为是饥饿刺激了味蕾，后来才知道谢澜偷偷往我的水里兑了葡萄糖，早餐时还把我支走，在我咬开口的包子里多塞一坨肉馅……"

画面跟随着窦晟的讲述穿插。谢澜的脸出现在每一帧里，大多数时候神情都很冷淡，哪怕是关心也不显山不露水。窦晟筛选镜头绝对是用了心思，每一帧都像油画般美好，少年的眉眼温柔生动，那对宁静的黑眸中聚着光点，朝镜头看过来时，弹幕顿时刷过成片的"心动"。

他偷偷给你加糖了！
我也想要养只这么温柔的二猫！
我以为我是来看你饿成傻狗的！
傻狗竟是我自己……

窦晟咳了一声："不仅是谢澜，我们班大课间突然开始流行传吃一包薯片，我的数学老师天天拉我去办公室做题吃零食，食堂阿姨每天单独炒我那两根破菜叶儿，某天我发现免费粥里竟然有枸杞，隔天还变成了皮蛋瘦肉粥，是我们胡主任偷偷去找了后勤……"

平平淡淡地叙述，穿插的素材量却十分惊人。窦晟本人露脸的镜头并不多，但运镜和拉故事线都下足了功夫。初期片段全是各种搞事操作，荒诞戏谑，令人啼笑皆非。但随着他状态的转变，画面里更多是午后炙热的操场，空旷的带回音的楼道，而谢澜和朋友们的关怀片段穿插在中间，每一次出现，都让人心头轻轻一颤。

视频已近尾声，弹幕整齐地刷起"主题升华"。

画面却忽然切回了家里明亮的客厅。

窦晟换回自己正常的衣服坐在地上，看样子刚冲了个澡，头发还有点湿。镜头里掩去了醉态，但谢澜心知肚明，这是回家后刚刚才录的。

"讲到这里，你可能会觉得这是一期逼迫平台给热榜的主旋律视频，但其实不是。贫困的人生很难捱。我获得的关怀大多来自学生这个身份的馈赠，如果没有这一层，不可能撑下来。"

"社会上有四面八方的善意，但如果这不是挑战，没有时间期限，那些善意也只是杯水车薪。我本以为这期视频的结论会指向物质贫困和精神丰富，但事实却是，当全部的精神都集中在如何省钱上，我压根没心思去看电影、看书、学习，就连拍视频都因为心情低落而漏下了一些素材。"

窦晟坐在镜头前，神色是少有的严肃："而在失去所有又重新拿回之后，我更深刻地认识到了，人应该为既有的东西感恩。那些你习以为常的，也会是其他人的心心念念。知足、感恩、帮助、自由。"

"我会把本月节省的生活费及本期的创作激励全额捐出。我是豆子人间绝帅窦，希望这期视频对你有帮助，不要忘记一键三连，下一期我们暑假见！"

屏幕黑了下去，在一片"致敬"的弹幕中，谢澜正要去点一键三连，欢快的背景音乐突然响起。

人声鼎沸，画面上正是今天的火锅局。

沸腾的火锅上方热气缭绕，他和窦晟坐在一起，他露着半边身子，有时会侧脸入镜，大多数时候只卡到肩膀。

欢快搞事情的背景音乐里，窦晟低头稀里呼噜地往嘴里捞着肉。

肥牛、毛肚、午餐肉、浸透了火锅汤汁的排骨和虾滑，他吃得眼皮也不抬，手捏着筷子上下翻飞，两腮肌肉疯狂鼓动，每一根发丝都欢快到颤抖。

《正片》
这孩子已经百年没有吃过饭了……
认真吃饭的样子竟然戳到我！

视频里，窦晟捏起一罐冰镇啤酒，停顿片刻，另一只手朝相机伸过来。
"我没想要喝酒啊，就拍到这吧，散会。"
屏幕一黑。
最后却又浮现了两行话。

后记：整理素材时发现录到了有趣的对话，发上来一乐，不要起哄。
【在咕嘟咕嘟疑似有水沸腾的背景音里，谢澜声音响起："接下来的日子可怎么办啊？"
窦晟用波澜不惊的语气说："只能靠你包养我了。"
"包养？"谢澜的嗓音清越温和，听起来纯洁无瑕，"我查查是什么意思。"】

视频结束……
谢澜呆坐屏幕前愣神，黑掉的屏幕上忽然映出床上的身影。
是窦晟醒了，坐在他背后。
窦晟自我欣赏地感慨道："这叙事节奏，这镜头把握……还不错吧？"
谢澜扭过头瞪他，骂道："不错个鬼！"
窦晟舒展胳膊伸了个懒腰，叹了一声："数据说话啊。"
谢澜无语，看了眼那可怕的播放量——才放出来三个小时，已经七十多万，大概率会再次刷新窦晟的历史记录，再狠狠地把他往前推一把。
谢澜冷着脸关掉网页，起身道："我回去睡了。"

两天期末考试结束，高中学生终于迎来短暂的喘息。

优秀社团评选有社长参与度的指标，谢澜跟社员沟通后，决定参加决赛。为了安全，林贝让他做二辩，窦晟做三辩。二辩三辩主要为了打出阵仗，而且角色相似，可以相互补充，只要窦晟能撑住，谢澜就算少说几句话也能蒙混过关。

决赛题目：人的一生应志在离家还是归家。

谢澜选了反方组，归家。

赛前几天他白天和社员一起讨论辩论材料，晚上回家准备《弦上少年》的面试。

比赛的前一天下午，他开始梳理辩论的观点，老马却突然在竞赛群里说预赛的成绩出来了。预赛是各省自己办的，H省不分奖项，只有分数和名次，目的是让各学校和竞赛生心里都有底。

午后闷热，谢澜看到成绩时恍惚了一会儿。

H省预赛是百分制，他卷面成绩是九十二分。市里排名第二，全省排名第三。

全市第一是窦晟，九十六分，和D市一个叫耿瑞的同分，并列省第一，所以到谢澜这就变成第三了。

名次倒不重要，只是分数低得离谱。

谢澜匪夷所思地在群里回复：可以让我看看错题吗？

"我怎么才九十二？"他蹙眉对身边的窦晟嘟囔道，"这卷子……不应该啊。"

他们三个直接跟下边断层，全省第四是D市的，八十四分，第五是戴佑，八十三分。按照全省两百人参赛的建议指标，进入联赛的门槛分数线是五十八分。车子明发挥不佳，刚刚过六十，听到谢澜这句话脸都绿了。

窦晟低头"嗯"了一声，说："可能……有题理解错了吧。"

谢澜茫然地抬头，问："什么题理解错了？"

老马私戳他回复道：可以，卷子就是在咱们学校批的，你想看直接来数学教研室。

谢澜赶到教研室门外时，附中的梁老师也在，正皱眉对老马说："你说这谢澜，什么题都不错，偏偏错在平面几何上。全省前二十哪有人错这道题啊？之前的平面几何是我教的，这次平面几何题是我出的……我想起来了，上次全市分级他也在我的题上摔跟头，他是不是针对我？"

"不是，他是真的读不懂题。"老马长叹一声，摘下眼镜，疲惫地揉了揉鼻梁。

门外的谢澜略带僵硬地回头，问窦晟："那道题不是证等边吗？"

"是证等边。"窦晟似有不忍，"但要求证的不是PDEG，是PCGF。"

谢澜一脸吃惊地问："不是吧？"

"是。"窦晟点头，"题干确实有点绕，后面就全是代词了，其、这、该、此，我当时看到就有种不好的预感，果然……"

谢澜还是觉得奇怪，他明明认真看了好多遍题，每一个代词都仔细分析过，虽然过程费劲，但最后是非常自信的。

窦晟小声安慰他说："无所谓的，预赛就是个参考，跟联赛无关。"

"那我也生气。"谢澜小声说，"我真的认真读题了。"

与此同时，教室里的老马也长叹一声："他还跟我说，'老师我读懂题了'。我现在都不忍心告诉他真相。"

中年男人失落地坐在沙发里，抱着保温杯喃喃地说："是我不好，作为一个数学老师，我竟然只教他数学，竟然没捎带着教他语文，这是我的失职。"

"我要去找省训教练，给他加训！从今天起，所有给谢澜的题目先过我，我都给他狠狠绕上三百字！"

谢澜一脸震惊，觉得未来无望。

谢澜怕被老马汹涌的爱意生吞活剥，纠结几番后默默转身离开了。

刚从楼里出来，老马就把电话打了进来。

"你不是要来看错题吗？"

谢澜"啊"了一声，又说："和窦晟对了一下，已经知道是哪里出错了。"不想被扣下做一下午的阅读理解。

老马叹气："你也别着急啊，这次数论和递归很难，全省只有你没出错，其实他们都是你的手下败将。"

窦晟在旁边懒洋洋地说："电话漏音，手下败将在边上听着呢……"

老马一梗，说："别添乱。哦对，豆子这次考得确实不错，得表扬。没做出来的数论第二问，我已经整理了相关的题，发给你了。"

窦晟嘿嘿一笑，道："那可谢谢您了。"

谢澜又跟老马说了几句才放下电话。

窦晟打着哈欠问："怎么说？"

"委婉地通知我，要开始练阅读理解了。"谢澜垮下脸，长叹一声，"为什么问题就不能好好出啊……"

炎夏午后，即使在空调房，人也混混沌沌的。谢澜回家继续看辩论材料，字典词典摆了满桌，冰咖啡下面还化了一摊水，他只能缩着胳膊趴在桌上睡。

他做了一个很长的梦。

梦里是他的小时候，肖浪静拉着他的手走上望江巷外的台阶，他戴着一顶草帽，一阶一阶往上爬。

谢澜三岁被带出国，并没有这段记忆，他纳闷了好久，直到小男孩回过头他才恍惚意识到，那可能不是他。

小男孩抬起帽檐，肉嘟嘟的脸上依稀可辨出长大后那淡漠的样子，眸光轻转，打了个哈欠。女人也回过头，替他把草帽摘下，两人继续向上走。

原来那也不是肖浪静，而是赵文瑛。

……

"你不是说他在学习吗？"

"嗯……刚才还在学呢。"

"刚才是什么时候？"

"三四个小时前吧，唉，妈你管人家干什么啊？"

"我要叫醒他啊，睡那么沉，晚上失眠怎么办？"

"哦……那倒也是。"

搭在书本上的手指屈了屈，谢澜挣扎着醒过来，方觉出浑身都麻了。

窗外刺眼的阳光已经变得柔和。他戳了下手机屏——"17:12"。

"澜澜。"赵文瑛过来放下一盘哈密瓜，"太晚别喝咖啡了，吃点凉快的水果，醒醒觉。"

谢澜愣了好一会儿才回神，惊喜道："赵姨回来了？"

"嗯，可算是回家歇歇。"赵文瑛笑着说，"过来看看，我给你买了好多礼物。"

她应该是刚回家没多久，口红还没擦，身上散发着香水味，把大包小包提进来。

窦晟也跟着进来了，坐在谢澜床上往后一倚，一副大爷的模样，说："来，让我看看赵女士给亲儿子谢澜小朋友买了什么礼物？"

赵文瑛皱着眉拽他："你起来！别坐人家的床。"

谢澜连忙说："赵姨，没事的，我不讲究这些。"

赵文瑛出差必带礼物，谢澜一开始还推脱，后来就习惯了。自从谢景明不供他生活费，他就每个月自己给赵文瑛转钱，吃用、房租、蹭车……往多了算。赵文瑛从没推辞，给多少都直接收，但总是很快就买一堆礼物塞给他。

"T恤和运动裤，你俩过一阵在学校集训穿。还有豆子说要买正装？我买了衬衫、西裤和皮鞋，西装外套没买，小孩子不用穿全套。"赵文瑛一件一件掏出来，她扭头看向窦晟，突然间拉下脸，"你也有啊，款式都差不多，别老说我厚此薄彼，偏心眼儿。年纪不大心眼儿不少，大小伙子别那么小气……"

窦晟才不听亲妈的废话，一把抢过那些衣服，道："差不多好啊，我俩现在就是捆绑出售。"

赵文英笑着骂："你就贫吧，我要是澜澜，肯定得烦死你！"

"他不烦我。"窦晟笑着冲谢澜挑了下眉，"是吧？"

"嗯。"谢澜随意点头，"不烦。"

他话音刚落，就被赵文瑛大力揉了揉脑袋。

"乖死了！"赵文瑛感慨道，"浪静怎么这么会生啊！生出这么乖的崽崽来！我怎么就生出了这么个玩意？"

窦晟打着哈欠，一点都不吃醋："那还不好办？以后让谢澜也当你儿子。反正我们俩是兄弟、知音，现在还是一起战斗的伙伴！"

赵文瑛一拍手，叫道："那可太好了，求之不得。乖乖，高中时确实说过以后要做干妈的啊。"

这趟出差久，礼物也多。赵文瑛还送了谢澜一副新耳机，音质自然，降噪做得不错，外形也很好看。谢澜对这个牌子不能更熟了，这耳机要一万来块，他当即拒绝，但又被赵文瑛摁头收下。

等赵文瑛抱着一堆包装盒美滋滋地出去，窦晟才低叹一声："这差别对待，之前找我妈要，她让我哪儿凉快哪儿待着去。"

小巧的颈托架在脖子上，两根耳机线垂在身前，谢澜揪着其中一根，有些发怔。

这耳机他有过，同一个系列，比这款大概老个三四代的样子，是肖浪静还在世时给他买的。这趟出来得急，落在伦敦家里了。

赵文瑛仿佛有种神通，明明跟妈妈那么不一样，却总能让他一次一次想起妈妈，然后愈发想和她亲近。

晚饭后，班群里突然涌出 N 条未读消息，期末成绩出了。

谢澜在班里的名次没动，还是倒数，但学年擦边挺进前一百，胡秀杰在有全科老师的群里直接点名表扬了他。

总分六百四十八分。这次期末考得顺手，理综只扣了二十二分，英语扣十二分，数学不知哪出问题扣了一分，问题不大。

唯一的失分点还是语文，这次八十三分，几乎没再往上走。

胡秀杰还发了去年高考的数据，谢澜比去年理科一本线高出一百一十分左右，选择余地非常大，但还是远远够不上紫色通知书。

同学和各科老师都刷了一波祝贺，老秦也发了一条：谢澜的未来就在语文了，我们努力！

老马回他：别急，还有数竞保驾护航。我会连带着语文一起教的。

老秦：抱拳.jpg。

谢澜回了一个大大的"感恩"的表情包。

晚上睡觉前，谢澜忍不住又点开成绩单看了看。

能考到这个分数已经相当满意。老马特地叮嘱他放松，优先冲联赛保送，冲不到就冲明年自主招生，英中每年都有一两个学生拿到降至重本线的政策。赵文瑛也发了个大红包以示祝贺，非要他收。好像所有人都在殷切地期待，不给他压力，只是拼命鼓劲。

谢澜犹豫了一会儿，还是把成绩单截屏，连带胡秀杰说分数线的那几条，一起发给了谢景明。

很长时间没登录 Messenger，里面躺着谢景明这段时间以来的消息。上次撕破脸后，他不再假意热情，只用很正常的措辞来履行父亲的职责。

谢澜指尖飞快划过那些关怀。

最后一条是在一周前，是英国学校数竞培训队入队报到的截止日。

曾经他认为很重要的日子，此刻却几乎想不起那天都做了什么，可能只是日常担心某人会不会把自己饿死。

谢景明没提任何比赛相关的事，只是措辞平静地发了一条：我和 Elizabeth 已经决定在一起了。不求你原谅，但希望你能尊重。还有，之前提过英国大学的"2+2"，你不愿意。我又查了查，国内大学也有这种项目，"2+2"和"3+1"都有，爸爸希望你考虑一下，父亲想和儿子一起生活的心愿也是无可厚非吧。

谢澜读了好几遍，心里说不出是什么滋味，许久后才回复。

我之后应该会和窦晟上同一所大学，如果他也想交换，我就看看这类项目。但也只是交换而已，未来还是会在国内定居。

他又把成绩单和分数线截屏也一并发了过去。

我能考上妈妈的学校，不必担心。现在也能养活自己，卓卓有余。

哦，又错了，绰绰有余。

等了几分钟，没有等到回复。

谢澜放下手机，翻了个身却怎么也睡不着了，又重新戳开谢景明的 Instagram。

多出了不少没见过的新照片。谢景明和 Elizabeth 一起烤肉，陪她带狗去体检，一起在伦敦美术馆附近喝咖啡，回家后 Elizabeth 烤了司康饼，而且是谢澜喜欢的那种有开心果仁的，估计是谢景明出于习惯要求的。

他们好像正在市中心的公寓里同居，谢景明一周前回老房子除尘，随手拍下偶然翻到的谢澜小时候的相册，是收录各种小提琴比赛记录的那册，出镜那张是领奖时一家人的合照。

谢澜忽然觉得有些鼻酸。

他又戳开 Messenger。

算了，我以后要读数学系，没太大出国交流的必要。你要是来中国玩可以联系我。

信息发送，安安静静地躺在对话框里。

谢澜觉得自己的内心很平静，但又彻底睡不着了。

最初回国时，他其实并没有考虑到一辈子那么远，踏出那一步时，以为只是远离旧生活而已，却不知一条裂缝在他背后无声无息地生长，推着他和从前彻底割裂。

谢景明亏欠肖浪静，但对他这个儿子来说，是称职的父亲。

他或许没有资格去责备太多，只是，难掩失望。越想，失望就越浓重，浓重到把人死死地包裹在里面，无法挣扎……

谢澜戴上赵文瑛送的耳机，刷了一宿窦晟从前的视频，直到凌晨睡着时，耳机里还是窦晟的声音。

第二天上午，坐在辩论桌后，昨晚的惆怅都被冲淡了，脑子里却还嗡嗡地响着豆言豆语。

谢澜初赛没来参加，不知道会有这么多人来看比赛。评委、学生会、其他社团、看热闹的群众……浩浩荡荡上百人，英中最大的阶梯教室坐了一半。

双方代表正和主持人沟通流程，反方这边是窦晟去。

窦晟穿得很正式，严谨冷淡的着装和个人漫不经心的气质相得益彰。白衬衫肩线笔挺，下摆收进蓝黑色的西裤，裤身妥帖垂坠，更衬出那两条腿笔直修长，将少年的宽肩细腰完完整整地勾勒了出来。

皮鞋表面一尘不染，他回到谢澜身边坐下时裤腿向上抬了半寸，踝骨在暗色的男士丝袜下凸起。

明明举手投足间都是少年气，却又暗中流淌着一丝微妙的张力。

手机这时候疯狂振了起来。

车子明在班群里发了一张刚才抓拍的照片。窦晟起身站在谢澜边上，一手揣着裤兜，正装衬托下，神色比平时更显清冷。谢澜则内敛如常，他俩衣着相似，一坐一站，都垂眸看着辩论材料。

车厘子：我愿称之为双胞胎兄弟！

董水晶：车厘子，以前你不是说自己是窦晟失散在外的亲弟弟吗？

可颂酱：让贤了？

车厘子：切，我说我不是了吗？我是窦老二，戴佑老三，鲱鱼老四，谢澜老五，狗子老六，不行啊？

拿铁：我自愿退出

狗子旺旺：我也是

Vincent：我插一句，这张照片已经在文理二十几个班群传开了……

董水晶：好吓人！我朋友圈和空间现在全是，本群有奸细！
车厘子：是谁？是谁偷我图？！

谢澜用胳膊肘碰了碰窦晟，不动声色地把手机戳过去。

窦晟低头一瞅，笑着说："拍得还挺好，能不能把这帮人移下去啊？我想做电脑壁纸。"

谢澜白了他一眼，心想：这就是你的关注点？

稀里糊涂的，比赛就开始了。

"老师、同学们，大家上午好！今天是英华中学辩论社的学期末决赛，感谢各位的到来，本场的辩题是'人的一生应志在离家还是归家'。正方离家，反方归家，现在为大家介绍双方辩论成员，首先是正方一辩。"

对面一辩起立鞠躬。

按照顺序逐个往下，很快就轮了过来。

"反方二辩——谢澜。"

澜字刚落下，底下便响起一片热烈掌声，谢澜起身鞠躬。

"反方三辩——窦晟。"

窦晟起身，随意点了下头，落座。

"反方四辩——林贝。"

掌声小了点，但林贝还是大气地朝场下露出自信的笑容。

辩论正式开始。第一个环节——立论。

从正方开始。对面一辩起身道："我方观点是，人的一生应志在离家。俗语道，好男儿志在四方……"

谢澜是二辩，等双方立论结束，就要立刻起身驳斥对方的立论。队里已经盲押过对面论点，逐条梳理了应对策略，只需要听清对方表达，然后从准备中挑选一些来回击。

谢澜一根弦绷得很紧，像做听力题一样紧张。

对方一辩叫陆振祁，语速奇快，谢澜紧绷到最后，大体抓了四个点。前三个分别是眼界、物质与抱负，这是林贝押中的，但第四个点漏了，夹在一堆排比句里没太听清，只捕捉到几个关键词，好在快速消化能够理解。

对方一辩结束，反方一辩起身立论。

谢澜趁着自己的辩友发言时，在心里飞快地过了遍腹稿。

三分钟很快结束。主持人道："接下来进入驳论阶段，请反方二辩驳对方观点，限时两分钟。"

台下一百多双眼睛瞬间朝谢澜看了过来。窦晟的手指轻轻在他腿侧碰了碰，示意他放松。开场前窦晟叮嘱过，慢慢说不着急，只要把观点表达完就可以，一切有他兜底。

谢澜酝酿了一小会儿，压下语速，沉声道："对方四个观点在我方看来并不成立，眼界、物质、抱负，这三者并不直接与离家关联，这是基本的认知错误。在说出归家还是离家这一选题时，或许对方辩友就错误地将离家解读为广阔天地，将归家解读为安……安于一隅。"

余光里，窦晟一直用食指平稳地轻叩桌面，像是在给他定心。哪怕他背诵拗口成语时稍微卡壳了一下，手指的节奏也没变。

谢澜暗暗做了几个深呼吸，放松，继续说："我方认为，归家是为了陪伴家人、是对熟悉环境的珍视，与上述三点并不冲突。至于寻找家人，我方认为，并不是所有家庭都面临这个任务，我方驳论完毕。"

他一鼓作气说完，落座，才忽然感觉阶梯教室里有一种诡异的静谧。

窦晟的食指还保持着抬起僵在空中的姿势，等他落座两秒后，才迟疑着扣在桌上。

对方辩友四脸茫然，二辩愣了好一会儿，才起身按照流程辩驳他们的立论。

场下人开始窃窃私语，谢澜感觉自己脑门上显出一个大写的"危"字，下意识地瞟了眼旁边窦晟。

窦晟蹙眉深思，数秒后匆匆写下一句话推过来：寻找家人？是陆振祁说的"寻找人脉"吗？人脉是不是理解错了？

谢澜脑子里"嗡"的一声。

人脉。这个词他在阅读里见过一次，背过含义，但一直没用过。如果出现在卷面上应该是认识的，但在听力里完全没反应过来。

他当时第一联想是"人迈"，可能是用了某种主谓倒装来修改词性？或者是他把顺序听反了，反正觉得对方显然是想表达"迈出去的人""离家的人"。

谢澜当场自闭，把纸条给窦晟推了回来。

窦晟轻叹了声，又写道：没事，失忆吧。

谢澜心想：失忆吧？我看是毁灭吧。

对方二辩驳论结束，进入质辩环节，对方三辩起身反问，先问了一辩，这边同学自如应对，随即就轮到谢澜。

谢澜看着对方三辩起身，"自杀"的冲动开始酝酿。

他紧张地盯着那张嘴一开一合，生怕听到关于"人脉"还是"人迈"的反问。

好在，社员给社长留了面子，选择性遗忘了刚才震惊全场的发言，只抛出了一个温和的问题。

谢澜松了口气，起身答道："我方坚持认为，归家能够更好地沟通感情，虽然科技发达，但面对面的交谈和陪伴是网络无法相比的。在相处状态下，人与人之间会自然发生大量沟通，而远离彼此后只能依靠培养定时联系的习惯。"

都是提前准备好的，本来还想发散，但被刚才那个小插曲打断了，只能是背诵全文并老实坐下。

三问三答有惊无险，紧接着轮到窦晟起身，顺次质疑对方三位辩友。问题犀利，态度专业，配合他冷冷的语气，竟让场下有了一阵躁动。

正反双方三辩进行了质辩小结，随后主持人宣布自由辩论。

对方二辩是个男生，爱开玩笑，之前在辩论社就常常打趣谢澜。他一起身，谢澜就预感不妙。

果然，他眼神直接朝着谢澜来了——

"提问反方二辩，你方口口声声说离家与物质、眼界、抱负不存在关联，但我认为是你曲解了我方的意思。立足发展的眼光，无论你家是农村乡下还是国际大都市，都只是有限的环境，更远的世界有着更广阔的天地。古代尚有孟母三迁，一位母亲难道会害自己的孩子吗？当然不会啊，母亲比任何人都希望孩子有好的发展，那么我方坚持认为，以发展的眼光考虑问题，应该鼓励孩子离家，你又如何看待？"

噼里啪啦地说了一大串，谢澜只记住两句半。还是最后两句半。

孟母三千？

他起身前飞快地低声问："孟母是谁？"

窦晟飞快回："孟子的妈。"

"三千个妈？"

"……不重要，回避它。"

谢澜已经站起来了。

万众期待，有一些人努力憋着笑，但已经露出嘴角要上翘的势头。

回避"孟母三千"是可以，但前面的论点已经记不太清。谢澜只依稀觉得对方一直在强调外面的世界更大这个点。

他又做了几个深呼吸，说："外面的世界确实更大，无论家乡是大是小，我方从未否认这一观点。借用对方辩友的论据，既然肯承认科技帮助沟通感情，为什么要无视科技帮助打开视野？我方看来，情感的弥补要比知识的弥补更困难，请对方辩友解释。"

仿佛有股氧气瞬间输入真空的房间，底下甚至响起了辩论赛不该有的掌声。

窦晟松了一口气，谢澜落座，他立即在桌下比了个大拇指。

对方三辩起身回答了谢澜的问题，又将球踢了回来，这次窦晟直接顶上，一通快语输出，又以更一针见血的进攻回击了回去。

之前彩排时窦晟一直都显得懒洋洋的，这次却像换了个人，一人对战对面的二辩三辩，言辞犀利，张口即引经据典，配合时而诚恳时而轻蔑的语气，将对方驳了个落花流水，其间夹杂的幽默反讽还引起场下几阵笑声。

加入辩论社这么久，窦晟根本就没有显露过真本事。或者说，和大家做了两年同学，他从没认真和人争论过什么，哪怕在直播间里回击黑粉都没这样。

他不间断地起身，时而散漫地单手揣兜，时而用手指轻轻点着桌子来加强语气，一个人打出了枪林弹雨的气势，对方二辩三辩溃不成军，完全被牵制节奏，压根想不起来还有谢澜这个人。

林贝侧过头，呆愣愣地仰望窦晟，都看傻眼了。

有窦晟撑在场上，谢澜那点因为乌龙生出的郁闷，也在这场唇枪舌剑中慢慢消散了。

直到正方二辩一句质问忽然闯入谢澜耳朵。

"对方辩友一直强调家的归属感，可是世上有多少人在见过各种风景后，还是选择了远方，组建新的家庭，难道在那里就没有归属感吗？我方认为，新的归属感应当更强烈才对，足以覆盖旧人旧物，人的发展是动态的，家的概念也应该随之……"

计时器响，主持人打断："正方时间已经用尽，请反方回答，请注意，反方只剩下二十秒。"

谢澜听着这些问题，怔了那么一瞬，放在桌面上的食指轻轻动了下。窦晟正要起身，瞟到他的手指动作，倾侧身子低声询问："你来？"

谢澜"嗯"了一声，起身。

"新建立的归属一定更强吗？这种更强的错觉或许来自时间积累，也或许来自时间上最邻近的刺激。我方一直在强调'最初'，最初接触的环境与人形成了归属，这种归属可能被错认为逐渐平淡，但它永远存在。英国诗人曾用一句诗表达思乡——'Stands the church clock at ten to three. And is there honey still for tea.'教堂的钟停在了两点五十分，还会有蜂蜜来搭配我的茶吗？如果你也曾像他一样在不经意间想到从前，那么就证明，归属感一直存在。"

周围忽然有些安静。

谢澜坐下，窦晟赞许地用手指叩了叩他的腿。

双方四辩的结案陈词都很精彩。辩论结束，在评委老师讨论结果期间，辩论成员从后门出去等待。

谢澜看了眼时间，想去洗把脸换换脑子。

行政楼的洗手间是单人配置，在幽静的角落，门口放着茂盛的盆栽。谢澜刚拧开水龙头，门就被敲了敲。

"是我。"

阳光透过百叶窗照进洗手间，谢澜站在镜子前，窦晟在他身边，背抵着门，两手揣在裤兜里，懒洋洋地将一只脚勾在另一只脚旁边，黑眸中衔着一丝清浅的笑意："明明是白天啊。"

谢澜顿了一下，疑惑地问："什么？"

窦晟脸上的笑意更盛："明明是大白天的，某月亮却已经开始闪闪发光了。"

谢澜当然不想破坏氛围说月亮不会自己发光，他继续在水龙头下洗着手："一开场就闹笑话，是社员们善良，不然我就完了。"

"那不算什么。我刚才出来时，他们都在感慨社长的英音好听死了。"窦晟直起身，走到谢澜身边，低声道，"我也这么觉得。"

"二猫一直是最棒的。"他郑重地说。

第六章
面 试

谢澜感到自己臊眉耷眼,疑似被某鲱鱼附体。

"快,想办法安慰安慰我。"他低声说,"我心态要崩。"

学生社团中心的信息板上按了一张辩论赛合照。两届成员一共二十多人,站在一起颇有大社团的风范。谢澜和窦晟站在后排中间,融欣欣和林贝在前面抱着优秀社团的奖状,窦晟懒散地抬手勾上谢澜的肩膀,在他脸边比了一个剪刀手。

当晚,他就发了条新动态——

@人间绝帅窦_dm:海归儿童的一大步。

动态配了三张图,一张学生里疯传的那张赛前照,一张社团合照,还有一张是车子明在谢澜质辩时抓拍的特写。

这几张照片一发出去就引来大波称赞。窦晟连着几期视频成功出圈,贫困体验那期又刷破生涯记录,粉丝数已经飙破四百万,反超了谢澜。他的一条B站动态被截图扩散到各个论坛,打豆豆女士连夜产出,正装手书第二天就上了小破站的热榜。

在去B市的高铁上,窦晟翻着评论感慨道:"粉丝一多,老粉的存在感都被稀释了啊,评论都没什么意思了……"说着,他百无聊赖地收了手机,淡淡地"啧"了一声,"独孤求败啊。"

毒姑球败?又是个谢澜听不懂的词。

他抱着琴盒坐在窗边,对着麦克风把这个发音复述好几遍才匹配到正确的成语。

高铁外是飞速倒退的荒山和村落,信号不太好。

小群聊得热火朝天,他接收消息却一卡一卡的,火车穿过一条长长的隧道后,微信骤然吐出来几十条消息。

车厘子：笑死，网友看到辩论照的第一反应竟然是好帅。

鲱鱼：网友都那样，肤浅！

车厘子：豆子和谢澜现在真红啊，到处都有讨论的。

车厘子：笑死了，几千人在一个楼里认真讨论以他俩的默契程度，是不是从小就偷偷玩在一起了，忽悠观众玩呢？

鲱鱼：这也太离谱了吧……

车厘子：本群怎么只有我和鲱鱼说话啊？

戴佑：嗯，离谱！

王苟：非常离谱……算了不聊这个，谢澜和豆子在车上了吧？去面试？

戴佑：是吧。

车厘子：澜崽给爷冲！拿下主编曲！

戴佑：冲！

王苟：冲！

鲱鱼：冲！

谢澜发了个振奋的表情包，小圆圈在屏幕上永无止境地转，也不知道能不能发出去。

他放下手机，看着远处的站台缓缓靠近，轻叹了口气。

"别紧张。"窦晟在一旁说，"这只是个商务合作，又不是音乐学院招生考试，估计就是聊聊天，不会难为你的。"

谢澜"嗯"了一声。

他的优势很突出，但劣势也很突出，向来都只把编曲当爱好，专业性远不及嘉达，所以出发前他几乎准备了一天一夜，背了背术语，不至于让自己说不明白话，又仔细回顾了生涯所有作品，原创的改编的、公布的没公布的，梳理了个人风格和常用技巧。

后天就省训了，面试在下午，面完还要赶回 H 市。

谢澜轻轻叹了口气："全力以赴吧。"

出了火车站正是下午最热的时候，出租车在宽街窄巷里七拐八拐，足足花了一个多小时才到面试地。灵犀的大本营在 G 市，B 市只有一个小工作室，藏在某格局紧凑的商用公寓里，须工作人员下来接才能通行。

谢澜和窦晟跟在接待的女员工后面走，她一路上频频回头，等进了电梯才终于忍不住说："你俩关系真的好好啊，连面试都要陪着？"

谢澜恍了一下神："啊？"

"是啊。"窦晟淡淡笑着，抬手搭上他的肩膀，"把我当谢澜的私人助理就行。"

谢澜还没反应过来，就见女生飞快地笑了一下，又迅速压下去。她一本正经地点头：

"好的。"

谢澜再一次领教了某人一本正经地胡说八道的本事。

窦晟的心情应该很好，手指头又开始在空中弹钢琴了。

进了一道玻璃门，里面是很紧凑的格子间，十几个位置，再向里有两间办公室，一间会议室。

"嘉达是上午来的，和裴导聊了一会儿就去喝茶了，然后裴导一个人回来了。"女生低声对谢澜说，"凯姐是这个项目的负责人，裴导是总导演，他转行导演前也做过音乐制作人。"

谢澜点了点头，又问："嘉达上午和他聊了多久？"

"在里面聊了差不多十分钟吧，出去喝茶喝了一上午。"女生低头发了两条消息，"你直接进吧，我跟他们打过招呼了。"

窦晟倚着旁边的墙，冲谢澜抬了下眉。等接待的姑娘走了，他低声道："加油啊二猫，等你。"

装修很简单的会议室，空调呼呼地送着风。长桌一端坐着一男一女，女人留着干练的短发，裹了一条大披肩。男人穿着卡其色的牛仔马甲，里头套一件泼墨白T恤，目测三十岁出头，高颧骨，眼眶深陷，一头干硬的头发在脑后扎了个不长的马尾揪，有淡淡的胡茬。

女人热情地笑道："是谢澜吧？"

"嗯。"谢澜目光顺次和他们碰了下，点头问好，"凯姐好，裴导好。"

凯姐招呼他坐下，开口先寒暄一大通谢澜考试和B站更新的事。看得出她是有关注谢澜动态的，闲聊几句就把前面几个音乐视频都点了一遍。

谢澜一一作答，等她寒暄得差不多了，他才适时说："我整理了一份自己所有改编和原创曲目的文件。"

"收到了。"在一旁沉默的裴导终于开口，他的嗓音很低，有些轻飘飘的喑哑，说着拿起旁边的平板电脑往下滑了滑。

凯姐面带温和的笑容，说："那些我们都看到了，你和嘉达都不是门外汉，虽然最后只能有一个主编曲的合作机会，但还是希望你放松点，今天就是圈内网友见个面，顺便聊一聊合作机会。"

谢澜点了下头。

"其实我最初找上你时，只是碰巧翻到了几个改编曲，觉得挺特别的。"凯姐手机上就开着谢澜的主页，随意往下拽了拽，"就拿《赤莲之死》这首曲子来说，想听你说说改编的大体思路是什么？"

"我做过很多次H.Blood改编，最多人知道的就是Youtube上传的那一版。"谈到曲子，谢澜放松下来，"原动漫是一个绝望之后重新启程的故事，OP曲风热血中混着悲伤，但为了配合剧情，激烈要远大过悲伤。在改编时，我想增强乐曲叙事中的绝境氛围，所以多加了一段旋律，在触发前用了对文式的多重变奏，一共二十个小节，把听者和演奏者的情绪推拉到最高点，大概是这样的思路。"

凯姐听他说着，随手点开相关视频，把那小段放了一遍。

"吸引我的也是这里。"她笑道，"其实有很多人会用反复变奏的方式改编，大多为了炫技，但我觉得你的特别不一样，对于感情和节奏感的把控力很强，你在改编时有整理过大致的节奏线吗？"

谢澜摇头："没有，就是凭感觉。"

"这就是老天爷赏饭吃了。"凯姐扭头对裴导说。

裴导只点了下头，继续仔细浏览着 iPad 上谢澜发来的资料。

其实从一进门，谢澜就觉得这个人有些怪，有些……不能说不太友好，而是有些冷淡。

谢澜看了他一眼，又在凯姐说话时收回了视线。

凯姐明显做过功课，顺着 H.Blood 往后问，问到的都是谢澜称得上里程碑式的改编曲，此外还重点问了那次草地音乐会，在确定各个乐部编曲都是谢澜一手抓之后，满意地点了点头。

"其实我们内部对你的 demo 评价也比较高。"她轻轻晃着圆珠笔，"虽然那只是一个拉票 demo，但我觉得在相当程度上已经比较符合我对《弦上少年》OST 设想的框架了。此外还想问，如果只拿到合作编曲的位置，你会接受这个机会吗？"

谢澜如实摇头道："主编曲是一次难得的机会，无论说收益还是与民乐大师的合作。我开学就要高三了，如果只是合作编曲，眼下不会考虑。"

凯姐轻轻点着头："嗯，可以理解，但我们还要内部商量几轮才会有最后结果，所以不会那么快就……"

裴导忽然开口打断道："可如果真让你来做主编曲，你有信心完成吗？"他说着将平板电脑锁屏，揉了揉鼻梁，半闭着眼说，"我讲话比较直白，你身上的学生气还是太重，编曲有很多奇思妙想的小设计，但整体逻辑欠佳。外网和 B 站有不少专业人士拆解你的编曲结构，但其实我想问，你对自己的结构形成了基本逻辑吗？"

谢澜停顿片刻，坦白地说："我一般要求在前十五秒出现主旋律，以不同的和弦组合去调整间奏，不希望整首曲子里有完全相同的部分出现。习惯让高潮部分回扣主旋律，会调整音符类型来增加节拍的层次，或者干脆做变奏，这些算吗？"

裴导摇了摇头："不算。"

会议室的气氛有一瞬的微妙，凯姐在裴导的胳膊上杵了一下："他说话直来直去惯了，你没有专业背景，这个我们从一开始就知道，但我们的 OST 要从很多方面去衡量，不仅是专业性，还有……"

"一首动漫 OST 不只需要小提琴一个乐部。"裴导又一次打断她，目光落在面前的桌面上，食指在桌上轻点，"比如一段旋律，写给小提琴，需要主旋律清晰、顿挫、节奏感强。但如果写给小号、萨克斯，就要用更多的和声去烘托高亢声部。铜管组、木管组、弦乐组，甚至是打击乐组，如何发挥出协同作用，特效音又怎么加，这才应该是商业主编曲应该协调和考虑的，甚至比乐曲设计的叙事性、氛围感等都更加重要，明白吗？"

谢澜愣住了，坦白说，他不太明白。

裴导的声音很低，他絮叨这些时，配合手指的动作，像在念经。谢澜只勉强跟听了大半，大概抓住了他想表达的意思。

考生把专业名词背得再滚瓜烂熟，也招架不住播放听力的设备"奄奄一息"。

他琢磨了一会儿才回答道："我确实无法用专业理论解释编曲过程，但说不清和做不到是两回事，在英国时我在校交响乐团里做过很久，也帮其他乐部的同学改过谱子。"他说着打开琴盒，把琴抵在颈侧，"比如下面这一段是之前 demo 的小提琴试奏版。"

琴弓轻侧，他快速演奏了 demo 的前二十小节。

"现在如果要为钢琴乐部来改编，我会把间奏部分处理得更厚重和温和，降调，取消变奏，再把旋律变成有古典感的三拍子。"

裴导听到这才抬了抬眼皮，看了他一眼。

谢澜临场改编，一半靠大脑飞快运转，一半靠手感，他中间停顿了一下，但还是坦然地完成了演示。

"那么，如果是小号或萨克斯，我会直接舍掉主旋律。因为在这首 demo 的气质下，铜管乐器只适合用来给旋律增加辉煌感，我会升调，再把节奏拉平。"

用小提琴去演奏为其他乐器修改的部分，听感不是很佳，拉起来也有些奇怪，但谢澜还算习惯，当年在乐团时大家也常常一起这样玩。

他拉完了铜管乐器组，又试着描述了一下对贝斯和鼓点的想法，偶尔用小提琴拉一两个小节补充。

一番演示后，他才放下琴，说："不知道这样算不算多音部结构能力？"

裴导不知何时已经把椅子往旁边旋转了一个角度，看着窗外的另一座高楼，依旧半垂着眼睛。

谢澜表情逐渐变冷。

这个人好像就没怎么睁开过眼睛，用文言文来形容就是，若有眼疾？

裴导忽然说："H.Blood 里风靡外网的那段互文式变奏，能现场展示一下吗？"

谢澜沉默了片刻，还是敬业地点头："能。"

谢澜拉起琴时，会议室里很安静。他没有直接演奏裴导点名的高潮部分，而是从前面忧思重重的慢板切入，逐渐迎来高潮。

他只拉了一小段就放下琴弓，凯姐正要笑着鼓掌，裴导忽然又道："前一阵好像有一首《在赤焰之巅》，风格跟以前不太相同，能也展示下吗？"

谢澜对着裴导的侧脸，面无表情地拉起《在赤焰之巅》。

"你改过纯慢板的音乐吗？原创也行，来一段。"

"……"

"草地交响乐版本的《龙猫》也可以听听。"

"……"

在一段接一段拉了数分钟后，会议室里已经非常尴尬，凯姐甚至开始低下头，假装自己不存在了。

谢澜放下小提琴，反问道："你是在点菜吗？"

裴导回头看了他片刻，含义不明地轻笑了笑："我只是在努力寻找一点能够答应让你做主编曲的信心。"

"那你找到了吗？"谢澜声音毫无波澜。

裴导沉默了一会儿，长长叹了口气："不是很理想。"

在谢澜眼里，眼前这人仿佛一个脑容量被空气中的二氧化碳挤压殆尽的傻子，一言一行都是濒死之态。

裴导放空了许久才低声道："还是那个问题，专业性太弱，制作期间沟通成本高。还有就是，你所有的改编都太放了，不会收，高潮迭起确实很抓人，但听着累啊，我听第一遍感觉很强，第二遍觉得精神耗损严重，第三遍心脏就不太行了……"

谢澜脸上最后一丝表情离他而去。听第三遍心脏就不太行了，也许不是他的问题。用车子明的话来说，这人多半肾虚。

他终于忍不住问道："听说您是做音乐制作出身，为什么不直接自己来？"

凯姐脸上尴尬得连笑都挂不住了，兀自低头在纸上写一些不是字的字。

裴导倒是一副很从容无为的模样，仿佛是在应对记者，笑了一下说："我只有天才，但懒得去学专业啊，做音乐制作死路一条，哦，所以我才不太想找个和我一样的啊。"

谢澜不知道自己还能说点什么。

"还是加个微信吧。"裴导慢吞吞地拿起手机。

谢澜深吸一口气，从裤兜里摸手机。他气得眼睛发花，手机摸出来戳了半天才戳开自己的二维码。

裴导把扫描界面伸了过来："先加上吧，万一之后还有后续的话，我就通过……"

刚伸到他手机下面的二维码嗖的一下子缩了回去，没扫到。

裴导抬头，困惑地"嗯"了一声。

谢澜把手机又揣回裤兜，神情冷峻："差点忘了我没有微信。如果之后还有后续，给我发邮件吧。"

从会议室出来，他背着琴沉默地往外走，一直到出了这家小工作室，窦晟才斟酌着开口问道："不会吧，面得这么差？看你脸色难看得要死。"

谢澜皱眉："这趟白来，那个裴导明显完全不打算考虑我，来了只是自拿其辱。"

"自取其辱？"窦晟皱眉，"我在外头听你拉琴了啊，这还有人能拒绝？"

谢澜把刚才里面的情况复述了一遍，越说越生气。

说到最后，窦晟摆摆手打断他："行了，咱俩先下去打车，我问问 X。"

这趟行程很赶，卡在省训前最宝贵的时间，一大清早起来赶着坐高铁，又要搭晚上的车次回去，半夜才能到家。

一提到这个，谢澜更郁闷了，默不作声地下楼直接拦了出租。

窦晟给 X 发消息，其间还戴上耳机听了几条语音。许久，他摘下耳机，皱眉看向窗外。心情也是肉眼可见的烦躁。

"怎么说？"谢澜问。

窦晟纠结了片刻，还是实话道："X 的朋友说，推你上来参加竞选的就是凯姐，而拉来嘉达的就是裴导。裴导从一开始就不太赞同找音乐区 UP 主，觉得大多数是人气虚高，真做商业编曲一点儿都不靠谱。前一阵出了舆论风波，他还主张过取消选拔直接拉嘉达，但因为咱们翻盘了，人气太高，投资方想拉宣传，这才继续把投票的流程走完。"

谢澜越听越复杂，蹙眉道："所以结论是？"

窦晟叹了口气："每家公司情况不一样，灵犀动画的项目负责人权限主要在提案和拉进度上，美术、剧情、音乐，总控权都是导演说了算。"

谢澜这下明白了，烦躁地说："那还让我来面谈什么？"

"可能想给那些激情网友一个交代。"窦晟低声道，"前面阵仗搞得那么大，果然只是想利用两方的热度做免费宣传啊。"

谢澜不再说话了。

B 市的晚霞很美，绚烂的颜色铺开在天际，染透了一片林立的高楼。

这趟来去匆忙，又赶上晚高峰，连绕路去看一眼他心心念念的大学都来不及，一整天的时间都打了水漂。

但又何止一整天呢？

谢澜一直沉默着，下了车，进了高铁站，吃了窦晟买来的汉堡和可乐。一直到检票进站，在站台上等着高铁开来时，他才闷地叹了口气。

站台上人来人往，男女老少都有，他拉了一下窦晟的胳膊。

"嗯？"窦晟抬眉询问。

谢澜感到自己垂头丧气，疑似被某鲱鱼附体。

"快，想办法安慰安慰我。"他低声说，"我心态要崩。"

等火车开动的时候，谢澜手机响了。

窦晟瞟了一眼屏幕上的 MR.X，直接把手机捞了过去，用懒垮垮的声音接起说："有话快说，我们忙着呢。"

MR.X 一阵窒息:"我去,怎么还是你?"

"我是谢澜的私人助理啊,老板电话当然由我转接。"

MR.X 长叹一声:"我跟你没法沟通才直接找谢澜的。"

"谢邀。"窦晟伸了伸腿,"他连中文都说不太利索,还不被你们这些老油条给绕死,有屁快放吧。"

电话漏音,谢澜听见 MR.X 极度暴躁地叹了一声:"那你倒是听我把话说完啊。投资方要拉宣传,导演和负责人没权利说不。这个裴导阴晴不定,虽然是带着强假设来面试,但上午和嘉达聊完也没透什么口风,我觉得谢澜还是有那么一点点机会的吧,不然裴导下午不露面直接放你们鸽子也没人能说什么,露面就说明还是有余地的。"

窦晟闻言惊叹:"啊,我们送上门挨骂,竟然忘了感恩。"

"你说话别阴阳怪气的。"MR.X 压低声音,"谢澜有脾气,平时多多少少都能感觉得出来,你也太刚,这怎么能行呢?我就是想叮嘱你们再等等消息,别一言不合就直接撂挑子。"

"哦——"窦晟恍然,"对哦,我都忘了还有这招。"

窦晟说话,能把人气死。挂了电话,一眼瞄到车窗外抱着泡沫箱的小商贩,道:"我去买个冰棍。"

谢澜"嗯"了一声,又嘱咐道:"别误了车。"

窦晟刚快步下了车。谢澜的电话又振了起来,这次是个陌生的 B 市号码。

他手指放在挂断键上犹豫许久,还是接了起来。

"谢澜。"凯姐听到他接电话,声音里一下子松了口气,"你走得太急,姐还有几句话没跟你说完。"

谢澜"嗯"了一声,眼神却瞟向窗外追随着窦晟。

窦晟正弯腰挑选泡沫箱里的雪糕,拿了一支红豆冰,不太满意,又换了支葡萄冰。

"裴青导演性格就那样,有才华的人说话都直,如果你看过灵犀的作品,就会知道他肚子里有干货,是个很理想主义的艺术家。他说话有气无力,是因为身体有病,你多担待点。"

谢澜沉默了片刻,问:"他有什么病?"

"这是他的个人隐私。"凯姐停顿下,又叹气道,"不过也没什么,早年那些采访都发烂了,他心脏不太好。"

谢澜"哦"了一声,又说:"果然啊,那脑子呢?也病了吗?"

电话里诡异地安静片刻,然后凯姐忽然"噗"的一声,笑了。

"我就知道你也不是什么好说话的人。"凯姐笑道,"我很看好你,但裴导的顾虑也有道理,我们在 G 市的两位负责人也会根据面试录像打分,你等一等结果吧。"

谢澜又"嗯"了一声,礼貌道谢后挂了电话。

他心想:大可不必浪费时间了,已经不想玩了。

列车发出一阵要启动的声响，窦晟提着两支雪糕往回跑。谢澜看着他跑进车厢门，还是忍不住在手机上搜了一下"裴青"二字。

裴青，曾先后就读于中央音乐学院和伯克利音乐学院，大提琴演奏专业，研究生时期辅修了影视编导与动画制作。二十八岁回国受聘于中央交响乐团，三十岁开启了个人巡回音乐会……

下面都是些对天才的赞美，那种程度就好像是某人自己雇人写的。

谢澜面无表情往下拽着。

……三十一岁车祸，右上臂骨折、肌腱撕裂、心脏重创。大提琴生涯终结，次年经历心脏移植手术。

谢澜指尖稍顿，又向下滑了滑。

车祸后有大段空白，直到三十四岁创建灵犀动画公司，凭国漫作品《千山踪灭》一炮而红。后面还有些乱七八糟的新闻，一个动漫导演，本应活在幕后，却养活了一家报社。

窦晟拿着冰棍回来，就着谢澜的手机读出声："从业四年，被撤资十九部作品，目前灵犀动画招商处境尴尬……"

"哇，国漫的六大编剧均与之有过合作，但未能久留，灵犀目前的剧本基本是靠工作室外包。据悉完稿未播作品四部，均为裴青本人买下不发……其父疑为某厂高管，待证实。"窦晟来了兴趣，又借着谢澜的手机往下拽了拽，"看这个，被他做红的《千山踪灭》在制作期间，音乐负责人曾与之深夜酒吧外斗殴，二人均留有案底，后音乐负责人从项目组退出。厉害啊！"

谢澜无言以对。

窦晟把一支冰棍塞他手里，幸灾乐祸地说："看完这些，有没有觉得好一点？"

"没有。我只想和他打一架。"谢澜面无表情咬了一口，冰在舌尖化开，却不是想象中的味道。他这才低头看手里的冰棍，问，"怎么是巧克力味儿的？"

列车已经启动，窦晟在他身边坐下："心情不好的小朋友就得吃巧克力，信我。"

谢澜"哦"了一声，看着车窗外逐渐倒退的站台，叹气，吃冰。

一百万没了。

编曲确实是个挑战，被挑剔专业功底不够也无可厚非。没了就没了，至少他知道如果要通过这方面赚钱，还要朝着什么方向去努力。

谢澜琢磨了一会儿，心情稍微平和了些许，随手戳开B站国漫列表。

他从小看日漫比较多，接触国漫很少。这个暑假倒是可以在省训期间无聊时看看国漫，再恶补一下编曲理论，摸摸路数，多出原创，以后不缺更好的机会。

榜单第一就是《千山踪灭》，国漫第一，裴青的代表作。

谢澜冷漠脸直接往下刷，刷到底，挑选着最底端压根没几个人看的动画。

手机忽然在掌心一振——

"二猫的私人助理给您分享了一个视频"。

视频有九百多兆,传输进度条极度缓慢地走着。

谢澜茫然地抬头,问:"什么啊?"

"不是要安慰吗?"窦晟捡起垂在他身前的耳机,塞进他两边耳朵,"给你安慰。"

安慰?

窦晟忽然抬手,在他耳机线的降噪盒上按了一下。

世界瞬间安静,随即,熟悉的呼噜声在谢澜耳畔边响起,顺着耳骨、耳膜,一直爬到大脑神经。

青砖红墙,暖金的日光懒散地洒在古老的宫墙之上,宫墙在地上投下一小片阴影,两只猫懒散地趴在地砖上,身子在阴影里,头在太阳下。

橘猫探过头去,一下一下认真地给三花舔着毛,三花眯着眼睛将身体摊成饼,惬意慵懒的呼噜呼噜声愈发响,分不清是哪只猫的声音。

谢澜心里的烦躁和憋闷,几乎是在瞬间散了大半。

他看着那只友爱勤勉的橘猫,突然想到了窦晟。

"故宫的猫很火。"窦晟忽然摘下他一只耳机,笑着说,"大猫二猫贴贴记,你要是喜欢,我回去发个合集给你。等之后我们去上大学了,有空就去故宫找这些猫。只不过……"

窦晟声音一顿,谢澜有些茫然地抬头,问:"不过什么?"

窦晟笑道:"不过我粉丝说,故宫的猫虽然不少,游客却很少能看见,要随缘的。"

谢澜有些呆呆地"噢"了一声,无意识地把进度条又拉回一开始,刚要把被摘下的一只耳机塞回去,又听窦晟低声说:"但你一定可以引它们出来见你,因为你也是猫,有缘的。"

返程路上,谢澜心里渐渐平静了。他在国漫列表里扒拉了半天,最后挑了一部叫《少时剑心明月》的仙侠番,小工作室出品,美术和特效都一般,追更人数刚刚破万,但口碑还行。他之所以点进去,是因为封面主角的眉眼和轮廓猛然一看跟窦晟有点像,锋锐明朗,他看着心里踏实。

番比想象中好看,主角成长线很棒,台词有不少古文,还能当个日常积累。

谢澜一直看到下车,累得到家倒头就睡,一觉醒来已经是第二天中午,阳光刺眼。

他一头糨糊地从床上坐起来,戳开手机,对着数不清的消息发蒙。片刻之后,他先点开了英中省训精英群。

今年省训的封闭场地就是英中,对于英中学生而言和平时上学没差别。具体时间安排已经出了——惨无人道的早七晚九,每周休息半天,由两位省教练带队,由于今年在英中建营,班主任是老马。

然后就是爆炸的 B 站私信通知,推到屏保上的都是他关注过的 UP 主们。

谢澜恭喜啊!

恭喜恭喜，一战成名！

神仙打架，赢了！等官宣！

给小老弟道贺！

阿泽给谢澜发了几十个痛哭流涕的表情包，谢澜皱眉往上刷了半天才刷到消息。

偶像牛哇！我就知道你能赢，我就知道！呜呜呜……我太激动了，我嘶吼到嗓子沙哑，今年暑假我就可以在你手底下干活了吗？请偶像严格要求我！

谢澜愣了好一会儿，终于预感到什么，点开微博。
就十来分钟前，嘉达先生发了一条微博。

@嘉达先生：业内人都知道裴导不好攀，之前托人联络过几次合作都没成，但裴导一直记着给我留机会，这次也是他主动邀请我竞选。很遗憾，由于个人风格和产品调性双向选择的结果不理想，良木良禽未可栖，无缘《弦上少年》了。昨天和裴导聊过后受益良多，希望我们早日有缘 @裴青。

谢澜把这段话翻来覆去地看了好几遍，直到手机自动熄屏，黑屏上他一脸呆滞。
他眉头紧锁，干脆直接给嘉达发了条私信。

谢澜：什么意思？

嘉达没直接回，而是扔了个微信号过来。
谢澜狐疑着加上后，还没来得及打招呼，对方就刷了好几个面条泪表情包。

嘉达：黄了……
谢澜：裴导没给你过？
嘉达：嗯。我带了为《弦上少年》正式企划的作品demo去的，他听了一段就说不行，又聊了几分钟，彻底把我给否了。跟我说下次有机会再拉我试试，为表歉意还请我喝了一壶将近五百元的大红袍。
谢澜：我能知道是为了什么吗？
嘉达：说我的作品跟《弦上少年》气质不合，我写不出来他想要的感觉。这个狗导演，每次都以这个理由拒绝我，主动找的我最后还拒我！
嘉达：我祝他永远自掏腰包买断出品！

"对方已撤回一条消息。"

"对方已撤回一条消息。"

"对方已撤回一条消息。"

谢澜看到他抱怨完又撤回，心想：也是个被打击到不行的可怜娃。

过了一会儿，嘉达平复了下心情才问：你应该过了吧？恭喜啊，你的作品确实都很有灵气，我早年真的在外网关注过你。长江后浪推前浪啊。

谢澜皱眉许久，一个字一个字地用力摁着屏幕。

谢澜：过个鬼。
嘉达：？
谢澜：随便截屏，我不撤回。
嘉达：您牛！

过堂风把虚掩的房门吹开了，窦晟也刚醒，顶着一头炸毛从隔壁趿着拖鞋过来，对着手机一副地铁老头的疑惑表情："这是什么意思啊？"

裴青回复了嘉达，就在刚刚。而且只回复了四个字——是欠火候。

微信忽然又振动一声，一个和裴青微博同名同头像的联络人申请加谢澜好友。

"加他。"窦晟打着哈欠，"给个机会，看看他说什么。"

谢澜犹豫了一下，还是选择通过。

对方没打招呼，只发来一张图片。

图上是一张评分表，评分标准分别是基本功、架构能力、曲风契合、评委偏好。除了裴青和凯姐，还有两位在 G 市，看面试录像打分。嘉达的分数被马赛克了，看不见，只能看见淘汰印章。

谢澜的基本功平均分 6.6，架构能力 8.2，曲风契合 10 分。

他一眼就看见裴青在基本功那里只给了 5 分，拉低了整体平均分。但在面试过程中他强调了很多遍的架构能力，他却给了谢澜 8.5 分，高于平均线。

评委偏好那一栏，裴青给他画了一个勾。

"这算不算峰回路转？这人什么脑回路啊，口嫌体正，最后要了你？"窦晟皱眉道，"你问问他是什么意思。"

谢澜沉默片刻，突然说："我不想去了。"

"嗯？"窦晟睁开眼，"真不想去了？"

谢澜"嗯"了一声。

去之前他和窦晟没有做足导演的功课，不知道百科上他那"辉煌"的生平。

刚面试出来时，谢澜确实很生气，因为他那时把这个导演当成正常人。但世界上有那么一伙搞艺术的确实不太正常，无论遭受过什么令人同情的痛苦，但结果就是性格变得极端，很难相处。从前在英国交响乐队时，他听一些学长聊起过。

　　他不那么气了，却也更坚定地不想合作了。习惯性言语施暴的人，他受不了，尤其任务难度本来就很高，又赶上竞赛备考的时期，他可不愿意去浪费这种时间。

　　谢澜坐在床上，头发睡得乱七八糟，脑子里还有些空白。

　　刚睡醒，或者说还没睡醒，实在不是一个适合做决定的时刻，但他还是拿起手机，甚至像窦晟平时那样淡淡地"啧"了一声。

　　"少侠——"窦晟忽然警觉道，"我怎么感觉你要报复人生啊？三思啊！"

　　"嗯。"

　　几分钟后。

　　@谢澜_em：非常感激项目组邀请。但由于个人非编曲专业，在仔细了解了主编曲要承担的工作内容后，觉得有些勉强，在这方面也与项目组达成了一致。高考和数竞压在头上，良木良禽未可栖，这次就无缘《弦上少年》了，昨天和裴导聊过后受益良多，之后会多多在编曲理论上完善，希望裴导早日寻觅到优秀的合作对象@裴青。

　　消息刚一发出去，微信就狂响起来。

　　裴青：？？？

　　裴青：有毛病？看不懂这张表？

　　裴青：搞事情？

　　裴青：搞事情都不认认真真自己搞，还抄人家半篇作业？

　　谢澜酝酿片刻，回复道：我来声明对双方都比较好，不然你们可能会挨骂。不用谢了。

　　裴青：什么意思，不想合作？就因为我讲话直白了点儿？

　　窦晟又在谢澜头顶打起哈欠来了，一个接一个，没完没了。受到感染，谢澜也对着屏幕打了个哈欠。

　　生气是因为对方姿态傲慢，但拒绝合作不是因为这个。

　　午后葡萄冰：我怕我们合作后会每天斗殴。

　　裴青：？

　　午后葡萄冰：我确实意识到不足，决定先自己练手。

　　裴青：……你觉得我会信哪一句？

午后葡萄冰：随你。我只能想到这两句。

裴青：……

微博下面很快聚集了大批看热闹的群众。

嗯嗯嗯？澜崽也没过？
似乎不算没过，是双方沟通后都放弃了吧？
那主编曲要给谁？
阿……阿泽？
笑死了，阿泽本来在直播，现在正一脸迷茫！
最新情报，阿泽哭了……
刚才不还在吹马上要给偶像打工了吗？
阿泽也该被现实打醒了，讨好谢澜讨好得我一粉丝都看不下去。
等等，他又开始推测这是不是偶像的关爱，故意扶他上位。
勿 cue 你 S 神，问就是在搞竞赛。

"二猫好有脾气啊，一百万就这么扬了。"窦晟伸手在谢澜头上胡乱地揉着。

谢澜从他魔掌里挣出来，停顿片刻又蹙眉道："会不会有不好的影响？"

"能有什么？"窦晟撇了下嘴，漫不经心地说，"如果已经确定了不合作，你这样处理就是最得体的，给项目组留了面子，又不损伤自己的形象，不愧是前辈啊。"

谢澜没吭声，脑子里还有点刚刚睡醒未褪去的迷糊。

他无意识地刷着自己的主页，却刷到这一段时间上传的那些小旋律，足足有十几二十条，拼凑起来也能撑起一两首完整的曲子了。

"瞻前顾后是赵文瑛女士那种社会人的必修课。"窦晟手搭在他肩上，轻轻拍了拍，笑道，"少侠就应该意气风发，指哪打哪。"

《少时剑心明月》非常好看，主角剑七在动漫里的气质和窦晟很像，原著里体现出的那股淡淡的侠骨柔肠更令谢澜欲罢不能。

在此之前，他从未接触过仙侠题材，所以一看就着迷了，飞快追到动漫的最新进度，发现有原著，又兴致勃勃地开始啃文字版。七百万字，半文半白，他边查字典边看小说，完全是走火入魔，现实与小说濒临混淆。

省训开营的当天，谢澜跟在窦晟身后飞跑到教室门口，还一度对着窦晟的背影恍惚了——他魔怔地想：明明都突破了，怎么不见窦晟"御剑飞行"呢？

今年省训有八十多个学生，大教室里坐得满满当当，前排却空着两个位子。

讲台前站着一位男老师，四十多岁，戴方框眼镜，国字脸，看起来严肃而内敛。

他只对谢澜和窦晟点了下头："按名次坐。"

按名次，窦晟和谢澜一个第一，一个第三，得拆开。全省前四里的另外两个都是D市的，刚好一前一后夹着他们。

窦晟看了一眼前后两张桌上的名签，省排名第四名李越宁已经在第二排坐下了，他打了声招呼，问道："你和耿瑞认识吗？咱俩能不能换下座位？"

耿瑞就是和窦晟并列第一的D市尖子生，个头不高，架着一副紫色的边框眼镜。

他闻言回头确认道："你是窦晟？"

窦晟"嗯"了一声。

"幸会啊。"耿瑞起身拉了下桌子，"没问题，我和越宁都是D市实验中学的，越宁，你过来吧。"

李越宁起身，冲谢澜礼貌地笑了一下，说："你是谢澜？"

谢澜听到自己的名字，从窦晟的"境界突破"里回过神来，怔了两秒才点头说："嗯，你好。"

桌上已经摆了每个人的省训资料，封在牛皮纸袋里，每人两个，上面标注着"Day1"，架势有点吓人。

袋子上有打印的人名和校名，李越宁坐到前面后和窦晟把资料也交换过来。

窦晟随手捏了下自己的，又瞅了瞅谢澜放在墙边的两袋，小声嘟囔道："怎么感觉你的比我的厚一点。"

谢澜没吭声，若有所思地凝视着他，片刻之后，视线缓缓上移，看向他头顶的发梢。

窦晟抬手在他面前挥了挥，低声说："道友，回现实世界了。"

谢澜猛地回神，吃惊地说："你说什么？"

窦晟拿起他面前的牛皮纸袋，拍了拍："省训啊，你的保送机会啊。"

"哦。"谢澜有些失望，目光落回到牛皮纸袋上，愣了许久才重新聚焦，又轻叹了一声。

临近上课时间，吵闹的教室自动安静下来，男老师便顺势清了清嗓子："各位好。很高兴认识大家。我是今年H省联赛的带队教练之一，我姓康。还有一个教练姓付，我们两个交替来上课。"

康教练说话的声音很低，说话时低头看着讲台桌，捏着桌上的粉笔头从左边放到右边，再从右边拿回左边。

"我记得去年是在D市省训的是吧？今年在H市，咱们的省会……嗯，英华中学条件不错！希望大家在省训时心无旁骛，联赛考出好成绩。我和付教练也讨论过，估计今年联赛H省能争保送的差不多是十五六个人，前两所保送估计是三个人左右。当然了，这只是个估计。对在座绝大多数人来说，尽量向前冲，在自主招生上拿到更好的政策，这才是最重要的。"

这位老师絮絮叨叨的像是在自言自语，但话说得很直接，大家纷纷掏出笔记下他说的重要信息。

"咱们今年的训练强度也有增加，每天上午讲考点例题，下午发题速做速评，晚上结束前进行当日小测。这个……英中的省训马老师是你们班主任，每天给你们整理资料、批卷子，日测的分数应该都是第二天早上出，然后我们再拿卷子进行讲评……对，就是这样一个节奏。"

从他说到每天都要小测起，底下的哀号声就没停过。

一阵窃窃私语中，窦晟靠过来低声说："老马也太辛苦了。晚上九点考，第二天七点出分，八十多人呢。"

谢澜看了他一会儿，又是幽幽一叹："你要是能给老马渡一口真气就好了。"

窦晟一愣，突然觉得听不懂二猫在说什么。

康教练指示道："省训和平时上课不一样，全体同学都要跟上我的进度，不要自己搞。下面大家拆开今天上午的资料袋。"

在一众翻资料的混乱中，窦晟飞快伸手在谢澜的脑门上轻轻弹了两下："回魂，谢澜道友，回魂。"

谢澜"哦"了一声，掏出袋子里的资料。

他努力地定了定神，翻看着上午的资料。一共八页，是围绕考纲里几何部分整理的例题，从资料厚度来看，恐怖程度远远低于下午那袋。

谢澜试着读了下第一道例题，难度确实比之前的训练要高一些，辅助线连法就不是很直观。他眉心轻蹙，迅速调整了状态，拿起一支铅笔试着做了起来。

"知识点在学期中都已经讲过了，我们直接从例题开始讲，大家请看题。"说着，康教练捏起粉笔，落在黑板上。

他看似漫不经心，然而一笔从头连到尾，转眼之间，就在黑板上空手画了个教科书级别的正八边形。教室里响起一片啧啧声，那是对高级教师的称赞和敬仰之情。

谢澜听见前面的耿瑞夸张地深吸了口气，感慨道："不愧是省训教练，这手是直尺做的吧？"

康教练仍旧没什么表情，粉笔头随意往这边一指："这位同学来说说，这道题有什么思路。"

"什么？不是说下午才速做速评吗？"

"我还没来得及读题。"

"谁这么惨啊，一上来就被点名。"

"坐第二排的大佬，省三或省四，是谢澜，还是李越宁？"

"应该是谢澜，李越宁是我们班的，换座位换到前面去了。"

"省三预赛多少来分着？"

"九十二。"

"那应该就是数论和递归两道题的最后一问没做出来。"

在众人的议论中,谢澜愣住了。

康教练和他对视,又抬了下下巴:"对,就是你。"

谢澜这才反应过来,连忙起身,幸好他刚才已经试着连了几条线,有了下一步的思路。

"还没仔细看完……先做符合条件的正八边形内的任意一个内接等边三角形,然后……"谢澜停顿,又匆匆扫一眼简洁清晰的题干,笔尖在纸上描了描,"求目标线段长度和,本质还是算直线形中线段长度,估计……塞瓦定理算一个常量,然后数目标线段的个数……"

底下有人点头附和,康教练脸上却没什么表情,直接问:"多少个?"

谢澜的笔尖在顶点间飞快点过,说:"最后应该是15加3,18个,多边形边长6,那……"

教室里很安静,谢澜拆着拆着就已经把辅助线全都连完了,觉得计算量不大,于是飞快在纸上列了几个表达式:"目标线段长度应该是二分之一倍根号三,乘18,答案是九倍根号三。"

教室里鸦雀无声,连窃窃私语声都没了。

康教练似乎也有点发愣,过了一会儿才点点头,道:"对了。坐下吧。"

谢澜坐下后,耿瑞立刻回头问:"哥们,你这思路有点快啊,几何大佬吧?"

谢澜低声敷衍道:"做过题型差不多的。"

他刷题量很大,不管题型做没做过,一打眼都很亲切,不仅能立刻想到同一考点的其他题,有些甚至还能想到出题老师是怎么给题变形的。

耿瑞松了口气,道:"哦,那也挺厉害的,我函数比较好。咱们互帮互助吧。"

窦晟闻言抬眼瞟了他一眼,有些冷淡地提醒着:"看老师怎么讲吧。"

康教练背过身去在黑板上三两下把辅助线连完,又回头问:"你是英中的谢澜?"

谢澜点了下头。

教练又顺手指了下窦晟:"你是D市实验的李越宁?"

前面李越宁举手,说:"老师,我是。"

窦晟道:"我是英中的窦晟,我和李越宁调了下位子。"

坐在后排的车子明调侃着:"老师,他俩只有坐一起才能好好学习。"

教室里忽然响起一阵爆笑,谢澜被这群数学尖子生离奇的笑点吓了一跳,不经意地回了下头。戴佑就坐在他后面,可能是省训压力大,表情麻木,见他回头,勉强扯了扯嘴角。谢澜愣愣地看了他好一会儿才转回头去。

"怎么了?"窦晟随口问。

谢澜摇摇头:"没事。"

他觉得戴佑有点奇怪……就是最近一段时间吧,对方的面部神经总是抽搐。

康教练说话语速慢,但思路极其敏捷。谢澜刚现场答题时大家伙还吐槽他思维敏捷反人类。然而，康教练讲题基本也是这个速度，张口直接点思路，关键数字口头算一算，或者在黑板上划拉一下，然后直接出结果。

　　他偶尔叫人起来，也都可着全省前几名叫，估计是怕别人做不出来拖慢进度，一上午谢澜起来四次，全省前五的另外四人也都起来两三次，让这群平时最爱单飞不听例题的尖子生苦不堪言。

　　谢澜的精神被迫离开修仙世界整整半天，好不容易熬到午休吃饭，排队时又赶紧掏出了手机，点开小说阅读的手机软件。

　　"澜啊，看啥呢？"车子明凑过来眼睛往屏幕上瞟，看到后惊讶地问，"你还看小说？"
　　谢澜随意"嗯"了两声，躲开他继续看。
　　窦晟在他身后叹气："已经要走火入魔了。"
　　王苟站在前面，忽然扒拉了一下谢澜，兴奋道："省训的伙食也太好了吧！"
　　"嗯？"谢澜茫然抬头，刚好前面有人打完饭，餐盘上还是英中那些熟悉的菜，但加了没见过的小份冰激凌，还有布朗尼蛋糕。
　　戴佑闻言也踮起脚尖往窗口里扫了一圈："目测增加了甜品窗口，有水果、蛋糕、冰激凌。哦，写着每人免费自选一份，多了就花钱了。"
　　"免费？"王苟的眼睛都直了。
　　于扉则苦着脸撇了撇嘴："估计是怕咱们给虐傻，所以给点糖分。"
　　车子明闻言低声说："兄弟，我觉得你真相了。"
　　有甜品当然是好事，谢澜不吃辣，学校里那些不辣的菜他早就吃腻了，再加上炎炎夏日本来也没胃口，等到他打饭时，他点了一碗水果冰粉，三种点心，加一个椰子。
　　椰子都冰镇的，凉丝丝的清甜味，很好吃。
　　谢澜跟大家到圆桌前坐下，捧着冰椰子吮两大口，舒服地长出口气。
　　手机忽然振动。

　　您关注的UP主@人间绝帅窦_dm刚刚发布了一条新动态。

　　"发了什么？"谢澜咬着吸管问。
　　窦晟放下手机，随手把多拿的蛋挞放到谢澜盘子上，回道："预告一下，我下一个视频要投稿平台新一期的活动。"
　　"哦。"谢澜并没当回事，抱着冰椰子一边出神一边喝，喝完了，才腾出手戳开动态。

　　@人间绝帅窦_dm：为了今年的'百大'，主题投稿一期都不能落，无论什么高难度主题都打算头铁强蹭了！预告一下，我决定参与#青青子衿，悠悠我心#双人剧情主题征

稿，敬请期待。

同桌的其他人也纷纷点开手机看到了这条动态。

五张脸都明晃晃地写着"震惊"二字。

车子明想了想，死活想不出来，便问："青青子衿是讲啥来着？"

窦晟漫不经心地戳着手机："诗经啊，表示思念。"

车子明皱起眉头，忙问："思念谁？你有女朋友了？"

"狭隘了吧？友人、知己，都行。远方客，眼前人，也都行。"

谢澜突然意识到不妙："你要……"

车子明以为自己听明白了，兴奋地举手自荐："双人剧情啊，我愿意出演！选我！"

窦晟皱着眉，似是在认真思索。几秒钟后，他无视了车子明，对谢澜说："还是你吧，咱俩一起营业更默契。"

话音刚落，只听"咣当"一声，车子明把放甜品的一个空托盘墩在桌上，愤愤地说："豆子，你听见我说话了吗？咱俩可是穿一条裤子长大的，老子是你最铁的哥们，还是陪你最久的同窗！这种主题你不让我出演？带我一起红啊，赶明儿我也开个号……"

窦晟嫌弃地往旁边挪了挪，吐槽道："谁跟你穿一条裤子长大啊，脏不脏？"

"怎么不是了？说好的苟富贵勿相忘呢？你这还没富贵呢！气死我了，你就是看谢澜粉丝多，只想着营业，根本不顾及我们一起长大的兄弟情谊！有了新朋友不顾老朋友，你太过分！"车子明气得直捶桌子，捶着捶着拳头一拐，就给了王苟一拳。

王苟莫名其妙，骂道："你打我干什么啊？"

"你就不介意吗？"车子明今天非要较这个真儿，瞪眼道，"我和戴佑、鲱鱼就不说了，你和谢澜算是一起加入我们的，不觉得窦晟厚此薄彼吗？"

"啊……"王苟下意识回头看了眼戴佑。

戴佑立刻摆出一脸严肃，很不厚道地顺着车子明追问："对啊，窦晟偏心，你不觉得愤愤不平吗？"

王苟干笑了两声，耸了耸肩，开始胡说八道："我没什么不忿的，说真的，我能体会到窦晟的苦心。"

谢澜一愣，看了一眼窦晟，在窦晟眼中捕捉到同样的惊讶。

车子明愣住了，问："什么苦心？"

王苟一下一下地戳着餐盘里的米饭，冥思苦想半天，嘟囔道："快歇了吧，大老爷们讲究什么先来后到啊？谁不知道你跟窦晟认识得最早、关系最好？这种事，这个节骨眼上，窦晟找谁拍这个视频不都得掂量掂量浪费人家时间？你不竞赛了？也就是谢澜底子厚，折腾得起。"

"啊？"车子明被说得一脸茫然，又扭头看着窦晟，"你是这么打算的？"

窦晟看了王苟一眼，心想：我从前怎么没发现你有这种脑回路？

他清了清嗓子："嗯……确实。当然，你要是实在想出演，也行，晚上下课跟我开个会，咱俩把脚本想一想？"

车子明"嗷"了一声，痛苦地说："那算了！我还是踏踏实实地搞我的竞赛吧。"

好不容易安抚住了车子明，大家继续吃饭，只有谢澜私下冷冰冰地盯着窦晟。

窦晟咀嚼的动作顿住，压低声说："我昨晚跟你说过，你答应了啊。"

昨晚？谢澜皱眉回忆，过了许久才从记忆中扒拉出来一段——昨晚看到剑七突破元婴阶段，窦晟过来噼里啪啦地跟他说了一大堆话，什么诗经、郑风，什么知己情，他以自己笨拙的单线程中文解析能力飞快抓了抓关键词，觉得窦晟是来跟他套近乎，求他一起拍个VLOG，于是敷衍地点了点头。

谢澜心想：好吧，这下终于理解别人说得"小说害人"是什么意思了。

"行不行啊？"窦晟捏着手机观察他的脸色，"要是不行……那我现在把预告删了，也没什么。"

谢澜犹豫片刻，末了还是叹了一声，道："随便吧。"

他知道窦晟是很用心地在跟官方活动，一期不落。今年的数据越好，就越要确保能拿到"百大"，不然很难给自己交代。

谢澜顿了顿，又叮嘱道："脚本写了要给我审啊，素材也是。"

窦晟猛地点头："那肯定的。"

午休只有四十分钟，只够吃完饭回去趴一会儿。下午开课时所有人的精神都很萎靡，前面耿瑞直接趴在桌上没起来，李越宁叫了他半天才勉强挣扎着把头从桌上抬起来，满脸通红，闭着眼睛到处摸眼镜。

戴佑在后头问他 D 市来的同桌："你们那边平时上课累吗？"

"跟这个节奏差不多。"那人也打着哈欠，"但强度不一样啊，平时就算在尖子班，也有一半时间脱离老师自习，哪像现在啊？"

康教练用粉笔头敲了敲讲台桌，说："都安静一下啊，下午速做速评，从前面开始蛇形往后，每人说一个关键步骤，下一个接。适度的压迫感能锻炼大家建立解题思路的效率，一道题五六个人，同一名次段内，越靠前的同学承受压力越大，这是我和付教练这么多年试下来都觉得不错的一套打法。"他飞快解释完，"给大家三十秒看题，然后从耿瑞开始向后。"

同学手忙脚乱地开始拆下午的牛皮纸袋。

谢澜一掂分量吓一跳，心道：这得做多少题啊？

他把厚厚的一沓资料从纸袋里掏出来，无意中瞟了眼身边，愣住了。

窦晟也愣住了。

谢澜手上装订好的习题差不多是窦晟的两倍厚。

他心里一紧，赶忙扫了眼第一题。

清代乾隆皇帝在《飞雪》一诗中写道：一片一片又一片，两片三片四五片。六片七片八九片，飞入芦花都不见。若乾隆皇帝继续数下去，以下一个数字构建正多边形，选择若干个顶点进行染色，已知若干个顶点的颜色来自古话'青出于蓝而胜于蓝'中的青，当若干为双，求顶点均非青色的等腰三角形的个数。恰逢其取何值，三点共色的等腰三角形个数最微？细说理之。

谢澜都不知道该做什么反应了……

康教练淡然地瞟了眼耿瑞："来，耿瑞起来说思路。"

耿瑞急忙起身，犹豫道："我……太赶了，老师，我一时半会儿没什么思路。"

康教练倒不觉得意外，仍旧低头看着讲台桌上的资料："可以先想想解题的大方向是什么，说错了也没关系，后面同学有不同的意见可以更正。"

耿瑞低头琢磨了一会儿，说："肯定要先数满足条件的顶点。"

"说了等于没说。"康教练道，"行吧，后面接着来。"

耿瑞有点不好意思地笑笑，赶紧坐下了。

李越宁起身，犹豫片刻："第一问很常规，第二问……我得算算。"

康教练叹气道："坐下，后边。"

谢澜艰难起身，说："老师，我还没看完题。"

"嗯？"康教练这才抬头看向他，"直接报计数算式，别卡在这儿，快点。"

计什么玩意儿的数？谢澜心态崩了，圆珠笔比着题目再次尝试读题，嘴唇飞快翕动：一片一片又一片，两片三片四五片。六片七片八九片，飞入……

"哦！"谢澜猛地抬起头，"是不是要数正十边形的内接等腰三角形？"

康教练皱眉："别停在题目第一句，往后看。数满足条件的顶点，你看题啊。"

我是在看题啊。谢澜内心一阵绝望。他只能再次尝试着往下看——选择若干个顶点进行染色，已知若干个顶点的颜色来自古话'青出于蓝而胜于蓝'中的青，当若干为双……什么玩意儿？当若干为……双？

谢澜无奈了，深吸一口气，抬头道："老师我完全看不懂，我的资料是不是被人换过？"

底下的同学哄堂大笑。

耿瑞乐得肩膀直抖："我咋就编不出这种借口？"

康教练又叹了口气，道："行了你坐下吧，下一个，窦晟。"

窦晟还处于震惊中，眼睛紧盯着谢澜的卷子，半天都没张开嘴。

"你们这些学生怎么回事，吃完午饭都没精神了？"康教练神色明显不悦，"下一个，戴佑是吧？"

戴佑"嗯"了一声，前面争取的时间比较多，他边琢磨边口述计算顶点的思路，自言自语地捋了一遍思路，最后报出算式，总算暂时抚平了教练的焦躁。

大家顺着接了下去，谢澜等到没人再关注他后，面无表情扯过窦晟的卷子。

将正十边形的k个顶点染上绿色，当k=2，有几个顶点全非绿色的等腰三角形？k取何值，三个顶点同色的等腰三角形最少？

这是一道非常基础的竞赛题，应该是很多年前的题型了，这几年反而少见。

题干描述简洁、清晰，他十秒就能看明白。

谢澜深吸一口气，愤愤地拿起牛皮纸袋。

他的纸袋上有一颗五角星，老马平时给资料做标记时随手画的就是这种。

五角星下面有一行极细小的字，掩在牛皮纸天然的纸绒里，谢澜恨不得贴在脸上才看清。

"别人的无意义，你的大意义。加油。"

谢澜觉得，这次来参加集训简直就是来渡劫的。

Freedom on My Mind

第七章
闭关修炼的日子

"刷题、日测、编曲……忙碌的日子仿佛抓不到尾巴。"

第一天的日测考得天崩地裂。

谢澜打从牛皮纸袋里拿出自己那份卷子,心就已经堕入谷底。打铃收卷,窦晟瞟了眼他大片空白的答题纸,也不禁陷入沉思。

谢澜把答题纸递给李越宁,努力无视对方讶异的眼神。

"老马有说他省训期间在哪吗?"

窦晟想了想,说:"这个楼里好像只有一个教师休息室。"

谢澜闻言拎起书包就往外走:"去堵他。"

车子明在后面喊:"哎!你们俩要去哪儿啊?要不要去撸串啊?"

撸什么串?谢澜愤愤地走着,有人把他的飞升心法偷偷换成了暴毙指南,他跟谁说理去?

果不其然,老马就坐在休息室里写教案。谢澜敲敲门,他抬头一看就乐了:"呦,这是来我这儿兴师问罪了?"

"为什么我的卷子和大家的不一样?"谢澜问。

老马笑吟吟地拧开保温杯,喝了一口热水:"日测怎么样?十五道题做完几道?"谢澜刚要控诉,他又自说自话,"我估摸着……第一天努力应该能做完三分之一?有三分之一吗?"

谢澜话到嘴边又咽了下去,忍不住皱眉嘟囔道:"什么三分之一啊,我写完七道。"

余光里,他看到窦晟把头偏向窗外的方向去了。谢澜回过头,见他轻轻扬起唇角。心想:还说什么知己,看我笑话的时候不也笑得不行。

老马则感慨道:"好厉害啊。那照这个速度,相信你很快就能完全适应绑着沙袋跑步,我果然没看错你。"

"夸我也没用。"谢澜皱眉,顿了顿,"今天的题太离谱了,哪有考试这么考的?"

"前面的题确实有点夸张，我不擅长这些弯弯绕，还在摸索中，往后就慢慢绕得清新自然不做作了。"老马说着翻了翻桌上的资料，"我已经拉了秦老师一起，我俩先研究着，争取让你快点把读题能力提上来。"

窦晟闻言有些惊讶地挑了下眉，回头往桌上的教案瞥了一眼。谢澜也看过去，教案左边是一沓竞赛题卷，老马正试着在教案上扩写那些题干。

原本的气势汹汹一下子有点发泄不出来。谢澜杵在桌前许久，无可奈何又生无可恋地叹了一口气："算了，老师辛苦了，那我先走了。"

老马笑着问："你很抵触做这些题吗？"

"也不是。"谢澜别开头看着窗外夜色中掩映的树影，低声道，"就是有点丢脸。"

回宿舍的路上，谢澜郁闷地不肯吭声。

余光里，他和窦晟的脸在 GoPro 的镜头画面中随着走路起起伏伏。窦晟正散漫地对着镜头自说自话："今天是我和谢澜一起来参加数学竞赛封闭省训的第一天，人都累傻了。"

"他不太高兴，因为被老师开小灶了，题读不懂，很没面子。待会回去要偷偷用功，我就当陪太子读书，也多学一会儿吧。"

谢澜抬眸望过去，镜头里映出他无奈的神情。他问道："你确定要用 VLOG 形式做这期视频？"

窦晟"嗯"了一声，说："有卿同出入，同学堂，羡煞旁人。"

"说人话！"谢澜有些暴躁。

"日常不好吗？大家都爱看日常。"

谢澜叹了口气，看着镜头里两个人昏暗模糊的轮廓，又扭头望了望天，说："好闷啊。"

一阵风过，窦晟随手揪了片树杈上的梧桐叶子，道："估计是要下雨吧，完了，那伙买夜宵的肯定得被雨拍在路上。"

好像确实要下雨了。空气又闷又潮，像一锅搅不开的粥，黏糊糊地贴着皮肤。黑灯瞎火的，风吹着满校的梧桐叶哗啦作响，被风吹落的梧桐花叶纷纷扬扬，在夜色下打着旋。

谢澜一回宿舍立马收拾洗澡的东西，打算快速洗完好回到他的修仙世界。

窦晟问道："你先洗？"

谢澜"嗯"了一声，又说："我尽快。"

"不急。"窦晟拉过椅子坐下了，"外头已经开始下小雨了，我问问他们用不用人接。"

一场大雨在即，这层没人住的几间宿舍常年不锁门，被穿堂风折腾得咣当作响，此起彼伏。

外市来省训的学生都不在这个楼，整栋楼里就只有四班这六个男生，这会儿还只有他和窦晟两个人回来了。

谢澜进了浴室，把浴巾挂在吊杆上当门帘，在狭小的隔间里拧开水龙头冲澡。

巨大的水花哗啦啦地兜头而下，他挤了点洗发水，在头上搓出泡沫，弯腰在水下冲着。闭着眼睛，黑暗中，忽然听到头顶的灯丝好像响了两声。

谢澜没当回事，直到把头仔仔细细冲了几遍后才睁开眼。

黑的。

热水还哗啦啦地浇在身上，浴室里却很幽静。如果凝神细听，还能听见水管往下走水的动静。

他摸索到水龙头，关了水，掀开浴巾往外看了一眼——外面的盥洗室同样是漆黑一片，再往外，门缝下没有光，走廊也停电了。

真够倒霉的。谢澜无语地又缩了回去，在盆里摸索着沐浴露，想赶紧洗完出去。太黑了，压根看不清身上哪里打过沐浴露，哪里没打，手心摸哪哪都是滑的，只能胡乱地抹上一把。

打完沐浴露，他直起身要去摸水龙头，忽然听见一个脚步声从外靠近。

他动作一顿。

"谢澜？"是窦晟，"你在里面吧？"

"嗯。怎么了？"

隔着一条浴巾，窦晟站在外面，犹豫了一会儿才说："停电了。"

"嗯。"

窦晟顿了一下："怕你害怕，所以来找你。"

谢澜"啊"了一声，说："我不害怕啊，洗完就回去了。"

"好。"

窦晟说好，却没有走。

谢澜转身把手搭在水龙头上，又重复道："我洗完就回去了。"

"好的。"窦晟又说，但还是不走。

心念电转，谢澜忽然反应过来，问："你不会是一个人在屋里害怕吧？"

水房里安安静静的，窦晟微妙地沉默了片刻，又叹了口气。

"要不你试试？"他小声嘟囔着，"整条走廊没人、没声、没光，外面哗哗下雨，那个风吹着门来来回回地响，走廊尽头水房还有回声。"

谢澜忍不住反驳道："那不是回声，是水管的声音。"

"谁知道是水管还是鬼啊！"窦晟抽了口气，"快洗，我在外面等你。"

谢澜听着那个脚步声往外走，忽然压下嗓子，用很低很冷的声音问："那你就不好奇我是什么吗？"

窦晟的声音陡然拔高："吓唬谁呢啊？也不知道跟谁学的？越来越皮了！"

谢澜一口气呛在嗓子眼里，咳嗽了两声，笑道："赶紧走吧。"

他重新拧开水龙头哗哗地冲水，窦晟走到盥洗室，听声音是往门的反方向去了，到阳台那边。隔着一堵墙，他又喊道："谢澜？"

谢澜无奈地应道:"在呢。"

嘴上不耐烦,但动作还是快了起来,麻利地翻出牙杯牙刷,结果牙膏根本挤不准,挤了半天才挤到刷毛上,又慌里慌张地塞进嘴里。

"轰隆"一声,外头一个震天雷在瞬间完全覆盖了水声。

"谢澜?"

谢澜含着一嘴牙膏提起声音应道:"在呢!"

窦晟在外头不满地嘟囔着:"破学校赶上省训停电,一声招呼都不打,到底是要吓死谁啊……"

谢澜快速刷着牙没再回他。窦晟等了一会儿,又开始对着 GoPro 自言自语起来。

"朋友们,现在宿舍停电了,估计这段录出来全黑的,也没事,多新鲜啊。"

"谢澜在里面洗漱呢,我在这儿等他,黑咕隆咚的,他胆小如豆……如鼠。"窦晟被自己说错的话逗乐了,"天天被你们按头嘲笑,我自己都说顺嘴了。"

谢澜在黑暗中,一边吐着泡泡一边翻了个大白眼。

窦晟有着某种神奇的职业修养,对相机说了两句话后语气缓和了下来,往日那懒懒散散的腔调又找了回来。

"外头还下大暴雨,我本来还想下楼给谢澜买个可乐,谁料……"

话音未落,"轰隆"一声!又是一个响雷。

"妈呀!"

啪嚓——

谢澜关掉水,忙问:"怎么了?GoPro 没碎吧?"

窦晟声音透着惊魂未定:"看不清!指示灯还在录,屏幕摸着有点刺手……我真服了,怎么雷还没完了啊!"

谢澜快速漱了个口,关掉水龙头,扯下浴巾一边往身上擦一边在心里吐槽。还说不是胆小如豆,怕黑还怕鬼,打个雷都直哆嗦。

谢澜飞快胡噜完身上,把睡衣睡裤套好。他刚到外间就听窦晟叹了口气,黑咕隆咚的,那道修长的身影朝他走来:"确实有点瘆人啊,咱俩还是一起行动吧。"

谢澜走过去站到窦晟的旁边,看着他摆弄惨遭摔坏的相机,忽然有点好奇,问:"你怕鬼也就算了,还怕黑?从小就这样吗?"

"停电加打雷,我才觉得有点吓人。"窦晟嘟囔着,"主要是宿舍的走廊太空了,更瘆得慌。"

他弄好了相机,转身要往外走。谢澜一边擦着头发一边跟上,说:"下雨停电很常见吧,赵姨总是出差,你小时候自己一个人在家可怎么办啊?"

"小时候……我妈出差,但家里还有……我爸。"窦晟说着顿了一下。

谢澜脚下也跟着一顿,有点后悔自己提起这茬。

窦晟却并不在意，笑着搭住他的肩呼一口气："出了那件事之后，倒确实常年一个人在家了。但那时候可以听听……小提琴啊，家里没人，天上不是还有月亮呢吗？"

谢澜微顿，感慨道："你快把我说成神了……"

窦晟继续笑着往外走："月亮大人，不要妄自菲薄，你就是我的神……"

话音未落，他猛地刹住了。

浴室门口，浑身湿得像落汤鸡一样的车子明傻站在那，手机的闪光灯向他自己身后的墙上晃去，漏出的光线照出他目瞪口呆的神情。

完蛋了！

谢澜僵在原地，窦晟也僵了好半天才恢复正常，朝车子明掀了下眼皮："外头下雨了吗？"

车子明在两个人的注视下，微张的嘴巴缓缓扩张，变成一个大大的圆圈。他有点结巴地说："你们……月……月亮？你刚才提到了月亮？"

窦晟轻描淡写地说："我提到的是月黑风高，百里无人。"

车子明猛地闭上了嘴，谢澜几乎听见了他上下牙扣起来的声响。他憋了半天，嗓子眼里像含了一窝马蜂，欲言又止，止又欲言，表情扭曲到谢澜都想帮他打通任督二脉。

仿佛跨了一个世纪，车子明终于说："到底什么情况？月……是那个代号月……合着你把这个代号挪给谢澜了？"

窦晟皱眉，反驳道："什么叫挪给谢澜了，就是谢澜。"

"不可能，你初中时就叨叨过几次了，谢澜才来几个月……"车子明说着突然差点咬了自己的舌头，猛地一下子看向谢澜，"不是吧？难道是他在外网那个……"

窦晟有些不耐烦地挥了挥手："他公布身份那天晚上我开过直播，你没看吗？"

车子明目瞪口呆，过了好一会儿才断断续续地说，"我，我看了一会儿……不是，你也没直说啊，而且我以为你是在编故事营业啊！"

"那就是你自己的问题了。"窦晟摊着手，打了个哈欠，往走廊外瞄了一眼，"你一个人回来的吗？他们呢？没别人再听见吧？"

"没有。"车子明咬牙把那股瞬间的情绪崩溃忍了下去，"大家被暴雨拦在烧烤店，我石头剪刀布输了，跑回来拿伞给他们送过去。"

窦晟"哦"了一声，一提脖领子把他提了起来，让他站直，"那就去吧，对了，自己知道得了，别给我说出去，懂不懂？"

车子明茫然点头："我自己还没消化明白呢，我……"

窦晟顿了顿："说认真的，你介意吗？"

车子明舌头一阵痉挛："啊？"

"不是！"他突然反应过来了，"当然不介意了！老子是个大男人好吧？好哥们讲义气，说是在意排位只是说说而已啊！你……那年谢澜把你从牛角尖里捞出来了，那可真是要感激他啊……"

"行了行了。"窦晟不愿意听这些煽情话，推了他一下，"走吧，我跟你一起拿伞去接人。"

"我也去。"谢澜闻言跟上。

车子明却一下子摇头："不行，你别去。"

谢澜脚步一顿，茫然地"啊"了一声。

车子明一抬胳膊搂住窦晟的肩膀，嘟囔道："不介意归不介意，生气归生气，我要单独好好审审你。我现在怀疑，青青子衿这个视频你本来就是要和谢澜拍！哪是害怕占用我们时间？是不是觉得老子是猪脑子，猜不透你的小算盘？"

窦晟看着他，欠扁地说："你不是猪脑吗？"

谢澜最后还是跟出去了。不过有伞也没用，接完人回来，几个男生全都湿透，淌着水进的宿舍。

等维修大叔把电闸弄好，谢澜又洗了一回澡，快十二点了才爬上床。

第二天一早起来，他状态就开始不对。

开口第一句"早上好"，前俩字嗓子是破的，最后一个字直接没音儿了。

窦晟赶紧伸手摸他的脑门，测了一下说："体温还行，头疼不疼？"

谢澜无精打采地摇了摇头："不疼。"就是有点昏昏沉沉的，想睡觉。

买了早餐走进教室，他本想在座位上趴到教练来，但刚一坐下就觉得氛围不太对。讲台前挤了一堆人，闹闹吵吵的，间或还有人朝他看过来。

李越宁起身扔早餐垃圾，不经意地和谢澜对视了。他有些尴尬地笑了一下，说："没事啊，一次两次的，有波动很正常。"

嗯？谢澜脑袋里晕乎乎的，消化了好一会儿才明白，估计是日测成绩单出来了。

窦晟问他："要去看看吗？"

谢澜浑身没有力气，说："不去了，帮我拍个照。"

窦晟起身晃到讲台前，手伸进人堆里飞快抓拍一张，发给谢澜。

窦晟第一，九十四。

耿瑞第二，九十。

李越宁和戴佑并列第三，八十二。

十五道题，谢澜只做了七道。他很有自知之明，一眼扫完前边的成绩就直接往最后摸去。

八十二个人的考试，他排到了第七十八名，只有三十八分。说明他仅做完的那七道题里竟然还错了一道。

谢澜无奈地发出一声沉叹，也没心情趴着了，把昨天没看完的日测卷拿出来重新看。

教室门外忽然刮进一阵风，耿瑞抓着卷饼跑了进来，一屁股坐下。李越宁往里挪了挪：

"成绩单我发你了。"

耿瑞张嘴连着咬几口卷饼，含糊道："谢谢，看到了。"

李越宁问："你哪道题错了？"

耿瑞还在往嘴里狂塞，摇了摇头："不知道，估计是踩陷阱了，等老师讲吧。"

他好像把嘴当成不值钱的破口袋，没命地往里塞，边嚼边起身要接水，结果一回头对上了谢澜的视线。估计是谢澜的神情太过幽怨，他脖子猛地一伸，差点吐在谢澜桌上。谢澜赶紧用手环着笔袋和卷子往后拽，警惕地看着他。

耿瑞连忙摆手："兄弟，我噎着了，没别的意思。一两次考试没什么，别太紧张。"

"没紧张。"谢澜叹气，"我也没往那方面想，我是以为你要吐。"

"哦……我吃饭就是急。"耿瑞松了口气，"不说了，教练快来了。"

老马应该是和教练打过招呼，康教练压根就没提谢澜成绩的事，见谢澜速做速评卡壳也不吐槽，直接放过。

第二天讲题比第一天的强度还大，每道题掰开揉碎，还要举一反三。谢澜边听讲边自己把落下的题补上，脑细胞比别人消耗要多好几倍。对着那些弯弯绕的题干看了一天，看得直犯恶心。

捱到晚上考完当日测试，谢澜甚至觉得自己命不久矣。

窦晟忧心忡忡地问："你还好吗？"

"想喝冰的。"谢澜无精打采地说，"想喝特别特别冰的可可奶。"

窦晟犹豫了一下，说："你这算不算是感冒啊？还能喝冰的吗？"

谢澜目光空洞："可我体内有一股毒火攻心，需要九天玄玉渡化。"

"呃……"窦晟神情中浮现一丝罕见的呆滞，"好吧。那你跟车子明他们回宿舍，我出去买。"

谢澜蔫着点头，"嗯"了一声。

车子明他们还在争论日测最后一题的函数区间，附中和D市实验的几个也加入了辩论，十来个人留到最后，争得快把房顶掀了也没争出个所以然。

郭锐泽暴怒之下一拍桌子，忽然瞟到前排半死不活的谢澜，大喊道："大神！你来说，要不要考虑$x=0$的情况？"

谢澜"啊"了一声，无力地说："根本没做到最后一题。"

郭锐泽一愣："没做完卷？你什么情况啊，跟换了个人似的，我琢磨着这两天练的题都不难看懂啊……"

谢澜轻轻一笑，正要掏出"马氏古代算筹学"兼"函数故事会"，打算让他们开开眼界。

戴佑忽然清了声嗓子："他感冒了，不太舒服。等明天教练讲吧。"

郭锐泽闻言诧异地又看了谢澜两眼，不情愿地说："那……好吧，散了吧。"

一大帮人一起往回走，谢澜慢吞吞地跟在最后。他回头往校门口的方向看了好几次。黑咕隆咚的，看不清有没有某个刚好买完饮料回来的身影。可能是生病的缘故，他走在这群人里，明明大多数都认识，却突然觉得有点孤独。

戴佑从前面落后几步，低声提醒道："别和人说你的题不一样。"

"嗯？"谢澜有些困惑，"为什么？"

戴佑解释说："省训要照顾每一个人，话是没错，但你这个有点太特殊了。"

谢澜的脑袋昏沉沉的，反应了一会儿才明白其中缘由："这种方法，对我来说就算是特殊照顾了吧？"

"嗯，换了别人就是扯淡。"戴佑点了下头，又往后落了几步，压低声说，"但班里人员混杂，都是日后要上考场厮杀的对手，难保有人心理不平衡。老马是一片好心，别让他担风险。"

谢澜愣住了，他压根没想到还有这码事，琢磨片刻觉得有道理，真诚地说："谢了。"

"别客气。"戴佑点头，"你再问问豆子，他肯定也这么想。"

"嗯。"

窦晟比他们还要早到宿舍，买了冰的可可奶，还有感冒药。

他看着谢澜，只允许谢澜喝小半瓶奶，喝完奶又吃了药，才放谢澜洗漱睡觉。

谢澜一进被窝就立刻点开小说，想去修仙世界里疗愈，结果只勉强看了几行，脑袋就开始天旋地转——马氏负重训练可能要帮他戒掉小说了。

"头晕就别看了。"窦晟在栏杆另一头劝道，"对了，那个动漫好像更了一集，不过你看小说的进度应该已经超过动画了。"

谢澜如释重负："那也没事，看看。"

一进B站，手机就开始卡，点开未关注人私信，列表自动开始刷新，一条条新消息一个接一个地往上蹦。

澜崽，你消失太久了！
都多久没有新视频了？
哪怕直播也行啊……
爷爷，你关注的UP主今天更新了吗？
我现在简直怀疑你被扒马甲后直接弃号了。
宝欸，搞竞赛也不用神隐吧？
寻人启事：谢澜，外号二猫，国际代号S，提供线索者必有重酬！

全是催更的。
谢澜面无表情地一键已读，戴上耳机，进入了剑七的仙侠世界。

窦晟轻轻拍他的枕头，提醒道："你是得营业了啊，要不周日下午开开直播？"

"知道了。"谢澜敷衍道，"我先想想做什么吧。"

今天这一集特别精彩，原著里轻描淡写的一场以剑论道，拍成动画直接燃炸。结尾处剑七被人一剑穿肩，口吐鲜血，脸色惨白，携着天地罡风直坠深崖，谢澜看得"嘶"了好几声，疯狂截屏，战损的画面实在太戳人心。

房门一开，窦晟洗完澡顶着一头水汽回来了。

谢澜一下子翻过身，把着床沿瞅着他，小声问道："你吐过血吗？"

窦晟吓得差点把洗漱盆扔到地上，大惊失色道："什么吐血？你吐血了？"

他抬脚就要往梯子上踩。谢澜连忙摇头，把他按了回去："不是，我只是好奇，问问。"

窦晟一脸迷茫："还有好奇这个的？"

谢澜没吭声，把存在相册里的战损截屏又看了好几遍，代入窦晟的眉眼，脑子里忽然闪过一些破碎的灵感，昏沉的感觉也消下去不少。

他说："我想给剑七编一首角色曲，就当练手，周日下午顺便混个直播。"

"行啊。"窦晟随口笑道，"从竞赛题里解放出来，换换脑子，我觉得挺好的。"

第一周训练六天，加上周日上午，刚好出六次日测的成绩汇总。

谢澜第一周的进步还可以，最后一次冲到了六十二名，但要命的是，康教练把预赛成绩也一起拉上，谢澜的断崖式数据一下子成了夜空中最亮的星。

他早就没脾气了，面无表情地看完分回来，准备回去直播。

耿瑞突然凑过来，低声问："谢澜，你是不是函数不太好啊？"

谢澜顿了一下："嗯？"

"我仔细想了想，你应该是几何思维特别强，但函数不好。预赛函数题很常规，是几何难度特别大。"耿瑞自己分析得明明白白，"我的几何是软肋，每次都做得很费劲，但函数成绩还行，要不咱俩互补一下？"

谢澜无奈地叹了口气："别补了，我只想把我的语文补补。"

耿瑞愣了一下，没听明白，问："补什么语文？你别走啊，我是认真的，咱俩挺互补的，我也不想竞争，就是单纯地想再提升一下。"

他的话很真诚，但谢澜很抱歉。谢澜连着拒绝了几次，拽着书包跟窦晟一起往外走，耿瑞却还跟着。

耿瑞追着他说："你信我吧，函数包在我身上，我有一套自己的解题思维，carry carry 你。"

谢澜心想：原来英文动词也能叠，真神奇。

耿瑞接着自说自话："这两天午休我看你一直在看动画片，说句不见外的话啊，都进省训了，你预赛又发挥得那么好，不能放弃啊！函数这块只要抓住方法，上升很快的。哥们,真的,你要信不过我,我先把我的函数笔记给你看,你觉得还 OK,咱俩就 make a deal。"

谢澜现在只求求他别再说英语了。

窦晟面色冷淡地走在旁边,耿瑞一直跟到外面。

谢澜终于认输了,无可奈何地说:"如果我跟你说,我拿到的题跟你的不太一样,错的不是我,是题,你会信吗?"

耿瑞瞪着眼愣了足有五秒钟。

"哥们啊!"他仿佛一下子悟了,"你真的不能再看那些动画片了,什么错的是世界不是我,你在真实的人世啊!你清醒一点,这是竞赛!这是数学啊!数学考试错就是错,错的就是你!"

"噗——"窦晟实在没忍住,笑出了声。

谢澜目光一凛,朝旁边的窦晟斜了过去。

窦晟立即敛了笑意,随便摆摆手:"没笑,我嗓子眼里卡猫毛了,你们继续。"

谢澜白了他一眼,就你能瞎掰!

刚回宿舍,赵文瑛的电话就进来了,说买了两件贵重的挂画,小马休假了,让窦晟回家看着人搬进去。

谢澜只能一个人在宿舍里直播。

戴佑和王苟坐在床上玩手机,于扉回家了,车子明耐不住寂寞,跑来跟他们一起玩。谢澜仔细调了一下镜头角度,确保他们不入镜,这才开启直播,刚推流,弹幕就刷了起来。

啊啊啊!澜崽突然出现!

好久不见!下午好!

S神,你掉马后我蹲你好久了,总算蹲来一次直播。

没看见小提琴呀,今天不拉琴吗?

这个背景是在宿舍?

豆子呢?豆子在吗?

谢澜点开平板电脑上的简易编曲软件,有一句没一句地回复着弹幕的提问。

"他回家一趟。今天直播不拉琴,想听拉琴的下次吧。"

"省训很忙,就周日下午休息,顺便直播。"

"青青子衿那个视频是日常流,正常跟着平台活动走而已,没什么特殊的脚本,你们等他之后的投稿吧。"

观看人数逐渐上来了。谢澜把镜头往下调了调,不让脸出镜,说:"今天想写原创练手,你们就还当成是自习室吧。"

好哇。
干什么都行，我们很好满足。
这是什么 APP？
看起来好专业啊。

"软件是 Cubasis。"谢澜随口说，"我也没用过几次，还在摸索。之前很少做真正编曲，都是小提琴随便改改。"

《随便改改》
《还在摸索》

谢澜戴上了耳机："很破碎的东西，就不外放了。你们自己找个背景音乐放一放吧。"
这一周已经断断续续地记录下来一些灵感，谢澜先把那些只有几个小节的旋律整理好，然后仔细梳理，偶尔哼两句。

我澜宝随便一哼都好听。
少年嗓真的爱了，以前我最喜欢豆子的嗓音，现在开始动摇了。
澜崽的声音更软一点。
S 入驻 B 站真好，从来没想过能看你编曲。
哈哈哈，背景是室友说话吧？有点搞笑。
狗子是谁？笑死，怎么还有这种名？

戴佑他们一开团，声音就猛地激烈起来。然而谢澜一旦沉浸在一件事里就很专注，他边摸索边上手，一搞就是两个多小时。
趁着状态好，他把主体旋律写完了，副歌写了一半，正想停下来歇会儿，结果一扫屏幕发现人气已经有一百来万。
没想到会有这么多人看这种直播，谢澜放下水杯说："聊聊天吧，等会儿我就下了。"

好呀，我刚写完作业。
豆子什么时候回来啊？

谢澜看了眼表："应该快了……"

话音刚落,门就被推开了。窦晟拿着手机晃进来,手机里出现谢澜延迟了两秒的声音——"应该快了吧……"那个声音又被谢澜的直播设备捕捉进去,直播内外套娃似的响了好几遍。

车子明一下子就笑了:"欸,这个好玩啊?"

窦晟用看白痴的眼神瞟了他一眼,不耐烦地说:"起来,别坐我的座位。"

弹幕激增。

是不是豆子回来啦?

豆子,快入镜让我看看!

我听到豆子的声音了!

车子明嘟嘟囔囔地起身,屁股一沉,蹲在地上继续打游戏:"欸,你俩等我开团啊!"

戴佑吐槽道:"你真的太拉胯了。"

王苟跟着补充:"简直是可有可无。"

外头热得要命,窦晟咕咚咕咚灌了半杯水,瞅了眼手机上滚动的弹幕,全在喊他出镜。

"来了。"窦晟懒洋洋地放下水杯,挪到谢澜身后,随手把镜头往上调了调,问谢澜,"怎么样,写得开心吗?"

谢澜还在低头看着旋律,随口答了一句:"还行。"

窦晟顺势捞过他的平板:"给我看看。"

弹幕一下子变多了。

这是什么伯牙子期的画面!

啊,青青子衿,有了!

好和谐,呜呜呜……

就你有谢澜是吧?我要找我发小去!

"发小?"窦晟看着弹幕随口回道,"什么发小能比得上谢澜啊?"

谢澜无语,不想让窦晟逮着机会对粉丝胡扯,很快便借口困了关掉直播。

窦晟起身打着哈欠回到自己的座位上,说:"我一下午都在看你的直播,送画的团队很专业,我妈都多余让我跑这一趟。"

"买了什么画?"谢澜问。

窦晟摇摇头:"一幅兰花,还有一幅书法,我也看不出来哪里贵。哦,我从家里带了不少零食来。"

他边说边从包里往外掏,巧克力、牛肉干、饼干,都是散装的,他起身抓了几把放在戴佑和王苟桌上，又包了一袋丢给车子明，剩下的全都放进谢澜的柜子里。

谢澜拿了一颗巧克力剥开，含进嘴里，正要拿平板电脑的动作却忽然停下。

——他忽然意识到，宿舍里安静得可怕，就连窦晟分吃的都没人出声。谢澜下意识看向戴佑和王苟，又看向已经知道他"月亮"身份的车子明。车子明面露呆滞，被他盯了好一会儿，才反应过来。

"哈哈！"车子明赶紧撕开一包饼干，看也不看就往嘴里塞，"谢了啊，哈哈哈！真香！真好吃！"

床上的两个人一直低头看手机，听他说话后才有反应。

戴佑放下手机，感激地说："豆子真及时，我还真饿了，狗子吃吗？"

王苟点头："吃，帮我把我的也拿上来，谢谢啊。也谢谢豆子啊！"

窦晟嚼着牛肉干没吭声，转身瞪了车子明一眼。

很快，宿舍又安静下来。戴佑和王苟继续开黑，和刚才没什么两样，王苟吃完饼干渴了，还喊窦晟给他递水。

谢澜问："你们打成什么样了？"

戴佑头也不抬地说："快赢了，刚才那波不错，没有车子明也赢了。"

王苟也点头："干什么都得专注，不能像车子明那样。"

这两位好像没多想。也是，没几个人会像车子明那么幼稚。

谢澜松了口气，转过身把编曲文件保存，但想想又觉得不妥。他沉思片刻，私聊了车子明。

午后葡萄冰：我和窦晟小时候的私事，现在说出来怪矫情的，帮我们保密啊，天知地知，你知我们知。

车厘子：嗯，明白。

午后葡萄冰：你也别太夸张了，刚才太刻意了，本来只是一件可提可不提的小事。

车子明蹲在窦晟桌边上长叹一声，猛地薅了两把头发。

谢澜放下手机，庄重地朝他看过去，言外之意是：靠你了。

车子明扯扯嘴角，露出一个比哭还难看的笑。

踏入七月中旬，高温一茬接一茬，仿佛永远没有尽头，课间跑出去买个水都能把脖子晒红，每天都有一两个中暑。教室里开着空调和风扇，老马每天下午送绿豆冰沙，但仍然有越来越多的人吃不消。

除了高温，还有省训日益加码的残酷。两个教练都是话少但厉害的性子，高温天学生困，每天下午速做速评，卡壳就站二十分钟，一下午全班轮上三四个来回，谢澜总得起来个一两次。

别人都叫苦不迭，但他的状态还可以，站一会儿正好醒醒神，重要的是能保证状态和刷题量。

可能是因为做题量太大，他对老马的小灶消化良好，基本能摸清几种拐弯抹角的套路了，往年复杂的真题也无非就那几种，针对性地训练大半个月，解题速度逐渐提了上来。

第二周周日的上午，康教练临时加了一测，谢澜摊开卷子两分钟算完第一道填空题，正要迅速往下走，忽然觉得不对。

视线又回到上方——

在平面直角坐标系 xoy 中，圆 A 与抛物线 $y^2=4x$ 恰有一个公共点，且圆 A 与 x 轴相切于抛物线的交点 F，求圆 A 的半径。

这是什么美好的题干？

他蒙了好一会儿，又往后翻了翻。

全都是正常的题。

谢澜迷惑地拿起牛皮纸袋，确认上面写着的是他自己的名字。

正常的卷子！

窦晟在旁边动了动胳膊肘，小声问道："你怎么了？怎么突然这么激动？"

"没事，没事。"谢澜按捺住内心狂喜，扯过演算纸奋笔疾书，"我答题，今天一定能答完。"

窦晟不明真相，只是"嗯"了一声："加油。"

交了卷子就放学，康教练临走前把昨晚日测的成绩发进省训的群里，又发了标准答案，让大家自己看。昨晚日测，谢澜排名上升到二十八名，十五道题写完十一道半，速度进步不算大，但做的题都对了。

李越宁看完成绩回来，冲他笑了笑："好稳啊，一直在往上走。"

他最近和戴佑在第三名的位置上厮杀，他俩够不着窦晟和耿瑞，但彼此的竞争非常胶着。最近两天的日测，李越宁都比戴佑考得好，说话状态也轻松很多。

谢澜还回味着久违的畅快考试体验，随意地点了点头："慢慢回到预赛水平吧。"

"嗯？"李越宁愣了一下，随即笑笑，"你也挺神奇的，如果今年联赛重几何轻函数，你说不定能封神呢。"

手机振动，老马发来一条短信。

今天的测试做得爽不爽？看你的节奏挺好，加训的目的已经达到了，开始给你减压。

李越宁正吐槽着最近刷题压力大,谢澜猛地点头,立刻回复老马。

但我还没完全答完,昨天是最好的一次,也才做完十一道。

老马:能把复杂题读通、读对就行,不追求一定答完卷,正式比赛不会每道题都绕的。你最近几次日测都没读错过题。

谢澜放下手机回想了一下,还真是,只要来得及答的题就都能答对,没出过岔子。

苦日子终于要结束了吗?他不禁松了口气,心情一下子好了不少。

刷题、日测、编曲……忙碌的日子仿佛抓不到尾巴。等到剑七同人曲的 demo 终于调整好,谢澜找了个休息日,去音乐教室把同人曲的小提琴部分录了,导入软件合并音轨。

这首同人曲曲风透着明朗坦荡的少年气,旋律简单但很抓耳。谢澜录完曲子已经晚上十一点多,独自背着琴盒和器械包下楼。

艺体楼只有三层,陈旧冷清。但它坐落在林荫路旁,一出门便能看见成片的梧桐。

谢澜从楼里出来,就看见一道熟悉的修长的身影站在门口。

旁边有盏低矮老旧的路灯,窦晟讨厌小飞虫,就站在粗壮的梧桐树干的另一侧,让树替他挡着。树冠下光线昏暗,他边刷手机边等人。谢澜放轻脚步,轻手轻脚地从他背后接近。

屏幕上是《少时剑心明月》的动画。

"有猫靠近。"窦晟忽然说,并抬手摘下耳机。

谢澜被他回头弄了个措手不及,正欲恶作剧的手还僵在空中。

他神色尴尬,问:"你怎么知道我在后面?"

窦晟笑道:"地上有影子啊。"

谢澜沮丧地叹了一声,默默往回走,窦晟跟在他身边低低地笑着。

"你也开始看《少时剑心明月》了吗?"

"嗯。"窦晟抓着一把梧桐叶随性地叠,叠成一只小船,"制作水平不太行,但故事不错,人设也好,可惜太冷门了。"

谢澜闻言扭过头:"你觉不觉得剑七有熟悉的味道?"

窦晟一愣:"什么味道?"

"豆味。"谢澜说。

窦晟好半天才反应过来:"我啊?"

"嗯。"

"你觉得他像我?"窦晟有些惊讶,随即"啧"了一声,感慨道,"原来如此。"

"当我没说。"谢澜撇了下嘴,"只是有那么一点点像。"

窦晟没再吭声，但眉眼间满是笑意。

视频的画面是从原动画 PV 里截的，消音后重新铺上谢澜编曲的音轨。谢澜后期加字幕加到一点多，终于赶在困得眼睛睁不开前把视频发了。

《剑气如期 by 谢澜｜少时剑心明月·剑七同人曲》

发完，倒头就睡。

第二天早上，谢澜是被王苟悲哀的打鸣吵醒的。

暑期没有起床铃，一屋子都靠戴佑的闹钟，结果戴佑今天迷迷糊糊把闹钟按了，全体睡过头。他们冲出宿舍，窦晟跑到车子明和于犀那屋，暴力地踹了一脚，大喊："要迟到了！"

话音刚落，一行人已经冲到楼梯口，将车子明二人冲下床的声音甩在背后。

众人在烈日下狂跑，冲进教室时距离上课还有一分钟。

康教练站在讲台前，推了下眼镜："你们英中本校的同学住在三宿吧？三宿最近，但每回踩点的都是你们。"

几个人连连说对不起，谢澜也混在其中说了一句，匆匆坐下拧开水杯。

没水了。

教室里有些反常的安静，康教练低头看着讲台桌不说话，情绪难辨。上一次他这样，是因为全班有一半人日测错了不该错的题。

情况不明，谢澜不甘心地瞟了一眼讲台前的饮水机。

窦晟从他手里接过水杯，压低声音说："我找机会。"

"日测成绩大家都看到了，这次向量几何和基础数论比较偏，也暴露出了很多人瘸腿的地方，应该是名次洗牌洗得最狠的一次。"康教练说着目光扫到一条腿已经伸到桌子外的窦晟，顿了一下，"要接水就快点。"

窦晟立即弹了出去，蹲在饮水机旁接水。水桶里咕咚咕咚地响着，冷水绿灯一灭，他立即停下，又溜了回来。

饮水机里的水，谢澜只喝有制冷的那部分，热的、常温的都不喝。

戴佑在后头问同桌："看到我的分了吗？"

"七十八，你第五。"

戴佑愣了一下，又问："第五？李越宁第四？第三是谁？"

"李越宁第三，耿瑞第四。"

耿瑞掉到第四了？

谢澜忽然想起昨天那张久违了的正常卷子，下意识往讲台桌上扫了一眼。

康教练留意到他的动态，说："有人没看到成绩，那我简单说一下。"

"第一窦晟，九十四，你是向量几何第二问少考虑一种情况，整体答得还可以。"

"第二谢澜,九十二,数论推导整个偏了。你们老马说了你的基本情况,数论这块,国内外竞赛的出题思路确实差得比较多,没办法,还得加把劲。读题方面也要继续巩固。"

安静的教室里隐隐有人抽气,也有人叹气。显然在谢澜他们来之前,大家已经看过他的名次了。

"第三李越宁,九十,越宁最近的状态很不错,冲前两所保送考试还是有希望的,保持吧。"

"第四耿瑞,八十四,没什么好说,几何太弱,加上向量雪上加霜。你这几何是个大问题,考场出了岔子就和前两所失之交臂,到这个节骨眼了也只能继续大量刷题。"

康教练一直点评到前十,又把错过成绩的车子明和于扉单独拎出来说了一下。

"这次日测的整体难度、偏难题比例和联赛二试水平接近。七十分以上一共十五人,六十分以上是六十八人,大家可以感受下这个分布。省训进度过半,下周要大考一次,然后讲一讲题就闭营了。我和其他教练还是保持最初的判断,十五六个能争上保送考试资格,其中三个争前两所的保送考试。"

康教练交代完就捏起粉笔开始讲题。

谢澜手机忽然一振。

@郭锐泽邀请你加入群聊"省训艰苦生存营纯净版"

新群,成员人数还在一个劲往上蹦。

附中郭锐泽:呵,谢澜大佬,原来你一直在负重前行。
实验耿瑞:呵。
九中王天邦:呵。
英华车子明:呵,你们怎么知道的?
英华王苟:车厘子你跟着呵什么?
英华车子明:道不同,但被谢澜支配的恐惧相同。
英华王苟:有道理……呵。
英华谢澜:……

谢澜改完昵称发了一个省略号,群里忽然开始狂刷表情包,颓废蛙、宜家鲨、尖叫鸡、丧脸猫……一眼望去仿佛误入悲伤动物城。

窦晟也进了群,皱着眉翻了翻群聊。

英华窦晟:怎么暴露的?

实验耿瑞：大家被成绩震撼，康师傅随口道出实情，并问我们有无类似需求。
英华窦晟：……
实验耿瑞：哈哈哈！呜呜呜……谁想有啊！
实验吴庆：谁想有啊！
省人附徐晶晶：我以为我们同为苦修行，却不料大佬不仅是外来僧，还身披九重枷锁。
实验耿瑞：我竟然想过 carry 你，失敬了，确实是世界的错。
九中王钰昕：只有我关注谢澜某站吗？我从一开始就在猜测是否有隐情了……
实验耿瑞：啥站？
九中王钰昕：……算了，当我没说。

人拉人，群里很快就达到了八十二人，后来的也纷纷加入感慨，两三分钟就是几百条。

康教练在黑板上写完一道题，转过头来，群里才终于安静下来。

谢澜很少认真爬楼，但因为戴佑之前的提醒心里有点不踏实，佯装听课，偷偷把群聊全都爬了一遍。还好，没有阴阳怪气的发言。可能是因为康教练解释得很坦荡，学生也不会往歪的地方想。

谢澜刚松口气，手机又响了一声——耿瑞把前五名拉了个小群，起名"冲刺群"。

谢澜愣住，瞟了一眼老师，迅速提问。

谢澜：这群是干什么的？
耿瑞：保送冲刺，咱们一起再冲冲课外的偏题难题。
戴佑：啊？我和前三大佬不是同一段位吧。
李越宁：同。
耿瑞：你少来啊，你都前三了，应该是我心虚好吧？
耿瑞：不过我能接受的范围确实不只是 TOP2，就尽全力冲吧，去哪都行，而且某几所难度也不比 TOP2 低到哪里去。
窦晟：确实都不一定。
戴佑：也是哈。

耿瑞很干脆，直接将一个实验中学的题库甩进群里，谢澜打开大致扫了一遍，确实有不少创新的题型，尤其还有很多数论题，练一练挺好。

来而不往非礼也，戴佑也把老马之前整理的资料发进了群。

戴佑：实验的库，我能给我另外三个朋友也看看吗？英中就这几个，其实水平都还可以。
耿瑞：那是当然，贵校的题我也会多给几个朋友的。

窦晟：完美。

耿瑞：Perfect！

戴佑：鞠躬。

窦晟：谢谢。

谢澜也发了个猫猫道谢的表情包。

一上午都在讲卷子，中途，谢澜掏出牛皮纸袋里的习题，欣慰地发现老马真的给他彻底换回了普通卷。

幸福感爆棚。

中午，H市的气温达到了空前绝后的地步。吃完饭回来，大太阳能直接把人烤化了，谢澜人生中第一次明白热到失智是什么感觉。窦晟一路上还跟他扯了几句闲话，他一个字都没听懂。别说中文了，现在就是来个老外估计也无法和他沟通。

一进教室，预想中的凉爽却并未如期而至，空调的指示灯是灭的，棚顶的风扇也不转了，窗外无风。

王苟趴在桌上像条死狗，哈哈地喘着气。

谢澜艰难地张开嘴，嘴唇都发黏，问道："怎么回事？"

耿瑞瘫在椅子上出神，说："没收到短信吗？红色高温预警，气象局说下午是四十二摄氏度，停电降耗。"

谢澜不敢置信地问："停电降耗？"

耿瑞幽幽地说："全市停工，居家避暑。"

谢澜不知道"市里"是怎么想的，他只能感觉到自己勉强维持了一路的基本智力水平，在听到这个噩耗后直线下跌。

老马忽然从前门探进半个身子："各位，下午放假，我们在和电业沟通。停训时间会顺延，不用担心啊。"

话音刚落，教室里响起一阵欢呼，那些瘫在桌上的同学终于活了回来。

窦晟二话不说拉着谢澜就往外走："走，回家避暑。"

谢澜犹豫地问："家里有电吗？"

窦晟脚步一顿，回头看着他，也是满脸茫然。

大家都降智了。

"我知道了！"车子明忽然蹿起来，"我知道一家冷饮厅，肯定有备电，要不要去蹭空调？"

还没走的二三十个人一下子就嗨了："去！带路！"

"去吗？"谢澜看向窦晟。

窦晟点头："去，人多也去。"

车子明当一回"救世主"，高兴坏了，一路上都拉着身边 D 市的同学逐个介绍。

冷饮厅在别的城市做不大，但在 H 市是特色产业，少说也有百十来家，主要供应各种酒水小吃和花式冰点，供人唠嗑聚会。

等到了地方，二十多人拆了好几桌。谢澜他们落在后头，进去时大堂的桌没了，就只剩下一间八人雅间。没得挑，刚好他们六个，加上耿瑞和李越宁。

服务员把菜单送上来，王苟挨着边，拿来翻了下。

很快，他就愣住了："姐姐，八人算大包吗？"

"算的。"服务员说，"你们一下子来了这么多人，忙不过来，看好了按铃叫我啊。"

"额……"

车子明问："咋了？"

王苟小声说："包房有酒水的最低消费，大包四个小时八百，这八百还只能消费酒类。"

"啊，这么黑啊？"车子明傻眼了，"是不是停电坐地涨价啊？"

于扉闻言艰难地支棱起来，伸手要菜单："到我擅长的领域了，今天我请客，就当庆祝……"他脑子已经热成糨糊了，视线胡乱地扫过众人，落在谢澜的脸上，"就当庆祝谢澜重归神位。"

窦晟笑道："得，那还是我请吧。"

"你请？"于扉困得睁不开眼，拿着菜单有点犹豫。

窦晟说："天经地义。"

耿瑞没听明白，问："什么意思？"

车子明无语，解释道："他俩是 UP 主，一直捆绑合作，估计赚的钱都在一起呢。"

窦晟笑眯眯地含着吸管不说话，车子明和王苟一通比比画画地解释。

耿瑞听得来了兴致："UP 主啊？我不怎么看 B 站，但我手机上有，你俩 ID 是什么？我关注你俩啊。"

谢澜不太想跟他讨论网上的身份，窦晟看他没动弹，于是也打哈哈道："别搜了，都快考试了，我俩也好久没更新了。"

但耿瑞已经戳开了 APP，并突然鬼叫了一声："这首页推荐第一个视频就写着你的名啊？谢澜？这个'谢澜 em'是你吧？这视频有四百万播放量？"

谢澜也愣住了。

他这才猛然想起昨天半夜上传的视频，今天早上起晚了，一整天都慌慌张张的，完全忘了看审核进度。

等等，四百万？

窦晟点开了 B 站，谢澜凑过去就着他的手机看了一眼——投稿时间是十二个小时前，半夜发出来没多久就过审了。但这个播放量……

谢澜有点迷茫，按了静音戳开视频。

开屏弹幕铺满——

恭喜你发现宝藏！

恭喜你发现宝藏！

恭喜你发现宝藏！

小众番的粉丝很狂热，在视频里逐帧发弹幕安利冷门宝藏纸片人——剑七，当然更多的弹幕还是在吹谢澜天下第一。

天下第一纯属夸张，但谢澜自己对这首同人曲确实比较满意。同人曲不太讲究裴青那一套成熟的乐理结构、多乐部恢宏协作，只要旋律简单抓耳、有故事感、能捏住情感就是成功的，他自认为是做到了。

而且他也倾注了不少心血，恶补理论在前，激情创作在后，调了无数个版本。这个版本是最好的，也是最打破他自己从前风格的。

热评第一条是B站动漫官方号，放了《少时剑心明月》的追番传送门，万赞万评。

"我有一种隐隐的预感。"窦晟低声说着，拿过手机戳开了动漫链接。小糊番的追番人数昨晚才刚刚破五万，这会儿都快八十万了。

激情道友谢澜直呼震惊。

窦晟笑了笑："你会引起某些大佬注意的。"

"那倒不会。"谢澜摇头，"这番是小工作室出的，七人团队。"

"天涯神往不是要收它吗？据说已经在谈了。"窦晟随手戳开新闻给谢澜看，"我感觉……算了，不说不破，等等吧。"

谢澜听不懂"不说不破"是什么意思，只就着窦晟的手机瞄了两眼新闻。

天涯神往是国内第一梯队的动画公司，国漫第一是灵犀出品，所以公司口碑照灵犀比还差点意思，但天涯神往的商业化更成熟，虽然没捧出行业第一，但每年也都能出两三部热门作品，这两年扩张挺疯狂的，买了好几个很有潜力的草台班子。

只有于扉在认真点菜，所有人都低头刷着B站。过了半天，耿瑞才勉强从屏幕里抬起头来。

"大神，你这也太牛了吧？"他目瞪口呆，"就这，你还上什么学啊？"

谢澜没搞明白因果，问道："为什么不上学？"

"不是，我不是那意思，人当然要上学。"耿瑞有点乱，"我就是单纯想歌颂您的嚣张。"

车子明闻言顿时来了精神："谢澜当然得嚣张！你是不知道他的厉害，我跟你细说说。"

谢澜赶紧拦住："别啊。"

耿瑞疯狂点头："愿闻其详，愿闻其详。"

王苟也拉着凳子凑上前:"狗子我给大家捧个哏。"

彩虹屁已经吹起来了,谢澜尴尬得脚趾抠地,只能努力出神,试图把那些声音屏蔽掉。

服务员送来上吃的,于扉大少爷作风习惯了,各种花式冰激凌和果盘应接不暇。一直都没怎么说话的李越宁问道:"你们英中的都这么能消费吗?"

"大家随性,吃不完咱们打包。"于扉随口说,"我是为了快速凑最低消费。"

窦晟闻言起身拿喝的,给自己和谢澜的苏打水里加了冰块和柠檬,让谢澜解一解夏天的乏劲儿。

谢澜用吸管把柠檬戳透了,酸酸凉凉的,没一会儿就喝了一杯,把空杯子推给窦晟。

耿瑞笑呵呵地戳着冰激凌:"我忍不住八卦一下啊,谢澜大佬是志在前两所,还是央音?"

谢澜摇头:"我不走音乐专业,我更喜欢数学。"

戴佑笑着接口说:"谢澜在欧洲长大,要是想做音乐根本没必要回国啊。"

他们都不知道肖浪静的事,谢澜也只能点头:"也算是一个原因吧。"

耿瑞感慨道:"行行行,您是真厉害啊。拿个前两所的保送资格就是玩儿。"

"那可不吗?"车子明又开始了,起身道,"我不是跟你吹,我们澜崽要啥有啥,路子宽着呢!当然咱们哥几个也不差……不能妄自菲薄。"

耿瑞笑得不行,十分给面子地说:"对,我们也是人中龙凤!"

"没有凤。"车子明一脸严肃摆手,指指自己,"咱们都是大老爷们。"

气氛热闹起来,大家伙全都开始唠嗑。谢澜在吵闹的环境下反而丧失了表达欲,于是闭嘴咬着吸管喝窦晟给他的特调,低头刷视频评论。

过了一会儿,余光里他对面的李越宁突然把杯子放下,不轻不重地磕了一下桌子。

声音不大,但在嘈杂的人声中却很明显,隐隐地透着一种想引起谢澜注意的意思。谢澜自然而然地抬起头,朝李越宁递过一个询问的眼神。

李越宁性子内敛,平时学习时也能看出来。整张桌都闹哄哄的,他却只是静静地坐着吃冰激凌。他摘下耳机说:"我刚听你的歌了,确实挺好听的。"

谢澜努力在嘈杂中分辨出这句话,冲他礼貌地笑了笑,正要低下头,李越宁又问:"对了,你是想上 T 大吗?"

太吵了,谢澜往前凑了一下,让他重复一遍才听清,点头"嗯"了一声。

李越宁得到回复后叹气道:"T 大的保送考试资格,近五年我省最多给了三个。"他微妙停顿,有些自嘲,"我本来以为我冲一冲还有希望呢,没想到大神还是大神啊。"

谢澜的大脑卡壳了两秒,一时间没反应过来该怎么接。

其他人刚才在聊 NBA,这会儿又开始玩谁是卧底,正闹得激烈,没人讨论竞赛的事,这个话题就更显得突兀。但谢澜能看懂人脸色,李越宁一看就不是随口提的,估计这两句话憋了一路了,搞不好还是憋了一天。今天耿瑞拉那个小群后他就没怎么说话,来的路上也一直很沉默。

见谢澜不吭声，李越宁又笑了下："没事，我是刚才看到你做音乐视频才幻想了一下，你要是想走艺术特长的话，估计就看不上T大，我们这些后边的还能有点希望。"

谢澜只能装傻，应付道："我也说不好，尽力吧。"

李越宁摆摆手："你肯定能上，你之前都没露真本事。"

桌子的另一边还在闹，这一边的氛围却有些尴尬。谢澜又不知道这话该怎么接了，他感觉李越宁话里话外有点酸，但他压根没办法也没义务去开解。

正僵持着，窦晟"啧"了一声。

这个动作吸引了所有人的注意。

"也不能这么说吧。"窦晟语气淡淡的，随手从果盘里挑了一只荔枝剥开，把晶莹剔透的果肉从壳里捏出来，放到谢澜的盘子里，"谢澜要是看不上T大，那人家就少招一个保送生呗。T大又不是收破烂的，非要收满三个才能糊口。"

"我没有找碴的意思。"李越宁表情一下子僵住了，"我就是有点意外，之前谢澜从来没说过他是这种水平。"

窦晟闻言笑中更是添了分讥诮，道："什么水平也要站在讲台上广而告之？我以为预赛成绩大家都心里有数呢……郭锐泽他们逢人便说谢澜是高手中的高手，考成这样十有八九是被人下了药什么的。虽说是玩笑话吧，但天天提天天提，你就没想过自己来问问？怎么，抓紧世界给你的小小错觉不舍得松手？"

那边玩到一半，耿瑞拍拍桌子："越宁你来不来玩？"

"不玩。"李越宁死死地盯着窦晟，攥拳抵着桌面站了起来，"我去上个洗手间。"

车子明浑然不知这边的刀光剑影，百忙之中还笑嘻嘻地回头指了一下，叮嘱道："洗手间在那儿！"

雅间有配套的洗手间，能容得下两个人。

谢澜看他进去，犹豫片刻后，起身道："我去跟他聊聊。"

窦晟轻嗤了声："自己想不开，有什么可聊的？"

谢澜看着他叹了口气。

窦晟这才又撇嘴道："算了，有事叫我。"

洗手间里的两个隔间都没人用，李越宁站在外面的镜子前发呆。谢澜一进来，他立马低头拧开了水龙头。

谢澜走到他身边，叹了口气："如果你是我，会主动对所有人说吗？"

"不会主动说，但你也有过机会和大家透底。"李越宁冲洗着手上的泡沫，停顿片刻忽然抬眼问道："你是不是怕别人说老师开小灶？"

谢澜心里一紧，问："什么意思？"

"放心。"李越宁自嘲地笑了笑，"我还干不出来投诉那么没品的事，这种关照也很正常，我只是觉得大家应该坦诚点。"说着，他擦了下手，转身往外走去。

谢澜跟着转过身，叫道："越宁。"

李越宁回头问："还有事吗？"

谢澜看了他一会儿，耐下心来解释道："我的情况在历届学生中都是头一个，我老师的训练方法在常人看来是很离谱的，直接让我掉到最后。这样的成绩和预赛时比差得不是一点，耿瑞来问过，你们班吴庆也问过，只不过他们都没当回事。"

李越宁笑了一下："你的意思是我有侥幸心理了？"

谢澜也坦白地说："有没有你自己清楚。大家都有目标，都在意别人的情况。我理解你，但这事真的没有对错。"

李越宁看了他好半天，过了半晌才长叹一声，用力搓了两把脸。

"随便吧。"他顿了顿，按下门把手道，"我技不如人，没什么可说的，刚才冒犯了，那些话你就忘了吧。"

等人走了，谢澜才拧开水龙头，泼一把凉水在有些发热的脸颊上，叹了口气。

老马帮他没错，戴佑护着老马也没错，他就更没刻意使坏了。有几个人私下来问，他还委婉解释过自己在调整节奏，正常不是这个成绩。

镜子前的灯过于晃眼，晃得谢澜有点晕。他撑着洗手台想稳一稳，门却忽然又被推开了，是窦晟。

一走进来，他就问："没劝好？"

"不知道劝没劝好。"谢澜抬手按了下太阳穴。

窦晟耸了耸肩，说："都跟你说了，没必要。"

他见谢澜不搭腔，索性放过这个话题，唇角扬了扬："我刚才戴耳机把剑七同人曲听了。是给剑七写的，还是给我写的？"

谢澜瞟了他一眼，问："在意这个干什么？"

窦晟表情有点耍赖："你给我写歌，啧……放在以前，我想都不敢想。做梦也不是这么个做法啊。"

谢澜微怔，过了好半天才说："你要是这么想，那我以后再专门给你写一首。"

"真的？"窦晟眼睛骤然亮了，"什么时候？"

谢澜有些犹豫，不知道该不该告诉他。

其实，已经有些眉目了。他写这首同人曲的过程很混乱，剑七和窦晟两张脸在脑海里交错，灵感乱七八糟，几次要掉回头去改。后来他索性把靠拢剑七的部分和靠拢窦晟的部分挑拣开，靠拢窦晟的那些小节……也就有了一个基本的框架。

窦晟笑着等了半天，问："你想什么呢？到底什么时候给我写啊？"

"很快的。"谢澜几乎不过脑地就答了出来，顿了顿才又说，"可能就在……"

窦晟眼睛更亮了："就在什么时候？"

"反正你等着吧。"谢澜低声匆匆扔下一句话，转身要走，又被窦晟拉住。

窦晟问："手机里存没存？先让我听听。"

谢澜有点烦躁："着什么急啊？还没到能给人听的程度。"

"我不管。"窦晟老套路开始耍赖，摊开手向谢澜要手机，"月亮大人，求求了。"

门外的桌游玩了几轮，耿瑞接连惨败，提不起精神，加上前两天学习到太晚，趴在桌上昏昏沉沉地睡了过去。李越宁回座没多久就说要回去做题，独自走了。

众人都有点累了，吹着空调吃着冰激凌，包间里一时有些安静。

过了一会儿，于扉突然站起来，皱着眉瞅了一眼洗手间，问："豆子和谢澜在里面密谋什么呢？占着厕所半天不出来，我都要憋死了。"他起身从车子明身边经过，不小心撞了一下车子明的凳子。

这一下把车子明撞醒了，他下意识地瞅了眼紧闭的洗手间门。

自从那次撞破窦晟和谢澜的秘密，他便留心观察，发现窦晟岂止是偶尔，明明私下里总拿初中时的事件跟谢澜那耍赖，求谢澜给他微博点赞要喊"月亮大人"，托谢澜给他带水也要喊"月亮大人"，嘴上跟别人说不想让人知道这些矫情往事，私底下却嚣张得很。

窦晟脸皮厚，但谢澜可是叮嘱过车子明好多次……

"鲱鱼！"车子明一声尖叫。

于扉脚底下一绊，扭头骂了一句："一惊一乍的，又怎么了？"

王苟和戴佑也看了过来，眼神中透出一丝抓住救命稻草的欣喜，但车子明压根来不及品味。他心跳如雷，又机械地喊了声："鲱鱼……桌啊……"

脑子飞快运转，转了半天却什么好主意都没想出来。紧急之下，车子明余光忽然瞟到趴在桌上的耿瑞。

"你快看看耿瑞！"他狂掐大腿，"看耿瑞！他是不是死了？"

"啊？"于扉吓得一个哆嗦，回头看向耿瑞。

耿瑞脑袋朝下趴在桌上，一点动静没有。

整个包间里鸦雀无声，四个人盯着一个后脑勺，没人敢动。

戴佑瞅了一眼王苟，王苟绝望地瞅了回去。

"嗝。"耿瑞突然趴着打了个气嗝，没醒，接着睡。

于扉顿时松了口气，一把推开车子明，嘟囔道："你是不是傻了？起开，别挡着我去厕所。"

车子明没法子了，他脑袋里确实一团糨糊，无计可施。

三个人各自紧张地盯着于扉靠近洗手间——

近了、近了、更近了……

离洗手间只剩三五步的距离，王苟逮着车子明和于扉都转过身去的空档，在桌子底下使劲扯了一下戴佑的胳膊。

"配合。"王苟气声说道,深吸一口气,抄起分水果捞的大漏勺,挖起一坨巨大的冰砖,猛地塞进嘴里。

屋里安静了一秒钟。

王苟脖子一抻,强咽下去,然后"噗"的一声,当场喷了!

"咳咳!咳!咳咳——哕——咳咳!"

他坐在椅子上弯下腰,右手狂捶桌子,左手抒胸口,干呕到飙泪。

戴佑如释重负,神情却很紧张:"狗子没事吧?怎么噎成这样!"

"啊!"车子明喜极而泣,一把抓住于扉,强行把人拽到王苟身边,"怎么回事?吃冰激凌还能噎着?"

王苟痛苦脸:"咳咳咳!呃——咳咳!"

他边咳边指向水果捞漏勺,漏勺里还有一颗没吃进去的蓝莓。

戴佑蒙了两秒,突然觉得不对:"蓝莓卡住了?"

王苟脸已经涨成深红,疯狂点头。

"完了!完了!"

车子明彻底清醒了,面色惨白,掏手机哆嗦着:"我……我我我,打120,狗子你撑住!"

他的手抖成了筛子,手机掉在桌上,捡起来解锁,没拿稳又摔在地上。

戴佑也真急了:"车子明打120,我打车,看哪个快!"

"水……"王苟咳得快要跪在地上了,慌乱地往桌上抓。

戴佑连忙道:"不能喝水,忍着忍……"

话音未落,王苟又剧烈地咳了起来。

"都是废物。"于扉暴躁,一把拎开车子明,又推开戴佑,"起来。狗子,站起来!"

王苟命都快没了,眼泪鼻涕一大把,一边咳一边撑着桌子哆哆嗦嗦地站了起来。

于扉绕到他背后,勒令道:"忍着咳,胳膊稍微抬起来点儿。"

王苟压根不知道他要干什么,本能地服从了指令,刚抬了抬因为咳嗽而夹紧的胳膊,就感到于扉在他背后贴了上来,两只胳膊从他腋下穿过,他低头一看,于扉两手一拳一布相抱,手臂夹着他的肚子。

随后,于扉冷静提膝,膝盖抵着他的屁股,两臂夹紧,猛地往后一拉。

"呃——"

剧烈的行动把王苟震蒙了。

又一下!

"呃——"

于扉精瘦但力大无穷,上了发条似的把他一下一下往后猛拉,手勒肚子,膝盖顶着屁股,他像个破风筝一样被来回弄,不知多少次后,一阵翻涌感突然传来,一张嘴,一颗蓝莓从嘴里飞了出来。

洗手间的门刚好打开，窦晟和谢澜一前一后从里面出来了，那颗历经千难万险的蓝莓滚在窦晟脚边。

窦晟神色从容，看了眼屋里诡异的场景，愣在当场："玩什么呢？"

王苟脸上的猪肝红终于开始消退，又瘫在椅子上咳了好一会儿，才渐渐平静下来，喝了口水。

"这叫海姆立克急救法，都是十七八的人了，还喝水止噎，有没有点常识？"于扉松开他的肚子，甩甩手腕，没好气地说，"烦死了，我要上厕所！一个个事真多。"

窦晟"哦"了一声，闪身放他过去。

谢澜禁不住劝道："冰激凌要慢点吃啊，狗子。再好吃也得慢点，留一条命，下次还可以来吃呢。"

王苟闻言一顿，扭头瞪大眼睛朝他看过来。

不知是不是错觉，谢澜觉得那道眼神背后有很多故事。悲伤、凄楚，又有着某种令人动容的执着。

"辛苦了。"他完全下意识地，有点莫名其妙地说了一句。

王苟猛地抽噎了一声："善良的人就是命大！我是善良的人！"

"你是善良的狗子。"戴佑也感叹道，有些后怕地看向车子明。

还好，车子明看起来丝毫不好奇这俩人刚才在洗手间里到底在密谋什么。

《剑气如期》红得让谢澜猝不及防，最初只想营业练手，却不料一下子在B站火了起来。开放音源后，那段旋律被其他UP拿来做背景音乐，还有数不清的二创，带着小冷番一起在榜单上节节蹿升。

酷暑难熬，省训也进入了结营考前的冲刺阶段。谢澜开启早七点到晚十二点的模式，老马把省内重点中学的题库都给他搜罗来。他每天坐在教室刷题，一猛子扎进去，什么微博、B站都顾不上了。

有好几次，窦晟拿着手机对他欲言又止，但最终还是忍住了。

谢澜听说李越宁比他还拼，晚上趴在被窝里用手机看题，某天早上下床一脚踩空，差点摔出个好歹来。

就这样，一个无心一个有意地较劲，到了七月的尾巴上，结营考终于考完了。

第二天能休息一天，等出分、讲评，省训结束。

考完那天，耿瑞他们把英中西门外的烧烤店都搬空了，店里坐不下，八十来个学生到处借桌子，在西门外铺了小半条街，一起露天烧烤。

谢澜卸下了考试的压力，也一起去跟着吃了两口。

席间一伙人闹哄哄的，但谢澜没怎么参与话题，惦记着闭关前跟粉丝约定的考后直播。窦晟给他搜罗了一盘没放辣的烤串，递过来笑着问："这次考得怎么样？"

一旁的李越宁闻言也往这边瞟了一眼。

谢澜注意到李越宁的视线，还是如实说："挺好的，也检查了两遍。"

"好厉害啊。"窦晟笑着感慨，"我都没来得及检查。"

谢澜扭头看向李越宁："越宁，你考得怎么样？"

李越宁没料到谢澜会问到自己，一下子愣住了："啊？"

"问你考得怎么样。"谢澜重复了一遍，"我看你这段时间也挺拼的。"

李越宁表情僵了好一会儿才"哦"了一声，说："我也还行。"

谢澜点点头："那就好。我们先回去了。"

少年们喧闹吵嚷的声音在背后远去，消弭在稠热的盛夏傍晚。

谢澜和窦晟并肩走在一起，他今天错穿了窦晟的衣服，窦晟就穿了一件一样的，两个人从背后看来几乎要融为一体了。

窦晟"哼"了一声："挺会照顾人家情绪的啊，还问候一句？"

谢澜缓了缓才说："那件事多少有点不好意思，就顺嘴问了一下。"

"有什么不好意思的？谁强谁先挑，在哪儿不是这样？"窦晟的语气很不爽，"跟个陌生人，还挺周到。"

谢澜忍不住抬胳膊肘撞了他一下，骂道："少在这阴阳怪气的啊。"

窦晟一下子没忍住笑，破了功。

谢澜走在他身边，长吁一口气："明天就回家了。"

夕阳映着他的脸颊一片暖色，窦晟的声音低下去，问："回家干什么？"

谢澜偏过头来，视线落在他的背上。

少年的腰板总是很直，从颈到脊到腰，有着天然的弧度，又那么挺立，那么恣意和潇洒。

回家也没什么好做的事，日子大多都很无聊。但在这样的少年时，身边有窦晟这样的同行者，会让他觉得很心安。

回到宿舍，谢澜本想数着日历算算距离联赛一试还有多久，数了一会儿却忽然想起什么。他抬头问窦晟："今天是不是《少时剑心明月》第一季的大结局？"

"你还记着呢？我以为你已经忘了。"窦晟又说，"对了，你要不看看微博。"

"微博？看微博干什么？"

谢澜都快把这个软件忘了，匆匆上 B 站发了条动态，预告今晚要直播看《少时》大结局，然后才点开微博。

一点开，闪退。

再点开，又闪退。

谢澜没脾气了，跟窦晟借了电脑，费好大劲儿才终于想起来密码，上号。

他飞快地清着爆炸的消息。

"嗯？"谢澜忽然皱眉，"鹿丞相是谁？有点耳熟。"

约莫两周前，一大批人过来私信说"鹿丞相"关注了他。在那之后三四天里，又一大批人过来说"雎鸠"关注了他。

雎鸠。

这俩字看得谢澜心里咯噔一下，记得是古文里的，背过，但被数学洗脑了一个月后基本忘了。

怎么拼来着……

看他陷入久违的痛苦中，窦晟解释道："鹿丞相是《少时》的总导演，小团队前两天官宣被天涯神往收了，雎鸠是天涯神往的制作人老大。"

"雎鸠！"谢澜如释重负，"对，念雎鸠，我想起来了。关关雎鸠，君子好逑。"

"你吞了两句。关关雎鸠，在河之洲，窈窕淑女，君子好逑。"窦晟摆摆手，"这不重要，你快回关一下吧，已经拖了好几天。"

谢澜"嗯"了一声，依次点开两人的主页。

鹿丞相在《少时》连载期活跃宣发，转了好多次他的同人曲和二创，但都被他这些天闭关漏下了。粉丝还在微博下开玩笑，赌谢澜什么时候才会回复大佬。

雎鸠就比较高冷，最近一条微博是三个月前拍给小女儿做的宝宝餐，然后追溯到去年，敷衍了事地转了一下当时天涯神往宣发的动画。微博内容很少，但简介一栏却很亮眼，天涯神往这些年的爆款几乎都是他带领团队做出来的。

谢澜回关完就去冲了个澡，吹干头发坐在电脑前直播。

开播后人数一下子就上来了，他一边跟弹幕打招呼，一边调整直播间的标题和简介。

今日直播间的标题是"考完了，一起来看少时大结局吧，有点舍不得"。

澜崽，半月不见，十分想念！

呜呜呜崽，你都长高了。

谢澜扫了眼弹幕，吐槽道："我坐着呢……这也能看出来长高？"

重来！呜呜呜崽，我坟头的草都长高了。

谢澜往旁边瞟了一眼，道："不要发这些吓人的东西，豆子在旁边呢，会吓破豆胆的。"

话音刚落，窦晟就回话威胁道："再说我一句？"

说你怎么了？

胆肥了，竟然敢威胁偶像了？

澜澜，给他点厉害看看！

"哼，我偶像一直惯着我，看不惯忍着。"窦晟好整以暇地抬起手，随手拉了凳子过来和谢澜一起直播，对着弹幕坏笑着说，"羡慕吧，你们羡慕不来。"

你要是死了就是活活贱死的！
不是我说，青青子衿的视频呢？
笑死，人家投稿都快截止了。

谢澜叹气，日常装作看不见弹幕，点进动画区："人来得差不多了吧，大家一起安安静静地看最后一集。这个番虽然很小众，但它陪了我一整个省训，我对它很有感情的……欸？"
鼠标停在榜单上，他愣了好半天。
动画区，国创榜单，榜首——《少时剑心明月》，追番人数四百零八万。

想不到吧！
在你不在的半个月里，小破番逆袭了。
笑死，榜单上制作最粗陋的一部。

"第一了啊。"谢澜突然有点感慨。
估计是赚钱了，封面也换了，比以前好看很多。封面上剑七御剑乘风，长袖在空中鼓动，眉眼间少年意气风发。那种炽烈天光下的明朗，和身后那道熟悉气息的主人更加相似。
谢澜眼神不由得柔和下来："我截个屏，纪念一下。"
话音刚落，屏幕上忽然刷过一阵礼物特效。

感谢"雎鸠"赠送的小电视飞船！
感谢"雎鸠"赠送的小电视飞船！
感谢"雎鸠"赠送的小电视飞船！
……

系统提示飞快地弹跳，谢澜愣住，往上刷记录才发现不是卡BUG，是有人疑似罹患帕金森，手指一阵哆嗦，连着送了几十个大礼。
他又拉回最底下，这个刷屏竟然还在继续。

我的天，是雎鸠吗？

大佬霸气！

啊啊啊！制作人爸爸来看澜崽了！

"这是干什么呢？"窦晟也从兜里摸出手机，"这是要冲我榜首的位置吗……"

谢澜连忙按住他，劝道："不要冲动。"

对方已经八十多连击，大手笔，窦晟的粉丝贡献榜榜首位置已经没了。

"别冲动。"谢澜很冷静，"你充值，再打赏给我，是要和平台分成的。"

窦晟愣了，他压根没考虑过这个问题。在偶像和金钱面前，他肯定会选择偶像，奈何偶像要选择钱。

噗哈哈！

偶像管你花钱啊。

你再也不是那个能挥金如土的小金豆了。

睢鸠连击到九十九，缓了口气，带着尊贵无比的特效发弹幕道：UP主终于上线了，代表鹿丞相来给《少时》野生代言人结一下推广费用。

笑死，金主爸爸直接打钱！

酒香也怕巷子深，四百万追番，这点钱哪够。

再来个九百九的连击！

睢鸠：谢澜同学，看一下私信吧，想合作。

睢鸠：我司的主要特点是给钱多、尊重创意、老板不嘴臭、事儿特别少。

谢澜一怔，第一反应是，睢鸠作为业内大佬，肯定是听到了一些风声，知道他和灵犀闹掰的实情。但直接在直播间里这么内涵人家，也挺过分，不是什么正人君子。

还好观众们应该听不出这业内人士才懂的内涵。

谢澜这口气还没彻底放松，忽然听到某人一声轻笑。坐在他身后的窦晟往前倾了倾身子，随手勾上他的肩膀，对着弹幕说："你直接报隔壁某动画导演的身份证号得了呗。"

谢澜瞟了窦晟一眼，又回头看向弹幕，一脸呆滞。

什么情况？

隔壁某导？

弦上少年？

《弦少》现在什么进度了？

好像另请高明了。

所以澜崽当初是和导演谈崩了？

豆子豆子，展开讲讲。

窦晟打了个哈哈："我就随口一说，你们少起哄啊。就认那一个合作是不是？找谢澜接洽的多得是。"

谢澜清了下嗓子："还是安安静静看番吧。谢谢制作人，我等会儿看看私信。"

好在弹幕没有过多在意这个小插曲，谢澜和大家一起看完结局，又聊了两句就借口明天有课下线了。

他关闭推流，把雎鸠从微博私信里扒了出来。

雎鸠：《少时》第二季在筹备中，我们会重磅投入。你有兴趣负责片头片尾编曲吗？之前你和灵犀那边的合作情况我们也了解了一些，这次可以发挥你的长处，编写歌曲主体，开放一部分调整权限给我们。当然，会让你监修。价格方面，不会低于《弦少》的报价。

"这还算有诚意。"窦晟啧啧称道，"吃一堑长一智，我刚才查了一下，这人口碑不错，从前跟天涯神往有过合作的音乐和美术制作人也都对这家公司评价不错。"

谢澜"嗯"了一声，回复了自己的微信号，约时间和对方细聊。

明天就是省训营的最后一天，窦晟在房间里抓紧时间剪辑青青子衿的视频，谢澜独自跑出来到走廊上，接了个电话。

他用手遮着嘴和话筒，声音压得很低。

"嗯，就这周末下午，租四个小时。"

"不需要工作人员。我发给你的清单都能提供吗？"

"就我一个人去。嗯，好的，到时见。"

电话挂断，谢澜松了口气，透过宿舍门的玻璃往里瞄了一眼。

窦晟正专注地盯着屏幕剪片子，修长的手指搭在鼠标左键上，轻快地点击，并没发现外面的动静。

他刚松了口气，手机就滋滋地振动起来，是车子明拉的秘密小群：豆豆没了。

顾名思义，群内无豆，是大家讨论给窦晟生日礼物的秘密组织。

车子明往群里甩了一堆链接：战友们，今年的礼品清单怎么样？

清单很杂，有单反镜头、麦克风、帆布包、猫咪健康险、《教你拍出最美的人像》……

鲱鱼：认领单反镜头。

拿铁咖啡：那我认领麦克风。

车厘子：我认领背包吧。

午后葡萄冰：等等，你们这么轻易就决定了？

车厘子：不然呢？随便买买都是给他脸了。

谢澜对着群聊有点发蒙。礼物都挺适合窦晟的，但他总觉得差点意思。

狗子旺旺：看价格，我好像只能认领《教你拍出最美的人像》。@午后葡萄冰，谢澜觉得行吗？

那本书确实是价格最亲民的，谢澜回复道："你觉得行就行。"

狗子旺旺：随口问问，哈哈。那我就这个了。

五个礼物被挑走四个，只剩给谢澜一个"猫咪健康险"。他一脸迷惑地点开，发现那竟然是一份真实的宠物保险。

车厘子：谢澜送猫咪健康险吧，怎么样？

谢澜面无表情回复：好棒，我就送这个了。

车厘子：那就这么愉快地决定了啊，按照往年习惯，把这些礼物混在一个盒子里，不署名，我们之间友谊都是均等的，绝不内卷。

狗子旺旺：竟然是这种玩法吗？那我好像有点占大家便宜，尤其是占负责买单反的鲱鱼便宜。

鲱鱼：无妨。钱在我这并不值钱。

狗子旺旺：那谁负责统筹？说好不内卷，万一有人偷偷多塞礼物怎么办？

群里忽然静默了片刻。

谢澜正在网上查"内卷"是什么意思，戴佑的消息从顶端弹出。

拿铁咖啡：这好办，把统筹的工作交给老实人。我提议谢澜来收集，不允许任何人偷偷多送。

正好。谢澜松了口气，很淡定地回了个"嗯"字：交给我，大家放心吧。我绝不允许任何偷偷多送礼物的事情发生。

除了我自己。

众人无知地欢呼：好耶。

第二天一早，省训闭营考的成绩单贴在了黑板上。

谢澜跟窦晟挤进人堆里，一起看着那张轻飘飘的纸。

第一谢澜，满分。

第二窦晟，九十二。

第三耿瑞，九十一。

第四李越宁、戴佑并列，八十八。

老马和两位教练在走廊上站着聊天，老马满面春风，抬眼瞟见谢澜，冲他挑了挑眉。

耿瑞在谢澜身后感慨道："大佬，数论大题那么难都做出来了？"

谢澜收回视线"嗯"了一声："这半个多月一直在练这块，肯定要有效果的。"

"这个肯定在一般人身上不能成立。"耿瑞面带土色，长叹一声，"我是个一般人。"

众人都在议论联赛，讨论完成绩就讨论小道消息，谢澜从人堆里往外挤，听人说从省训结营考开始，就已经会有高校招生办关注尖子生。

他和窦晟从屋里出来，见李越宁站在走廊上，正在和康教练说话。康教练讲课时不苟言笑，但估计因为结营了，神态变得温和了许多。谢澜走过，刚好听到他对李越宁道："你和戴佑都不错。其实这届竞赛生整体挺强的，不要有太大压力，也别太盯着别人。联赛名额是说不准的事，对你们大多数人而言只是多了一条路而已。我听说你是全科选手，高二一整年都是学年第一吧？"

李越宁"嗯"了一声："谢谢教练，我明白的。"

老马在一旁惊讶地说："一直是学年第一啊？真好。我们谢澜只能寄希望于竞赛了，海归儿童语文实在冲不上来，怪让人心疼的。"

"嗯？"李越宁愣了愣，"语文？"

老马笑着解释说："估计你是没有领教过被谢澜语文支配的恐惧。"

谢澜和窦晟刻意在后面停下了，等李越宁走了才走上前。

窦晟一见老马就抱怨道："马老师啊，安慰别人还需要揭谢澜的短儿吗？"

老马惊讶地反问道："谢澜语文不好是短处吗？"

窦晟被噎了正着。他下意识扭头看向谢澜："我可不是那个意思。"

谢澜白了他一眼，把挂在肩膀上的书包往上提了提："我听见你说什么了。"

窦晟茫然地张了张嘴，愣是没想出一句解释。

老马老奸巨猾地冲他笑了笑，又抓了一下谢澜的肩膀，说："你跟我过来，有几句话问你。"

走廊的另一头空荡而安静，谢澜站在窗边，听老马说："你回国前 AMC 考到了前 1%？"

"嗯？"谢澜晃了晃神，"是。"

老马感叹道："这么重要的事怎么没跟老师们说过？"

谢澜目露茫然，说："没说过吗？"

"你只说你参加过 AMC（美国数学竞赛），成绩还可以。"老马蹙眉道，"但没说百分比在前 1%。如果你走的是英国自己的 BMO（英国数学奥林匹克竞赛）体系，现在已经半只脚在国家队里了。"

谢澜"哦"了一声："那可能是忘了，刚开学时考试考得有点蒙。"

老马气乐了，搓了搓脸颊叹道："行吧。今天教育局老师突然来问，我像个傻子似的什么都不知道，这事搞的……"

谢澜听闻更惊讶了："教育局？"

"估计是受到了高校招生办的委托。"

老马没再往下解释这种背景调查意味着什么，他站在窗口似乎有些出神。

谢澜犹豫了一会儿，正要说走，老马忽然回眸朝他看过来，"你和窦晟……"

"嗯？"谢澜停住脚。

老马似乎有些纠结，"你和窦晟下一步的规划是什么？"

"我们？"谢澜想了想说，"我目前是想去 T 大学数学。窦晟……不知道，他肯定也要去前两所吧，但不知道要考什么专业。"

"这样啊……"老马叹了口气，不知是释然还是感慨。

谢澜忍不住问："老师，问这个干什么？"

"没什么。"老马摆了摆手，从兜里摸出手机来，"我是刚好想到，我前几年带出好几个去 T 大的学生，你要是想去 T 大可以提前加个好友，如果有什么想要问的比较方便。"

"哦，好啊。"谢澜连忙掏出手机道，"那我加他。"

老马推来的名片，头像是宝可梦里的妙蛙种子，昵称是真名，何修。

"这个是最靠谱的一个了。有什么问题都可以问他，学习上的，专业选择什么的……反正都可以问他吧，很多事情他都经历过的。"老马口吻云淡风轻，抬手在谢澜肩上拍了拍，"准高三了，联赛也近在眼前，暑假还剩几天，好好调整好自己的状态。"

"嗯。"谢澜瞅了两眼那个头像，"谢谢老师。"

下午讲评完试卷，今年的省训就彻底告一段落了。

大家站在英中校门口互相道别，有人跟着一起磨蹭了一会儿，但更多人是急匆匆去赶车。谢澜和窦晟拎着东西从校门出来，刚好碰见耿瑞和李越宁一起打了一辆出租车。

"拜拜。"耿瑞恋恋不舍地冲他们挥手，"各位大佬们，咱们有缘江湖再见！"

窦晟随意地冲他摆了下手。李越宁看着谢澜，似是有什么话想说，但欲言又止了半天，只低声说了句"联赛加油"。

"你也是。"谢澜笑容平和,"加油啊。"

等车开远,窦晟一秒垮下脸,勾着他的肩膀说:"跟我说加油,快,不然我这个初代粉丝就生气了。"

"你没事吧?"

窦晟不依不饶:"你到底是谁的偶像?你是不是要叛变?"

"我不叛变。"谢澜没好气地说,"回头填报志愿我帮你写。"

窦晟顿时来了精神,嬉皮笑脸地问:"你要帮我报哪里?"

谢澜"哼"了一声往前走:"报最顶尖的……幼儿园。"

第八章
青青子衿

"对现在的人而言,要到哪里去找《郑风》中的情感?最终得出的答案就是——同窗、同行,共同奔赴理想。只有一起这样走过的人,到散落天际时,才当得起一句青青子衿、悠悠我心的思念吧。"

他们说说笑笑,回到家时,保洁阿姨还没下班。赵文瑛的行李箱也在家,据说是出差提前结束,亲自去超市买菜了。

谢澜把带回来的东西简单收了收,洗了个澡,吹干头发出来后坐在床上愣神。

没过一会儿,窦晟忽然在门口敲了敲,指着手机说:"已经就位了。"

"就位?"谢澜觉得自己的脑子都已经停止运转了。

"对啊。是青青子衿的视频。"

谢澜匆忙戳开手机,新鲜热乎的视频发布于十分钟前,这会儿才刚有几万个点击。

开屏第一帧是仰视角,阳光透过斑驳的梧桐叶落下,晴朗无云,那些树叶在风里轻轻摇曳。

伴着浓烈的阳光,谢澜的声音在画外响起:"你能走快点吗?"

"来了。"是窦晟的声音。

画面从天上收回,回到校园。谢澜穿着件白 T 恤,站在树荫下回眸看着窦晟,片刻后又落在镜头上。

"又在拍啊?"谢澜的语气里有些许没睡醒的慵懒,边说着边打了个哈欠。

窦晟"嗯"了一声,抱怨道:"你能入点戏吗?太假了。"

"哦,好。"谢澜闻言站直身,等窦晟走到他身边才继续往前走。

窦晟将镜头调整成前置,和谢澜同框,比了个剪刀手。

"晚上吃什么?"窦晟问。

谢澜淡淡的:"听你的。"

画面定格,逐渐褪色,许久,又转回开屏阳光下晃动的梧桐。

白色的标题字幕缓缓浮现:

青青子衿,悠悠我心

晨昏迭措,相伴与君

七月 VLOG:一起备赛的日子

这个小片段很平常,但作为先导镜头的效果却特别好,谢澜那句低低软软的"听你的"一出,弹幕已经把屏幕糊死了。

啊啊啊!

不要听他的,听我的!

我在床上不停地尖叫。

激动!

谢澜看到这里下意识回头,还好,窦晟已经很识趣地回到自己的房间了。不然两个人一起看,还是有点尴尬。

谢澜把音量调低了点,关上房门继续看。

窦晟慵懒的画外音响起:"做这个视频时我想了很多典故脚本,什么伯牙子期、管鲍之交……但最后都没用。我思考了很久,对现在的人而言,要到哪里去找《郑风》中的情感?最终得出的答案就是——同窗、同行,共同奔赴理想。只有一起这样走过的人,到散落天际时,才当得起一句青青子衿、悠悠我心的思念吧。"

窦晟低低的声音不经意地触碰着谢澜的心弦,他觉得感动,又觉得有些伤感。

但还没来得及消化这些情绪,画外音忽然一转,又恢复了往日那散漫又嚣张的声调:"请大家自行代入若干年后和现在重要的人分开的场景啊,我和谢澜肯定不会散落天际的,你们就死了这条心吧。"

弹幕也随之画风急转。

可把你自信坏了!

可把你自信坏了!

可把你自信坏了!

VLOG 断断续续录了一个假期,最终呈现出精简的十分钟,是类似记忆画廊的呈现手法。

盛夏午后，镜头藏在笔袋里，先是鬼鬼祟祟地拍了讲台前不苟言笑讲题的康教练，然后又向后转了一圈，在身后那些学生疲惫昏沉的脸上扫过，最终定在谢澜身上。

谢澜一出现，画面一下子清新了很多。他低头认真看着一道题，眉心轻轻蹙着。

窦晟的手入框，轻轻拽了下他的袖子。

"二猫——"窦晟在画外小声喊他。

谢澜"嗯"了一声，问："干什么？"

"天太热了，我想课间去给你买个冰激凌。"

谢澜闻言放下笔，朝这边看过来，视线和镜头对视："又开始录了？"

"就随便拍拍。"窦晟说，"去给你买冰激凌，要不要？"

"想要……"谢澜顿了顿，犹豫道，"但是外面太晒了，我——"

"但你想吃冰激凌吧？"窦晟立刻说。

谢澜想了想，讨价还价地说："如果能坐在这里等着吃，就想吃。"

窦晟："……行吧，等着。"

窦晟在画外音"啧"了一声，抱怨道："观众朋友们，整理这段素材时我又有点后悔，还是趁早散落天际吧，我要被欺负死了……"

弹幕一通哄笑。

是你自己送上门的，谢谢。

人间卑微豆啊！

废什么话啊，给他买冰激凌！

画面转了转，颠簸地跑过走廊，又回到熟悉的桌面上。谢澜撕开冰激凌包装，奶白色的冰激凌在画面里一闪即逝，画面只捕捉到他颈下的位置，以及举着冰激凌的手。他咬了一口，被冰得吸了口气。

"好吃吗？"窦晟的声音。

谢澜"嗯"了一声。

窦晟心满意足，又说："别吃到身上去……欸？你这件T……"

谢澜闻言一低头，愣了愣，扯着衣服领子咕哝道："我是不是又穿错了？"

窦晟叹气："是，你才发现啊？"

谢澜对着屏幕有点发蒙。没有想到这种日常小事也被窦晟剪进视频里。但在视频里看到这种片段，却觉得这些小事很动人。

也或许和这件事无关，只是画面里的午后太明朗惬意，让人心生美好。

镜头明明穿插得很快，但画面却很慢。被缩影停驻在画面里的两个少年也很慢，他们总是并肩慢吞吞地走过校园里每一条林荫路，一起熬夜刷题，一起讨论视频创意，一起去拿夜宵外卖，再一起在晚风中穿过满是梧桐的操场走回宿舍区。地上的身影挨着，就像故宫宫墙外那两只慵懒的、一起度过漫长夏日的猫。

窦晟拍了谢澜很多个背影，他偷偷跟在谢澜后头录他迟到飞跑的样子，鬼鬼祟祟地对麦克风说："你们看，谢澜头上的那两根呆毛，跑起来是不是很有艺术气息？"

而后谢澜在教室门口急刹车，回眸看过来，窦晟会一秒把镜头转向地面，好整以暇道："还好我们赶上了，你真棒。"

镜头对着两人的白鞋，他们脚步略带慌张地回到座位，而后谢澜低低喘着气说："别拍了。"镜头就会很乖巧地黑下去……

倒数第二个片段，镜头给到讲台上的成绩单。

那是闭营考前的成绩单，谢澜已经连续七天日测保持第一，名字高高地印在名单最上方。在他下面那一行则是窦晟。

窦晟在画外音清了下嗓子："数学这块，我被压得死死的，不过看看我俩的名字傲视群雄，是不是很带感？"

谢澜越看到后头越不舍得看完，也是在这一刻，眼看着进度条快要到最后，他恍惚间意识到，每一个夏天都会如此般匆匆流逝。日头太热，人心太浮，如果没有身后的镜头，他可能永远不会回忆起这段夏天的美好。

画面定格在最后，是不知哪一天，谢澜坐在座位上看着窗外明媚的午后发呆，镜头的视角在他身后侧面，好像在对着他发呆。

画外音道："一起的时光，永远被珍藏。"

停顿数秒后，画面回到初始帧，窦晟的画外音一下子轻松欢快起来，带着笑意说："这就是今天的节目了。做这个视频是为了'百大'，但拍摄过程中确实收获了很多感慨。啊，不知道该说什么，希望这个视频能让各位的夏天多一丝清甜吧！我们下个视频见。"

《为了"百大"》

他扣题了吗？

明明好像虚无缥缈，但又觉得每一幕都贴《郑风》。

啊啊啊，我要疯！

每一帧我都要永远珍藏，大猫二猫永远贴贴。

谢澜看着那些弹幕，把视频暂停，倒退几秒，又听一遍。

窦晟淡而温和的声音又一次响起。

"一起的时光，永远被珍藏。"

数学联赛的一试卡在高三开学前，谢澜省训期间突破了瓶颈，做题越来越顺。越临近考试,他越不慌不忙,反而把刷题时间压了下来,赛前每天只做一套卷子保持手感,比窦晟过得还悠闲。

刚入八月,天涯神往官博突然宣布了合作。

@天涯神往:《少时剑心明月》第2季定档明年暑期,我们有幸和@谢澜_em同学达成合作,将由其担任第2季的主音乐制作人,期待呀!

从前的总导演鹿丞相第一时间转发,性情中人,抒发自家小破番被一首同人曲托起宿命的心路历程,洋洋洒洒几百字,看得谢澜晕头转向。

雎鸠续着鹿丞相的小作文转发,言简意赅道:"要给你们最好的《少时2》。"

估计字数超了,他很没品地删了鹿丞相几个字。

谢澜礼貌性转发,复制粘贴雎鸠的话,又删了鹿丞相几个字。

鹿丞相原本在雎鸠的转发下评论了一个问号。谢澜转发后,他又来谢澜微博下面评论了一排省略号。

谢澜的观众直接炸了,还有不少动画粉也发来贺电。他到处转了一圈,意外发现有些人不知抽什么风,跑到《弦上少年》官博和裴青微博底下集体心疼。

揉揉裴导,澜跟隔壁合作可能因为现在没压力了(虽然联赛好像还没开始)。

小声问,之前直播里雎鸠说的事多的是你吗?

不知道发生了什么,但对你有些许的心疼……

心疼+1

心疼+2

心疼+3

……

谢澜一阵窒息,正琢磨着怎么转移粉丝的注意力,裴青却出面回了几条。

裴青:谢邀,"嘴臭事儿特别多的隔壁导演",我估计是说我吧。友商制作人内涵我不是一两次,挖我看上的人也不是一两次,行业黑暗,你们不懂。

裴青:可惜《剑气如期》这曲子出来得晚了点,确实错过了。

裴青:悲伤有点,不太生气,谢澜正如我对这个年纪男生的设想……

谢澜把这几条看了好几遍,愣是没看明白。他茫然抬头问窦晟:"他是什么意思?"

窦晟两手并用按摩着梧桐的扁脸,哼道:"这导演可能有受虐倾向,回过头夸你也夸得太离谱了点。"他顿了顿,又思量着说,"等等看还有没有后续吧,听这个意思,我感觉他还不死心想跟你合作。"

谢澜犹豫了下,决定装死。

联赛一试前天下午,他开了个直播,想边拉琴边和观众们聊天放松一下。曲子是弹幕随机点的,会的就拉。谢澜一下午把自己比较有名的那几首曲子都拉了一遍,又拉了几首宫崎骏动画的主题曲,正打算聊几句下线,直播间突然又刷起一阵礼物雨。

刷的还是小电视飞船,还是那股金钱味。

谢澜以为雎鸠又来付定金了,仔细一看才发现不对——这次的金主 ID 是"裴青"。

弹幕也一下子炸开了锅。

什么情况?
这是《弦少》的导演吧?
是不是之前说的那位?
来干什么?
用人民币砸场子吗?
我闻到了大新闻的味道!

谢澜正蒙着,手机振动起来,是裴青打来的语音通话。
屏幕上,某个刚刚开通他直播间"总督"的大佬拖着华丽的土豪特效发了条弹幕。

麻烦接下电话,多谢。

然后继续用礼物刷屏。

小电视飞船很快上了九十九连,一点要停的意思都没有。谢澜茫然了许久,正纠结着,手机忽然被窦晟一把拿了过去。

窦晟秒接,开启免提。

"有事吗?"窦晟的语气冷淡得像是含了把冰碴子,"打这么个付费电话,你很有钱?"

哈哈哈哈。
真、付费电话。
豆子一张嘴就是老把关人了。
这个付费电话是不是太贵了点啊?
无利不起早,看上澜澜了。
毕竟灵犀和天涯神往一直在较劲。

……

裴青在电话另一头咳嗽了两声，语气和面试那天一样低而飘忽，还有些喑哑："你们的付费电话一般怎么收费？"

窦晟瞟了眼电脑屏幕："一分钟十个小电视飞船。"

可真敢要啊？谢澜眼睛一下子瞪圆了，但又不敢吱声。

裴青笑了笑："行吧，那我砸够了，我也就说几分钟。"

不知为何脑补一出"现在的我你高攀不起"。

前面的+1，虽然不知道当初究竟发生了什么。

不要乱说话，人家是带着诚意来。

就算澜崽心气傲，也轮不到咱们显摆。

低调低调。

裴青问道："谢澜呢？我付费不是跟你说话的。"

"不会看直播吗？他就在这。"窦晟把手机往桌上一扔，"说吧。"

裴青咳嗽了两声："谢澜？"

他的声音很低，语气跟那天挑剔谢澜时没什么变化，但或许是连续的咳嗽营造出一种病态感，整个人仿佛柔和了下来。

谢澜看着礼物列表，不知道该说什么，好半天才"嗯"了一声。

那边网络不太稳定，杂音持续了一会儿，裴青的人声才清晰起来："你有关注阿泽在微博上发的《弦少》的主题曲票选吗？"

前阵子阿泽在微博上发了三段旋律，让粉丝投票，谢澜当时随手点开听了听，但没想到是给《弦少》的。他愣了一下，不确定地问："你是在问我的意见？"

裴青"嗯"了一声。

谢澜还没反应过来，直播间里却已经疯狂讨论开。

好刺激啊，大佬真给面子。

前两天不是有篇文章吗？说谢澜代表年轻人的音乐审美。

太夸张了……但他现在B站音乐区确实有引领性。

有引领性不就够了吗？关注群体是真的大。

我们也算《弦少》的目标观众吧？

裴青也在看着直播，但没对弹幕发表任何看法，只是低声平和道："团队的意见比较倾向于B段，微博票选也是B段稍高一点，但我个人比较喜欢A段。"他又咳嗽了两声，"所以想问问你的意见。"

谢澜还蒙着，犹豫了一会儿才忍不住低声问道："这算不算不耻下问？"

裴青被噎了个正着。

窦晟在旁边轻轻戳了戳他，凑到他耳边小声说："这词用得不对，没嘲讽到他，还把自己给骂了。"

你以为自己说话很小声是不是？
麦克风别在谢澜领子上啊！
豆子这句话仿佛贴着我耳膜说的。
谢邀，耳机党被好听到晕过去了

谢澜尴尬地蜷了蜷手指："那我该说什么？"

"能屈能伸。"窦晟指点道。

裴青在电话另一头也笑了起来，边笑边咳，一副命不久于世的样子，谢澜不禁问道："你没事吧？"

"感冒了。"裴青语气随意，"跟音乐团队吵了一天一宿，下班路上被凉风吹着了。"

窦晟闻言拿起手机："毒舌的毛病还没改，怎么还有脸来找谢澜跟你进行头脑风暴？"

裴青顿了顿，淡淡道："我付费了，让谢澜说话。"

"你付费聊天，没说付费出谋划策。"窦晟撇了下嘴，不仅没还电话，还搬过凳子在谢澜边上坐下了，"这还不是一般的出谋划策，给你个答案你要是直接用了，这就是战略性建议吧？直接左右你们这个项目未来的命运啊，等等，我怎么记得我朋友跟我说《弦少》是灵犀内部的S级项目？那保不准会影响到你们整个公司的利润，影响财报，影响投资人未来的决定……几个杠杆加一加，你得再付给谢澜八九十倍吧。别在平台充了，还得分成，我直接发你银行账号？"

裴青直接无言以对。

弹幕已经刷爆了，刷到谢澜没眼看。

笑死，豆子话太密了！
看澜崽！看澜崽蒙圈的眼神。
我合理怀疑澜崽压根没跟上豆子。
我合理怀疑裴青此刻正在拨打110。
妈妈好担心啊，两个崽不要太敢说了啊，万事留一线，日后好相见啊。
又不是社会人！管那么多！

过了仿佛有一个世纪那么长，裴青哼笑道："你到底是谢澜什么人？"

窦晟理直气壮地说："我是他粉丝，他是我前辈。"

"这样……"裴青声音依旧飘忽，沉默了片刻，而后突然提速怒道，"那你粉丝管个屁前辈的事儿，死一边去。"

我笑到打鸣。
我妈要打我了！！
这位大佬被气出了真实面目。
笑死，甲方有点可爱。
这个对话真的是我们能听的吗！
澜崽持续下线中。

直播画面里，谢澜确实更蒙了。

窦晟起身把猫也捞到膝盖上趴着，一边撸猫一边回道："我是粉丝兼经纪人，他的事得先过我。"

"哦？"裴青淡定损人，"我还没见过你这么不识抬举的经纪人，谢澜跟你搭伙，没凉真是命好。"

窦晟微笑还嘴道："确实有凉的风险，不过万幸还有像您这样上赶着倒贴的甲方，托您的福，他凉不了。"

"别托我的福，托你的福，赶紧把电话还给谢澜！"

"甭了吧！付费电话剩下的时间给你保留到下次，商业建议未交钱就不提供了。你之前在面试时咄咄逼人的时候怎么不给自己留点后手？"

长久的沉默。

弹幕也分了三拨，一拨没心没肺狂呼过瘾，一拨忧心忡忡两个人未来的前途，还剩一小撮窦晟老粉，淡定地表达他们早就习惯了。

过了许久，裴青才嗤地笑了声。他缓和了一下语速，慢悠悠地说："知道的是谢澜在我这受了点委屈，不知道的还以为我把你怎么着了呢。谢澜是自己不会说话吗，非得找你代劳？"

窦晟哼笑一声："他说中文消耗脑细胞，跟你不值得。"

裴青："英语也行，让他接电话。"

窦晟慢悠悠道："他回国太久，英语全忘了。"

裴青已经要暴怒了。

裴青充的十几分钟"话费"，最后没用完一半就被窦晟说到下线，直播在兵荒马乱中收场。

谢澜洗完澡出来想和窦晟核对一下明天一试要准备的东西，刚走到窦晟房门口，却听见虚掩的门里传出赵文瑛的声音。

赵文瑛语气里有些为难："这次确实是个急差，本来明天的饭店我都订好了……你不会怪妈妈吧？"

窦晟无所谓地耸耸肩，说："怪什么怪，你把礼物给足就行。"

"真的？"赵文瑛的声音透着丝不确定，"你就这么一说，前年你生日我没回来你就生气了。"

窦晟乐了两声："那都是前年了，今年打钱就行。"

赵文瑛立刻道："那不行，直接打钱像什么话？唉，礼物我给你慢慢选，或者你想想有什么喜欢的，给我点暗示。"

"那我想想吧。"窦晟"啧"了一声，"你踏踏实实出差去吧，我都这么大人了，不讲究过生日。"

谢澜默默转身回房间，点开"豆豆没了"群：完了，窦晟和赵姨说他不讲究生日。

没过一会儿，群里一股脑跳出来好几条。

车厘子：你听他瞎说！
拿铁咖啡：此言不实……别问我们怎么知道的。
车厘子：往事不堪回首。
鲱鱼：往事……呵呵！
狗子旺旺：谢澜准备好了吗？
午后葡萄冰：嗯……但我有点紧张。
狗子旺旺：哈哈，紧张什么？
拿铁咖啡：你就负责瞒住他，藏好礼物就行，别紧张啊。
车厘子：就是，有什么好紧张的？
鲱鱼：你不会是背着我们准备什么大礼了吧？

于扉一句话成了聊天终结者，群里忽然安静下来，大家都不知道忙什么去了。

谢澜关紧房门，掏出藏在衣柜底层的礼物盒，抱在怀里。

午后葡萄冰：没有啊，就一份猫咪保险，没多送。

这句话之后，群才又活了，但原来的话题好像被自然而然地岔了过去。

车厘子：我刚去找准考证了，明天还要带什么？

拿铁咖啡：铅笔，圆珠笔，没了吧？

狗子旺旺：草纸会发的，可以再带块橡皮。

谢澜收了手机，深吸一口气，又把盒子好好地藏回衣柜里。

明天上午考试，他这会儿已经不想做题了。收拾了东西，又把阿泽微博之前发的三个 demo 片段重听一遍。

其实当初随便听听，他也是更喜欢 B，但他看过一点《弦上少年》的剧情梗概，如果是要做《弦上少年》的主题曲，A 段确实更合适。

看在小电视飞船的份上，谢澜简单整理了一下自己的想法，发给裴青。

临入睡前，裴青才发来回复。

裴青：英雄所见略同啊，我已经决定用 A 了，就差说服团队了。

裴青：他们的意见也不重要，这事就这么拍板了吧。

裴青：不过我纠结的点是，A 的三拍子确实听感偏古典，你觉得如果我们把这一段的主奏乐器从钢琴换回小提琴，会好点吗？

裴青：等我录一下给你听听。

裴青发了个名为"A demo_2.mp3"的文件。

谢澜对着屏幕打了个哈欠，不听，不回。

他刚把手机塞回枕头底下，手机又振起来。

裴青：人呢？

裴青：我的话费不会这么快就用完了吧？

谢澜忍无可忍，回道：明天考试。

裴青：哦。那加油啊。

这人真是离谱。

谢澜嫌恶地退了微信，干脆开免打扰模式，临要锁屏，却忽然瞟见微信上又多了个小红"1"。

但这次不是裴青，是赵姨的一条语音消息。

他立刻点击播放。

赵文瑛的声音很低，和说话声一并响起的还有行李箱轮子轧着水泥地面的动静，听起来像是在车库里发送的,有回音。

"澜澜,明天一试好好考啊,别紧张。竞赛是咱第一条路,这条路不行还有自主招生,实在不行还有高考,你一定没问题的,赵姨祝你马到成功。"赵文瑛脚步声很急,高跟鞋像是一下子在拉杆箱上撞了一下,发出点动静,她"嘶"了一声才又说,"我刚看你俩房间都关灯了就没敲门,明天的早饭我弄好了,有小米粥,还有包子,包子是叉烧包,甜的,你爱吃的那种。早上让小马给你们热一下。考试日不要吃外面的早餐,万一不干净容易闹肚子。哦,对了,也别喝太多牛奶、咖啡什么的,容易上厕所……"

挺长的一条语音,加上中途磕磕绊绊,有四十多秒。

谢澜不知怎么回事,听到后面出了会儿神,于是又从头听了一遍。

赵文瑛的声音低沉温柔,絮絮叨叨的,跟平时不太一样。

谢澜见过很多人,平时待人和善,遇事时却很容易催促和不耐烦。但赵文瑛是反着来的,平时吵吵嚷嚷,到严肃或着急时却会变得温柔。

他捏着手机不知在想什么,视线落在书架上,那里塞着好几本的竞赛书和卷子,但最上面的一排格子却很空,只摆着他从英国带回来的肖浪静的那些手账本。

房间里黑灯瞎火的,只能看见手账本的轮廓。

许久,谢澜才回过神,回复道:"我知道了,赵姨放心吧。"

赵文瑛火速给他回了一个左右摇摆的向日葵笑脸。这套表情包被窦晟吐槽过很多次,用他的话来说是"暴露年龄",但赵文瑛还是在用。

其实在这方面,赵文瑛跟肖浪静有点像。肖浪静比她同龄的人都更显得童心未泯,绝大多数时候像个长不大的小女孩,和儿子吵架了还总是需要儿子来哄。

但在生病后,在拉着谢澜的手叮嘱往后余生的时刻,她的眉眼又那么清晰地露出一个母亲的本质——反复叮嘱着那些理念很古老的生活方式,絮叨着不成逻辑的琐事,深情、留恋……

谢澜把赵文瑛的语音又听了几遍,脑海里不经意地回想起她今晚和窦晟说悄悄话时温柔的语气。

很突然地,他心里生出了股难言的情绪。很涩,但并不酸。

考试前这个晚上谢澜睡得不沉,中间还醒了好几次。第二天在进考场时,窦晟抓着他的胳膊,没立刻放他进去。

"没事吧你?"窦晟很是担忧,"昨晚没睡好,等会儿不会犯困吧?"

谢澜看了他一会儿,张嘴打了个长长的哈欠。

窦晟和车子明他们都在一个考场,偏偏谢澜自己分出来了,但万幸他这个考场的监考老师之一是老马,能让人安心点。

赶着进考场前,窦晟在谢澜胳膊上拍了拍:"好好睡……啊不,呸,好好考啊,别睡着了!"

"知道了。"谢澜叹气，跟他挥挥手，走进考场。

一试的题目有点绕。

谢澜拿到卷子先从前往后翻了一下，一眼就看见空间几何题又被包装成了小故事形式，还有一道证明题的题干目测也有两百来字。老马在讲台前翻了翻例卷，然后下意识朝他看过来，两只眼睛里包着忧愁，让谢澜情不自禁地想起老父亲。

谢澜冲他笑了笑，低头写上自己的名字。

兵来将挡，水来土掩。

一试的考试时间只有八十分钟，但题也少，八道填空题，三道解答题。谢澜花了一半时间答完卷，前面的都不检查了，就只把题干复杂的那两道大题又仔仔细细看了好几遍，还试着从不同的角度理解题干试做，看看有没有可能读错。

但，读题实在太枯燥。还剩最后十分钟，他下巴颏搁在卷子上坚持检查，但不知什么时候就睡了过去。

讲台上的老马突然看到他这边，差点当场昏过去。

考完收卷，走廊上逐渐响起脚步声，窦晟以最快的速度出现在门口接人。

谢澜打了个哈欠，提起堆在讲台上的书包往外走，却被老马叫住。

老马一脸无奈又担忧的神情，问："你昨晚干什么去了，知道今天要考试吗？"

"啊……"谢澜愣了下，"就是失眠了，也没什么其他原因。"

他也说不清，现在跟刚回国时不太一样，那时他想到妈妈会生出很多情绪，现在却十分平静。但，或许就是这份平静让他更辗转反侧。

老马偏过头瞟了眼在门口晃来晃去的窦晟，叹了口气低声说："你这个年龄的孩子总是容易胡思乱想，想入非非，但要学会控制情感和情绪，别总是分心，知道吗？"

谢澜茫然了一会儿："想如飞飞？什么意思，思想像在空中飞翔一样？"

老马脸色木了："上次推给你的学长何修，你加了吗？"

"加了。"谢澜立刻说，"已经简单聊了几句，但他好像挺忙的。"

老马叹气："找个机会好好沟通沟通感情。"

谢澜张了张嘴："哦。"

走廊上都是刚考完解散的人。车子明他们凑在一起疯狂对题，谢澜哈欠连连，随口问窦晟道："你怎么样？"

"还行，一试题出得挺正常的。"窦晟说着，"对了，填空最后一题是二分之一吗？"

戴佑闻言也回过头来："我也是二分之一，谢澜呢？"

谢澜回忆了片刻，但大脑一片空白，只好说："忘了。我后来睡着了。"

他前面的小题都没检查，做的时候觉得都很简单，再加上最后还打了个盹，什么都想不起来了。

窦晟目光阴森森的，充满隐忍。

谢澜被他盯得后背发毛，连忙点头："哦对，想起来了，是二分之一。"

"你就撒谎吧。"窦晟幽幽道，"你就是没检查，完全忘了。"

谢澜没忍住乐了起来，又叹了一声："前面的做了就做了，我重点检查了后面的大题。"

窦晟哼道："谢澜小朋友，考试前不好好睡觉，你想什么呢？"

谢澜有些惊讶地看了他一眼："就是没睡好啊，我能怎么办？"

窦晟无奈极了，像是想说他两句，但又把话憋了回去，末了只能叹道："你就不慌吗？"

慌啊！

一试题确实比谢澜预料中简单太多，不需要费太多心思。他现在满心都是窦晟明天……哦不，今晚十二点就要过生日了。

窦晟看到礼物后如果很平静怎么办？如果太激动了又怎么办？

借用粉丝们的话来说，谢澜此刻的内心就是——啊！啊！啊！

他走着走着忽然轻叹了一声："我确实有点害怕。"

"啊？"窦晟一听顿时把那点抱怨的情绪收了起来，赶紧帮他捋了捋背，"不慌不慌，其实也没事，你忘了说明你做得很有把握，别想了。"

鸡同鸭讲，各说各的。谢澜只能敷衍着冲他笑了笑。

一试考完，距离开学还有一周多，终于能歇一歇了。下午窦晟在房间里归拢那些拍摄设备，谢澜路过几次，见地板上摆满镜头、相机、三脚架，各种电线电池缠绕在一起，乱得让人头皮发麻。

窦晟没主动提生日的事，但根据车子明等人的经验，他心里肯定记着，就是得等好朋友自己想起来。

但谢澜也没出声，窦晟收拾他的设备，谢澜独自在屋里，一边冲刺准备惊喜，一边和大家在"豆豆没了"群里讨论挑选蛋糕的事，忙得焦头烂额。

中间窦晟来找他一起点奶茶外卖，他都没怎么顾得上搭理。

憋到晚上十点，车子明那边发来了蛋糕的成品图，群里众人纷纷松了口气，刷了一波大功告成的表情包。

笃、笃。

谢澜一下子收起手机，回头刚好见窦晟推门进来。

光顾着趴在床上群聊，灯没开，外头天都黑了，屋里也一片昏暗。

窦晟开了灯，纳闷地问："吃饭吗？"

"吃。"谢澜起身，"走，下楼。"

窦晟皱了皱眉："还没点呢啊，我两个小时前问过你晚饭改夜宵行不行，你说可以。"

两小时前？谢澜猛然想起这一遭，连忙拿起手机，才看到两小时前的对话，窦晟刚才又发了一堆外卖图给他。

他粗略看了一眼："那就粤式点心吧。"

"行，那我下单了啊？"窦晟看了眼时间，"我点个配送快的店，刚才收拾东西耽误了时间。"

谢澜肚子是真的饿了，但也只能忍着，一直忍到十一点多，外卖终于来了，窦晟去取了外卖，又上楼喊他。

群里的人正在计划出发的路线，谢澜收起手机，回道："好的。"

"你到底在干什么呢？"窦晟嘟囔道，"一直不出屋，说话也心不在焉的，刷微博呢？"

微博可绝对不能刷，微博上有豆粉们创建的#人间绝帅窦生日快乐#话题，满主页都是，但如果说刷了不就露馅了吗？于是谢澜边往外走边淡定地说："没刷微博啊。"

窦晟跟上来，接着问："B站？"

B站估计也有铺天盖地的私信提醒他窦晟生日。

谢澜继续机智摇头："没啊，昨天下播后就没看B站了。"

窦晟想不通。

谢澜一边下楼一边回头对窦晟说："我刚和裴青聊了聊，最后他决定选demo A了，下次直播他还来刷小电视飞船。"

窦晟突然沉默下去，一直走到厨房门口才"哦"了一声。

粤式点心是谢澜平时爱吃的，窦晟点了一大堆，但自己没吃几口。

谢澜在斟酌着晚上即将到来的夜宵，也吃得非常拘谨。为了避免被某人发问，他特意戳开了和裴青的聊天框，开始没话找话。

午后葡萄冰：上次那个mp3文件再发我一下。

裴青：考完了？

裴青：那文件不就在上一条吗？你看不见？

午后葡萄冰：嗯。

裴青：搞什么？

平时在食堂吃饭，窦晟都和谢澜坐在同一侧，习惯了，在家也是这样。他撕开一个奶黄包，把一半放进谢澜的碗里，状似不经意地瞟了眼屏幕。

还真是裴青。

过了一会儿，窦晟放下筷子说："你倒是吃啊。"

"不太饿。"谢澜头也不抬，"你吃吧，别管我了。"

厨房里安静了一会儿，然后窦晟轻轻叹了声气，低头呼噜呼噜喝了几大口粥。

谢澜正强行跟裴青扯些有的没的，"豆豆没了"群忽然又有新消息。

车厘子：我去，豆子刚才直接问我，记不记得他生日。

拿铁咖啡：什么情况？

鲱鱼：这不像他啊，之前咱忘了那次，他也是憋到第二天才问的呢。

车厘子：不知道，感觉情绪不太高啊……

狗子旺旺：这么直白吗？

谢澜瞟了眼身边低头看手机的某人，淡定地在群里回了一句：聊天记录发来看看。

车子明很快发上一张图。

人间贪凉豆：干什么呢？

车厘子：逗我奶奶玩，咋了？

人间贪凉豆：哦。明天我生日，知道吗？

车厘子：哥！没忘，但咱们今天比赛也没顾上约饭，礼物我给你买了，还没到呢！提前祝你生日快乐！

人间贪凉豆：行吧，知道了。

谢澜轻轻抿唇忍笑，在群里回了车子明一句：演技真厉害。

鲱鱼：大家都到哪了？

车厘子：上车了，你们呢？

狗子旺旺：我大概十五分钟。

拿铁咖啡：我十分钟。

鲱鱼：我也差不多，车厘子小心点，蛋糕别弄坏了。

谢澜放下手机，忽然听到窦晟问："什么事这么高兴啊？"

他一秒收敛笑容："啊？"

窦晟幽幽地朝他看过来，沉默不语。

"啊，那个……"谢澜瞟了眼手机，"裴青采纳了我的建议，让我直接把支付宝账号给他。"

窦晟脸色还是很不好："就为这个？"

"是啊。"谢澜按压下心慌，反客为主，"你不替我高兴吗？"

窦晟看了他一会儿，毫无感情地扯了扯嘴角："嗯，高兴。耶。"

谢澜忍笑忍得胸口都疼了，低头冷哼一声，很入戏地点开支付宝："欸，我没注册过支付宝账号，怎么已经有一个了？"

"是我的号。"窦晟一边掰着奶黄包一边漫不经心地说，"之前我用你手机登过我的号，你让他打给我吧，然后我再转你卡里。"

"好的，那你别忘了啊。"谢澜说，"之后我告诉你是多少钱。"

吃完晚饭，两个人把剩下的一大堆放进冰箱，谢澜简单收拾了下餐厅，转身想上楼，又被窦晟喊住。

窦晟看起来有点不死心："那个……咱俩晚上在家看个电影吧？"

"不想看电影。"谢澜拉下脸来，疲惫地说，"考完试好累，只想睡觉。"

窦晟顿了一下，提议道："那开瓶酒庆祝下？"

"不喝。"谢澜转身上楼，随口嘀咕道，"喝点热水得了。"

某人在后头喊他："谢澜。"

"嗯？"他回过头，"还有事吗？"

窦晟站在楼梯底下，眼底闪过一抹迟疑，又有些难掩的失落。

过了片刻，窦晟忽然道："你是故意的吧？"

"啊？"谢澜心里咯噔一下，还是一头雾水抬头看着他，"什么故意的？"

窦晟审视地盯着他，许久，了然地挑了下眉。

他哼了声，却也如释重负："我就知道，你绝对是故意的。"

谢澜没吭声，视线越过窦晟，往墙上的挂钟上扫了眼。

23点38分，离约定的时间已经很近了。

"你知道我过生日。"窦晟还在自顾自地推理着，"只是一起探讨，裴青就不可能真的再给你钱，昨天直播间里砸了得有十万吧，这年头一首商业OST（原声配乐）最多能给多少钱？你最后的这个谎言太拙劣了。"

"嗯？"谢澜收回视线，回忆了一下他刚才的话，"是要给我打钱啊，之前主编曲的offer（报价）可是有一百万……"

窦晟哼了声，打断他说："连续撒谎的小朋友是会被惩治的。你那一百万的offer是包含片头片尾、两首插曲，以及一部分演奏录制的打包价，以为我忘了？"

话音刚落，门锁忽然响动。

"我去。"窦晟转身往外走，"我妈怎么突然回来了，不是说好……"

他话音未落，刚到门口，门就被拉开了。

车子明他们蜂拥而进。

戴佑随手把谢澜的钥匙放在桌上，大喊一声："生日快乐！"

"哇哦！"车子明托起巨大的蛋糕盒子，"生日快乐，破豆子！"

窦晟愣了一下："你们？"

"啊。不然还能有谁愿意给你过生日？"车子明从他身边挤过，"让开让开！"

窦晟下意识勾了勾唇角，但又很快恢复到往日那副淡漠的不以为意的样子。

"我就知道你们得搞这出，钥匙谢澜给的？"他说着似是不经意地回头瞟了眼，"谢澜呢？"

谢澜飞跑回房间，抱出巨大的盒子。硬硬的盒子透过衣料硌在胸口，有点疼，但又很有实感。

"那个……"他对上窦晟明亮的眸子，顿了顿才说，"生日快乐。"

"我就知道会有。"窦晟一下子笑得眉眼弯弯，接过盒子，这才又看见大家手上拎着的东西。

"唉，还买什么了，这么大味儿……小龙虾？"

"Bingo！"王苟举起两个大袋，"小龙虾，还有烧烤，我们几个晚上都没吃，就等着来和你跨零点！"

"赶紧到厨房去找碗装起来。"窦晟说着，抬脚在车子明的小腿处轻轻踢了下，"你熟，赶紧去把狗子的双手解放出来。"

"就知道指使我。"车子明翻白眼，"那你先到沙发上坐着去，等我们一起拆礼物。"

窦晟敷衍地"嗯"了一声，抱着大盒子就往沙发那边走。

大家围着沙发坐下，戴佑把蛋糕拆开，蛋糕是定做的，淡芝士奶油表面是一层柔和的乳黄色，蛋糕中间是半个拳头大小的翻糖豆子，旁边铺着一层梧桐叶，也是翻糖做的。

窦晟立刻问谢澜："你设计的？"

谢澜"嗯"了一声，说："就简单跟车子明描述了下，他去找蛋糕店约的。"

"那主要功劳还是你。"窦晟立刻说，"创意才是最值钱的。"

"放屁！"车子明在厨房吼，"你真是极致双标狗！"

"赶紧收拾完端出来。"窦晟催促道，"快点，我要看礼物了。"

车子明嘟嘟囔囔地把小龙虾端出来，大家都围在一起，窦晟看了眼时间，还差十分钟到十二点，刚刚好拆礼物。

他抱起盒子晃了晃："还和往年一样？"

"一样，直接拆，别管哪个是谁送的。"车子明说。

窦晟看了谢澜一眼，谢澜也点了下头。于是他深吸一口气，把大盒子的盖揭开。

"那我先从沉的东西开始拆吧。"他说着拿起第一个盒子，笑了，"我一掂都知道是什么，镜头，T牌A095，28毫米F2.8。"

于扉蒙了，难以置信地说："怎么知道的？"

"最新款啊。"窦晟哼笑，"符合你买礼物简单粗暴的原则。"说着，他把盒子拆出来，挑眉笑了，"果然是。"

于扉叹了口气，担心地说："别跟我说你已经有了啊……"

"我没有，但我想有来着。"窦晟笑笑，"刚刚好，谢谢。"

车子明立刻拍桌："说了不猜谁送的！你有没有意思？"

"好好好，不猜。"窦晟说着又拆开了下面的礼物。

麦克风和镜头都是他自己有一大车的东西，要送到不重样很难，主要靠谢澜帮戴佑和于扉侦查，确保平安无事。

那本《教你如何拍出好看的人像》把窦晟逗乐了，他哼了几句"这还用教"，但还是向大家表达了感恩和敬意。

"这包挺不错。"窦晟又捏起车子明买的那个帆布包说，"轻就是王道，下次外景可以背了。"

大家顺势讨论了一番下次去哪拍外景顺便郊游，然后，气氛忽然安静下来。

窦晟看着空空如也的箱子，皱了皱眉："镜头、麦克风、单肩包、拍照书……四样，你们五个人。"

他说着，下意识朝谢澜看过来。

真精明啊。谢澜忍不住在心里感慨，竟然能猜到这里面没有我的礼物。

"还有一个礼物。"谢澜顿了下，掏出手机递过去，"这个我直说了吧，是我送的。"

窦晟眼睛一亮，立刻接过手机："你送我什么？"

屏幕刚好黑了，他有些紧张地深吸一口气，而后才点亮屏幕。

客厅里安安静静。

王苟看了眼戴佑，戴佑看似淡定的不吭声，车子明好像有些好奇又有些焦虑，贼眉鼠眼地到处瞟。只有于扉，兀自拿了一只小龙虾，似乎已经默认这个环节要完了，准备开启零点夜宵模式。

窦晟脸上的笑容凝固了一瞬。

许久，他迟疑道："宠物健康……保险？"

谢澜立刻小声补充："十年的。"挺贵呢。尤其作为一个幌子礼物而言。

于扉嗦着小龙虾壳，喷一声溅了一滴汤出来，随口道："这礼物送得太实在了，你俩一起养猫，以后猫有病了就不用纠纷谁来负担医药费，有保险公司呢。"

窦晟："……那还真是很有道理啊。"

整个客厅里只有于扉喷喷吮吸小龙虾的声音，王苟飞快掐了一把戴佑的手背，用眼神询问：什么玩意儿？我以为谢澜会私下送点小心意，看这样子是没有？

戴佑不动声色地瞪了他一眼：我哪知道？

王苟：怎么办？怎么救场？

戴佑：不知道，装死。

谢澜无声地吁了口气，告诉自己要放松。窦晟的沉默他已经预料到了，但他不知道怎么回事，朋友们也好像突然尬住了似的。

于是他只好拿起蜡烛，亲自推流程："快零点了。"

"是哦……那我来插蜡烛吧。"窦晟说。

他只僵硬了那么十来秒,很快就恢复了正常,从谢澜手上接过蜡烛。

虽然难掩那一瞬的惊讶和一点点失望,但他还是对谢澜笑道:"礼物我很喜欢,我们肯定能把梧桐养得特别健康。"

谢澜抿了抿唇,点头道:"你喜欢就好。"

蜡烛插好,点燃的一瞬间,车子明飞扑到门口把灯关了,一片漆黑的屋子里,只有烛光映亮几个男生的脸。

众人一齐喊道:"生日快乐!"

刚好,零点。

国内时间零点。

伦敦时间,下午五点。

窦晟正要闭眼许愿,忽然感到裤兜里的手机振动了一下。他本想放着不管,但手机硌在腿上确实有点难受,便随手掏出来放在一旁。冷不丁一打眼,却无意中看见了屏幕上的提示。

是许久没有的,来自 Youtube 的推送通知。

您关注的用户"SilentWaves"刚刚上传了一个新视频!快来看看吧!

窦晟手指突然哆嗦了一下,在那条通知上轻触,面容自动解锁手机。

视频还没有播放,但封面已经明晃晃地摆在了他眼前。

——雪白的墙壁,墙上投着梧桐随风摇曳的树影。

一直隐匿在剪影后,连澄清国内身份的当天都未曾露脸的神秘小提琴博主 SilentWaves,谢澜,第一次在这个账号下走到镜头面前,真人出镜,站立在那光影摇曳的墙景前,将一把咖色的小提琴架在颈下,开弓搭弦,目光低垂落在弦上。

少年温柔的眉眼,不知是致敬谁的过往。

《生贺曲 | To QZFXR 人间绝帅窦——by SilentWaves 谢澜》

窦晟对着手机怔住了,直到秒针绕过表盘半圈。

"快许愿啊!"车子明急得干瞪眼,"正好零点,马上要过一分钟了,你赶紧的!"

窦晟"哦"了一声,连忙锁了屏放下手机,对着烛光闭上眼。

一切都赶得慌里慌张,神情却很从容,比刚才任何一个时刻都从容。

谢澜在一旁看着他,看他闭眼许愿时睫毛低垂,在眼睑下打出一片阴影。蜡烛成了房子里唯一的光源,光亮与阴影在那张熟悉的面庞上交错,随着烛光的跳跃而波动。

窦晟许愿的样子很虔诚,让人不由自主地在心里跟着祈祷,祈祷他心里所想的事皆可如愿。

过了一会儿,窦晟睁开眼,呼的一下把蜡烛悉数吹灭。

"好耶!"车子明呱唧呱唧鼓了两下掌,"我去开灯!"

屋里彻底黑暗下来，空气中弥漫着蜡烛棉芯碳化后淡淡的焦味。窦晟回过头，静静地看向谢澜，翘起唇角。

啪嗒，灯亮。

车子明回来沙发旁，随口问道："你许的什么愿？"

"这能跟你说吗？"窦晟无语瞟他一眼，"赶紧，分蛋糕，你们都还没吃饭吧？"

他起身把蛋糕附赠的一摞纸碟拿来，用塑料刀在空中比画着琢磨怎么切比较好。在他背后，谢澜瞅了瞅王苟，王苟又瞅了瞅戴佑。

戴佑清了下嗓子说："豆子先把翻糖拿下来吧。"

窦晟"嗯"了一声，小心翼翼地把一看就是谢澜设计的豆豆翻糖和梧桐叶翻糖撤下来。梧桐叶有点多，他一片一片捡得很仔细。

众人面面相觑，而后不约而同地往后坐了坐。

谢澜还在他身后无良地举起了手机。

窦晟独自站在茶几前弯腰捡着那些梧桐叶："这些叶子做得很有细节啊，梧桐叶的叶脉真就是这样，你们在哪定做的翻糖？"

"网上随便找的。"车子明站到他边上，"我帮你。"

谢澜越发往后缩，后背用力抵着沙发背，让镜头装下窦晟和车子明的背影。

窦晟随口道："不用帮，就剩最后一片了。"

他说着挑起最后一片梧桐叶，只留下一个光秃秃的蛋糕。正要起身，说时迟那时快，车子明狗胆包天一把摁住他的后脑勺——

猛地往蛋糕里一按！

时间静止了三秒，而后窦晟一把挥开他，挣扎着从蛋糕里起身，呸了好几声。

他满嘴满脸全是奶油，头发上也沥沥拉拉一大片，当场暴怒道："你是不是有——嗝！"

"生日快乐！！！"众人一起喊道。

谢澜的声音也混在里面，被大家笑到打鸣的声音盖着，但眸中满溢的快乐是实打实的。

窦晟被糊了一脸奶油，难以置信地扭头朝他看过去，想要确认善良可爱的谢澜没加入这个整蛊计划。结果一回头，跟谢澜举着的镜头对视了。

谢澜很乖巧地说："我给你录个小动态发 B 站，生日也要加油营业啊。"

窦晟在奶油后盯着他，许久，用力吹了下粘在嘴唇边上的奶油，气乐了。

"唉，我真是服了你们，多大人了。"窦晟看着面目全非的蛋糕有些可惜道，"今晚还有蛋糕吃吗？"

"有啊。"王苟立刻说，"我早就抗议过这招浪费，他们非要搞。所以我们买了一个超大号，这边没碰着脸的都能吃呢。"

车子明压着于扉肩膀蹦得老高，说："看我摁得多有技巧！留出来这么大一片好的呢！"

窦晟就差直接抬脚把他送走，板起脸冷道："明年生日，你已经进了黑名单了！"

"黑什么黑，哎呀合照！赶紧的！"车子明一把搂过他，"传统不能丢！"

窦晟满脸奶油，束手任凭摆布。六个人挤在一张沙发上，车子明负责拿手机，他原本搂着窦晟肩膀，要拍照前忽然又想起什么，把手放下了。

"我一手拿相机一手搂你不得劲儿，那个……"他回过头，视线捕捉到挨着窦晟另一边的谢澜，"澜啊，你搂着点他，挤一挤，要不然拍不下。"

戴佑和王苟笑嘻嘻地看着镜头，仿佛没听见车子明的话，于扉只是不耐烦地一直催促谢澜快点。于是，谢澜揽上了窦晟的肩，还在他满是奶油的脸颊旁比了个剪刀手。

咔嚓，定格。

"我要去把脸洗了。"窦晟骂咧咧起身，"有毛病。"

他一边说着一边顺手捞起放在一旁的手机。

车子明在后面喊："你洗脸还带手机啊？"

"你管我？"窦晟一脸蛋糕仍然端着冷淡范儿，"吃你们的虾！"

那些欢闹被丢在背后，窦晟走进一楼的客用洗手间，把门关上。

他整个人好像都泡在芝士奶油里，一脸甜香，对着镜子里自己脸上的盛况，一时间竟然有点不知从何下手。轻轻舔下唇角，奶油还挺好吃的。

外面欢笑声不断，窦晟瞄了眼紧闭的房门，顾不上洗脸，立刻戳开 Youtube，把声音稍微调小了一点点。

谢澜把全世界通用的生日歌重新编过，琴弓下每过一次经典的庆生旋律，都会紧接着过渡衔接到其他曲子。那些穿插进来的乐章乍一听有些陌生，但仔细品品又分外熟悉，都是窦晟之前随口称赞过的 S 拉过的曲子。

从前窦晟赞美过往那些演奏，谢澜都是"嗯嗯啊啊"地敷衍过去，好像不太愿意多提，原来他都记着，一首不落，写进来的都是窦晟最喜欢的段落。

为了跟生日歌和谐拼接，谢澜对那些插曲都进行了大刀阔斧的修改，短短三分半涉及了十几首不同风格乐曲的串烧，串得精妙绝伦，是外行都能感觉到用心的那种。

然后，琴弓稍顿，再抹开，是一支新的曲子。

乍一听和剑七的角色曲有点像，但很快窦晟又意识到不对，少了一些快意恩仇的江湖气，更多了低沉柔和——他听了谢澜这么多年的曲子，改编也好，原创也罢，这是第一支称得上温柔的旋律。

温柔，但节奏分明，有棱有角，如这首歌要献给的人，也如画面上谢澜干净利索分弓连弓的动作。

窦晟听完一遍，感觉心里的情绪饱满到了矫情的地步，但脑子里一片空白，想不出谢澜是什么时候写的这些曲子，又什么时候跑出去偷偷录的。

评论迅速增加，中国人和老外都有。很多粉丝都知道谢澜长什么样了，评论里更多是在问 QZFXR 是谁，凭什么让 S 为他露脸。

还能凭什么呢？

凭一阵风终于吹开了云，人举头虔诚观月，月也温柔俯身望人。

窦晟"啧"了一声，把手机揣进裤兜。

门外忽然传来一个熟悉的清嗓子的声音。谢澜小声说："我。"

窦晟立刻把他放进来。

谢澜一进来愣住了，说："还没洗脸啊？等会儿都凝固了。"

"这就洗了。"窦晟掰开水龙头弯下腰，"我就估摸着你得溜过来。"

谢澜"嗯"了一声："我跟他们说去储藏间拿纸巾。"

楼下的客用洗手间平时没人用，也没放洗面奶，只有一瓶能把人洗毁容的消毒洗手液。窦晟弯着腰捧着清水一把一把往脸上泼，奶油和蛋糕弄得到处都是，他闭着眼睛，在泼水的间歇中说："我刚才把视频看了。"

"哦。"谢澜下意识地点头，停顿了一会儿，又清了清嗓子，"喜欢吗？"

"你觉得呢？"窦晟关了水，拽两张纸巾擦脸，"我喜欢得不行。明天我就直播，得跟粉丝吹一年，我偶像给我庆生了。"

谢澜一下子没绷住，乐了，心里紧绷的弦松了下来："就这点事能吹一年？"

"是啊，我能口述百万字观后感。"窦晟挑眉说，"信不信吧，我能一直吹到拥有明年的礼物，接上。"

谢澜笑着看窦晟。

窦晟声音低了下去，嘟囔道："备赛好辛苦啊，还费心给我弄这个。"

谢澜低声说："你开心就行。"

"特别开心。"窦晟立刻重重点头。

隔着一道门，车子明他们聊天说笑的声音那么清晰。谢澜正要出去，窦晟却忽然拉住他："对了，我前两天在网上订制印章玩，刚好给你搞了个。"

"嗯？"谢澜回头，"什……"

话没说完，就感觉袖口被拉起，手腕上被什么东西凉凉地一压，愕然抬手看，只见白皙的皮肤上多了一个金黄色的印戳——月亮。

"给你盖个戳，就当是回礼了。以后你送我什么东西，要在上面留个戳，这样我就知道是你送的。"窦晟随手把那个印章揣进谢澜裤兜里，满意地啧了声。

谢澜手伸进兜摸着那个方方正正的小玩意："你是生怕别人不知道我的代号吗？"

"车子明都知道了，别人也无所谓吧。"窦晟满不在乎地说，"我只是不好意思跟他们解释，他们要是自己悟了，那最好不过了。"

听他这样说，谢澜本来打算搓掉手腕上印戳的动作就顿住了。

"也行吧。"谢澜点点头,"不过为什么印了月亮啊?我以为你会印猫。"

"那不一样……不太一样。"窦晟笑着说,"月俯身望人,是不一样的。"

外头的四个人轮着选完合照,最后留下两张让窦晟和谢澜选。

于扉放下手机:"他俩人呢?"

车子明"啊"了一声:"窦晟去洗脸了,谢澜去……拿什么东西去了吧。"

谢澜刚好从洗手间出来,路过储藏室去随便拿了两包纸巾,往茶几上一扔。

他瞟了眼被闹得乱七八糟的蛋糕:"还有蛋糕可以吃吗?"

戴佑他们已经把剩下的蛋糕分切装好盘了:"有,看上哪块随便拿。"

谢澜随口道谢,端起一小碟。芝士奶油的味道钻进鼻子,他低头舀了一勺奶油。

然而还没送到嘴里,于扉突然纳闷道:"你手腕上黏了一坨什么东西啊?"

"啊?"谢澜下意识摸向手腕,才想起袖口扣子散着,一抬胳膊就露了那个月亮的小印戳。

没想到这么快就露馅。他不怕被看见,但不想在这种场合上解释。

于是谢澜立刻放下了袖子:"估计是刚才弄蛋糕弄上的吧。"

于扉更迷惑了:"刚就属你离得远……"

"哎呀,行啦!"车子明突然暴躁,"不就是内涵我摁窦晟的头摁得太使劲,把奶油都溅你们身上了吗?我要是不一下子多使点劲,万一没摁下去不就尴尬了?"

于扉闻言一愣,随即一脸鄙夷道:"有病吧你,谁内涵你?一天到晚瞎自我代入。"

戴佑适时地打断他们道:"别磨蹭了,快吃。这个蛋糕趁凉好吃,不凉的话芝士就容易腻。"

谢澜松了口气:"对,快吃。"说着,赶紧低头挖了一勺蛋糕放进嘴里。

戴佑看了王苟一眼,王苟回以一个深意的眼神。

大家终于各自放松下来,王苟正要吃蛋糕,忽然从嘴里哂摸出一股麻辣小龙虾味,抬头道:"车子明,把矿泉水递我一个,我先漱漱口。"

车子明正端着盘子上嘴啃蛋糕,闻言摸起桌上的一瓶矿泉水往他怀里一扔,头也不抬。

没想到,水扔偏了,在沙发上滚了两下,滚到了地上,王苟只好弯腰把水捞起来,一抬眼,愣住。谢澜的衬衫下摆有一坨真实的奶油,一看就是被某个手欠的家伙用手指蘸着奶油涂的——另一个月亮。他忍不住在心里骂了一句,谢澜是给窦晟准备什么大礼了,窦晟给胳膊上盖月亮戳还不算完,还得用奶油在衣服上画个印。他这么腹诽着,视线就不由自主地看向了洗手间。

谢澜余光捕捉到他的视线,随口道:"窦晟可能还在洗脸呢。他头上脸上都是,得洗好几次,奶油不好洗。"

王苟闻言冷淡地道:"看出来了。"

谢澜接着吃蛋糕，吃着吃着感觉衣领有点卡脖子，于是伸手扯了扯。

"对了。"于扉抬头看过来，"谢澜空间几何大题没读错吧？"

"应该没有。"谢澜说，"最后答案96倍根号2，没错吧？"

于扉"嗯"了一声，"我也……"他的视线不经意地落在谢澜的衬衫下摆上，"我也……"

话到半截，谢澜余光里右边忽然闯过一个人影，他还没反应过来，就感到胯骨和小腹附近啪地一凉，一大坨稀松绵密的玩意黏在他身上，又稀里哗啦地流下来。

谢澜整个蒙住，低头一看，王苟手上摁着一块蛋糕拍在他身上，奶油顺着衣服往下淌，身上、沙发上无比精彩。

于扉当场愣住了，把刚才要问的事抛到了脑后。谢澜也愣住了，用眼神缓缓对王苟发出一个问号，啥意思？

"我！"王苟死死咬着牙，像是嗓子眼里含了一吨跳跳糖，手舞足蹈地蹦跶半天，突然"嗷"的一声，"我真的恨你们这些城里人了！！"

他总算是编出来了，眼圈一红，声音哆哆嗦嗦带着哭腔，边说边空手抓起谢澜身上的蛋糕又反手往戴佑身上拍，"我从来没吃过这么好吃的蛋糕！凭什么！凭什么你们就可以天天吃这些玩意！我在老家都不舍得吃！我恨你们！我要拿这些美味的蛋糕拍死你们这些个智障富二代！"

窦晟从洗手间出来，迎面就见盛况。

王苟一抓一把蛋糕，冷冰冰的芝士奶油往戴佑、车子明、于扉身上脸上胡乱地拍，一边拍一边发癔症似的哭嚎。

众人无一还手，集体僵化，任凭他东西南北风。

王苟越来越激动，在把桌面上所有蛋糕都毫无遗漏地拍在每一个小伙伴身上后，终于哭了："啊！我要疯了！我不活了，我不做人了啊！哈哈哈！"

他边哭边笑，一转身，在大家伙围观失心疯患者的注视下，一把抄起桌上可乐，仰头咚咚咚狂灌。

谢澜彻底傻了。

他下意识摸向手机，但强烈刺激下又忘了国内的急救电话是多少。

或者不该打急救，该打精神病管控中心之类的地方？

正混乱着，终于还是见多识广的戴佑稳住了局面。他一边大喊着"狗子！狗子"，一边起身把可乐从王苟手里抢下，"犯病了啊？"

"是啊。"车子明傻瞪着眼，磕磕巴巴地接话道，"你这……你……你在农村这么惨啊？"

"你关注点偏到你奶奶家了。"于扉当场翻了个白眼，"能不能闭嘴？"

"我能……"车子明眼神发直，又一下子反应过来，"等等！我之前看你挺正常的啊，闹了半天你仇富啊？"

"别瞎说！"于扉烦躁地给了他一胳膊肘，"那个……狗子，其实这世界上好吃的、好玩的东西特别多，你永远都消费不完的，重要的还是跟脾气相投的哥们在一起，开开心心、自由自在的才是快乐。而且你这个成绩，以后也不可能回去过苦日子，想吃点好吃的还是很容易的。"

"我知道。"王苟流泪了，"你们以为我想在这做仇富发言吗？我除了这一步之外想不到还有路可走了！你们都不懂！我没别的选择！"

于扉和车子明确实不懂，谢澜更是一动都不敢动。

什么是"chou fu"？是哪两个字？

戴佑依旧是那个见多识广的戴佑，搂着王苟拍了拍肩，安慰道："好了好了啊，乖乖乖，我知道，我知道你的委屈。"

王苟面如土色，许久才堪堪平复下来，打着气嗝说："我一个人去静静。"

他推开戴佑，摇摇晃晃地往前走了两步，路过窦晟，苦笑。

"你终于出来了？"

窦晟也很茫然，是今年以来……不，可能是出生以来，最茫然的一次。

"啊？"他嘴皮子掀了掀，欲言又止，默默侧过身，"那个……洗手间在里头，你想怎么静就怎么静……"

王苟胡乱点头，将世界的注视抛在身后，带着一腔孤勇往洗手间走。

他站在洗手间门口，又回头看了看窦晟。

窦晟用一种"关怀反社会人格，仍是自己好哥们"的眼神关怀着他。

他又看了看谢澜。

谢澜……还在蒙，可能是刚才那段对话里触及了一些他比较陌生的词汇，露出了平时靠脑补翻译文言文阅读的表情。

王苟道："记住，你们欠我的。"

众人僵住。

窦晟迟疑地点了点头："也行。"

于扉也赶紧点头："可以可以，欠你的。"

车子明眼泪汪汪："我的天，狗子快去缓缓吧，你肯定是竞赛压力太大了。哦对！于扉他爸好像认识不少心理专家，回头给你约！"

"对对对……对！"于扉闻言赶紧掏出手机，"我这就跟我爸说，你坚持住！"

谢澜脸上十分迷惑，过了许久才艰涩地开口说："听音乐能让你心情好点吗？我给你放几首曲子吧……实在不行我现场给你拉两首？"

只有戴佑。

只有这个全世界唯一一个，懂他、尊重他、和他统一战线的好哥们，正心疼地看着他。

"没事，让狗子洗把脸，稳一稳，回来就当什么都没发生过。"他怜惜地说，"别忘了，狗子是人类的好朋友。"

王苟沧桑一笑，走进洗手间"砰"地关上了门。

客厅里鸦雀无声。

窦晟去厨房翻出一包湿纸巾，回到沙发旁给大家分。

谢澜忍不住低声问："狗子到底怎么了？"

"疯了，看这样多半是有病史。"窦晟顿了下，小声说，"别怕，不行咱们就连夜陪他去医院，肯定不丢下他。"

"嗯。"

大家伙各自背过身擦着自己身前的奶油，谢澜也处理着基本毁完了的衬衫，下摆上被拍的奶油最多，白花花一坨捋下去，还露出底下一个半凝固的印子。

那个印子是焦糖色奶油留下的，估计奶油里还混了水或者其他别的东西，已经融进布料里，不好擦。

那个月亮的形状十分清晰。

窦晟见了随手揪过他的衣襟，用湿巾帮他用力蹭着。谢澜愣了一会才反应过来，这也是刚才在洗手间窦晟随手画的，卡个戳还不算完，看来一支生日曲确实让他开心傻了。

谢澜小声嘟囔道："有完没完了，还在哪儿画了？"

窦晟低声回："没了，我就趁着高兴随手涂个鸦，送给月亮大人。"

他们说话声很低，一边嘀咕着一边听车子明向戴佑询问王苟平日的异常。

于扉平时就话少，这会也自然没什么声音。他就站在谢澜几步之外，刚刚擦完身上回头想找窦晟再拿点湿巾，就看见了谢澜衬衫上月亮形状的奶油痕。

他是心最粗的，对这玩意不敏感，看见了月亮只是想，刚才谢澜手腕上好像也是个月亮图案，这家伙最近是不是太幼稚了，还给自己搞了一堆纹饰。

但窦晟的那句话被他听见了。

好像……突然想起了很多年前窦晟反复提过的一个神秘的朋友。

据说是能秒杀所有发小和哥们的……

代号，月亮。

王苟情绪不定，几个人匆匆吃完小龙虾就收摊。窦晟收拾了两间客房，把四个家伙两两塞到一起。

车子明原本强烈要求和王苟一屋谈心，但惨遭拒绝，王苟非要跟戴佑睡。

吵吵闹闹到后半夜一点，房子里才终于消停下来。谢澜又飞快冲了个澡，躺进被窝里刷微博。已经有人把他给窦晟的生贺视频搬运到 B 站了，刚才那条窦晟生日蛋糕小视频也已经有上万赞，评论区里到处都是生贺小作文，估计够窦晟刷到明天早上。

谢澜正要和窦晟再说一句"晚安"，手机就振动起来。

语音通话，是窦晟打来的。

谢澜瞟一眼隔着两间卧室的那堵墙，按下接听键，把手机放在脸颊上："这么近还打电话？"

窦晟在电话里轻声说："发文字累，还想跟你说几句。"

谢澜"哦"了一声："说什么？"

"也没什么……"电话那头安静了一会儿，隐隐有衣料和被子摩擦的细微声响，窦晟小声道，"说什么都行，就觉得今晚结束得有点快。哦，对了，你想去江边看日出吗？去看过吗？"

江边日出？

谢澜下意识地看向乌漆墨黑的窗外——在望江丽影住了这么久，他看过无数次那条江上的夜景。深夜做题累了在窗边看，放学坐车从跨江大桥上看，却唯独没想过看日出。

他出了一会儿神，直到窦晟在他耳朵边喊了两遍他的名字。

"去吗？"窦晟语气里带着点向往，"也不用起得特别早，五点多下楼就行，那会儿阳光朦朦胧胧的，最好看了。主要还是看江，不是看太阳。"

谢澜立刻就答应下来，但顿了顿又问道："要喊上大家吗？"

"我问问。估计他们肯定得跟着，狗子平时就爱晨跑，车子明干什么都愿意。"

通话还保持着，窦晟在群里扔了条消息。

@狗子旺旺，心情好点了没？我和谢澜想去江边走走，明早五点半，有人一起吗？

谢澜看着王苟的ID，心下忽地哆嗦了一下。好像有什么念头一下子连上了，又一闪而过。

"你觉不觉得狗子有点奇怪？"他在电话里问窦晟。

"非常怪。"窦晟嘟囔道，"按照平时观察，你觉得他像仇富的人吗？"

谢澜琢磨了一会儿，说："一点都不像，今天这事怎么想怎么奇怪，但又说不清……"

正说着，群里有人回复了。

狗子旺旺：不好意思啊，最近压力有点大，大家忘了我刚才说的胡话吧。我打算后天回乡下看看家人，明天得早点回宿舍收拾东西，就不去看日出了，你们好好玩啊。

跟在他的消息后，其他人也纷纷表态。

拿铁咖啡：我也不去了，跟狗子顺路，一起走。

车厘子：我爸明天上货，我六点多得回去看着我奶奶。
鲱鱼：懒得动弹，明天跟大家一起撤了。

结果有点出乎谢澜的意料。
电话另一头，窦晟也有些迟疑，在群里发了个OK。
"我觉得特别不对劲。"窦晟咋舌道，"其实——"
他话说到一半止了，翻了个身，自言自语地嘀咕道："应该也不会吧……"
谢澜忽然有些紧张："不会什么？"
窦晟兀自琢磨着，片刻之后才不确定地说："我觉得王苟今天这波有点刻意，但他这个行为和我的猜想又没什么必然联系……对了，我从洗手间出来之前到底发生了什么？你是他拿蛋糕拍的第一个人吗？"
谢澜"嗯"了一声："先拍的我。当时我正和于扉说话呢，他突然就发疯了。"
窦晟立刻追问："你和于扉说了什么？"
谢澜回想了一下，说："就是竞赛的那道几何题，对了对答案。"
电话里沉默许久，窦晟才说："那就想不透了……"
谢澜脑子里也在不断地回想着，被蛋糕拍在身上那种凉凉的感觉记忆犹新，那件衬衫还泡在水池里，得先用洗衣液泡一泡，明早再扔进洗衣机，也不知道能不能洗干净。
他想到那件衬衫，脑海里再次闪过一丝灵光，下意识地抬手摸了摸睡衣的下摆——今天，衬衫下摆是被窦晟随手涂的月亮标记，王苟第一下拍过来的奶油，就是拍在那个地方。
谢澜蓦然愣住了。
如果王苟是因为那个月亮标记突然发疯，那就说得通了。
他是在帮谢澜和窦晟遮掩。
但这就又多了两处说不通，王苟是刚转学过来的，他不该知道窦晟和月亮的事，就算知道了，谢澜和窦晟没像叮嘱车子明那样叮嘱过他，他为什么要替他们遮掩呢？他们是因为初中的事情涉及了两个人过去的黑暗时光，就算是说出来了，最多就是觉得尴尬、难为情，仅此而已啊？
除非……除非戴佑也知道了，是戴佑跟王苟分析了来龙去脉，但他们以为车子明不知道，戴佑让王苟瞒着车子明……毕竟车子明那种堪比幼儿园小班的友谊攀比爱好人尽皆知。
窦晟已经放下了这个话题，开始规划起明天看日出的事。
谢澜犹豫了片刻，打断他说："那个……初中的事，要不就跟大家交个底吧？"
话题切换太快，窦晟愣了一下，又无所谓地说："好啊，你要是愿意的话就说呗。这种小事，我不说是怕你嫌矫情，怕你尴尬，而且那个时候咱俩都过得不太好……"
谢澜沉默了一会儿："但我觉得他们都知道了……至少，四个里面有三个人都知道了。"
窦晟："啊？"
谢澜咬咬牙："走，去探探口风。"

车子明洗完澡，从客用浴室里出来，满屋子找被于扉拿走的吹风机。

一推门，屋里是空的，连人带吹风机都不在。

"哪去了？"他纳闷道。路过隔壁的客房，大大咧咧地把门把手往下一压，"鲱鱼在你们这屋吗？"

话音刚落，他已经看见了于扉在屋里，还看见被丢在旁边的吹风机。

"你怎么还拿着吹风机跑了啊？"车子明嘀咕着进来，"正好我在你们屋吹头发吧，我屋里的插座太低了……"

没人搭理他。

王苟和戴佑一左一右地坐在床头，于扉独自盘腿坐在床尾，三个人表情严肃。

车子明插上电吹了两下头发，又忽然想起刚才的事，把吹风机关了。

他扭头问王苟："狗子好点没？"

"好点了。"王苟咽了口唾沫。

车子明点头："那就行。嘻……你真的不能那么钻牛角尖，其实你这种心理大家都能理解，人生大道理就不用我们说了，你自己都懂。等到了高三，压力只会更大，你还是得努力调整状态，人不能被情绪裹挟，知道吧？"

王苟沉默地看着他。

车子明叹了口气，有些失落地说："说实话，我之前没想到你会有这种想法，一直以为你心态很好呢……那你心里，到底有没有把我们当哥们啊？"

王苟迟迟不吭声，沉默许久才说："你们是我最好的朋友。"

他的声音很低，却透着朴实的郑重，直接给车子明听得鼻子发酸。

他长叹一声："唉，行，有你这句话就行。那个……这事翻篇啊，鲱鱼你也别跑人屋来瞪着人家不放了，今天毕竟还是豆子生——"

于扉扫他一眼，打断他说："我也刚来，没难为他，就是想问他点事。"他说着语气放缓，字斟句酌道，"狗子，我只是觉得……你今天的行为不太合常理。"

"嘶——"车子明皱眉，"行了啊，有什么合理不合理的？人之常情，懂不懂？"

于扉压根懒得跟他对话，继续审视着王苟，片刻，又若有所思地看向戴佑。

对面的两个人也都谨慎地盯着他。

"你们在这扮演动物世界呢？"车子明皱着眉说，"围猎，还是熬鹰？"

王苟没理车子明，依旧谨慎地盯着于扉："哪里不合理？"

"你今天说，你烦智障富二代。那，怎么蛋糕先朝谢澜拍了？"于扉蹙眉小心翼翼地表达疑惑，"要论富二代，排序应该先是我、再是豆子，谢澜最高也就排到第三。要论智障，排序应该先是车子明，再……再也没别人了。"

"你又变着法儿地挤对我呢吧？"车子明一下子火了，"就我一个智障？"

于扉没理他，继续试探地盯着王苟，不错过对方任何一丝细微的表情变化。

王苟眼珠子下意识地往左边瞥了瞥，像是想要求助于戴佑，但中途又收了回来。

戴佑清了下嗓子："确实是啊，狗子，到底怎么回事？你——哦，对了，是不是谢澜有哪里做得不对，惹你不高兴了？你跟我们说说，我们帮你跟他提提建议。"

于扉闻言立刻看向王苟，见王苟眸光飘忽，明显接不上话，于是又摇头道："不可能。一圈人都是蛋糕糊脸，只有谢澜被拍在身上，怎么想都不能是讨厌谢澜吧？"他说着顿了顿，忽然压低声音道，"我宁愿相信，他是护着谢澜。但是在护什么呢？"

话音刚落，屋里忽然安静下来。

床头的两个人交换了视线，谁也不出声。于扉看着他们交换视线，眼神更加若有所思。

车子明也怔住了，仔细琢磨好一会儿，忽然有些不安。他放下吹风机，挨着床尾坐下，小声说："你们打什么哑谜呢？"

无人答话。

寂静的午夜里，他们的视线在另外三个人脸上来回逡巡，眼神变幻莫测。

许久，于扉终于开口说："我今天发现一个秘密，但我不知道还有谁知道这个秘密。"

王苟和戴佑立刻绷直身子。戴佑清了清嗓子，说："听你的意思，你已经有了猜测？"

"是的。"于扉说，"我觉得狗子也知道一个秘密，但我不确定我们发现的是不是同一个。你觉得呢？"

戴佑看了他一会儿，谨慎地说："其实我也发现了一个秘密，我和狗子保守的应该是同一个。这个秘密狗子本来不知道，是我给他补的课。"

空气仿佛凝固了，三个人沉默对视片刻，都轻轻地点了下头。

车子明"咕咚"一声，咽了口唾沫："其实……我也有一个秘密。我……我现在怀疑大家说的是同一件事！！"

众人又一次沉默了，像一场令人焦灼的谈判。

"等等！捋一捋。"于扉伸手在众人面前比画着按压的动作，"我们现在应该是四方……哦不，三方。三方各有秘密，但是不能确定彼此安全，所以谁都先不要冲动发言。"

众人一致点头。

于扉接着把手势给到王苟："我先确认一下，你今天说的那句'你们欠我的'，是对所有人说的吗？"

王苟下意识地瞟向戴佑，见戴佑迟疑后点了头，才说："不是。"

车子明立刻掰过于扉的手到自己嘴边："划个范围！包括我吗？"

王苟摇头："不包括。"

于扉把手挣脱出来指向自己："那包括我吗？"

"也不包括。"

车子明立刻说："我猜一定也不包括戴佑。"

于扉的视线在众人之间转了转，谨慎地说：“我想跟车厘子的票。”

四人面面相觑，深吸了口气。他们的眼眸中同时闪过一抹了然，又默契地回到谨慎状态。

话已经到嘴边了，于扉正要开口，又被王苟一把按住。王苟的表情很是挣扎：“大家稳住，稳住——这个秘密我是替兄弟守着的，我们再交交底。”

"可以。"于扉点头，"毕竟我们都不确定彼此知道多少、知道的是什么。我先说吧，我是刚刚才发现的，我看到了不该看到的东西。"

车子明接着说：“我是七月份省训刚入营时知道的，我是听到了不该听到的东西。”

于扉闻言一下子皱眉：“七月？你未免也知道得太早了吧？”

车子明闻言顿时腰板一挺，萌生出某种诡异的自豪：“那是，我估计我是咱们几个人中知道最早的。”

"你想多了。"戴佑泼凉水，说，"狗子比你早一个多月，我比狗子还要早几天。"

王苟立刻点头附和：“而且我们曾经每天都听到不该听的东西……重复上演。”

四个人同时抽了一口气。

谢澜走到客房的房门外，门关着，但地上的缝隙里分明还亮着光。他深吸一口气抬手敲门，指关节刚刚清脆地落在门上，就听里面突然响起参差不齐的低呼——

"谢澜，代号月亮！"

"谢澜是窦晟好几年前天天嘀咕的人！"

"豆子初中就认识谢澜了！"

"谢澜就是那个凌驾于所有朋友和发小的神秘人！"

深更半夜，房子里突然没了任何声响。屋外，窦晟和谢澜两个人一起僵在空中。

屋里，四个人眼中涌起的欣喜尚未褪去，就集体进入了痴呆模式。

门外的人一动不敢动。

门里的人一声不敢出。

谢澜想过说出这个秘密会有点难为情，但没想到会这么难为情。

终是窦晟沉沉一叹，声音有些苍凉：“开门吧。你们听到我敲门了，就这么点小事，聊聊吧。”

谢澜脑子里的嗡声还未散，听他这样说，手已经在潜意识的支配下一把捂住了他的嘴。

"不聊！"他的声音不大不小，窦晟听得清清楚楚，门里的人也能听个隐约。

每一秒钟都仿佛那么的漫长。

谢澜脑袋里撞着钟，恍惚间忽然想到一个成语。

魂飞魄散。

"别聊……Please。"他另一手揪着窦晟的睡衣，"赶紧走。"

"别走啊！"门里立刻传来王苟焦虑的声音。

于扉在里头严肃地缓缓地说：“这有什么的，其实我们搞得神神秘秘的，主要是怕车子明，谁想到他早就知道了，再说了，连车子明都觉得无所谓……"

戴佑补充道："我们和豆子算是真发小，之前不知道你是谁，但一直是心怀感激的。"

于扉也连忙说："对，感激。"

"其实我也是。"车子明嘟囔道，"我没那么小心眼，当年能拉我兄弟出来，我感激你一辈子。"

"你们真好。"王苟差点被感动哭，"我现在才是真有点酸溜溜了。"

车子明在他腿上拍了一下："酸什么？咱们现在不都是哥们吗？"

"话是这么说。"王苟揉了揉有些酸胀的眼眶，"但不是谁都能像豆子一样幸运，在最困难时能遇到最温暖的人，然后……"

然后，阔别数年，少年意气再相逢。

Freedom
on
My Mind

第九章

父子局

"人的情感很神奇。肖浪静走后,谢景明理所应当是他唯一的至亲、他的归属。但荒唐的是,每当谢景明出现,都会把他从原本舒舒服服的壳子里拽出来,反而让他产生一种偌大的漂泊感。"

风拂过江面,在熹微的晨光里掀起一片细碎的涟漪。
五点多,整座城市都朦朦胧胧的。
直播间人气值罕见地只有四位数,弹幕也稀稀拉拉。

早啊,各位豆友们!
这是北京时间五点?
我不敢相信我的眼睛。
打工人已经在洗漱了。
读书人已经在背单词了。
豆子,生日快乐啊。
谢澜呢?

窦晟的脸对着镜头,谢澜落在身后两步,勉强从屏幕边缘入镜。
"他还没怎么醒。昨天跟同学唠嗑到很晚,早上被我拖起来,有点起床气。"窦晟打了个哈欠,"我就随便直播一小会儿,几分钟就下。"

请展开描述被你拖起来的过程。
听说你心爱的 S 神昨天为你重出江湖还露脸了。
你快乐吗?

窦晟"啧"了一声，骄傲地说："要是说这个我就真精神了。"

他回头看谢澜一眼，做作地叹息道："那么大的惊喜，他都没提前告诉我。数学竞赛那么忙，刷题都要刷废了，也不知道什么时候改编的曲子，又怎么溜出去偷偷租场地录的……唉，不提了，我都不好意思跟你们说这些，好像我在显摆似的。"

朋友，你就是在显摆啊？
你也算是史上追星第一人。
前面的，我已经快不认识追星这两个字了。

谢澜走过来，无精打采地说："别对观众乱说，我早上没生气啊，就是起得太早，没精神。"

早啊，澜崽！
早上吃什么？
澜崽的生日礼物好大排面！
现在两边的观众都知道豆子过生日了！

谢澜困得要命，看那些弹幕小字也很看得费劲。他随意瞟了两眼屏幕，敷衍地打过招呼就退出镜头，低声对窦晟道："别播了，不是要一起散步吗？"
"我看你犯困才开直播，那我关了。"窦晟立刻说。

什么！把我们吵醒又要把我们丢开？
谢澜，你好残忍！
豆子你能有点原则吗？
淡漠，恶魔，呵呵。

窦晟仿佛没看见屏幕上的"亲切问候"，淡笑着把镜头调整到后摄，直对江面。
"播了一早上了，我筋疲力尽，大家和这条江说拜拜。"

众所周知，一早上等于五分钟。
老子照着你脑壳就是一拖鞋！
敢下线？

恐吓弹幕刚刷出来，屏幕就是一黑。

窦晟把手机揣好,像小朋友求表扬似的,说:"报告,我已遵命下线。"

谢澜瞟他一眼,扭头朝江面上看过去。东岸的太阳基本升起来了,城市最高的那栋楼一半折射着夺目的阳光,一半还停留在晨曦的阴影里,很是好看。

"他们走了?"

窦晟"嗯"了一声:"四个人打一辆车走的。"

谢澜松了口气,顿了顿才说:"这么早就走了,还想留他们吃早饭呢。"

窦晟猛地笑出了声,吐槽道:"谢澜小朋友,你还能更假一点吗?"

谢澜挑眉:"啊?这么明显?"

"你不如直接把'终于走了'四个字贴在脑门上算了。"窦晟乐得不行,"别想了,本来也不算什么事啊?被一群活宝搞得尴尬了,等开学回来大家都不会再提的。"

谢澜闻言,这才彻底放下心来。

沿江人行道空旷宁静,晨跑的人从他们边上快速跑过。

"英中有一个传言。"窦晟忽然说,"在这条江边一起看过日月星辰的人,能够永远陪伴彼此!"

谢澜愣了一下,吐槽道:"你几岁啊?这种话你也信?"嘴上虽是这么说,但他还是下意识地多看了几眼天际。

窦晟一手揣着兜,在扑面的晨风里轻轻眯起了眼,嘴角含笑,问:"《少时2》的编曲什么时候开始?"

谢澜想了想,说:"十月吧,那时候联赛和保送考试应该都结束了。"

窦晟立刻说:"那还有很多空闲时间,我们搞一个大合作吧。"

"合作什么?"

窦晟摸出手机,刷开淘宝订单页给他看,是半夜下单的各种制服和戏服,有些色彩很夸张。

"本年度巅峰作,冲'百大'的最后一击。"窦晟说,"我从昨晚生日歌获得的灵感,想要做经典日漫COS混搭,类似于豆牌动漫男主万花筒吧。需要你改编很多首曲子给我做背景音乐,要踩点的,行不行?"

谢澜精神一振:"确实很适合做一期优质视频,我觉得可以。"

正要仔细规划,手机却忽然振动起来。谢澜掏出来扫了一眼,笑容猛地僵住了。

"谁啊?"窦晟凑过来。

"我爸……"

伦敦比北京慢七个小时,这会儿是伦敦晚上十一点左右。谢澜看着屏幕上跳跃的名字,犹豫了许久,还是按下接听键。

窦晟继续往前散着步,没太大反应。

"爸。"谢澜低声道,"有事吗?"

电话另一头有电视声,是英国电视台每天晚间的《Dateline London》。熟悉的英音透过电话钻入耳中,与眼前的江面和窦晟的背影形成某种强烈的错位感,让谢澜有些走神。

窦晟停下来回过头,在谢澜面前晃来晃去。

电视声很快被调小了,谢景明的语气很和善:"很久没打电话了,你在国内竞赛一试应该考完了吧,怎么样?"

自从谢澜上次在 Messenger 上拒绝了大学交换的建议后,他就没再找过自己,以至于谢澜被父亲这么一问还有些发蒙。他停顿许久,答道:"挺好的。"

电话另一头忽然响起一个英音女声。虽然声音很小,还被谢景明立刻打断,但谢澜还是听到了半句。

谢澜敏锐地问道:"你们要去哪?我听 E……我听她提到了机票。"

谢景明叹了口气:"爸爸休了半个月的假,想带你阿姨回国内玩玩。所以想问问你,愿不愿意腾出两天时间,来陪陪老爸。"

谢澜脚下一顿,觉得有些荒谬,反问道:"你的意思是我陪你们两个人在国内旅行?"

"不是。"谢景明语气有些无奈,"我知道你现在还不能接受她。但如果你愿意见老爸,我就抽两天时间,单独去看看你。你回国快半年了,我放心不下。"

谢澜闻言沉默了。

谢景明又说:"我看到你的留言了,也没什么可说的。但父子永远是父子,你想在国内上大学,也不代表要和我断绝联系吧?谢澜,我有那么对不起你吗?我没尽到做父亲的责任吗?"

谢澜拿着手机不吭声,扭头看向江面。

阳光明烈,窦晟自然而然地站回在他的面前,替他遮住了那些晃眼的光线。

过了许久,他才答道:"我回国是为了做想做的事,不是为了和你断绝关系。"

谢景明如释重负地叹了口气:"我和 Elizabeth 八号回国,先去另外几个城市玩,大概十二号,我抽空去看你,你要是愿意就提前跟我说,不强迫。对了,爸爸也和你赵姨沟通过,学费、生活费你都不用操心,专注学习吧。"

电话挂了,窦晟低声询问:"要过来找你?"

谢澜一下子泄了气似的,把手机揣起来:"嗯,要来。"

"带着那个女的?"

谢澜摇摇头:"他还没疯到要在我眼前展示爱情,估计……就是单纯想来看看我吧。"

他太了解谢景明了,也因此非常清楚谢景明刚才说的都是实话。实话才不好办,因为不能拒绝。

窦晟漫不经心地笑了一下,说:"来就来呗,我和你一起做地陪。"

"地陪是什么?"谢澜面露茫然。

"尽地主之谊。"窦晟又开始贫,"意思就是,此路是我开,此树是我栽,若想从此过,留下儿子来。"

谢澜神情更迷惑了,不确定地问:"尽地主之谊是这个意思吗?"

"是啊。"窦晟理直气壮,但顿了顿又补充道,"别写进作文里啊。"

谢澜白了他一眼,心想:信你才怪!

谢景明的行程很快就定了下来,谢澜帮他买了从S市往返H市的机票,还订了酒店。他特意将酒店订到城市的另一边,要是谢景明敢把Elizabeth带来,或者命令他回伦敦,他就立即终止接待。

在谢景明大驾光临的前一天晚上,谢澜正如往常一样和裴青聊音乐,突然接到了老马的电话。

"一试的成绩出了,来学校。"老马言简意赅,语气有些严肃。

谢澜再想多问一句都问不出来,没办法,只好和窦晟往学校赶。

路上没觉得什么,但站在办公室外面,他忽然犹豫了。老马的态度让他有些拿不准,想起那些填空题,突然有点紧张。

"没事。"窦晟轻声安慰他,"你要是没考好,那老马肯定得亲自跑到家里安慰你,不会搞这么一出的。"

谢澜"嗯"了一声,深吸一口气,敲了敲门。

"进。"

里面响起一个很随性的声音,很年轻,声音的主人也就二十来岁。谢澜愣住了,询问地看向窦晟,窦晟也有点蒙。

一个脚步声从里面走到门边,一把拉开了门——是个高高瘦瘦的男生,表情有些冷淡,但语气是温和的。

"谢澜和窦晟吧?"那人朝他俩笑了下,扭头对屋里说,"老师,人来了。"

老马在里面出声道:"直接进来啊,别杵着。"

男生回到桌边坐下,对谢澜说:"你们聊吧,我就是来看看老师。"

估计是老马以前的学生。谢澜明白过来,礼貌地点了下头。

窦晟不确定地叫出声来:"何修?"

何修?谢澜下意识又朝那个男生看过去。

何修有些惊讶,问:"你见过我?"

窦晟很实诚地说:"行政楼橱窗里。"

何修一下就笑了:"行吧。"

老马笑着对他说:"这几届学生都对你脸熟,挂在墙上永垂不朽啊。"

"好像我死了似的……"何修叹了一声,"就您这语文,还吐槽别人不行。"

谢澜立马一个激灵，祭出四班"猫头鹰"的眼神朝老马盯过去。

老马讪讪地笑："哎呀，一试成绩出了，数理 A 的几个都进二试了。我特意去市里打听过，谢澜这次考得真不错。"

"确实很好。"何修也点头，扭头对谢澜笑道，"我好不容易捞到暑假回来玩几天，还接到我们招生老师的紧急任务，来摸摸高中学弟的底细。"

谢澜听得一头雾水，但他更关心成绩，问道："能知道分数吗？"

"一试的成绩一般不公告。"老马顿了下，"但你这次有点特殊，各个学校都知道了。"

谢澜立刻问："我多少分？"

"满分。"老马脸上一下子笑出若干皱纹，"而且没有并列，就你一个满分，往年也基本没见过满分的。"

谢澜终于松了口气，又问道："那窦晟呢？"

老马说："第二，但分数就不知道了。"

窦晟从听到谢澜满分起，眼中的嘚瑟就遮不住了，闻言随手搭上谢澜的肩："那就行，我俩能第一第二就行，不就差了几分吗？那不重要。"

"你有点志气吧！"老马皱眉叹气，从抽屉里掏出两沓资料，"开学就二试，时间很紧。何修整理了两套 T 大最近几年自招和保送的考题，很宝贵，你们好好看看。"

窦晟立刻接过来翻了翻："找我们来就为这事？别人有这套题吗？"

"都有，他们几个明天回来拿，王苟的我寄给他。"老马说，"除了这件事，何修还想和谢澜聊两句。"

"和我聊？"谢澜惊讶，不太明白这个学长和他有什么好聊的。

何修起身："来走廊上？"

窦晟问道："我能旁听吗？"

"随便。"何修说，"但跟你没有太大关系。"

窦晟还是象征性地往外跟了两步，站在办公室门口，有一句没一句地和老马闲聊。

谢澜有些发蒙地站在走廊窗边，直到何修开口提 AMC，他才反应过来——之前老马说过，国内高校好像挺在意这件事。

何修说是闲聊，但问的问题都绕不开数学竞赛，问了他从什么时候开始接触 AMC，Winchester（温彻斯特）公校的竞赛培训体系什么样，有没有正式参加过国际赛训练营，等等。谢澜都一一答了，何修话不多，大多数时候只是听着，偶尔点点头，在他说到 AMC 和国内联赛出题思路差别时顺便附和几句。

"省联赛前几名能参加冬令营。冬令营选人进国家队，代表中国参加 IMC（国际数学竞赛）。"何修最后才简单介绍了几句，笑了笑，"T 大和 P 大的数学系都还行，你现在有选校倾向吗？"

谢澜摸不透他是什么意思，只好如实说："想去 T 大。"

"挺好的。"何修松了口气,"那我就没什么想问的了,二试加油吧。"

走廊尽头厕所门忽然"嘎吱"一声,何修的视线一下子越过谢澜,朝那边看了过去。

谢澜下意识跟着回头,见是另一个高个子男生从厕所里出来,朝着他们小跑两步,跑到中间的梁下,还跳起来摸了个高。

"我得走了。"何修说,"和朋友领了一家网红火锅的排号。T大今年提前签约是在九月,回头见吧。"说着,他大步从谢澜身边经过,"有问题微信找我啊。"

谢澜一头雾水,眼看着他和那个男生一起下楼了,窦晟刚好从办公室门口探头出来。

"何修是干什么的?"谢澜问道。

"老马跟我说他是今年T大招生办的学生助理,估计替学校来了解你的情况吧。"

谢澜点点头:"那老马还有别的事吗?"

"没了,回家吧。"窦晟把带出来的资料卷起来往裤兜里一插,"老马真是的,就爱卖关子。"

晚上要下雨,风吹在人身上潮热潮热的。

夜色昏沉,谢澜跟窦晟一起往西门外走,走到半路,小马忽然发消息说西边堵车,要绕到东门来接他们。

东门外是宽阔的立交马路,上面有人行天桥,天桥另一边全是饭馆。

两人掉头往那边去,窦晟边走边翻点评软件:"咱们要不直接吃一顿,庆祝你一试旗开得胜?"

"都行。"谢澜说,"那套题给我看看。"

"看什么啊,回去再看。"窦晟嘟囔道,"黑灯瞎火的,把眼睛看坏了。"

谢澜只得作罢,正要联系小马叔,看到天桥上走着两个刚刚才见过的人,下意识地抬手拉住窦晟的袖子。

"怎么了?"窦晟抬头。

谢澜说:"看天桥,是他们吗?"

何修和刚才那另一个男生就在天桥上,正走上台阶,他们一起吃着老式冰棍,上完一溜台阶,另一个男生多动症似的原地转了个圈。

窦晟道:"嗯。说起来,何修是英中出来的大学神,高考将近满分的那种。叶斯,就是他旁边那个,那一届理科省第二名。据说他俩关系特别好,叶斯本来是个学渣,高三的时候,被何修一分一分地拉扯起来。"

谢澜听过后更蒙了,忍不住嘀咕道:"老马到底带过多少神奇的学生?"

窦晟不过一笑,喊出在众多"猫头鹰"中口口相传的口号:"毕竟是'英中王牌,传奇老马'。"

晚饭随便找了个馆子，吃完饭刚进家门，赵文瑛的电话就打了进来。

"澜澜，你太棒了！我都听马老师说了，一试全省第一！全省第一啊！我做梦都不敢想，豆子跟你一比就跟个学渣似的。"赵文瑛风风火火地说，"我这边忙得不行，一听这个消息，嚯，神清气爽，看客户都亲切不少！我给你买了好多礼物……哦，对了，我听你爸说他过来了？"

谢澜"嗯"了一声："就来看看我，明天中午到，后天晚上就走。"

"后天晚上十一点多的火车，他跟我说了。"赵文瑛立刻说，"我肯定得和他见一面，太多年没见了……我应该是后天下午飞回去，晚上咱们四个一起吃饭啊，你们明天中午的餐厅我重订了，让豆子刷我的卡，一会儿把信息发给你们。"

窦晟抱着一堆快递从外面进来，闻言把快递箱搁在沙发背上，接过手机道："你儿子省第二，你知道吗？"

赵文瑛的兴奋劲儿来了个急刹车，嫌弃地说："你是从哪儿冒出来的？"

"就您这嗓门，什么手机能兜得住。"窦晟撇了下嘴，"要补给我的生日礼物呢？我生日都过去半个月了，你还回不回来啊？"

"回，后天就回。"赵文瑛的语气柔和下来，"这单有点大，好在谈下来了，你好好想想要什么礼物，妈答应你，这次回家两个月不出差。"

窦晟闻言轻"哼"了一声，强装道："我可没啥诉求。"

电话挂了，谢澜犹豫地说："赵姨说要和我爸吃饭。"

"吃呗。"窦晟根本没往心里去，把快递一个个拆开，都是要录视频的制服，"她来最好，聊天都承包了，咱俩什么都不用管了。"

这话有道理，但谢澜还是莫名觉得紧张。

他仔细核对了明天的车次和酒店信息，折腾到快零点才终于躺下。

第二天早上，谢澜是被梧桐叫醒的，一睁眼，"10:11"。

火车十一点进站，闹钟原本定的是九点，他没听见。窦晟就更不用提了，现在还在隔壁睡得香甜。

谢澜连忙冲进去，推醒他："要晚了！"

两人从东边打车到北边火车站，一路疯跑冲到接站口，谢澜猛地刹住脚步，窦晟猝不及防，直接从他身边飞了出去，又不得不掉头回来。

"怎么了？"窦晟问，"你爸的车刚进站吧？火车车次号是多少来着？"

谢澜用力扯了一下他的袖子，冲着不远处的男人抬了抬下巴，低声说："我爸。"

谢景明拉着一只大号的拉杆箱，站在出站口的门柱旁。他穿着浅灰色短袖衬衫，站姿很直，手腕上戴着皮质表带的腕表，有种很考究的学者气。

他一抬眼看到谢澜，眼中浮出一丝笑意，拉着箱子往这边走。

窦晟"啧"了一声:"你爸跟我想象得不太一样。"

谢澜问:"哪儿不一样?"

"没我想象得那么死板吧……"窦晟顿了顿,"但跟你长得不太像。"

"我更像我妈。"

几个人见面后,谢澜喊了声"爸",伸手去拿谢景明的箱子。还没碰到,谢景明就自然地把箱子换到另一只手:"不用,你们拎不动,打车了吗?"

谢澜有点不自然地"嗯"了一声,往旁边指指:"走这边吧。"

谢景明随便一点头,扭头看向窦晟,笑着问:"你是豆子吧?"

"叔叔好。"窦晟看了一眼他手里的箱子,"您怎么带这么多东西啊?"

"都是谢澜之前没来得及拿的东西,还有给你们准备的礼物。是先去餐厅,还是先把东西送到你们家里去?"

"餐厅离给您订的酒店挺近的。"窦晟笑笑,"吃完饭再说吧。"

谢景明闻言点头道:"也好。"

太阳火辣辣的,三个人一路没怎么再说话。

上了车,窦晟坐在副驾驶给司机指路,谢澜和谢景明坐在后排。

谢澜垂眸不语,余光却瞟着谢景明的身形。

半年没见,谢景明比以前瘦了点,不是那种垮下来的消瘦,而是适度运动后的精练,人也年轻了不少。这身衣服和他从前的风格不太一样,估计是 Elizabeth 买的,还有手机也换了。

"谢澜。"谢景明轻声叫他。

谢澜抬眸:"嗯?"

"见到爸爸都没有话说吗?"谢景明语气严肃,"昨晚你赵姨给我打电话,说你一试考得还不错。"

谢澜点了点头:"后面就准备二试了。"

"对二试有多大把握?"

"和一试没有太大差别。"谢澜说着顿了下,欲言又止。

他不知道谢景明有没有感觉说中文很僵硬。之前在电话里三言两语说得还凑合,但这会儿见面了,一下子就暴露出那种笨拙感。

谢景明还在看着他,谢澜只得又敷衍了一句:"国内数竞和 AMC 是对等的,所以……"

"那我明白了。"谢景明立即点头,"百分比靠前的人一起训练,然后再选国家队?那你的保送是什么时候?"

谢澜还没回答,窦晟就笑着打断道:"二试过了就参加保送考,T 大的人已经来盯着谢澜了。对了,谢叔叔,先给您看菜单,看看这家菜行不行?"

他说着把手机递了过来，谢景明只好暂时放下这个话题。

"我吃什么都可以，听你们的。"谢景明一边往下滑菜单一边说，"没有辣的吧？"

窦晟淡淡地"嗯"了一声："谢澜不吃辣，从来都不点。"

谢景明点点头："是很高级的饭店，你们两个小孩真会找地方。"

这家中餐是H市唯一的米其林两星，人均千元往上。谢景明在伦敦扎根这么多年，物质条件不错，但习惯节约，不喜欢大手大脚地消费。

谢澜解释道："我们也是第一次吃，是赵姨昨天特意定的。"

谢景明拍拍他的腿，对窦晟道："文瑛在国内发展挺好的吧？"

"是挺好。"窦晟拿回手机随手戳开微博，回了几条评论，"就是总在外面跑，怪累的。"

谢景明闻言有些感慨："确实，不容易。"

出租车飞驰上高速，十几分钟后又上了跨江大桥。

谢景明对着车窗外的风景唏嘘道："距离我十四年前最后一次回来，变化好大啊。谢澜对这边以前的样子还有记忆吗？"

谢澜一听这种废话就来气："我三岁就走了，能有什么印象？"

谢景明无奈地瞟了他一眼："怎么还一点就着？哦，'一点就着'这个词你知道吗？这是个比喻，说你脾气啊……"

"我知道是什么意思。"谢澜郁闷地别过头，"我回国半年了，中文说得比你好。"

谢景明笑了："老爸很久不说了而已，这有什么可骄傲的。"

当然骄傲。

谢澜面无表情地想：我中文十级我骄傲，我还会说汉语绕口令，会背"氢氦锂铍硼碳氮氧氟氖"，能默写"桂棹兮兰桨，击空明兮溯流光"，你行吗？

谢景明被他盯得不说话了，把车窗往下降了半截。

风一下子灌进来，一股女士香水的清香随之飘出，很淡，但在狭小的车厢里存在感又很强。谢景明像是意识到什么，又把车窗升了上去。

"她人呢？"谢澜还是忍不住问。

谢景明镇定地看了他一眼："在S市，自己去逛博物馆了。"

谢澜闻言下意识想追问，但话到嘴边，又咽了回去。

其实他想知道谢景明到底是怎么打算的，同居这么久了，是不是马上要结婚了，以后……还会不会再要孩子。但他又觉得很迷茫，没法开口。一是在出租车上聊不合适，二是他也摸不透自己的想法。

"二猫。"窦晟忽然回头伸手在他腿上挠了挠，"看微博，打豆豆女士做了个巨搞笑的表情包。"

谢澜一下子回过神，"啊"了一声，掏出手机。

首页一刷，第一条就是打豆豆女士发的。上周窦晟直播时他进来找水杯，站在窦晟背后喝水时，被她截屏了。

当时一切都很自然，但不知道这屏是怎么截的，窦晟后背笔直，目光严肃，仿佛站在他背后的不是谢澜，而是胡秀杰。

表情包上配字：端庄点，管事的来了！

谢澜没忍住扯开嘴角，正要乐，却又猛地想起谢景明在旁边，猛地停住。

谢景明笑问："看什么呢？"

"微博。"谢澜不动声色地把手机熄屏，"跟 Twitter 差不多。"

谢景明立刻点头："微博我知道。对了，你赵姨说你现在是在哪个网站上做 Youtuber？"

"B 站。"谢澜看他一眼，"这边叫 UP 主，不叫 Youtuber。"

谢景明正要接着问，谢澜已经不再看他了，扒着副驾驶的座椅往前倾了倾身子，问窦晟："你等会儿要录视频吗？"

"手机录几个小视频吧。"窦晟说，"他家有几个网红菜造型挺搞笑的，我随便发几条动态增长一下活跃度。"

谢景明问道："豆子也在那个什么网站上吗？"

窦晟"嗯"了一声："B 站。"

"这名起的。"谢景明笑了一下，"那有 A 站吗？"

"没有。"谢澜皱眉无语道，"可以不讲冷笑话吗？"

话音刚落，窦晟就说："有 A 站啊。"

"哦？"谢景明一下子坐直，语气很愉快，"你看，果然有 A 站吧？"

谢澜在背后冰冷地瞪着窦晟的侧脸，心想：你到底哪头的？

窦晟仿佛感受到了威胁，又飞快改口道："不过看 A 站的人少一点。"

"那就约等于没有。"谢澜立刻说。

窦晟闻言回头冲他眨了眨眼："你说的都对，你说没有就是没有。"

谢景明手搭在窗沿上敲了敲："你们两个相处得怎么样？谢澜突然跑到豆子家里，给人家增加了大量麻烦吧？"

"不麻烦。"窦晟轻描淡写道，"我自己还怪无聊的，谢澜来了刚刚好。是吧，谢澜？"

谢澜看了他一眼，"啊"了一声。

餐厅的环境很典雅，室内打造成经典的苏氏园林风格，清溪绕台，室内水声汩汩，缥缈的雾气从假山石后散出，氛围感极佳。

谢景明跟着引路的服务员走在前面，窦晟和谢澜在后面。窦晟用手机录短视频，对镜头解说道："二猫的爸爸来了，我俩带他来吃一家平时不舍得吃的餐厅。"

谢景明闻言回头，问："二猫是谢澜的名字？"

"啊？"谢澜胡说道，"嗯，是我们语文老师给我起的中文名。"

话音刚落，他就想把舌头咬掉。窦晟的手也哆嗦了一下，差点把手机掉进假山池子里。

谢景明困惑蹙眉："你有名有姓，为什么还要起名？"

谢澜尴尬地笑了笑，窦晟立刻接口道："国内老师都这样。英语老师爱给国内学生起英文名，语文老师爱给外边回来的学生起中文名，就是玩呗。"

谢景明"哦"了一声："那英语老师给你起英文名了吗？"

"起了。"窦晟立刻说，"我叫 lovely bean，可爱的豆子。"

谢景明的笑容僵在脸上："那是……挺可爱的。"

窦晟笑眯眯地说："您看，您这就和我英语老师达成共识了。"

谢景明听得云山雾罩，只能沉默地跟着服务员继续往里走。

他们订的是一座小吊桥上凉亭似的包间，谢景明坐下，谢澜坐在他对面，窦晟自然而然地跟着谢澜挤进了一侧。

谢景明看了他们一眼，没说什么，只接过服务员递来的热毛巾擦了擦手。

窦晟在用手机拍外面的雾气。谢澜随口说："留两条给我发，我也要增一下活跃度。"

"遵命。"窦晟说。

谢景明像所有父亲一样，低声抱怨着："竞赛还没完，只想着发视频。"

谢澜闻言只觉得扫兴，反驳道："我在 B 站的更新频率已经比之前 Youtube 上低很多了。"

谢景明低头看着菜单，不认可地说："做 Youtuber 本来也没什么意义，当年如果把时间用在数学上，早一年准备竞赛不是更好吗？"

"我做 Youtuber 没意义吗？"谢澜语气倏然冷了下来，"我为什么做 Youtuber 你不知道吗？"

"我知道，但从结果来看……"谢景明说着忽然顿住了，"算了，吵不出个结果的。"

谢澜冷冷地看了他一眼，低头扒拉着手机不再说话了。

窦晟把小视频上传，忽然悠闲地咂舌道："谢叔叔，我感觉挺有意义的啊，我就是看着 SilentWaves 视频过来的。谢澜救了我一命呢。"

话音刚落，谢澜猛地抬起头，瞪着他，用眼神示意：疯了你？

窦晟冲他潇洒一笑，也用眼神回他：没疯。

谢景明惊讶道："你看过谢澜之前的视频？什么时候？"

"我爸刚出事那两年看的，谢澜是我的偶像，二月份一接机，直接把偶像接回来了。"窦晟笑得很纯善，"叔叔，来都来了，你想不想顺便了解下我当初为了 SilentWaves 在外网疯狂的往事？"

谢景明愣了许久，才放下菜单："好啊，你说说。"

窦晟坐在座椅里，手指轻轻点着桌面，话语中透出些许忆往昔的感慨。

看起来特像在说人话，其实完全不是。

"那年我初二，我爸出了事，我夹在背叛与伤痛中踽踽独行，突然对人生产生了很多怀疑——奋斗有意义吗？坚持正直傻不傻？骨肉至亲间就可以完全信赖吗？我以为我了解每个人，但我真的了解吗？"

谢景明的表情也逐渐迷惑了。

谢澜则是被那些深奥的中文词汇搞得一头雾水，在旁边插嘴道："'举举'独行是什么意思？举着什么重物……前行？"

窦晟摇头，解释说："'踽踽独行'是说孤零零地独自往前走。"

"嗯……"谢澜蹙眉沉思，片刻后放弃交流，扫码点菜。

谢景明问道："文瑛没和你聊过吗？"

"天天聊。我和我妈都成酒友了，我妈天天哭，有一阵我好像抑郁了，看东西是灰色的，饭也不怎么吃，白天不上学，晚上不回家，在外面一逛就是一天。"窦晟抬头对上谢景明惊愕的目光，"叔叔应该知道我爸的事吧？"

谢景明迟疑地点头，说："知道一些。"

窦晟闻言惨淡地扯了扯嘴角："那时候我在想，错的可能不是我爸，是我。如果没有我，他直接跟我妈离婚就好了，对他对我妈都好。"

谢澜心脏突然有些抽痛，抬头朝窦晟看去。

窦晟神色和刚才没什么两样，眸子垂着，看不出究竟有多少演的成分。关于那段过往，他只听窦晟安慰陈舸时提过一些，却从未追问。

谢景明问道："然后呢？"

窦晟沉叹一声，手指在桌上敲了敲，眼睛倏然一亮："然后突然有一天，我打开了Youtube。"

画风转变太快，谢景明猝不及防，蒙了："Youtube？"

"对。我那天和人打架打得特别狠，受了重伤，在处理伤口时想着放点音乐换换心情，结果误打误撞点进谢澜的视频。就那一个瞬间，我突然感觉手里的纱布和碘酒都不重要了，那时候什么都不想做，就想站在那里安安静静把那个视频看完。"窦晟说着掏出手机，娴熟地点进谢澜 Youtube 主页，滑到最下指着那个最初的投稿说，"被陌生人跨越千山万水拥抱，叔，你有过这种感觉吗？"

谢景明凝固了片刻："有……也没有……"

"我也说不明白那种感觉。"窦晟打断他，"直到现在也说不明白。类似身处暴风眼的宁静吧，不管世界每天在上演什么，都会有一个人安安静静地拉琴，会有一片叶子摆在这倾听他。"

窦晟说到这，语调不由自主地扬了起来，指着画面上轻轻震颤的梧桐叶："我对这片小叶子的代入感极强，我就是这片叶子。"

谢景明有些难以置信地看了看屏幕："你代入这片叶子？"

窦晟点头："后来我天天给谢澜发私信，拍梧桐叶子发给他，久而久之状态好了点，成绩还是烂，但心情平复了。直到某一天……"

窦晟忽然在桌子下面不动声色地拍了拍谢澜，像是某种提前的安慰。

"那天谢澜的视频里，梧桐绿叶突然换成了梧桐枯叶。其他观众只是当个乐子笑笑，但我突然有种感觉，好像是一个时代的结束，树叶枯了，我该振作起来了，所以就开始断网苦学冲刺中考。"

谢澜愕然扭过头，难以置信地看着他。

——那是谢澜 SilentWaves 时期的最后一个视频，发在妈妈去世后。

梧桐叶枯了，妈妈走了。但那竟然是窦晟决心重归明朗的契机。

或许是因为知道他的真实经历后，也猜到了那片枯叶背后真正的象征，所以窦晟从没有跟他提过这件事。

谢景明满脸不解，问谢澜："你还用过枯叶？"

谢澜眸光一动，眼神倏然空下来，低头"嗯"了一声。

"太不吉利。"谢景明不禁蹙眉，似乎想提旧事，但欲言又止。

他不知道那是谢澜的最后一个视频，也不知道那个视频是肖浪静死后的视频。

谢澜早知道谢景明压根就不关注自己的视频号，但仍然下意识地拧起眉头。

包厢门被敲响，服务员进来上饮料，暂时打断了这段对话。

谢景明给他俩倒果汁，和窦晟感慨起当年往事，窦晟顺着他的问题又平静地答了几句之前的想法。那些叙述真真假假，掺着子虚乌有，掺着夸大其词，但也都是他鲜为人道的不堪往事，就这样，被他在饭桌上轻描淡写地提起。

"所以叔叔。"窦晟笑道，"不能说谢澜做视频没有意义，肖阿姨生病时可以看儿子的视频获得宽慰，世界上又不知道有多少个我每天晚上听着小提琴声入睡，怎么能说没有意义？"

谢景明叹了一声："你这个例子确实比较特殊……"

"不特殊。"窦晟淡然摇头，"我觉得有能量的人就是有责任去影响，看 SilentWaves 的那一年多，成就了我后面做视频的初心。"

谢景明顿了顿，随口敷衍却被认真反驳，让他一时间有点不知道怎么接。

窦晟给谢景明倒了杯果汁："叔叔，喝饮料。"

谢景明便顺势放过了这个话题，笑道："还是你多喝点吧。你可够能说的，我突然想起好像上学的时候文瑛也这么能说。"

服务员又来敲门，这次是来上菜。

窦晟没再继续这个话题，掏出手机对着菜录小视频，录完还当着谢景明的面传给了谢澜。

谢景明看了谢澜好几眼，终归没再说什么。

吃到一半,他又忍不住好奇起窦晟的 UP 主经历,问:"你的 ID 是什么?我安装 APP 搜搜你。"

窦晟夹菜的筷子顿了顿:"人间绝帅窦。"

"爸。"谢澜忽然有些不悦,像是被不友好的人侵占了地盘一样。他顿了顿才说,"吃饭吧,看他的号干什么?"

窦晟也接着笑笑:"叔叔,我拍的都不是什么正经视频,都是搞笑的。"

谢景明只是"嗯嗯"了两声,还是搜出他的主页,扫了一眼:"我关注你了。"

他好像并没有看到窦晟那庞大的粉丝量。

也或许看到了,但并不在意。

这顿饭吃了三个多小时,吃完后谢景明就拖着行李跟他俩回望江丽影。

谢澜和窦晟拉了他好几次他都不肯上楼,就在下边转了转,把箱子交给谢澜送上去。

箱子死沉,谢澜进屋一开箱吓一跳——谢景明把他冲刺 IMC 的那些资料都捆好搬了过来,书本资料最吃重量,这箱子一半分量都是这些资料。此外还有谢澜从前常用的几个相机,笔记本电脑,肖浪静送他的耳机、钢笔,一家三口的合照,两支谢澜常用的小提琴松香……

箱子角落里塞着皱巴巴的旧 T 恤,谢澜随手扯开,从里面却掉下两沓粉花花的钞票,看样子是两万元人民币现金,现金之间夹着一个小透明塑料卡袋,里面有一张国内银行卡。

窦晟对着那些钱愣了好一会儿:"你爸太久没回来了,都不知道国内很少用现金了。"

谢澜"嗯"了一声:"英国电子支付也普及了,但和国内不能比,主要还是刷信用卡和交现金。"

他本想把钱给谢景明拿回去,但突然想到谢景明拿着这些人民币也没什么用,那些钱之间夹着一张巴克莱银行外币兑换的手续单,估计还是谢景明回国前特意去银行兑的。

于是,谢澜纠结片刻后还是把那些现金拿回房间里收好,和行李放在一起,下楼之前只顺手揣上了那张银行卡。

下午他们带谢景明坐了江上的游览渡轮,他和谢景明依旧没什么话说,反而是窦晟聊得开,侃侃而谈国内的发展。谢澜插不上话,只是安静听着。

谢景明好像还挺欣赏窦晟的。他平时是个很骄傲的人,和自己亲儿子话都不多,跟其他人就更惜字如金,但一下午他拉着窦晟说了不少,犯学者毛病,面试似的让窦晟点评这点评那,谢澜只能尴尬得独自望江。但溜了会儿号再回过神来,发现谢景明又开始关心起窦晟的爱好和生活习惯了。

谢澜坐在渡轮的三层露天座位里,看着江岸上望江丽影的那些楼,忽然很恍惚。

越相处越觉得谢景明变化很大,但他不知道这些变化是 Elizabeth 带来的,还是他出走这半年带来的,也很难去探究。

游览渡轮行程一个半小时，后半程谢澜有点晕船，下船时头晕目眩，还有点想吐。他正小心翼翼地从陡峭的楼梯上往下走，忽然听到了一耳朵后边窦晟和谢景明的讨论。

谢景明说道："国内现在提倡多生小孩了，当年我们都只让生一个。独生子女孤独啊，你跟谢澜俩一起上学放学也挺好，等你们这一代再生小孩就不会有这种困扰了。"

窦晟打了个哈欠："我又不生孩子，跟我没关系。"

谢景明惊讶道："你不生孩子？为什么？"

窦晟说："生什么孩子啊？我就想和我喜欢的人待着，不生孩子。"

"年轻的时候大家都这么说。"谢景明闻言叹气，"等你们年龄大了就懂了，得有孩子陪着，不然真的寂寞。"

"是吗？"窦晟笑笑，"那就领养，回头我抽一个幸运的观众当孩子。"

谢澜忍不住回头真诚发问："观众惹你了吗？"

谢景明神情复杂，许久叹着气别开了头。

晚饭吃的火锅，回酒店都晚上八点多了，谢澜进了酒店大厅才从口袋里摸出那张银行卡，窦晟扫了一眼便对谢景明道："谢澜送您上去吧，我在底下等。"

谢景明点头说"好"，谢澜跟他进了电梯，谢景明又问道："你今晚不和爸爸住？"

谢澜顿了一下，找了个借口说："订的好像是大床房。"

谢景明点头："行，随你吧。"

酒店的走廊故意打造出幽暗的氛围，地毯很厚，踩进去自动消音。

谢澜进到房间才把那张卡放在桌上："这个你拿回去吧，我做视频能养活自己。"

"那是你自己的本事。"谢景明看着他，"我作为父亲，有责任在你成年前养你。之前说断钱，是想让你回来，现在看来你是打定主意了。"

谢澜"嗯"了一声："是。我打定主意了，不想做英国人，我想留在国内。"

他看着那张卡，卡面很新，不知道谢景明在里面存了多少钱。他也不太想知道。要是塞进ATM里一查，出来个天文数字，那谢景明不如直接对他宣布要和Elizabeth生儿育女开启新生活。

"放心吧，没多给你。"谢景明笑了下，"现金两万，存款三万。这是你上大学前的生活费，包括学费和你要给你赵阿姨的生活费。上大学就成年了，缺钱的话，找我开口得有理由。"

谢澜看了他半响，"嗯"了声，拿起卡说："你休息吧。明天早上我和窦晟来接你。"

"你等一等。"谢景明却忽然叫住他，坐在酒店叠得平整的床上，"提到窦晟。我想问你，你真的决定一直留在国内了吗？"

谢澜没听明白："什么？"

谢景明皱眉，声音也沉了下来："回不回英国是一说，在国内怎么过日子是另一说。起初我联系你赵姨，只是临时应个急，没有让你常住在人家家里的打算。

谢澜有些茫然："什么意思？让我走？"

"她只是你妈妈的朋友，和我的关系不深。谢澜，你是个大人了。"谢景明眉头皱得更深，"你妈妈……不在了，两家还有多少情分？文瑛家里人不多，我看窦晟也不是个省心孩子，她一个人做生意，还要照顾你们两个小的，你算是怎么回事，要一直赖在人家家里？"

谢澜听蒙了，下意识想要反驳，但又把话卡在喉咙里。

该反驳什么？

反驳窦晟没你说的那么差劲？没有必要。

反驳自己住在赵姨家里不会给人家添麻烦？但……某种意义上，谢景明说的是事实。谢澜回国这么久了，赵文瑛长期出差在外，但每逢大小考前必来电话问候，每趟回家都要费心给他带礼物，据老马说她还常常和他的老师们沟通，帮他打听竞赛、考学，亲儿子窦晟从来没这些待遇。

况且窦晟也无意中提过，自打谢澜来了，赵文瑛回家比以前频繁。以往两趟出差间不怎么回来，现在是只要空上两天也要往回飞。每次赵文瑛回来，谢澜都会见她一脸疲惫地躺在按摩椅里捶腰捶腿，就这，每次回来还会坚持亲自做一桌菜，三个人一起吃顿饭。

明明素昧平生，她却一直很努力地给他家的感觉。

谢澜好像一下子被人掐住喉咙，哑了。

谢景明审视了他片刻："还有，拍视频这件事，我们聊过很多次。当初你非说是为了……但现在不同了，你要准备竞赛，还要高考，不要再浪费时间做这些没有意义的事了。你和窦晟在一起相互影响，光想着拍视频了，还能学习吗？"

谢澜皱眉烦躁道："这是我的事情。"

"搬出来吧。"谢景明却没有多和他争辩的打算，把那张卡又递给他，"你长大了，我什么事也逼不了你，但希望你好好考虑爸爸的建议，好好想想，住在人家家里会不会影响学习，会不会给别人造成麻烦？"

在房间里待的这一会儿，外头下了几分钟毛毛雨，人行道的柏油上湿漉漉的。

谢澜走了一会儿忍不住回过头，仰头看看酒店那些亮着灯的窗子。

"别想了。"窦晟低声说，"什么麻烦不麻烦啊，我感觉我妈快乐得不得了，我这儿子是个假儿子，你来了，她才享受到养儿子的快乐。"

谢澜没吭声，许久才轻声道："赵姨确实对我很费……很用心。"

窦晟打量了他神色好几次，欲言又止，还是把话咽了回去，叹气道："这事我没法开导你，你别钻牛角尖就行。你得想明白你爸为什么突然提这层关系，我来给你分析分析……"

"我知道。"谢澜轻声打断他，抬头看着路灯，长吁了一口气。

"他讨厌我拍视频，认为那是没有意义、浪费时间的事，从来都是这样。他恨不得我早点从你家搬出来，不要和你一起做 UP 主，但他没法挑拨咱俩，只能从别的地方……拿捏我？拿捏，是这么用的吧？"

窦晟点点头，有些心酸地笑了笑，"我差点忘了，那是你亲爸，你比谁都了解他。"

谢澜轻点头："是。"

"你能明白他的动机就好了。"窦晟说，"回去吧，不想了。"

商业街上每隔十米一个路灯，地上谢澜和窦晟的影子在那些路灯间拉近又拉远，难以剥离出你我。谢澜什么都明白，但他不得不承认，谢景明说的那些话还是扎进了他心里。

赵文瑛常常不在，谢澜回国以来，一共也没见过她几面。但渐渐地，她却仿佛填上了谢澜心里的某处空旷。

他很怕伤害赵姨。除了害怕，还有一丝无所适从。

人的情感很神奇。肖浪静走后，谢景明理所应当是他唯一的至亲、他的归属。但荒唐的是，每当谢景明出现，都会把他从原本舒舒服服的壳子里拽出来，反而让他产生一种偌大的漂泊感。

刚到家，外头的暴雨就下来了。漆黑的天空接连出现几个闪电，照亮了江面和江岸上的梧桐，而后雷声滚滚。

谢澜刚进门就听喵嗷一声，梧桐咚咚咚地踩着木质的楼梯，屁滚尿流朝他奔过来。

小猫狂奔到他脚边一通蹭，侧身靠着他坐下，喉咙里很快发出安心的呼噜声，开始舔毛。

"别害怕。"谢澜弯腰把梧桐拎起来抱在怀里，"害怕就跟我待一起。"

身后响起防盗门解锁的动静，窦晟有些艰难地把外头那些快递扯了进来，嘟囔道："怎么是四个啊。"

谢澜抱着猫过去看："还是cosplay的衣服吗？"

"衣服应该是这三个小的，多出一个大箱子不知道装的是什么，死沉。"窦晟说着关上门，踢了踢脚边最大的那只箱子，箱子有点分量，岿然不动。

谢澜蹲下看了眼标签："畅享家居生活馆？"

"我妈买的吧。"窦晟这才反应过来，当场翻白眼，"真够精明啊，留我联系方式，让我去给她搬这么大快递。好家伙，差点被大雨淋到。"

谢澜抱着猫看窦晟拆快递，梧桐喵呜喵呜叫个不停。

窦晟嘀咕道："什么东西，不会是给我的生日礼物吧。那我可要离家出走了……"

箱子打开，掀起里面的泡沫盖，两个人都愣住了。

一个陌生的玩意儿。

墨绿色，沉甸甸，像个铁艺的小板凳，但顶端是封死的。封口和"板凳面"之间有个透明的圆桶，里面有线圈有刀片。板凳一侧长着一柄摇手，背后连线，上面有一个浮雕字。

氺。

水字上面加一点。

谢澜服了，这么简单的一个字，他竟然不认识。

他指着那玩意儿问道："水点是什么？"

"什么水点。"窦晟噗的一声乐了，"这是一个字，谢澜小朋友，这念冰，冰雪的冰，就和冰一个意思。"

一个意思为什么还要造两个字，不懂。

谢澜叹气："这是造冰机？家里的冰箱不就能造冰吗？"

窦晟蹙眉琢磨了一阵，拉着手柄摇了两下，突然捏了一个响指："我知道了，刨冰机。"

谢澜茫然道："会爆的？"

"什么啊。"窦晟掏手机查了词典，"刨冰用英语怎么说，shaved ice？还是water ice？"

谢澜明白过来："懂了。"

机器掏出来，箱子底下还有精致的礼品袋、缎带和信封。窦晟抱起沉甸甸的家伙往厨房搬："这玩意儿不会真是我的生日礼物吧，那我可真要'打警察'了。你快看看信封里写的什么。"

谢澜弯腰捡起小信封拆开。里面有一张发货单，还有一张贺卡。

发货单上印着商品名——"小丸子碎冰机，数量1，备注'贺卡信息未留言'"。这条备注被圆珠笔划掉，旁边写着几个潦草的大字——"已致电买家。"

什么意思？

谢澜一头雾水拆开贺卡。贺卡上是和发货单上一样的潦草狂狷的大字——"送给兰兰的礼物"，波兰的兰。

窦晟从厨房里出来："贺卡呢？"

"写的我名。"谢澜有些嫌弃地瞟了眼"兰兰"，叹气道，"好像是赵姨送我的礼物。"

"她送你这干什么啊？"窦晟一头雾水拿过贺卡一看，一下子笑喷了。

"有毒啊，这帮卖家能不能长点心啊。"他笑得不行，掏出手机拍了个照，发进他们和赵文瑛的小群里。

赵文瑛很快回了个目瞪口呆的表情。

美少女赵老板：澜澜，不要介意啊。小礼物，送你玩的。

谢澜犹豫片刻，乖乖回复：谢谢赵姨，我很喜欢。

"你也太虚伪了。"窦晟喷一声，"还'很喜欢'……你知道刨冰的刨是哪个字吗？"

谢澜问："哪个字？"

"不告诉你。"窦晟把那些泡沫和纸箱子收拾起来，"我去丢垃圾啊，你看看机器能不能用。"

谢澜进厨房先找了说明书。汉字密密麻麻，通篇称呼这个家伙为"碎冰机"，他从头看到最后，终于忍不住掏出手机查了下刨冰究竟是哪个刨。

那个字一出来，他又忽然觉得心底动了一下。

很熟悉，非常熟悉的一个字。

纠结了许久，他才忽然想起什么，上楼翻出肖浪静的手账，在最旧的那本上一页一页地翻，终于翻到有着手绘冰沙的一页。

那是肖浪静高考那年的若干流水账之一。

当天天气雨，肖浪静高考前最后一次模拟考砸了，她在日记里长篇大论地分析了自己的分数，只在最后用半行潦草的小字匆匆记录道：就这样吧，和文瑛一起吃冰才开心了点。

页末画着手绘的冰沙简笔画，旁边用小箭头标注了"蜜瓜刨冰，文瑛私房甜品"。

谢澜之前没在意过这个不认识的字，而且一直以为那是一杯冰激凌。

手机又振动了一下，是赵文瑛私戳了他：今天和你爸聊得怎么样？

谢澜纠结了一会儿，打字回复：还可以。

赵文瑛回复了一个巨大的笑脸，龇牙龇了一屏的那种：那就好。我明天下飞机直接去饭店，明天见，忙去了啊。

像个来去如风的女超人。一个人把生意做得红红火火，还能顾得上和他们两个小的搞搞浪漫。

谢澜无意识地勾了勾唇角，虽然知道赵文瑛已经丢开手机了，还是乖乖地回复道：明天见，赵姨。

外头大雨瓢泼，电闪雷鸣不断，家里之前空调没关，整个房子都有点冷。

谢澜洗了个热水澡，洗澡时浴室门留了一道缝，水刚放出来没多久，就见梧桐从缝里溜了进来，靠在玻璃拉门另一端担忧地盯着他。

楼下叮叮咣咣，伴随着一阵一阵刺耳的机器运转声。谢澜听到，飞快洗完，换了身绒呼呼的睡衣睡裤，抱着梧桐下楼。

空气里一股清新的甜香。他鼻翼耸了耸，仔细闻闻，这才意识到是蜜瓜味。

窦晟在厨房里和赵文瑛打着免提语音。

"赵女士，我不得不说你这个配方简直是垃圾中的战斗机。你刨冰机都买了，就不能顺道买点新鲜的哈密瓜吗？"窦晟手里捏着一个黄不拉几的瓶子，倒过来对着碗里的碎冰使劲挤。

瓶身的标签早磨光了，谢澜困惑地观察了一会儿，忽然想起自己好像在冰箱里见过这玩意儿，就塞在冰箱最里头的角落，和一堆蛋黄酱之类的搁在一起，他从来没碰过。

平平无奇的一个瓶子，窦晟单手挤压，小臂用力时肌肉线条绷紧，青筋都要起来了。只听"噗——"一声，一大坨可怕的绿色落在了冰上。

窦晟人傻了："这色素不得把我和谢澜吃死？"

"你懂什么。"赵文瑛不耐烦道，"添加剂和糖精多，吃着才快乐，这就是童年。"

话音刚落，又是"噗——"一声，窦晟感慨道："原来你的童年是荧光绿的，啧。"

赵文瑛在忙，不耐烦地跟他说了两句就挂了电话，窦晟叹着气搞了一大碗疑似有毒的刨冰，一扭头看到谢澜抱着猫站在门口。

"你在这？什么时候过来的？"他嘀嘀咕咕地拿了两个勺子，端着刨冰到桌边，"喏，过来吃冰。赵文瑛女士中邪了，非说要我们试验一下这个刨冰机能不能用，还要求复刻她的复古毒方。"

窦晟说着坐下挖了一勺塞进嘴里："欸，还挺甜？"

谢澜对着窗外哗哗的大雨发了会儿呆，又看看被窦晟一勺一勺挖出缺口的刨冰，忍不住问道："你第一次吃这个吗？"

"嗯，我之前都不知道我妈还有这么造孽的食谱，所以不保证你吃完这玩意儿能活着看到明天的太阳。"窦晟把刨冰碗往他这边一推，"赶紧吃，不把舌头吃绿不许停。"

谢澜坐下挖了一勺刨冰。

确实是很人造的味道，但不难吃，冰冰凉凉地化在舌尖，是真的甜。

他挖着吃了几口，朝窦晟伸了下舌头："我绿了吗？"

窦晟差点把嗓子眼里的一口冰沙从鼻子里喷出去，咳嗽道："谢澜小朋友，你是不是不知道绿是什么意思？"

谢澜茫然："绿就是绿，还能有什么意思？"

窦晟笑着摆手，低头又猛地吃了两口冰，扭头瞅他。

"干吗？"谢澜问。

窦晟也冲他吐了下舌头："我呢？"

"你也绿了。"谢澜严肃脸，"虽然我没照镜子，但我估计我绿不过你。"

窦晟忍不住乐出了声，清清嗓子道："虽然你舌头是绿的，但嘴唇特别红。"

谢澜闻言也瞟了眼他的嘴唇："你也是，可能是冰刺激的吧。"

窦晟闻言似笑非笑地看了他一眼，挪开视线，又挖一勺。

外头还在哗哗哗地下雨。窦晟继续挖冰，黑眸低垂带笑，安安静静地不说话。谢澜也无话，低头跟他一起对着雨帘戳刨冰。

心情好像突然好了一点。

麻烦事还摆在那，一样都没少，但或许是过多的糖分急速促成了多巴胺的形成，也或许是突然和赵文瑛之间拥有了一个连窦晟这个亲儿子都不知道的小秘密，反正谢澜心里一下子舒坦了。

吃完一大碗刨冰，冰得后脑勺都有点木，便也再想不起愁了。

第二天谢澜关起门来编了一天曲子。窦晟列的歌曲清单长到恐怖，他一段一段地听，反复琢磨怎么能整合起来。直到傍晚，赵文瑛那边下飞机发了条消息，他才匆匆忙忙跟窦晟打车往饭店去。

今晚去的是家本地菜的饭店。谢澜和窦晟赶到时，赵文瑛已经在和谢景明聊天了。两人杯子都只有一半的茶水，显然坐下不止一小会儿。

"澜澜。"赵文瑛一看到谢澜便笑起来，"快坐，豆子也坐。"

平时赵文瑛出差回来都会给谢澜一个"粉身碎骨"的拥抱，大概是谢景明也在，她今天很克制。谢澜纠结了一会儿，还是选择挨着赵文瑛坐下，窦晟便挨着他坐在靠谢景明那边。

桌上已经上了不少菜，一眼望去，都是他和窦晟爱吃的，一看就是赵文瑛点的。

"赶紧吃吧。"赵文瑛招呼道，"景明也吃。"

谢景明笑容沉稳："都吃，你们两个小的别看着，吃你们的。"

谢澜"哦"了一声，刚拿起筷子，窦晟已经把一块排骨夹了过来："吃这个。"

赵文瑛看了一眼谢澜的盘子，眼神下意识扫到远处他爱吃的酥皮点心，似乎本能地想夹过来，但筷子拿起来又只推了推谢澜胳膊："你吃那个，自己夹，给你点的红豆挞。"

谢景明笑道："文瑛真是太照顾谢澜了，都要给孩子惯得没样子了。"

赵文瑛温和地笑笑："浪静的儿子，我对他好是理所应当。小时候，我可是说过要做干妈的。"

窦晟看了谢澜一眼，两个人交换视线，没作声。

赵文瑛把甜口的菜都转到谢澜这边，用手指点着桌子示意谢澜吃菜，对谢景明道："他们吃他们的，我们聊我们的。刚才说国内这两年比较好的是实业，还有新能源，你有兴趣的话我推给你？"

谢景明"嗯嗯"地掏出手机："行，你发我吧。"

谢澜吃着红豆挞有点惊讶，没想到他俩聊的是这事。

赵文瑛刚下飞机，赶着刚做完的这笔买卖，便自然而然地和谢景明聊起来，又顺着说了说这几年的发展。

谢澜也是今天才知道赵文瑛是做进出口业务的，谢景明研究经济，两人聊起国内外的经济形势，顺理成章，毫不违和。

谢景明操着一口蹩脚中文，但赵文瑛听得很认真，热烈地讨论了一整顿饭。其间窦晟趁着夹菜时在谢澜耳边低声道："社会人的场面。"

"嗯。"谢澜不动声色地点了下头。

这个饭局比想象中平和，谢景明昨天把搬出去的建议抛给谢澜，但今天对着赵文瑛却只字未提。直到大家从饭店里出来，谢景明等车时才终于抬手拍了拍谢澜的肩膀，像是终于想起还有他这么个儿子。

"文瑛，真的麻烦你。"他叹了一口气，"孩子不懂事，非要回国考学，我和浪静在国内都没亲人了，要不是还有你在，我真不知道该怎么办。"

他的手搭在谢澜肩上，谢澜有些不自在，但忍着没动。

赵文瑛温柔地笑，顺手把谢澜捞过来道："澜澜还不懂事？我就没见过比他更懂事的孩子。你放心吧，我肯定把他活蹦乱跳地送上大学。"

谢景明一迭声地说谢谢："有什么要花钱的你一定跟我说，我知道国内现在一个高三学生的花销是很多的，你肯帮我这么大的忙，一定不要客气。"

他说着，车已经来了，停在一边。

赵文瑛扫了眼车，脸上的笑容却忽然淡了淡。她把手搭在谢澜肩上，很瘦，但又很软，是很女人的手。

赵文瑛看了看那辆车，似乎在权衡要不要说，又看看谢景明，思忖片刻还是开口道："景明，我不是在帮你。"

谢澜下意识偏头看过去。赵文瑛神色温柔，语气却很笃定："多带一个孩子对我而言没有什么负担，更何况是澜澜这样的好孩子。孩子现在大了，对事情有自己的判断和坚持，你能尊重他，我很佩服你。但这件事我们得讲清，我不是在帮你，我是在帮浪静照顾孩子。"

司机降下车窗，催促地看了谢景明一眼。

谢景明神色有一瞬的尴尬，但还是很快笑着掩饰过去："我知道，我只是表达感谢，没有别的意思。"

"我也没有别的意思。"赵文瑛闻言又笑起来，替谢景明拉开了车门，"你和你的朋友好好玩，下一站去 X 市吧？我回头让秘书整理旅游攻略发给你们。哦对，澜澜，和爸爸说再见。"

谢澜对上谢景明的视线，顿了顿："爸……"

"行了，别搞这些。"谢景明摆手，"我还要在国内待几天，到机场告诉你。"

"好。"谢澜如释重负，"注意安全。"

看着出租车开走，赵文瑛搭在谢澜肩膀上的手无意识地轻捏着他的锁骨，"你爸也怪不容易，大老远专门来看你一眼……"她叹了口气，但转瞬又笑盈盈起来，"不过这回看到了他就放心了，你也能安心了。"

谢澜"嗯"了一声："赵姨，你怎么比我们到得早那么多？"

"也没多久，就十来分钟。"赵文瑛正说着手机忽然响起来，她摸出来看了眼屏幕，来电显示是秘书，她把电话摁了，"你爸还挺客气的，我以为要跟我聊你，结果关心了豆子半天。什么成绩啊，拍视频啊，爱好啊，方方面面，我的天，好些我都不知道，压根儿答不上来，特尴尬。"

窦晟大无语："或许你不该吐槽别人，而该检讨检讨自己。"

"我检讨个鬼！鬼记得你竞赛一试考什么样？我能记住吗？"赵文瑛手机又振动起来，"我接个电话啊。合同还没走完，法务一会儿一条消息，你俩等我一会儿。"

她踩着高跟鞋风风火火地走开，一边走一边已经和电话那头说了起来。

窦晟没好气地在后头道："我全省第二，谢谢！"

"知道了知道了。"赵文瑛有些敷衍地挥了挥手，"澜澜第一都没你能显摆。"

窦晟心想：到底谁才是你亲生的？

Freedom on My Mind

第十章
变 故

"他至今都能回想起赵文瑛见面对他说的第一句话——'到这就是回家,上车饺子下车面,我一下午没干别的,就炖这碗面了。'"

回去路上大家都昏昏沉沉。赵文瑛坐了一天飞机,坐在副驾驶甚至打起了呼噜。谢澜也半梦半醒地合着眼,车开到半路,他的手机突然震了一下,震得他腿一麻。

他睡眼惺忪地摸出手机,本以为是谢景明,但屏幕上却是学长的名字。

何修:学弟你好,有事提前和你通气。

谢澜茫然了一会儿,用胳膊肘撞了撞窦晟:"通气是什么?"
窦晟睁开眼,茫然地"嗯"了一声,吸了吸鼻子:"鼻子不通气?昨天吃刨冰吃凉着了?"
"鼻子?"谢澜也有样学样跟着吸了吸,"我鼻子通气啊,是何修说要提前通气。"
"哦,哦!"窦晟这才明白,凑过来看了眼他屏幕,"意思是有情报提前告诉你。"
话音刚落,对方又发了一段过来。

何修:你的情况特殊,招生办会提前和你单独笔试面试,时间在二试后的一周内。具体时间最晚后天就会通知给英中,我提前跟你说,你提前准备。

谢澜愣了一下,迟疑道:"这什么意思? T大着什么急?"
话音刚落,对面又发来一条。

何修:P大应该也会接触英中。作为学长,我得坦诚相告,P大数学系更强一点。

谢澜刚把这两行字看完,上边那条一下子撤回了。

何修:自己权衡吧。

赵文瑛在车上睡了一路,到家满血复活。这趟出差久,她带的礼物也多,在客厅琳琅满目地铺了一地。

谢澜拆开一盒糯唧唧的豆沙团子,尝了一个觉得味道不错,随手递给窦晟。窦晟却摇头:"你吃吧,我减肥。"

"减肥?"谢澜愣住,难以相信自己的耳朵,"你,减肥?"

窦晟"嗯"一声:"准确地说,我要控一下体脂,下个月就要开始拍男主万花筒视频了,我昨天试了几套戏服上镜,感觉脸皮还得再薄点,那样轮廓更利落,有纸片人的气质。"

赵文瑛坐在沙发上敷面膜,不悦道:"我生你就是为了气我是吧?你还想怎么瘦?"

"就控制两三个月。"窦晟说道,"我保证体重不掉,我只想刷刷脂,会多吃蛋白的。"

赵文瑛闻言翻了他一记白眼:"你就作吧,就为了录个视频一天到晚蹦下跳,还叫什么人间绝帅窦,人间都盛不下你。"

窦晟闻言乐起来:"你这不是咒我死吗?"

赵文瑛冷哼着懒得搭理他。她敷着面膜在手机上发了半天消息:"澜澜,你们是不是快二试了?"

谢澜"嗯"了一声:"还有十天。"

赵文瑛算了算日子:"那不刚好踩着开学前?往后推一周去北京面试,那你高三开学分班考要旷掉了啊。"

"我们这届高三开学没有分班考了。"窦晟随口答道,"竞赛保送的资格得到高三上学期才尘埃落定,分班考是高三下学期的事了,而且竞赛班未必会拆。"

赵文瑛闻言松了口气:"那就行。哦对,澜澜,你那个学长没说错,数学P大最强,你怎么想?"

谢澜顿了顿:"我知道P大数学很强,但我肯定去T大。"

窦晟低头叠着那些包装纸,毫无意外道:"他就是单纯想考肖姨当年错过的学校,和数学排名无关,你就别替他纠结了。"

谢澜"嗯"了一声,又问道:"但我也不太懂,保送资格考试通过就不用参加高考了吗?"

"也不一定,多数是降到重本线,不过你重本线大概率也没问题。"窦晟笑了笑,"别紧张啊,等过两天面试定下来,咱俩就把票买了。"

赵文瑛刚好把面膜揭下来,立即皱起眉,说:"去去去,边上待着去,人家面试用你陪?你不上课?"

谢澜闻言,拆礼物的动作僵了下。

窦晟语气淡定："我肯定得陪他去和招生办讨价还价啊，不然就他这语言水平，让人草草打发掉，合约一签就卖身，再想变卦可来不及。"

"我知道这事很重要。"赵文瑛拎着面膜起身去浴室，"但你上你的课，到时候我陪澜澜去，这种事还是得家长跟着。"

谢澜一听愣了，看向窦晟，窦晟也是一样，显然没想到还有这种解法。

赵文瑛关上了浴室门，窦晟"嘶"一声，提声道："二试后一周，你不是要去S市吗？"

"那就不去了呗，澜澜的事是大事。"赵文瑛隔着一道门答道。

谢澜沉默了一会儿，把礼物摆好，抱着艰难地起了身，"到时候再说吧，不想麻烦赵姨，我自己去也行。"

离二试近了，英中二试备考群从早到晚都在响。老马每天都能往群里扔三四十道题，这个题量，又是竞赛题难度，简直可怕，明明还在暑假，但群里各位都提前进入了"血虐"模式。

谢澜也开始"血虐"，但不是数学。他每天只随手挑挑有意思的题做，保持一下手感，一天也就搞三四个小时。"虐"他的是编曲——趁着最后这几天假，他疯狂构思动漫混剪的背景音乐，因为窦晟要求音乐先定稿，再根据音乐确定分镜。

从视频制作程序上讲，谢澜完全理解"甲方"的要求，毕竟"服化道"和场景搭建都要砸大钱，也要花大把时间。但朝夕相处，抬头不见低头见，他非常想咬死窦晟。

某天晚上，直播画面里，谢澜面无表情地对着电脑屏幕，耳朵塞着耳机，鼠标点点点个不停。

弹幕悄咪咪地八卦着。

澜崽看起来不太开心啊。
臭脸，我崽竟然摆臭脸了。
疯狂截图。
主播到底在播什么？我对着他的臭脸看了二十分钟都不敢问。
抬头看标题。

直播标题：这个月又没有视频了，水半天直播，不要送礼物
直播简介：被人间残忍豆抓着做苦力，别问，不回答

弹幕笑到飞起，谢澜却压根没理。他苦大仇深地看着屏幕上的音轨，时间轴回拉，重听一遍，皱眉，当着直播观众的面，拿起手机给隔壁某人发了条语音。

"那两首没法融合在一起啊，你非要它俩挨着？"

他是给豆子发的,没错,我同时开着两边的直播,听见豆子手机响了。
豆子自己好像没听见,笑死,沉迷看番中。
原来他俩都在家啊?
好家伙,齐头并进,各播各的。

谢澜把耳机摘下一只,动画片欢乐的背景音穿过虚掩的房门一下子灌入耳朵。
"看一下手机!"他喊道。
隔壁窦晟有些慌乱地"哦哦"了几声,片刻后隔墙回复道:"我还是希望它们挨着啊,别的还都无所谓,主要是这两段的服装想挨着。"

他俩到底在干什么?
我有预感他俩又在搞大事了。
同预感。都不肯跟我们说到底在剪什么?
而且你们发现了吗,豆子瘦了点。
他有说最近在戒糖。
有!猫!腻!

谢澜鼠标"哒哒哒"又点了几下,低头对着本子愁眉不展。
片刻后他抬起头,视线不经意扫到弹幕,却见一串华丽的特效在屏幕上闪过。

裴青:是在给某无耻的挖角导演干活吗?
哇,是金主爸爸。
严谨点,是被炒的金主爸爸。
说起来,裴青好像音乐方面也算厉害?
他之前是专业拉大提琴的吧?

谢澜皱眉看着他的提督标识:"你什么时候开的提督?"

裴青:忘了。随手开的。
裴青:还是提督好,钱不多,特效持久。

谢澜无语:"我干自己的事,和《少时2》没关系。"他低头继续看谱,顿了顿又说,"我又快数竟了,最近没时间接其他活,也不接受咨询。"

裴青：哦。

窦晟非要挨着的两支片头主题曲选段，一个战斗激昂，一个悲怆绝望，虽然都是快板，但节奏和曲风毫无关联，衔接起来十分古怪。一个七秒，一个五秒，都是各自旋律中最精华的部分，改了就没那味儿了。偏偏窦晟又把时长卡得很死，谢澜想多加两小节做过渡也很难。

他尝试了几种过渡的方式，其中一段垫音还算能听，窦晟也觉得OK，但他自己还是不满意。或者说，乐曲结构上不突兀，但听感不舒服，很尖锐。如果用当初裴青面试时说教他的话来说，那就是"对心脏不友好"。

谢澜琢磨了好一会儿，还是无果。他抬头喝水休息的工夫，随便扫了几眼弹幕，却见弹幕突然聊起别的来了。

也不知是谁最先带的"百大"节奏，这会儿大家都在讨论一个监测B站数据、预测"百大"名单的大神。谢澜大概扫了扫，这个大神搭了一个开源数据后台，汇总UP主们的年度数据，包括涨粉指数、作品出圈度、综合热度数据，等等。每年暑假一结束，他就开始预测"百大"名单，每年押得很准。

比如去年暑假窦晟有好几个优质产出，观众都觉得他必拿"百大"，但大神在预言帖里的评价是"悬"。

去年这人就说杂投类型的UP他更看好公子夜神，因为夜神对官方活动配合度高，抛开视频选题争议不提，他数据也不比人间绝帅窦差。最后果然，说准了。

弹幕不断往下刷，谢澜补了前情又补近闻——那人昨天晚上刚发了年度帖，预测名单里有谢澜，但没有人间绝帅窦。

据说评论区上来就问了这事，而大神答复是"两个UP捆绑过度，形如一个UP，我不觉得B站会两个都给"。

谢澜看到那些话有些不舒服，蹙眉道："不要进行这种没意义的讨论，聊点别的吧。"

观众们大多很配合，立刻打着哈哈换了话题。

谢澜喝了半杯水，手机忽然振动起来，裴青微信戳他了。

裴青：要是非商业机密，哪里卡住了，发我帮你看看？

谢澜下意识想拒绝，但刚打出'不用了'三个字突然又犹豫了，斟酌一番后删掉。

其实没什么不能给裴青看的，就发那两个几秒钟的原声带，也不会暴露什么。

于是他把那前后十几个小节的音频导出来，发了过去。

午后葡萄冰：摘自两个动漫片头主题曲，接不好，现在这个版本听感一般。

裴青：的确，很一般，对心脏极度不友好。

午后葡萄冰：……不愧是你。

谢澜把难题丢给裴青，看见竞赛群里老马又发了十几道题，大致一扫，有两道题值得做，于是匆匆下播，设了个二十分钟的倒计时做那两道难题。

估计是窦晟那边有弹幕通风报信，他一道题还没读完，隔壁就传来窦晟下播说"拜拜"的声音，动漫背景音也停了。

谢澜专心致志把两道题刷掉，两道题七小问，他算完最后结果后飞快抬头看表——十八分半，比他给自己设定的速度还要快一点。对竞赛生而言，这就是莫大的胜利。

谢澜心情好起来，拿起手机跟群里对答案。

都对，没什么意外，题答得靠不靠谱他自己心里也有数。

手机在他手里振动了一下，裴青回复了。

裴青：我觉得你的编曲没问题，这个过渡对前后落差感的衔接是足够的，但小提琴撑不住。小提琴太脆了，可以考虑加一个乐部，比如大提琴。

而后他迅速扔了另一个音频文件上来，谢澜点击播放，放到转音的部分，高亢清脆的小提琴响起，但转瞬间大提琴低沉的和声便迅速切入，还不等人心尖发毛，旋律已经转下来了，平滑地衔接上下一个选段。

这就成了？

谢澜惊讶地看着那个音频文件，点击又听了一遍。

还真成了，完全挑不出瑕疵，甚至会有种"这到底有什么难"的错觉。

裴青：神奇吧。

裴青：少年，你还是得认可"阅历"这玩意的必要性。

谢澜赶紧回了个"谢谢"，又补了句"下次有需要一定帮忙"，然后攥着手机拿去给窦晟听。

窦晟房门虚掩着，谢澜一进去，看见屏幕上是刚才弹幕里提到的数据监测网站。

但那不重要，重要的是窦晟本人——窦晟穿了件薄薄的有些许透的白衬衣，领口向下散开到四分之一左右，正对着桌上的镜子审视自己。

镜子里的少年神态孤高，冷深灰的瞳仁让他眉目间散发着一股难接近的冷感，白色的短发碎碎地垂在眼前，他伸手轻轻拨了拨。

那丝凛冽的气质只停留了一瞬，等他一回头看到谢澜，又如往常般明朗地笑起来。

"我都习惯你走路没声了。"窦晟嘟囔着对镜子扬了扬下巴，低眸审视着面部的轮廓线，随意问道，"你觉得我现在有动漫男主的气质吗？"

"有。"谢澜蒙着点头，"一点都不违和，只不过吓我一跳。"

"这阵子戒糖确实有成效。"窦晟满意地啧了声，又嘀咕道，"但我感觉下巴衔接脖子这地方还是有点肉，得再薄一点，不然戴上假发上了妆就显得尴尬。哦对，我可以借用一下我妈那些射频的美容仪，临拍摄前用就行，那种效果都是暂时的。"

谢澜看向他立起的、还不太平整的领子，清了下嗓子，又瞟向旁边的屏幕。

"你也看到这个论坛了？"谢澜问，"这个人的预测可信吗？"

"前几年都挺准的。"窦晟走过去随手关掉网页，"刚才观众刷弹幕，我才想起来今年的预测该公开了，不过我都好久不关注他了。"

谢澜点头想说什么，话又停在嘴边。

其实没必要多解释，但他又觉得该说点什么。

窦晟是他见过的最真诚的创作者，他愿意为每一期视频付出心血，把细节抠到极致，严苛到自虐的地步，"百大"理应是他的，实至名归。但谢澜心里也不得不承认——那个预测者的解释有道理。平台在他和窦晟之间二选一的概率很大，一旦二选一，不说谁更有优势，最起码他有占窦晟位子的可能性。

窦晟看了他一会儿，笑问："谢澜小朋友，你这一脸纠结，不会是在提前愧疚吧？"

谢澜突然被道破心思，抬头"啊"了一声。

"我无所谓。"窦晟笑着伸手理了理那一脑袋白毛，"我也想过这种可能，但我自己对'百大'的执念早没了，一直挂在嘴边的冲'百大'冲'百大'，意思是我们两个要冲'百大'，你上我上都行，你能明白吗？"

谢澜下意识点头："明白。"

但他顿了顿，还是又低声说道："你没有执念，但我有执念，我想象过好多次你简介里出现'年度百大 UP 认证'的样子。"

"是吗？"窦晟笑起来，"月亮大人对我寄予厚望，我的荣幸。"

"不过……"窦晟顿了下又说道，"我和你想得一样，我更希望让你拿，还想看你去参加'百大'颁奖典礼呢，这种心情叫与有荣焉，懂？"

鱼油熔盐。

谢澜不太懂，但他看窦晟眉目含笑着淡淡唏嘘的样子，硬着头皮道："懂。"

"你懂个屁。"窦晟一下子乐了，"这词对你来说超纲了。"

谢澜脸垮下来："知道超纲你还说。"

"想知道与有荣焉是什么意思吗？"窦晟淡淡发问，随手拉开一旁床头柜的抽屉，摸了颗巧克力出来，一掰两半，和谢澜一人一半。

说好的戒糖呢？

浓郁的巧克力在舌尖化开，谢澜吮着嘴里的甜味，咕哝着问道："什么意思？"

"就是这个巧克力的意思。"窦晟笑道，"这块糖，无论给了谁，甜都是我们一人一半的。"

他说着，眸光微顿，又低声道："嘉我，何如嘉我以心中月。我与月相皎洁。"

谢澜似懂非懂："什么意思？"

"不知道。"窦晟笑吟吟地把巧克力糖纸往垃圾桶一丢，"自己琢磨去。"

二试考场定在了九中，考前一天吃完晚饭，赵文瑛开车带谢澜和窦晟去提前看了考场。

九中的楼比英中新很多，但课桌椅却很陈旧，桌子还有点低。谢澜隔着门玻璃往里扫了一眼就对窦晟道："估计腿伸不开。"

窦晟无奈："我在这考过英语，那个桌沿卡着腿特烦，然后空间还窄，想斜着放腿也不行。"

"那怎么办啊？"赵文瑛一下子焦虑起来，赶紧伸手顺了顺谢澜后背，"澜澜明天可千万别受这个影响。"

谢澜笑："我没事，赵姨。真做起题来就感觉不到了。"

赵文瑛脸色不太好，嘴唇发白，谢澜看了她两眼又忍不住说："看过就回去吧，您是明天去医院吧？"

"我没事。"赵文瑛叹一声，摆摆手，"人就是这样，忙的时候好得很，一闲下来反而容易来病。"

赵文瑛这两天突然头晕，今天早上谢澜和窦晟喊她一起晨跑，结果她从床上坐起来又倒了回去，稳半天才稳住，说心脏跳得很快。

三个人往楼下走，窦晟蹙眉问道："你约的是主任吗？"

"副主任，赶上哪个约哪个了，小检查不讲究这个。"赵文瑛顺手在他肩上搭着手，"我明天上午十点的号，送完你们就直接去医院，你们考完自己打车回家啊。"

谢澜连忙道："我们考完就去医院。"

"可别了。"赵文瑛立刻摆手，"医院做检查心烦，我都顾不上你们，你们就在家好好待着吧。澜澜行李收拾好了吗？酒店订了吗？"

后天下午T大笔试，大后天面试。之前何修还说会尽早给通知，结果具体安排前天才下来，谢澜只能先匆匆把机票订了，订的是他自己和赵文瑛的。因为面试当天刚好高三开学，窦晟找不到理由跟过来。

"酒店等明天考完再订。"谢澜犹豫了一会儿，"先看明天大夫怎么说吧，我有点想自己去考试，您别跟着折腾了。"

赵文瑛闻言另一手又按在他的肩上："没事啊，考试得有人陪着。"

赵文瑛站在他们身后高一级台阶上,刚好一手摁着一个肩膀,感慨道:"竞赛,保送,高考。时间过得好快啊,等明年这个时候都要送你俩去上大学了。"

她说着顿了顿,忽然又看向窦晟:"你是这两年才蹿起来的个子吧?我记得你刚上高中时才一米七八,一转眼都要一米八五了。"

窦晟打了个哈欠:"干什么呢,又回忆过去又畅想未来,怀疑自己得了绝症?"

"啪"的一声,赵文瑛抬手清脆地抽在他后背上:"要死啊你!有这么咒自己老娘的吗?!"

"我这叫不说不破,万一你真有个好歹,我提前说了就破了,懂不懂?"窦晟笑笑,自然地拉起赵文瑛的手继续下台阶,漫不经心道,"想那么远干什么,你还是先想想明天排队时干点什么比较实际吧?"

"对哦。"赵文瑛愣了愣,"我得把我追的剧缓存了,你明天出门记得提醒我带充电宝啊。"

话题打个岔就过去了,但晚上谢澜收拾好考试用品后还是觉得不放心,临睡前又下楼接水,路过主卧门口往里瞄了一眼。

门没关,赵文瑛倒在按摩椅里闭目养神,脸色还是不太好。说是不好,但早晚还不是同一种不好法。早上起床脸色发白,一到晚上又有点发黄发红,说不清。

谢澜忧心忡忡地接了水转身上楼,刚走到台阶顶上,就撞见窦晟拿着吹风机顶着一头湿发从屋里出来。

他原本蹑手蹑脚,一见谢澜吓了一跳,低声道:"没睡啊?我还怕吵到你,要下楼吹头发呢。"

"赵姨脸色好暗。"谢澜叹气,"她之前这样过吗?"

窦晟闻言沉默了一会儿,嘀咕道:"脸色暗估计是肝的问题,上次出差肯定天天喝大酒,有点肝损伤吧……我爸出事那阵儿她就有过。早上头晕就不知道了……唉,等明天看大夫怎么说吧。"

谢澜还想说些什么,窦晟却安慰道:"没事啊,你回国前她刚做完全套大体检,健康着呢。你就踏踏实实把T大保送拿到手,我妈一高兴就好了。"

谢澜听到近期做了体检才稍松一口气,点点头:"那我睡了。"

"赶紧睡。"窦晟抬手揉了一把他的头,"我下去吹头发。"

窦晟拿着吹风机下楼了,谢澜独自回屋,路过他的房间,刚好见门敞着,电脑屏幕上是剪到一半的视频。停留帧是在教室里,背景全部虚掉,只有对着语文卷子皱眉的谢澜是清晰的。

谢澜愣了一会儿才想起这是上学期断断续续录给《硬核高中生存实录》的素材,他还以为窦晟早就把这个视频放弃了,没想到还是断断续续在剪。

他犹豫了一下,忍不住进门仔细扫了两眼。

堆在时间轴上的素材量非常可怕。桌面上还有一个《硬核高中生存实录》文件夹,里面已经有好几个 60 分钟左右的成片，都标注着"待精剪"。

窦晟的桌面很乱，耳机线缠绕着一堆硬盘和存储卡，还有数学竞赛书和写着今天老马扔在群里的题的演草纸，马克杯里结了一层咖啡渍，杯底还压着几片梧桐叶书签，桌角竟然还挂着一顶假发。

唯一整洁的角落摆着一个小小的日历，未来几天的日期都被圈了起来。

8 月 26 日：竞赛二试；赵女士医院检查
8 月 27 号：赵女士和二猫飞 B 市，二猫笔试；每月直播
8 月 28 日：二猫面试；高三开学

谢澜忍不住拿起日历，在 29 号又加上了"二猫回家"几个字。
自己写自己有点莫名羞耻，他"嘶"了声，拿起水杯匆匆逃回屋了。

主卧里，吹风机呼呼地响了许久，终于停下。
窦晟伸手抓抓蓬松的头发，冲浴室里喊道："我好了啊。"
赵文瑛推开门，脸上还点着没推开的面霜，纳闷道："你跑我屋就为了吹头发啊？"
窦晟弯腰把插头拔下来："谢澜刚才说你脸色不太好，我下来瞅瞅。"
"唷。"赵文瑛抹面霜的动作顿了下，促狭地瞟他一眼，"我是该感动儿子知道疼我，还是该郁闷要谢澜提醒你才知道？"
"你还敢更不讲理点吗？"窦晟喷一声，"说真的，我让谢澜把你的机票退掉吧，你好好在家养两天，别跟着跑了。"
赵文瑛继续对着镜子给自己按摩："再看看吧。这是谢澜的人生大事，我不忍心让他自己面对。"
窦晟顿了顿："要不我去？"
足足过了有一分钟，赵文瑛才慢悠悠在里头道："你是他家长啊？走哪跟哪……哦不过也对，你算他哥哥。"
"谁算他哥哥。"窦晟立刻接话，顿了顿才又说，"那我去行吗？"
赵文瑛嗤笑："你去能顶什么事？一肚子坏水，真要遇见事，谢澜反而容易被你带跑。后天你给我消停上学去，谢澜能保送，你能吗？高三了，收收心啊。"
窦晟没吭声，走到浴室门口看着赵文瑛。
赵文瑛趴在镜子前检查着自己的脸，好一会儿才分出一个眼神给他："干什么？还不死心？"
窦晟低声道："没有。那……明天考完我把谢澜送回家就去医院找你。"
"别了啊，别给我添乱。"赵文瑛哼笑，"有这份心就行了。明天上午最多做做检查，

如果有事我打电话给你。你放心,检查报告回来都给你看。"

"那……也行吧。"窦晟叹气,"那先这么定了。"

第二天去考场也是赵文瑛亲自开车送,她叮嘱了一路,一直目送谢澜和窦晟进教学楼才走。

谢澜回头看着她的背影,用胳膊肘撞撞窦晟:"赵姨今天脸色好像好了点。哦不对,她早上起来化妆了吧?"

窦晟喷一声,抬手按在他头上:"你管那么多干什么?拿个省第一回来,我妈天天给你表演红光满面。"

两人一边说着一边进楼,二试人少,就两个考场,分别在一楼和二楼。窦晟和车子明、戴佑在一楼考场,谢澜和王苟、于扉在二楼。几个人在大厅撞上,老马也在。

老马快步朝他们这边过来:"准考证、身份证都带了吧?"

"带着。"

"带了。"

老马点点头:"二试题刁钻,沉住气,注意考试节奏,你们都能行。"

戴佑笑道:"放心吧老师,早都不紧张了。"

"考完就算,又不是真高考。"于扉打了个哈欠,"可算要比完了,烦死,一个暑假不得消停。"

老马笑骂:"你这是抱怨我天天给你们扔题了?行了,赶紧进考场。欸对,窦晟、谢澜。"

他说着回头捉住两人的胳膊肘,一手捉一只,往前推了一把:"好好考啊你俩,不许提前交卷,谢澜不许睡觉。"

谢澜一个劲点头,走到楼梯口,车子明和戴佑自动右转往考场去,窦晟却还继续在他身后跟了一段,等他停下脚步,从书包上摘下那个一直挂着的梧桐叶吊坠,塞进谢澜口袋。

谢澜抬眸,"嗯?"

"好好考。"窦晟对他笑了笑,"这叶子是我的本体,帮你镇场子。省第一,一定是你的。"

谢澜手揣着兜,摩挲着梧桐叶脉上的纹路,"那我去 B 市也拿着?"

"拿着。"窦晟笑道,"小心点,别给扔了就行。"

谢澜清了清嗓子,"我进去了。"

"加油。"窦晟潇洒转身,挥了挥手,"各自加油,榜首见。"

二试和一试比,最大的差别是身边的人。

考场里几乎都是省训营里的熟面孔,谢澜正要看座次,前排一个女生就说道:"大佬你在左下角靠窗。"

监考老师问道："你们都是省训见过的吧？"

王苟笑："差不多。"

"那都熟了，熟了就不紧张。"监考老师语气温和，"大家检查一下桌上的演草纸是否充足，觉得不够可以现在举手找我要，我开始核对信息，你们在演草纸上写下姓名和考号。"

谢澜坐下在五张演草纸上写了信息。距离发卷还有几分钟，他心里有点乱，一会儿想外头堵车严重，赵姨赶到医院时会不会过号重排，一会儿又想怎么劝赵姨不陪他去 B 市。

"谢澜，040875……"监考老师走到他旁边对信息，念完考号突然一顿，手指点在他的演草纸上。

演草纸上有谢澜刚才一边溜号一边随手涂鸦的简笔画，是大波浪头敷着面膜的女人，旁边还有画了一半的男生。

谢澜有些尴尬地停下笔，低声道："老师，这不算违……"

"不算。"监考老师叹道，"谢澜是吧？考试专心点啊，别画画。"

教室里响起一阵笑声，谢澜匆匆把那张演草纸压到最下面，瞟一眼走到前面去的老师，还是忍不住把没来得及画完的窦晟半边身子补全了。

打铃，发卷，考试。

卷子一下来，心里的杂念才终于被抛开。谢澜拿到卷先扫一遍，二试题干都很短，甚至短得有些离谱，这往往也意味着题目更难更抽象，看卷时就已经有人开始叹气。

谢澜把不太擅长的数论大题先看了，确实有难度，一眼看上去只有大概思路，还不知道能不能行得通的那种。

不过他心态平稳，照常从前面开始一道一道往后做。遵照老马的叮嘱，尽量不口算，每一道题都在演草纸上把核心公式写下来再填答案，做题速度比以前有所放慢。

一直到倒数第二道大题，监考老师在前面提醒道："距离考试结束还有二十分钟。"

话音一落，安静的教室里突然多了一阵急速翻卷的声音。竞赛卷只有一张单面的试题，一张答题卡，其实没什么可翻的，来回翻卷只能是心乱了。

被提醒时间确实容易一下子出状态，尤其二试难度超过预期，就连谢澜也还空了两道大题。

不过他倒没觉得心态崩，只是突然一下子觉得桌子卡腿的感觉变得明显了，之前都没意识到大腿挨着桌沿的那一条生疼生疼的，于是动了动腿，换一个地方卡着。

二十分钟两道大题，之前谢澜拿老马的题掐过表，心态稳住是能做完的。他努力把那些翻卷子的声音都屏蔽掉，低头踏踏实实地读题、拆解步骤，再把算式落在卷面上。

尖锐的铃声响起时，谢澜刚好把最后一个结果写在答题纸上。

几乎就在同时，监考老师大声拍桌："全部放下笔，多写作废！"

谢澜立刻放下笔，长松一口气，抬头余光却见斜前面王苟正往答题纸上誊公式誊到一半，使劲捶了下腿。

两个监考老师，一个收卷，一个收演草纸。收到谢澜，监考老师瞟了眼他写满的答题纸。

二试难度离谱了，没人全做完，厉害点的学生全都在最后两道大题里二选一，一整个屋子，只有谢澜的答题纸是满的。

监考老师"嚅"了一声，接着往前收。另一个监考老师跟着拿走谢澜的演草纸，玩笑道："画画也白画，我们也是要收走的。"

"收走吧，老师。"谢澜最后瞟了眼自己的简笔画作品，"我就随手一画。"

等待老师清点卷子时，大家已经抱怨起来了。

于扉回头问王苟："怎么样？"

王苟狂叹气："我气死，最后一道大题第一问都算出来了，没来得及写完。你呢？"

于扉垮着脸："别提了，我压根儿就没摸到最后一题，勉勉强强把倒数第二道写了，前面还有三个填空不会。"

谢澜低头小心翼翼地挪着桌子。

他前面的男生块头有点大，临交卷时动来动去，凳子推着他的桌子不断往后。他右脚被卡在桌子腿和凳子腿之间，卡得小腿肚直抽筋。但那哥们显然考得非常绝望，谢澜不想展开不必要的交流，只是自己默默挪动着。

片刻后，他终于把脚从缝里艰难地缩了回来，正弯腰想把散开的鞋带塞进鞋里，一伸手，前面男生一动，手指猛地在桌腿上蹭了一下。

谢澜没忍住"嘶"了一声。

正回头跟王苟说题的于扉朝他看过来："怎么了？"

"啊啊？对不起！"前面的哥儿们反应过来，赶紧往前挪了挪，回头道，"没事吧？"

"没没没。"谢澜赶紧摆手，瞟了眼手指肚，"没事，就碰了下手，什么事都没有。"

是没什么事，手指肚很光滑，没有任何挤压伤或擦伤。除了有点隐隐约约的刺痛。

终于捱到考场放人，谢澜下楼刚好和窦晟汇合，老马他们也在。

戴佑抓着老马问题，王苟和于扉见状也围了过去。

老马隔着几米朝谢澜挥手："这边！"

"我不过去了！"谢澜吓死，一手拽着书包一手拽着窦晟就跑，"我明天还有笔试，考完就算了，不对答案！"

老马在他背后笑骂："不和你对答案，你这孩子！"见他闷头就走，老马又在后头喊，"明天注意安全啊，到T大想着联系何修！"

"知道了！"谢澜抓着窦晟大步往外小跑，直到终于冲出教学楼，站在明晃晃的大太阳下才松了口气。

老马太热情了，热情得有点遭不住。每次都说不对答案，但是真要过去了，他就会立刻问自己有没有看不懂的题。

窦晟低声乐:"你答完卷了吧?"

"答完了。"谢澜叹气。

他其实无所谓对不对答案,而是不想跟大家交代太多。这次王苟他们应该都没答完,他没必要去给别人压力。

窦晟哼哼道:"我就知道,我们二猫这么优秀。"

阳光明晃晃的,谢澜扭头看着他,被光晃得眯起眼睛:"那你呢?"

"我刚刚好答完了,心惊肉跳的,但有小题拿不准。"窦晟随手把他肩上的书包也扯下来自己一并背着,笑叹,"随便吧,只要你考得好就好,我无所谓。"

谢澜其实不知道自己考得怎么样,前面有不少偏难题,他只能保证自己做出了当下觉得正确的计算,但没来得及回头推敲。

"反正考完了。"他被阳光晒得有点躁,跟窦晟一起往外走,"赵姨呢?"

"我刚发消息她没回,估计排队排得火大。"窦晟晃晃手机,"回家吃口饭,下午我去医院,你准备笔试,别跟着过来啊,要不然她更不踏实。"

谢澜只得点头说好。

考完二试总算放松了点,回家一路上谢澜对着窗外放空,边放空边用右手拇指捻着食指肚,总觉得刺痛,但又摸不到破口。

走到家楼下,赵文瑛还是没回微信,窦晟用钥匙开车库看了眼:"车没回来,估计排队做化验呢,没看手机。"

谢澜"嗯"了一声,跟他进了单元电梯,把指肚抬高对着光瞅。

"怎么了?"窦晟问。

谢澜吮了一下指肚:"好像扎了个刺,看不见。"

"啊?"窦晟一听他的手受伤就紧张兮兮,"我给你找根针挑一挑,疼吗?"

"有点疼,就是刺刺的。"他叹气,"要用针挑?听着吓人。"

两人进门,谢澜正要低头拿拖鞋,身前的窦晟却猛地一顿。

"妈?!"

谢澜跟着往客厅里看去,僵住。

赵文瑛脚上的高跟鞋还没脱,缓缓从沙发里坐起来,脸色很憔悴。

"回来了。"赵文瑛说。

微妙间,谢澜忽然有了种不好的预感——人回来了,车没回来,估计是打车回来的。

"赵姨……"他赶紧走上前去,"怎么回事?"

赵文瑛伸手捂着胸口,往沙发背上靠了靠,一开口嗓音是哑的:"我做了血化验,肝胆彩超排到下午,就先回来看看你们。"她顿了顿又道,"头晕,小马接我回来的,他把车开去保养了。"

窦晟闻言立刻上前拿起茶几上的病历:"化验报告在这里吗?营养不良性贫血?怎么会

营养不良的,还建议你住院?"

赵文瑛有些恍惚,好一会儿才回答:"贫血可大可小,初步诊断是劳累、饮食喝酒导致,但下午还得做几个化验。肝功能也有问题,建议我住院两天把指标稳下来。"

"我跟你去。"窦晟立刻说,"先吃饭吧,我点个外卖。"

赵文瑛摇头:"没事,住院的事往后放一放,我先陪澜澜去把试考了。"

谢澜坐立难安:"赵姨,我自己去……"

"你先回屋吧。"赵文瑛打断他。她说话气弱,但气势却很强硬,眉心皱起一瞬又松开:"明天要考试,别分心,学你的去。"

窦晟不动声色地用胳膊碰了碰谢澜,低声道:"我陪陪我妈,等会儿吃饭喊你。"

谢澜有些不知所措,只能先迈开脚上楼。进屋后又觉得不安生,放下书包回到楼梯口,往下看,刚好见窦晟扶着赵文瑛进屋。

窦晟低声道:"这段时间太累了吧?"

赵文瑛疲惫地"嗯"了声:"可能也是老了,折腾不起了。"

"别瞎说。"窦晟皱眉,"四十多,老什么?"

门落入门框,不轻不重地"咣"一声,带起的风让梧桐落在楼梯扶手上的猫毛在空中扑腾了一阵,也好像一下子把谢澜的心挥空了。

谢澜又默立了一会儿才回屋,梧桐见他回来,立刻跳上床在他手心里轻轻蹭着头。他给猫蹭了一会儿,又六神无主地起身把行李包检查一遍,等了快一个小时,直到外卖来按门铃才再次开门下楼。

主卧门也开了,赵文瑛正从里面出来,见谢澜下楼便自然地说:"我拿。"

她这话刚说完,脚下却突然像是方向盘失灵了似的,斜着扑到了墙边,手撑着墙才勉强没倒。

"妈!"窦晟立刻冲过去拉住她,声音哆嗦道,"到底怎么回事啊?突然走不了直线吗?你动动腿,能不能控制?"

谢澜心里也一下子漏了一拍似的。

他当年陪妈妈住院,把整个住院部都混熟了。这种忽然控制不了方向的症状,可大可小,而大的那种情况……非常严重。

赵文瑛缓了好半天才撑住,摆摆手:"没事没事,先把饭吃了。"

"吃什么饭?"窦晟急了,"我陪你去医院,现在就叫个车。"

赵文瑛应该是真的太难受了,没有拒绝。

谢澜有些无措地开门接了外卖,帮赵文瑛拿了衣服和鞋子:"赵姨,你……"

"澜澜别害怕。"赵文瑛脸色惨白,却还对他笑,"你别跟来,乖乖把饭吃了,好好备考。"

"我……"

"没事。"窦晟低声宽慰道,"我先陪我妈去医院,待会儿联系你。"

谢澜只好点头。

他目送他们走到门口，赵文瑛先穿好鞋出去了，窦晟关门前却又折回头来，意味深长地看了他一眼。

"谢澜，"窦晟语气严肃，"我妈是经年累月不注意身体，跟你没关系，为你操不了几个心，你爸之前瞎胡说，你别钻牛角尖，知道吗？"

谢澜脑子有点乱，反应了一会儿才点头。

窦晟又说："不用害怕，不会有事的，你千万别分心，无论如何先把保送拿到手。明天早上我们可能没法送你去机场了，小马叔送你，行吗？"

谢澜立刻点头："你好好陪赵姨。"

门一开一关，家里只剩下谢澜一个。他站在原地，好一会儿才僵硬地上楼。

谢澜心乱如麻，没心思查酒店，最后只在T大附近的一家快捷宾馆订了个无窗的单间。

回国这么久，从踏入这个家门起，他从未有过此刻的感觉。

无所适从，还有些孤独。

他至今都能回想起赵文瑛见面对他说的第一句话——"到这就是回家，上车饺子下车面，我一下午没干别的，就煮这碗面了。"

那天的场景犹在眼前，明明是稀松平常的一句话，却在他脑海里扎了根。除此之外，一起扎根的还有那句毫不遮掩的"你跟浪静真的太像了"。

肖浪静走后，谢景明很少再提那个名字，或许是心中有愧，也或许只是单纯希望不要触碰到谢澜的伤心事。这本无可厚非，但那天当赵文瑛张嘴随意地提起那个久违的名字，就好像突然挪了一下谢澜心底里卡着的大石头——石头还在那，只是被人轻轻戳了下，却让他恍惚间意识到，这块石头其实并没有长死，戳一戳，挪一挪，它也会动弹动弹。

"喵——"梧桐忽然在身后叫了一声。

谢澜一下子回过神，突然觉得脸颊凉飕飕的，一抬手，手背在下颌上蹭了点潮湿。

他吸了吸鼻子，回头摸了一把梧桐，梧桐立刻"呼噜噜"地撒起娇来。

谢澜一手摸着梧桐，茫然地看着窗外。

许久，他又看了看这个住了半年的房间。

年龄大了，会生病，确实。应酬太多，酒局太多，确实。但为他操心，因为他来回来回地飞，也是确实。

如果是小病还好，如果是……

谢澜被突然闪过的念头吓了一大跳，被久违的巨大的恐惧吞没。

他不希望赵姨有任何事。那个明明和他毫无亲缘，却掏心掏肺对他的女人。那个人仔细照顾着他的感受，明明在酒局应酬间忙得身心俱疲，却还惦记着给他搞一碗刨冰，让他心安，隔天风尘仆仆回家，立刻拿捏起十二分小心，仔细斟酌着应酬他的生父。

可能那时候身体已经很不舒服了，饭桌上还是陪谢景明喝了几杯。

说什么闺蜜情，闺蜜当年究竟好到什么份上他并不知道，他只知道赵姨对他的每一丝好都是真诚的。

他也当如是。

手机振了一下，是何修。

何修：航班号、酒店名发给我。

谢澜匆匆把行程信息发过去，丢开手机躺在床上放空。

梧桐躺在他手边，打着呼噜半睡半醒。小猫不识愁滋味，只要躺在主人手边，从不在意何处是归乡。谢澜蜷在床上，看着天色一点点昏暗下来。落日逐渐脱离视野，江对面的高楼接二连三亮起，夜幕拉开，整座城市如常般上演着热闹和璀璨。

不知道什么时候睡着的，昏沉中，谢澜突然听见手机振动，一个激灵就醒了。

家里和窗外都是一片昏沉，说不清是深夜还是凌晨。梧桐在旁边忘我地舔着毛，发出"啧啧啧"的声音。

不是窦晟，屏幕上跳着的是"小马叔"三个字——"04:01"。

谢澜心脏狂跳，按下接听，小马叔脆生生地问道："澜澜起床了吗？我还有十分钟到楼下。"

"我起了，起了。"谢澜慌不迭地下床，又站在地中间捏着手机放空。

小马笑道："那行，那你洗把脸，早饭我带了在车上吃，你注意东西别落下，尤其是护照。"

"好。"谢澜稳了稳心神，"等会儿见，小马叔。"

小马愉快道："等会儿见。"

电话挂了。

天才刚亮起来，跨江大桥上只有几辆车驶过，整座城市还在一片朦胧的沉寂中。

谢澜许久才重新拿起手机。

他从昨天下午六七点一直睡到现在，有十个小时还多，窦晟发的消息全都错过了。

点开第一条语音，背景音很吵，但窦晟的声音还算清晰。

"刚陪我妈安顿下来，更进一步的化验结果出来了，贫血，没大事。等会儿打 B12 和叶酸，一共打三天，肌肉注射挺方便的。然后肝损伤稍微有点严重，但也不是治不好的那种，吃药加吊水，在医院观察，估计明后天出院吧。"

这段语音后，隔了俩小时，在晚上十点多又发了段病房视频。

那边是双人病房，一道门帘隔着，屋里光线有点暗。镜头转了一圈，拍到了墙、门外，还有正躺在床上翻手机的赵文瑛。

赵文瑛皱眉道:"能别拍吗?"

"你化着妆呢,这么好看,有什么不能拍。"窦晟嘀咕了一声,但还是把视频停在这了。

再之后就是过了零点后的文字消息了。

睡着了?

谢澜小朋友?

欸行吧,我让小马叔明天提前给你打电话,今晚不吵你了。

护肝的也打完了,我妈晚上吃盒饭还吃挺多。病房有点吵,但我妈情绪还算平稳。

谢澜,一定别多想啊,别着了你爸的道儿,相信我,你好好去考试。

谢澜看到赵姨没事才终于松了口气,把消息拉到最后,从记录上看,窦晟是凌晨3点才睡的,这会儿正处于深度睡眠,不太可能醒。他试着发了个表情包过去,果然没等到回音。

小马叔马上要到了,他匆匆把收拾好的书包又检查了一遍,而后目光扫过书架,定在妈妈的手账上。

谢澜站在书架前,对着那些手账本突然有些放空。

家里门铃响了,他来不及多想,匆匆把带的一套换洗衣服从书包里拽出来,把那几本手账塞进去。

"澜澜?"小马的声音在下面响起,"走不走?"

"走!"谢澜喊了声。

他背着书包大步流星往外走,走到门口又回过头。

小提琴还立在书桌边,他过去背起琴盒到隔壁窦晟房间,推开门,把琴盒放在了窦晟床头。

谢澜手指在琴盒上敲了又敲,低头亲了琴盒一口,低低道:"如果窦晟心情不好,我还没回来,你就负责替我安慰一下他。加油,你一定可以。"

小马踩着台阶上楼的声音传来,谢澜又匆匆回房举起梧桐狠狠亲了两口,带着一嘴猫毛,把梧桐也一起抱到窦晟床上。

"你也是啊。"他拍拍猫头,"机灵点,安慰好自己的人间形态。"

小马站在门口好奇地探了探头:"什么人间形态,干什么呢?"

"没事。"谢澜笑笑,"走吧。"

六点二十的飞机,到机场,换登机牌,过安检。登机厅非常远,他背着书包紧赶慢赶,等终于到登机口,刚好赶上登机。

好久没坐飞机了,上一次还是从伦敦回国时。虽然国内飞机比越洋飞机小了不少,但机舱里却是如出一辙的空调冷感，舱内循环的空气有一股特别的气味，让人感到有些安心，又有些讨厌。

谢澜的座位靠窗，由于临时退掉赵文瑛的票，和靠过道的大叔之间隔了一个空位。

他系好安全带，扭头看向窗外。

机场空旷，一轮红日从地平线上颤抖着缓缓升起。清晨伊始，虽然日头还不足，但那明朗的阳光显然昭示着一个大晴天。

窦晟依旧没回消息，手机安安静静的，安静到有些孤独。

谢澜不甘心地又戳了戳和窦晟的聊天框，然后又戳开 B 站。今天飘在上面的私信都是跟保送考试有关的。

澜崽今天是不是要去 T 大面试了，加油啊！
澜崽加油！谢澜天下第一！
豆子也跟你在一起吧？大猫二猫给爷冲！

谢澜心里乱，平时很少看私信，但这会儿却一条一条地往下刷着那些千篇一律的祝福，甚至还回复了几条。

一直看到眼睛对着屏幕开始失焦，机舱突然响起提醒。

"女士们先生们，我们的飞机马上就要起飞了，请您再次确认，关闭手提电脑等电子设备，手机关机或调节到飞行模式，系好安全带。谢谢。"

空乘从前面往后查了过来，谢澜仓促地给窦晟又发了一条消息。

"我要起飞了。好好照顾赵姨。"他犹豫了一下，又追了一条，"帮我跟她说，真的很抱歉，这段时间害她为我操心不少，让她静心养病吧，不要想着我了。"

第二条消息刚发送出去，空乘就走到了面前，谢澜立刻调到飞行模式，看着信号一瞬间从屏幕上消失。

空乘对他笑了笑，走了过去。

起飞很顺利，准时准点。飞机像一只巨大的白鸟，拖着洁白的羽翼，在宽阔的起飞坪上启动、加速、腾空。地上的机场和停车场、来时跑过的盘错的高速公路，都在视野中逐渐变小，飞机在上升中倾了倾机身，穿过云层冲上蓝天。

这是谢澜回国后的第七个月。几万英尺高的天空澄澈如洗，绵软的云摊开在那些光线中，被飞机的羽翼冲散，又仿佛拥抱着飞机和机窗背后的人。

和他来时一样鲜明，令人愉快。

谢澜对着窗外有些放空。

回国仿佛就在昨天，但一晃已经这么久过去了。

久到他已经很难回忆起，伦敦天气的阴沉。

Freedom on My Mind

第十一章
首都 VLOG

"两个少年并肩穿梭在老城的大街小巷,自行车铃和小商贩吆喝声交织,他们的交谈声混在其中,有时很清晰,有时又完全模糊进属于这座城市的嘈杂中。但他们从早到晚都勾着唇角,眸中仿佛亮着一簇很难被忽视的,永不熄灭的高光。"

机舱内自循环的空气仿佛有毒,让上了飞机的人自动昏睡。

谢澜在起飞后没多久就放下小桌板睡着了,睡得迷迷糊糊,中途空乘发早饭都没睁开眼。

他耳边一直有飞机发动机的巨大轰鸣声,梦境昏昏沉沉,在半梦半醒中,他一度甚至觉得自己身处回伦敦的飞机上。

谢澜在睡梦里一下子便不开心起来,下意识抱紧了枕在脑门底下的书包,开始构思下次要怎么从谢景明的魔爪里逃出来。

直到飞机落地的巨大震动一下子把他惊醒,他猛地抬起头,听到四周一串手机提示音。他呆了几秒,猛地从梦境里抽脱出来,伸手摸向兜里的手机。

信号恢复的一瞬,窦晟的一串消息就砸了进来,都是语音。

谢澜匆匆塞上耳机,顺着往下听。

"我睡过了,对不起,昨天半夜隔壁病房叫了好几次急诊,我和我妈都失眠了,三点多才睡着。"

"估计你已经起飞了,飞机上好好睡觉啊,谢澜小朋友。"

"我俩要开始吃早饭了,等会儿我妈还要肌肉注射,然后测一下血象,没大问题就打算出院回家静养了,不然别说肝,连血压也稳不住……哦,当然也不是说不该住院啊,昨天大夫建议的时候大生化结果还没出,确实不排除其他疾病来着。"

"哦,对了,CT 也做了,神经系统没什么问题。"

然后就是几个小时的空白,直到四十分钟前又有一条。

窦晟的语气这次很不好听。

"谢澜，什么情况？小提琴放我屋里干什么？还有肖姨的日记本你拿走了？你几个意思？让你别多想，你在和我搞什么？"

"我刚跟我妈说完，我妈让我陪你去考试，你等着我啊。"

充满威胁意味的语气。

谢澜愣了一下，周围的人纷纷起身排队下飞机，他坐在座位上茫然了好一会儿，发了语音过去。

"什么搞什么？你来找我干什么，照顾赵姨啊。"

消息发出去没过几秒窦晟就回了过来。

"我妈不放心你，还嫌弃我，找了她朋友来照顾。我已经快到高铁站了，晚上见面说。"

"先操心你自己吧，你死定了，谢澜同学。"

谢澜发语音道："什么死定了？我怎么了？"

他捏着手机，逮空插进队伍里，跟着大部队下飞机，穿过廊桥，走进宽敞的机场。刚刚顺着人群走向到达大厅，窦晟的电话就打了进来。

"你把小提琴放我床头什么意思？你妈的日记也没了，想干什么啊？去考试，考完不回来了？不告而别？看不出来啊少侠，平时一副无所谓的模样，到关键时刻开始演苦情戏是吧？我妈生病跟你到底有几毛钱关系，你让你爸几句话一挑拨，就要跑了？"

谢澜一阵恍惚，不知是机场这个熟悉的地方带来了时空交错感，还是窦晟真的语速过快，反正他久违的有一种跟不上窦晟说话的感觉。

他皱眉消化了许久，抓住生僻词："苦情戏是什么？"

"你说这些有意思吗？你要逃跑！"窦晟语气里压抑着怒火，他从来没对谢澜发过火，一边咬牙切齿一边又无奈地压抑着脾气，周围都是嘈杂人声，"我进站了，总之你等着吧！"

谢澜蒙了。

"逃跑？"他用很无辜的语气对上窦晟的气急败坏，"我逃什么跑？我来考试啊，你不知道吗？"

话音刚落，还没等到窦晟回答，他脑海中忽然把刚刚那一大串里的其他关键词连上了。

谢澜目瞪口呆，哑口无言，许久才瞟着周围的路人压低声说："我把我的小提琴留着陪你啊，和你给我的叶子一样，我是怕赵姨真有什么问题，你心情不好……反正……哦，那个，其实我把梧桐也放你屋了，它跑了吗？"

电话另一头一下子没声了。

谢澜叹一口气，叹完又忽然觉得有点好笑。

首都也是蓝天白云，风比 H 市更和煦，他跟着大部队去排出租车："所以到底是谁想多了？"

"唉。"窦晟松了口气，嘟囔道，"你先让我缓缓，我一回家看到小提琴直接血压飙升，人差点没了，先让我缓缓。"

"好。"谢澜把沉重的书包往肩上拽了拽,又忍不住道,"但你应该动动脑子的,小提琴……嗯……如果我要回伦敦,不管还回不回来,都不可能把它留给你,我不能没有它。"

窦晟:"……谢谢,有被安慰到。"

"还有。"谢澜忍不住小声抱怨,"我要是真自责到了那个地步,就更不能走了啊,起码得等赵姨把身体养好吧?不然我是什么,白眼狼?"

电话里沉默了好半天,片刻后窦晟终于忍不住笑了一声。

谢澜把手机揣进兜里,耳机里听着窦晟那边高铁站的广播声,两人都没说话。

出租车排到谢澜,谢澜上车道:"T大西北门。"

师傅从后视镜看了他一眼:"高才生啊,返校吗?"

"不是,考试。"谢澜有点不好意思,"我不是T大的学生。"

窦晟在耳机里道:"西北门?你不去办入住吗?"

"来不及了。"谢澜翻着手机里何修发来的消息,"我直接去笔试,考完再办入住,晚上何修要找我吃饭。"

"那正好一起。"窦晟说,"帮我跟学长说一声,加我一个。你是在数理楼考试吧?"

谢澜"嗯"了声:"等你到这我都考完了,到时候把餐厅的位置发给你吧。"

"也行。"窦晟说。

车子已经跑起来了。

B市机场高速很美,周围开着大片大片的小花,浅紫色的花瓣柔嫩地垂坠着,点点嫩黄的花蕊生机勃勃,车窗降下来,风吹过来一阵清香。

谢澜低声对着耳机里的窦晟描述这种花,窦晟听完笑道:"我知道,好像是叫木槿。你等等我,我待会下飞机也能看到了。"

谢澜迎着风低低"嗯"了声。

到了T大西北门,下车就见到了何修,谢澜背着包直接赶往数理楼。

八月末,T大校园里绿树成荫,繁花似锦,来往的都是抱着书和电脑疾行的学子,单车从坡上乘风而下,从谢澜身边呼啸着驶过。

何修在数理楼前出示学生证,进去后停步等了谢澜一会儿。

谢澜还站在门荫下回头打量着这座大学。浓郁的学风挟着历史的厚重感扑面而来,让人望而欣喜。

谢澜又小跑几步跟上何修。

"感觉怎么样?"何修淡笑着问。

"有点惊讶。"

何修有些意外:"哪里惊讶?"

谢澜想了一会儿:"我之前以为书卷气是很肃穆的……"他不太确定"肃穆"这个词用

得够不够准确，顿了下继续道，"但刚才又觉得这里的书卷气很热闹。"

何修挑唇笑起来，拾级而上，轻声道："确实如此。"

笔试在一间小教室进行，监考的是位姓吴的教授，四十来岁，此外还有何修。

简单的自我介绍后直入主题，何修从档案袋里抽出一份卷子来，扣放在谢澜的桌上。

"笔试时间三个小时，三道题选两道做，现在就开始吧。"

谢澜一开始没明白 3 选 2 是什么操作，翻过卷子扫了眼题，忽然懂了。

IMO 比赛每场考 4 个半小时，通常有 3 题，招生办就是按照这个平均解题时长为他设置的考试时间。

IMO 和国内数竞不太在同一个路数上，但于他而言却有种久违的熟悉感。3 道题中有 1 道猎人与兔子的题型，是某年 IMO 超难题目的变种，估计 T 大招生办默认这道题不会被选择，所以很善良地放在了最后，前两道题都算中规中矩。

招生办很照顾他，竟然给了他一份英文卷，久违了的。

吴教授和何修坐在前面，何修也拿了一份卷子，蹙眉凑近吴教授耳边低声询问，吴教授指着卷子回了几句。

何修许久才点头，往下一打眼，却见谢澜已经在纸上迅速计算了起来。

三个小时，谢澜打了一场酣畅淋漓的仗。他嘴里念念有词，演算纸用了厚厚一沓，时不时把笔扔在桌上吮一下手指，然后捡起笔继续写。

何修在讲台上动了好几次，似乎想过来看看情况，但又怕打扰他，最终也没动。

直到距离结束还有十来分钟时，谢澜坐直了。

他一下子把笔丢开，举了下手："我想交卷。"

何修正要起身，吴教授按住他，冲谢澜笑道："最后一题也试试吧。不算你时间，你有思路的话就写写。"

"我写了。"谢澜犹豫了一下，把轻飘飘的卷子和厚厚的演算纸拿起来，"我写完三道题了。"

教室一瞬间安静下来，吴教授和何修的表情明显都愣了一下。

谢澜坦诚地解释道："隐形兔子题是前几年的真题，我以前的教练带我练过。这道题在它基础上变了，但还是有相似之处，而且比原题简单一些，我就试着做了。"

吴教练这才"哦"了一声，扭头看了何修一眼。

何修神色淡定，起身拿走他面前的卷子："那另外两道题呢？"

"另外两道题我之前没做过。"谢澜说，"感觉也还行。"

吴教授和蔼地问道："你不是英国长大的吗？为什么走了 AMC，没有走 BMO？"

"其实都差不多。"谢澜说，"一个是美国的，一个是英国的，我都考过。但 AMC 在世界各国间通用度更高一点，之前我……我父亲也有计划过让我申请美国的学校。"

吴教授点点头："有正式进过英美的国家队吗？"

谢澜摇头:"没来得及,只跟训练营教练接触过,他带我练了不少。"

吴教授点点头,接过何修递来的卷子翻看。谢澜站在那等他看,又吮了一下手指。

过了足有十来分钟,吴教授才抬头道:"今天就到这里吧,签约事宜明天来面谈,你是第一次来 T 大吗?"

谢澜闻言愣了一会儿,他接到的安排是明天面试,没提签约,但还是老实地回道:"是第一次。"

"那今晚让何修带你逛一逛。"吴教授在何修胳膊上拍一拍,"这个不是我们系的,是招生办今年的学生助理,你跟他看看校园。对了,今晚建筑学院是不是有什么联谊音乐节?"

何修笑笑:"嗯,我们系和央音的学生会合办的,我带学弟去放松下。"

谢澜不太明白,但感觉很厉害。

跟教授道了别,谢澜便乖乖地跟何修往外走。

离开那间教室,何修一下子平易近人了不少,笑问:"感觉怎么样?"

谢澜也松了口气:"还可以,好久没做过英文卷了。"

何修随口问道:"我看你中间反复扔笔,哪道题这么卡?"

"不是的,学长。"谢澜叹气,"我手指肚上扎刺了。"

何修脚下蓦然一顿。从谢澜的角度看,他的面部线条有些许僵硬。

他朝谢澜看过来:"什么刺?"

谢澜只好举起握笔的右手食指肚:"这里,能看见吗?"

何修在和他保持一定距离的前提下,尽量凑近看了看,摇头道:"看不见。"

"我也看不见。"谢澜缩回手,用拇指轻轻捻着扎刺的地方,嘀咕道,"明明在那儿,但就是看不见,这可能就叫视若无睹吧。"

何修露出了与他那张冷清的帅脸有些违和的迷惑神情。

原本以为笔试是按照数竞时间走的,也就一个多小时,结果没想到花了快四小时,进楼时还是正下午,下楼透过走廊窗子,看到外面已经是傍晚了。附近有座低矮的圆形教学楼,楼里正有一大波学生出来,风将他们谈笑的声音送进窗子,真真切切。

何修边下楼边说道:"招生办本来要直招你,吴教授不太愿意,今天这张卷子估计把他彻底说服了,我听他的意思,你大概率被免面了。"

谢澜背着书包走在他旁边,有些出神。

何修叫他:"谢澜?"

"嗯?"谢澜一下子回过神,"怎么了?"

何修笑起来:"想什么呢?"

"没……"他们又路过一个窗子,朝向和刚才相反,对着一片树荫。

谢澜视线匆匆掠过那繁茂的枝叶,轻叹了口气。

他突然有点孤独。

说起来挺可笑的，当初一个人回国，举目无亲也不犯怵，现在一个人来考个试反而觉得不自在了。

"18：18"。这会儿窦晟应该已经下高铁了，估计很快就能见面。

想到这，谢澜的心情又扬起来了一点："刚才吴教授说的是什么音乐会？"

何修笑笑："就在我们院，快开始了，正好带你们去。"

你们？

谢澜刚好踏下一楼最后几个台阶，数理楼的大门敞开，楼外的树旁倚站着一道熟悉的身影——是他刚才还在想的那个人。

窦晟随手扯着垂在脸侧的细韧的枝条，正纠结要不要给谢澜发条消息。不发的话他等得有点无聊，发的话又怕打扰谢澜考试。

"窦晟。"

晚风忽然将谢澜的声音送进他的耳朵。

窦晟猝不及防间回头，谢澜跑下门前最后几阶台阶，风一样跑到他面前："什么时候来的？"

窦晟的笑容很清淡："我一直在这等你呢。"

"赵姨怎么样了？"

"在家睡觉呢，昨晚没睡好。"窦晟说着目光扫到他蜷缩的手指，忽然皱眉，"刺挑了没？"

"没有。"谢澜闻言就又觉得指肚疼了起来，"晚上回去你帮我看看。"

谢澜说完这句话才忽然想起还有何修，有点不好意思地回头，却见何修只是笑着走过来，把手机揣进裤兜。

"走吧。我朋友在那边占了一块野餐布，快要失守了。"

音乐联谊会是露天的，两座教学楼和后面一趟浅浅的小树林之间有块空草地，中间凹着一个坑，四周带坡，坡上到处铺着野餐布。学生们三五一伙唠嗑打闹，还有几个人抢占了几棵大树间的吊床，在月色下举着平板看书。

央音来了两支学生乐队，管弦乐一支，民族乐一支，两边随缘开奏，乐曲交错，周围都沉浸在一派放松的气氛中。

谢澜他们一进去，就见不远处一个穿红色T恤、皮肤很白的男生上蹿下跳着挥手。

何修的朋友，就是上次在英中行政楼遥遥一见的那个男生。

他们绕过遍地的野餐布，那男生搭住何修的肩膀，自来熟地冲谢澜和窦晟招手："哈喽学弟们，考完啦？"

谢澜点头摘下书包："学长好，我是谢澜。"

窦晟随手接过他的包扔在旁边草坪上："我是窦晟。"

"我叫叶斯。请坐。"叶斯一屁股坐下，又把何修拉下来坐，火速拆开地上的纸袋子。纸袋子上印着四个字——"胖哥烤串"。

"这家巨好吃。"叶斯说，"大袋辣，小袋不辣，吃什么自己拿。"

他拉开书包掏出一个巨大的保温瓶："我还带了桃子酒和冰块，自己做的，酒劲特大。"

何修闻言凑近嗅了嗅："到时间了吗？"

"到了到了，我都偷喝一礼拜了。"叶斯给四个杯子都倒满，"来吧，未来学弟，干一个。"

谢澜原本在心里酝酿着破冰，但看样子压根不用破，他看了眼窦晟，窦晟很自然地举杯，于是他也一起，四个人随意地撞了一下。

桃子酒很冰，一入口先是冲上脑门的桃子清甜，而后酒味在舌尖弥漫，确实上头。谢澜一口半杯，放下杯时就感到一股眩晕往脑门冲去，海浪一样，片刻后才慢慢消退下去。

窦晟两口喝了一杯，叶斯又给他倒，窦晟对谢澜道："你少来点，明天还要面试。"

何修笑："我估计明天谈谈条件就直接签约了，学弟今天笔试很棒。"

窦晟闻言勾了勾唇角，但又很快恢复平静，淡淡一点头："谢澜就是很棒。"

烧烤的肉香和孜然香和酒味混杂在一起。谢澜挨着叶斯坐，不知是不是错觉，感觉他身上有种淡淡的消毒水味。

"学长，你也是T大的吗？"

叶斯牙咬着肉串含糊道："直接喊名字，别学长学长的。我是隔壁的。"

窦晟点点头："你什么专业？"

"临床医学。"

谢澜愣了下："医学生？"

何修笑着接话："厉害吧，几年之后就是叶大夫。"

叶斯闻言一脚踹过来："别再奶我了，万一明年找医院实习不顺利，后年没地方去，我就弄死你。"

窦晟随即问起他们那年高考的情况，谢澜一只耳朵听他们聊天，一只耳朵听那边的乐队演奏。

今晚来了两位小提琴，都很不错，其中一位尤其好，拉琴的是个穿黑裙子的学姐。

另一头的琵琶也很厉害，看似随意的学生乐队，配置却很豪华，有琵琶有鼓乐，刚那一阵激昂的琵琶弹奏直接把谢澜带入迷了，结束时全场都在鼓掌，有人喊了曲名——《秦王破阵乐》。

谢澜也不由得跟着鼓掌，直到音乐稍歇，他才略带回味地扭回头来。

叶斯很没形象地直接躺在地上举着竹签子吃，何修正在和窦晟聊天。

"老马又要带高三了啊。"何修笑着感慨，"他上次说自己死都不带高三了，又反悔。"

"他说我们是他最后一次带高三。"窦晟喷了一声，"谁知道呢。"

"你是UP主吧？"何修笑问，"我好像还刷到过你的视频，说方言的那个。"

窦晟面不改色："是我。"他顿了顿又问，"那你刷到过谢澜的吗？"

"我刷到过！"叶斯挣扎着举手，"前一阵儿特别火的那个'等等等等等等叮叮叮当——'就那个歌，什么动漫来着？"

谢澜震惊："你说的是《少时剑心明月》吗？"

"对！"叶斯一拍手，"我特喜欢，我还学唱过呢。"

谢澜不敢置评。

手机忽然振动，屏幕上显示是赵姨。谢澜一下子有些紧张，窦晟过来瞟了一眼，拍拍他的手背："去接吧。"

"嗯。"谢澜赶紧起身，拿着手机找了棵没人的树后，把电话接起来了。

"赵姨。"他接起电话立刻主动汇报，"我刚考完了，和学长们还有窦晟在一起，对不起赵姨，没有立刻告诉您，窦晟说您在睡觉，所以我还没……"

赵文瑛笑了笑："考得怎么样？"

她的声音很温柔，可能是病中的缘故，比平时更柔和了些。

谢澜涌在嗓子眼的话一下子消了，心跳忽然放慢些许，缓缓道："考得挺好的。明天晚上我就和窦晟回去了，带这边的好吃的给您。"

草坪上音乐又响起了，这次是小提琴独奏，悠扬舒缓，在夜色下却有一丝孤独弥漫开。

嘈杂的说话声止了，世界安静下来，大家都在听那支小提琴演奏。

动人心弦，这是小提琴的魔力。

赵文瑛笑道："考得好就行，你考得好，我心里的大石头就放下了，等你的好消息。"

谢澜感动得鼻子有些发酸。

赵文瑛细细碎碎地叮嘱着回酒店锁门、上飞机别落证件之类的话，和曾经的肖浪静一个样。谢澜忍不住想，妈妈们是不是都这样，平日里再雷厉风行，再满不在乎，生病时还是会透出真实的样子，只有牵挂和叮咛。

"哦，对了，别那么早回来，你俩在家闹，我反而养不好。"赵文瑛又说，"明天让窦晟带你去吃烤鸭，反正已经请假了，多玩一天也没事。"

电话挂断，谢澜站在那棵大树后，对着场上风中低吟的小提琴愣了许久，久到小提琴完成了三曲独奏，窦晟回头看了他几次，每次都是淡淡笑了笑又转回头去，任由他独自发呆。

天色从幽暗沦于昏沉，场上又起了一支曲子，这次是管弦乐和民族乐的合奏，是今晚最后一首曲子。

前奏响起，谢澜方觉得腿站麻了，慢吞吞走回到野餐布前。

窦晟正在用手机直播，后置摄像头，对着场上的乐队。谢澜过去时，听到他低低的磁性的声音："他回来了。"

窦晟从耳根到脸颊，再到颈子深处，都是一片绯红。他回头看了谢澜一眼，黑眸清亮亮的像浸着一池水，眸光微颤，带着醉意。

观众十分迷惑。

什么回来了？
谁回来了？谢澜？
你不是说他去伦敦了吗？
我蒙了，谢澜今天不是来T大考试吗，为什么去伦敦？又为什么回来了？
合理怀疑伦敦是不是B市某条街的名字……这一来一回也太快了。
你现在在哪？他在哪？你们到底在哪？

谢澜蒙了，胳膊肘撞了窦晟一下："乱说什么呢？"

谢澜在你边上？
你有毒！
反诈中心电话多少来着？

窦晟只回头匆匆瞟了谢澜一眼，又收回视线，轻叹一口气。
"你们是不是理解能力有问题，我什么时候说他回伦敦了？我刚说的是，咳咳，听清楚点，我人生中最大的恐惧，降落于知道谢澜要回伦敦那一刻。"
谢澜连忙扯住他的袖子："乱说什么？"

豆子，你发生了什么吗？妈妈好担心。

窦晟有些无语，随手把手机丢在草地上，看着直播画面一下子漆黑，嘟囔道："没说错啊，我又没说我知道的就一定是对的，我误会了啊。"

……
离谱。
我……
你就吓唬我们吧，可劲儿吓唬，我们粉丝都不要脸的。
别骂了别骂了，豆子喝多了，还不明显吗？
关注豆子三年多，第一次见他醉成这样。
真的，一直以为他千杯不倒。
豆子，麻烦把我们捡起来，谢谢。

"不捡。"窦晟如常冷淡,"自己退直播,我懒得动弹了。"

我要顺着网线爬过去打死你。
有T大的观众吗?速速去套麻袋!

谢澜凑在窦晟耳边,小声问:"喝多了?"
"有点。"窦晟眨眼的速度都比平时慢了点,凝视了他一会儿,低声道:"我今天真差一点就被你吓死。"
谢澜"唔……"了一声。
窦晟随手关掉直播,把观众们都抛开,低低叹了一声:"虽然是我自己想多了,但……以后不许这么吓我了。"
谢澜小声答应:"好。"

视频的开幕,是层层叠叠的青石台阶,沿青山蜿蜒而下,在曲折和陡峭中没入天际。
少年的声线低柔平和,但咬字很清脆,透着股一板一眼的认真劲儿——
"这个视频发出来的时候,我和豆子应该已经回到家里了。这是一场突如其来的B市旅行,原本是来考试的,考完后获得家长允许,就玩了几天。豆子说,来都来了,不如做一期视频,我觉得这主意不错。"
语气顿了顿,那个声音忽然远了,小声嘀咕道:"这个开场白好像没什么文采?"
另一个慵懒的声音回答:"无所谓啊,就一个敷衍视频嘛。"
"也是。"
屏幕上,大片大片嘲讽他们敷衍行为的弹幕还没来得及飘过,画面忽然一转。
无人机迅速拉开一个超广角,将落日余晖下的长城尽收眼底,镜头掠过那些青石砖,捕捉到远处天边无声飞过的雁群,又向下倾斜着飞过游客们的头顶。
镜头一角,两个高高瘦瘦的男生走在一起,一个低头操控着无人机,另一个凑在他身边,用手遮住屏幕上的反光,专注地看着回收画面。
弹幕瞬间爆炸。

《敷衍视频》。
我敷衍了一期视频,顺便拍了个"4K"纪录片。
啊啊啊,去长城啦宝贝!
祖国大好河山我哭了。
虽然但是,不是开学了吗?

无人机在南长城的高空徘徊了几分钟，而后降低高度，朝那两人一点一点靠近，谢澜抬起头，镜头对着他的五官超清特写，逐渐逼近。他一伸手，接住无人机，随即画面黑掉。

"飞一会儿得了，他们又不是没见过长城。"

"慌什么，我报备过。非特殊时期可以飞的。"

"我是怕你把机器摔下去。"

"……"

画外音远去了，黑屏上逐渐浮现出首都的街道，车辆与行人川流不息，背靠红墙绿瓦与宽窄胡同，街边树梢压满金桂。

《桂香九月首都 VLOG｜豆子陪我去 T 大考试｜谢澜 em》

镜头一转，环境音突然嘈杂起来。

挤挤挨挨的饭店大堂，京片子和各地方言混在一起，服务员推着一辆银色餐车哗啦啦地靠近，餐车上赫然摆着一只蜜褐色油光锃亮的烤鸭。

镜头激动地抖了抖。

窦晟立刻在画外音道："前辈，你怎么回事，拍个烤鸭还手抖？"

谢澜不悦回答："谁让你不带云台，我想看片鸭子，没空管相机。"

窦晟低笑："那我举着，你看师傅片鸭。"

屏幕上大片弹幕张狂地滚过。

豆子声音好听到我头都掉了。

听一句"前辈"都兴奋，我是不是没救了。

我来！我来给你们举着！

屏幕里，谢澜从镜头后走到镜头前，好奇地凑近餐车看着烤鸭师傅片鸭。

"头盘六片胸口皮，入口即化，蘸白糖食用。"师傅吆喝了一声，递上一小盘酥脆饱满的鸭皮放在桌上。

窦晟立刻往谢澜边上推了推："别光看，快吃，一会儿就不酥了。"

谢澜对着那盘东西有些犹豫："鸭皮？"

"尝尝嘛。"窦晟一手稳稳当当地端着镜头，另一手伸出筷子来夹一片蘸了糖放进谢澜盘中。

"好吃吗？"

谢澜点头，正要回头继续看片鸭，突然又瞟到镜头。他顿了顿，还是对着镜头解说道："啊，大家好，今天带大家来吃烤鸭，这个烤鸭是中华民族的传统美食，它主要是一只鸭子……口感……怎么说，那个成语是什么来着？窦晟？"

窦晟在镜头后无辜地"啊"了一声。

谢澜蹙眉琢磨了半天:"想起来了,蜜里调油?"
窦晟沉默许久:"你说是就是吧。"
观众笑疯了。

不要强行营业OK?
哈哈哈,几百万观众真的有人不知道烤鸭吗?
烤鸭,主要是一只鸭子,没毛病。
的确,蜜里调油,嗯。

谢澜对着镜头不知所云了一会儿,直到窦晟笑得镜头都抖了,才破罐破摔地叹了口气。
"你们自己看吧。"他丢给镜头一个后脑勺,嘟囔道,"可能只有我想看这套花活。"
窦晟立刻在画外称赞道:"'花活'这个词用得很地道。"
窦晟职业操守一流,边吃边拍,不仅拍下片鸭师傅手法最精湛的高能片段,还捕捉到了谢澜品尝时两腮鼓鼓的镜头。他的手也频频出镜,捏着包好的烤鸭卷饼递到谢澜嘴边,再被谢澜一口咬住。
直到买单走人,镜头重新被谢澜拿起,调整视角到两人脸上。谢澜对镜头汇报道:"我们吃好烤鸭了。"

我们也吃好了。
我们也吃撑了。
感谢你们隔着网线喂饭。

VLOG片段很碎,素材拼接杂乱,全部粗剪。有些镜头拍着拍着就拍到脚上去了,一阵地晃山摇后又随机定在街角大爷性感的白背心上。
两个少年并肩穿梭在老城的大街小巷,自行车铃和小商贩的吆喝声交织,他们的交谈声混在其中,有时很清晰,有时又完全模糊进属于这座城市的嘈杂中。但他们从早到晚都勾着唇角,眸中仿佛亮着一簇很难被忽视的,永不熄灭的高光。
长城、故宫、紫禁城、四合院,都是刻在国人基因里的符号,但跟着这个镜头去看,听谢澜用奇奇怪怪的成语来介绍,就很不一样。
谢澜和窦晟在B市多待了三天,他们在破晓前排队看了升旗,跟着全国各地过来的游客一起逛过故宫,在傍晚爬上长城,又坐缆车下来,在胡同里看住四合院家产过亿的老大爷跟卖瓜的小贩讨价还价,又去商业街路过了几家光怪陆离的酒吧。
……
在视频最后一段,视角在自行车后座,镜头里是窦晟在风中扬起的短发和少年挺而薄的肩，自行车顺着 T 大的林荫坡路冲下，一直冲向数理楼。

淡出镜头的是一纸文件，很随性地扔在桌上。正文被放无人机的盒子遮住了，只露出一个标题来——《保送生预录取协议》。

视频结束。

那些瞬间疯狂的弹幕定格在屏幕上。

澜崽直接签了？

T 大？！

啊啊啊！

你明明还没上高三啊！

好优秀，妈妈好骄傲（擦泪）。

回来啊！别结束！到底是不是保送 T 大了？！

谢澜做完这期视频后打算一直停更到年底，等《少时 2》的编曲工作交了卷再筹备后续产出。

粉丝量大，视频上热门也算早有预期，但他完全没想到这期视频转天就被平台的新一期活动收录了。

少年，你眼里有光

征稿期：即日起～9 月 22 日

本期热门 UP：谢澜 _em

窦晟抱着书包坐在车上，"呵呵"了两声："我合理怀疑运营人员是先看了你这个视频，才策划出来的本月活动主题。这算什么？是该算我们暗箱操作，还是该算运营偷懒啊？"

他一边吐槽，一边迅速用大号给谢澜送了两颗活动币，又转发给 UP 朋友们要求支持。

九月方至，年度"百大"预测帖越来越多，数据大神昨晚还用微博小号再次定论，今年大猫二猫中如果出一个"百大"则必是二猫。那条微博简直让谢澜坐立难安，甚至一度想把视频删了，但如果删了，窦晟恐怕真的要撸起袖子和他打一架。

昨天上飞机前的最后一站是雍和宫，据说那里许愿很灵。谢澜许愿窦晟能成"百大"，也不知神仙能不能听见。

他正纠结着，窦晟保持着单手打字的动作，另一手抬起来精准地掐了他一下。

谢澜震惊，呼痛道："干什么？"

窦晟看着手机头也不抬，收手"哼"了一声："阻止你乱七八糟的念头。"

今天礼拜五，新高三已经开学四天了，谢澜和窦晟才回来上学。

早上堵车，自习铃打响，他们狼狈地从楼梯口冲上来，一拐弯，和拿着卷子正要进教室的胡秀杰打了个照面。

谢澜迅速"卸下"脸上所有表情，默默走近，在胡秀杰的虎视眈眈下硬着头皮进了教室。

"谢澜，窦晟，站在讲台前别回去。"胡秀杰板着脸，"高三了，知道吗？"

谢澜低头看脚："嗯。"

窦晟和他同步看脚："嗯。"

胡秀杰冷声道："打从上学期，我就给你们每个人都说过，上了高三绝对不能被情绪支配，不能任性，不能肆意妄为！家长宠着惯着也就算了，自己心里没点数吗？你们是自己人生的主人知不知道？只有你们自己能对自己负责，知不知道？！"

"知……道……"谢澜茫然地回答，看了眼窦晟。

窦晟用眼神回：不知道。

胡秀杰伸手在门框上啪地一拍："我问你们！今天开学第几天了？"

门框上的余震过于吓人，谢澜张了张嘴，愣是没发出声。

窦晟道："第五天。"

胡秀杰冷笑："距离高考还有几天？"

窦晟顿了顿："等我算算。现在是九月，九月还剩二十九天，十月三十一天，十一月……一三五七八十腊，三十一天永不差，十一月三十天……"

底下"猫头鹰"们憋炸了，窦晟掰着手指头算到四月时，谢澜忍不住开口道："还有二百七十八天。"

哗一声，该笑的终于笑了，忍着没笑的也被带跑，全班爆笑如雷，笑声在整条走廊上回荡，把隔壁全科A的教室门给笑开了。

老马探出头问道："数理A发生什么了？"

"没什么，马老师。"胡秀杰冷笑，"我们班这两尊大佛终于回来了。"

"回来了？"老马立刻扔下自己班学生跑出来，旧皮鞋在走廊瓷砖上嗒嗒作响，"谢澜到底怎么样啊，去面个试就没动静了，我也不敢问，T大那边……"

胡秀杰在门口冲他皱眉，老马脚步一顿，话音戛然而止。

班里的同学们神情各异，窃窃私语。

老马走到门口，有些尴尬地冲谢澜笑了笑，生硬地把话题拐了个弯。

"啊，我过来是跟你们班说一声，刚跟我们班说过。现在数竞结束了，二试马上出分，后面会有什么保送考试啊，高考降分啊，还有明年开春的自主招生啊。咱们班已经有谢澜同学先给打过头阵了，不管结果怎么样，他的心态要稳住，你们也要稳住，不要乱不要散，要相信高考还是不可避免的独木桥，就算没有那些优惠政策，你们本身都是有能耐考上前……"

窦晟越听越不对，蹙眉打断道："老师，怎么感觉您在安慰谢澜啊？T大没有同步通知学校吗？"

老马一个急刹车，猛地扭过头来："通知什么？"

窦晟惊讶道："真没通知？那……估计是效率有点低……那你们没看谢澜的最新视频吗？"

胡秀杰和老马面面相觑，而后老马脸上忽然跳出一抹喜色。

他正要说话，就被胡秀杰用手上的一卷资料按住。

胡秀杰皱眉道："我们到底是你老师还是你粉丝，知道你的事还得通过网上关注你？真够不像话的……谢澜到底考什么样？请假这么多天，我们以为你考砸了在 B 市散心。"

谢澜正要张嘴，底下董水晶茫然道："他不是签约了吗？"

"对啊，全班都知道了吧？"

"我们都知道啊。"

"原来老师不知道吗？"

谢澜还没张开嘴，就见老马的脸上刹那间迸发出神采。

返老还童？

老马猛吸一口气，一把攥住胡秀杰的胳膊，把胡秀杰攥得直皱眉。

"什么政策？！降分？还是降重本？还是……"

谢澜道："是提前录取。"

老马一下子没说出话来，站在教室门口，手都在颤抖。

"还有别的吗？"他问。

"别的没什么了……"谢澜咕哝了一句，跟窦晟一起走下讲台，往教室左下角窗边，他们那熟悉的地方走去。

保送就是保送，最简单清楚的政策就是保送，没有那么多弯弯绕的条件。合同一签，板上钉钉。真要有别的，就是数竞的事。

CMO 的全国决赛还是要参加，但他已经提前锁定了精英冬令营全国 60 张入场券之一，今年冬天要进入国家集训队选拔。T 大的老师说，国家队他稳进，IMO 只有高中生可以参加，大学前，他还有最后一次机会。

班里闹哄哄地讨论了一阵儿，老马和胡秀杰站在走廊低声交谈，过了好一会儿老马才回自己班看自习。

听脚步声，不难想象到老马脸上春风满面。

胡秀杰回班关上门，拍了拍讲台桌。

底下瞬间安静。

她依旧是一贯的冷脸，但时不时微微扬起的嘴角还是暴露了一些激动。

"行了啊，签了就签了，谢澜第一节下课来找我一下。已经签了的不要得意忘形，还没签上的同学正是拼搏时，就算不全去前两所，咱们这两个班也全都是顶级大学的苗子。高三了，别让任何事影响到你们的状态，保持积极进取的心态，保持稳定高效的学习节奏，保持健康强壮的体魄，你们都……"

第十一章 首都VLOG

她目光扫到窦晟，突然皱眉道："窦晟。"

窦晟刚放好书包，有些不知所以地抬起头："啊？"

胡秀杰视线在他脸上兜圈圈，眉头越蹙越深："一个假期没见，怎么瘦成这样？生病了？"

前面同学闻言纷纷回过头来。

车子明嘀咕道："是啊，前两天二试的时候我就想说，豆子好像瘦了？"

窦晟"啊"了一声，含糊其词道："可能是有点吧……没事，我多吃饭，再过两个月就胖回去了。"

胡秀杰皱眉，拍拍讲台桌，又开始了新一轮的训教。

"营养也要跟上！这周末家长会，你们家长来了我还要重点强调，高三这一年……"

谢澜趁她发言，赶紧把手机关机，塞进书包深处。

窦晟凑过来低声道："大人，角色扮演万花筒的视频背景音乐还没好吗？再不拍，我要被老胡盯死了。"

"别催，别催。"谢澜烦躁，"在B市我说要剪音轨时，是谁拉着我半夜瞎逛？你还有脸催？"

九月中，秋老虎肆虐。

大课间跑操结束，谢澜站在体育场门口那棵梧桐树下，灵魂出走。

英中高三每天两趟大课间跑操，各班排方阵，把人像夹心饼干那样夹着，不紧不慢跑上二十分钟。谢澜倒不是不能运动，但耐力不行，这种跑法不如直接要他命。等到窦晟终于跑步去把水买回来了，他才慢悠悠地回了神。

生活不易，谢澜叹气。

本来保送到手，还以为高三能轻松点，却没想到高三的日子会这么苦。

比如清晨5:50宿舍广播里准时响起的"高考单词广播"；每天晚饭后，胡秀杰站在门口没收西门外的小食品；老秦在一个寻常的礼拜二晚上留了四篇高考真题作文；化学老师穿元素周期表T恤上班，穿了一周，第二周又变成常见化学方程式……

这还不算夸张，某个周日晚上回来，谢澜一进教室门差点吓死。他定在讲台上，和底下大眼小眼对瞪半天，才恍然意识到所有女生都把刘海剪到眼眉上方半厘米的位置了。

就……挺"秃然"的。

数着手指头过日子，终于熬到九月结束，十一国庆，盼来了三天假期。

放假前一晚下了雨，走廊的窗开着，穿堂风把一整排教室的门接二连三地砸进门框。倒数第二节晚自习下课铃响，谢澜去上了趟厕所。他正要上，旁边全科A的一个哥们儿忽然清了清嗓子。

"风急天高猿啸哀，渚清沙白鸟飞回。"那人对着厕所的瓷砖墙，字正腔圆地背诵道，"无边落木萧萧下，不尽长江滚滚来。"

谢澜受到了极大的震撼:"你干什么呢?"

"上厕所的时间浪费了怪可惜的,我随便背背。"那人又换了一首,"大弦嘈嘈如急雨,小弦切切如私语。嘈嘈切切错杂弹,大珠小珠落玉盘……兄弟,抱歉,你是不是被我吵得尿不出来?"

谢澜茫然。

"那我换一首帮你。"他说,"银瓶乍破水浆迸,铁骑突出刀枪鸣。曲终……"

"不必了。"谢澜拉上裤子,转身走了。

回到座位,窦晟放下笔笑问:"还好吗?"

谢澜叹气:"我想逃离这个恐怖的高中。"

"你知道因为什么吗?"车子明扭过头神神秘秘地说,"因为你已经保送了,所以这些痛苦对你而言毫无必要,更显得苦上加苦。但我们这些黄盖还在拼,我们甘之如饴,知道吧?"

"黄盖?"谢澜更迷惑,"黄盖干之如姨?什么意思?"

"好了好了。"窦晟连忙拉着他坐下,"再忍忍,马上放假了。"

上课铃响,胡秀杰的高跟鞋声在走廊上响起。谢澜抓紧时间问窦晟:"明天去拍摄,对吧?"

窦晟"嗯"了一声:"服化道团队都约好了,这次要拍的场景也搭完了,国庆这三天假争取拍掉三组。"

谢澜闻言深吸一口气:"好。"

他知道窦晟对这个动漫万花筒的视频上心,但没想过这么上心。编曲定稿后,窦晟就开始联络团队。场景搭建、服化老师、摄影老师、武术指导、后期和特效制作,全都请了最专业的工作室。那天他用窦晟的iPad追番,窦晟微信挂在后台,突然弹出一条通知,卡里刷走一笔款项。

他吓一跳,赶紧去问,窦晟却说只是先给人家交了一笔定金。

谢澜当时愣了好一会儿,突然意识到窦晟是在赔钱产出。

放学到家已经十一点多了。谢澜回屋洗完澡,把浴室门开了一半吹头发,隐约听见窦晟在打电话,便把吹风机切换到了低风模式。

"雪要直接人造,不做后期,不然就太假了。你们机器到位了吧?"

"嗯嗯,月亮可以后期再润色。"

"明天会有几个摄像老师?……机位呢?……好,那我们大概早上七点到。"

窦晟把电话挂了,探身进来:"少侠,头发还吹不吹了?"

谢澜把吹风机放下:"明天拍什么,最后定下来了?"

"这三天拍'雪'组,明天拍杀生丸,后天沈一沐,大后天拍天野。"窦晟道。

沈一沐和天野都是玄幻国漫男主,谢澜不太熟,但杀生丸他很熟。

"大妖怪杀生丸啊。"他忍不住对着窦晟的脸走了神。

窦晟笑道:"整个企划里我最担心的就是杀生丸,唯一的妖怪男主,拍不好的话整个视频会垮掉。"

"我觉得可以的。"谢澜认真点头,"轮廓很像,别担心。"

这阵子他在网上看了很多角色扮演,成败的一大关键在于脸型能否贴合角色。比如同样扮演杀生丸,有些扮演者下巴尖得太过,有些邪魅,没了杀生丸的仙气;有些脸颊又太饱满,纸片人的感觉出不来,怎么看怎么违和。

但窦晟的脸型是真的像,他原本就是尖下巴,尖而不长。前两天看窦晟试戴杀生丸的银色长发,面部妆还没上,只是练习几个眼神,就很有那味了。

窦晟走进浴室照镜子,"反正,要是视频最后效果拉胯,就不发了,随缘。"

不发。这么大成本砸进去,不发。

谢澜忍不住嘶了一声:"你到底怎么想到要做这个企划的?"

"心血来潮吧……"窦晟对着镜子道,"我没尝试过,所以想挑战一下,要做就认真做,花钱就当交学费,没事的。"

谢澜不敢说话,这事他也是纯粹门外汉,既怕窦晟话说得太满,明天效果不好,又怕反应太平淡,让窦晟提前挫败。

拍摄前这一宿,窦晟没什么事,谢澜反而失眠了。结果第二天到场地,窦晟化妆三小时一出来,谢澜整个被震撼住了。

银发如瀑,雪色的华袍空灵脱俗,铠甲弯刀与右肩披散的毛皮刚柔相衬。窦晟额间一轮弯月,两颊道道血痕,明明是硬汉气质,但俊美清冷的面容又突显出仙风道骨。

化妆老师笑道:"你这一套要'秒杀'太多专业角色扮演者了,对得起粉丝一声'杀殿下'。"

窦晟很在状态,颔首的样子也颇有杀生丸的孤傲气。但他转而朝向谢澜,又瞬间切换回平常模样,含笑挑眉:"我帅吗?"

谢澜掏出手机:"我先拍一张壁纸。"

是帅的,他只能靠面无表情来掩饰被惊艳到的内心。

窦晟对着谢澜一本正经的样子绷不住想笑,几次试图找回杀生丸的感觉,但谢澜快门还没摁下,他又笑崩了。

"就这样吧,别拍了。"他笑着摸了摸右肩上的毛毛,"手感好好啊,和梧桐的肚皮有一拼,我的银子不白花。"

谢澜忍不住伸手:"我摸摸。"

窦晟站到近处,侧着身让谢澜摸肩上披着的那条雪白的皮毛,又软又滑,还很有厚度,谢澜摸了一会儿,恍惚间竟然有种撸猫的错觉。

撸大猫。

"行了行了。"窦晟任由他弄了一会儿，笑着退开，"噌"一声将弯刀出鞘，气势如虹。

他又收了刀，小声道："我去拍了啊。"

谢澜点头："去吧，我在棚外看着你。"

摄影棚里很空旷，第一组布景是皓月当空，雪花簌簌飘洒而下。大妖怪杀生丸背靠那皓月，高立树梢，片刻后拔刀起跳，一瞬间闪现突破到镜头前。

闪现靠特效，但起跳和冲镜要实拍，起跳需要跳出那一刹那的轻盈，冲镜要拍出清冷逼人的杀意。简单的两个动作，窦晟反复拍了几十上百次。说是外行心血来潮，但他干起来比谁都拼，全心投入，几个小时眨眼而过。

窦晟中午不敢吃饭，只嚼了两根能量棒，谢澜就站在摄影棚门口等着，好不容易等到傍晚发盒饭，餐车刚好停在他旁边。

他挑了看起来肉最多的一种，准备拿进去给窦晟。

隔壁棚工作人员路过，好奇地往里瞄了一眼："这是哪个小明星在拍杂志吗？"

谢澜摇头："不是，我们拍着玩的。"

"长这么帅啊。"那人又往里仔细瞅了瞅窦晟，笑道，"这么帅可以考虑做演员啊，现在偶像剧可吃这种五官的男主了。"

谢澜知道窦晟对做演员没兴趣，但还是忍不住问道："偶像剧是拍什么？"

"拍男主女主谈恋爱啊，亲亲抱抱举高高啊。"那人随口道。

谢澜有些无语："但他唯一的爱好只是拍视频……还有撸猫。"

工作人员莞尔一笑："我也喜欢撸猫。"

窦晟站在电脑前和后期老师激烈地讨论，谢澜拿着两份盒饭过去，扫到几秒钟初片，每一帧几乎都是大工作室出品的级别，非常震撼。

"进度怎么样了？"谢澜问。

窦晟笑着捏了一个响指："可以收了，换衣服吃饭。"

他对工作人员道了句"辛苦"，看着电脑文件保存好，然后一瘸一拐地往后边走去。

谢澜愣了愣："脚怎么了？"

"刚最后冲的时候崴了一下。"窦晟撇嘴，"小事，还没我打球崴得狠呢。"

说是这么说，但今天只是第一天，明后两天的分镜动作比今天复杂很多，谢澜很难想象窦晟要拖着崴伤的脚继续。

窦晟自己倒无所谓，进了换衣间三下五除二换回自己的T恤牛仔裤，摘了假发，脸上的妆也不卸，出来拉过一个小凳就坐下吃饭。

盒饭两荤一素拼一份甜糕，看着有点油，但窦晟吃得很香。他是真的饿了，谢澜把自己的鸡腿夹过去，他两口就用嘴把骨头剔干净，顺手把甜糕夹给谢澜。

谢澜发现窦晟脚腕衣服束口处的地方被汗水泡得发白，胳膊也有几块不知道在哪儿磕出来的淤青，有些心疼地说道："太拼了，早知道选题时应该再谨慎点。"

窦晟把嘴里的米饭囫囵吞下去，笑说："我觉得特别过瘾，这个比我想象中好玩，唉，一开始该拉你来一起录的。"

满当当的一份盒饭被吃得一粒米都不剩，窦晟放下空盒揉了揉肚子，突然"嘶"了一声。

"等我一下啊，我还得去跟后期老师沟通一个细节，然后就收工带你去吃烤肉。"

谢澜筷子一僵："还吃烤肉？"

"啊。"窦晟瞟了眼盒饭，"这只是先垫垫肚子啊？"

谢澜愣住了，一斤饭菜垫肚子？

窦晟出去了，谢澜止不住叹气，又带着些愤懑把两个饭盒塞进垃圾桶。

这还不当选"百大"吗，敢问 B 站还有任何一个 UP 比窦晟更配得上"百大"这个称呼的吗？

他戳开数据大神的帖子，匿名在下面回了一条。

放风橘猫：如果"百大"最后不给豆子，B 站早晚要凉。

发完这条，他继续往下刷着评论。

对谢澜还算有好感吧，他值"百大"，但如果是拿走了豆子的"百大"，那我觉得他不配。

谢澜用力给这条点了个赞。

小声说，平台给"百大"要考虑很多因素的。谢澜半个英国人，真不一定能拿。

还有这事？那可太好了。

谢澜心里一下子舒坦了不少，又给点了个赞。他一路往下刷，把声援窦晟的评论全赞一遍，终于感到了一丝丝愉悦。

推门出去时，工作人员已经走了一多半，窦晟还在拉着项目负责人对时间表。"风""花""雪""月"一共四组，国庆三天可以把'雪'组拍完，剩下三组分别定在十月下旬、十一月中旬和十二月初。这样一月前能做完后期，刚好赶得上"百大"。

时间卡得很紧，高三生太忙了，等到十一月，谢澜就要去数竞冬令营，没法陪着窦晟。

谢澜正在心里叹息，忽然听见旁边窦晟包里有手机振动声。正犹豫要不要帮忙接电话，振动声自己停了。

随后，他自己的手机响起来。

老马。

谢澜看着屏幕上跳跃的老马的笑脸，突然有一种微妙的预感。

他转身走到后面接起电话："老师。怎么了？"

"二试出结果了！"老马的语气满是喜悦，"你和窦晟并列省第一，我是万万没想到啊。窦晟人呢？喊他接电话，得赶紧开始准备后面的进阶考试了！"

第十二章
一起去更高的地方

"少年，未来请去更高的地方。"

十一月底，B市已入深秋，冷空气吸到肺底带来一股钝痛。傍晚钻进小巷子，空气中弥漫着的那股要命的香甜，又把人从寒冷中拉出来。

烤红薯是从布满锈斑的铁皮桶里夹出来的，灰突突的外皮布满焦疤。谢澜每天营训结束都要买一个带回住处吃，今天CMO全国总决赛终于结束，快乐，他买了俩。

小跑回到临时公寓，刚脱下外套，窦晟的视频就打了进来。

"喂。"谢澜把手机架在桌上，从袋里挑出一个大的烤红薯，轻轻一掰，金红松软的瓤一下子爆出来。

窦晟在窄窄的手机屏幕上笑道："今天买了两个？"

"嗯，打算替你也吃一个。"谢澜咬了一口，嘶嘶哈哈地在嘴里倒了倒，含糊不清道，"我……咬……考完了。"

"我知道啊，终于完成了。"窦晟长出一口气，"什么时候回来？买票了吗？"

"买了，明天晚上的高铁。我本来想明早就走，但教授让我去签几份材料。"谢澜叹气，掰着烤红薯嘟囔道，"我归心似箭。"

"这个成语用得对。"窦晟笑着把手机放到支架上，弯腰按了电脑主机按钮。

CMO省赛前几名被邀请参加冬令营，营训是在B市，为期十二天，收营就是全国总决赛。掐指算算，谢澜已经有小半个月没见过窦晟和朋友们了。

他放下烤红薯，把手机捧起来仔细端详："你好像胖回来点了。"

"全回去了，我视频都剪完了。"窦晟笑笑，"今晚就发。"

谢澜从桌上的纸巾盒里抽了张纸，纸巾盒旁堆满杂乱的数学资料。他平时桌面都很整洁，但冬令营练习强度过大，大到他懒得收拾，后来他做完一张卷就随手一塞，就等比赛后全都打包扔掉。

CMO 正式落下帷幕。

一晃也快，似乎距离两个月前老马那通兴致勃勃的报喜电话没过去多久，距离窦晟拒绝冬令营和全国总决赛也没过去多久。

谢澜抱着手机躺倒在床上，看着窦晟剪视频的侧脸。

那天窦晟拒绝得很干脆。

冬令营撞上年底视频产出期，他坚决不入营，不参加全国决赛，也不进国家队，宣称考 CMO 完全图一乐，联赛拿名次混个高考保底就满足，差点把老马送进急诊。

就连保送资格考试窦晟也没和招生办谈拢。T 大招生办愿意给他降至重本，前提是预录取数学专业，窦晟又给拒了，后来只拿了二十分全专业普降，而且真高考时还不一定报 T 大、用这个政策。他自己对这个结果非常满意，却让胡秀杰和老马失眠了好几天。

视频里传来鼠标键盘的声音，窦晟还在对视频做最后的调整。

"你想考什么专业？"谢澜突然回过神。

"嗯？"窦晟看着电脑说："没太想好呢。想学个对做视频有帮助的，多了解不同的人、不同的行业。我觉得 T 大社会学可以，P 大传播类也行，但理科生好像得等大二转专业。"

谢澜"唔"了一声。

窦晟快速点着鼠标，修长白皙的手指时不时摁一下剪辑快捷键，在屏幕上晃来晃去，看得谢澜眼晕。

"睡吧，等你睡着我就把视频关了。"窦晟低声叮嘱，"这段时间辛苦了，今晚早点睡，我看你眼皮都打架了。"

"嗯。"

谢澜踢掉拖鞋，往上蹭了蹭，勉强把头挨到枕头，闭上了眼。

意识起起沉沉，直到耳边点击鼠标和键盘的声音渐渐停止，他才彻底睡去。

明天就十二月了。这个秋天结束得有些仓皇，起初他和窦晟在学校里早课、晚课上得昏天黑地，还要在仅剩的半天周末里抢着拍视频。好不容易捱过十月，他又独自来 B 市，一头扎进训练营，每天的盼头就是训练结束后买个烤红薯钻回宿舍看视频。窦晟比他还惨，不仅得做视频，还要像所有高三学子一样完成残酷的复习任务。

首都梧桐树少见，谢澜只有在一次去超市时偶然路过，见那边满地梧桐枯叶，他捡了好几片，留着回去送给窦晟。梦里他还惦记着明天签完文件要在赶高铁前再去捡两片。B 市这边梧桐的品种和 H 市不太一样，叶片更宽大，边缘锋利挺括，更符合豆子的气质。

微信提示音一下子在耳边炸响。谢澜猛地醒来，从床上坐起。

整间小公寓都是黑的。窗帘没拉，外面的月光很微茫。公寓供暖不好，他穿着毛衣睡在床上，竟然有点冷。

23：58，不知不觉就睡了四个多小时。

谢澜揉了揉有些发热的脸颊，戳开新消息。

本以为是窦晟睡前道晚安，但消息来自B站的一个运营人员，之前加过他好友。

大佬，你那个竞赛好像要告一段落啦？什么时候回来做视频呀，都两个月没更新了！

谢澜随手回了一条。

可能十二月，也可能明年。

他下地开了灯，把桌上放凉的烤红薯放进微波炉"叮"了二十来秒。刚才睡得糊里糊涂，这会儿只能脑袋空空地继续捧着烤红薯吃。

是后面还有其他比赛任务吗？
嗯。而且高三了，忙。
高三确实忙，但过年前总会有几天假吧。嘿嘿，一定要有假啊。

谢澜咀嚼着烤红薯的腮帮子忽然一顿。

怎么了？
年底会有一些大型活动呀，你可是新秀UP，成了新的音乐区流量天花板，你得来。

谢澜蹙眉看着那条消息。

他犹豫了许久，还是追问道：你说的不会是"百大"颁奖典礼吧，是准备给我"百大"的意思？
不要声张。评选刚启动，只不过有些名额是没悬念的，大家都清楚罢了。当然啊，这都不是最终结果，所以我来督促你活跃活跃。

谢澜立刻连发三条。

OK，那我年后再更新。
这个"百大"给得有点草率。
再考虑一下吧，我断更这么久，真的配吗？

对面沉默了足有一分钟之久，发来一个问号。

第十二章 一起去更高的地方

谢澜已经在输入框里敲了"豆子呢"三个字,但发出去的前一刻,又删了。

他比谁都更害怕知道这个结果,万一对方透露出窦晟没有"百大"的意思,那他该怎么跟窦晟说?

很快,运营又回复道:你是不是竞赛压力太大了,都开始说胡话了……安心啦。对了,豆子的新视频也太厉害了,你俩真是强强联手,谁与争锋。说起来,这种联合创作也算是你的产出,只不过这次豆子个人太亮眼。

新视频发了?

谢澜匆匆回了个表情包,火速点开 B 站,果然见到窦晟投递了联合创作稿件,估计是在他睡着时登录他账号操作的。

《记录一段外行 coser 遭毒打史 | 动漫男主 101,随便看看吧》
刚开屏,五彩斑斓的弹幕就刷了一整屏。

看完的回来预警,《随便看看》。
看标题我就知道这个视频要出大事。
豆子从未如此草率起标题,我开始慌了。
笑死,弹幕都是老豆魔人了。
豆魔人:被豆子的操作弄到疯魔的人。

巨大的鼓风机声响一下子将人的注意从弹幕上抓回。屏幕是黑的,但听人声,那是个很空旷的地方,一个男人操着方言喊话,古怪的声调带着回音,有点滑稽。

"唉,这遍也忒好嘞?你勒个动作咧,奏像你分镜里个儿画得那样……等等!"
世界突然寂静。
那人换上带着恐惧的标准普通话,字正腔圆道:"杀生丸肩上的毛毛呢?"
片刻的寂静后,窦晟惊呼出声:"什么时候掉的?我……心态炸裂啊,能不能给我后期图像处理一下?!"
画面突然出现,窦晟坐在家里熟悉的地毯上,对着相机扶额。
"如你们所见,我,在过去的两个月里,作了个大死。"
他顿了顿,放下手,又叹了一口气:"观众朋友们大家好,我是人间绝帅窦。两个多月前我动了个不该有的歪心思,想和二猫同学合作一支突破自我的视频,突破点什么呢?我坐下来点开 B 站首页,把所有分区过了一遍,发现一个我从未涉足过的领域——cosplay。"

"没错，就是 cos。经过一些粗浅的了解，我发现靠谱 coser 都已经摸索出自己的擅长领域，亦正亦邪、仙风道骨、古风、科幻……而我，作为一个门外汉，在了解到这行的水有这——么深后，做了个非常鲁莽的决定。"

"咳咳。"他言辞恳切，字正腔圆，"既然不知道擅长什么，要不我都试试？"

说罢，窦晟深吸一口气，再次扶额："所以就酿成了后面两个月的悲剧。我自己扯了一张动漫男主 list，第一部分工作是交给二猫的，他先编曲，编曲后我再拍摄，我一度在音乐上非常苛求二猫，以至于到后来真人拍摄时，现实将我对他的残酷乘以百倍地还给了我。"

窦晟长叹气："总之，这个视频记录了我这两个月的辛酸片段，我也懒得好好剪了，你们随便看吧。最后三分钟是本次 cos 成品，就还行，感兴趣就瞅瞅。"

友情提示，不要相信这个男人。
豆子的嘴，骗人的鬼。
从后面回来，《就还行》。
确实，《就还行》。

视频和窦晟过往的每一个 VLOG 没有本质区别，但每个片段都很悲催。

片段一：窦晟穿着古风袍子，拿着相机一边解说一边往外走，刚踏出门槛，一脚踩到衣服，镜头天旋地转，直接摔进巨大的堆满泡沫的造景箱。他正哭笑不得地要起来，一个女人路过，嘀咕了一句"怎么把衣服脱这了"，伸手随意地一把抓住窦晟前襟，他还没来得及从泡沫里探出头，就听"刺啦"一声……

片段二：周日傍晚结束拍摄，窦晟来不及卸妆，匆匆戴上口罩和谢澜跑回学校，结果被阎王脸教导主任撞个正着，主任迫使他抬起头并拉下他口罩，那一刹那，女阎王差点当着全班同学面一屁股坐在讲台上。

片段三：拍摄工藤新一那天，窦晟特意去了本市富人区——于扉家。他在小树林旁边拍外景，穿着日本男子高中生制服，正起范地把神秘的对讲机举到嘴边，保安骑着巡逻车驶过，刹车，愣了片刻后，也对着他举起了对讲机。

……

弹幕从头到尾糊墙，全都是"哈哈哈""笑到打滚""笑到头掉"，就连陪窦晟经历过那些尴尬时刻的谢澜都没忍住接连笑出声。

最后一个尴尬片段是晚上拍的，天黑黢黢，镜头对着英中的路灯和干枯的梧桐树杈，窦晟在画外音叹道："你明天就要去 B 市了，还剩下最后两个角色，我只能自己孤零零地拍了。"

镜头里传来手掌心摩挲布料的声音，像是谢澜在拊他的背给他顺毛。

"你肯定能拍好。"谢澜说。

窦晟嘀咕着问道:"万一观众不喜欢怎么办?"

谢澜想了想:"打死他们。"

谢澜看到这,脸上的笑容瞬间消失。

傻了。

他完全没想到窦晟当时竟然用手机偷偷录音,还将他的话公之于众。

弹幕一片起哄,而后屏幕忽然一黑,闪过一行凶神恶煞的大字。

——听到了吗,不喜欢就打死你们。

紧接着,小提琴前奏拉响,像是在人的耳膜上激起一阵清冷的涟漪。黑衣刀客在夜色下掠过水面,疾驰到镜头前,一阵风过,他脸上的蒙巾落下一角,露出少年锋利的轮廓。

垂眸轻笑的一瞬,背景音乐轰然而起。

刺客踏风疾行,十步凌波挥刀斩首;魔法师以白手套覆半面,在掀开礼服斗篷的一瞬在空中隐匿,抖落一地花瓣;大妖怪杀生丸傲立于银月之下,在纷雪中纵身飞掠;男高中生在幽静的树林中与黑衣人拳脚对打,敌人横腿扫来的一瞬,镜头忽然转向水中明月,回到树林时,只有地上孤零零地散乱着的制服。

风、花、雪、月,每一次换装,每一个转身,每一次眼神定格,都精准地踩上了音乐节拍,而定点动作之间的闪转挪腾又那样流畅,伴随着韵律流淌,无论是视觉还是听觉,都糅合得无比精妙。

直冲镜头的特写几乎占据一半比重,但窦晟没有一帧崩掉。在尽力致敬经典的同时,后期也藏了各种小心思,比如将风的特效做成音浪般的线条,比如杀生丸踏雪寻回时身后跟着两只依偎的小猫,而刀客挥刀时迎刃分解的落叶,刚好是窦晟平时喜欢捻在手里的梧桐叶……

三分钟结束,谢澜深吸一口气,仿佛被人从一个世界里猛地拉了出来。

他重新点开弹幕。

全体起立。

全体起立。

起立干什么,跪下啊。

开头见!

极致丝滑,极致舒适。

总之,啊啊啊!

视频到此结束,没有一贯的ending。留给人回味的,正是脑海中挥之不去的踩点镜头,还有视频开始前那一声仿佛在人心里打了钉子的叹息。

——"随便看看吧。"

谢澜第一次看成片，看得心潮澎湃。烤红薯都不如视频香，他点开纯享版循环播放，开弹幕，不开弹幕，倍速，慢速，换一种看法就换一种享受，截屏也变成了一种异样的快乐。直到折腾得眼睛都花了，他才徐徐松了口气，点出来看热评。

cos圈十年老人路过，这期成本直接爆炸。不吹不黑，之前没关注过UP，点进主页一看发现竟然真是新人，respect！

豆子今年产出绝了，从方言视频开始，每一期都让我觉得超越，这一期直接封神！直接！封神！你敢想这是两个高三生做出来的东西？

点赞，全都点赞。

谢澜头一次深夜看B站看得这么有激情，都快一点了，但他完全不困，甚至想立刻给窦晟打视频电话。但他拿起手机忽然又犹豫——窦晟一直都没消息，估计已经睡了。

正纠结着，微信忽然接连弹出两条通知——

"烤红薯求主人带走"发来一条新消息
"烤红薯求主人带走"发来一个视频

谢澜点开。

烤红薯求主人带走：下雪了，今年冬天的第一场雪。

视频是在谢澜的房间，没开灯，只借着江对面城市午夜残余的灯火。外面大雪飘洒，在江面上结了一层霜雾，宁静而美好。

梧桐卧在窗台上，小手一揣，脸杵在玻璃上看着窗外。
镜头缓缓靠近窗户，"啪嗒"一声，也贴了玻璃上。
窦晟的声音响起："二猫终于要回来啦。"
"视频发布才两个小时，数据已经爆了，新的巅峰啊，又是我们一起破的纪录呢。"
"虽然在两个城市，但也隔空来个'猫猫干杯'吧。"
他说着，抬起手机一角，在谢澜房间的玻璃上轻轻磕了一下。
"锵——"

第十二章 一起去更高的地方

第二次独自坐飞机在 H 市降落，来接的人还是窦晟。

飞机下降，透过小窗看地面，梧桐树枝已经变得光秃秃，树梢上覆着昨夜的雪。在 B 市穿的外套已经不够御寒，谢澜和窦晟一见面，就被窦晟用一件羽绒服裹了起来。

赵文瑛给他们买的羽绒服，短款，像面包一样蓬松，窦晟穿浅黄色，谢澜穿白色。他们走在一起就像双胞胎兄弟，回头率颇高。

出租车驶上机场高速，夜色与飞雪在城市上空交织出别样的浪漫。

"小马叔呢？"谢澜问。

窦晟答道："跟我妈出差去了。"

谢澜闻言对着窗外轻轻叹气："赵姨又出差啊。"

人的情感滋长于无声，如今每每听到赵文瑛出差，谢澜都会有点牵挂。

出租车在高速出口驶上江北环，不回家，直接回学校。明天是周二，谢澜这个保送生本可以请假歇一歇，但他更想和大家待在一起。

他忽然想起来一件事："对了，你模拟考怎么样？"

窦晟嘀咕道："没什么感觉，我已经考到麻木了。"

英中今年非常疯狂，数理 A 和全科 A 跳过一轮复习，上高三即开启地狱模式。每半月一次模拟考，每周还有数理化单项周考。谢澜头一次亲历硬核的国内应试教育，哪怕已经保送了，仍然对上学和考试心生恐惧。

每天都要写大作文，谁能不恐惧。

到宿舍已经晚上十点多，坐下没一会儿，走廊就响起高三放学后错杂的脚步声。

车子明推门探头进来："回来了？"

谢澜"嗯"一声："刚到。"

"戴佑和狗子呢？"车子明问。

戴佑和王苟在省联赛名次不错，和谢澜一起进了冬令营。谢澜随口答道："戴佑明天回来。王苟还有几场点招考，被好几所学校看上了。"

国内竞赛保送规则很复杂，除了省联赛后的保送资格考，进冬令营后还有两批录取机会，分别在决赛出分前和出分后，这种叫"点招"，不占全省保送名额。

王苟在冬令营表现很亮眼，开营日测排在三十名开外，后面一路飙升，CMO 全国决赛前的最后一次测试已经冲上第四，所有教练都盯着。

决赛结果还要过很久才出，他就已经被 P 大和 F 大拉走点招了，谢澜退公寓前还听他红着脸幸福地纠结了好一番选哪所。

"狗子这就跳龙门了，以后要叫他龙狗。"车子明啧啧道，"我和苦命的鲱鱼联赛出局，还要备战自招，我俩怎么那么惨啊？"

谢澜酝酿了一番该如何安慰："其实也不能这么想，你们联赛明明也有……"

从外头路过的于扉没好气道:"我出去买个手抓饼,你要吗?"

"和你一起去!"车子明立刻扭头跟着跑,"我要吃烤肠!"

谢澜被晾在原地,有些尴尬地向后翘了翘凳子。

窦晟一边整理卷子一边笑:"用不着安慰。车子明有沙场死战情结,志在'高考全省TOP10'的荣誉。于扉就只盼着考完。"

提到于扉,谢澜随口问道:"刘一璇要和他考同一所吗?"

窦晟铺开理综卷:"不清楚……对了,你这半个月攒的卷子和作业,我放你柜子里了。"

谢澜"哦"了一声,随手拧开插在柜门上的钥匙,把柜门拉开,而后站在原地沉默了足有十秒钟。

"敢问……"他对着柜里顶天立地的资料,"我原来放在这儿的衣服和零食呢?"

"放不下了啊。"窦晟"唰唰唰"地画着受力分析图,"我拿了一部分薄衣服回家,剩下的帮你塞进柜子里了。"

谢澜再次沉默,片刻后又原封不动地把柜门轻轻地关上了。

钥匙无声一拧,锁死。不能发出声响,会惊动柜里沉睡的恶魔。

"谢谢你哦。"他皮笑肉不笑地对窦晟挑了挑唇角。

十二月,是每个高三生记忆中最长的冬天。

早上总是很困,上午跑完操,肺像被刀刮了一样疼,堆在桌上的卷子永远无法清空,每天盼到下午五点晚休,外面已经天黑,校园广播放着歌,一群人"呼呼"地喘着白气溜达到西门外买关东煮,还要在进教室前就着冷风吃完,不然会被胡秀杰逮到。

十二月中旬CMO全国决赛发榜,谢澜考到了令人头皮发麻的国一等奖第一名,第一批保送降分结果也全都落定——谢澜保送T大,王苟保送P大,戴佑和董水晶保送F大,此外班里还有十几人在自招前就拿到不同程度的高考降分,据说是英中数竞最辉煌的一年。

老师们怕影响其他人心态,没有特意说这事,大家也没过多讨论。数理A的"猫头鹰们"像一支冷静沉着的军队,上课、刷题、自习,很多人按照成绩短板分了学习小组,谢澜就在【数学140冲刺群】,群里是班级数学垫底的十来个人,普遍130出头,他自愿进去做助教。

学习、编曲,每天精力都要耗空,躺在床上脑子都发麻,却很爽。

今年过年早,英中高三在元旦前正式放寒假,假期十五天,年初六就要返校。

元旦前夕,整条高三走廊都躁动不安,放学铃打响,学生们欢呼着往教室外狂奔,据说某班还有几个男生在过度亢奋下一言不合踹起来了,好几个老师都去拉架。

数理A也很乱。

董水晶冲到前面一脚踢在门上:"都给我坐下!作业没说完呢!"

她风风火火地站上讲台,手上抓着一张A4纸,密密麻麻写满了正反面。

寒假作业卷子发了整整一节晚自习,所有课代表都蒙了。

"老胡去抓闹事的,我飞快和大家对一下。"董水晶捋着那张清单,"语文17套模拟,30篇阅读。数学模拟25套,此外提升卷、冲刺卷、精英卷各30套选做。英语听力文件发群里了,然后两本专项练习册。物理……老胡给我们分组了,我念名字啊,A组同学做力学突击,名单有车子明、毛冷雪……"

谢澜听得脑壳痛。

班里一开始叫苦连天,但很快所有人都加入了核对资料的大军,教室里被"哗哗哗"的翻卷子声淹没。

对作业对到十一点半,整条走廊都安静了下来。

谢澜虚弱地刷着朋友圈,见辩论社的融欣欣发了一条小视频:"数理A'杀'疯了,今晚全校都为数理A而感动"。

视频是在教室门外拍的,走廊全空,边上一溜教室都关灯了,只有数理A班灯火通明,隔着前门玻璃可见一男一女站在前面声嘶力竭地对作业,教室里白花花的卷子翻卷成波浪。

叹为观止。

谢澜叹气,把语文卷子薅出来。

"15天假期要做17套大模拟吗?"他麻木脸问窦晟,"你愿意帮我写吗?"

"我愿意。"窦晟戴着一架平光眼镜,一边飞快核对作业一边低声道,"我愿意辅导你写,我陪你写。"

谢澜又叹了口气。

他很爱语文。他很爱中华民族上下五千年积淀下的这份沉甸甸的语言文化。

但是,这些作业让他有点爱得累了。

收拾了教室的资料,又回宿舍拿了些东西,高三上学期彻底结束。

到家已是后半夜,谢澜洗了澡就扑在床上,一觉睡到第二天中午,吃完午饭又睡过去,直到窦晟来敲门。

天是黑的。

"醒醒吧,谢澜小朋友,你都把两天睡连起来了。"窦晟在门口弯腰抱起梧桐,"B站元旦跨年晚会就要开始了,你提前发个节日微博?"

谢澜睡得脑子嗡嗡作响,半天才反应过来,"嗯"了一声。

楼下赵文瑛正在烤饼干,家里弥漫着香甜味。跨年饭是饭店订的,窦晟趿着拖鞋下楼拆那些包装盒。

谢澜在沙发上放空了一会儿才戳开手机。

最近几天他都不敢开B站和微博,私信、评论区全都是讨论"百大"的,B站去年的"百大"是今年1月10号发布,按照距离春节的时间来推算,跟现在差不多。

他随手刷新，发现数据大神又更新了一版预测帖——"终极预测"。

同样的，只预测他有"百大"，没有窦晟。

谢澜无话，不得不再次披上自己"放风橘猫"的小号，拿出这阵子苦练议论文的精神认真反驳。

放风橘猫：以下参考自去年的三个评选维度：创作力、影响力、口碑力。创作力看年度播放量和互动量等数据，影响力要看粉丝增量、对官方活动的响应，口碑力则考虑UP被更多观众喜爱的潜力。从这三点看，或许只在粉丝增量这一点上谢澜能赢过豆子。但他是从零增长，硬比也太不科学。豆子做视频的真诚、创新和钻研，是全平台之最，不接受反驳。

一段话，删删减减，酝酿了十来分钟才发上去。

结果谢澜放下手机喂个猫回来，那条已经热评第一了。

数据大神本人回复道：口碑力说白了就是平台评估的商业潜力。谢澜最牛的就是商业价值，直接把一部国漫捧到B站榜一还不够厉害？你说那么多都没屁用，没一句在点子上。

谢澜对着手机翻白眼，直接回复：厉害个屁。

这条热评迅速引发了一场浩大的讨论。

放风橘猫兄分析得很认真，但你得相信大神，平台这两年真的重点考虑商业价值。

老豆粉了，说句诚恳话，小破站晚会能邀请谢澜去领奏，保不准还能以这个噱头拉点赞助，这就是商业价值。这条路，豆子就走不上去，当然豆子有他自己的天空，在他的领域没人能压过他的锋芒。

楼上我要被你笑死，豆子是不是推广接得太少了，让你们对他的商业价值存在误解？

楼上，平台考虑的商业价值不是从UP主接广告衡量的……

要是从破圈吸粉来看，我也真不觉得豆子比谢澜差。谢澜就是那种我很欣赏、会关注、偶尔会翻翻的UP主，但豆子只要一发视频我就能快乐一整天，你要考虑粉丝黏性。

……

楼中楼全是长篇大论，谢澜眼花缭乱。他一路往下看，直到眼睛都要瞎了，首页突然刷出打豆豆女士的微博。

打豆豆女士转发了谢澜那条热评——友友们，你们吵得这么欢，知道两位UP此刻很可能正在开开心心地看晚会吗？人家根本不在乎。

不在乎个屁。

谢澜叹气，他不能更在乎了。

赵文瑛喊道："你俩把饭往桌上摆吧，把你们站那个跨年晚会投个影。"

"来了，赵姨。"谢澜收起手机，起身端菜，窦晟在一旁飞快地摁着遥控器。

三个人围桌边坐下，跨年晚会刚好开始。

开幕第一个节目是交响乐演奏，请的是国内一个挺受欢迎的交响乐团。之前运营还邀请过谢澜领奏，但被谢澜拒掉了。

"咱们碰个杯吧，吃完跨年饭，今晚澜澜别忘了给你爸打电话。"赵文瑛笑着说，"祝澜澜音乐更上一层楼，祝我自己明年赚更多钱，祝豆子和澜澜考上同一所大学。"

窦晟干笑两声："祝你的所有心愿都成真，还祝你永葆青春，永远健康，赚不赚钱无所谓。"

"祝赵姨身体健康。"谢澜站起来跟赵文瑛轻轻碰了下杯子，"还希望赵姨天天开心。"

三个人碰杯，赵文瑛呷了一口红酒："你俩先吃，我得盯着饼干去。"

她哼着刚才的交响乐旋律进了厨房，谢澜便继续掏手机看帖，没一会儿，突然发现打豆豆这条转发下的热评变了。

窦晟本人空降，就在刚才。

人间绝帅窦：都说过好几次了，谁"百大"都一样，别你啊我啊的了，提倡快乐生活，不要把自己变成脑残，与君共勉。

谢澜气不打一处来，当场在桌子底下踩了窦晟一脚。

"骂谁呢你？"他一晚上没处撒的气被点燃了，"你再骂？"

窦晟抬起头，脸上的无辜和迷惑可以写本书了。

许久，他"嘶"了一声，难以置信地拿起手机："这个'放风橘猫'是你啊？"

谢澜不吭声。

窦晟大为震撼，盯着屏幕迟疑道："不对啊，这个论述水平好像比你……呃……强了那么一……"

还没说完，直接被谢澜打断。

"不要乱说话！"谢澜咬牙切齿，"万一被官方看到，认为你主动弃权怎么办？"

"现在应该已经有结果了，也就一礼拜内吧，我说不说都无所谓。"窦晟咂咂嘴，"不过说起来，运营有给过你暗示吗？"

谢澜闻言心里抖了一下。

他还是选择实话实说："从 B 市回来前那晚，运营找我说过几句。你呢？"

"好像没有。"窦晟的反应自然而平静，"我听说拿了"百大"，多半会提前被分管的运营暗示。那通商业价值分析其实挺对的，你有"百大"是板上钉钉，我之前其实琢磨过有没有可能咱俩都能拿，但现在看来没什么希望了。"

赵文瑛在里头喊："豆子，过来帮我取一下烤盘！"

"来了！"窦晟起身按了谢澜的脑袋，"别乱想了，我都说了真的不在意。"

谢澜"嗯"了一声："知道了。"

他心里很不是滋味。之前一直不敢问，现在窦晟直接说运营没有暗示，那就是真的没了。

尽管心疼得要命，但事已至此，却不能再表现出来。

谢澜叹口气，突然泄了力似的，放下手机，夹了两个香辣虾。

回国快一年，他的饮食习惯和窦晟家里越来越相似，辣的菜也能吃几口，尤其心情不好的时候，觉得吃辣还挺解压的。

三个人边吃边聊，直到晚会过半，赵文瑛累了，回自己房间敷面膜去了。窦晟和谢澜就留下一起边看晚会边捡碗筷。

谢澜捧着一叠碗走进厨房，把东西塞进洗碗机，刚一起身，窦晟就跟了进来，还把门给关上，电视声音一下子被隔在外面。

谢澜看向他："怎么了？"

"没怎么，就想和你说几句话，有点儿……感慨。"窦晟走到他身后，像只慵懒的大猫一样伸了个懒腰。

"这就要一起跨年了。"他声音很低，在静谧中仔细凝视着谢澜，"好快啊，这一年。"

或许是氛围太宁静了，谢澜心里的烦躁一下子被收拾得服服帖帖，"嗯"了一声，说："是很快啊。"

打从记事后，跨年都是在伦敦，这是第一次在国内。

前几年肖浪静生病，他跨年都是在医院的。肖浪静走后，圣诞节和跨年夜他会和朋友在一起，其实是想躲出去，因为知道谢景明会在那天和 Elizabeth 频繁地发消息，即使人在家里，心也不安生。

今年终于又久违的感觉到这个节日跟自己有关了——赵文瑛提前好几天就在琢磨订哪家饭店，窦晟也一直念叨，又督促他年底总结，又要和他一起做新年规划。

窦晟清了清嗓子，轻轻勾起唇角："新的一年，祝我的月亮——谢澜，继续像现在一样自由勇敢，随心所欲，大猫想要永远陪伴二猫一起闯江湖。"

谢澜被他说得心痒痒，也垂眸小声道："新的一年，希望豆子一直干自己喜欢的事，还有……"

"还有什么？"窦晟问。

"还有……"谢澜停顿片刻，又摇摇头，"忘词了。"

窦晟一下子乐得差点扑在他身上。

还有,希望窦晟得偿所愿,得到一切他理所应当得到的东西。无论那对他而言重不重要,他都值得最好的。他值得那些掌声、认可,以及所有人的喜欢。

谢澜把餐盒一个一个摞进冰箱,关上冰箱门的时候,轻轻叩了叩左手食指。那是一个不经意的动作,他从小到大焦虑时都会叩叩食指,有什么心愿也会叩叩食指。

可能无形之中在祈求小提琴之神的庇佑。

希望豆子拿"百大"。我想把我全部的好运气都攒起来,换豆子的实至名归。

窦晟走向门口:"怎么没音乐声了?晚会结束了?"

他说着拉开门,主持人的声音一下子闯了进来,与此同时,两人放在餐桌上的手机几乎同时疯了一样地开始响。

主持人:"年度"百大"名单已火热出炉,在平台和官方微博上同步推出,我们同时宣布,"百大"颁奖礼直播将于1月31日举行。在这个跨年夜,我们感恩所有UP主在过去一年的付出,希望明年会有新的辉煌!"

谢澜心跳一下子过速,窦晟还没走到桌边,他就冲了过去,一把抓起手机——窦晟的手机。

屏幕上是一串微信好友的祝贺。

恭喜"百大"!
恭喜"百大"啊老哥!
实至名归!!
终于!
你值得!
人间绝帅窦YYDS!

"百百……百……"谢澜脑子里"轰"的一声,抓着手机半天,瞅着窦晟开始舌头失控。

窦晟在两步之外站定,看了眼手机,似乎意识到什么,眸中闪过一瞬惊喜:"有我?"

谢澜忘了汉语怎么说,只能猛点头。

他把手机一扔,上前一把拥抱住窦晟。

"Congratulations." 谢澜在他耳边低声道,"You reap what you sow. Fortune favors the bold."

窦晟低笑着:"幸运眷顾勇敢者。第一句是什么?没听清。"

谢澜大脑空了好久,说不出话。

窦晟很有耐心,一直等着,直到他想起来了。

"好像有句中国老话能对上。"谢澜一板一眼地说,"种瓜得瓜,种豆得豆。"

窦晟一下子笑得差点坐在沙发上:"那这句话应该送给你啊,种豆得豆。"
谢澜只知道点头,急不可耐地点开平台发布的"百大"名单。
名单按照首字母排序,但窦晟和他却硬是被一上一下放在了一起。

@人间绝帅窦_dm
一颗豆子,汇聚着全站对少年的期许。他用清澈的目光看世界,以赤诚来表达。观察人,观察生活,挑战群体,挑战自己。他的视频欢乐而富有力量,影响着越来越多的人。剑之所向,心驰神往,少年,未来请去更高的地方。

@谢澜_em
今年,留英儿童谢澜回国了。他不善言辞,笨拙的表达常带来引爆全场的效果。从翻奏到原创,他以一己之力突破音乐区天花板,带我们发现了深巷中的美酒,将高阁之上的音乐以少年人喜欢的形式演绎。同样的,少年,未来请去更高的地方。

"他们把我们放在一起了。"谢澜下意识回头看向窦晟,唇角轻轻挑起,"而且还有一句一模一样的评价,别人都没有这句。"
"嗯。"
窦晟笑容清浅,眸心一点明亮的光,正如二月底在机场大厅,谢澜初见他时那样明朗。
少年的声音如是坚定:"是让我们,一起,去更高的地方。"

(正文完)

Freedom
on
○ My Mind
○

番
外

"百大"颁奖典礼

一月下旬,终于到了某站年度 UP 主颁奖直播的那天。距离直播开始还有一段时间,不让人省心的 UP 水友群已经炸开锅了:

他俩一天都没出现了,到底逃出来没有?
别的 UP 主都去微博打卡了,只有这俩人杳无音信。
不是说跟豆妈请假很顺利吗?
嘘,豆子的班主任好像很凶……
今晚不会真要放鸽了吧?
如果鸽了,豆子就再无缘"百大"了。
沧桑.jpg。
报!到了!豆子发了微博定位了!

……
S 市的某大型会展中心场馆外。
"别看手机了。"谢澜抓着窦晟,"快一点。"
"来了!"窦晟迅速跑了两步追上去,两个人并肩跑到场馆侧门,戴着小电视头饰的工作人员迎上来登记,引着他们进场步入观众席。

观众席笼罩在一片雅致的幽暗之中,直播尚未开始。座椅贴着嘉宾的名签,第一排给各位老总,第二排开始是"年度百大 UP 主"。谢澜和窦晟 ID 的开头字母一个是 X,一个是 R,他们默契地往后排走,但在后面找了半天也没找到位置。

西装革履的阿泽站起来往前面一指,提醒道:"你们俩在前边呢!"
原来不是根据英文字母排序的。
谢澜回头看了他一眼,感激地点点头,终于在第二排找到了正确位置,坐下。
从下飞机到进场馆,除了在车上,其他时间里,他和窦晟称得上是一路狂奔。
本来赵文瑛帮他们请了两天假,昨天下午飞来彩排,今天直播,明天早上回去,计划很完美。但胡秀杰开始以为是家里有事,昨天才发现原来是要参加视频平台的活动,当场反悔。谢澜是保送生无所谓,但窦晟自主招生在即,她愣是把窦晟扣到了最后一秒。

无奈之下,他俩只好改搭今天的飞机,起飞前两小时才从学校跑出来,什么都来不及收拾。

直播间已经开启，几个机位在主宣传板、观众席之间来回切换。大屏幕同步投影，谢澜抬头一瞥，只见密密麻麻的弹幕飘过去，字体尺寸很小，从远处看去就像滚过一片芝麻，什么都看不清。

豆子！
澜崽来了！
恭喜二位逃出生天！
在哪？在哪？
二排左数！
dm、em 排面。dm、em 排面。dm、em 排面。

谢澜正费劲地想要看清那些小字。窦晟伸手拉了一下他的领带，提醒着："歪的。"
"还歪？"谢澜蹙眉低头，可根本看不见领带结，只能让窦晟帮他拽。
太匆忙了，黑色牛仔裤勉强当西裤穿，白衬衫是平时的，下飞机后在机场的服装店里随便抓了两条领带胡乱系上。
谢澜扭头瞟了一眼窦晟的领带，说："你也没戴好。"
本来黑色牛仔裤搭配白衬衫还挺像样子，但戴上领带就有点不伦不类，说商务不商务，说休闲不休闲。
窦晟还在替他整理领带，听他这么说，手上顿住，问："要不……不系了？"
"别系了，平台也没说着装要求。"谢澜叹了口气，扯开了俩人的领带。
窦晟接过来，把两条领带随手往身后一塞。

你俩在干什么？！
能不能行啊，镜头还拍着呢，两个地主家的傻儿子啊！
崽儿们，这是在外面，不是自家直播间！
大庭广众，注意点形象啊！
……

谢澜松了口气，打算坐定休息一下，又看到屏幕上的文字貌似都激动起来，一堆感叹号。
"弹幕说什么呢？"他不明所以，问。
窦晟翻开流程册子，不以为然地说："网友无聊，随便调侃呢吧。可能是官方雇的暖场水军，所以不敢把字放大。"

他们俩在说什么？有唇语大师破译吗？
谢澜：弹幕说什么呢？
豆子：你管他们干什么。可能是平台雇的水军，所以不敢大声说话。
口型还有点儿像。
我迟早被你们给笑死！

距离直播正式开始还有十分钟，运营人员将颁奖流程通知发到了每一位 UP 主的手机上。往年，"百大" UP 主都是按照 ID 首字母分四批领奖，今年则是随机抽签。
窦晟凑过来问："你在第几组？"
"第一组第二个。"谢澜说，"你呢？"
窦晟愣了愣，把手机伸过来，感慨道："随机抽？咱俩还真挺有缘。"

人间绝帅窦_dm：1组#1，请于五分钟内到后台准备。

观众席镜头刚好切到第二排特写，镜头里谢澜怔了片刻，随即又笑了起来，少年人的笑温柔而随性："绝对是故意的，不过也好。我们走吗？"
"走。"窦晟起身，等待谢澜从他身边走过，自然跟上。
在他们背后，弹幕上滚过一片波澜起伏的爱心。

澜崽笑得好甜啊！
我把我一生的硬币压在这了，他俩连号！
家人们下注！
冒昧问下弹幕在说哪两个 UP 主？
人间绝帅窦、谢澜。
就刚刚钻进后台那两个男高中生！

弹幕里愉快地聊着天，直到全场灯光骤然熄灭。紧接着，主机位切换到舞台上，高光亮起，主持人手握话筒从台下升起。

"各位观众，晚上好！欢迎来到哔哩哔哩年度 POWER UP 颁奖晚会直播。"

开始了！
开开开！
激动！

要来了吗?

主持人简洁地致辞,然后请上开幕节目,由几十位 B 站音乐区和舞蹈区的 UP 主联合献上大型舞乐。屏幕上开始疯狂刷屏认领各个 UP 主,从节目开始到结束,弹幕铺天盖地。

率先颁发的奖项是年度优秀新人 UP 主和杰出直播,等这轮获奖感言结束,终于进入了"百大"环节。

背景音乐变得隆重,主持人的声音响起,"有请——BILIBILI POWER UP 获奖 UP 主——人间绝帅窦 dm。"

直播镜头瞬间切换到舞台一侧,身着白衬衫的随性少年冲着镜头露出明朗的笑容,小电视人偶冲上来向他张开双臂,他迎上前去佯装要抱,却只抬手用力揉了小电视的头,然后笑着走开。

少年的身材瘦削,但架不住肩宽腿长,朝着领奖台小跑,脚下如踏风般潇洒轻盈。

主持人抑扬顿挫地朗诵颁奖词——

"过去一年,是豆子加入 B 站的第三年,从五湖四海的语言融汇,到少年伇步量三峡,从反转人设挑战,到坚持自我风格、超越自我风格的产出,他的视频跨越生活、游戏、美食、动漫等多个领域。他的选题随性洒脱,但产出竭尽赤诚,势如破竹般踏破粉丝壁垒,获得全网好评。在新的一年,豆子即将步入大学,让我们期待这位踏风少年带给我们更多惊喜。"

颁奖词结束,窦晟刚好走到领奖台前,雕塑上矗立着一百座璀璨的金色小电视人,其中一座单独立于最前方的玻璃展台上,底座镌刻着两行字——

POWER UP 100
人间绝帅窦 _dm

镜头给了近景特写,镁光灯下,金色的奖杯周身散发着光芒,璀璨而纯净。小电视人神态可爱傲娇,但又兼具质量和质感,让人心生敬畏。

窦晟目光落在那座奖杯上,仍旧和平时每一次出镜那样淡淡地笑着,伸手把奖杯拿了起来。

少年眸中意气含蓄而内敛,瞳心有一簇坚定的光。

他拿着奖杯转过身来,冲着镜头轻轻挥了挥,大步走到舞台另一侧站立等候。

我哭了,我真的哭了……
我也是,我没想到会看哭。
明明只是跑上去拿个奖杯,还没讲话呢。

终于等到这一天！

人间绝帅窦值得！人间绝帅窦值得！人间绝帅窦值得！

想起去年的失望，真的眼泪汪汪……

他好快乐！

豆子，妈妈爱你！

弹幕画风相当割裂，粉丝们集体泪人，路人们则开始幸灾乐祸。

欢迎来到"百大"鸽子罚站节目。

喜闻乐见！

这位UP主好惨，第一个上台要站到最后。

还好今年分组了，那年第一个真的站哭。

罚站竟然还乐呵呵，他是不是第一年参加？

显然没有受过罚站的毒打，还往舞台另一边张望呢……

镜头里，窦晟拿着奖杯站在等候区，明明是很随性的气质，但拿着奖杯的动作又很庄重，一手拿着，另一手托着。他按照要求挨个看向面前的摄像机位，但又屡次下意识地往左边瞟去。

某个镜头刚好和他转头偷瞥的眼神对上了，于是观众们顺着他的视线看向了舞台的另一边。

——和他穿着几乎相同的谢澜正安静等待，身形比窦晟稍小了一小圈，但同样挺而韧。

要拿奖并肩而立了两个崽！

"有请，BILIBILI POWER UP 获奖UP主——谢澜em。"

谢澜在听到自己的ID时淡淡微笑，转身和小电视人抱了一下。小电视人心满意足地捂脸左右摇晃，而后他快步穿越那条长长的领奖路，半途和窦晟视线相遇，眼中的笑意更深了几分。

"谢澜是一个创作经验丰富的UP主，去年他在B站从零出发，大胆挑战多种类型的产出。小提琴演奏、音乐改编、数学竞赛题分享……他凭满腔热爱让小众动漫怀着惊喜拥抱更大市场，也将源源不断的创作活力带给其他UP主。谢澜和豆子，两位少年相伴于创作的道路上，青青子衿，悠悠我心。少年风华，未来仍将与君同行。"

谢澜拿着奖杯转过身，一众镜头追过来，他逐个对视后又安安静静地向等候区走去。

我怎么觉得他大脑空白,没有听懂颁奖词。
正常,就像我紧张时听不进去英语。
笑死,澜崽心里已经开始吐槽了。
我看豆子比他自己得奖还开心!
真的,豆子笑得还能更开心点吗?

镜头里,谢澜走到窦晟身边,随手将奖杯递过去让他替自己拿着,试图用左手系上右边袖口不小心散开的扣子,但试了几下都没成功。窦晟低声对他说了句话,将两个奖杯移交给他,伸出手仔仔细细地替他弄好了袖子。

随着主持人朗诵出一串串颁奖词,领过奖站在等候区的 UP 主逐渐排起长队。镜头偶然扫过,在那一众正装礼服中,两位黑牛仔裤白衬衫的少年格外扎眼,画风与身边人有些许不同,但又那样出众。

其他 UP 主礼貌地相互微笑问候,他们一直挨着彼此,肩膀偶尔相碰,说话时一方总会不经意地靠近,眉眼间尽是笑意。

谢澜站得有点累,尤其他身边还有个诡异的家伙——阿泽。

按理说,他和阿泽现在就算不是朋友,也能算是友好相处了。但他只要挨上这人就浑身难受,尤其对上那双饱含着粉丝对偶像的爱戴之情的眼睛,总是忍不住开始怀念阿泽最初对他阴阳怪气的时候的样子。

阿泽逮着一个他和窦晟不说话的间歇,把自己的小电视人在谢澜面前晃了晃,开心地说:"偶像,我能跟你一起得这个奖,真的要哭了。"

谢澜努力保持微笑和他对视了两秒:"哦。忍着点。"

阿泽对他的冷漠视若无睹,继续发问:"你知道这对我而言有多么重大的意义吗?"

谢澜看他一眼:"多么重大?"

阿泽伸手在奖杯上拍了两下,郑重地说:"彪炳日月,重若丘山!"

谢澜刚攒起的友好度直接耗空了。他面无表情收回视线:"听不懂,一个字都听不懂。"

窦晟忍不住好心提醒道:"快转过去吧,你的粉丝又要发弹幕骂你了。"

"他们懂什么是偶像?"阿泽嘀咕了一句,观察谢澜神色片刻,终于默默地闭上了嘴。

镜头对着,谢澜只能在心里无奈叹气。

第一批 UP 主颁奖完毕,主持人邀请一部分获奖 UP 主发表感言,顺序和刚才领奖刚好颠倒。

谢澜这会儿才真是体会到罚站到腿麻是什么滋味了,表情逐渐变得冷漠。

轮到阿泽,阿泽理了理西装外套,走上前清了清嗓子,道:"这是我第一年拿'百大',也是我本以为自己和'百大'最无缘的一年。上半年我的偶像空降音乐区,这令我开心又失落……"

谢澜差点没忍住冷笑出声，你管那叫开心又失落？

时间有限，阿泽飞快盘点了自己年度满意作品，展望了未来，最后总结道："偶像的到来给了我压力，但也给了我更多前进的动力。未来我会带着这份追星的拼劲儿，做出更好的视频！"

镜头很应景地给到谢澜，谢澜和直播间几百万观众对视了一眼，然后露出一个毫无感情地微笑。

笑死！

正在吃东西差点笑喷。

澜崽这个营业假笑，我真的笑拉了。

阿泽追偶像追到极致，我都恨不起来了。

气愤抱走不争气的 UP 主，阿泽他只是间歇性抽风！

主持人笑道："接下来，谢澜、豆子，二位谁来发表感言？"

谢澜扭头朝窦晟看去，窦晟接过他那份奖杯，笑道："我来吧。"

于万众瞩目下，窦晟拿着两个人的奖杯走到话筒前，看着台下数不清的面孔——熟悉的、陌生的，有一起做视频的 UP 主，也有严肃的老板和记者，镜头外还有成千上万名观众。

窦晟照顾话筒高度，微微弯了弯腰，笑道："大家好，我是豆子。以前是人间绝帅窦，去年 ID 加了个小尾巴，dm。在刚刚结束的这一年里，我涨了很多粉，第一批新粉应该是从方言视频进来的，然后是相反人设视频、草地音乐会、长江三峡、贫穷挑战、青青子衿。"窦晟停下笑了笑，"哦对，还有年底的动漫男主万花筒。"

"平台写给我的颁奖词是，选题随性洒脱，其实也不尽然。我选方言主题，起因是身边有因口音遭受校园欺凌的朋友。选相反人设，是希望让一个因为人生变故而堕入低谷的兄弟振奋。选草地音乐会和长江三峡是希望刚刚回国的谢澜小朋友找到自己、找到快乐、找到世界……"

"做这些视频的原因很简单，我希望我的视频能带给人快乐，或者即便没有快乐，能有一丝小小的宽慰就够了。"

"去年是我做视频的第三年，如果抛开谢澜中间停更的两年，也是他做视频的第三年。在更久之前，在我还是个观众时，我看谢澜的视频获得了快乐，也获得了这份做视频的初心，谢澜是人间绝帅窦这个 ID 的创造者，希望我能带着这个 ID，带着这份初心，和他一起把视频做得更好。"

窦晟后退一步，真诚地对着镜头鞠躬，道："谢谢我的观众朋友们。"

短暂鞠躬后，他直起腰板走回谢澜身边。谢澜眸光波动，接过自己的奖杯。

两个人一切尽在不言中，但眼神交汇相视而笑的那个瞬间，被镜头捕捉，被无数人定格、珍藏。

直播整整进行了四个小时，最终彻底散场时已经是夜里一点多。

所有参会人员和工作人员都走了，只剩下两个保洁开始逐排清场。

空荡荡的会场上，谢澜坐在座位里，窦晟站在他对面，将舞台上向观众席射来的那盏灯遮住了，淡淡的光晕从他周身散开，他笑得很柔和。

"酒店还没决定吧……你想不想来一个快闪'百大'颁奖？"窦晟问。

谢澜一愣："快闪？"

窦晟笑着掏出手机："明早六点有飞回去的航班，现在去机场，吃个早饭能直接登机，走吗？"

"现在？"谢澜震惊，"这就回去了？晚上不睡觉了？"

"嗯，不睡了。就当今天是跨省取个奖杯，取完就回去上课，明天……哦不，等会儿还有语文周考呢。"

太疯狂了。

谢澜简直不敢相信自己的耳朵，更不敢相信他要在二十四小时内跨越大半个中国，往返，参加一场"百大"颁奖直播，几个小时后又淡定地出现在班级里继续考试。

考的还是要命的语文！

窦晟不等他回答，已经一把拉起他的手腕往外跑："走吧！说行动就行动！"

"哎哎！"谢澜服了，"你的奖杯拿稳点，别摔了！"

"摔不了！"窦晟喊道。

他们跑出会场，到安静的马路上。璀璨喧闹的都市在凌晨时刻万籁俱寂，夜幕漆黑，只有几盏路灯和远处高楼的LED为深夜的人保留着些许光亮。夜晚拉活的出租车司机很温柔，谢澜听不懂他的口音，只知道他特意为自己和窦晟开了空调。

汽车安静地驶过大街小巷和环江立交，这是谢澜回国后来到的第四个城市，第四个，还是和窦晟在一起。

他们身上什么都没有，只有两个快没电的手机，还有两个沉甸甸的小电视人。

路上谢澜昏昏欲睡，因为红灯刹车醒来过几次，每次都见窦晟抱着奖杯，扭头看向外面的街景，不知道在想什么，但身上却有种很踏实的气息。

一路折腾到机场，直到登机后重新嗅到机舱内独特的循环空气，坐进有些狭窄的座椅，谢澜都还在恍惚。

"这就回去了？"他仍然觉得难以置信。

窦晟替他拉上安全带："嗯。毕业后还来，不过下次是来玩。"

"好啊。"谢澜立刻点头。

"豆子。"

"嗯？"

"今天很开心吧？"

"嗯。"窦晟靠在飞机椅背上，轻轻勾了勾嘴角，"我从来没想过，有一天，我会和SilentWaves一起拿B站的'百大'……"

"但你知道吗？"他朝谢澜凑过来，低声道："我已经很久没想起来SilentWaves这个名字了，很奇妙的感觉，时光里从前的那个你在消失。现在身边的，还有几年前失眠时拉琴陪我，都是你，但不是SilentWaves了。"

"呃……"谢澜一下子没反应过来，"可以说得具体点吗？"

"就像是一场美梦。"窦晟说着用胳膊环着奖杯，轻轻朝他的方向倾过头，合眼欲睡，低声喃喃，"从那天去接机开始，到此刻，仿佛一场盛大的美梦。我甚至……有点怕自己不小心睡醒了。"

话音刚落，一个柔软的声音便在他身边响起。

"不会醒的。"

窦晟闭着眼睛笑着问："你干什么？"

谢澜小声说："给你放一个昏睡魔咒。"

放咒者陪同入梦。

一起毕业，一起赚钱

六月铄石流金，正午的阳光毒辣地炙烤着路面，还有从教学楼里涌出的考生。

谢澜跟着人潮往外走，直到英中的校门口，猛地被一把拽住。

"可算找到你了。"窦晟跟上来，"怎么样？"

谢澜欲言又止，许久才嘀咕了一句："说不清，感觉有点奇怪。"

英中西校门上挂着一条横幅：高考顺利，金榜题名。

考场清点排查完毕，保安接到指令开启伸缩门，堵在校门口的考生们顿时像泄洪一样蜂拥而出。谢澜和窦晟几乎在大部队的最后方，他们也不着急，慢吞吞地在后面跟着队伍挪动。

窦晟忍不住问："作文——"

"就是觉得作文有点奇怪。"谢澜犹豫了下，"我感觉……"

窦晟骤然紧张起来，问："感觉要跑题？"

"那倒也不至于，就是写得有点费劲。"谢澜叹气，"你怎么写的？"

今年H省高考语文作文题，言简意赅。

作为 21 世纪的年轻人，你如何看待"丧"文化？

请写一篇议论文，不少于 800 字，要求选准角度，确定立意，自拟标题；不要套作，不得抄袭；不得泄露个人信息；不少于 800 字。

窦晟观察着谢澜的神色，迟疑着没有开口。

谢澜困惑地蹙眉问："老秦不是说高考题目会贴靠美德和价值观吗？为什么……考了这么个不吉利的东西。而且我不太了解这个方面，议论都没观点，有点吃亏。不过也还好，多亏当年陪你玩了那个游戏，不然我完蛋了。"

窦晟听他这么一说，表情已经完蛋了，猛地抓住谢澜的手。

"你说的是哪个游戏？"他震惊道，"你到底写什么了啊？"

谢澜犹豫了一下："'丧'这个字单独出现，我就有点懵。能想到的词只有沮丧、丧尸、丧事。"

窦晟紧紧地盯着他，哆嗦着问："别告诉我你把这三块全写了……"

"没有，考的不是丧文化吗？只有丧事能称为文化吧，传统民俗文化？"谢澜不确定地说，"但这个领域我没接触过，就记得去年有一次陪你玩过的那个游戏，叫什么……新娘的，你还有印象吗？"

窦晟沉默不语，缓缓往外走着。神色中有一抹不忍，还有很多很多震惊。

谢澜"嘶"了一声，继续说："但我拿不太准，丧事拿来出高考作文也太奇怪了，还有，光写这个我也写不满八百字啊，所以我就延伸了一下……之前老秦不是说，文章的扎实度可以往多个方向去凑吗？我拆解了这次的题目，一个是丧，一个是民俗文化，所以我往两边都延伸了下。"

窦晟喉结动了动，艰难地说："愿闻其详。"

"第一自然段，我还是弘扬了传统文化，泱泱大国礼仪之邦，在丧事上也大有讲究，展现出大国气量。"谢澜熟练地背起老秦给他整理的套话，掰着手指头数，"然后，我花了一个自然段把自己能想到的中式丧葬祭奠的那些小讲究都写了，再之后就是扣题，论述我的观点。这里我是分正反两面去议论的，正面议论了纸制品以死物仿活物寄托的哀思、亲人守丧寄托的温暖，反面破除了封建文化残留的不好的影响，比如烧纸钱不环保，冥婚要不得，反正你上次玩那个游戏里全都是不好的东西，还有……你哆嗦什么？"

窦晟抱紧了自己，抬头看了眼明晃晃的烈日。

"突然有点冷。"他喃喃道，"然后呢，你延伸了什么？"

"哦。民俗文化那里我又顺便延伸了喜事，比如婚礼一类。丧这里我不太确定自己的立意对不对，所以稍微往沮丧的方向延伸了下。"

谢澜话音刚落，就见窦晟眼睛一亮，他问："沮丧这边写了多少？"

"就写了几句，核心是人们在丧事上产生的沮丧情绪也成了文化的一部分。"谢澜说，

"还是要照顾全文的整体性啊。"

窦晟不再说话了,因为不知道还能再说什么。

两个人又一起往外走了几步,谢澜长叹一口气:"直说吧,我是偏题还是跑题?"

"别想了。"窦晟一个劲地摇头,"后面还有别的科目,考完就别想了。"

谢澜不死心:"你跟我说说,反正我考多少分也无所谓……"

话音刚落,就在西门外的那棵长歪了的梧桐树下看见了老秦,身边还围着几个四班的同学。

谢澜走近,听到车子明嘟囔了一句:"我大篇幅地写了奶茶的例子,俗吗?"

老秦解释说:"俗倒无所谓,就怕你偏,奶茶算一个很拧巴的文化符号,媒体人写写公众号文章还行,拿来写议论文容易没有抓力点。"

车子明叹了口气,把书包往肩上提了提:"随便吧,反正我语文一直那样,回去准备下午的数学了。"

"赶紧回去。"老秦说着,一抬眼就看到了谢澜,立刻招手。

谢澜已经不想过去了——在他听到不知所云的"奶茶"例子之后。

在和老秦介绍自己作文选题和论点的全过程中,余光里的窦晟都处于欲言又止的状态,拉了几下袖子,但最终只是隐忍地别开头去。

"……所以,最后……"谢澜说不下去了,在大太阳底下叹气,"所以这篇作文压根不是要讨论丧事民俗的,是吧?"

老秦捂着胸口:"你不如把我埋了,给我办上一场。"

谢澜也无话可说了。

窦晟长叹一声,终于忍不住解释说:"丧文化,是最近几年流行的网络热词,指现在的年轻人总是很'丧',喜欢宅在家里喝奶茶,厌弃工作任性辞职,逃避所谓的'内卷',等等。你看弹幕和评论区应该刷到过大家的吐槽吧?比如'我好丧啊''今天又丧了',这就是丧文化。这个问题看起来很宽,但可写的面儿很窄,要点出这些表象,再以年轻人实质的奋斗行为做反驳,反正跟……那些阴间玩意扯不上关系。"

谢澜逐渐张大嘴巴,瞠目结舌道:"这……也能称之为文化?"

老秦满脸沧桑和不忍地看着他,手指微微颤抖。如果兜里有烟,他肯定要摸出一根烟来点上。

窦晟叹气:"你把文化理解得太窄了,不是只有传统习俗文明才能称之为文化……不过无所谓,你又不在乎高考分数。"

"可……"谢澜还在一副难以置信的表情。他不敢相信自己跑题能跑得这么远,而且还很痛心刚才在考场上的搜肠刮肚。

窦晟拉了他一下:"走啦,回家了。"

"好吧……"谢澜转头看了老秦一眼,歉意地说,"老师……实在是不好意思。"

老秦沉默了许久才努力挤出一个脆弱的微笑:"没关系,下午加油。"

那些年的关怀与开小灶,终归是错付了。

作文写跑题,谢澜接下来的考试压根没斗志,数学答完卷就交,熬到允许提前交卷的时间立刻出来,和外面陪考的家长们互相干瞪眼。

一个短头发女人拉了他一下,问:"你是谢澜吧?考题难吗?"

谢澜迷茫了一会儿,认出是体委温子森的妈妈。

他摇头说:"不难,和最后两周的模拟卷差不多。"

"那就好,那就好。"女人松了口气,"你先答完了?"

"嗯。"

老马在树底下等着,见谢澜过来,没怪他提前交卷,也没问数学,只是叹了口气。

"听说你作文的事了。"老马顿了顿,"节哀。"

谢澜不知道该说什么,只好面无表情地跟他一起站在树下。

六月,英中的梧桐又开花了,树下缭绕着清雅的香味,那些柔嫩得有些褶皱的花瓣将炽烈的阳光都变得温柔。谢澜对着它们发呆好久,直到一颗汗珠从发间钻出来,他才轻叹了口气。

"老师。"他低声说,"您说,学好汉语怎么这么难呢。"

老马立刻安慰说:"不难,其实你已经很棒了。应试考试能筛选人才,但也有它的弊端。比如这次的作文题,你可能会失掉一半以上的分数,但根源不是你思想观念不正确、逻辑和表达能力差,而是你刚好对考题不了解。"

谢澜心里堵着的一口气稍微松了点,正想点头说那也是,又听老马说:"假如高考题真出得那么偏门,一般人还写不过你呢。"

谢澜面无表情挪开视线:"谢谢您哦,安慰得真是……'另辟蹊径'。"

八号下午五点半,英语交卷,高考结束。

监考老师把卷子封进档案袋的那一刻,很神奇地,谢澜突然觉得语文作文跑题的失落感没了。老师的手揪着棉线的一头在档案封口处一圈一圈地绕,像在缠绕这十几个月的时光,封条一贴,一段过往再次尘埃落定。

他下意识扭头看向窗外——已近傍晚,外面的日头仍然很足,天边弥漫着一大片红紫色的云,美得很神圣。

监考老师下令放人,笑着对所有人说:"恭喜大家,高考结束了!"

一瞬间,考场里响起考生们的唏嘘感慨。谢澜依旧慢吞吞地等大多数人都走了才收拾好证件,起身出去。从走廊路过考场后门,后门开了一半,他对着那张空桌子愣了一会儿。

那是陈舸的考桌。

陈舸在外地读完了高二高三,但学籍还在这边,高考是回来考的。好巧不巧地,和他分在了一个考场。

这几天他答完卷发呆时，偶尔会看到那张桌子，有些恍惚。

刚来四班时，陈舸也是坐在挨着后门的座位，那时他穿着不守规矩的破洞裤和脏T恤，头发乱七八糟，眼神狠戾。

一年多之前，陈舸离开的那天，好像剃了很短的头发，有点愣，又有点破釜沉舟的气质。

这次见面，他的头发又重新长出来了，干净清爽，穿着简单的白T恤和蓝色牛仔裤，整整两天都在认认真真地答题。谢澜想和他打招呼，但他们的座位相隔太远，一直都没有找到说话的机会。

走出教学楼，窦晟还在老地方等，见谢澜出来远远地就招了招手。

"谢澜小朋友。"窦晟笑着说，"我们的高三结束了。"

谢澜"嗯"了一声："结束了。"

"辛苦了。"窦晟说，"中国的高三毕业生——谢澜同学。"

谢澜问："你考得怎么样？"

"就是玩。"窦晟把装证件的卡包往空中一抛，伸手捏住，拇指从靠后的一个格子里捻出一片薄而韧的枫叶，递给谢澜，"喏——"

谢澜接过来揣进兜里，摸着叶片上的脉络。

看着窦晟随性的笑容，他心情也又一下子好起来，问："所以你是感觉考得很好吗？"

"嗯。"窦晟在阳光下笑眯眯的，跟他一起走出校门，"省理科状元，跟你赌。"

周围一群家长一下子用异样的眼光看过来，窦晟没绷住乐了，摆手道："我开玩笑的。"

"这孩子还挺有自信。"一个家长笑道，"要保持这种心态，保持这种笑容。"

"好，我会的。"窦晟认真点头。

谢澜在一旁止不住地笑，等那群家长走远了，他才低声说："都押同一面，有什么可赌的？"

赵文瑛亲自来接他们，家里阿姨做了一桌子菜，全都是谢澜和窦晟爱吃的，谢澜一顿吃到撑，躺在床上摸着梧桐的下巴睡着了一会儿，再睁眼时天已经黑了。

他是被手机振醒的。

车厘子：出来吗？"高烤状元"！我竟然订到桌了！老板真够意思！

狗子旺旺：我可以！都有谁？

车厘子：默认本群都在，刘一璇也来，还有陈舸。

拿铁咖啡：小船回来了？我火速赶到！

鲱鱼：我也是！

谢澜迷迷瞪瞪地坐起来，没过多久房门就被敲响，窦晟站在门口问："高考结束夜，走吧？"

"去哪？'高烤状元'？"谢澜问。

窦晟笑笑："嗯，去履行英中的传统。"

什么传统？谢澜迷茫地跟着他到了西门外，一看就傻眼了。

高考结束的深夜，原本应该寂静空荡的英中西门街上却挤满了学生，小摊贩们激情吆喝着，'高烤状元'的桌子支了半条街，门口不知从哪搞出来一堆破木板子，板子上绑了几条粗麻绳，麻绳上用小别针挂满便利贴。

距离考试刚刚结束四小时，谢澜震惊地发现女生们集体变身，披肩长发和大波浪各占半壁江山，眼影口红连衣裙全都比画上了。男生们人手把着啤酒瓶，推杯换盏地称兄道弟。

"这是怎么回事？"谢澜一脸震惊，"英中的妖魔鬼怪镇压符被人撕了？"

窦晟一下子乐出声："可以啊，现在讽刺手法用得很熟练。"

谢澜冷笑，讽刺手法很熟练，依旧写不好一篇高考作文。

这可真是太离谱了。

车子明突然从屋里探出脑袋，"这儿呢！就差你俩了！"

窦晟挑了挑眉，赞叹道："可以啊！竟然订到屋里，有风扇吹。"

他们从人堆里穿过去，踏进"高烤状元"窄窄的小屋。屋里有两张大桌，另一桌不认识，认识的这一桌已经坐满了。除了车子明刚才提到的那些人之外，董水晶也在，就坐在陈舸旁边。刘一璇挨着董水晶，旁边是于扉，空一个座位估计是车子明，然后是王苟和戴佑。

戴佑右手边给窦晟、谢澜留了位置，谢澜过去挨着他坐下了，窦晟坐下刚好挨上陈舸。

他是很久以来第一次和陈舸见面，没多寒暄，只随便问了句："怎么样？"

"还行，没大意外。"陈舸随手递了两罐冰啤酒过来，放在他和谢澜面前，冲谢澜笑笑，"我还和谢澜一个考场，第一场考完想跟他说两句话，看他一脸迷茫，没好意思过去。"

"啊？"谢澜想到自己那倒霉作文，当场萎靡下去，"唉……别提了。"

"不提不提。"窦晟连忙说。

董水晶今天穿了一条浅蓝色的露肩纱裙，装饰袖缀在手臂上，几个月前剪短的头发已经长到肩膀，显得很温柔。

"你吃什么？"陈舸侧头问她，"软骨吃吗？"

她点了下头："不辣的。"

陈舸于是起身在乱七八糟的一堆烤串里找了两串不辣的软骨出来，随手抽纸巾把签子上沾着的油和孜然粉擦了，递给她。

刘一璇在一旁"啧"了一声，打趣道："这儿还一个女的呢。"

于扉立刻接口说："我来。"

一桌子人哄笑，车子明一巴掌拍在于扉肩膀上："你能不能别崩人设啊？"

"滚。"于扉把他的手抓拉开,"你有完没完?"

大家都在笑,谢澜意识到自己也在跟着一起笑的时候,已经不知道傻笑了多久了。

高考完,所有人都忌讳聊考试,但这桌子上的人的心态都很平和。窦晟再次漫不经心地说出了估计自己能拿理科状元的狂言,其他人都纷纷表示正常发挥,董水晶英语听力差了点,但手上捏着数竞和自招两所学校的加分无所畏惧。

一圈问完了,戴佑看向陈舸,问:"你现在追到什么程度了?正常发挥是什么水平?"

陈舸正低头吃肉,闻言抬起眼皮扫了他一眼:"就是以前的程度。"

屋里明明那么吵闹,桌上却不约而同地安静了数秒。

窦晟是反应最淡定的一个:"七百能上吗?"

"能。"陈舸点了下头,"七百,七百一,我估计差不多这个分数段吧。"

他话音刚落,就被车子明一拳头捶在肩上,车子明酒瓶子往桌上一杵,赞叹道:"小船,牛啊!"

陈舸把嘴里的东西嚼完咽下去才说:"我后边去的那学校不太行,尖子班老师也就那样,高三下学期都靠豆子给我喂题喂资料,勉强撑过来了。"

车子明震惊看向窦晟:"你还给他喂题呢?"

"知识付费。"窦晟随口道,"他押了两趟活儿在谢澜这里呢。之后谢澜要去录几个外景,他手稳,到时候给我们扛镜头去。"

"请问工钱是?"

"就按行业价,打八折。"窦晟瞅他一眼,"你有兴趣?"

车子明连忙摆手:"没没没,我就是关心一下,你这家伙,给好兄弟发点资料还要黑人两折工钱,忒不地道了。"

陈舸笑道:"可我感觉很赚啊。豆子一张一张拍照发我的,手机相册都爆了。"

一桌子立刻笑翻,话题很快转移到吐槽魔鬼老师们上去了。

谢澜没跟着起哄,只是看了陈舸好几次。陈舸跟以前一点都不一样了,很开朗,还很坦然。他明明没见过这样的陈舸,但又觉得有种淡淡的熟悉感。

如果真要说,或许是跟窦晟有点像。

七男两女,烧烤加酒花了一千多元,谢澜晚饭还没消化完,又被大家哄着灌了一肚子啤酒和烤串,又醉又撑,头晕得不像话,看外头夜色下那些哄闹的人群都是旋转的。

高考后,大家有说不完的话,聊人生谈理想,聊数学和物理的那几道难题,说选专业,聊游戏,董水晶和刘一璇几个女生甚至开始聊美甲和美发。

王苟明天就要回老家了,这个人生中最漫长和无忧无虑的高考暑假,他要回去帮着家里多干一些农活,再想办法赚生活费。陈舸家的所谓"债主"据说前两个月因为其他案情被抓了,人家惹上的事情比他想象中复杂得多,他只知道那些不知是真是假的债再不会找上门来了。他打算在H市重新买个小一点的房子,他妈妈还是想在熟悉的地方生活。车子明不必说,暑假就是陪老爸进货、陪奶奶,中途还要抓戴佑、于扉出去玩两趟,大家也都说要一起。

几个人一会儿工夫就定下来好几个想去的地方,戴佑连旅行线路都规划好了,问到窦晟,窦晟却拒绝得很干脆。

"不去,没空。"窦晟剥开一个花生,里面两颗,随手扔进嘴里,"我列了这么长的视频清单,都是欠债。"他伸手在空中比画了一张 A4 纸的大小,叹气,"不能再食言了,再这么下去,我今年的'百大'地位不保。"

车子明瞪着眼问:"你还要蝉联啊?"

"人没梦想怎么行?"窦晟打了个哈欠,抬手轻轻拍了拍谢澜,问,"你和他们去旅行吗?"

谢澜从酒醉中挣脱出来片刻,摇头,迷糊地说:"我也欠了好多视频。《少时2》快播了,有宣发活动,裴青那边后续还有个合作要谈。"

总之很忙,没心情游山玩水。

谢澜脑子里有些混,但被屋里咔咔作响的风扇和外面的晚风夹着一吹,又觉得很通透。

外头那些人里,有人还穿着英中的校服。平时上学没几个人穿,这会儿却把压箱底的衣服都找了出来。

今年的梧桐开花开得很旺盛,那些人支着桌子在梧桐树下,风把花叶卷下来掉在桌上,又被大家随手摆弄来去。

晚风很香,他深深地吸了一口气。

窦晟侧头过来问:"困了?"

"没。"谢澜收回视线,目光又落在那些层层叠叠的许愿板上,嘀咕道,"那到底是什么传统?"

"好像是从上上届开始的,这家店老板会在高考结束那几天晚上摆出这些板子,让考生许愿写想去的学校或想考的分数,据说还挺灵的。"窦晟说着扭头问他们,"你们写吗?"

大家立刻纷纷起身:"写吧。"

他们一个接一个地过去写,写完了也不回来坐,就站在店门边吹风放空。外面有全科A的老熟人招呼陈舸,陈舸就过去和他们聊天,那群家伙又跟在陈舸后边去偷听八卦。

这一桌人就又只剩下谢澜和窦晟。

谢澜眯着眼睛看了一会外面那些人群,许久才轻轻拍了一下窦晟的肩膀:"我们也去写,写完回家。"

"好。"

高考那两天,很长。

考场上,考场下,仿佛是两个世界,两场盛大的慢电影。

在今后的岁月里,谢澜渐渐忘记了他的高考作文,忘记了很多考试细节,甚至忘记了自己的高考分数。但他一直记得那天晚上的感觉，在清醒和醺然之间，他搭着窦晟的肩膀，和他一起吹着晚风，听着朋友们在不远处聊天，一笔一画地写下了愿望。

那张板上其他的愿望用的都是彩色的便利贴。

比如董水晶写在天蓝色便利贴上的"F大"，她旁边那张相同颜色、匿名写就的便利贴则画着一艘小船，上面写着"一起"。再比如刘一璇那天没有许愿高考上岸，她许的愿是"今年粉丝数突破50W"，写在一张粉红色的纸上。

还有他和窦晟的。

他们没有撕便利贴，而是随手摘了两片梧桐叶，小字写在叶子上，被晚风吹着轻轻地飘。

他写的是："豆子要拿省理科状元。"

不久后真的被揭晓是省理科状元的窦晟本人，在那一刻写的却是——"去谢澜去的学校，再随便读个有意思的专业。一起毕业，一起赚钱，相互陪伴，直到终老。"

高考后读评论

"哈喽，各位观众朋友们大家好，好久不见，我是豆子人间绝帅窦杠dm。我，高考回来了！"

视频里的少年穿着没有图案的白色T恤，材质有些许透感，坐在地毯上。

镜头远处，在他身后睡着一只胖坨坨的橘猫，胡子凌乱而根根分明地翘在空中，随着呼吸起起伏伏。

窦晟拿起地上的冰可乐灌了两口，回头摸一把猫，打了个响指："众所周知，由于莫大的学业负担和考前几近崩溃的心理压力，高考前我停更了两个月左右。"

《几近崩溃的心理压力》。

我信了你说的鬼话！

你这个"鸽王"竟然敢飞回来了？

爷爷，你关注的UP主更新了。

两个月？

再说一次是两个月？

"高考后呢，由于……咳，为了恢复学业负担造成的几近崩溃的心理压力，我又休息了半个月。"

呵呵！

呵呵！

呵呵！

镜头里的人说着说着自己先破了功，有点不好意思地笑出声："摊牌吧还是，我和谢澜跟朋友们无法无天地傻玩了俩礼拜，终于想起 B 站密码了。那么今天是一期高考闭关前答应大家的读评论，这里有一些随机数字，抽对应层数的评论，但凡评论提的问题我一定回答，提的要求我也都尽量满足，好吧？但希望不要是什么给我五百万，那就作废啊……"

他说着，在视频屏幕右下角拉出一个小窗，鼠标拖拽到第一条被抽中的评论。

"问问谢澜还养猫吗？会给他煮咖啡的那种……括号，疯狂暗示。"

窦晟一个字一个字地读出来，神情毫无波澜，在镜头注视下起身走进厨房。

一阵乒乓作响后，他搬着一台巨大的亮银色咖啡机从厨房里出来，双臂青筋突起，年轻的力量感显而易见。

铿。

他将咖啡机往地毯上一放，蹲下用手指弹钢琴似的敲了敲："家里已经有了这台，意式半自动咖啡机。"说着又指指自己，"加上我这位豆牌咖啡师。"

镜头一闪，咖啡机没了，又变成窦晟本人坐在镜头前，冷酷脸点击鼠标："下一条。"

哈哈，冷酷拒绝！

不懂就问，这个 UP 主为什么脸上罩了一块铁啊？

窦晟清了清嗓子："第二条啊。偶像天降到身边，感觉如何？然后是一个挤眉弄眼的颜文字。"

挤眉弄眼可还行？

表情符号也读出来，我不行了哈哈哈！

所以，偶像天降是什么体验？

窦晟对着镜头认真思考了片刻，忍不住笑道："你们这个问题问得……"

他的视线从镜头旁溜走，定格在窗外。像是在发呆，但那双清澈的黑瞳中心映着一点明亮，思忖许久才重新将视线投回镜头。

"这种感受谁有谁才能知道，很难形容。非要说的话，大概是每天睁开眼睛就开始爱这个世界……弹幕这时候又要说了，这个 UP 主怎么这么恶心啊……"

这个 UP 主怎么这么恶心啊!
这个 UP 主怎么这么恶心啊!
这个 UP 主怎么这么恶心啊!

窦晟笑了:"涉及谢澜的问题咱们不敷衍,好吧?其实现在想想,从去年2月底我把他从机场接回来,我就没怎么难过了。那种感觉……怎么说呢,就像搭乘上一辆没有终点的快乐列车,直奔快乐星球。"

我竟然从这种话里听出了几分真心。
因为这就是真心话吧!
提到谢澜豆子眼中就有光了。
涉及谢澜不敷衍,嗯!

窦晟清了清嗓子:"翻篇,下一条——"
屏幕上出现第三条评论,他眉心突然一皱,困惑地念道:"你和谢澜分别是什么地位?"

哈哈哈!
直中要害!
三年老粉把命堵在这里,押豆子居高位!
不见得!我押谢澜!

窦晟蹙眉琢磨半天是什么意思,随即又恢复了冷淡的样子,强装老大的样子:"这是什么破问题啊?先来后到不知道吗?你们觉得是谁的地位高……"
话到半截,视频里突然传来踩楼梯的咯吱声,窦晟表情倏然一僵,猛地扭头往左边看去。
——左后方的楼梯口,谢澜突然入镜,穿着条纹睡衣,头发有些乱,拿着一个马克杯。
"你录视频呢啊?"谢澜一脸起床气,"我说楼下怎么这么吵的……才几点啊?"
窦晟侧脸对着镜头,喉结动了动:"已经下午两点半了,那个……主要是这会儿光线好。午饭给你留在桌上了。"

你们看,这个人在很努力地忍着不跪下。
毕竟有镜头在,还是要维护一下自己的尊严。
看到这开始重新思考答案……

谢澜瞟了一眼镜头,转身走入厨房:"哦。"

豆子心虚了！豆子心虚了！

这就叫一个字压垮豆子吗？

笑死了，澜崽一觉睡到下午两点吗？

我崽啊，是不是被语文考砸压垮了精神？

澜崽好像发微博说，作文还是跑题了，语文只有六十多分……

他不是总分六百四十吗？

语文六十多分，总分六百四十？

　　窦晟目送谢澜走进厨房，身影消失在镜头里，而后才清清嗓子坐端正，一脸严肃高深："点到为止，自行领会。下一条。"

　　他用鼠标往下拉，然后继续念："下一条是……这个：出到这个视频的时候应该已经高考结束了吧，如果出分了，能不能告诉我们你考了多少分？"窦晟闻言犹豫了一下，"刚好前两天出分了。呃……我不是藏着掖着啊，这两年由于某些管制，我的分数被隐藏了，所以我也不知道到底是多少分，其实挺遗憾的，我估完分后觉得有希望达到历史新高，我也想知道自己有没有达到……"

　　视频弹幕瞬间激增。

被隐藏！

传说中的隐藏分大佬！

我跪下了。

什么叫隐藏分？

科普科普：为了杜绝炒作状元，全省超高分将被隐藏。

查出隐藏分的界面长什么样啊？我太好奇了……

豆子总开省状元的玩笑，不会是认真的吧？

应该不是开玩笑，我亲友在H市，他真是重点学校年级第一……

　　窦晟点击着鼠标，屏幕右下角很快出现了一个H省高考理科一分一段的表格。

　　首行显示——七百分以上：十个人。

　　窦晟的鼠标在那周围转了转："我只能告诉你们我在这个区间，具体多少分真不知道了。不过听T大招生办的意思，我选专业优先级还挺高的。行了，下一条。"

别行了啊！什么意思？

说话啊您？

豆子心里应该猜到自己省排名了，只是不能说。

只有考出绝高的分数才能自信猜测吧。

小道消息，他整个高三模拟考最低分没下过七百二十分。

那历史新高？

我好像懂了……

鼠标一跳，小窗里出现了第五条被抽中的评论："豆子豆子，你打算选什么专业？非常好奇！"

"提到这个我心态就有点崩了。"窦晟有些无奈又有些好笑，伸手搓了把脸，"老观众都知道，我这个人比较随意，想学点有意思的专业。我把 T 大招生计划翻了一遍，最想学法律，然后是社会学，但这俩都是文科招生。唉，提起这个就郁闷，当初选文理太不走脑了，对人生缺少规划。"

你确实，太随性了。

我是文科生，别贬低文科，但豆子这脑子没理由不选理吧？

或者和澜崽一起学数学呢？

澜崽原话：数学多有意思啊！

法律！豆子学法律！

豆子律师！西装豆子！舌战群雄！

窦晟沉叹了口气："我跟几个学长和招生办老师都聊过了。现在暂定是大一学经济，大二转专业去法律，反正……也行吧，各个专业大一的课程设置都差不多，听说经济系大一会学点浅层的经济原理，到时候我弄点社会实践，整点活儿做个视频系列什么的。"

笑死了，满脑子都是做视频！

我开始怀疑你想学法的动机。

可能想在频道里增加一个豆子讲案件的专栏。

我关注的 UP 主太敬业了怎么办？

经济学：那我走？

"最后一条啊。"右下角出现一条评论，窦晟终于勾了勾唇角，"这个暑假有什么视频更新计划？对啊，你们得多问问这种问题，这多有意义啊。等我一下啊。"

说着，他起身抓起沙发上的书包，摸了摸，一愣。

"谢澜。"镜头以一个低视角仰望着他走进厨房，"我的企划本在你那吗？"

厨房里传来谢澜低低的回答声，然后窦晟小跑上楼，没多久抓着本子跑了下来。

画面切换成手机竖屏拍摄，对着企划本上的记录。

从各种不同的墨迹颜色、深浅和凌乱度来看，那绝对不是一两次写的，估计是高考前就没少花时间研究这些。

窦晟的手指在企划本上比画："首先这个列表，这几个游戏都是我要出测评的，有的可能是直播，怎么分配还没想好，大概每周一期。这边的几个数码设备，也要测评。然后下周《少时剑心明月2》要播了，有几个线下活动，我要陪谢澜一起去，会有VLOG。"

好欸！
又可以看大猫二猫快乐游记了吗？
提到这个！澜崽新编曲好好听！
大家看完视频别忘了去听歌啊！
"少时2"发了三十秒PV，澜崽编曲＋小提琴演奏。

企划本上，"S市线下活动with二猫"旁随手涂鸦着两片树叶，还有一只猫猫头。窦晟的手指摩挲过那个可爱猫猫头，指向下面："然后我想做一个高考相关的选题，关于考试结果和人生走向、不同专业和实际职业走向，这个视频我要认真做，可能会从此开启一个类似人生观察的栏目，需要动用比较多的人脉，这个之后有产出思路了再跟大家说吧。"

"最后一个就是断断续续录了一年半的《海归儿童国内硬核高中生存实录》，这个视频我有点纠结，就……有太多素材了……不能全放出来，但剪掉后有很多东西都不完整了，没效果了。"

是什么素材放不出来？
展开讲讲。
坐，细说之。
放出来我们帮你参谋参谋怎么剪。
对，我们共创吧？

镜头又切换回正常录制，窦晟坐在地毯上拿着手机，扭头向厨房喊道："谢澜，硬核高中实录那个视频放不放？"
房子里安静了几秒。
"放个屁！"谢澜言简意赅，冷漠地说。

笑死了！

窦晟冲着镜头做出一副"我就知道"的表情,随即谢澜从他身后的厨房里走出来,危险的目光扫过屏幕,说:"敢放,你就死定了。"

"听到了吧?"豆子对着镜头露出讪讪的表情,但讪讪背后又有一丝显摆,嘚声道,"本期视频就到这儿了,谢澜不同意,我也没办法。要求,求谢澜去!"

录取通知书

主持人:"为什么想要做 UP 主呢?"

窦晟:"呃……之前不是说过好几次吗?我想传递快乐,让我的视频成为更多人生活中快乐的一部分……这话我都背熟了。"

主持人又转过头问谢澜:"你为什么做 UP 主呢?"

谢澜:"嗯?赚点生活费。"

B 站暑期综艺《随机搞疯"百大"UP 主》第一期就抽到了谢澜和窦晟。当事人对此事提前并不知情,在某个暑热难消的午后,谢澜和窦晟各自在房间里睡午觉,几乎同时接到运营人员的采访电话。迷迷糊糊地回答了几个问题后,窦晟醒了,轻手轻脚地下楼给梧桐换猫砂,谢澜则扔掉手机继续睡觉。

于是,这事就翻篇了,谁也没想起来。直到第一期综艺猝不及防地上线时,两个人对这个问题的答案被平台"恶意剪辑"到了一起。

一时间,两个人的粉丝集体疯了。

又是一个午后,谢澜坐在沙发上面无表情地浏览微博评论。最新发布的微博是他随手抓拍的梧桐抬脚舔毛,没有配文。评论区却画风诡异——

从前我只觉得你高冷,没想到你是真的不在意。
这一年多的信任与守候,终究是错付了……
我们要的是你这个人,你要的却只是钱。
是我痴心妄想,想要用自己的怀抱暖化一块冰。

谢澜蹙眉看了半天,随便回复了一条热评:差不多得了?
楼主立刻换了一副嘴脸:抓住澜崽!什么时候发新视频啊?
谢澜回复:不知道,还在休息。

谢澜随便刷刷后就退了微博,客厅明窗占了一整面墙,午后阳光炽烈得要命,往外看一会儿就被晃得眼花。他懒得起身拉窗帘,随手拿来窦晟丢在沙发扶手上的帽子往头上一扣,戴上耳机躺在沙发上发呆。

耳机里是他自己的小提琴演奏曲。《少时剑心明月2》的片头曲叫《剑心昭月》，谢澜这两天刚刚录制完小提琴独奏完整版，再检查一下，没什么问题就给工作室发过去了，算作他自己庆祝《少时2》一开播就屠榜的小礼物，也算是给粉丝的惊喜。

门锁响了，他从窗外收回视线，摘下耳机。

窦晟推着快递小车进来，大箱小箱一个堆一个，最上方有一个EMS大信封。

"这是什么？"谢澜坐起来问。

"成绩。"窦晟嘀咕，"录取通知书都要到了，教育局可算把我的成绩单发下来了。"

高考隐藏分是为了杜绝状元炒作和名校抢招，希望让高分考生结合自己的专业偏好理智报考，尽量少受外界干扰。H省的隐藏分不会永远隐藏，填报志愿结束后的一段时间里，成绩信和排名信息就会被省教育局邮寄到考生家中。

谢澜午后的困倦一下子全消了："快拆开看看。"

窦晟撕开快递信封的封口胶条，拆开往里瞄了眼，吐槽道："就这么一张纸啊，真粗糙，真敷衍。"

"达到预期了吗？"谢澜起身走到窦晟身边。他有些紧张，比查到自己那令人无语的六百六十四的分数时紧张多了。

窦晟高三一整年在七百二十五分到七百三十三分之间游来游去，几十次模拟考，都逃不过这上下八分之差。对于绝大多数高才生而言，七百三十分出头就是一个天花板，因为再往上丢分的主要是语文和英语作文，不可强求。

窦晟高考估分后说过，这次语文考得不错，希望能考到七百三十五分。

窦晟的手在裤子上蹭了蹭，再次拆开信封往里仔细瞄了眼，"啪"地又把信封合上。

"多少？"谢澜瞅着他。

"只看到个一。"

"一？"谢澜愣了，"什么一？七百三十一？不会吧？"

七百四十一分不现实，如果有一，只能是七百三十一。

窦晟没吭声，谢澜心里已经把安慰他的话准备好了。

T大给窦晟开出了法律系国际班理科定向的条件，他不用先去读一年经济了，现在录取结果已经下达，通知书这两天就到，即便分数没达预期也没什么可难受的。

"省排名第一。"窦晟不再逗他了，干脆把那张纸从信封里抓出来，扫了一眼，"哦，七百三十八分，还可以啊……"

谢澜一惊，心情像坐过山车，重复道："七百三十八？这么高？"

窦晟"嗯"了一声，瞟着小分嘀咕道："英语竟然是满分，语文一百三十八分，也算刷新纪录了。"他一边说一边掏出手机拍了张照片，发到家庭微信群，把纸条塞进信封随手往旁边一甩，"心满意足，翻篇了！来陪我开箱，我新买了好几个镜头。"

开什么箱?

谢澜才不会陪着他疯玩,又把成绩单摸出来仔仔细细看了好几遍。

教育局出品,分外简陋。白纸黑字写着窦晟的考生和学校信息,一个成绩条,一个省内第一的排名,下面一个红章。

没了,就这些。

谢澜把那张轻飘飘的纸放在茶几上,调了个滤镜,认认真真拍了一张重新发进群。

赵文瑛迅速回复笑脸表情:谢谢澜澜,看得清楚多了,上一张糊出重影,我还以为是梧桐的体检报告呢。

谢澜低头打字:赵姨什么时候回来?

赵文瑛回复:得下周,真是无奈啊,你俩拆录取通知书的时候记得给我录个视频啊。

谢澜乖巧地回复:好的赵姨,一定。

窦晟其实很开心,但也就那样。他吹着口哨拆快递,暴力开箱,开到里面的镜头包装盒才动作温柔下来,小心翼翼地把镜头捧出来仔细检查,边检查边问:"等会儿去学校吗?老胡刚说录取通知书到了,让尽快去拿。"

"这么快?"谢澜看了眼手机,"刚好何修说和朋友回来看老师,问要不要一起吃饭。"

窦晟"哦"了一声:"那行啊,我拆完就出发。"

谢澜放下手机:"等我一会儿。"

他回房间冲了个澡,换身衣服。下楼路过镜子时,余光捕捉到侧影,忽然意识到自己这身白T加浅灰色休闲裤跟窦晟又撞了。也没办法,都是赵文瑛一式两份买回来的。

前两天跑完《少时2》线下活动有点累,他回来倒头睡了好几天,头发长长有点遮眼睛,仿佛和窦晟共用同一个轮廓。

双胞胎似的。

窦晟刚好收拾完快递纸箱子,看了眼谢澜,又低头瞟了眼自己身上一模一样的衣服裤子,也是一下子乐了。

"走?"

"走。"

录取通知书装在T大专属快递信封中,一摸到那个紫色的光面硬皮,谢澜就不自觉地翘起唇角,考上妈妈的大学这件事突然有了实感。他拿着信封摸来摸去,校徽是三个同心圆,中心一颗五角星,下方印着学校建筑,周围繁花簇拥,是校花紫荆花。

尽管已经在T大培训过一段时间,甚至提前买了校园文化衫,对这些logo元素了如指掌,但和录取通知书上又不太一样。

窦晟低声和胡秀杰交代了几句分数和排名,胡秀杰笑道:"你俩就在这拆通知书吧?然后捧着和我照张相,马老师也在呢,我把他喊来。"

谢澜摘下单肩包:"好的,没问题。"

他有想到老师们可能会提这种要求,所以准备得很齐全,不仅带了相机拍视频发给赵姨,还带了妈妈高三那年的手账,以及妈妈当年的录取通知书,也算是让妈妈亲眼看着他被录取。

当年的通知书他之前从没见过,是上次谢景明带来的行李里夹着的,或许是谢景明故意翻出来给他收着。

胡秀杰拿着相机:"我按哪个?"

"已经在录了,确保我和窦晟、两封通知书都在画面里就行。"

谢澜说着看了窦晟一眼,窦晟笑笑,"你先。"

"好。"

谢澜轻轻吸一口气,撕开了快递信封,里面厚厚一摞资料,最前面的就是一封大大的紫色硬壳文件。

谢澜小心翼翼将它摊开,庄严正式的T大录取通知书字眼跃然纸上,随着一起出现的,是在平面录取通知书上弹开的3D纸雕,T大校门站在录取通知书上,倾斜着朝向他,无声而肃穆地欢迎着即将到来的学子。

谢澜愣了一会儿,这个通知书跟肖浪静当年的"一纸"通知书完全不一样,竟然有这么精妙复杂的工艺。

他一时间不知道该说什么,只伸出指尖轻轻碰了碰那个校门,又忍不住捧起来凑近看它站立和收起的机关。

谢澜同学:

  录取你入我校数学与应用数学专业学习。请凭本通知书来校报到。

"喜欢吗?"窦晟低声问。

他自己的通知书还没拆,一手拿着那个通体紫色的信封,另一手如常随性地揣在裤子口袋里,站在谢澜身侧笑盈盈地看着他。

谢澜点头,垂眸看向他手中的信封:"看看你的。"

"一样的。"窦晟笑说,"肯定是一模一样的。"

窦晟同学:

  录取你入我校法学国际班(理科定向)专业学习。请凭本通知书来校报到。

胡秀杰激动难耐，给老马发消息让他过来，还要带一个拍照的学生。

窦晟随意地捧起通知书在胸前比画了一下位置，谢澜也照做，趁着胡秀杰转身忙活别的事，偷偷摸出妈妈当年那张录取通知书，用手指夹在了自己通知书的后面，一起举在胸口。

贴在他身上的，是二十多年前肖浪静的那张纸，隔着那张旧纸，则是他崭新的大学。

风吹过办公室的窗，梧桐叶在外面沙沙作响，让人有些鼻酸。

门口很快响起动静，老马皮鞋搓地面的声音急火火的，后头还跟着另一个散垮垮的脚步声。

那人打着哈欠道："拍什么拍啊，你和老胡怎么还这个习惯啊，相册存得下吗？"

胡秀杰顿时朝门口瞪眼睛："让你拍你就拍！回学校看个老师那么多事？请不动你了？"

"没。"男生把手从裤兜里掏出来，"我就随口一吐槽，您别生气哈。"

谢澜抬眸看去，是个高个子男生，黑眸深邃利落，轮廓分明。明明是一副很英气的长相，气质又有些散漫，带着一丝若有若无的痞气。但谢澜的视线只和他对视了一瞬，就不由自主地落到他的耳垂上——左边耳垂靠近耳骨的地方有一颗亮闪闪的耳钉，右耳没有。

老马今天穿了蓝色衬衫，还打了领带，一脸幸福地冲进来，"给你们俩介绍下，这也是我学生，在T大读金融的，叫仲辰。"

胡秀杰扭头对谢澜说："单立人一个中国的中，辰是早晨的晨去掉日字头。"

那人随手摸出手机，撇撇嘴不乐意道："什么早晨的晨去掉日啊，这么说俗不俗啊，哎我的天，真不是我事多，您这个说法也太曲折了点。我是仲辰，仲夏夜的仲，星辰的辰。"

他语速过快，说话时好像懒得张开嘴，一串话唏哩吐噜就过去了，谢澜听得一蒙，好半天才捋顺了点，又问道："种下夜？"

仲辰一愣，看着他："啊，仲夏夜。"

谢澜："种下……夜？夜什么？"

仲辰被问蒙了："什么夜什么？仲夏夜，没了，伯仲的仲。"

谢澜叹气，耐心解释道："我语文不太好，播种的种，种下什么？夜？"

仲辰脸上出现了迷惑的神情。

窦晟差点乐出声，拉着谢澜的胳膊："仲夏是指夏天的第二个月，在初夏和酷暑之间。仲夏夜就是这样的一个夏天夜晚，伯仲是兄弟排次，'不分伯仲'这词你不是背过吗？"

"噢噢噢。"谢澜终于听懂了，"这样啊……仲辰，我懂了。"

"真的吗……"仲辰脸色有点发麻，瞅向老马。

老马道："这就是我跟你和子星说的，谢澜。"

"哦，海归儿童啊。"仲辰"嗤"一声笑了，"行吧，站好了，我给你们拍照。"

谢澜和窦晟双手捧着录取通知书，老马挨着谢澜，胡秀杰挨着窦晟。

谢澜拇指摩挲着妈妈那张薄薄的通知书，另外的指头捏着自己的通知书硬壳，和窦晟胳膊蹭在一起，又被老马揽住另一边胳膊。

　　他突然觉得心里很满，以至于仲辰喊"茄子"的时候，向来不喜欢拍照的他笑出了一排白牙，黑眸明朗，眼里有光。

　　"赶紧发我。"胡秀杰笑呵呵地戳开手机，又指指窦晟对仲辰道，"哎哎，以后别吹自己是英中末路状元了啊。窦晟今年省理科状元，总分比你高。"

　　"比我高？"仲辰挑了下眉，手往兜里一揣，朝窦晟看过来，"我当年七百二十九，你多少啊？"

　　"七百三十八。"窦晟说，"但题不一样，没法比。"

　　"哎，听到没。"仲辰回头瞟了胡秀杰一眼，"少说我几句啊，带出那么多状元，就对我最凶。"

　　胡秀杰瞪他一眼："我懒得理你。"

　　谢澜把通知书小心翼翼收好，和窦晟的一起塞进书包，背到身上。

　　仲辰道："他们三个还在老马办公室呢，咱们晚上出去吃饭，老师们也一起吧？"

　　"我不去。"胡秀杰板起脸，"我闺女今天回来了，我们一家三口吃饭。"

　　老马笑道："我也不去了，你们年轻人有年轻人的话说。"

　　窦晟道："我和谢澜先上个洗手间，等等我们。"

　　仲辰吹了声口哨算作答复，谢澜跟窦晟出去，刚出门口，听到仲辰在里头嘟囔了一句，"行不行啊，上个厕所也要一起。"他顿了顿又自己回答自己，"哦，不过星星上厕所我也跟着的，就是有时候他心情不好不让跟。"

　　"你闭嘴吧。"老马语气有些疲惫，"出去找个旮旯自言自语去。"

　　谢澜跟窦晟上完洗手间，洗手时窦晟道："仲辰学长应该是开学大四，我在往届英才榜上看到过他。"

　　谢澜"嗯"了一声："可能是吧。"

　　窦晟嘟囔："老马还提到了子星，他那届两个理科状元，简子星学长也是咱们学校的，和他并列。"

　　谢澜低声问："他们两个也是老马的学生？"

　　"嗯，而且他们和何修是挨着的两届，之后两届英中就没再出什么高分，然后到我们。"窦晟关掉水龙头，啧了一声，"何修和叶斯的专业都要上五年本科，开学就大五了，仲辰他们大四，等于老马和老胡是连着带了两年高三，然后直接下高一带的我，五年内带了三次高三，都出状元。"

　　"好厉害。"谢澜忍不住感慨。

　　他们洗了手出去，谢澜收到何修消息，说在楼下见。

　　胡秀杰办公室那边已经安静下来了，谢澜回去拿书包，刚走到门口，脚下猛地一顿。

　　胡秀杰竟然换了身衣服，背对着他们站在桌子前。衬衫制服，奶咖色格子百褶裙……

白色小皮鞋……

谢澜一把抓住窦晟的胳膊，后脊梁爬满冷汗。

窦晟也蒙了。

两人谁都没出声，谢澜突然梦回很久之前，高二时，窦晟笑呵呵地把那套JK送给胡秀杰的场面。

而后"胡秀杰"转身过来，愣了下，问："你们……"

那竟然是个年轻女生，二十岁左右，身形和高马尾跟胡秀杰一模一样，眉眼也有几分相似。

窦晟先反应过来："你是胡老师的女儿？"

"哦，你们是她的学生吧？"那个女生笑道，"我同学回来看老师，我顺便接我妈下班。"

"原来是这样，你好、你好……"谢澜心有余悸，赶紧进去抓起书包就走。窦晟跟在他身边，多一句废话没有，两人默契地飞快走到楼梯口下楼。

谢澜小声道："你看清了吗？是你那件吗？"

不会吧？胡秀杰不会把班里学生穿过后送给她的衣服送给女儿吧？

女儿知情吗？

窦晟立刻摇头："不是不是，格子和材质都不一样，别害怕。"

谢澜这才松了一口气。

外头的日头仍然很足。他们一出楼门口，就见不远处的梧桐树下站着四个身影。何修气质温而淡，叶斯热情，仲辰利落带点痞气，简子星则十分沉静。四个气质完全不同的人，站在阳光下都是二十出头的大男生，很引人注目。

叶斯勾着何修的肩，正在和仲辰你一句我一句地互损，简子星则倚着树站着，将书包抱在身前，像是在对空气发呆。

有一个很神奇的巧合。

——他的右耳也带着一枚耳钉。

明年也一起回江边吹风吧

晚饭吃蒸汽海鲜，叶斯找的店，在沿江的一条餐饮街上，步行过去二三十分钟。

大家溜达一路，谢澜就被盘问了一路。

报了专业，报了高考成绩，报了B站账号，报了Youtube过往，报了伦敦家附近的甜甜圈店，报了最近几次编曲成果，甚至还报了数竞参赛心得。

仲辰两手交叠在脑后，舒展着肩关节，用很慢很慢的语速问："英国和中国，你更喜欢哪个？"

谢澜还没出声，简子星就白了他一眼："你是把自己代入中文口语考官了吗？这什么破问题，烦不烦？"

仲辰嬉皮笑脸讨饶，谢澜则一本正经地摇头："中文口语考官没有他烦。"

话音一落，搭着何修的肩走在前面的叶斯猛地回过头，冲仲辰扯了个极度离谱的鬼脸，黑眼仁翻上天，舌尖快舔到下巴的那种，他说："听到没，连小学弟都觉得你烦！话贼多，我听你说话都听到撑。"

仲辰"嗤"了一声："你要是真撑了，待会就别点菜。"

"想都别想！"叶斯骂道，"菜单交给你，点的那些玩意能有人吃？"

仲辰反唇相讥："我点虾点贝点江鱼，哪个没人吃？你每次生蚝成桶点，又不干净又死贵，谁吃？"

"呵呵。"叶斯仿佛某台谢澜高三用过的点读机，字正腔圆道，"吃生蚝强身健体，养精蓄锐，关你什么事？"

"噗。"仲辰笑了，"对自己没点数，就你……"

话音一落，谢澜敏锐地捕捉到窦晟脚步顿了下，而后叶斯暴跳如雷，脸红脖子粗地就要冲上去干架，被何修一胳膊环住脖子拐走了。

仲辰刚要摆出获胜者姿态，立刻挨了简子星一记肘击。

"咚"的一声闷响，结结实实的。

仲辰捂着胳膊蹦了两下，一反从容，慌乱摆手道："星星、星星，我没别的意思啊，我……"

"滚。"简子星说。

仲辰叹着气回蔫了，过一会儿何修一个没捂住叶斯的嘴，叶斯扭头指着他骂了一句："你这种人就应该被塞进猪笼扔进滚滚长江！"

仲辰立刻回骂道："你少给我上升高度，你就是看我不小心弹射到了简子星故意在这添油加醋是吧？浪花淘尽英雄也淘不尽你这个心机狗！"

两个人吵出了两个团的气势，语速和措辞逐渐超出谢澜的语言耐受水平，回国一年半了，他本以为自己已经无限逼近土生土长的中国人，但此刻竟突然有了种被一竿子打回回国前的感觉。

一种很强的挫败感油然而生。

离谱的是，这两个人越骂越凶，越骂越上升到人身攻击，但是何修和简子星却半点要插手的意思都没有。

何修对着江面出神，顺便拉一拉叶斯，进行无效的吵架拦截。简子星则干脆心烦地戴上了一边耳塞，落后几步到谢澜身边。

"吵死了，是吧？"简子星低声问道。

谢澜一下子没反应过来，目光落在他耳垂上的那枚耳钉。很朴素的耳钉，体积很小，但在江畔夕阳的光辉下十分闪亮。

微小而闪亮的一点。

本能地,他突然对简子星有了点好感。可能是因为简子星话少,语速平和,于他而言这就仿佛在释放着"我是你朋友"的信号。

谢澜点了下头:"他们总吵架吗?"

"一见就掐,这可能是他俩独特的解压方式。"简子星叹气,有些嫌弃地瞟向江面,"我们三个走慢点,多享受一会儿安静的世界。"

窦晟笑着捏了捏耳朵:"你是和仲辰一起打的耳洞吗?"

简子星摇摇头:"他学我的。"

天气很热,江边偶尔有蚊虫飞过,窦晟在谢澜旁边"啪啪"地合掌打着蚊子,不让他们叮到谢澜。

简子星突然对谢澜道:"我听过你编的曲,听何修介绍你之前就听过。《少时剑心明月》,我之前第一季从第一集就在看了,现在第二季也在追。"

谢澜眼睛一亮:"是吗?"

"嗯。"简子星把另一只无线耳机递过来,"你要吗?隔绝吵架声的神器。"

谢澜接过来塞进一侧耳朵,耳机里竟然真的正在放《少时2》的片头曲。

从别人分享来的耳机里,听见自己写的歌曲,这种感觉微妙而美好。

落日在江面上投下半轮残影,江对岸的高楼也将影子叠在那半轮日晖中,风过江面,城市的映像随着水面起波澜,影影绰绰。仲辰和叶斯的吵架声被风带得很远,和一侧耳机里的音乐交织在一起,时而缥缈,时而又清晰,像是反复尝试对焦的老旧相机。

简子星忽然轻声道:"在这条江边遇到的人会为你终结黑暗,带来幸运。"

"唔。"谢澜扭头看着他,"你也听说过这个英中传说?"

"英中传说?"简子星愣了下,随即忽然挑了挑唇角。

见面这么久,谢澜好像第一次看他笑。他笑起来时,那种淡漠烦恹的气质瞬间扫空,黑眸宁静深邃,瞳心处一点明亮,格外聚光。

"这不是英中传说。"简子星淡淡地朝前面某幼稚鬼抬了抬下巴,"是他说的。"

窦晟一下子来了兴致:"仲辰学长说的?那另一句呢?在这条江边一起看过日月星辰的人,会永远陪伴彼此。"

简子星笑了笑:"后一句……是我说的。"

谢澜怔了半刻,再看去时,简子星已经收回视线。

他神情如常看着前方,耳朵上的小耳钉依旧闪亮。

蒸汽海鲜餐厅视野敞亮,靠着窗边坐,能将江面和江对岸一览无余。

巨大的蒸汽锅上,水汽团团簇簇地扑腾着。赤虾、白贝、蚬子满满当当地贴着锅壁,桌上除了那一摊体积惊人的蒸锅，还有一个巨大的盘子，层层叠叠的碎冰上铺满生蚝。

叶斯拿着柠檬，给它们挨个淋浴。

"你先空口吃一个。"窦晟把剥好的虾夹到谢澜碟子里。

谢澜尝了一口，很鲜，有海鲜类天然的淡淡的咸味。

他刚嚼完咽下去，窦晟又剥了一只，蘸酱油，酱油里有芹菜珠，还有几颗红红的辣椒圈。

蘸了佐料后，味蕾一下子被激活，有一点辣，但不会很辣，很过瘾。

叶斯和仲辰还在吱吱哇哇地吵架，简子星忍无可忍搬着凳子往谢澜旁边挪了挪，等螃蟹上来了，谢澜和他一人一只螃蟹剥起来，嗑得津津有味。

如果拿叶斯和仲辰的对骂当成中文听力练习，那又是另一个世界了。

谢澜一边嗦着蟹黄一边提炼他们辱骂彼此时透露出的信息点。

比如叶斯开学大五，刚刚被一家实习医院接收，虽然脾气依旧暴躁，但正是快乐时。

何修同样大五，现在每天自得其乐地做毕业设计，暂时没开始找工作，未来志在一所顶尖的外资设计所。

仲辰后天就回 B 市，要去某家私募参加工资高得惊人的暑期实习，此外他还提前锁定了明年毕业前的某顶级外资投行预备实习，未来一片坦途。

再比如简子星⋯⋯

呃。

谢澜放下螃蟹壳："你做的那个机器人叫什么来着？"

"小蟹。"

谢澜瞳孔地震："小谢？？？"

"螃蟹的蟹，不是你那个谢。"简子星敲了敲手上的螃蟹壳，"小蟹已经是一个系列名了，初代蟹是一款格斗机器人，现在家里常用的是家务蟹，我导师未来三年要做外科手术机器人的大项目，我还没有想好要不要保研跟这个项目，但我自己在试着开发一个简易版手术助手机器人，就叫⋯⋯呃，医疗蟹好了。"

谢澜听懂了，又没有完全听懂。

他迷茫了一会儿，而后肃然起敬地把手上吃空的螃蟹壳端端正正摆在盘子里。

失敬。

何修给叶斯剥完了虾和贝，朝窦晟笑了笑："你俩有什么打算？"

窦晟手还占着："这个暑假基本被要做的视频排满了，等开学军训还会录 VLOG，然后谢澜有个广告拍摄，我还打算做几期职业专访，然后⋯⋯"

何修有点发愣："除了做视频呢？"

窦晟也被问愣了一下："啊？"

"比如，有没有双修的计划，或者大二出国交换，找实习？"何修循循善诱，"我看看有没有需要提前联系校友的，可以帮你找找人。"

"哦。"窦晟一下子笑起来，眼中溢着明朗朗的笑意，"我不急。"

仲辰在和叶斯吵架的百忙之中脱身而出："怎么能不急呢？如果大二要交换，又要双修，大一开始就要多修学分。如果要走实习的路，现在可以提前找职场校友套瓷。"

谢澜越听越蒙，虽然不完全听懂，但却感受到了某种焦虑。

直到窦晟笑道："我不急着填充学业背景，也不急着实习，不急着赚钱，我就想开开心心上个大学，多认识一些有意思的人，看到一些有深度的现象，然后……还是做视频。"

话音落下，饭桌上好像安静了一瞬。

谢澜扭头看着窦晟，心里刚刚浮起的那一点焦虑突然又烟消云散，就在窦晟那双明朗的笑眼中，一切沉重的东西都无法存在。

窦晟把白贝软嫩的肉从贝壳里扯出来，放进谢澜的碟子。

"啊，我是个胸无大志的体验派。"他笑笑，"放过我吧。"

叶斯"嗤"了一声，用胳膊肘杵了杵何修："听到没？别天天想着上进，烦不烦。"

简子星也点头，瞟了仲辰一眼："你上的到底是大学，还是入职培训营？"

仲辰吃瘪告饶，何修愣一会后也忍不住乐了，摆摆手："好吧，那谢澜呢？"

谢澜缓声道："我也不急。就继续做做数学，再加个交响乐团拉拉琴就好。"

他上T大，是想要好好拥抱自己的大学，也替当年在岁月中转身而过的肖浪静拥抱她的大学。

"我们接广告谋生。"窦晟一脸高深。

谢澜认真点头："对，还要多接一些广告。"

叶斯嗦掉指尖上沾着的酱油，举起酒杯，严肃道："敬你俩，可爱的学弟。"

六个酒杯撞在一起叮咣作响，冰镇扎啤入喉很清凉，回味有些涩，苦，又有些甘。

何修笑道："其实刚上大学我们也是体验派，刚才提的那些意见，无非是回头看时觉得当时最好做、但却没做的功课。不过我们当年没有做那些功课，现在也活得很好。"

"不要杞人忧天。"叶斯嘀咕，"要活在当下。"

何修回头别有深意地看了他一眼，用酒杯和他的轻轻磕了下："嗯。"

叶斯把六个人拉了个群。

群名被几个人来回改。起初是叶斯写的"英中风云榜"，后来被仲辰改成"老马手下状元开会"，然后何修看不下去改成"T大P大5+1"，又被简子星改成"保持安静普利斯"。

谢澜看着群名啪啪地闪，当场看愣。

直到一直没怎么主动说话的窦晟笑着开口："要不让谢澜改一个吧？"

"我？"谢澜赶紧摇头，"我脑子里很空。"

叶斯笑着站起身摸了摸吃撑的肚子："不急，署名权归你，你想到再改。"

他们结账到江边散步，天色已经有些暗，六个大男生带着醺意说说笑笑。

散着步，不知不觉就拉开了距离。

谢澜吹着晚风，忽然听到旁边有"咔嚓"的声音。

窦晟收回相机。

那是一张随手抓拍但构图极好的照片。左边车流霓虹、右边无际江岸，都因虚焦而仿佛飘在风中，但面前这条沿江跑道却十分清晰，清晰地捕捉到前面那几个好看的背影。

"要录素材吗？"谢澜问。

窦晟摇头："就随便拍拍。"

前面的人听到快门声，叶斯回头挥手："咱们六个拍一张合照吧？"

"好。"窦晟喊，"你们过来，我举着。"

六个人站成一列，窦晟在最前面举着相机，身边挨的是谢澜。

"1、2、3——"

"茄子！"

"茄子！"

"佩奇！"

"YES！"

"叶斯！"

窦晟没有喊最后的口号，此外只有简子星陪谢澜一起喊了"茄子"，另外三个人也不知道在喊的什么东西。

连续几声快门，窦晟放下手揉着胳膊笑道："我太努力了，胳膊要伸长一块。"

叶斯打了个酒嗝："麻烦这位UP主处理好后发进群里，谢谢。"

"嗯，交给我吧。"

他们四个很快又走到前面去了。

谢澜平时步速很慢，和朋友们在一起走，总是会被不经意地落下。但他恍惚间忽然想到很神奇的一件事——似乎打从当年下飞机第一次见窦晟时，他和窦晟的步速就是一致的。或者说，是从第一次见面后，窦晟就努力适应了他的步速，永远在他身边不紧不慢地一起走着。

"完蛋了。"窦晟摆弄着相机忽然开始笑，一边笑一边按下一张的按钮，越笑越凶，肩膀都抖起来。

谢澜凑过去："怎么了？"

"全是虚焦的。"窦晟压低声说。

一连抓拍十几张，无一例外，全都只有谢澜清晰，后面四个全部虚焦，杵在镜头前的窦晟就更虚得没边。

只有一张勉强都对上了焦，但那一瞬间非常离谱，谢澜和窦晟正常，但另外四个人各有各的丑，简子星闭眼了，仲辰有些呆滞，何修在看叶斯的后脑勺，叶斯则不知为何在翻白眼。

"怎么办？"谢澜傻眼，"再拍一次？"

"不拍了。"窦晟哼一声，"这张把我们两个拍得很好看，就这样吧，自己珍藏。"

谢澜："哦。"

也可以。

窦晟收起相机，他们继续一起走着，又很自然地拉起手。

窦晟忽然道："这台相机成精了。"

谢澜回过头："什么？"

只见窦晟在晚风中轻笑："于众人之间，只认识你。"

夜幕落下，江上光影稀疏，江桥上站着年轻的男生。

谢澜用一只手慢吞吞地给群改了个名——

"明年也一起回江边吹风吧"

六人小群，就叫这个吧。

"我是豆子"

大一军训结束的那天，在谢澜和窦晟新租的那间小房的客厅地板上，横七竖八地倒着六个男生。

除此之外地上还有冷却后红油凝固的火锅，密密麻麻的空啤酒瓶，几支空的红酒，还有一整瓶见底的杜松子酒，以及大量的汽水、果汁、汤力水空罐。冰块桶也倒了，冰水流得到处是，却都没惊醒醉倒的男生们。

真是一场惊天动地、众人皆烂醉、无一幸免的军训毕业酒局。

晚上十一点出头，窦晟一个激灵醒了，下意识摸向左手臂——那里毛茸茸的，是谢澜的脑袋瓜。谢澜被摸醒，两人望着彼此，迷迷糊糊聚焦了长达五分钟，谢澜先开口道："你真醉大了。"

他自己的声音很低，很轻，一个字一个字地往外吐，十分清晰。完全不像酒醉状态，却很反常。

窦晟是真的醉到迷糊，许久才声音飘忽道："那你呢？"

谢澜思考了一分钟之久。

"我好像没喝酒。"

窦晟点头："那就好。拉我一把，我得起来。"

"干什么去？"

"今天是……嘶……"窦晟捂着头，"我的保留节目，每月一次的放飞游戏……直播……我得鸽……不，我是说，我不能鸽……"

谢澜沉叹一声:"别播了,睡吧,床不舒服?"

窦晟又消化了半天,扭头看着地板:"舒服倒是舒服,但我不能鸽啊。"

谢澜强硬地把他摁回地上:"别说没用的,接着睡。"

窦晟头刚挨上地,眼皮就难自抑地叩了叩,只片刻,"呼"一下睡了过去。

谢澜叹气,随手抓起旁边的水杯灌了几口,枕在他胳膊上继续睡。

水可能落了灰,有点刺嗓子,以至于他一时半会没睡着,只闭着眼睛听窦晟在睡梦中复读机一样嘟囔着:"不能鸽……不能鸽……不能鸽……"

嘟嘟囔囔的梦话不知何时才停下,但等谢澜再次头昏脑涨地睁开眼时,已经将近零点。

脑海里仍有一个声音,仿佛来自某位坚持不懈的神明,不断提醒他:你不能鸽、你不能鸽、你不能鸽……

零点。

每月底准时蹲守在人间绝帅窦直播间的观众们正苦涩地相互打趣和安慰着,准备放弃退出,黑屏上的"主播去逛 B 站了"提醒却突然闪了闪,而后页面自动刷新。

下一秒,主播上线了。

屏幕里是全然陌生的直播环境——浅胡桃色木床,光秃秃的床垫和枕头,一旁有些许老旧的衣柜,和 UP 主从前的房间完全是两种风格。UP 主本人虽然也完全不同……但也不能说全然陌生。

谢澜穿着一件白 T,领口可疑地贴在身上,黑发凌乱,白皙的皮肤泛着红,只有那双黑眸宁静深邃如旧。

他无视满弹幕的招呼,平静地点开电脑上的 Steam 游戏平台,登录窦晟入 T 大军训前玩疯了的那个太空硬核模拟建造游戏。

刚刚要走空的直播间瞬间人气回升,弹幕滚滚而过。

澜崽晚好!

你们军训完啦?

惊喜!还以为等不到了!

豆子呢?

你们手机被没收了?

这是新租的房子吗?不住校吗?

谢澜面前是双曲面屏,在军训期间,租房下订、电脑签收装机,都是何修和叶斯帮他们搞定的,何修和叶斯就住在楼下的楼下,不怕麻烦。

他正前方的电脑屏放着游戏运行界面,右侧的屏上则放着直播间。

谢澜瞟了眼直播间画面上自己的脸，自言自语嘀咕一句："要开小窗。"

原来今天是你替豆子播游戏吗？
这是你俩新整的花活？哈哈。
那豆子不来陪吗？
澜崽我教你，把游戏那屏开进来，把自己放在右下角。

滚滚弹幕小字飘过，压根入不了醉到一定境界的人的眼。
谢澜一顿操作，吁了口气："可以了。"

啊？
这可以了？
澜崽认真的吗？自己看一眼直播间。
他是不是没开直播间？
怎么可能没开？

直播间屏幕上，正在加载中的游戏被放进了右下角小窗，而主视图还是谢澜本人。
谢澜就那样坦荡荡地在大特写下揉了揉两侧脸颊，吁了口气。
"大家好，我是豆子人间绝帅窦杠dm，我绝对不鸽，来英勇赴约，赴……"他卡壳了一下，"赴我们一月一次的约。"

你是谁？你大点声再说一遍！
看着屏幕，再说一遍！
英勇赴约？
替父从军？
前面的？

弹幕瞬间爆炸，大片大片的问号糊屏，不过谢澜已经不再往副屏幕上瞟了，而是专注地看着面前的游戏启动页面。
美丽的星球在浩瀚的宇宙间转动，属于他的那一颗XL0229号恒星，安静而璀璨，在星云中熠熠生辉。
谢澜咳嗽了一声："好，上次……我们好像是实现了一些能源供给，供电网络顺畅，今天就……"他摇了摇头，有些失神的黑眸中重新拢起一簇微弱的光，又很快再次散掉，低声嘟囔道："今天就继续建设我们的星球。"

我怎么觉得他喝醉了？

这架势绝对是喝多了吧？

会不会是在搞活，身份互换之类的？

你看他，像是有意识到自己说了"我是豆子"的样子吗？

那豆子呢？

诸君！我开始兴奋了！

屏幕上的弹幕小字，谢澜一个都看不清，他脑袋里混混沌沌，只有一个神明的声音反复叮嘱——不能鸽、不能鸽、不能鸽……

"知道了，闭嘴。"谢澜脸很臭地说。

他在跟谁说话？

让我们闭嘴？

我们说什么了？

他承认自己喝多了！

谢澜在这个"自己"应该很熟悉但不知为何有点不熟悉的游戏界面里迷茫了很久，不知道按错哪个键，直播间的两个窗口终于互换，变成游戏大屏，他自己小窗。

众目睽睽之下，他点开"核心能源储存库"，对着窦晟精心攒下的核心能源数量陷入深思。

一边深思，另一手还轻轻地在桌上点着——那是窦晟往日里思考时的动作。

很逼真。

片刻后，谢澜犹豫着点开了"设施建设库"，选择"核心能源建设项目"，对着那一大串需要花费核心能源购买的设施开始二度发呆。

你慎重！

这游戏核心能源是要花很多时间攒的。

这是豆子全部家底了。

啊，我突然心慌！

澜崽你清醒点！你不是豆子！你不要挥霍！

最后这条弹幕来自一位提督"吃饭睡觉打豆豆"，拖着华丽的特效，醒目地从屏幕上飘过。受到她的引导，弹幕统一口径开始刷屏。

你不是豆子！你清醒点！

你不是豆子！你清醒点！
你不是豆子！你清醒点！

打豆豆女士本人也随之刷屏，仗着自己花里胡哨的特效，终于闯入了谢澜的余光。
于是谢澜的鼠标在【自带交响乐的音乐喷泉-200方（核心能源）-48KW供电】的购买按键上悬停，凑近屏幕努力看了看弹幕。
"我不是豆子？"
他纳闷道："我不是豆子，那我是谁？"

你是谢澜！！
你是谢澜啊宝贝！
不认识自己的名字了吗？Lan Xie？
啊啊啊，给妈妈清醒一点！

谢澜对着铺天盖地的弹幕，脑袋晕得要命，低头屈起手指敲了敲太阳穴，再抬头道："是啊，我谢澜，用得着你们说吗？"

啊，醒过神了。
谢天谢地。
还行，还有点意识。
烂醉但容易苏醒的模式。

弹幕还没庆幸完，就听到一声清脆的鼠标电机音，而后游戏页面一弹，机械的AI女声播报道："Congratulations！ You have got a music fountain!"

我心碎了。
200方！
啊！
你不是豆子啊宝贝！！

谢澜瞟到弹幕："我不是豆子，那我是谁？"

好问题……
我竟不知如何回答……

谢澜轻轻打了个酒嗝，长吁一口气，嘀咕道："屏幕好花啊……"

是你眼睛花，宝贝。
你喝多了，关机睡觉吧……
我的天，他为什么一直用袖子擦旁边的玻璃杯？
他可能以为那是屏幕……
……

谢澜头晕得要命，瘫在座椅里，坐没坐样地继续购物。
鼠标往下拉了拉，跳过弹幕呼吁他购买的【全星球能源升级器】【风力发电塔】【核反应堆】，最后在【星球中心摩天轮】上停留。
这个摩天轮，150方。
谢澜鼠标清脆一点："买了。谢澜一定喜欢这个。"

无法反驳。
我觉得……你说得对。
豆子好惨，但我笑得好大声。
豆子！你快回来啊！你家没了！
"二猫魂穿大猫为自己买东西的那些事"。

谢澜买了交响乐喷泉，买了宇宙C位摩天轮，又断掉几条重工生产线的供电，将电力输送进刚刚兴建的设施中，做完这一切，余光又瞟到弹幕。
满屏幕特效，来自直播间那些氪了金的尊贵的舰长、提督，甚至总督们。
他们集体在刷屏同一句话：【你喝多了！你不是豆子！别买了！】
谢澜蹙眉，语气一沉，不悦中又透着几分漫不经心，嗓子里含着少年沙沙的磁性："你们今天有毛病？"

……他学豆子学得还挺像。
不愧是一个窝里的猫。
有语气！！
有眼神！！

打豆豆女士拖着特效飘过：【那你如何证明你是豆子？】
这一次，谢澜对着屏幕沉默了很久。

他想着想着，头垂下了，像是脑壳很沉的样子。片刻后，又索性撒开鼠标，将胳膊肘撑在桌面上，把头支起来。

打豆豆女士再接再厉：【没有证据了吧，去睡吧，澜崽乖！】

然而在那条弹幕刚刚飘出来的一瞬，谢澜低声道："我……永远喜欢SilentWaves？"

"这个够证明吧？B站认识我的都知道我的座右铭吧。"

"座右铭"。

这叫什么？这就叫偶像自信！！

豆子让澜崽对自己很有信念感吧！

谢澜"咣"的一下又倒在电脑椅的靠枕上，闭眼缓了一会儿神，像是努力阻止脑袋里不断自转公转的另一个小星球。片刻后他睁开眼，开眼的一瞬，纯净温和的黑眸和平日里没什么两样，但那神态只停留了一瞬，又变回了几分不耐烦的拽拽的样子，就像某直播间真正的主人。

"继续，建设我们的宇宙音乐之星。"

……继续吗？

他又点开商城了。

他还要买毫无用处的公园。

豆子的高科技帝国毁于一旦！

他要买小提琴雕塑？

谢澜瞟了眼弹幕，不耐烦地敲敲桌面，"能给点呼声吗？爱看看，不爱看出去，跟我直播间里瞎说什么呢？"

这语气……

老豆子了。

我已经信了，这就是豆子。

嗯，追了豆子三年，他确实就长这样。

赶紧的大家伙儿，给点呼声。

好耶！

好耶！

好耶好耶！

直播人气迅速飙升，在谢澜由于醉眼蒙眬而脸贴在屏幕前建设他的音乐之星时，热度指数飙破了六百万，管理员空降两次，第二次直接在弹幕里问观众：要不我替豆子强行给他下播吧？

弹幕吵翻天，一部分得失心重的人疯狂附和，另一部分看热闹的则死命抵制。

打豆豆女士带着特效发言：【封吧……孩子神志不清，怕他说出什么不该说的话来……】

好有道理！

可是怎么办！还想看！

没有触犯直播条例，管理员凭什么强行给下播？

对啊，没这个道理！

真的是路人才会看热闹不嫌事大，老粉现在慌死了好不好？

弹幕全在吵，时间已经悄无声息地跳到01:30，谢澜愈发昏沉困倦，他的大脑仿佛锈住了，无法思考任何问题，感官也变得迟钝，恍惚间觉得右边屏幕上有大团大团墨渍滚过，尝试用卫生纸擦了几次也没擦掉，索性放弃，继续机械地建设他的音乐之星。

核心能源转眼从四位数锐减到两位数，只能在商店里买一买【城市电力汽车充电桩】之类的东西，除此之外就是一些【暗区开采面积】的份额指标。

这座星球，从地图上看，窦晟才开垦了不到五分之一的地盘。但他原本攒了不错的核心能源家底，军训闭营前跟观众们说过，回来后要再开垦五分之一，但现在看来已经再无可能。

——大大小小的无用设施穿插进原本的重工城邦里，破坏了精心计算的供电网络，而积攒的核心能源也已经使用枯竭。

谢澜纠结了一会儿，说："观众老爷们，你们说，要不要花点钱解锁一部分暗区？"

他问完这话后，试图凑近看清弹幕，但仍然很难辨识那些飞快滚过的小字，而且隐约觉得那些人压根没有回答他的问题。

过了许久，谢澜叹了口气："算了，留一点钱吧，我带你们在这个星球上看一看，记着点我们目前的进度，然后我就下播去……找谢澜了。"

好的。

"谢澜"人在何方？

他在哪？他还好吗？

我好担心"谢澜"醒来后看到游戏里的残局。

同，他之前精心算供电算了好久。

这么漂亮的重工城邦，现在电路系统被打乱了。

说起来，豆子原本搞这么大的重工基站是为了什么来着？
给另一块供能和开采。
另一块是啥？
不知道，没播过，估计是科研城邦吧。

谢澜一手拿着鼠标，另一手捂着半边脸，眼睛半睁半闭，屏幕上莹莹的亮光照在他的脸上，虽然带着酒醉的凌乱和狼狈，但仍然温柔清秀。

他低叹道："快点，展示一遍进度后我要去找谢澜了……军训这段日子都没怎么碰到面。"

话音刚落，鼠标滚轮开始缩放，庞大的城邦基站迅速拉远、变曲面，视角调整为上帝俯瞰，那些高大的建筑和设施都化为微小的标记点，屏幕中心只有茫茫宇宙中一颗名为0229XL的恒星。

他继续滚动鼠标，旋转这枚此刻看起来微不足道的星球——广袤的未被开垦的暗区在屏幕上闪过，刚才那片璀璨灯火迅速远去。

然而片刻后，球上突然又出现一块明亮。

这啥？
这是豆子的城邦吗？
不是吧，这个面积明显比之前的小。
豆子偷偷拉进度了吧，没见过这个。
看看宇宙坐标，这个距离有点符合豆子之前的地下输送管道欸。
这可能就是那个科研基地吧。
重工城邦的上峰，之前那个只为了给这个供能供资。

谢澜百无聊赖地推着滚轮缩进，直到那块隐匿的开垦地平铺在视线里——
一派繁荣，即便没有往来居民，但也是番无声的热闹。

他恍惚了一会，以为刚刚买过的那些东西，都从重工城邦跑到这里来了。

不只有那些，还有很像是大英博物馆的建筑，街角的甜甜圈店，遍布大街小巷的自动冰激凌机，每个公园的角落都有乐队设施，有名为【小提琴展馆】的展厅类设施，有音乐餐厅，还有很多只猫咪机器人。

但或许因为重工城邦的电力网络被谢澜破坏了，这里有几个建筑灭了。
譬如那个在另一边刚刚亮起的一模一样的交响乐喷泉，是难言的巧合。
这块还在建设中的小区域中心，矗立着一块地标。
地标上的自定义文字写着【0229XL 星 - 星球之心】

豆子偷偷搞的！
澜崽刚才买的，这里都有。
"谢澜一定会喜欢的"。
呜呜呜，有点感人。

谢澜对着屏幕，脸上表情从惊讶到困惑，有些似懂非懂，还有些挣扎，反反复复变了好几遭。
直到一个有些凌乱的脚步声靠近，门被推开了，豆子打着哈欠的声音响起："谢澜？我还琢磨你人哪儿去了，你开电脑干什么呢？"

正主回来了！阿弥陀佛！
澜崽！灵魂速速归位！
啊啊啊豆子好久不见！
出镜让妈妈看看你！
看看谢澜干的好事！
看看你自己偷偷干的好事！

谢澜放下鼠标，椅子一转，面向窦晟开始发呆。
或者说是困惑。
窦晟头发和衣服都乱糟糟，酒醉睡过几小时后醒来，意识清醒了点。他瞟了眼镜头，往后退一步托下身上的T恤，嘀咕道："我洗个澡然后收拾收拾，给客厅那四个找个衣服盖上。"
谢澜一脸茫然。
窦晟往浴室走的动作顿了下："你也喝多了？"
谢澜沉思许久，冷静地给出答案："我好像没喝酒。"
"哦哦。"豆子转身继续走，打了个哈欠，"今天到底还是把直播间观众晾在一边了，唉，明天补吧。赶紧睡觉了。"
他趿着拖鞋走进浴室，门"咣"的一响，很快就响起了水声。
谢澜茫然了一会才扭头重新对上屏幕。镜头里，他看着直播间那一屏，似乎很费解。片刻后，他伸手敲了敲脑袋，又晃晃头，嘀咕道："我到底喝没喝？"

没有。
没有。
你非常清醒。
你是豆子，相信你自己。

浴室里那个是假的，去揍他。

你是真豆子，浴室里是真谢澜。

冲啊澜崽，去揍他！

笑死我了，你们做个人吧，放过澜崽。

谢澜眼神聚焦又涣散，折腾了许久，有些放弃了，垂下眼皮嘟囔道："困了，睡觉。"说着，他一键退了游戏，提起一口气，定了定神，"观众老爷们，一月一度的豆子放飞游戏直播到此结束，感谢各位的观看，我们下个月同一时间不见不散。新来的观众麻烦点一点关注，人间绝帅窦，永远不鸽！"

啪。

屏幕黑。

浴室里水声停了，窦晟提声问道："谢澜？跟谁说话呢？"

谢澜吁了口气，躺在床上，翻身嘟囔道："不知道……"

他闭了闭眼，再睁开时浴室还有哗哗的水声，仿佛不过是过了几秒钟。

但他仿佛在这几秒钟内做了个梦，梦到他在茫茫宇宙里，给豆子建了一颗小小的星球。

……

新租的房子在 T 大附近一个老小区，楼下隔两层就是何修、叶斯，但户型比何修他们大了不少。这房子月租不菲，窦晟找遍附近，这是唯一满足他要求的——二手房，翻新后没人住过，厅室皆朝南。拍视频讲究一个开阔通透，最怕满屋子家具挤挤挨挨，因此客厅只有沙发，卧室只有床，就连床脚的工作台都是新置办的。

谢澜好似昏睡了很久，意识刚刚有些要苏醒，又很快沉了下去。他本打算放任自己睡个回笼觉，但隐隐约约地却听到了熟悉的鼠标点击声，卧室开着窗通风，但仍残余一股牛油火锅的味道，昨晚和朋友们聚会的回忆一下子灌回意识，伴随着的还有一阵要命的头痛。

脑袋里像有一个名为疼痛的大球，随着他的心跳一下一下地撞击。

"嘶——"他按着太阳穴翻了个身。

背对着谢澜坐在电脑前的窦晟回过头："醒了？"

谢澜"嗯"了一声："你声音有点哑。"

"昨晚都喝断片了……我都不知道他们四个什么时候走的。"窦晟嗓子里像卡了一团火，说着说着没音了。

谢澜起身下地："什么时候醒的？"

"比你早一小会儿，刚把昨晚的烂摊子收拾了。"窦晟揪了揪喉咙，"哦，对了，我烧水了，你赶紧去灌两杯。我准备补补昨天的直播。"

谢澜正好走到房门口，听到"直播"二字，不知为何恍惚了一阵。

口袋里的手机忽然震了两下，是一条快递消息。

"地毯到了。"谢澜遂把刚才那点记忆恍惚的感觉抛在脑后，边往外走边说，"我下去拿，你准备直播吧。"

"嗯。"

短信只收到一条，但到了快递点才知道这边堆了十几个他们的快递，都是家里的软装用品。外头骄阳似火，谢澜从前一直怕热，但军训这段时间磨炼出来了，竟然不觉得烦躁。他用胶带把十几个快递盒捆成一摞，一路拖回公寓。

进家门，浑身"唰"的一下，凉了下来，很舒坦。

"窦晟——"他在门口喊，"你要现在直播还是晚上直播？我有点饿，要不然先吃饭吧？"

窦晟没回他。

卧室里仍然响着鼠标点击的声响，不知是否是错觉，点击的频率听起来有些……迟疑。

手机又"滋——"地振动了一声，是叶斯。

老铁，你昨晚背着我们整了什么花活？

谢澜对着那行消息愣了半天，回了一个问号。

他点出对话框，顺便刷了刷消息列表——999+，军训群、数学系群、宿舍群、英中群……这些群日常爆炸，除此外还有几个他加了好友的 UP 主也都发来消息，不约而同地问候他"酒醒了吗"。

谢澜正困惑，突然听窦晟在里屋道："谢澜。你过来一下。"

语气平静，但不知怎的又好像有些反常。

谢澜换上拖鞋："怎么了？"

摄像头亮着，原来已经开了直播，难怪窦晟刚才没回他。

谢澜走近，发现弹幕量相当扎实，一波又一波，平时窦晟直播的高能时刻也不过如此。

而且此刻都在刷同一句话——

豆子来了。

豆子来了。

"什么豆子来了，你才开播吗？"谢澜蹙眉嘟囔，扫了眼主屏幕。

主屏幕上是熟悉的星球建设界面，这是那款窦晟入 T 大军训营前玩得很上头的太空基建游戏。谢澜没觉得有什么，但却又一次产生了某种微妙的熟悉感。熟悉感促使他多瞟了两眼屏幕，看到一座不伦不类的摩天轮，嘀咕道："你怎么还搞这种东西？"

弹幕瞬变——

因为谢澜一定很喜欢。

因为谢澜一定很喜欢。

因为谢澜一定很喜欢。

谢澜皱眉:"什么我很喜欢?弹幕怎么了?"

窦晟喉结动了动,抬头看向他,语气温柔:"你还好意思说。"

谢澜:"嗯?"

窦晟低头点开核心能源仓储,望着"24"的数量沉默了许久,而后默默退出游戏,开了浏览器新窗口,进入B站首页——操控鼠标点击"热门"的手轻轻颤抖。

热门第一,播放量894W,光荣地解锁"很多人分享"小标签,UP主却是个谢澜从没见过的ID,叫"热情天使"。

此类反向玩梗"淡漠恶魔"的粉丝ID他见过太多,因此格外敏感。于是他又瞟了眼视频名称——《0918直播录屏精剪:我是豆子,谢澜一定喜欢这个》。

谢澜眉皱得更深了:"这不会是恶搞你的视频吧?"

窦晟沉思片刻:"也许……从某种意义上……我猜……可能是。"

"点开看看。"谢澜不悦道。

窦晟有些犹豫,其实他还没看过这个视频,但根据游戏存档惨状,以及刚才那几分钟的弹幕内容,加之微信源源不断弹进来的朋友问候……他心里已经大概有数了。他琢磨了一会儿,鼠标向右上角的叉叉挪去:"要不还是算了,我先把游戏播……"

"看看。"谢澜俯身拉回他的手腕,笃定道,"都上热门了,还不看看怎么回事?"

窦晟愣住了。

既然你要求了……

你会后悔的。

我愿称之为澜崽社会性自杀时刻。

啊这……提前安抚我崽……

澜澜你记住,人的一生其实很短暂。

是的,一辈子很快就过去了,没事的。

如果地球无法生存,还可以跑去0229XL星。

什么乱七八糟的。

谢澜蹙眉看向屏幕,录屏开头的几秒钟是黑屏,一个声音突然响起。低低的,略带醉意……

"大家好,我是豆子人间绝帅窦杠dm,我绝对不鸽。"

这声音好像有点熟……下一秒，谢澜瞬间瞪大眼睛。

昨晚……神的叮嘱……0229XL 星……与弹幕舌辩群雄……无数破碎的画面忽然灌回记忆。谢澜脑子里"嗡"的一声，慌乱去摸鼠标，屏幕却已经亮了起来。

他动作一僵，对着画面里的自己愣住。

视频里的人两颊绯红，清亮的黑眸低垂含醉，轻轻打了个酒嗝。

"弹幕不要刷了，今晚一定一定会带你们建设完这颗星球的，我豆子什么时候鸽过你们……唉，我把话放在这，搞不完这个小球，我就穿西装去 T 大模拟法庭录一期视频。"

谢澜开始缺氧。

窦晟忽然在椅子里坐直了，惊艳道："啊，这个好像比我预想之中要精彩啊。"他抬头看向谢澜，"你喜欢西装？什么风格的，all black？"

谢澜的大脑空白，宿醉的头痛又加重了。明明在空调房里，他却满手冷汗，语言功能先行丧失，只能对着爆炸的弹幕发呆。

笑死了，豆子开始意识到这是个宝藏视频。
豆子：来劲了！
是的，豆子你没有听错。

谢澜耳朵很烫，茫然地坐在床上，看着屏幕上的自己在游戏里挥金如土，将那些花里胡哨的设施硬塞进窦晟精妙的重工城邦，还时不时出现一些令人窒息的操作……比如他吐槽了十几次"画面上怎么有墨啊"，而后脸冲镜头，对着卫生纸疯狂哈气，试图擦掉屏幕上的弹幕。

又比如他在"我是谢澜啊"和"我是豆子啊"之间反复横跳，短短几分钟内改口十多次，还在直播镜头里公然发呆，喃喃自语道："我到底是谁……Who am I？ Who is talking to me on the screen？ Why does this planet look so cold？"

再比如他强行在直播里模仿窦晟，把观众叫作"观众老爷"，做作地蹙眉作不耐烦状，一口一个"我人间绝帅窦怎样怎样……"

我要不行了。
昨晚笑得要吐了，刚才笑得真吐了。
澜崽好可怜啊。
你们看他，两眼失神。
瞳孔放大，面白如纸。
耳朵要滴血，嘴唇还在颤抖。
他灵魂可能已经出窍了。

豆子能不能把镜头往下掰,我想看看谢澜脚趾抠地。
提问,澜崽脚趾抠地,能抠出五线谱吗?

谢澜脑子里嗡嗡作响,看着镜头里自己又开始深沉地部署0229XL星,伸手搭住窦晟的肩,苍凉道:"别看了,关掉吧。"
窦晟正津津有味:"马上。"
游戏里挥金如土的画面,不说窦晟,在谢澜自己看来都十分挑战神经,太阳穴突突突地跳。他下意识瞄了眼窦晟,却发现窦晟看得十分投入,每当游戏扣除核心能源,他心疼得"嘶嘶"吸气,但转瞬又因视频里谢澜的胡言乱语而努力憋笑,表情生动极了。

即使是已经发生过的事,我仍感到肝疼。
加一,尚能忆起昨晚的颤抖。
核心能源啊,核心能源啊。
不得不说,昨晚第一次想揍澜崽。
想揍不至于,心疼是真的。

窦晟手托着下巴,食指搭在唇上忍笑,随便瞟了一眼副屏弹幕上大片的心疼,随口道:"这有什么可心疼的,就一个游戏而已。"

你从前攒能源时不是这么说的。
你从前自己买东西时不是这么说的。
"就一游戏"。
谢澜花钱就不是钱是吧?OK?

视频里,谢澜瘫在座椅中,将商店列表拽到最下面,盯着【星球中心摩天轮】陷入思考。
屏幕外的谢澜开始颤抖,尽管那玩意已经出现在窦晟游戏里了,他此刻还是忍不住在心里同弹幕一起乞求:别买了,别……
"买了。"视频里的他干脆利落地点击鼠标,"谢澜一定喜欢这个。"
谢澜顿时觉得还不如去死。
弹幕瞬间爆炸。

回收名场面。
回收名场面。
回收名场面。

"噗——"窦晟终于没忍住乐了，又迅速抿起唇，憋了好一会才回头揶揄地看他一眼，"你还挺了解我了解你的地方的。"

谢澜嘴唇都哆嗦了："谢绝套娃。"

疯狂消耗能源的行为在昨晚引起所有老粉的抵制，很快，视频里的谢澜将鼠标一摔，开始跟那些观众辩论。

依旧是那副做作的豆言豆语，怒道："你们今天有毛病？一起做视频四年了，怀疑我身份？不信任的话关注我好吧，要不打警察来核对我身份？"

窦晟回头认真复盘道："这里，打警察这个词果然还是暴露了你的真实身份。"

"……"谢澜苍凉地看着他，"你礼貌吗？"

弹幕上刷过打豆豆女士的质问：那你如何证明你是豆子？

直播同步弹幕也随之疯狂刷屏。

前方自信！
前方信念感爆棚！
昨晚的高能时刻来了！
我提前啊啊啊啊！

谢澜仿佛被一只大手攥住了心脏，下意识抬手捂住眼，但心中又有一丝隐秘的好奇作祟，驱使他偷偷漏开指缝。从缝隙中窥屏，屏幕上的他自己沉思许久，用和豆子平时如出一辙的低低的嗓音道："我永远喜欢 SilentWaves？"

"这个够证明吧？B 站认识我的都知道我的座右铭吧。"

这边的直播瞬间炸裂，满屏弹幕狂奔而过。

都知道。
都知道。
都知道。
都知道。

一些路人的弹幕夹在中间："以前不知道，现在知道了。"

谢澜再也看不下去了，仓皇丢下一句："我……我去拆快递。"

他快步走出卧室，手哆嗦着在背后带上了门。

门关严的一瞬，窦晟在里头用十分正经中肯的语气说道："确实。"

……

当晚，谢澜和窦晟从家具城搬了可爱的小茶几回来，谢澜努力无视自己疯狂增长的粉丝数和一天之间涌出的玩梗二创视频，尽量平和地编辑了一条动态——

谢澜_em：昨晚军训结束后确实喝多了，这种行为不好，我很抱歉，未成年人一定不要模仿。

他放下手机后发呆了几秒，刷新看评论。

本以为热评会继续玩梗，或者会相互劝说停止扩散，然而观众们的反应每次都不会让他失望。

——每次，都超乎预期。

澜崽！你发现了吗，你要千万粉了！
你的千万粉福利呢！
一人血书千万粉丝福利！
两人血书千万粉丝福利！
提议一个 all balck 西装豆和配套澜！

谢澜对着最后一条提议愣了好一会，缓缓打出一个问号——怎么个配套法？
楼中楼集体亢奋。

附议！！
附议！！

窦晟放下手机过来，笑道："我也附议。"
谢澜无力道："附议什么啊？"
"附议……"窦晟一脸认真，"穿谢澜一定喜欢的 all black 西装。"

大学，新世界的大门

T大新生刚刚结束军训，数学院谢澜已经名声在外——全营高考最低分，军训八字班最刺头的兵，教练把着手打了五发子弹还是全部脱靶的反向神枪手。

但，与此同时，他也是数院仰望的 IMO 冠军、是不需自我介绍就在开学第一天被加好友加爆了的 UP。

在这个崇尚聪明与多元的大学，捡块石头随便砸都能砸中一簇光，很多人的光芒被这所校园淹没了。但谢澜不属于其中，他的光芒在这座大学，似乎更加熠熠生辉。

T大迎新晚会落幕，谢澜刚打算从后台离开就被喊住了。

"谢澜，你等一下。"带领学生交响乐团的女老师迎面走过来，温婉笑道，"你琴拉得真好，有一件事不知道你听说没？王可依研三了，忙着实习，和我说想要退出乐团，你要不要考虑接替她的位置？"

谢澜想了一会儿，才想起王可依是谁。

交响乐的小提琴席位分第一小提琴和第二小提琴，各12把。第一小提琴负责主音，第二小提琴负责低音和声。谢澜是这届唯一不坐预备冷板凳、直接参演的新生，目前的位置属于第二小提琴。

他自己并不在意这些，虽然在英国曾被校乐团称为"首席小提琴"，但那也只是社员间的实力认可，交响乐是精妙合作的艺术，位置间并不分高低。

"我都可以，听从安排。"谢澜背起琴盒，"不过……抱歉老师，虽然我来参演，但今年的常规训练要请假。"

因为明年要当新一批数竞国家队的助理教练，谢澜本来没报名乐团，想等大二赛后再参团。结果团里主席主动找了上来，在今年新成员名单里清一色的"预备"位置中，"谢澜"名字后跟着唯一一个"第二小提琴席位"。

女老师笑道："我知道，但我们日常也有不少有意义的演出，我让主席随时跟你同步消息，如果有时间合适的，你随时过来。"

谢澜不好再推脱，只点头道："好，谢谢老师。"

活动厅的人已经散得差不多了，谢澜背着琴匆匆出来，看见树下等待的窦晟。

窦晟一手把着自行车，另一手套着相机，正在翻看素材。

谢澜走过去，终于舒了一口气："拍什么了？"

"拍你。"窦晟笑着把相机伸过来，"我第一次现场看到你在交响乐团里坐着，那种感觉……啧……难以言说。"

屏幕上是庄严有序的T大交响乐团，演奏者清一色黑色正装，簇拥环绕着指挥者。小提琴部在一左一右，谢澜在左侧最内环。画面里，沉静的少年将小提琴搁在颈侧，开弓演奏。音乐激扬，手臂和身体的一颤一动均融入一众演奏者的背景中，但那少年的姿态又那么出众，于无数飞扬的琴弓中，属于谢澜的那一支最夺目。

"好开心啊。"窦晟感慨着，把那一小段反复看了好几遍，才小心翼翼地收了相机。

他跨着自行车，一脚撑地，等谢澜坐稳才蹬出去，任由风把头发掠向身后。

窦晟轻松问道："夜宵吃什么？"

谢澜在风里也提了提嗓门："吃甜的。"

连着跟叶斯他们吃了一周烧烤,他现在闻孜然而色变。于是窦晟的单车自如地拐了个弯:"那就去我们院那家烘焙坊扫荡一圈?"

"好。"谢澜打了个哈欠,"肉松小贝,希望还有。"

窦晟单车骑得很潇洒,路况再恶劣都能被他寻觅到一条不那么颠簸的路,车头灵活地扭来扭去,但又平稳得很。

单车驶出主干道,周围的学生一下子少了,谢澜接着打哈欠:"今天的课好深奥。"

窦晟惊讶道:"深奥?你今天什么专业课?"

"数学分析,高等代数。"

窦晟声音有点纳闷:"不至于吧?一上来就把你都搞蒙了?"

谢澜一个接一个地打哈欠:"我说深奥的不是专业课……是通识课。"

"哈哈哈。"蹬车的窦晟没忍住乐出了声,笑声被风带进谢澜的耳朵,有些痒痒的。

谢澜惆怅叹气。班里同学安慰他期末考前背下来就好,但那些是他读通都费劲的东西,要怎么背?

更惆怅的是T大简直体育学校,据说每年的三千米测试,不合格的人失去推研资格。军训的心理阴影还未褪去,这就又来了,不如给他一刀。

烘焙坊晚上余货不多,万幸谢澜爱吃的小贝还有最后一只。窦晟打包了一盒泡芙、一盒咸甜酥脆的牛角、一包桃酥拼炉果……沉甸甸一大袋子挂在自行车把上。

车子蹬起来,他对背后道:"吃完甜的睡得香,明早喊你一起跑步。"

话音刚落,后背一沉,是谢澜自暴自弃地瘫倒了。

车子骑出校门,偶尔路过一些熟面孔,认识窦晟的自然而然吆喝着打招呼,而认识谢澜的那些,大概因为谢澜闭着眼睛像是在睡觉,只是低声说笑着过去。

谢澜被扑面的小风吹得有些舒服,恍惚间好像真的睡着了一会儿,后来窦晟突然骑到颠簸的地方,颠得他屁股非常疼,疼得整个人都暴躁起来,撑起身在窦晟背上"啪"地抽了一下。

车子刚好驶入小区大门,车速慢了下来。

谢澜心烦道:"你能不能挑平路骑?"

"能,抱歉。"窦晟立刻道歉,片刻后还是低声解释了一句,"我尽力了,刚才是巷子里突然出来一个小孩,我躲他。"

谢澜叹气。

窦晟把车停在家楼下,等谢澜下车,接过他的琴替他背着,嘀咕道:"明天就不骑车了,欸不对,走路你也难受吧?那……啧,那我想想怎么办。"

谢澜没吭声,走在他前面进了单元门。

老楼下面几层的灯泡坏了,谢澜开着手机闪光灯照亮,慢慢吞吞地上着楼。窦晟追上两步，似乎想说什么，但最终缄口不言，在谢澜背后轻轻勾了勾嘴角。

隔天下午五点，下课铃响。

教授刚好板书完最后一句，走到讲台旁点击鼠标，把PPT投影放到最后一页——作业。底下一片吸气。

教授等这阵子吸气声停了，笑了笑，又点鼠标。

还有下一页作业。

"我麻木了。"

坐在谢澜前面的男生叫魏东阔，正疯狂翻笔记，毫无省理科前十的风范，他操着一口奇怪的口音道："真打脑壳，一下午搞起两章？老子爪子都颤抖起。"

谢澜还在iPad上写着最后的笔记，笔杆几乎动出残影来。

他觉得魏东阔的方言很可爱，于是忍不住小声跟读了一遍："真打脑阔。"

不料魏东阔听到了，一下子扭过头来："澜神你学我？你对我们家乡话感兴趣？有空多跟我摆摆？"

谢澜无奈抬头："喊大名行吗？"

对方"嘿嘿嘿"笑了几声："我的良心不允许我侮辱神格啊。"

澜神，这个名号不知道是谁始创的，正式开学才两周，已经在整个数学系传遍。更离谱的是今年系里有好几个男生"l"和"n"不分，一嗓子豪迈的"男神"让谢澜在大庭广众之下恨不得当场遁地。

谢澜无语低头继续补笔记，魏东阔嘀咕着凑过来："让我看看澜神的笔记长啥子样……我去！"

他边上的立刻也扭过头来："我也看看！"

满屏幕流畅的英文，勾勾点点地和数学符号混在一起，潇洒飘逸。一般人看不懂连笔英文，魏东阔反应了好半天："我以为你用阿拉伯语写笔记哦，这是英语？"

谢澜"嗯"了一声："老师语速太快，我……写汉字实在跟不上。"

说来也很羞愧，高中两年他都用中文做笔记，虽然写字比别人慢，但也坚持下来了，想不到还是在T大的魔鬼教授面前一败涂地。

"膜拜！"魏东阔旁边的男生摇头晃脑地感慨，"这种字体虽然看不懂，但能唬人，贼有神格。"

"是不是哦？"魏东阔连忙道，"澜神，你教我英文书法，我教你说家乡话，咋个样子？"

谢澜学着他的口音无情拒绝："谢谢，我已经会了。"

魏东阔笑得差点翻过去，连着前面一排女生都在笑。谢澜被弄得有些尴尬，飞快收拾了东西拽起书包走人。

魏东阔是他原本被安排的室友之一，虽然谢澜军训后已经很少回宿舍了，但跟这个自来熟室友仍然关系不错。

晚上窦晟有课,谢澜陪他走到教学楼,自己又跑去图书馆写刚才的数学作业。

手机开了静音,但屏幕因不断弹出的消息一直亮着,他解了两道题后拿起来扫了眼。

群里各种笔记拍照横飞,夹着一群人的绝望呼救。

数环 Q4 呢?
图片。
你这上边都被擦了!
我意识到写不完了,但拍照时已经晚了。
这老师擦黑板真一绝。
头秃,咱院老师真的好喜欢板书啊……
众所周知 PPT 只是用来布置作业的。
到底有没有人记下了神秘的 Q4??
郭子有上半截,阔爷有下半截,但是差了几行。

谢澜随手在 iPad 上戳了戳,把对应那一部分拍下来发进群里。
群里立刻又炸了起来。

澜神!!(振声!)
澜神出没!
恭喜你们引起了澜神的注意。
并成功解锁澜神的帮助。
我太感动了,满屏幕看不懂的神秘语言,唯二能看懂的两行数学式刚好是我需要的,这种缘分天成的感觉谁懂??我与澜神锁死。
法学院警告。
法学院警告。
法学院警告。

图书馆灯火通明,宽大的长桌两列坐满人,T 大学子们低头专注而紧张地学习着。这个炸锅的群,和周遭环境一比,显得格外不正经。

谢澜无语放下手机继续写作业。但群还在弹,空间狭小,那些消息仍然在他的余光里叫嚣。

谢澜大佬还有 Q6 的笔记吗?

同求。

Q7 我也想要。

Q7 我有，有数域 Q3 吗？

疯狂艾特大神，救命啊@谢澜_em。

这群人是认真的吗……

谢澜只好把笔记导出一份发进群里。其实前面都还是中文笔记，他是到了最后彻底要跟不上了才崩溃换成英文的，刚才群里问的那几道题都有中文版。

不过中文版……

这字？？

我傻了，Q6 第四行，px+q 有什么？古艮？

是有舌艮吧……

那请问舌艮是……？

没完了。谢澜只好放下笔，端起手机回复道："有重根。"

我很难想象……

我也……

谢澜耐心解释：抄不完，简写了。那个'舌'就是'重'的简体版，省略了一点点细节。

……是不是哦。

亿点点细节。

老子笑飞了。

在自习室忍笑忍到掐大腿，我太难了。

重新定义"简体"。

谢澜看着飞快往下刷的屏幕，有些无力，索性又回答了几个大家看不清的问题。

"日#或"是什么？

复数域。

"大式刀角"呢？

因式分解。

"多工工"呢？

……我想想啊。

谢澜定了几秒钟，回复道：多项式。
笑飞了。
我终于还是在自习室笑出了声。
好家伙，不知道的以为这是一本日本数学教材。
日语也不是这样的啊，笑死。
这就是IMO冠军的世界吗？
我突然想起来……IMO不是根据国籍分发相应语言的试卷吗？澜神拿的是中文版吧？
也许拿到英文版的会表现更好……
不会更好了，他IMO六道题全对啊，破纪录。
没破纪录，之前有好几个学长全对过，但确实牛。

又开始了。
谢澜头秃，干脆把手机扣了过去，低头继续写题。
老师布置的题目很刁钻，谢澜算到一半脑子已经有点累了，打算把剩下的留到明天晨跑后写，又花时间去修复了一下前面的"简体版"笔记。
整理完这一切，还没从屏幕前抬起头，突然听到一阵悠扬的音乐。
身边男生开始收拾书包，谢澜恍恍惚惚地抓起手机看了眼表——22:45，距离闭馆还有十五分钟，这是催人散场的音乐。
惨了，忙过头，把窦晟给忘了！
他赶紧点开微信，窦晟果然给他发了一堆消息。

【20:35】人呢？
【20:42】还在图书馆？老地方？把我给学忘了？
【21:06】报告大人，我在你五点钟方向。
……
【22:38】又报告，饿了……你也太能学了。
【22:42】夜宵点披萨好不好？招牌魔鬼芝士？

谢澜捏着手机回过头，窦晟就坐在斜后方的阅读沙发里，合上的笔记本电脑放在腿上，正饱含期待地看着他。见他扭过头，窦晟伸手在空中捏了一个响指，做口型道："走吗？"
谢澜点头，起身收拾东西。

闭馆提示音乐响了三分钟，一整个图书馆全是深夜自习的学生，大家陆陆续续起身收拾东西，安静的大楼里终于渐渐有了热闹气。

谢澜跟窦晟一起走出自由阅读室，刚到大厅，就听到一个女生笑道："二……谢澜跟豆子也来自习啊。"

谢澜点了下头，但感觉对那个女生很脸生，估计不是系里的。

"是观众吧。"出去之后窦晟才嘀咕道，"一开口一个二，估计下意识还想喊二猫呢。"

谢澜打了一个趔趄："别。"

这种称呼，窦晟私下喊喊，或者网友刷刷弹幕都行，但陌生人当着他面喊就未免太羞耻了。这让他突然想起军训那天，难得的一次全营坐地休息十分钟，一个其他连的女生跨越半个操场跑过来，激动对他道："澜崽！"

他人差点没了。

窦晟看谢澜一脸郁闷，乐得停不下来，两人一起走进林荫道的树荫下，他笑道："你得习惯，你现在是千万粉丝量级的大 UP 了，全站有几个？而且你觉得当代大学生又有多少是完全不看 B 站的？"

谢澜冷淡道："哦。有被安慰到。"

窦晟更加乐个没完，谢澜抓着一侧肩膀上的书包带往前走，轻轻叹气。

窦晟其实说的没错。而且不光是他，窦晟的粉丝比他还要多一些，他俩绑在一起，可能低调吗？

"我好无语哦，好打脑壳。"他随口嘟囔道。

话音落，旁边正乐的窦晟一下子呛到了。

"咳咳咳！"窦晟震惊，"在哪学的话？"

谢澜平静地斜瞟他一眼："厉不厉害，今天跟魏东阔学的他家乡话，还有几句：锤子！那要得个铲铲！龟儿子！哈儿！唔……"

窦晟一把捂住了他的嘴。

旁边自行车经过，谢澜在他掌心里挣扎着瞟了一眼，刚好是系里的女生，骑着车冲下坡，连路也不看了，一脸震撼地看向他。

如果没记错，那个女生和魏东阔是一个地方的人……

"完了，你人设崩塌。"窦晟松开手，揉了揉鼻梁，"你们宿舍的人一个个素质太低，不要乱学！"

谢澜喉结动了动："不会是脏话吧？"

"也……唉，也算不上脏话吧。"窦晟薅了一把头发，"但就……和你的气质很不符，知道吗？"

谢澜遗憾地"哦"了一声，提了提书包带，叹气道："明年暑假我想去 S 省，想挑战把人辣哭的火锅，学 S 省的方言，看大熊猫。"

"好啊。"窦晟闻言眉毛扬了起来,双手推着他的肩膀加速冲刺,小跑两步后手腕用力将谢澜往前送了出去。谢澜被他闹得不行,但又止不住想笑,跟着惯性又往前跑了十来米才停住脚,回头看看窦晟。

窦晟小跑追上来:"马上安排!十月国庆,旅行去!"

豆某猫孤独的一天

"当啷——"

您关注的UP@谢澜_em投稿了一个新视频——《关于家里大猫皮下换人&T大期末很普通的一天》

点开视频的一瞬,弹幕已经滚满屏幕。

来了!
来了!
啊啊澜崽竟然发视频了?
太阳打西边出来了。
什么情况?
大猫皮下换人,不是吧我怎么有不好的预感?
闹掰了?不是吧!

那些激动的、诧异的、担惊受怕的弹幕很快被满屏的问号取代。

呼噜噜的底噪仿佛开了帝王引擎,伴随着一个低得几乎匍匐在地面的、微微晃动的视角,从客厅摇摇摆摆地走向卧室——卧室门虚掩着,镜头带着几百上千万观众从那道门缝间艰难地挤进去,而后,很微妙地向上仰了一个细小的角度,看见了床上的人。

呼噜的声音更响了。

谢澜裹在被子里,正在睡觉。一只手搭在枕上脸侧,修长的手指舒展着,上身随呼吸轻轻起伏。镜头突然加速,画面一阵残影,只听"扑通"一声闷响,巨大的呼噜声伴随着摩擦床单的声响起,画面定在了谢澜脸上。

"嗯……"谢澜翻了个身变成平躺,镜头又追过去骚扰,直到他终于睁开眼,伸手朝镜头摸来——那只手在触碰到镜头前一瞬又从上方掠过,一下一下地,像在抚摸什么。

"早啊……唔……豆子。"谢澜揉了揉眼睛,声音带着慵懒的磁性。

我好像懂了！
　　镜头在猫脖子上？
　　我们是梧桐？
　　不……他喊我们豆子……
　　忍不住抬头看了眼标题。
　　豆子进到梧桐身体里了吗？
　　这么刺激？
　　大猫变成小猫？

　　谢澜坐起来打了个哈欠，下床往浴室走去，镜头也立刻从床上跳下去，扭啊扭啊地跟上。视野里只有谢澜的脚踝和一截睡裤，此外还有电动牙刷"滋——滋——"的声响。
　　谢澜刷完牙才解释道："观众朋友们早上好，这里是谢澜杠em。最近期末考试周，豆子昨天已经考完了，我还剩一门。不过还好，像大学语文啊什么的超难科目都完事了，就只剩今天一门高等代数。"

　　哦。
　　重新定义难易。
　　数学相关随便考考。
　　笑死，澜崽大语能过吗？
　　澜崽能不能把我们捞起来，视角难受。
　　但我觉得这个视角还……咳咳挺好的。
　　前面的什么意思？

　　谢澜洗漱完，弯腰一把将猫抱起来放在洗手池台子上，冲着镜头打了个哈欠："我去做早饭了。"
　　人走了，镜头还留在原地。

　　梧桐你跟上啊。
　　不，不是梧桐了。
　　确实……豆子！跟上！
　　笑死了，到底在搞什么东西。

　　在弹幕的吆喝中，镜头从洗手台跳到马桶盖，又跳到地面，摇摇晃晃地穿过卧室跟了出去。

谢澜在厨房叮叮当当地忙活，梧桐却带着观众们往客厅通往阳台的方向走去。拉窗旁有两个给猫卧着的蒲团，它径直走到其中一个卧下，把镜头朝向对面——

对面，窦晟坐在另一个蒲团上，两只手揣起来，头抵在阳台拉门上，正看向窗外。

阳光洒在他的脸上，白皙的皮肤像是在发光一般，神色一如往日淡然，但又多了一丝空灵。

就像……

猫。

我懂了。
是灵魂互换！
笑死了，对面的"梧桐"看过来！
起名叫"豆某猫"怎么样？
"农民揣"还挺标准。
豆子怎么不干脆趴在那儿？

窦晟对镜头毫无反应，阳光晒在他的脸颊上，他却仿佛很舒服的样子，许久，张嘴打了个哈欠。

光打哈欠干什么？
你得舔毛啊。
你得掀肚皮啊。
在？劈个叉看看。
表演个抓老鼠。
吃个猫罐头？

在一片讨论中，镜头突然大幅度动了起来，一下一下有规律地摇摆，收音里是逐渐强烈的舔舐声，吸溜吸溜，香甜无比。

真正的梧桐开始日常舔毛。

笑吐了，豆子用心演猫，可猫显然没有做人的觉悟。
豆子！你干什么不雅的事情呢？
豆子……啊不，豆某猫的嘴角轻轻抽动。
我倒要看看他能憋多久。
已经蒙了，哪句在说人，哪句在说猫？

前面的，你说的人是人还是猫？你说的猫是猫还是人？

谢澜的脚步声靠近："吃饭了。"

他弯下腰，一把捞起猫和镜头，直接抱到餐桌上。

餐桌上，咖啡，吐司，可爱的太阳蛋。

镜头到处嗅了嗅，对这些人类的食物毫无兴趣。它追随着谢澜的动作，观众们也得以眼巴巴地看着谢澜从冰箱保鲜盒里拿出一大块水煮鸡胸肉，切成小丁放进微波炉叮几秒，而后端到窗台边。

喂"猫"。

笑死了，真的只给鸡胸肉吗？

不要敷衍，给猫猫真正的猫饭！

不给罐头差评！

不给罐头差评！

窗边窦晟终于动了动，平静地扫了眼那盒东西。

眼神中闪过一丝人类的嫌弃。

警告这只猫，你脱离角色设定了。

小猫咪明明应该喜欢水煮鸡胸。

如果让我们相信这个设定，你就要吃。

吃！必须给爷吃。

谢澜把碗往他面前推了推，回到桌边继续吃早饭。

他和人、和猫都没有多余的话，一边喝咖啡一边看完了一小段本地早间新闻，又飞快吃掉吐司和煎蛋。镜头还随着梧桐的视角停留在桌上，谢澜快速洗了碗，而后烧水、吸了吸地面的猫毛，迅速地拾掇着屋子。

没多久，客厅一角突然传来他怒气难遏的吼声。

"梧桐！！！"

镜头下意识一哆嗦，冲到桌子边缘，静止，观测敌情中。

两秒后，谢澜怒气冲冲地直接冲着镜头来了，镜头正要逃窜，但他脚下又突然一个急刹车。他拿着一柄可疑的铲子，一百八十度转弯，改成怒气冲冲地朝窗边的窦晟走去。

窦晟缓缓回头，有些绝望地看向他。

"你怎么又把玩具带到猫砂盆里了？"谢澜训斥着，屈起手指朝着窦晟脑门就是一个脑瓜嘣。

脆响。

窦晟显而易见地蒙了。他差一点就要发出人类语言的一声"啊"，但很快又抿起嘴，隐忍地看向"主人"。

谢澜又气又好笑，扭头瞪了镜头一眼，伸手在窦晟脑门上指指点点："我说弹力球怎么一个一个都没了，丢进猫砂里可以，但埋过猫砂的，你要是再敢叼出来到床上玩，你就一星期别想吃罐头。"

窦晟幽幽地看着他，许久，视线从他头上偏离，朝镜头瞅来。

眼神逐渐染上杀意。

哈哈哈。

豆子此刻内心骂了十万字。

豆子：关我什么事？

澜崽好入戏。

好好奇这期视频主题是谁想的。

这么离谱，肯定是豆子。

但受整蛊的是豆子欸，所以应该是澜崽想的吧？

谢澜气哼哼地蹲在窦晟面前训了他一通，终于气平了："我今天考试，豆子要去朋友家玩。你一个猫在家不许捣蛋，知道了吗？"

他一边说一边往窦晟怀里扔东西："喏，这些给你解闷。"

那些东西包括：有着长长尾巴的小老鼠公仔、几个女生用的头绳、毛线小球，最后竟然还有一根小鱼干。窦晟缓缓地伸出爪……伸出手，把那些玩具拨拉开，拿起那根小鱼干，对着阳光看了半天。

一脸迷思。

弹幕爆笑如雷，谢澜起身又在他脑袋上胡乱地撸了一把："走了啊。"

谢澜径直背起书包，一手抱着猫，镜头变成下楼梯的第一视角，下了两层后敲开一扇门。

开门的是个穿红色T的大帅哥。

叶斯笑眯眯道："豆子来了？"

谢澜"嗯"了一声，把猫递给他："你们不是约他打游戏吗？晚上我考完试回来找他，一起回家。"

"好嘞。"叶斯笑着搓搓猫头，"哟呵，怎么一脸没睡醒的样子啊，豆子？好久不见，怎么了？"

含笑的声音随着关门被掩在里面，谢澜继续淡定下楼，弹幕却瞬间不淡定了。

这个帅哥是谁？

三分钟内，我要他的联系方式。

好像在豆子的 VLOG 里出现过，不确定。

原来你们还有这种帅邻居，吸溜。

这就把"豆子"放这了？

镜头一黑，几秒钟后重新亮起，已经变成 T 大校园里。

明烈的阳光下，林荫路上来来往往皆是捧着书本的学子，期末考的最后几天，校园里一派战时状态。

"豆子去朋友家了，梧桐在家待着，你们今天跟我过。"谢澜把镜头调到前置，高冷的帅脸却只在屏幕上停留了几秒，又切换回后置，对着葱郁的大学主路。

还是那个高冷的澜息。

豆子可以变猫，猫可以变豆子，但你澜永远是你澜。

不愧是你啊，谢澜。

谢澜拿着 GoPro 在校园里急匆匆地行走，仿佛在带着观众逛 T 大，直到进了图书馆。

图书馆人满为患，每一层的自习室、电子阅读室、自由阅览室都坐满人，大长桌原本只有两条长边摆着凳子，但临近期末，四周都加满了小凳，人挤人，密度令人窒息。每一寸空间都不被放过，沙发上能坐，茶几上能坐，书柜间的过道能坐，楼梯台阶上能坐，甚至走廊垃圾桶旁的地上也坐着人，笔记本摆在腿上，戴着耳机修代码。

处处皆是人，但却寂静无声。

这座古老而肃穆的图书馆透着难以言说的震慑，国内顶级学府，期末考前，正如此。

谢澜平静地拿着镜头逐层扫描，足足找了二十多分钟，终于在上午第一节考试前的几分钟里，看到几个要去考试的学生起身收拾东西。他立刻过去低声道谢，用了人家腾出来的位子。镜头角度调整，只对着面前的卷子和 ipad，谢澜开始自习。

我大气都不敢喘。

想学习了。

这就是 T 大吗？

我校期末考前也这样，但可能没这么吓人。

有人能看懂澜息写的是什么吗？

高等代数吧。

难怪我看不懂。

他真的有读题吗,这也太不假思索了吧?

修长白皙的手指握着圆珠笔,在练习卷上飞快写着数学式,与此同时屏幕右上角浮现了时钟——9:18,右下角又突然出现一个小窗。

小窗画质很糊,画面边缘还有很强的拉伸变形感,压根不是这个年代人像设备该有的表现。色彩饱和度也很低,介于彩色和黑白之间。

镜头以一个俯瞰的角度对着家里,对着瘫在阳台拉窗旁发呆的窦晟。

这不会是宠物摄像头吧?
养宠物的回答你,就是这个。
这画质也太烂了。
豆子怎么还在那里一动不动?
动了!

画面里,窦晟缓缓伸了个懒腰,从一个蒲团上站起来,走到一旁谢澜留下的水杯旁,心不在焉地喝了两口水,又走到另一个蒲团上重新坐下,继续发呆。

两分钟后,他回头看了看丢在地上的那些玩具,用脚踩着小老鼠的尾巴把它拽过来,意兴阑珊地拨了拨,又丢开,继续放空。

豆子好闲。
什么?谢澜不在家,他也要继续装猫吗?
他不会要装猫一直到晚上吧。
无比真实,这就是我家猫啊,晒太阳发呆睡觉。
这就是我羡慕的猫生!

小窗里的豆某猫动态过于稀疏和枯燥,弹幕很快就不再讨论他,又回到谢澜身上。

谢澜飞快写着期末复习卷,一边写一边在 iPad 上看着笔记,时而屏幕上方弹出消息,他也毫不避讳地当着镜头的面点开回复,只是在后期处理中给头像和人名打了码。

澜神,复习卷 C 第 18 题求解。
我拍照发你。
谢澜,滴滴,暑假在学校吗?29 号乐团要去少年宫演一场,公益性质,参加否?
参加。今天考完后联系你。
太好了!

澜呐，你那个饭卡昨天回宿舍落下了，等会儿考试我给你带去？

哦哦，谢谢啊。

小事，哦对了，老吴说三食新出的果仁排骨好吃。

那晚上考完试一起去食堂？

行啊，豆子也一起吗？

他去朋友家打游戏了。

好的。

UP主你好呀，这里是XX品牌的PR，想看看有无意愿推广下我们的产品呢？

屏幕上一片马赛克，谢澜点开那个链接看了两秒钟，回复道：抱歉，不接保健品。

澜神我又回来了，那个第18题是不是少考虑一种情况？

谢澜点开对方发来的图片，看了一会，而后打字：不是的，你这个区间……

他打到这里又删掉了，一手拿起镜头，另一手拎着手机匆匆穿过阅览室，找了个无人的走廊角落，直接把电话打了过去。

弹幕此刻也是一片一片地刷着：

澜崽的大学生活好充实。

忙碌，幸福。

好真实的期末的一天。

讨论数学题的澜崽好犀利。

沉稳犀利，听不懂，但觉得好帅！

镜头对着墙，谢澜激烈地和同学讨论，而视频右下角的小窗，豆某猫沐浴着阳光睡了一上午，终于醒了。

他又伸了个懒腰，在客厅里到处走了几圈。而后回到窗边，端起早上的碗晃了晃，随便捻几颗鸡胸肉放进嘴里，缓慢咀嚼，片刻后又去沙发上躺下了。

他抬头对着窗外的天空，轻轻叹了口气。

这一连串动作终于引起了弹幕的注意。

咋还叹气，猫会叹气吗？

养猫的告诉你，会的。

为什么感觉豆子不是很开心？

没有吧，他只是很称职地在演猫。

猫不就是这样吗？睡觉，吃，发呆。

理论上是，但……总觉得不太快乐的样子。

谢澜花了十来分钟才终于给同学讲明白那道题，回去又自学了一会儿。午饭是在校园咖啡厅旁公椅上吃的，匆匆解决掉，就又回了自习室。

谢澜趴在桌上小睡五分钟，下午把没完成的一首曲子写了写，三点四十准时收拾东西离开图书馆。

"要去考试了，四点考到六点半。"谢澜对着镜头说，"我先下了，你们看家里的猫吧。"

而后镜头一黑，主画面消失，右下角的小窗弹了出来。

时钟飞速走过，但画面里的豆某猫却仿佛静止，他一下午就起来了三次，一次喝了两口水，一次左右手圈着毛线球来来回回地抽了几下，还有一次是从沙发上一下子坐起来，有些警惕地看向门外。

就像所有人家里的小猫咪一样，每当门外有人经过，他会专注地往门口的方向凝视几秒，等那人走远后又没事猫一样恢复原状。

醒醒睡睡，睡睡醒醒……直到谢澜考完。

宠物监控镜头仍然占领着主画面，谢澜的镜头开在右下角小窗。下午六点半正是T大食堂人满为患的时候，巨大的底噪和嘈杂人声中，谢澜和朋友们一边吃饭一边讨论刚才考试的题目，而后又说笑着聊起暑假安排。

出国交流、实习、旅行、修双学位……谢澜独树一帜，认真宣布计划在暑假里接一到两个广告，扩充一下银行账户。

太不把我们当外人了。

笑死了，广告爸爸快来找。

澜崽应该是经济独立吧，豆子好像提过。

哎，豆子怎么又睡觉啦。

他脑壳不疼吗……

食堂好热闹，豆子好孤独。

是啊……突然觉得豆子，有点惨。

哭了，澜崽几点回家？？

谢澜吃过晚饭后，又背着书包去了乐团，和大家一起说说笑笑地练了两个多小时琴。学期末结束，有些人放假要回家，给留在团里要去义演的各位准备了小零食，然后一一告别。

终于等到要回家时，已经是晚上十点多了。天很黑，谢澜举着镜头走到小区楼下，轮廊也在画面里隐隐约约的。

"期末结束了。"他的声音很轻，有些疲惫，也有些放松，"暑假会在 B 市待上大半个月，豆子有几个 B 站的商务活动，我也要去聊一个商业演奏。后面可能会去旅行，或者回家，也不好说。"

他一边对着镜头闲聊天，一边进了单元门，平稳地踩着台阶往上走。

而另一个镜头里是黑漆漆的客厅，摄像头的夜视功能只能看到黑白轮廓。画面里，睡了一天的窦晟忽然醒了，坐在沙发上茫然放空，许久，又打了个哈欠。

而后，两个画面切换成一左一右分屏，与此同时，谢澜走到了家门口。

窦晟猛然扭头向外看去。

左边镜头，老旧的扁平钥匙插入锁孔，轻轻旋转。右边镜头，窦晟瞬间从沙发上弹起来，向着门口小跑过去。

门开的瞬间，谢澜伸手摸向墙上。

咔嗒，灯开，满室明亮。

画面丝滑地合并，窦晟冲过来一把抱住了谢澜，谢澜抬手在他头上搓搓又揉揉。"呼噜呼噜"的声响是视频里唯一的声音，饱满，快乐。

虽然大家都知道那只是后期音轨合并进去的，但此刻真的很像是那个等了"主人"一天的大男孩发出的声响。

"咪咪。"谢澜轻声哄他，"一个猫在家开心吗？"

窦晟没吭声，继续把脸颊搭在他的肩上轻轻蹭着。

视频黑掉了。

突然泪目。

我好像，突然，有点懂了。

虽然猫猫不会抱主人，但刚那一刹那真的好好哭。

视频黑了，但没有结束。几秒钟后，画面重新亮起，显然已经是另一天。

窦晟和谢澜都换了一身衣服。明媚的午后，窦晟坐在镜头前，身后远景是正在拿逗猫棒逗梧桐玩的谢澜。那一人一猫并没有看镜头，谢澜专注地挥舞着逗猫棒上的小蝴蝶，梧桐上蹿下跳地追逐，明明跑得呼哧呼哧喘了，却还是专注地仰头盯着猎物，尾巴高高竖起，洋溢着雀跃。

"大家好，我是豆子人间绝帅窦杠 dm。"窦晟笑着在镜头里拍了下手，"我与梧桐的互穿 VLOG，杀青打板。"他喝了口可乐，"好久没更视频了。期末考这三周相当疯狂，不说 T 大，国内外绝大多数的高校学生，在期末考前一定都很煎熬。早出晚归，课业社团和生活琐事交叠，头发大把大把掉。"

"其实拍这个视频的初衷很简单。某天我和谢澜早上赶去考试前,发现梧桐把很多弹力球都叼进了猫砂盆。弹力球很脏,其中一个最脏的还不在盆里,而在我们床上。"说着,窦晟掏出一个小小的监控器,"那天谢澜还好,但我很生气,狠狠训了猫一顿。结果第二天、第三天又出现了这个状况。我就买了这个监控器,想看看这只臭猫到底什么时候作案,结果不小心,拍下了它的一天。"

右下角出现了窦晟演猫时的一个片段,发呆,睡觉,无所事事地在家里闲逛。

"所以说到这里也许你已经懂了这个视频想要表达的。最近几年网络上的猫猫很火,一些学生、年轻的上班族都开始养猫。但,大家真的有关注过小猫咪的生活吗?虽然都说猫不需要人的陪伴,但至少从梧桐身上来看,显然它需要主人的关注,也渴望主人每天抽出一点时间来陪它玩。"窦晟笑笑,"工作再忙,也可以从刷手机里拿出十分钟逗逗猫,考试再慌,也可以一边背书一边拎着逗猫棒在家走几圈。既然你拥有了一只公寓猫,就不要忘记在这个小小的空间里,尽可能地让它的生活也丰富起来。"

他说着,视频底噪里又响起呼噜呼噜的声音,很大,但不吵,代表着猫猫快乐的呼噜声,也能让人听了感到安心。

"前阵子我和谢澜在微博上征集宠物和主人的温情时刻,我们发现占比最多的投稿就是开门被宠物飞扑迎接的画面。每一个小生命,都在期待着陪伴。"

随着他的话音,屏幕再次一分为二,右边开始播放一个接一个的萌宠投稿,一道道陌生的房门开启,却都有相同的晃着尾巴飞扑过来的毛茸茸。

左边主画面开始缩小,随着视频结束语淡出。

"那么话不多说,请大家静静欣赏这些片段,我要说的,你们都懂。"

"我是大猫豆子,他是二猫谢澜,那边是我们的小猫梧桐。"

"我们下个视频再见!"

散是满天猫头鹰

春夏交际。

镜头的背景是T大的主干路,深绿的树木遮天蔽日,长焦镜头摆在人行道上,出色的景深将这条路拉得一望无际,树下的人眉眼却更显分明。

一身干练利落的黑西装,但西装前襟的扣却一颗也未系,连同白衬衫的领口也散着,处处都透出一股不羁。

窦晟左手搭在谢澜的肩上,朝镜头嚣张地挑了下眉。

"祝伟大的英中!"

谢澜一如高中时,穿着简单的白T:"祝美丽的胡老师。"

窦晟右手向前方伸去，在镜头前捏了一个清脆的响指："祝睿智的老马！"

两人一同开口："五十华诞快乐！"

来往的自行车带着风声驶过，不远处还有相机自动对焦的"咔咔"声，但窦晟和谢澜不约而同地沉默了一会儿。

窦晟先皱起眉："我突然觉得，你这个贺词写的是不是有什么毛病？"

谢澜眼睛翻向天上，嘴里念叨着刚才那几句话："伟大的英中、美丽的胡老师、睿智的老马……好像……是有哪里不对。"

窦晟一拍手，笑得差点从他肩上翻下去："老马和老胡哪有五十！英中过生日，又不是他俩过生日，不能把他们也放在前面！"

谢澜蒙了两秒："对哦。那……从头来过吧，我再想想。"

"不急。"窦晟将相机取下，另一手直接拎起三脚架，"你想你的，我在周围取取景，到时候剪进去。"

谢澜点头，在一旁的公椅上坐下。

清风徐徐，吹拂在脸上很舒服。他看着对面取景的窦晟——沉稳利落的职场着装仍抹不去那经年不变的少年气，抓着三脚架大步流星的时候就像抓着全世界，黑眸快意明亮。

一转眼就是大四了。

他和窦晟前阵子一起申请了剑桥的研究生，因为窦晟说想去他长大的城市生活两年。Offer两个多月前已经下来了，然后窦晟就直接进律所实习，他则继续无所事事地接着商业编曲的活，顺便沉思自己以后干什么。

说起以后……谢澜有些迷茫地叹了口气。

他的朋友们都比他有计划。比如叶斯刚在医院读完了专硕，要去国外做博士项目，何修外调陪他。仲辰在投行做得顺风顺水，简子星的医疗机器人项目也已见曙光。隔壁P大读财政的狗子人生理想竟然是兼济天下，一门心思想国考。另外几个好友都要保研，就业目标明确，这会都忙着刷实习或刷科研。

就连窦晟，也已经爱上了法律专业，这几年他频道的【豆子讲案】栏目吸粉无数，如无意外研究生毕业后就直接进律所。

但，谢澜还是不知道自己该干什么。

系里的意思是让他在剑桥读硕博，争取回来做教授，但他自认没有教书育人的口才。以后……以后难道和现在一样，搞搞演奏会，卖一卖曲子？也不是不行，想想就很快乐。本硕都读数学也没关系，喜欢数学，又不一定要以此为业。

"谢澜！"窦晟在主干路另一边冲他挥手机，"发什么愣呢？看看鲱鱼他们发你的片段合格不？"

谢澜"哦"了一声，从兜里摸出手机。

这次英中五十年校庆，数理A班要献上一段庆贺视频，谢澜负责编导，董水晶负责拉人，窦晟负责后期。

他和窦晟这一段还没录完，大家的作业就都纷纷交上来了。

狗子旺旺：我这视频录的老不好意思了，嘿嘿。
车厘子：就属你的正经！
拿铁咖啡：确实，确实。车子明你这个视频拍的也太傻了。
车厘子：我哪傻？我们J大就这个风采。
水晶：我这个裙子好像有点显胖。
刘一璇：不胖啊，你又偷偷减肥了吧？
陈小船：不胖。
鲱鱼：烦死，@谢澜，到底过关不？我们还在拍摄地等着呢。

谢澜连忙回了句：现在看。

王苟确实是最正经的，他西装笔挺，站在P大校门前。

"我是王苟，就读于P大财政学专业。我高中时偏科，是马老师把我从小村子里挖来英中的，学校给了我三免一补，让我通过数学竞赛敲开顶级学府的大门，大恩有如再造！希望以后我能带着英中的教诲，帮助更多人。母校五十年，再创辉煌！"

这段话正式得有点离谱，换个人一定十分尴尬，但搭配王苟的气质却毫无违和，甚至有点感人。

谢澜接着往下点。

第二个视频是戴佑发来的，当年数理A去F大的有十来个，这些人在片子里站一起唱了一段英中的校歌，班长董水晶站在中心位，学委戴佑站她右手边，高二离队又在大学归队的陈舸在她左手边。

一段歌唱完，大家一个一个报起自己的专业，董水晶是倒数第二个。

董水晶当年是班长，雷厉风行，如今却有些羞赧。她特意扎了高中时的高马尾，笑道："董水晶，就读于F大信息管理与信息系统专业，祝福母校，生日快乐！"

陈舸抬手自然地揽住她的肩，淡笑道："陈舸，就读于F大飞行器设计与工程专业，祝福母校，生日快乐！还有下一个五十年。"

"下一个五十年之后，还有下一个百年。"董水晶脸颊有些红，但还是愉悦地笑道，"祝我爱的老师们桃李满天下，数理A班，聚是一把火，散是满天星！"

戴佑笑道："散是满天猫头鹰！"

语落，十来个人笑作一团。

谢澜忍不住在群里发了个猫猫点赞的表情。

谢澜：F大拍得真好啊！

车厘子：同意。散是满天猫头鹰我真的笑吐了。月落乌啼霜满天？

鲱鱼：你有点文化吧，猫头鹰是乌啼吗？

狗子旺旺：连谢澜都知道！澜！告诉他猫头鹰是什么！

谢澜：……是枭。

豆子：有病吧，你们相互攻击，内涵谢澜干什么？

水晶：散了散了，豆子又出来护着，真没劲。

陈小船：真没劲。

豆子：@陈小船，你复读机有劲吗？

陈小船：特别有劲。

刘一璇：甜死你们得了。

鲱鱼：还是我和可颂比较低调。

车厘子：呵呵呵！闭嘴吧，戴佑，狗子，咱们开小群，孤立这些谈恋爱的！

豆子：啧，也不知道是谁孤立谁。

车厘子：……你们干吗！！

狗子旺旺：那个……车车……有一件事不知当讲不当讲。

车厘子：讲啊怎么了？

狗子旺旺：那个我其实，大概两个多月前，嗯……大概找了个女朋友，所以可能……

车厘子：嗯？！

车厘子火速发起了群内语音通话，谢澜早就见过王苟的女朋友了，因此没顾上接入，继续往下看视频。

第三个视频是从J大发来的，也是一群人，车子明、于扉和刘一璇都在里头。说来也巧，当年数理A去J大的，除了车子明和于扉外全都是女生。刘一璇干脆编了一小段古风舞，女孩们在后头柔美大气地跳着，于扉和车子明一左一右像两根柱子一样杵着，颇有喜感。

直到舞蹈结束，几个女生一起喊完了贺词，车子明回头两只胳膊在空中晃着："撒花！！"

于扉本也要举手，举到一半又缩了回来，叹了一口气，并用看傻子的眼神看着车子明。

车子明干瞪眼："少用那种眼神啊，你女朋友排的节目。"

"话是这么说……"于扉嘟囔道，"但听她安排时，明明是优雅中略带俏皮，我没有料到这么傻……可能还是你这个人比较傻。"

谢澜戴着耳机坐在公椅上，差点笑出声。

他点出小群，又去班群里把剩下几所高校同学发来的视频收了，全部导进电脑剪辑软件。

窦晟刚好取完景回来："今天光线真不错，回头我跟学校打个申请，无人机飞一飞，来几秒大片。"

谢澜"嗯"了一声。

窦晟放下三脚架笑道:"怎么样啊澜导,咱俩这段贺词,想好没?"

"没有。"谢澜叹气,仰头对着头顶郁郁葱葱的叶片,"我想说得很多,但反而不知道该说什么了。"

转眼四年快要过去了,昔日英中的点点滴滴都还在记忆里,那么鲜亮,仿佛永远不会褪色。

窦晟笑道:"那你再想想啊,我去那边再拍一圈。"

"嗯。"

谢澜看着窦晟的背影走远,又看着主干道上来来往往的人和自行车,一点都没想贺词的事。他满脑子都是,又五月了,很快就到梧桐开花的时候了。赵姨说今年天气暖,一整个春天都没怎么下雨,大概率是能开花的。梧桐花开的时候,英中整个校园又将浸在淡雅秀丽的花瓣中,一如当年。

没一会,窦晟又回来了,把相机往三脚架上一放,手上拎着一个东西。谢澜还没看清那是什么,怀里就被砸了,冰冰的。

紫色包装的葡萄冰。

"想不出来就明天下午再拍,不是明晚截止吗?"窦晟又过来从他怀里捞走那支葡萄冰,替他撕开,"吃口冰换换脑子。"

丝丝的冷气在嘴唇边蔓延,谢澜接过来:"天还不怎么热呢。"

他说是这么说,还是一口接一口地连续咬了几口。

窦晟笑道:"天不热就不能吃冰了?"

他说着突然侧头过来,猛地把葡萄冰从谢澜手中抢走:"就吃!"

"唉!"谢澜吓一跳,下意识地伸手去护,结果葡萄冰没抢回来,反而把窦晟的衣服扯出几条褶子。

几辆单车从旁边风一样地路过,骑车的学生下意识往他们这边看了几眼。

窦晟笑着说:"轻点,让别人看到以为你要揍我。"

谢澜松手,起身往回走,淡淡道:"我就是要揍你。"

"舍得吗?"窦晟拖着三脚架,转过身来后退着走,"对你这么好,你舍得揍吗?"

谢澜撇嘴:"看路吧。"

"你先说舍不舍得。"

"舍得。"

"啧,那你再说你舍得揍我是真的还是假的?"

"真的啊。"

"那刚才答的这句是真的还是假的?"

谢澜愣住了:"真的啊。"

窦晟笑得更开了:"是吗?我觉得你说的是假的,你觉得我说的是真的还是假的?"

光天化日之下,谢澜一巴掌抽在了窦晟的黑西装上,怒道:"你故意的吧!"

窦晟笑得直咳嗽,道:"你怎么还上当啊,这都玩多少次……欸欸欸,别打!别打……来真的啊!"

窦晟一身西装皮鞋,却举着三脚架跑得脚下生风,仍是少年时生动的眉眼。

或许,比当年谢澜初见他时,更生动了。

"冲!冲!"

屋里键盘和鼠标的声音吵极了,窦晟盘腿坐在电竞椅上,紧张地盯着屏幕。

睡衣袖子挽到肩膀,手臂上是最近锻炼过的肌肉线条。

"这有把AK,过来舔包。"

"刚才那个拿98K的应该已经死了,在小仓库里,我去拿他的八倍镜,帮我架一下。"

"欸……等等,靠,你这什么啊?都架不住。"

卧室房门虚掩着,窦晟一脸不满的表情简直嚣张到了极点。

他清除掉一个伏击的敌人,一边舔包一边嘟囔道:"真的,以后咱们月度游戏直播,还是打一打养老游戏,什么搭积木啊、盖房子啊,别搞这种竞技游戏。我要是不拉你们这些观众吧,你们还哭求,拉你们吧,你们太菜啊。"

音响里立刻响起队友的声音:"不是,好装备都给你了,说我们菜?"

另一个嗓音有点低沉的男的跟骂道:"老子六千分段,跟你打是带你好吧?自己没点数,还在那儿叨叨,叨叨个锤子。"

队里唯一女粉道:"豆子,那个那个,你确实有点菜。"

窦晟对着屏幕一脸无语。

弹幕已经炸了。

我迟早被你给笑死。

全队就你没狙,你要那八倍镜有何用?

开的是竞技游戏,但你玩的还是盖房子。

观众:糟心主播,下把别拉我。

观众:哭求你不要再拉观众了。

窦晟瞟了眼弹幕,嗓门提高道:"你们还讲不讲道——"

"窦晟。"谢澜推开门,手上拿着iPad,耳朵里塞着蓝牙耳机。

他一出现在直播画面,弹幕立刻变了风向。

澜恩来了！

澜恩晚好！！

澜恩快来看豆子有多菜！

谢澜却没瞟弹幕，只是蹙眉看着窦晟："能小点声吗？我在剪校庆视频。"

窦晟脸上的嚣张和不忿霎时收了，在镜头里频频点头："好的，那个……我刚才声音很大吗？队友太菜，我脾气一上来没收住。"

话筒里瞬间响起队友的抗议——

"我去——"

"你特——"

啪嗒。窦晟把外放关了。

弹幕上大片的爆笑滚滚而过，而他对着谢澜微笑，仿佛无事发生。

"唔。"谢澜随意瞟了眼屏幕，"玩吧，我就是提醒一下，梧桐还在睡觉，你把它都吵醒了。"

"好的。"窦晟严肃点头。

谢澜转身出去了。

没多久，透过虚掩的门缝，窦晟刻意压着的气声响起。

"朋友们，帮我架一下，我去把车搞来。"

"你们还能——能不能行了啊？"他一声暴吼后又把声音降下来，"唉……算了算了，我自己摸过去吧。"

谢澜走回到客厅豆袋上坐下，摸了把旁边睡成大字形的梧桐。

梧桐六岁了，像猪一样肥。

准确地说，谢澜甚至不知道六岁的猪有没有梧桐肥。当一只猫身上的肉过多时，似乎就对局部的触碰失去了敏感，以至于现在躺平任撸，怎么揉都不反抗。

其实谢澜刚才就把视频剪好了，就等明天和窦晟一起拍一条加上去就可以了。iPad屏幕上此刻停留的页面是伦敦某公寓的官网。

等六月底论文答辩结束，八月他就要和窦晟一起飞去伦敦。谢景明和他提过好几次，让他和窦晟研究生期间到家里住，但都被他拒绝了。伦敦房租很贵，市中心的高级公寓就更是天价，但他算了算自己今年接商稿的收入，应该足够他和窦晟住到毕业。

他挑选的这处公寓十分奢侈，但好在采光能满足窦晟的一切拍摄需求。阳台上还能直接看到泰晤士河，也是窦晟喜欢的。

谢澜跟随着订房流程，逐页选择着房型、面积、朝向、设施……直到系统为他弹出最佳匹配，他仔细检查过结构图和实拍图，然后便爽快地填写订单信息。

登记人数：2
入住人1：Sheng Dou
入住人2：Lan Xie
护照号1：……

谢澜飞快录入身份信息，跳转信用卡支付，3400英镑的押金瞬间转出。
"欸？"窦晟突然在里头喊了一嗓子，"谢澜！你好像收到一条银行卡提醒！"
谢澜这才想起自己手机在窦晟的电脑桌上，连忙说："哦！我那个……呃，买了件衣服。"
窦晟"哦"了声，嘟囔道："还挺贵。"
谢澜没吭声，这是一个小小的惊喜，还没打算要告诉窦晟。
窦晟接着打游戏，没再追问。但谢澜出于心虚，还是偷偷打开了直播间，想要看看窦晟的表情。
一点开直播间，就被弹幕吓一跳。

胆肥了你，澜澜花钱你也敢过问！
敢过问，但不敢完全过问。
只敢过问一点点。
只敢小声抱怨一句贵。

窦晟打着游戏瞟了眼弹幕，蹙眉道："你们知道什么。"

他急了！
他急了！

谢澜勾了勾唇角，把iPad丢开。
剑桥的Offer下来了，他和窦晟的签证也已经出签，房子租好，车和车保的经销商也联系过，就连梧桐的出境检疫也做好了，一切准备就绪。再过两个月，他们就要告别这个住了四年的小房，一起去伦敦开始新的生活。
还记得高中时他一度非常抗拒回去英国，抗拒回去那个他长大的地方，别说两三年，哪怕一天也不行。但或许是岁月软化了他，他现在觉得回去也无妨，只是读个研究生而已，早晚还是要回来的。
过了一会儿，房间里的游戏声停了，窦晟像念绕口令一样迅速跟观众道了个别，关机，开门问道："洗澡吗？"
谢澜回过神："我们把贺词拍了吧。"

"现在？"窦晟低头看了眼睡衣，"在家里？"

谢澜摇头："还去下午去的地方，穿下午那身衣服。带个打光灯吧。"

挺奇怪的要求，但窦晟却没犹豫，翘起嘴角捏了一个响指："遵命。"

最终的成片里，谢澜和窦晟的片段放在了最后。

深邃宁静的T大夜晚，两个高个子男生站在一起，穿西装的那个散漫地搭着穿白T的肩膀。

窦晟笑道："祝伟大的英中！"

谢澜对着镜头轻轻扬起下巴："五十华诞。"

"生日快乐！"

"生日快乐！"

"师恩如海深，祝老胡威震四海！"

"桃李满天下，祝老马八方来财。"

窦晟对着镜头笑出了声，谢澜撇头瞪他一眼，低声说："正经点儿。"

"哦哦，正经正经。"窦晟站直了。

谢澜对着镜头笑得很温柔："谢谢英中，谢谢老师们，谢谢数理A，将我们送入这么好的大学。"

话音落，若干个来自五湖四海的大学片段拼接而来。

有王苟大二支教，在小山庄里和几十个灰头土脸的娃娃龇牙咧嘴地混在一起。

有陈舸不久前参加航天局项目，跟新闻里才能见到的几位技术总高握手合照。

有刘一璇在F大组织的一场千人宅舞快闪，航拍下他们群魔乱舞，又瞬间消匿于风。

还有模拟法庭，窦晟西装革履立于辩护席上。他言辞果决，语落铿锵，举手投足皆是大律师的笃定从容。

紧接着是谢澜一身正装礼服，坐在贝壳结构的音乐礼堂中。他开弓领奏，优美的琴弓震颤，身后上百把管弦随之而上。滔滔音浪，如同一阵肃穆而高雅的风，席卷过T大的建筑群。

……

数理A班的猫头鹰们，散落四海，但各自亮着一簇光。

直到那些散落的高光被一簇簇拾起，镜头又回到T大深夜宁静的校园，视频里还是那两个亲切温柔的少年。

"数理A班窦晟。"

"数理A班谢澜。"

"敬上。"

我当自由

下午三点一到，算法交易区响起一阵如释重负的感慨。

"收盘了。"

"收盘啦。"

但谢澜却没立刻下班，他眼看着隔壁仲辰抓了几个同事进会议室，瞟一眼时间，继续低头写着自己的实习期总结汇报兼告别信。

外资投行的纯英文书的习惯在很大程度上解放了他的脑力，尽管如此，他还是又在电脑前稳坐了几个小时。

直到窦晟的消息响起，他将邮件发送，把笔记本电脑装进书包，最后扫了眼空荡荡的办公桌——这张桌子在下午离职交割后，就已经空了下来。本科毕业、研究生之前，他人生中第一段实习结束了。

电梯在一楼大厅开启，谢澜从闸关出来，一抬眼就看见了坐在待客区的窦晟。

西装丢在旁边，衬衫袖口挽了几折，窦晟两个胳膊拄着膝盖，正专注地玩着游戏。

谢澜屏息靠近，正欲吓他，却在看到屏幕后愣住。

糖果大消除？

"转性了你？"他纳闷道，"怎么玩起这种游戏了？"

窦晟瞬间清关退出程序，笑道："解压一下。恭喜啊谢澜小朋友，实习结束了！"

谢澜"嗯"了一声，两个人一起走过旋转门，他问道："你老板今天庭审赢了？"

窦晟满脸志得意满："输了！"

谢澜的表情变得迷惑。

"谢澜！等一下！"身后忽然传来一声吆喝，仲辰气喘吁吁地追了出来，他手里拿着手机，"我刚看到你邮件，什么意思，主动退出转正评选？"

"嗯。"谢澜只点点头。

"为什么？难得你一个off-cycle实习生拿到了准入评选资格，还是两年后的offer，多个选择揣在手里不好吗？"仲辰匪夷所思，"这届只有你一个实习生是本科，本来就胜算渺茫，你还主动放弃？"

窦晟打了个哈欠："他嫌你们这工作烦。"

仲辰一怔，还没等反应过来，窦晟又贴心解释道："说你们算法交易员的工作是在祸乱模型和自我悔恨中度过。"

仲辰挑眉看向谢澜，诚恳地说："愿闻其详？"

认识这么多年，他们已经是亲密无间的死党，谢澜朝他温和地笑了笑，说话却一点不留情面："我总结了一下你的工作，大概是八个字：盘中纠结，盘后悔恨。"

仲辰的脸色瞬间变得精彩："我……这……我盘中……纠结吗？"

"非常纠结。"谢澜认真点头，"你每天的工作时间有三分之一花费在盘中纠结要不要干预算法，三分之一花费在收盘后自我批判为什么进行了错误干预，或者为什么没抓住风口及时干预。"

仲辰："虽然我已经知道没好话了，但想问还剩三分之一呢？"

谢澜笑道："抓着同事进会议室，获知他人的悲惨，来安慰自己。"

仲辰捂住心脏，说："澜澜，我知道你们数学系的很容易看不上我们交易员，但……就没有好话让我听听？"

"有。"谢澜再次认真点头，"在你那一片的交易员里，绝大多数人工作重心在盘后悔恨，而你工作重心在盘中纠结，你做出的干预决策正确率明显高于同行。"

一句话瞬间把仲辰哄笑："可以啊谢澜小朋友，欲扬先抑，真不错。"他啧了几声，抬腕看了眼表，又急火火道，"我还有个复盘会要开，先撤了，周末带着游戏去找你俩啊。"

谢澜抬手和他告别，看着他一身西装飒气地跑进大楼，生龙活虎，带着顶级投行交易员的年轻骄傲。

这份工作对于智商、冷静和临场决断都有极高的挑战，即便是顶级学府金融专业出身，也未必能在楼上办公区拥有一把椅子。而仲辰这种本科毕业直接转正，连续两年评级S的，就更是凤毛麟角。

不过，谢澜个人对此没兴趣。

这份实习是他出国前申请的。数学专业出身，不搞科研，不做教授，所有人都劝他试试金融行业，仲辰更是极力推荐，于是，他来了。两个月后的今天，他也毅然决然地为自己关上了这扇大门。

窦晟低笑着问道："就这么不喜欢？"

"也不是……"谢澜犹豫了下，"可能实际交易会很刺激，我只是一个围观的实习生，视角有限。"

窦晟闻言忍不住笑了出来："二猫，措辞很精准啊。"

谢澜立刻斜眼看他："多少年了？还开这种玩笑，看不起人？"

"不敢，饶我一命。"窦晟笑，"或者之后你投个别的岗，不做交易，研究算法也许会好点？"

谢澜点了点头，说："也许吧。"

他又抬头窥了一眼这栋恢宏的写字楼。

"我只是很难想象，未来我成为这里的员工。"他低声道，"越多人对我说，你的头脑就应该去做金融，我越觉得离谱。"

窦晟笑着没吭声，走到拐角处的甜甜圈自动贩售机，他停下来，开始认真选购："我想吃一个莓果红丝绒的，你还是要榛子海盐巧克力吗？"

谢澜"嗯"了一声："对了，你刚才说你老板输了？"

窦晟弯腰掏出掉落的甜甜圈："判决应该是符合我老板最初的评估。不过以当事人的视角确实是输了，他主张的减刑条件实在太离谱。"

这是窦晟加入帝都某刑事诉讼律所后跟的第一个案子，谢澜亲眼见证了他这两个月通宵达旦组织证据、准备材料，尽管一切"符合预期"，但这场败诉听起来仍让人心疼。

谢澜接过甜甜圈咬了一口，正酝酿着如何开口，窦晟就回过头来，一双黑眸神采奕奕："你都不知道今天庭上我老板和公诉人斗成什么样，我老板一度要翻盘了，最后被对方抓住一个点推倒全部逻辑，两个人都筋疲力尽，我看得那叫一个爽。"

他一边说着，一边将自己的甜甜圈递给了谢澜，让谢澜先尝第一口。

"这就是做刑辩的快乐啊，在法律可探讨的范畴内你撕我挡，永远有想不到的翻盘点，可供人久久回味。"窦晟说着，捏了一个清脆的响指，"而且你知道一个刑辩律师最好的心态是什么吗？"

谢澜把嘴里的甜甜圈咽下去："是什么？"

"是你要相信，无论结果是否是当事人想要的，无论能否满足你的业绩预期，法律是公正的，即便我们能力有所不及，但求问心无愧。"

窦晟一边走一边大口咬着甜甜圈，扎实的糖油混合物被他吃得吸溜吸溜，仿佛在喝果冻。那枚喉结欢快地游动，他笑道："我要想想这个案子能不能包装一下，塞一期视频，太精彩了。"

谢澜走在他身边，看着街道上的车流长龙，许久才"嗯"了一声，低头继续吃着甜甜圈。两个人一起走了一段，开始讨论出国前最后的准备工作。

毕业典礼仿佛还在昨天，但再过一周就要飞英国了。

晚饭是T大附近的凉面，谢澜吃完自己回学校跟导师聊了一会儿，晚上才回来。

窦晟正在直播。笔记本电脑架在客厅，地上堆着一沓西装，都挂封在成衣套里。

"其实律所体系也要细分，中所还是外所，综合所还是精品所，诉讼还是非诉讼。像我们刑事律所，其实对着装没有百分百的讲究，最讲究的是那些对接金融市场项目的，什么IPO啊、并购啊之类的。但我还是跟你们说说吧，之前我摸不清方向时，是按照最讲究的那一套准备。"

他一边说着一边将西装一套套拿出来给镜头展示。

"日常办公室着装，我建议选择深蓝色或浅灰色。深蓝色挑不出错，也很可能是律所里大家日常的普遍选择。浅灰色更轻松明快一点，我个人比较推荐。衬衫可以选择白色、浅亚麻、浅蓝，搭配和谐就好。"

他将几套西装放回去，小心翼翼拉开最上面的封套，抖出一套纯黑色的。

"如果是很正式的场合，比如重要客户，或重要庭审，最好选择纯黑色，黑色就是永远的主角，不用我多说了吧？"

他手上那一套，简约的两粒扣，不带任何纹饰，还没有穿出门过。

但谢澜见他试穿过，自然也知道这一套的剪裁多么完美妥帖，西裤贴合着每一寸皮肤，勾勒出笔直修长的双腿，无须多余的神情或话语，仅仅是单手抚扣站在那，青年男性的张力就已喷薄欲出。

弹幕识货，一下子炸了。

这套超帅好吗！
无须多言的贵气。
D牌高定，我确信！
有人注意到澜崽回来了吗？
澜崽晚上好啊！

窦晟小心翼翼地把西装又放回成衣套，连拉拉链的动作都很谨慎。

"有识货的啊，这套确实贵，我实习期唯一参加的一次庭审都没舍得穿。而且，"他清了清嗓子，低声道，"不让穿。"

他开始了。
他开始了。

谢澜走过来蹙眉道："又乱说什么呢？"

"什么乱说？我妈不让我穿，说新人不能太高调，怕我把老板们比下去。"窦晟耸了耸肩，神情自若。

糊弄傻子是吧？
什么不让穿，这身 all black 明明早就该穿了。
不是我说，当初说好的千万粉福利呢？西装豆和澜？一拖就是四年，你俩可真成。
对啊，出国前能不能把活给整了？

窦晟笑着不吭声，冲谢澜挑衅地挑了挑眉。

谢澜面无表情地抬了抬下巴："什么千万粉福利？我读不懂中文。"

他说着悠然转身道："我先去冲个澡。"

窦晟目送他："你跟导师聊得怎么样？"

谢澜反手掩上门："回头说。"

谢澜进了浴室，手机戳开直播间，边洗边看。

窦晟介绍完西装，一边拾掇现场一边和弹幕闲聊。

"大体就是这样，其实对刑辩律师而言，这些西装使用场合不多。不过你们中肯定有要进精品所的，或者跟资本市场部，包括以后要进银行券商的朋友们，都可以参考。"说着，他长叹一声，"朋友们，下礼拜我和二猫就走了，此行漫漫，我也只能留给你们这些宝贵的精神遗产。"

尽说瞎话！

你的意思是英国没通互联网？

去了英国就没法发视频了？

我只知道英国确实有很多鸽子。

一扑一大网，一顿煮一锅。

你，好自为之！

豆子，还是很想知道，为什么要做刑辩啊？

同，刑辩累成狗，吃力不讨好。

我们班多少同学挤破脑袋想进资本市场组。

谢澜正在搓头上的泡沫，特意停下动作，有些傻兮兮地站在手机前等着听窦晟解释。

窦晟找实习时，拿了三个 offer，一个外资大所，一个国内精品所，都是资本市场部，还有一个就是他目前实习的专做刑辩的小律所。

也不能说小，是一个厉害的刑辩律师自己带的，规模虽小，但名声在外，四面八方求来的当事人比比皆是。

同样是 offer，前两个毫无疑问更诱人，但窦晟拒绝得很干脆。

直播里，窦晟读了几条弹幕，笑道："确实，能去做 IPO 和并购的，一般不会做刑辩。做刑辩一辈子都未必能做成几个匡扶正义的大案，不仅一地鸡毛，保不准还要受到人身威胁。"

我还以为你不知道。

当初听说你的选择我都傻了。

什么什么？难道主播不是为了频道攒素材吗？

笑抽，我真的相信你是为了攒素材。

"攒素材只是一方面，确有其因。"窦晟笑起来，目光越过镜头看向镜头后方——卧室门的位置，"还有一方面原因……其实我和二猫，应该是面临了一个相同的抉择。"窦晟顿了顿，"临近毕业，系里导师和学长找我谈了好几次，谢澜那边也差不多。好像最聪明的学生必然要选择最有前途的路，不然就是自毁人生，谢澜直接被逼傻了，真跑投行去遭了两个月的罪，最近暴躁得连梧桐都躲他。"

谢澜在浴室里一下子蹙眉。

他有吗？有很暴躁吗？

"但今天，谢澜小朋友结束了实习，正式给他的金融之路画了个叉。"

窦晟一边说着一边把直播镜头调转一百八十度，推开卧室房门，朝浴室里头喊："谢澜！"

谢澜吓一跳："干什么？"

"你跟你导师说清楚了吧？"

"嗯。"谢澜有些无奈，虽然隔着一道严实的门，但光着身子和几百万观众隔空喊话还是怪怪的，他下意识往后退了两步，"说清楚了，他以后不会再给我内推了。"

窦晟打了个响指，又乐颠颠地回到客厅，把镜头掰了回去。

谢澜面无表情地拿起手机继续看直播。

笑死，澜崽不是在洗澡吗？

澜崽现在心里疯狂骂你。

就你这么闹，澜崽能不暴躁？

一天不打你十遍都堪称温柔。

"谢澜选择数学专业的初衷是，对琢磨那些数学问题感兴趣。我选择法律的初衷是，对了解百态人生、真情假意感兴趣。无论别人怎么劝，我们都不想背离这份初心吧。"窦晟自顾自地解释着，对着屏幕轻松地笑了笑，"总之就是这样啦，我会去英国读个LLM回来，之后做个自由自在的刑辩律师。谢澜申请了双专业，数学系和音乐系，基于数学系无法找到让他感兴趣的工作，他会在编曲上更追求精进。"

他说着"啧"了一声："无论怎么样，只要你们一天不跑，我和谢澜就不会饿死。"

啧，正感动着呢。

明白，现在就跑。

不跪下喊一声爸爸？

我不跑，我要一直给澜崽赚小钱钱。

你记住，你能拥有朕的荣宠，是靠谢澜。

窦晟"哼"道："这位八年老粉闭嘴吧，你粉我的时候谢澜还没下飞机呢。"

谢澜忍不住笑出了声，把直播的声音调大了几格，掰开花洒冲头上的泡沫。热水洒在头上,流过皮肤,又欢快地砸到地面。

窦晟知道他在看直播,心知肚明。

与其说窦晟在给观众交代,不如说在开解他,而窦晟也确实达到了目的。

窦晟在客厅摆弄了一会音响,而后直播间里响起熟悉的前奏。谢澜洗澡的动作顿了顿,忍不住跟着哼了起来。

这首歌前奏轻而缥缈,主旋律却剑拔弩张,音拟刀剑,气贯长虹。副歌部分的 rap 别有一番离经叛道,直到结尾又收于淡淡的缥缈。难得的是,首尾旋律都是悲调,但在小提琴的演绎下却并无任何哀愁,反而有一丝难以捉摸的灵动和洒脱。

今年是他和"天涯神往"动漫公司合作的第五年了,今年天涯神往拓宽到游戏领域,出了一款仙侠手游,这是他写的一首门派曲。

游戏上周才上,这首歌是在三天前的公测直播活动上首曝的,当时直播间热度无两,一首游戏门派曲还在音乐 APP 上冲了榜。虽然只在榜单前列短暂地停留一夜,但也是值得称道的成绩。

"你们听听,这编曲,这气场,这结构,这小提琴演绎……"窦晟在直播镜头里忍不住鼓掌,"我只能说,绝了!"

你每次都夸这几句。

学学乐理吧,谢澜都听不下去。

有一说一,歌确实是好听。

澜崽这几年自学编曲也颇有成长,今年的几首曲子以科班眼光来审视也都非常好!表扬!

重要的是灵魂!二猫出品,就有操控人心的能力!

赞同,小提琴是灵魂!

有点遗憾,澜澜一开始真的该走音乐啊。

谢澜看到这条弹幕,忍不住在浴巾上擦了擦手,想要发弹幕反驳。

但窦晟紧接着便开口道:"他高中时一门心思扎进数学里,现在更希望发展音乐为事业,喜欢干什么就干什么罢了,哪有那么多一开始。我和谢澜都是体验派的,指哪打哪就好。"

也是。

我也觉得,澜崽就是一个大写的自由!

十几岁时一个人回国,话都说不利索,自己赚钱自己考学,这就是谢澜啊!

不要看二猫软,其实刚得很!

二猫……刚吗?

谢澜郁闷地放下手机。

窦晟"啧"了一声:"有你们这群观众,我八年没被封过直播间,实在可以申请世界第九大奇迹。"

谢澜对着手机屏幕冷道:"再带节奏,封杀得了。"

低低的声音刚刚落下,直播里窦晟就嘀咕道:"再带这种节奏,让谢澜一个一个把你们从直播间拉黑,他早就想这么干了。"

谢澜下意识地抬头环望了四周,心想:这个浴室是不是有摄像头?

你只会狐假虎威。
足见家庭地位。
我只想问,英国新房租好了吗?
豆子,再放一遍这首歌吧,好听。
官方还没上音源,这样真的没关系吗?
谢澜肯定有官方授权的,他俩都是大 UP 主了,不傻。
音源什么时候上啊?
我只知道门派名是羁斩,曲名是什么啊?

谢澜正要吹头发,就听窦晟一声吼:"谢澜!"

啊啊啊!
耳朵要聋了!

谢澜无奈地说:"干什么?"

窦晟扯着嗓子问道:"你这曲名可以公开吗?"

"可以!"谢澜喊道:"官网都公开了!是他们自己不会翻!"

对不起。
对不起。
我们错了澜崽。
澜崽不要生气。

镜头里,窦晟笑笑:"曲名是谢澜起的——《我当自由》。"

帅!

哇，好听。

和门派名很符合。

和曲风也很符合啊。

澜崽语文水平出息了！

窦晟笑着不吭声，直播间里很快又循环起那首歌。

空灵的、缥缈的前奏，就像一阵清风涤荡山谷，无可捕捉，自由自在。

直播间观众都不会知道，副歌的一小段歌词也是谢澜写的。谢澜搜肠刮肚两个月，耗尽了毕生的语文素养，连老秦听了都忍不住动容落泪——

"我当自由，陈词滥调休想左右。

折杀言辞囹圄，斩断羁累缠愁。

只凭一把硬骨头。"

伦敦圣诞节

圣诞节前，伦敦的大街小巷都洋溢着节日的氛围。

商场橱窗里是红红绿绿的礼品和圣诞树，前两天下了小雪，一夜之间全城人都戴上了围巾和毛线帽。

一辆黑色轿车停在路边的计费车位，后备厢开着，里面顶出半棵圣诞树冠来。

没一会儿，谢澜和窦晟从商场里出来了。

他们穿着同款呢大衣，谢澜是浅咖色，窦晟是深灰色，围着一样的白围巾。

窦晟两只手拎得满满当当，谢澜则抱着个"哗啦"作响的纸袋，到车旁艰难地侧过身。大衣被风吹开，他的腰身显得有些单薄。

窦晟从他裤兜里摸出车钥匙："东西给我，你快上车。"

伦敦冬天气温不算很低，雪也少，但体感却很冷。

谢澜钻进车，等窦晟坐进来后，戳开手机备忘录。

"牛肋、牛腩、鸡翅……叶斯要的酒有了，香蕉、核桃、蛋糕、棉花糖、包装纸……还有要送给大家的礼物……"他一边飞快打钩一边念念有词，待窦晟发动车子，他忽然想起什么，"梧桐的圣诞礼物呢？"

"买好了，公寓刚发来快递邮件。"窦晟道，"买了它爱吃的德罐，小鱼形状的猫抓板，圣诞猫窝。"

谢澜点点头："还有给星星他们打地铺的毯子、洗漱用品，你要换的钢笔，我的巧克力……"他全都清点了一遍，长吁一口气，"终于，买完了。"

"真是圣诞玩命大采购啊。"窦晟浅浅地笑着，在红绿灯前停车，拿起杯托上的热咖啡塞进谢澜手里，"暖暖。"

谢澜捧起纸杯，醇厚温热的咖啡流过喉咙，他叹道："突然有点想喝奶茶了。英中门口那家，全糖，双倍芝士。"

绿灯亮，窦晟笑着发动车："春假回国看我妈，一天一杯。"

"我难以相信这才回伦敦一学期。"谢澜叹气，手拄在车玻璃上托腮，"想念国内，疯狂想念。"

车子转过弯，窦晟抬手揉了一把谢澜的头。

他们的公寓在伦敦市中心，距离学校九十多公里，不堵车两小时，堵车就难说了。

那个公寓很棒，是谢澜给他的惊喜。当时他一直以为谢澜是在学校附近订了一间老旧的小房，直到下飞机坐上车才觉得不对，拿着地图看了半天终于没忍住问："到底要去哪？"

谢澜笑得很开心，主动举着GoPro："不告诉你，自己看。"

浪漫而现代化的高层公寓，采光、格局、装潢风格……一切都完美地满足了窦晟的要求，更不必提日落之下的泰晤士河景。

窦晟目瞪口呆地拖着箱子和他一起推开公寓的门，看着空旷的客厅，沉默了足有半分钟。而后他一把拿过GoPro："观众朋友们，我带大家看看谢澜小朋友为了让我开心……啧，这个步入式衣帽间可以放三脚架……咳咳，看看谢澜小朋友为了让我……啊哈哈……"

他开心得像是小孩，鞋也不脱，举着相机把空荡荡的公寓里外走了好几圈，站在窗边数泰晤士河上的桥，然后大字型躺倒在地上，一下一下地拍着地板。

"以后每天开车两三小时去上学，我愿意。"

"立刻买车！"

谢澜突然的发问打断了窦晟的回忆："他们几点的航班来着？"

"明天下午五点飞机降落，我们提前三小时出发去机场接。"窦晟说。

后天就是十二月二十四号。

谢澜在脑袋里把时间转了一遍："你大作业还有多少？"

窦晟说："差不多六七个小时的工作量。"

"我也是。"谢澜飞快道，"到家吃完饭十点，分头做作业，明天早上六点前搞定，距离出发还有八小时，布置房子加准备烤肉四五个小时够了，我们还能睡一会儿。"

"没错。"窦晟吹了声口哨，"好几个月没见他们几个了，我录个视频。"

"好。"

"这就是你们的房子？！"拉杆箱停在门口，叶斯箭步冲进客厅，一个起跳，扑进宽大平坦的皮革沙发，"太奢侈了，太奢侈了，我和导师做项目，缩在一个小破学生公寓里，巨惨。"

他一个打滚起身，跑到窗边："何修，过来看，泰晤士河！"

门口五个人才把行李箱都运进来，何修笑着过去："我看看。"

仲辰奚落道："没见过世面的乡巴佬。"

"第一次来伦敦的人闭嘴。"叶斯头也不回地回击。

窦晟推着大家的箱子到旁边："你们，麻利点去洗手，何修，咱俩把烤肉架拿到阳台上去。"

"来了。"何修笑着抬头看了眼天花板，"是得出去烤，不然烟雾报警器要把火警招来。"

谢澜从冰箱里抱出来一堆可乐和啤酒："星星最近很累吗？有黑眼圈了。"

"累，我导师的项目到了攻坚阶段了。"简子星拿着可乐坐进沙发，"你也没好到哪去。"

谢澜"唔"了声："毕竟是学期末。"

叶斯闻言回过身来，抱胸靠着阳台拉窗："叶大夫教你们一套护眼按摩？"

简子星幽幽道："你不是心外科吗？"

"眼部日常保健，我也小有涉猎。"叶斯说着举起两只手到眼睛上，"来跟我做，闭上眼，两个拇指放在太阳穴上，食指勾起从眼头顺着眼眶刮到眼尾——"

谢澜毫无防范地跟着做，刮了两下突然听到简子星骂了一句，把抱枕往边上一摔："这不是初中的眼保健操吗！"

叶斯笑着跑开："对啊，第四节，按太阳穴轮刮眼眶，哎，你累成这样还能打人，别追了！"

谢澜拇指还摁在太阳穴上，茫然地看着他们在客厅里追闹。

初中眼保健操？不好意思，没经历过。他只觉得这个手法确实挺舒服。

窦晟和何修搬着笨重的烤肉架到阳台去布置，仲辰轻车熟路地从冰箱里往外拿待会儿要烤的肉，叶斯和简子星在客厅里跑了一会儿后开始鼓捣圣诞树，只有懒惰的谢澜还瘫在沙发里，认认真真地做初中眼保健操。

手指刮过眼眶的间歇，他会偷偷睁开眼，看一眼客厅里和阳台外的人。

和朋友们小半年没见了，叶斯在德国做博导老师的海外合作项目，何修调到德国总部设计所陪他。简子星和仲辰都在国内，一个和导师二十四小时待一起做仿真机器人，另一个年底疯狂出差颠倒日夜……最忙的时候，他们的群里一个月都没响过一声，但从刚才机场见面起，仲辰和叶斯就开始叽里呱啦地吵架，何修和窦晟聊着英国和德国的生活差异，他和简子星分享一对耳机听歌。

一切都如常，一切又那么特别。

说不清，就好像只有当看到生龙活虎的彼此，大家才一下子被拉回生活的旋涡，不再独自挣扎。

谢澜手揉酸了，起身开了罐可乐。

"星星，过来帮我腌一下牛肋！"仲辰喊了一声，"叶斯，鸡翅要什么味儿的自己来下料！"

叶斯和简子星从圣诞树那边走过来洗手,谢澜瞟了眼他们拿出的调料:"辣椒粉多放,谢谢。"

"哟呵?"仲辰惊讶,"半年不见,这么能吃辣了?"

谢澜显摆地摊手:"练出来了。"

适逢年底和期末,在场都是苦命熬大夜的人,不想吃太咸。肉只腌了几分钟,简单入个味儿,然后就被拿到阳台上烤。

半封闭的阳台,裹着毛衣出去也有点凉飕飕的,但烤肉架边上十分火热。简子星用夹子把牛肋条一条一条整齐地码在锡纸上,油水很快就从肉间渗出,在锡纸上流淌下一条条蜜色的痕迹。

窦晟给每个人都开了啤酒:"碰一下吧朋友们,好久不见。"

几个人的啤酒碰在一起,叶斯那一罐大力撞过来:"Cheers!"

谢澜和简子星的酒都被他撞撒了,啤酒溢着白花花的泡沫顺着手背淌到手腕上,沥沥拉拉。

"你有毒。"简子星笑骂,"做项目做疯了吧。"

叶斯猛灌几口,迎风打了个嗝:"太难太辛苦,我都怕我秃了。"

何修放下酒杯把烤好的牛肋码进盘子:"你的发量非常安全。"

"那是!"叶斯一秒改口,猛地晃了晃一头蓬松乱炸的头发,随手拎起一根牛肋排嗦进嘴里,一边被烫得吸气一边靠着栏杆喊:"泰晤士河还挺好看。"

窦晟点头:"是吧?第一眼简直惊艳,比我想象中还要好看。"

牛肋很香,薄薄一层蜂蜜,底下还有黑胡椒的微辛,撕开里面的肉,就是很原汁原味的肉香。

谢澜吮着手指,用夹子把鸡翅也码上锡纸。

旁边的小推车上摆满了各种备菜,牛肉、羊排、鸡翅、蔬菜,还有棉花糖饼干、切好的香蕉段。

他辛辛苦苦码完鸡翅,突然发现窦晟一手举着相机,另一手在锡纸上胡乱码了一堆吃的。

"干吗?"谢澜不爽,"破坏了!"

"啧,观众朋友们,看到没?"窦晟对着相机哼笑,"我就跟你们说谢澜一到期末就挑剔烦躁,你们还不信,这是实打实的证据。"

话音刚落,谢澜就过来了,窦晟默契地按下前置摄像头,画面里谢澜眼神凌厉:"你对我很不满?"

"哪有。"窦晟忍不住地笑,声音低下来,"我着急把你爱吃的先烤上,不然你吃饱就没肚子了。"

"这样吗?"谢澜闻言低眸瞟了眼锡纸上的棉花糖饼干——雪白的棉花糖被夹在两片酥松的饼干之间,正随着温度升高迅速膨胀,将两片饼干拱得鼓起来。

谢澜等不及了，伸手去拿，又被窦晟拉住。

"烫！"窦晟"啧"一声，帮他夹到碟子里，拿了双筷子，"下礼拜有演出忘了？手指烫出泡看你怎么上台。"

谢澜"唔"了声："忘了。"

窦晟拿着相机录，大家迎着风喝了点酒，微醺的放松感出来了，叶斯对着镜头叽里呱啦地说废话，何修竟然也在旁边随口附和。仲辰和简子星背对着镜头，并肩伏在栏杆上看着远处的泰晤士河，还有河上的桥，他们的耳钉在幽暗的夜晚静静地闪着光。

谢澜把棉花糖饼干吃完了，又夹了一个放上去烤："明天吃什么？"

"今晚在你家补一大觉！"叶斯扭头道，"狂灌水，把滞留在身体的盐分代谢掉，等明天消了水肿，一起吃火锅过圣诞啊！"

"说什么胡话呢。"仲辰忍不住回头瞟他，"吃完火锅你又肿了，而且圣诞节吃火锅？"

叶斯还没来得及骂他，谢澜就认真举起手："同意。"

叶斯和仲辰一起回过头："同意谁？"

两道灼热的视线，窦晟默默拿着相机站回了谢澜边上。

谢澜捏着啤酒罐笑起来："同意火锅。"

"我们今年压根都没买火鸡。"窦晟放下相机，"为表歉意，所以我们——"

叶斯紧张地盯着他："你要是敢说你给我们的圣诞礼物里包了真空火鸡或者火鸡火腿肠，我现在就从你家楼上跳下去！"

仲辰也没吭声，只是默默地抄起了烤肉架旁的铁夹子。

窦晟忍不住笑："是给你们准备了这些，但不是圣诞礼物。"

谢澜咬着酥松的棉花糖饼干，含糊道："圣诞礼物我们可是很用心的，叶斯的新平板，何修的游戏机，仲辰的鞋子，星星一直想要的那套机械模组，还有窦晟的钢笔，我的巧克力。"

话没说完，几个人已经各自放下手头的东西，一窝蜂地往客厅冲。

"但是——"

四个人同时卡在门口，艰难回头。

谢澜咽下最后一口饼干，在巨大的托盘上挑了半天，又起一块切好的牛排放进嘴里："都放进同样大小的箱子里了欸，忘记写名字了，你们随便抽吧，买定离手。"

"……"

叶斯难以置信："我需要平板电脑看文献啊，万一抽到仲辰那双破鞋怎么办？"

"嘴巴放干净点啊。"仲辰瞪眼睛，"平板电脑我家有一沓，我都没嫌弃你。"

两人又开始吵架了，简子星沉思了半天，拽了一下何修。

"拿到机械模组的话，偷偷和我换，谢谢了。"他低声说。

何修立刻点头："互惠互利，游戏机麻烦给我。"

几个人讨论了一番，突然同时打住。

全世界一下子安静了，只有外面呼呼的风声，和烤架上吱吱作响的油脂迸溅声。

仲辰忽然看向窦晟："这个恶作剧是谁想的？"

窦晟镜头立刻挪了个方向："谢澜。"

"你不管管他？"

窦晟吸了口气："说什么呢？你觉得呢？"

"拆礼物了！"叶斯突然一把拉开了拉窗，"谁先到圣诞树底下谁先挑！"

话音刚落，几个人同时消失，就连窦晟都放下相机跟着冲了出去，生怕谢澜挑给他的钢笔被别人拿走。

只有谢澜，还站在阳台上。

他悠闲地吃掉了盘子里的烤肉，吮了吮指尖蜜汁，拿起相机走到栏杆旁。

镜头有些模糊，许久才重新清晰，聚焦在远处静谧流淌的泰晤士河。

"今天是平安夜。"谢澜微醺的嗓音有些哑，"大家都是怎么过的呢？现在是期末考试周，也是上班族的年底，都是最爆炸最忙碌的时候。辛苦了，大家。"

他说着按下前置，画面一闪，映出他的轮廓。幽暗的天色下，那双含醉的黑眸清澈而迷离，大风从侧后方吹着他的头发，发丝呼啦啦地都往前攒来，衬得脸还不及巴掌大。

他缩了缩肩膀，裹紧毛衣，静静地看着镜头。身后的烤架上冒着烟，再往后——灯光明亮的客厅，圣诞树旁，五个大男孩在疯狂抢礼物。

"不过，还是要让自己喘一口气，见见朋友。"谢澜低声道，"很幼稚的朋友也行。"

他说着哈了口气，镜头瞬间变得模糊。

而后谢澜用手指扯起一块袖子，凑近镜头轻轻擦拭。

明明灭灭中，他的脸庞若隐若现。

"今天的视频就到这里了。唔……我朋友要的这个啤酒太苦了，还有点上头。"

"祝大家平安夜平安，圣诞节快乐，随后而来的元旦、春节，和家人朋友团圆。"

"十二月二十四日晚，谢澜和豆子，和朋友们。于伦敦。"

Freedom
on
My Mind

后记

　　《百万》（网络原名为《百万 up 学神天天演我》，以下统称为《百万》）是一个关于重逢和陪伴的故事。

　　人和人之间有着千丝万缕的联结、交错和因果，只是大多数未曾被发觉。2021年春节后，我大致梳理完《百万》的主线脉络，更加相信这一点：很多遇见其实不过是重逢而已，那些被时间偷偷埋藏的种子在重逢那一刻安静地破土，于是两个人之间才出现了神奇的化学反应——那是时间的因果，无论他们有没有刻意趋近彼此，它终有一日会开花。

　　因为时间不会白白积累，结局早在开始就已写定。

　　这个故事本身其实没有什么，人物就是它的全部。

　　谢澜的人物立足点是"自由"与"梦境"。"自由"是他的根基——他是一个非常自我的人，对做出的每一个选择、到达的每一块小小的里程碑都有深切的自信，不为他人的评价动摇，也绝不在意他人的视线。回国之初，笨拙的口语让他显得有些呆萌，但实际上，柔软这个词和谢澜几乎不搭边。如果把另外一个会对陌生的世界有任何怯意、对未来的选择不那么坚定的人放在谢澜刚回国的环境中，反而不会触发那些啼笑皆非的小意外，因为那个人会封闭自己，而谢澜不会。谢澜的眼里只有他为自己选择的远方，不管脚下的路是什么样的，走过去就是。外柔，恰恰是因为内刚。

　　"梦境"这个词则是他之于豆子而言——他是豆子独一无二的梦境，也只有在豆子的世界中，谢澜能够成为梦境。他们二人之间未曾谋面时的交汇和牵绊、他在豆子内心深处掀起的一场又一场无声的巨浪，是这个宇宙中独一无二的事件，这份美好和力量不会再被任何第二个人拥有，甚至不曾被谢澜拥有，因为那是一场专属于豆子的、真真实实在过去某一个时刻发生过的、美好的梦境。

　　窦晟的人物则出发自"给予"与"灯塔"。"给予"是窦晟最底层的人格，他是一个生来温柔的人，无论外表看起来多么高冷、散漫、我行我素，他都时时刻刻在积累并向外散发着自己的能量。他对每个人都好，只是多数时候这些好被他不经意地藏了起来，需要仔细寻觅，或者等待时间安静地揭晓。他遭受过一场命运带来的无妄之灾，父亲的背叛与死亡同时到来，那远比谢澜失去母亲更加残酷。可这种苦难反而催化了他的成熟和温柔，让柔软的花枝长出刺的同时也散发出香气，让他少年的眉目之下，抽节出男人坚硬可靠的骨头。

　　至于"灯塔"，是他之于谢澜而言。谢澜不在意外界，不在意他人，他的眼中只有自己选择的远方。他孤傲而坚定地朝远方走，不会主动给予能量，也不需要别人的滋养。

　　但是，命运很奇妙，他恰好路过了一座预料之外的灯塔。方才发现，接纳另一个人的陪伴，远比他想象中的美好。同行的路上也许会节外生枝，但却一直有荧荧之光。

　　《百万》这本书没有大起大落的故事线，也没有常见的破镜重圆，因为它并不是围绕故事的起承转合来写作的，从始至终，故事中没有任何强硬的外界力量迫使主角一定要做什么事，他们两个掌握了一切行为的主动权，所以可以随心所欲，可以头脑发热，可以不计后果，可以很"少年"。故事从头到尾都只在追着角色，他们的过往、重逢、试探与交汇，他们现在的选择和未来将面临的一切，每天的轨迹和以后的去向……主角之外，所有配角的故事也都采用了相同的写作逻辑。

　　《百万》已是我的第三本校园文了。一直以来都有人认为这三篇太日常、偏平淡，在《百万》上尤为如此，但这恰恰就是我想写的。我希望在写这个题材时，呈现出的是一场与现实有着千丝万缕的微妙既视感的——童话。

　　真实感来自那些细碎的日常对白，嬉笑怒骂，鸡飞狗跳，少年的冒失和容易被忽视的成熟。

　　而童话是柔软的。

　　它不尖锐，不沉重，不世俗。所有的痛苦都会随着时间的流淌和少年的坚韧而静谧地消融，外界也好，命运也罢，虽然偶尔会以严厉的方式推着他们长大，但不会让他们鲜血淋漓、面目全非。

　　他们也不会低头。

　　我相信这就是对少年感最根本的诠释，因为从始至终，他们都是本来的样子。

小霄

2023 年 10 月

图书在版编目（CIP）数据

就我机灵 / 小霄著. — 武汉：长江出版社，2024.2
ISBN 978-7-5492-9280-6

Ⅰ.①就… Ⅱ.①小… Ⅲ.①长篇小说－中国－当代
Ⅳ.①I247.5

中国国家版本馆CIP数据核字(2023)第254579号

就我机灵／ 小霄 著
JIUWO JILING

出　　版	长江出版社
	（武汉市解放大道1863号 邮政编码：430010）
策　　划	长江出版社
市场发行	长江出版社发行部
网　　址	http://www.cjpress.cn
责任编辑	钟一丹
特约编辑	琥珀菌
封面设计	唐小迪
封面绘制	海里有豆
插图绘制	一根猫条　猫袄
印　　刷	北京君达艺彩科技发展有限公司
版　　次	2024年2月第1版
印　　次	2024年2月第1次印刷
开　　本	710mm×1000mm　1/16
印　　张	25.25
字　　数	560千字
书　　号	ISBN 978-7-5492-9280-6
定　　价	55.00元

版权所有，侵权必究。如有质量问题，请与本社联系退换。
电话：027-82926557（总编室）027-82926806（市场营销部）